Inhaltsverzeichnis

Einführung

Das vorliegende Lehr- und Arbeitsbuch gibt eine Einführung in die Soziologie für die Berufliche Oberschule der 12. und 13. Jahrgangsstufe. Es ist geschrieben für das Pflichtfach im Bereich Sozialwesen und das erweiternde Wahlpflichtfach für die Ausbildungsrichtungen Technik, Wirtschaft und Verwaltung, Agrarwirtschaft, Bio- und Umwelttechnologie, Gesundheit und internationale Wirtschaft. Es enthält alle wichtigen Informationen, die hierfür von Bedeutung sind, sodass es für die Vorbereitung auf den Unterricht und auf Prüfungen eine wertvolle Hilfe sein kann. Zudem ergeben sich zahlreiche Möglichkeiten für einen nutzbringenden Einsatz im Unterricht.

Der Lehrplan, nach dem sich dieser Band richtet, formuliert bestimmte **Kompetenzerwartungen**, die mithilfe der jeweiligen Inhalte erreicht werden sollen. Das Kompetenzverständnis geht davon aus, dass

- die jeweiligen Kompetenzen der Lösung von Aufgaben- und Problemstellungen dienen,
- das hierzu notwendige Wissen und die erforderlichen Fähigkeiten vermittelt werden, dieses Wissen aber erst im Anwenden sichtbar wird und
- ihr Erreichen zu bestimmten Werthaltungen und zu Verantwortlichkeit sowie zu einer Reflexion über das eigene Tun führt.

Im Unterricht geht es dabei um drei Fragen:

1. Welche Kompetenzen sollen die Schülerinnen und Schüler erwerben?
2. Welches Wissen benötigen sie dafür? (= Lerninhalte)
3. Welche Anwendungssituationen (Handlungen/Aufgaben) sind hierzu erforderlich?

Der vorliegende Band hat seinen Schwerpunkt auf die **Vermittlung von Wissen** und auf die **Handlungen bzw. Aufgaben** gelegt – die Kompetenzerwartungen sind vorgegeben und das unterrichtliche Vorgehen ist Sache der Lehrerin/des Lehrers.

Ausgehend von der Überzeugung, dass es den „richtigen" Unterricht nicht gibt, folgt das Lehrbuch keinem bestimmten Unterrichtskonzept; eine schüler- bzw. handlungsorientierte oder auch andere Unterrichtsgestaltung kann nur die Lehrkraft selbst leisten. So bleibt es ihr überlassen, die richtigen didaktischen Entscheidungen für den Unterricht zu treffen. Das Buch ist didaktisch jedoch so aufbereitet, dass es sich sowohl für angeleitetes wie eigenständiges Erarbeiten von Wissen und für einen handlungsorientierten Unterricht – zum Beispiel für das ***Modell der vollständigen Handlung*** – als auch zur Sicherung, Übung, Anwendung und Vertiefung des Gelernten hervorragend eignet.

Der vorliegende Band für die 12. bzw. 13. Jahrgangsstufe beinhaltet – aufgeteilt auf zehn Kapitel – folgende Themen:

- Das Individuum in der Gesellschaft
- Das Handeln in sozialen Gruppen
- Die Unterschiedlichkeit bzw. Verschiedenartigkeit der Gesellschaft
- Der Wandel der Gesellschaft

Aufbau des Buches

Durch offene Fragen, ein Fallbeispiel, die Gegenüberstellung von Meinungen und Ähnlichem wird zum Thema des jeweiligen Kapitels hingeführt. Am Ende dieser **Hinführung** wird mitgeteilt, welche **Kompetenzen** angestrebt werden.

Jeder Abschnitt wird mit einer **Lernsituation** eingeleitet. Das Hauptaugenmerk liegt auf dem **Informationsteil**. Hier wird der eigentliche Lerninhalt verständlich und gut strukturiert dargestellt. Fachtermini wurden bewusst in den Text aufgenommen und hinreichend erklärt, um eine größtmögliche Exaktheit zu erreichen. Beispiele, Übersichten, Fotos und Ähnliches machen die Ausführungen anschaulich. Gedichte, Karikaturen und vor allem unser schon bekannter Wichtel sollen sie etwas auflockern und helfen, den Text besser zu behalten. Die Informationen sind bewusst ausführlich gehalten, damit sie besser verstanden und angewendet sowie Zusammenhänge klarer erkannt werden können. Zusätzlich zu berücksichtigende Hinweise sind mit dem Symbol – hier rechts am Rand – gekennzeichnet.

Sigmund, unser Wichtel, stellt sich vor

Am Ende eines jeden Abschnittes folgt eine Zusammenfassung (**„Auf den Punkt gebracht“**), die nochmals den „roten Faden“ der wichtigsten Lernergebnisse aufzeigt. Sie ist in einzelne Abschnitte gegliedert, die man sich leicht einprägen kann.

Aufgaben und Anregungen (**„Wiederholen, Vertiefen, Anwenden“**) runden den jeweiligen Abschnitt ab.

- Sie bieten zum einen die Möglichkeit, das Gelernte zu sichern, zu verarbeiten und anwenden zu können, dienen aber auch zur systematischen Vorbereitung auf Prüfungsarbeiten.
- Zum anderen wird der Lernstoff erfahrbar, „erlebbar“ gemacht. Das Gelernte soll hier erfahrungs- und erlebensmäßig nachvollzogen werden können. Die jeweilige Thematik kann so ***ganzheitlich*** erfasst werden und soll zu einem eigengesteuerten, kreativen Lernen befähigen.
- Und letztlich geben sie Hilfestellung zur Überprüfung, ob die jeweiligen Kompetenzen erreicht worden sind.

Am Ende eines Kapitels fügt sich ein Materialteil an, in welchem sich Texte, Experimente, Untersuchungen, Tabellen und dgl. befinden, die nutzbringend im Unterricht eingesetzt werden können. Zugleich sind sie zur Erweiterung bzw. Vertiefung des Wissens gedacht.

Ein gut organisiertes **Stichwortverzeichnis** machen die Lehrbücher zu einem Nachschlagewerk, in welchem bestimmte Informationen und Fachbegriffe schnell aufgefunden werden können.

Der flüssigen Lesbarkeit wegen wurde die männliche Form bevorzugt, doch das Lehrbuch ist natürlich für Leser jeglichen Geschlechts geschrieben. Wir wollen dadurch auch intersexuelle Menschen mit dem Geschlecht „divers“ nicht ausschließen.

Verlag, Herausgeber und Autoren hoffen, dass Sie an diesem Buch für Soziologie an der Beruflichen Oberschule viel Freude haben und vor allem, dass es zum Erfolg verhilft.

Für Anregungen, Verbesserungsvorschläge und sachliche Kritik sind wir natürlich sehr dankbar.

Verlag, Herausgeber und Autoren

1 Grundfragen der Soziologie

Professor *Dr. Hans Peter Henecka* schreibt in seinem Buch „Grundkurs Soziologie" (*2015*[10], *S. 18*):

„Es gibt Kritiker der Soziologie, die behaupten, Soziologie sei die Kunst, eine Sache, die eigentlich jeder versteht, so auszudrücken, dass sie keiner mehr kapiert."

Der Soziologe *Niklas Luhmann* (*2009*[5], *S. 70*) *entgegnet:*

„Soziologie ist nicht die Lehre vom ersten Blick, sondern die Lehre vom zweiten Blick."

Folgende Kompetenzen sollen Sie erwerben:

- *Sie können bestimmen, was man unter Soziologie versteht, und aufzeigen, welchen Gegenstandsbereich sie hat.*
- *Sie sind in der Lage, die Soziologie von weiteren Bereichen der Sozialwissenschaften abzugrenzen, indem sie Gemeinsamkeiten und Unterschiede feststellen und die jeweiligen Aufgabenfelder ableiten.*
- *Sie können Merkmale von Gesellschaft beschreiben und ihre Funktionen erläutern.*
- *Sie wissen um die gesellschaftliche Heterogenität, um mit der Komplexität der modernen Gesellschaft umgehen zu können.*
- *Sie wissen um den Begriff der Individualisierung und können diese als Folge moderner Gesellschaften begreifen, um den daraus erwachsenden Anforderungen gerecht zu werden.*
- *Sie können klären, was mit „Individuum" und „Identität" gemeint ist, und die Bedeutsamkeit gesellschaftlicher Prozesse für ihre Entwicklung beurteilen.*
- *Sie können die Entstehung von Identität im Wechselspiel zwischen Individuum und Gesellschaft erläutern.*
- *Sie sind imstande, über sich selbst in Bezug auf die Gesellschaft zu reflektieren, um sich Ziele im Hinblick auf Ihren gesellschaftlichen Beitrag zu setzen.*

1.1 Der Gegenstand der Soziologie

Lernsituation

Sie und Ihr Freund, der Soziologie studiert

In diesem Schuljahr kommt das Fach „Soziologie" auf Sie zu. Sie sind neugierig auf dieses Fach, wollen wissen, womit sich die Soziologie beschäftigt und was sie will. Deshalb fragen Sie einen Freund, der schon etwas älter als Sie ist und im zweiten Semester Soziologie studiert. Er sagt zu Ihnen: „Tja, man könnte meinen, deine Fragen, was Soziologie eigentlich ist und womit sie sich beschäftigt, seien gar nicht so schwer zu beantworten. Doch eine Antwort darauf ist weder einfach noch kann ich sie dir eindeutig geben, wie du das wohl erwarten würdest. Das liegt daran, dass es die Soziologie mit einem sehr komplexen[1] Gegenstand zu tun hat und keine so einheitliche Wissenschaft ist, wie es den Eindruck macht. Es handelt sich um höchst unterschiedliche Ansätze und um eine Vielfalt von Ursachen in Gesellschaft und Kultur. Außerdem gibt es eine Vielgestaltigkeit und Unbeständigkeit der Lösungen sozialer Probleme." Das schreibt der bekannte Soziologe Joseph H. Fichter in seinem Buch[2]. „Es gibt so viele Vorstellungen von der Soziologie, wie es Soziologen gibt" – das sagt Professor Dr. Stephan Lessenich vom Institut für Soziologie an der Ludwig-Maximilians-Universität München[3]."

Na ja, sehr aufschlussreich war die Antwort Ihres Freundes nun auch wieder nicht – jedenfalls haben Sie mehr erwartet. Doch Sie möchten genauer wissen, was man unter Soziologie versteht, was ihr Gegenstand ist und wie man sie von anderen Sozialwissenschaften abgrenzen kann.

I Information

1.1.1 Der Begriff „Soziologie"

Zwar hat man zu allen Zeiten über das Soziale und die soziale Wirklichkeit nachgedacht. Doch die Soziologie[4] als solche ist eine relativ junge wissenschaftliche Disziplin und entstand Ende des 18. und zu Beginn des 19. Jahrhunderts in Zusammenhang mit dem tief greifenden sozialen Wandel der Gesellschaft[5]. Erst seit den 70er-Jahren des 19. Jahrhunderts formierte sie sich als eine eigenständige Wissenschaft. Sie ergab sich aus philosophischen, theologischen, politischen und wirtschaftlichen Gedanken der Vergangenheit.

---

[1] komplex (lat.): vielschichtig
[2] Fichter, 2014², S. 11
[3] Stefan Lessenich: Was ist Soziologie; http://www.studium.org/soziologie/fragen/was-ist-soziologie [01.02.2019]
[4] socius (lat.): der Gefährte, der Genosse; logos (griech.): die Lehre, die Wissenschaft
[5] vgl. Kapitel 7.2.4

Drei Gründe waren es, die bei der Entstehung der Soziologie eine entscheidende Rolle gespielt haben (vgl. *Joas, 2007[3], S. 26 f.*):

- die Entstehung der Industriegesellschaft[1],
- die (Wieder-)Entdeckung kultureller Unterschiede aufgrund der Zunahme des Fernhandels und der Errichtung von Kolonialreichen und
- die politischen und geistigen Umwälzungen.

Die Französische Revolution brach mit alten Vorstellungen wie Pflicht und Gehorsam gegenüber der Obrigkeit und neue wie Freiheit, Gleichheit und Brüderlichkeit entstanden.

> *„Entstanden in einer Ära politischer und geistiger Umwälzungen, plagt sich die Soziologie noch immer mit den Herausforderungen ab, die diese Zeit aufwarf: der soziale Wandel und die Frage, welche Faktoren Gesellschaften […] noch zusammenhalten […].“*
>
> *(Joas, 2007[3], S. 28)*

Der Terminus „Soziologie“ geht auf den französischen Sozialreformer *Claude-Henri de Saint-Simon*[2] zurück, wurde aber erst durch den Sozialphilosophen *Auguste Comte* bekannt. *Comte* wollte mit diesem Begriff eine neue Wissenschaftsart charakterisieren, die sich auf der Grundlage naturwissenschaftlichen Vorgehens mit der der Erfahrung zugänglichen – beobachtbaren – sozialen Wirklichkeit beschäftigen sollte. Deshalb wollte er sie ursprünglich ***soziale Physik*** nennen. Doch dieser Begriff war schon belegt. So wie die Naturwissenschaften im organischen und anorganischen Bereich Gesetze auffinden und formulieren, sollte es nach *Comte* möglich sein, solche auch in der sozialen Wirklichkeit zu entdecken.

Auguste Comte *(1798–1857), Sozialphilosoph, gilt als Begründer des Positivismus, der jede Metaphysik[3] ablehnt. Seine Auffassung von Wissenschaft prägte wesentlich das moderne Verständnis der Naturwissenschaften.*

Auguste Comte

> *„Ich glaube, von jetzt ab dieses neue Wort[4] wagen zu dürfen, das meinem bereits eingeführten Ausdrucke soziale Physik völlig gleichkommt, um mit einem einzigen Namen diesen Ergänzungsteil der Naturphilosophie bezeichnen zu können, der sich auf das positive Studium der sämtlichen, den sozialen Erscheinungen zugrunde liegenden Gesetze bezieht.“*
>
> *(Comte, 1923[2], S. 184 f.)*

Als eigene Wissenschaft setzte sich die Soziologie erst zu Beginn des 20. Jahrhunderts durch, verbunden mit den Namen *Ferdinand Tönnies, Max Weber* und *Georg Simmel* (vgl. *Nassehi, 2011[2], S. 27*)

Soziologie stellt sich heute nicht als einheitliche Wissenschaft dar. Im Laufe des letzten Jahrhunderts bildeten sich mehrere Forschungsrichtungen mit verschiedenen Theorien und Methoden heraus. Einig ist man sich jedoch darin, dass **Soziologie es mit der sozialen Wirklichkeit – genauer: mit dem Zusammenleben von Menschen – zu tun hat**.

[1] vgl. Kapitel 7.2.4

[2] Claude-Henri de Saint-Simon (1760–1825) war Soziologe und Sozialreformer. Er stammte aus einem reichen, altadeligen französischen Geschlecht und wurde im Geist der Aufklärung erzogen.

[3] Die Metaphysik (tà metà tà physiká, griech.: das, was hinter der Physik steht) untersucht das hinter der sinnlich erfahrbaren, natürlichen Welt Liegende und beschäftigt sich mit den letzten Gründen und Zusammenhängen des Seins.

[4] Gemeint ist hier das Wort „Soziologie“.

„[...] kann man Soziologie als Wissenschaft von der sozialen Wirklichkeit bezeichnen. Soziale Wirklichkeit meint dabei jenen Teil der erfahrbaren Wirklichkeit, der sich im Zusammenleben der Menschen ausdrückt oder durch dieses Zusammenleben und Zusammenhandeln hervorgebracht wird. Damit sind Familien ebenso gemeint wie Betriebe und Gemeinden, kleine Gruppen ebenso wie ganze Gesellschaften, der Aufbau und die Gestaltung eines solchen Zusammenlebens ebenso wie seine Erhaltung oder Veränderung."

(Gukenbiehl, 2016[9], S. 12)

Soziologie ist die Wissenschaft von der sozialen Wirklichkeit, vom Zusammenleben und Zusammenwirken von Menschen.

Des Öfteren wird das Zusammenleben von Menschen mit dem Begriff **„soziale Beziehung"**, auch „zwischenmenschliche Beziehung" genannt, umschrieben. Darunter versteht man ein Aufeinanderbezogensein von zwei oder mehreren Menschen bzw. Gruppen.

Soziale Beziehung (zwischenmenschliche Beziehung) bedeutet ein Aufeinanderbezogensein von zwei oder mehr Menschen bzw. Gruppen.

„Soziale Beziehung soll ein seinem Sinngehalt nach aufeinander gegenseitig eingestelltes und dadurch orientiertes Sichverhalten mehrerer heißen. Die soziale Beziehung besteht also durchaus und ganz ausschließlich: in der Chance, dass in einer (sinnhaft) angebbaren Art sozial gehandelt wird, einerlei zunächst: worauf diese Chance beruht."

(Weber, 2006, S. 34)

In jeder sozialen Beziehung beeinflussen und steuern sich die an ihr beteiligten Personen gegenseitig (= soziale Interaktion[1]). Der Unterschied zwischen einer sozialen Interaktion und einer sozialen Beziehung liegt darin, dass in zweiterer eine Erwartung vorliegt, sich wieder zu treffen, was bei der sozialen Interaktion nicht der Fall sein muss. Ein Patient im Wartezimmer, der sich aus Zeitvertreib mit einem anderen unterhält, pflegt in der Regel nicht die Erwartung, diesen wiederzusehen, während in einer Freundschaft sehr wohl der Wunsch vorliegt, wieder zusammenzukommen (vgl. *Dimbath, 2016[3], S. 87*).

Hinsichtlich der sozialen Wirklichkeit lassen sich zwei übergeordnete Objektbereiche der Soziologie näher beschreiben, die jeweils einen anderen Aspekt der sozialen Wirklichkeit hervorheben: **soziales Handeln und soziale Gebilde**[2].

[1] Auf soziale Interaktion wird in Kapitel 2.1.1 eingegangen.
[2] Auf das soziale Handeln wird in Abschnitt 1.1.2, auf soziale Gebilde in 1.1.3 eingegangen.

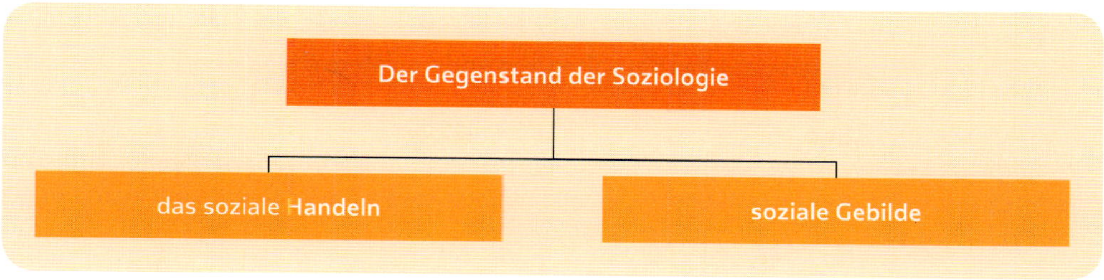

→ **Materialien 1:** Alltags- und wissenschaftliche Soziologie

Man kann die soziale Wirklichkeit und das Zusammenleben von Menschen zum einen vom ***Standpunkt der Individuen*** (**individuumsorientierte Soziologie**) und zum anderen vom ***Standpunkt des Ganzen*** – der Gesellschaft, des Staates, der Organisation – (**gesellschaftsorientierte Soziologie**) aus betrachten. Beide Standpunkte – so *Ulrich Beck* und *Elisabeth Beck-Gernsheim* (*2015*[9]*, S. 26*) – liegen „in der Struktur sozialen Handelns[1] begründet, das eben einmal von den Handelnden, das andere Mal von der sozialen Struktur[2] her analysiert werden kann". Beiden Betrachtungsweisen muss die Soziologie gerecht werden, denn jede ist für sich genommen unvollständig – sie sind wechselseitig ergänzungsbedürftig (vgl. *Beck/Beck-Gernsheim, 2015*[9]*, S. 27*).

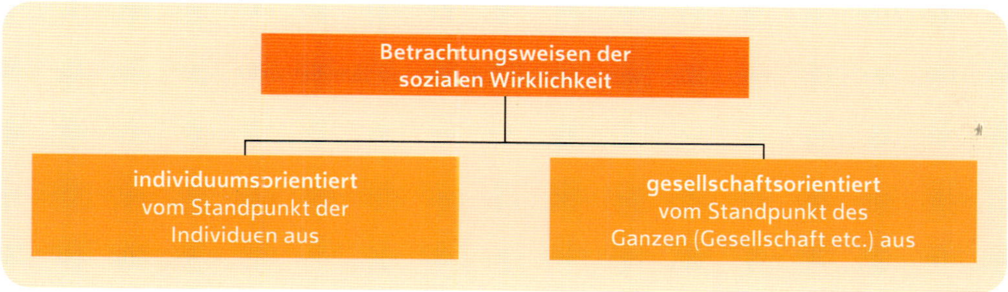

1.1.2 Das soziale Handeln

Das **soziale Handeln** ist immer auf andere Menschen bezogen: Der Handelnde bezieht das Verhalten anderer in sein eigenes Handeln mit ein bzw. zielt auf eine Veränderung des Verhaltens anderer ab. Diesen Aspekt hebt vor allem einer der „Gründungsväter" der Soziologie, *Max Weber*[3], hervor.

> *„‚Handeln' soll [...] ein menschliches Verhalten [...] heißen, wenn und insofern als der oder die Handelnden mit ihm einen subjektiven Sinn verbinden. ‚Soziales' Handeln aber soll ein solches Handeln heißen, welches seinem von dem oder den Handelnden gemeinten Sinn nach auf das Verhalten anderer bezogen wird und daran in seinem Ablauf orientiert ist."*
>
> *(Weber, 2006, S. 11 f.)*

Beim sozialen Handeln geht es also um ein Tun, ein Unterlassen oder ein Dulden, das sich auf das Verhalten bzw. Handeln eines anderen bezieht (vgl. *Dimbath, 2016*[3]*, S. 73*).

[1] Auf soziales Handeln wird in Abschnitt 1.1.2 eingegangen.
[2] Auf soziale Struktur wird in Abschnitt 1.2.1 eingegangen.
[3] Eine kurze Biografie von Max Weber befindet sich in Kapitel 2.1.2.

Mit sozialem Handeln ist jedes zielgerichtete Verhalten von Menschen gemeint, welches in irgendeiner Weise auf das Verhalten von anderen Menschen bezogen ist.

Manche Soziologen, wie zum Beispiel *Jakob Wössner* (*1986*[9], *S. 27*), definieren denn auch Soziologie als ***„die Wissenschaft vom sozialen Handeln des Menschen“***. Damit wird zum Ausdruck gebracht, dass der Mensch „in einem Abhängigkeitsverhältnis und damit in einem Beziehungsfeld mit anderen Menschen steht“.[1]

> *„Gegenstand der Soziologie ist es [...], nach Regelmäßigkeiten des Handelns, das sich an anderen orientiert, zu suchen, um Auskunft darüber geben zu können, was die soziale Welt im Innersten zusammen hält.“*
>
> *(Dimbath, 2016*[3]*. S. 78)*

Der Soziologe *Niklas Luhmann* löst den Begriff „soziales Handeln“ durch den Terminus „soziale Kommunikation“ ab, da dieser seines Erachtens über den der Handlung hinausgeht.

In einer sozialen Situation ist es nicht möglich, nicht sozial zu handeln. Selbst wenn sich jemand von seinen Mitmenschen abwendet oder alleine spazieren gehen will, handelt er sozial, indem er nicht mit anderen sprechen will oder sich dafür entschieden hat, alleine gehen zu wollen. Dabei schränkt *Weber* das soziale Handeln auf Personen ein. Bei Dingen oder Gegenständen handelt es sich um kein soziales Handeln.

> *Handeln ist dann nicht sozial, „wenn es sich lediglich an den Erwartungen des Verhaltens sachlicher Objekte orientiert.“*
>
> *(Weber, 2006, S. 30)*

1.1.3 Soziale Gebilde

Menschen leben und handeln immer in einer bestimmten sozialen Einheit, wie zum Beispiel in der Familie, in der Schulklasse, im Verein, im Betrieb, in der Gemeinde oder in der Gesellschaft. Eine solche soziale Einheit, die aus mehreren Personen besteht und in der soziale Beziehungen stattfinden, wird in der Soziologie als **soziales Gebilde** bezeichnet.

Soziales Gebilde ist die Bezeichnung für eine soziale Einheit, die aus mehreren Personen besteht, welche miteinander in Beziehung stehen und verbunden sind.

Herbert Tschamler (1986[6]*, 219)* definiert Soziologie als die ***Wissenschaft von den sozialen Gebilden*** und ihren Prozessen, wobei er mit Prozessen die Veränderungen in und von sozialen Gebilden in der Zeit meint.

Soziale Gebilde beziehen sich sowohl auf kleinere „Einheiten“ wie Familie, Freundeskreis, Schule – in der Soziologie wird hier von **mikrosoziologischen Gebilden** gesprochen – als auch auf größere Systeme, wie zum Beispiel die Gesellschaft, die als **makrosoziologische Gebilde** bezeichnet werden.

[1] Auf das soziale Handeln wird ausführlich in Kapitel 2.1.2 eingegangen.

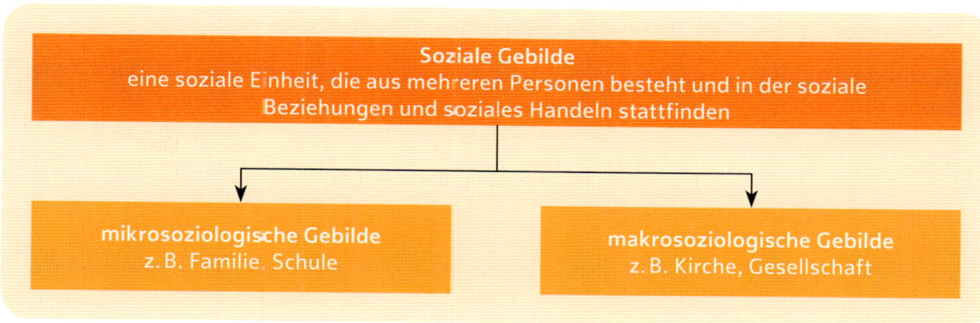

In einer Gesellschaft ist die **Gruppe** das häufigste soziale Gebilde, denn jeder Mensch gehört einer solchen an: Familie, Spielgruppe, Freundeskreis, Sportgruppe, Jugendgruppe usw. Bei **Organisationen** wie zum Beispiel dem Kindergarten, der Schule oder dem Betrieb handelt es sich ebenfalls um soziale Gebilde[1].

1.1.4 Der Nutzen soziologischer Erkenntnisse

Soziologen geht es zunächst darum, die soziale Wirklichkeit und gesellschaftliche Verhältnisse **zu beschreiben**, **zu erklären** und **zu verstehen**. Diese Ziele sind Voraussetzung, um über bestehende gesellschaftliche Verhältnisse **zu reflektieren** sowie **gesellschaftliche Fehlentwicklungen aufzuzeigen und zu kritisieren**. Die Erforschung des sozialen Zusammenlebens und -wirkens verbindet sich immer auch mit der Frage nach sozialen Missständen und gesellschaftlichen Fehlentwicklungen sowie deren Ursachen.

> *„Seit ihrer Begründung als wissenschaftliche Disziplin im 19. Jahrhundert wird die Soziologie [...] von verschiedenen Formen der Gesellschaftskritik begleitet."*
> *(Gertenbach/Rosa, 2009, S. 176)*

Mithilfe von Theorien lassen sich **Vorhersagen** über gesellschaftliche Entwicklungen und Ereignisse machen. Es werden Handlungsanweisungen gegeben, wie man die soziale Wirklichkeit **gezielt verändern** und **gesellschaftliche Fehlentwicklungen korrigieren** kann.

> *„Soziologie ist eine Wissenschaft, die der alltäglichen Betriebsblindheit entgegen wirkt."*
> *(Dimbath, 2016³, S. 45)*

Der Nutzen soziologischer Erkenntnisse

- **Beschreibung, Erklärung und Verstehen** der sozialen Wirklichkeit
- **Reflexion** über bestehende gesellschaftliche Verhältnisse
- **Aufzeigen und Kritisieren** von gesellschaftlichen Fehlentwicklungen
- **Vorhersagen** treffen über künftige gesellschaftliche Entwicklungen und Ereignisse des Zusammenlebens und Zusammenwirkens von Menschen
- **Verändern** der sozialen Wirklichkeit, von gesellschaftlichen Missständen und Fehlentwicklungen

→ **Materialien 2:** Was ist eine soziologische Theorie?

[1] Die Gruppe als soziales Gebilde wird in Kapitel 3 dargestellt.

1.1.5 Bereiche der Sozialwissenschaften

Die Soziologie zählt zu den ***Sozialwissenschaften***, oft auch **Gesellschaftswissenschaften** genannt.

Unter dem Begriff Sozialwissenschaften werden alle Wissenschaften zusammengefasst, die das gesellschaftliche Zusammenleben von Menschen zum Gegenstand haben.

→ Zu den Sozialwissenschaften zählen zum Beispiel die Anthropologie[1], die Sozialpsychologie, die Pädagogik (Erziehungswissenschaft) mit der Sozialpädagogik, die Rechtswissenschaft (Jura), die Politikwissenschaft (Politologie), die Medienwissenschaft, Kommunikationswissenschaft, Sprachwissenschaft oder die Wirtschaftswissenschaften.

Wir unterscheiden **Naturwissenschaften**, **Geisteswissenschaften**, **Sozialwissenschaften** und **Formalwissenschaften** (vgl. *Dimbath, 2016³, S. 35*). Unter Naturwissenschaften werden alle Wissenschaften zusammengefasst, die Vorgänge und Gesetze der Natur erforschen wie zum Beispiel die Physik, die Biologie oder die Chemie. Geisteswissenschaft ist eine Bezeichnung für alle Wissenschaften, die sich mit Erzeugnissen des menschlichen Geistes und der Kultur beschäftigen. Hierzu zählen beispielsweise die Sprachwissenschaften, die Kunst oder die Philosophie (vgl. *Hobmair, 2017⁶, S. 55*). Formalwissenschaften sind alle Wissenschaften, die nicht in der Realität existierende Objekte zum Gegenstand haben, wie zum Beispiel die Mathematik oder die Logik.

Sozialwissenschaften untersuchen verschiedene Bereiche der sozialen Wirklichkeit wie zum Beispiel

- die **Wirtschaftswissenschaften**: Ihr Gegenstand ist die Erforschung von Gesetzmäßigkeiten in der Wirtschaft – darunter wird der rationale Umgang mit Gütern verstanden, die der planvollen Befriedigung von Bedürfnissen der Menschen dient. Hier ist der Mensch Marktteilnehmer und Konsument.
- die **Politikwissenschaften**: Sie beschäftigen sich mit dem Erforschen von politischen Prozessen und Strukturen sowie mit der Gestaltung der Ordnung eines Gemeinwesens (Dorf, Stadt, Bezirk, Kreis, Land) und der Steuerung des individuellen Verhaltens seiner Mitglieder.
- die **Rechtswissenschaften**: Sie haben die Ordnung des menschlichen Zusammenlebens als Gegenstand, damit ein geregeltes Zusammenleben möglich ist, und befassen sich mit der Erkenntnis, der Anwendung und Auslegung des Rechts.
- die **Ethnologie**[2] (Völkerkunde): Sie erforscht und vergleicht die verschiedenen Kulturen auf der Erde hinsichtlich Gemeinsamkeiten und Unterschieden.
- die **Sprachwissenschaft**: Sie beschäftigt sich mit der Sprache als Verständigungsmittel sowie mit ihrem Aufbau und ihrer Funktion.
- die **Kommunikationswissenschaft**: Sie befasst sich mit den Vorgängen und dem Wesen der menschlichen Kommunikation sowie der dazu benötigten Mittel.
- die **Psychologie**: Ihr Gegenstand ist das Erleben und Verhalten des Menschen und sie ist auf das Individuum konzentriert.

Eine besondere Rolle spielt dabei die **Sozialpsychologie**. Sie stellt eine Verbindung zwischen Soziologie und Psychologie dar, indem sie sich auf das Individuum bzw. Individuen in der

[1] Anthropologie (griech.) ist die Wissenschaft vom Menschen und seiner Entstehung; sie untersucht das Wesen „Mensch" in seiner Eigenart und seiner besonderen Stellung in Natur und Geschichte (vgl. Hobmair, 2016⁶, S. 39).
[2] éthnos (griech.): „fremdes Volk"

Gesellschaft konzentriert. Während sich also die Sozialpsychologie mit dem Erleben und Verhalten des Menschen in wechselseitiger Beeinflussung mit ihrer sozialen Umwelt befasst – also wie der Einzelne durch seine Mitmenschen beeinflusst wird und sich in zwischenmenschlichen Situationen verhält und wie er seine Umwelt beeinflusst –, konzentriert sich die Soziologie darauf, was **zwischen** Menschen bzw. sozialen Gebilden geschieht.

Diese Sozialwissenschaften beeinflussen einerseits die Soziologie, andererseits werden diese auch von ihr beeinflusst. Gemeinsam ist all diesen Sozialwissenschaften, dass sie sich mit dem Menschen und dem gesellschaftlichen Zusammenleben von Menschen beschäftigen. Doch jede Sozialwissenschaft hat einen anderen Gegenstand bzw. Objektbereich. Das Blickfeld auf das soziale Zusammenleben ist jeweils ein anderer.

→ **Materialien 3:** Auffassungen von Soziologie

Auf den Punkt gebracht

- Soziologie ist die Wissenschaft von der sozialen Wirklichkeit sowie vom Zusammenleben und Zusammenwirken von Menschen. Man kann die soziale Wirklichkeit zum einen vom Standpunkt der Individuen (individuumsorientierte Soziologie) und zum anderen vom Standpunkt des Ganzen (gesellschaftsorientierte Soziologie) aus betrachten. Der Gegenstand der Soziologie ist das soziale Handeln und soziale Gebilde.
- Mit sozialem Handeln ist jedes Handeln von Menschen gemeint, welches in irgendeiner Weise auf das Verhalten von anderen Menschen bezogen ist. Soziales Gebilde ist die Bezeichnung für eine soziale Einheit, die aus mehreren Personen besteht und in der soziale Beziehungen sowie soziales Handeln stattfinden.
- Die Soziologie zählt zu den ***Sozialwissenschaften***, oft auch **Gesellschaftswissenschaften** genannt. Weitere Sozialwissenschaften, die sowohl die Soziologie beeinflussen als auch von ihr beeinflusst werden, sind beispielsweise Wirtschafts-, Politik-, Rechtswissenschaft, Ethnologie, Sprach- und Kommunikationswissenschaft oder die Psychologie. Gemeinsam ist all diesen Sozialwissenschaften, dass sie sich mit dem Menschen und dem gesellschaftlichen Zusammenleben von Menschen beschäftigen. Doch jede Sozialwissenschaft hat einen anderen Gegenstand bzw. Objektbereich. Der Blick auf das soziale Zusammenleben ist jeweils ein anderer.

Wiederholen, Vertiefen, Anwenden

1. *Biografie und Internetsuche*
   - Suchen Sie im Internet nach Informationen über das Leben und Werk von
     - Gruppe 1: *Claude-Henri de Saint-Simon*
     - Gruppe 2: *Auguste Comte*
     - Gruppe 3: *Max Weber*
     - Gruppe 4: *Ferdinand Tönnies*
     - Gruppe 5: *Georg Simmel*
   - Fertigen Sie in Kleingruppen eine Übersicht zur Biografie des jeweiligen Soziologen an.
   - Erarbeiten Sie wichtige Abschnitte ihres Lebens.

2. Erläutern Sie an je einem Beispiel die verschiedenen Betrachtungsweisen der sozialen Wirklichkeit.

3. Bestimmen Sie, was die Soziologie mit sozialem Handeln meint, und zeigen Sie diesen Begriff an einem Beispiel aus dem Zusammenleben von Menschen auf.

4. Bestimmen Sie den Begriff „soziales Gebilde" und zeigen Sie an je einem Beispiel den Unterschied zwischen einem mikrosoziologischen und einem makrosoziologischen Gebilde auf.

5. Fragen Sie Ihre Verwandten und Bekannten, welche Bedeutung sie mit dem Wort „Soziologie" verbinden, was sie unter Soziologie verstehen. Notieren Sie die Antworten und diskutieren Sie darüber in Ihrer Klasse. Vergleichen Sie die Antworten dabei auch mit den Aussagen in diesem Kapitel.

6. *Die verschiedenen Vorstellungen von Soziologie*
   - Bilden Sie in der Klasse Gruppen mit vier bis fünf Mitgliedern.
   - Suchen Sie in Gruppen in der Literatur und im Internet verschiedene Begriffsklärungen von Soziologie.
   - Wählen Sie drei Begriffsklärungen aus und diskutieren Sie diese, indem Sie sie gegenüberstellen, Gemeinsamkeiten und Unterschiede herausstellen sowie diese einer kritischen Würdigung unterziehen.
   - Sprechen Sie anschließend in der Klasse über die erarbeiteten Kritikpunkte der verschiedenen Begriffsklärungen von Soziologie.

7. Bestimmen Sie den Begriff „Sozialwissenschaften" und grenzen Sie Soziologie von weiteren Bereichen der Sozialwissenschaften ab, indem Sie Gemeinsamkeiten und Unterschiede herausstellen.

8. *Soziologie und andere Sozialwissenschaften*
   - Recherchieren Sie im Internet über Aufgaben, Gegenstand und Forschungsfragen von Sozialwissenschaften.
   - Gehen Sie dabei arbeitsteilig vor, indem sich jedes Gruppenmitglied mit einer anderen Sozialwissenschaft auseinandersetzt, beispielsweise Biologie, Recht, Politikwissenschaft, Psychologie, Geschichtswissenschaft, Wirtschaftswissenschaft.
   - Leiten Sie von „Ihrer" Sozialwissenschaft die jeweiligen Aufgabenfelder ab.
   - Berichten Sie Ihren Gruppenmitgliedern über die Ergebnisse Ihrer Recherche. Stellen Sie Gemeinsamkeiten und Unterschiede der jeweiligen Wissenschaft zur Soziologie fest und diskutieren Sie diese.
   - Wenden Sie die Erkenntnisse auf ein bestimmtes Thema an (zum Beispiel „Kriminalität in der Gesellschaft").
   - Präsentieren Sie die Ergebnisse Ihrer Recherchen in Form einer Expertenrunde im Rahmen einer Talkshow zu Ihrem gewählten Thema. Geladen sind Experten als Vertreter einer Sozialwissenschaft (zum Beispiel Psychologe, Juristin, Sprachwissenschaftlerin und dgl.).
   - Diese diskutieren in der Talkrunde ihre Sichtweise zu dem Thema vor dem Hintergrund der jeweiligen sozialwissenschaftlichen Betrachtung.

9. *Lernsituation 1.1*
   a) Bestimmen Sie den Begriff „Soziologie" und erläutern Sie diesen an einem Beispiel.
   b) Beschreiben Sie an einem geeigneten Beispiel aus dem Bereich der Schule den Gegenstandsbereich der Soziologie.
   c) Grenzen Sie Soziologie von weiteren Bereichen der Sozialwissenschaften ab.

1.2 Merkmale menschlichen Zusammenlebens

Lernsituation

Sie und Ihr Freund, der Soziologie studiert

Jetzt wissen Sie schon einiges über Soziologie. Im Gespräch mit Ihrem Freund, der Soziologie studiert, bohren Sie weiter und fragen ihn, ob man denn den Gegenstand der Soziologie – das soziale Handeln und soziale Gebilde – nicht weiter differenzieren kann. Ihr Freund sagt zu Ihnen: „Natürlich muss man den Gegenstandsbereich der Soziologie näher differenzieren. Da ist die Rede von sozialen Strukturen, sozialen Systemen und Institutionen. Doch das kann ich dir in der Kürze nicht erläutern, das musst du selber nachlesen oder im Unterricht gut aufpassen, denn das hängt alles miteinander zusammen und ist, wie ich dir schon gesagt habe, sehr komplex."

Also machen Sie sich daran nachzulesen, was soziale Strukturen, soziale Systeme und soziale Institutionen sind.

I Information

1.2.1 Soziale Strukturen

Menschliches Zusammenleben ist komplex, erscheint oft zufällig und unbeständig. Um sich zurechtzufinden, strukturiert der Mensch seine Welt. Jedes Zusammenleben weist also eine bestimmte **Struktur** auf, die sich in einem geordneten Gefüge und im Aufbau eines sozialen Gebildes zeigt.

Jedes soziale Gebilde hat eine bestimmte Kommunikationsstruktur und Machtstruktur. In Betrieben spricht man oft von Führungsstruktur. ←

Die Soziologie spricht in diesem Zusammenhang von **sozialer Struktur**. Diese hat immer die Bedeutung von „Ordnung", „Gliederung" und „innerem Aufbau". Sie bezieht sich auf das „innere Gefüge" eines sozialen Gebildes und damit verbunden auf erkennbare Muster und beobachtbare Regelmäßigkeiten in einem Beziehungsgeflecht.

Die Schule weist ein ganz bestimmtes „inneres Gefüge" auf: die Schulverwaltung, der Lehrkörper, das Verwaltungspersonal, die Schüler, der Hausmeister usw. Mit diesen Positionen sind bestimmte Verhaltenserwartungen und Rechte verbunden, die das Aufgabenfeld des Positionsinhabers definieren und ihm bestimmte Kommunikationswege vorschreiben oder erst eröffnen. In diesem Beziehungsgeflecht handelt es sich um ganz bestimmte, immer wiederkehrende Muster und Regelmäßigkeiten – etwa das Schreiben von Prüfungsarbeiten, um eines zu nennen. ←

Soziale Struktur bezeichnet das geordnete Gefüge und den geordneten inneren Aufbau eines sozialen Gebildes.

Der Begriff „soziale Struktur" wird häufig synonym mit dem Terminus „Sozialstruktur" verwendet. Doch aus Gründen der Eindeutigkeit sind diese beiden Begriffe genau voneinander zu trennen: Während man mit sozialer Struktur das geordnete Gefüge und den geordneten Aufbau eines sozialen Gebildes wie zum Beispiel die Kommunikationsstruktur oder die Führungsstruktur in einem Betrieb bezeichnet, meint Sozialstruktur – wie in *Kapitel 4.1.1* ausgeführt – die Gliederung der Bevölkerung einer Gesellschaft oder einer ihrer Gruppen nach einem bestimmten Merkmal wie zum Beispiel nach dem Alter oder dem Einkommen.

Die Abfolge von sozialen Handlungen und deren Wirkung auf soziale Tatbestände bzw. soziale Strukturen bezeichnet man als soziale Prozesse (vgl. *Huinink/Schröder, 2014[2], S. 14*).

1.2.2 Das soziale System

In der neueren Literatur wird statt von einem sozialen Gebilde des Öfteren von **sozialem System**[1] gesprochen. Damit soll der Aspekt hervorgehoben werden, dass ein soziales Gebilde immer ein Ganzes ist, dessen Teile untereinander in einer wechselseitigen Beziehung stehen und sich gegenseitig beeinflussen.

Die Familie stellt ein System dar: Sie ist ein Ganzes, welches aus einzelnen Elementen – in der Regel Frau, Mann, Kinder – besteht. Diese Elemente beeinflussen sich gegenseitig: Die Frau beeinflusst den Mann und umgekehrt, die Kinder beeinflussen ihre Eltern und umgekehrt und die Kinder beeinflussen sich untereinander.

Dabei wirkt jede Veränderung eines Elementes auf die anderen Teile des Systems.

Unter einem System wird eine Ganzheit verstanden, die aus einzelnen Elementen besteht, welche untereinander in einer wechselseitigen Beziehung stehen und sich gegenseitig beeinflussen.

Merkmale eines sozialen Systems sind

- die wechselseitige Abhängigkeit all seiner Elemente, die ***Interdependenz***[2] genannt wird,
- die Ordnung und Regelmäßigkeit in den Beziehungen der Teile des Systems untereinander und
- die Abgrenzung zu anderen Systemen, die dem eigenen System ***Identität***[3] geben.

Es ist kaum möglich, dass ein System völlig unabhängig und isoliert von der es umgebenen Umwelt existieren kann. Es wird mehr oder weniger immer von anderen sozialen Einheiten beeinflusst und wirkt umgekehrt auf diese zurück. Man geht heute davon aus, dass Austauschprozesse zwischen System und Umwelt dieses am Leben erhalten. Ein System ohne Außenbezug würde erstarren und so in seiner Existenz gefährdet sein.

Die Soziologie hat **Systemtheorien** hervorgebracht, deren bekanntesten die ***strukturfunktionale Theorie*** von *Talcott Parsons* und die ***soziale Systemtheorie*** bzw. ***funktional-***

[1] synistánai (griech.): zusammenstellen, verknüpfen
[2] Interdependenz (lat.): gegenseitige Abhängigkeit
[3] siehe Abschnitt 1.4.2

strukturelle Theorie von *Niklas Luhmann* sind. Grundlegende Annahme der Systemtheorien ist, dass alle einzelnen Elemente eines Lebensbereiches, dem ein Mensch angehört, zueinander in einer wechselseitigen Beziehung stehen und sich gegenseitig beeinflussen. Handeln kann demnach nur aus der Verflochtenheit eines Menschen mit seiner ihn umgebenden Umwelt verstanden und erklärt werden. Entsprechend dieser Grundannahme gehen systemische Theorien davon aus, dass jegliches Verhalten und Handeln im sozialen System entwickelt und aufrechterhalten wird.

1.2.3 Soziale Institutionen

Personen eines sozialen Gebildes haben eine Reihe von Bedürfnissen, wie zum Beispiel das Bedürfnis nach Sexualität, Nachkommenschaft, Sicherheit, Bildung, Freiheit, Schutz, Glauben usw. Die Befriedigung dieser Bedürfnisse wird durch bestimmte Ordnungs- und Verhaltensmuster geregelt.

Ein solches Ordnungsmuster ist die Regelung des Schullebens.

Soziale Gebilde weisen dementsprechend bestimmte ***Ordnungs- bzw. Verhaltensmuster*** auf, durch welche das soziale Handeln der Menschen geregelt wird und die als verlässlicher Ordnungsrahmen Verhaltenssicherheit ermöglichen. Solche mehr oder weniger **verbindlichen, in ihrer Form beständigen Ordnungs- bzw. Verhaltensmuster menschlicher Beziehungen werden als Institutionen[1] bezeichnet**.

Institutionen haben folgende **Funktionen**:

- sie stellen die Befriedigung von grundlegenden Bedürfnissen sicher,
- sie gewährleisten Verhaltenssicherheit und
- sie dienen somit der Orientierung in der sozialen Umwelt.

Ein Beispiel für eine Institution ist unser Rechtssystem, welches eine fortwährende Form aufweist und anhand von Gesetzen verbindliche Ordnungsmuster vorgibt. Es verbürgt dadurch etwa das Bedürfnis nach Freiheit oder Gefahrlosigkeit und garantiert eine bestimmte Sicherheit.

> *„Die Institution ist also mit anderen Worten die Art und Weise, wie bestimmte Dinge getan werden müssen.“*
> *(König, 1982, S. 143)*

Diese Ordnungsmuster sind, um eine gewisse Sicherheit und Verlässlichkeit zu gestatten, verhältnismäßig beständig.

Institution meint alle mehr oder weniger verbindlichen, in ihrer Form beständigen Ordnungsbzw. Verhaltensmuster von menschlichen Beziehungen, die dadurch die Befriedigung von grundlegenden Bedürfnissen sicherstellen, Verhaltenssicherheit gewährleisten und der Orientierung in der sozialen Umwelt dienen.

Gelegentlich wird der Begriff „Institution“ auch zur Kennzeichnung von sozialen Einrichtungen gebraucht, auf die diese Ordnungs- und Verhaltensmuster Anwendung finden (vgl. *Hierdeis, 1993[5], S. 14*).

[1] institutio (lat.): die Einrichtung

Diesen Aspekt der Institution als Gegenstand der Soziologie hebt vor allem ein weiterer „Gründungsvater" der Soziologie, *Émile Durkheim*[1], hervor, nach dem ***die Soziologie insgesamt die Wissenschaft von den Institutionen** ist.*

> *„Die Soziologie kann also definiert werden als die Wissenschaft von den Institutionen, deren Entstehung und Wirkungsart."*
> *(Durkheim, 2002, S. 100)*

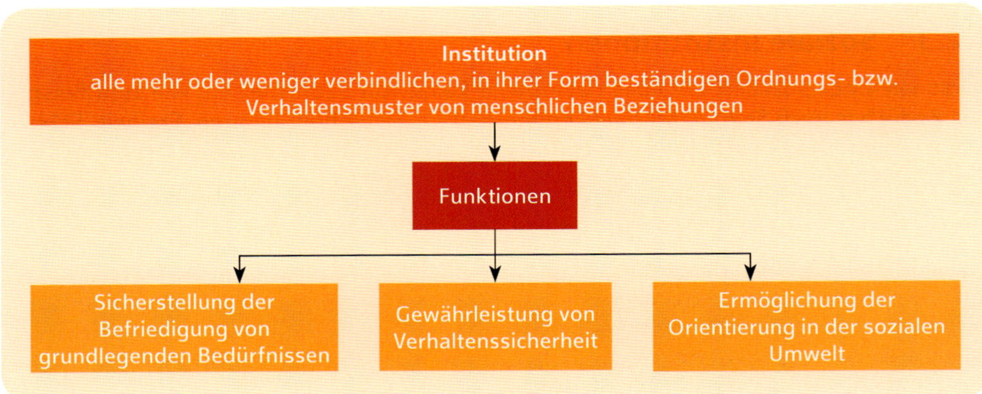

In der Literatur wird Institution oftmals mit Behörde oder Einrichtung im Sinne einer Organisation verwechselt bzw. gleichgesetzt, wie zum Beispiel Familie, Kindergarten, Betrieb oder Krankenhaus. Eine **Organisation ist jedoch ein zeitlich stabiles, strukturiertes, soziales Gebilde bzw. System, welches sich aus verschiedenen Personen zusammensetzt und ein bestimmtes Ziel verfolgt** (vgl. *Gebert/von Rosenstiel, 2002[5], S. 22 f.*).

Ein Betrieb ist eine Organisation. Er hat das Ziel, etwa Autos, Haushaltsgeräte, Werkzeuge oder Maschinen herzustellen. Organisationen im Bereich des Gesundheitswesens bemühen sich um Gesundheitsvorsorge bzw. wollen Menschen von Krankheiten heilen.

Institution und Organisation lassen sich allerdings nicht voneinander trennen: Institutionen bilden den „normativen Rahmen" des Handelns in Organisationen. Organisationen sind also soziale Gebilde, die unter anderem auf der Grundlage von Institutionen aufgebaut sind. Dabei lassen sich bestimmte Organisationen den jeweiligen Institutionen zuordnen. *Günter Wiswede (1998[3], S. 249)* gibt hierzu einige Beispiele:

Institution	Organisation
Religion	z. B. Kirchen
Wirtschaft	z. B. Betriebe
Rechtssystem	z. B. Gerichte
Bildungssystem	z. B. Schulen
Regierung	z. B. Parlamente

---

1 Émile Durkheim (1858–1917) gilt als Mitbegründer der modernen Soziologie und erhielt 1887 als erster einen Lehrstuhl für Soziologie. Er betonte vor allem die gesellschaftliche Bedingtheit und Abhängigkeit menschlichen Denkens und Verhaltens.

Soziologie
ist die Wissenschaft von der sozialen Wirklichkeit
und vom Zusammenleben und -wirken von Menschen

und beschäftigt sich mit

dem sozialen Handeln von Menschen

sozialen Gebilden

Jedes soziale Gebilde

- weist eine soziale Struktur auf,
- ist ein soziales System und
- wird durch soziale Institutionen geregelt.

Auf den Punkt gebracht

- Hinsichtlich der sozialen Wirklichkeit lassen sich neben dem sozialen Handeln und sozialen Gebilden Objektbereiche konkreter hervorheben: soziale Strukturen, soziale Systeme und soziale Institutionen.
- Soziale Struktur bezeichnet das geordnete Gefüge und den geordneten inneren Aufbau eines sozialen Gebildes.
- Unter einem sozialen System wird eine Ganzheit verstanden, die aus einzelnen Elementen besteht, welche untereinander in einer wechselseitigen Beziehung stehen und sich gegenseitig beeinflussen.
- Soziale Institution meint alle mehr oder weniger verbindlichen, in ihrer Form beständigen Ordnungs- bzw. Verhaltensmuster von menschlichen Beziehungen, die dadurch die Befriedigung von grundlegenden Bedürfnissen sicherstellen, Verhaltenssicherheit gewährleisten und der Orientierung in der sozialen Umwelt dienen.

Wiederholen, Vertiefen, Anwenden

10. *Biografie und Internetsuche*
    - Suchen Sie im Internet nach Informationen über das Leben und Werk von *Émile Durkheim.*
    - Fertigen Sie in Kleingruppen eine Übersicht zur Biografie dieses Soziologen an.
    - Erarbeiten Sie wichtige Abschnitte seines Lebens.
11. Beschreiben Sie, was die Soziologie unter „sozialer Struktur" versteht, und zeigen Sie diese am Beispiel einer Ihnen bekannten Gruppe (zum Beispiel Familie, Schulklasse) auf.
12. Bestimmen Sie den Begriff „soziales System" und legen Sie dar, dass es sich bei einer Schulklasse (oder einer anderen Gruppe) um ein soziales System handelt.

13. Legen Sie dar, was die Soziologie mit „sozialer Institution“ meint, und stellen Sie an einem Beispiel den Unterschied zwischen sozialer Organisation und sozialer Institution dar.

14. *Lernsituation 1.2*
Zeigen Sie an einem geeigneten Beispiel aus dem Bereich der Schule auf, mit welchen Bereichen sich die Soziologie beschäftigt.

15. *Der Gegenstand der Soziologie*
    - Bilden Sie in der Klasse Gruppen mit vier bis fünf Mitgliedern.
    - Überlegen Sie in der Gruppe, welchen Gegenstandsbereich der Soziologie (soziales Handeln, soziales Gebilde bzw. System mit seinen sozialen Strukturen, Institution und Organisation) Sie darstellen wollen.
    - Zeichnen Sie zusammen den gewählten Gegenstandsbereich.
    - Hängen Sie Ihre Zeichnung an der Pinnwand auf.

16. *Soziologie-ABC*
    - Bilden Sie Vierer- bzw. Fünfergruppen und notieren Sie zu jedem Buchstaben des Alphabets einen Begriff bzw. eine Aussage aus der Soziologie.
    - Lesen Sie Ihre Ideen zu jedem Buchstaben in der Klasse vor und hängen Sie die Notizzettel an die Pinnwand.

1.3 Die Gesellschaft

Lernsituation

Sie und Ihr Freund, der Soziologie studiert

Jetzt wissen Sie, was Soziologie ist und womit sie sich beschäftigt. Aber Sie haben gemerkt, dass in der Soziologie die Gesellschaft eine große Rolle spielt. Sie wissen zwar, was Gesellschaft ist, weil Sie in ihr leben, aber definieren können Sie sie nicht. Also fragen Sie wieder Ihren Freund, der schon im zweiten Semester dieses Fach studiert. Sie hoffen, Sie bekommen dieses Mal eine „anständige“ Antwort von ihm.

Er sagt zu Ihnen: „Ja, Gesellschaft ist ein vielschichtiger Begriff, der von der Tischgesellschaft bis zur Reisegesellschaft, von der Gesellschaft der Musikfreunde bis zur Aktiengesellschaft reicht. Das habe ich im Internet bei der Bundeszentrale für politische Bildung[1] gelesen.

[1] www.bpb.de/nachschlagen/lexika/handwoerterbuch-politisches-system/202030/gesellschaft-sozialstruktur?p=all [01.02.2019]

Dem Wortursprung nach bedeutet Gesellschaft die Vereinigung oder ein Beisammensein mehrerer Gefährten. In der deutschen Sprachentwicklung ist dieses Wort mit Gemeinschaft und Genossenschaft verknüpft. Aber wichtiger sind die griechische und die lateinische Begriffsgeschichte. Seit Plato (428–348 v. Chr.) und Aristoteles (384–322 v. Chr.) hat der Begriff (lat. societas civilis) einen bis heute beibehaltenen Sinn."

Sie schauen Ihren Freund etwas skeptisch an und warten, ob er irgendwann einmal auf den Punkt kommt. Ihr Freund sieht Ihren Gesichtsausdruck und fährt deshalb fort: „Ich habe bei Wössner[1] nachgelesen." Er holt dieses Buch und liest Ihnen vor: „Gesellschaft ist zunächst einmal alles, was das rein ‚Private' und was gleichzeitig auch die ‚Gesellschaft' im Sinne einer bestimmten höheren Gesellschaftsschicht, etwa im Sinne der Aussage, dass jemand zur ‚höheren Gesellschaft' gehört, übersteigt. Gesellschaft meint ein Kollektiv von Menschen, [...]."

Sie unterbrechen Ihren Freund, weil Ihnen das alles zu abstrakt ist. Sie meinen, er sei halt schon mittendrin im Studium und kann das nicht mehr verständlich ausdrücken.

Sie informieren sich deshalb selbst darüber, was eine Gesellschaft ist, welche Funktionen sie erfüllt und wie sie sich in der heutigen Zeit entwickelt.

I Information

1.3.1 Der Begriff „Gesellschaft"

Sehr häufig wird in der Literatur ***Soziologie als die Wissenschaft von der Gesellschaft*** definiert, doch über das, was unter Gesellschaft verstanden wird, besteht keine einhellige Auffassung. Zudem wird dieser Terminus nicht nur von der Soziologie, sondern auch von der Politik und der Wirtschaft verwendet, was zum Beispiel in dem Wort „Handelsgesellschaft" oder „Aktiengesellschaft" zum Ausdruck kommt. Im Alltag erfährt dieser Begriff ein Werturteil, wenn von einer „guten" oder „schlechten Gesellschaft", von einer „feinen Gesellschaft" oder von „gesellschaftsfähig" gesprochen wird.

Dem Wortursprung nach bedeutet Gesellschaft[2] „räumlich vereint lebende Personen". Gesellschaft kann also als eine Gesamtbevölkerung von Menschen angesehen werden, die **zeitlich und räumlich in einem gemeinsamen Gebiet** zusammenleben und eine **eigenständige soziale Einheit** bilden – jede Gesellschaft ist von allen anderen Gesellschafen abgegrenzt (vgl. *Fichter, 2014², S. 85*).

[1] Wössner, 1986⁹, S. 161

[2] Dieser Begriff lässt sich auf das althochdeutsche Wort sal, der Raum, bzw. gisellio, der Geselle, zurückführen, und hatte ursprünglich die Bedeutung von „der mit jemanden einen Saal, den Raum, teilt". Gesellschaft bedeutet von seiner Herkunft her „Vereinigung mehrerer Gefährten". Redewendungen wie „sich gesellen" – „gleich und gleich gesellt sich gern" – oder „gesellig" bzw. „Geselligkeit" lassen noch auf diese ursprüngliche Bedeutung schließen.

Damit handelt es sich bei einer Gesellschaft immer um ein **makrosoziologisches Gebilde**[1]. Damit ist zugleich die Abgrenzung zur **Gruppe** vorgenommen, die jeweils nur einen Teil einer Gesellschaft umfasst.

Die Menschen leben in einer Gesellschaft zur **Befriedigung und Sicherstellung von sozialen Bedürfnissen** zusammen. Gesellschaft ist also eine Gesamtheit von vereint lebenden Menschen, die in einem gemeinsamen Gebiet wohnen und eine eigenständige soziale Einheit bilden sowie zur Befriedigung und Sicherstellung von gemeinsamen Bedürfnissen zusammenwirken.

Und schließlich hat jede Gesellschaft eine bestimmte **Kultur**. Damit bezeichnet man das, was der Mensch selbst geschaffen hat – im Gegensatz zur Natur, die nicht von ihm erzeugt ist. Kultur ist all das, was sich der Mensch zur Bewältigung seines Daseins geschaffen hat und ständig neu schafft; sie ist also eine von ihm selbst geschaffene bzw. veränderte Umwelt (vgl. *Wössner, 1986⁹, S. 91*).

Dazu gehören die Sprache, die Neuschaffung und Veränderung von Wohnverhältnissen, Kunst, Religion, Recht, Wissenschaft, Wert- und Normvorstellungen ebenso wie die Veränderung und Umgestaltung der Natur selbst.

Kultur ist die umfassende Bezeichnung für das, was der Mensch im Gegensatz zur Natur selbst geschaffen hat und immer wieder neu schafft, eine von ihm selbst geschaffene bzw. veränderte Umwelt.

Es gibt auf der ganzen Erde kein Zusammenleben von Menschen, das keine kulturelle Lebensweise hätte.

In einer demokratischen, pluralistischen[2] Gesellschaft, innerhalb derer Wert- und Normvorstellungen vielgestaltig und nebeneinander – gleichwertig – existieren sowie verschiedene Gruppierungen mit unterschiedlichen Interessen vorhanden sind, kann es nicht nur die **eine** Kultur geben. Diese enthält immer auch **Subkulturen**, die aus einer Gruppierung von Men-schen besteht, die in ihren Werten, Normen und Interessen von der Gesamtgesellschaft ab-weicht.

Jede Gesellschaft benötigt ein bestimmtes **Ordnungs- bzw. Verhaltensmuster**, um ein Zusammenleben und die Befriedigung und Sicherstellung von sozialen Bedürfnissen zu gewährleisten.

Eine Gesellschaft weist immer eine bestimmte **soziale Struktur** auf, die sich – wie in *Abschnitt 1.2.1* ausgeführt – in einem geordneten Gefüge und geordneten inneren Aufbau zeigt.

Jede Gesellschaft hat eine ganz bestimmte Staatsform oder ein bestimmtes Wirtschaftssystem.

Merkmale von Gesellschaft:

- **Gesellschaft ist eine strukturierte Gesamtheit von Menschen, die zeitlich und räumlich in einem gemeinsamen Gebiet zusammenleben,**
- **sie bildet eine eigenständige soziale Einheit,**
- **in ihr wirken Menschen zur Befriedigung und Sicherstellung von sozialen Bedürfnissen zusammen,**

[1] vgl. Abschnitt 1.1.3
[2] Plural (lat.): die Mehrzahl

- **sie weist ein beständiges Ordnungs- bzw. Verhaltensmuster auf,**
- **sie zeichnet sich durch eine bestimmte soziale Struktur auf und**
- **sie besitzt eine gemeinsame Kultur.**

Gesellschaft ist eine strukturierte und organisierte Gesamtheit von Menschen, die zur Befriedigung ihrer sozialen Bedürfnisse zeitlich und räumlich in einem gemeinsamen Gebiet zusammenwirken und eine eigenständige soziale Einheit bilden, die ein beständiges Ordnungsmuster aufweist und sich durch eine gemeinsame Kultur auszeichnet.

Unsere moderne Gesellschaft wird oft als eine **kapitalistische Gesellschaft** bezeichnet, bei welcher die Produktionsmittel klar verteilt sind sowie Produktion und Konsum von Gütern über den Markt gelenkt werden. Zudem sind ihre Tätigkeiten dem Gesichtspunkt der Kapitalvermehrung untergestellt.

→ **Materialien 4:** Funktionen einer Gesellschaft

1.3.2 Die Vielschichtigkeit der modernen Gesellschaft

Nach dem Münchner Lehrstuhlinhaber für Soziologie, *Armin Nassehi* (*2018², S. 18 f.*), wird unsere Gesellschaft immer komplexer. Die gesellschaftliche Fortentwicklung im Sinne des Komplexer-Werdens bezeichnet er als **funktionale Differenzierung**[1].

Armin Nassehi *(* 1960) hat als Soziologe promoviert und später habilitiert. Seit 1998 ist er Lehrstuhlinhaber für Soziologie an der Ludwig-Maximilians-Universität München. Seit 2012 ist er Herausgeber des Kursbuchs*[2] *und gilt als einer der wichtigen public intellectuals des Landes.*

Differenzierung allgemein meint die Ausgliederung von etwas Einfachem, Globalem hin zu einer komplizierten Struktur.

Die Baum-Metapher hilft, diesen Begriff besser zu verstehen: Aus dem ursprünglichen Stamm entspringen Äste, die in unterschiedliche Richtungen wachsen und aus denen wiederum neue Triebe entspringen usw.

Nassehi versteht unter Differenzierung im soziologischen Sinn ***die Ausbildung von immer mehr gesellschaftlichen Teilbereichen***.

[1] differentia (lat.): die Verschiedenheit

[2] „Kursbuch" ist der Titel einer deutschen Kulturzeitschrift, welches politische Themen aufgreift, hrsg. von Armin Nassehi und dem Programmgeschäftsführer des Murmann Verlags Peter Felixberger.

→ So gehen aus der globalen Gesellschaft einzelne Teilbereiche wie beispielsweise Politik, Recht, Wirtschaft, Religion, Kunst oder Bildung hervor, aus denen sich wiederum neue Teilbereiche entwickeln.

Diese Teilbereiche werden auch ***Funktionsbereiche*** genannt, da sie für die Gesellschaft jeweils wichtige Funktionen[1] erfüllen.

→ Die Wirtschaft dient beispielsweise der Befriedigung der menschlichen Bedürfnisse, das Recht ermöglicht ein geordnetes Miteinander in einer Gesellschaft und die Religion will das Bedürfnis nach Sinngebung erfüllen.

Aus diesem Grund spricht *Nassehi* von ***funktionaler*** Differenzierung.

Funktionale Differenzierung bedeutet, dass sich aus einer Gesellschaft immer neue Teilbereiche herausbilden, die für die Gesellschaft bestimmte Funktionen erfüllen.

Das Individuum findet seinen Platz in der Gesellschaft als Teil unterschiedlicher Funktionssysteme.

→ Der einzelne Mensch spielt beispielsweise sowohl im Wirtschafts- als auch Politiksystem oder im Rechtssystem eine jeweils andere Rolle.

Die funktionale Differenzierung führt zur Individualisierung des Menschen – der Prozess der Veränderung der Person-Gesellschaft-Beziehung in Richtung von Selbstbestimmung und Selbstverwirklichung[2] –, der unterschiedliche Rollen ausbildet und diese in unterschiedliche Teilbereiche einbringt (*vgl. Nassehi, 2008, o. S.*).

Funktionale Differenzierung ist das Kennzeichen moderner Gesellschaften. Sie werden immer **komplexer**[3], sodass eine Beschreibung dieser mit überkommenen Kategorien, Begriffen und oft auch mit bestimmten Erklärungen nicht mehr möglich ist.

→ Einteilungen wie „rechts–links“ oder „progressiv–konservativ“ funktionieren heute nicht mehr.

Mit „Komplexität“ meint *Nassehi* (*2018², S. 19*), dass aus einem bestimmten Zustand mehrere Zustände hervorgehen und dieser bestimmte Zustand nicht eindeutig auf *einen* Faktor zurückgeführt werden kann. Ein gesellschaftlicher Zustand kann nicht eindeutig kausal[4] aus der Vergangenheit hergeleitet werden, es **wirken mehrere Faktoren auf eine Situation ein, die wir gar nicht alle kontrollieren können**.

→ Es kann mehrere Gründe dafür geben, dass sich ein Junge in seiner Freundesgruppe ganz konform verhält, wie zum Beispiel seine Erziehung, Suche nach Anerkennung bei seinen Freunden, Angst vor Ausschluss aus der Gruppe, Angst vor Vereinsamung ohne Freunde usw.

„ “

„Komplex ist eine Situation dann, wenn sie mehrere andere Zustände annehmen kann, das heißt, wenn es zwischen einem Ereignis A und einem Ereignis B keine notwendige oder eindeutige Beziehung geben muss.“

(Nassehi, 2018², S. 64)

Bei einer modernen Gesellschaft handelt es sich um eine **differenzierte Einheit**: Einerseits verselbstständigen sich zunehmend gesellschaftliche Teilbereiche und andererseits sind sie aufeinander bezogen und voneinander abhängig (*Nassehi, 2013, S. 155*).

---

1 Eine Funktion (functio, lat.: die Verrichtung) ist eine Aufgabe, die es zu erfüllen gilt; funktional: der Funktion entsprechend.
2 vgl. Abschnitt 1.3.4
3 komplex (lat.): vielschichtig, vieles umfassend; Komplexität: die Vielschichtigkeit, das Ineinander vieler Merkmale
4 kausal (causa, lat.: der Grund, die Ursache): die Beziehung zwischen Ursache und Wirkung

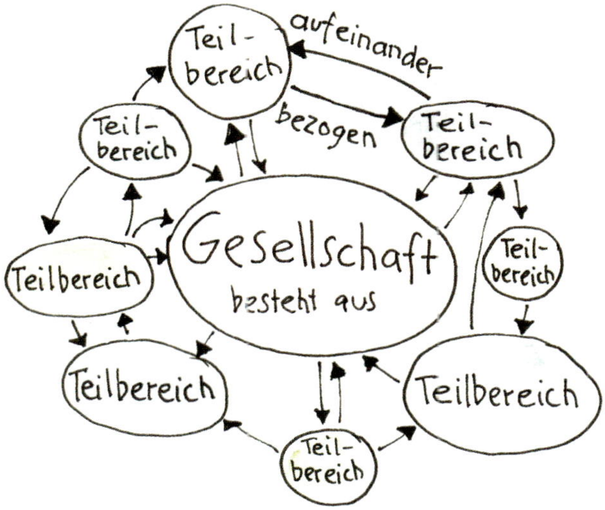

Menschen bleiben jedoch meist verfangen in politischen und gesellschaftlichen Konzepten des vergangenen Jahrhunderts und scheitern damit an der erreichten Komplexität unserer Gesellschaft. Die Hartnäckigkeit, mit der Menschen an einfachen Unterscheidungen und Beschreibungsversuchen festhalten, beruht auf einem Ordnungsbedürfnis, das die Tatsache einer differenzierten, komplexen Gesellschaft ignoriert (vgl. *Nassehi, 2015, S. 26*). Obwohl Einteilungen wie „rechts-links" oder „progressiv-konservativ" heute nicht mehr funktionieren, sind sie immer noch üblich.

„Die Problemformel lautet also: Komplexität."
(Nassehi, 2018², S, 52)

Der Populismus, der einfache Erklärungen und Lösungen für komplexe Probleme und Fragestellungen bereithält, ist für Nassehi (*2018², S. 22*) „gewissermaßen der natürliche Gegner eines komplexitätssensiblen Denkens".

„[…], dass die einfachsten Lösungen zwar im Moment die Spannung aufzuheben scheinen, aber erheblich größere Folgeprobleme produzieren."
(Nassehi, 2018², S. 26)

1.3.3 Die verschiedenen Denkweisen in einer modernen Gesellschaft

Die ausdifferenzierten Teilbereiche entwickeln jeweils völlig ***unterschiedliche Denkweisen und eigene Sprachcodes***. Sie deuten auch die Welt entsprechend ihren Denkweisen.

Wirtschaft, Recht oder Medizin haben ihre eigenen Prinzipien und ihre eigene Sprache.

So existieren in der Gesellschaft sehr verschiedene Denkweisen gleichzeitig und nebeneinander, die *Nassehi* (*2015, S. 64*) als **Logiken** bezeichnet.

So hat die Freie Demokratische Partei (FDP) ganz andere Denkweisen – Logiken – als etwa die Sozialdemokratische Partei Deutschlands (SPD).

Mit Logiken sind Denkweisen gemeint, die einer bestimmten Teilgruppe einer Gesellschaft zu eigen sind.

Es gibt etwa die Logik des Marktes – es muss sich rechnen – , eine politische Logik wie zum Beispiel Mehrheiten zustande kommen, wie man Wahlen gewinnen kann usw., eine religiöse Logik oder eine medizinische Logik. Und es gibt eine mediale Logik – die Nachricht beispielsweise muss neu sein. Anerkennungs- und Aufstiegskriterien sind im Sport anders als etwa im Kulturbereich. Moralische Urteile sind nicht deckungsgleich mit juristischen.

Grundannahme von *Nassehi* ist, dass sich die moderne Gesellschaft in autonome funktionale Teilbereiche aufgeteilt hat, die einer jeweils unterschiedlichen Logik folgen.

In diesem gesellschaftlichen Modernisierungsprozess werden die Logiken einerseits immer unabhängiger voneinander, werden aber andererseits hochgradig voneinander abhängig (vgl. *Nassehi, 2018², S. 112*).

Wirtschaft, Politik oder das Rechtssystem sind zwar autonome Teilbereiche, doch kommt die Wirtschaft nicht ohne eine rechtliche Vertragssicherheit aus, Politik nicht ohne eine funktionierende Kapitalwirtschaft und dgl. (vgl. *Nassehi, 2018², S. 112*).

Dabei besitzt die **Sprache** einen wichtigen Stellenwert: Jede Logik hat ihren eigenen **(Sprach-)Code**[1], manchmal auch Fachsprache genannt.

Mediziner zum Beispiel haben einen anderen Sprachcode, der ihnen zu eigen ist, als etwa Juristen.

Der Fokus liegt in diesem Zusammenhang auf den unvermeidlichen Konflikten zwischen den unterschiedlichen Logiken.

So entstehen aufgrund unterschiedlicher Logiken zwischen der FDP und der SPD unvermeidlich Konflikte.

Die funktionale Differenzierung führt dazu, dass es nicht nur eine Welt gibt, sondern aus der Betrachtungsweise heraus – perspektivisch – viele verschiedene Welten. Ökonomische, politische, wissenschaftliche, religiöse oder kulturelle Beschreibungen desselben Phänomens können sehr unterschiedlich und sich widersprechen und trotzdem alle richtig sein. Demzufolge gibt es aufgrund der Vielfalt verschiedene Blickwinkel auf ein und denselben Sachverhalt.

Dabei ist eine **Perspektivendifferenz**[2] erforderlich: Die unterschiedlichen Logiken einer modernen Gesellschaft müssen ***voneinander unterschieden und für sich betrachtet werden und dann neu aufeinander bezogen und trotz ihrer Verschiedenartigkeit zusammengeführt werden*** (vgl. *Nassehi, 2018², S. 62*). Es ist nicht möglich, unsere Gesellschaft aus einer Zentralperspektive zu erfassen. Es geht vielmehr darum, zu erkennen, welche Funktionen und Folgen die einzelnen Teilsysteme für die Gesamtgesellschaft haben.

Perspektivendifferenz bedeutet in der Soziologie, unterschiedliche Logiken voneinander zu unterscheiden, für sich zu betrachten und dann neu aufeinander zu beziehen und trotz ihrer Verschiedenartigkeit zusammenzuführen.

[1] Code bedeutet in diesem Zusammenhang die durch die Zugehörigkeit zu einem bestimmten Teilbereich der Gesellschaft vorgegebene Weise der Verwendung von Sprache.

[2] Perspektive (perspectivus lat., durchblickend): Betrachtungsweise oder -möglichkeit von einem bestimmten Standpunkt aus, die Sichtweise, der Blickwinkel; differentia (lat.): die Verschiedenheit; Perspektivendifferenz: die „Betrachtung der Verschiedenheit".

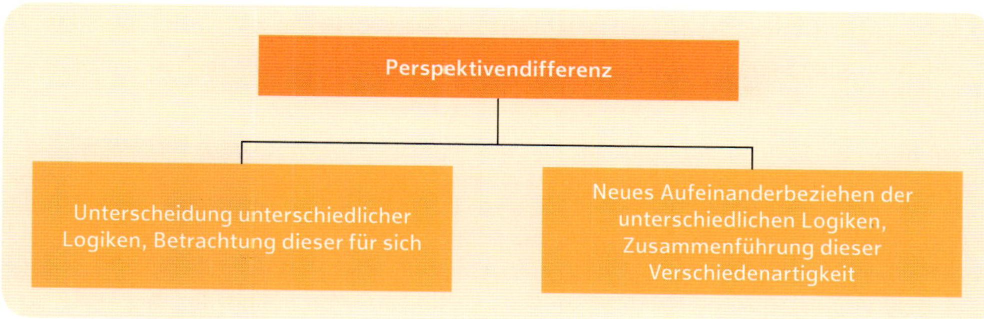

Die Zusammenführung dieser Verschiedenartigkeit gelingt nach *Nassehi* durch ein **vernetztes Denken**, das mit Instabilität rechnet und Abweichungen zulässt, aber die Komplexität der Gesellschaft versteht und würdigt, statt sie zu bekämpfen.

> *„Ich bin davon überzeugt, dass uns die Lösung der anstehenden Probleme nur […] mit der Umstellung unserer Denkungsarten auf ein vernetztes Denken gelingen wird."*
> *(Nassehi, 2018², S. 4)*

Aus einem Leserbrief: „Leonardo da Vincis wichtigste Erkenntnis, ‚alles hängt mit allem zusammen', sollte bei den heutigen globalen Fragen unser Denken leiten." *(Der Spiegel, 19/2019, S, 128)*

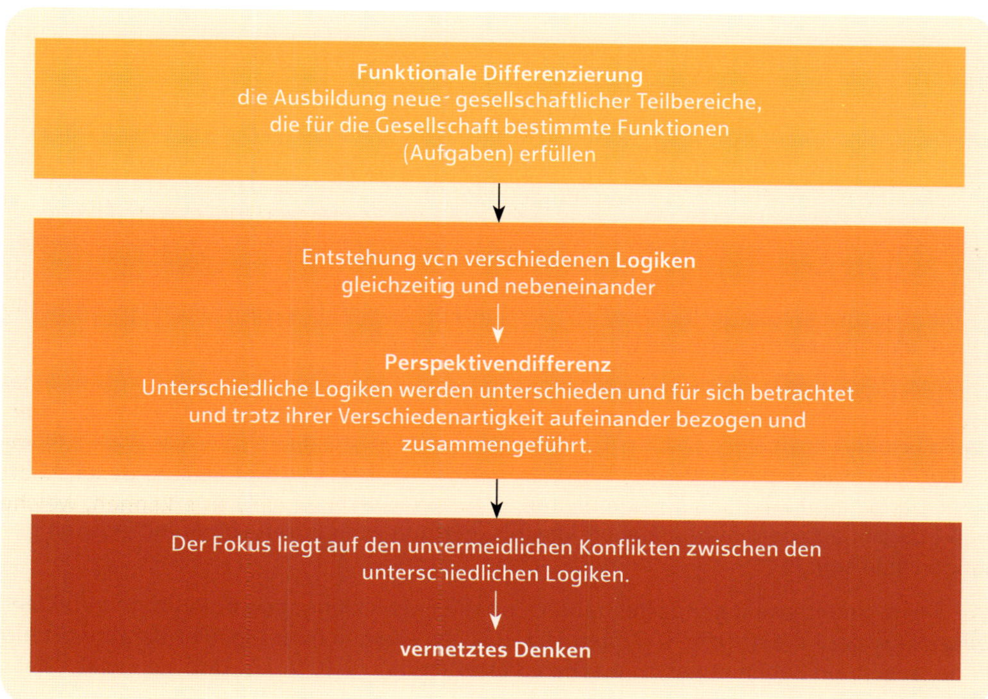

1.3.4 Die Individualisierung der Gesellschaft

Der Soziologe *Ulrich Beck* (*2016*[23], *S. 115 ff.*) prägte 1986 den Begriff „**Individualisierung**" als eines der wichtigsten Schlagworte gesellschaftlichen Wandels.

***Ulrich Beck** (1944–2015) war Professor für Soziologie an der Ludwig-Maximilians-Universität München. Zugleich war er tätig an der London School of Economics Science und am Fondation Maison des Sciences de l'Homme (FMSH) in Paris. Bekannt wurde er vor allem mit seinem Buch „Risikogesellschaft – Auf dem Weg in eine andere Moderne", welches in 35 Sprachen übersetzt wurde.*

Individualisierung bedeutet allgemein **die Veränderung der Beziehung zwischen Person und Gesellschaft in Richtung von Selbstbestimmung und Selbstverwirklichung**. Dieser Prozess beinhaltet nach *Beck* zwar bestimmte Chancen, aber auch große Risiken. Zum einen beinhaltet Individualisierung ***Wahlmöglichkeiten des Einzelnen***. Aufgrund des Selbst-Wählen-Könnens ist er gezwungen, sein eigenes Leben zu planen und zu gestalten. Die Folgen – Chancen und Gefährdungen – dieser Veränderung verlagern sich damit auf das Individuum selbst.

Insbesondere seit den 60er-Jahren des letzten Jahrhunderts wird vom Menschen erwartet, dass er sein Leben selbst in die Hand nimmt – **er muss sein eigenes Leben führen**.

→ So wird beispielsweise die Arbeitslosigkeit heute unter den Bedingungen der Individualisierung dem Menschen als sein persönliches Schicksal aufgebürdet (vgl. *Beck, 2016*[23], *S. 144*).

Im Zuge dieser Individualisierung erwartet die Gesellschaft vom Einzelnen, das Leben in eigener, ***individueller Verantwortung*** zu führen (vgl. *Nassehi, 2011*[2], *S. 128*). Der Mensch hat die Wahl, muss aber auch mit den Konsequenzen seiner Entscheidungen leben und die alleinige Verantwortung für sein Handeln tragen (Eigenverantwortung).

→ Die Frage etwa, welche Lebensweise die richtige ist, steht in der Verantwortung des Einzelnen.

> *Die Menschen werden „verstärkt auf sich selbst und ihr individuelles (Arbeitsmarkt-)Schicksal mit allen Risiken, Chancen und Widersprüchen verwiesen."*
>
> *(Beck, 2015*[9]*, S. 44)*

Im Fall eines Versagens muss der Einzelne die Suppe selbst auslöffeln, die er sich selbst eingebrockt hat (vgl. *Beck/Beck-Gernsheim, 2015*[9], *S. 14*). Er muss sich – wie es *Beck/Beck-Gernsheim* (*2015*[9], *S. 17*) formulieren – in einem solchen Fall selbst an seinem eigenen Schopfe aus dem Sumpf ziehen, das bis jetzt nur dem *Baron von Münchhausen* gelungen sein soll.

Vor allem Kinder und Jugendliche haben – so die Entwicklungspsychologin *Andrea Kleeberg-Niepage* – die Ansicht voll integriert, dass es allein in ihrer eigenen Verantwortung liege, aus ihrem Leben etwas zu machen (vgl. *Wilhelm, 2018, S. 13*). Und sie meint, „dass hier unkritisch eine neoliberale These übernommen wird, die in der Konsequenz dazu führt, dass ich mir selbst die Schuld geben muss, wenn ich es nicht schaffe" (*Wilhelm, 2018, S. 16*).

Individualisierung ist der Prozess der Veränderung der Person-Gesellschaft-Beziehung dahingehend, dass das Individuum sein Leben selbst in die Hand nehmen und für sein Tun und Handeln selbst die Verantwortung tragen muss.

Beck (*2016*[23], *S. 207*) weist darauf hin, dass Individualisierung nicht mit Individuation zu verwechseln und nicht im Sinne von Personwerdung bzw. Einmaligkeit zu verwenden ist.[1] Individualisierung ist auch nicht zu verwechseln mit Egoismus, der eine Haltung eines Menschen beschreibt, die die Absicht verfolgt, ausschließlich sich selbst zu nützen (*Hobmair, 2017*[6], *S. 437*).

Beck nennt drei Aspekte der Individualisierung (vgl. *Beck/Beck-Gernsheim, 2015*[9], *S. 11 f.*):

- Die Herauslösung aus geschichtlich vorgegebenen Sozialformen und -bindungen und die Auflösung solcher sozialer Lebensformen (***Freisetzungsdimension***).

  Beck/Beck-Gernsheim, (*2015*[9], *S. 11*) führen als Beispiele das Brüchigwerden von Kategorien wie Klasse und Stand, Familie, Nachbarschaft oder Leitbilder an.

- Damit verbunden eine Steigerung des privaten Raumes.
- Auf den Einzelnen kommen viele Anforderungen zu, die er selbst bewältigen muss. Er muss selbst handeln und etwas tun und dafür die Verantwortung übernehmen.

  Individualisierung ist „eine Zurechnungsform – das Meiste, was in einem Leben geschieht, wird dem Individuum selbst zugerechnet."
  (Nassehi, 2011[2]*, S. 128)*

  Die steigenden Anforderungen an Bildung und Ausbildung, Mobilität und Umstellungsbereitschaft erzeugen einen hohen **Individualisierungsdruck**: „Die Menschen müssen heute durchschnittlich mehr Entscheidungen treffen, mehr Informationen verarbeiten und mehr Wandel bewältigen [...], ob sie das wollen oder nicht" (*Zapf, 2015*[9], *S. 301*). Sie haben eine Vielzahl von Entscheidungssituationen zu bewältigen, für die es keine verlässlichen „Rezepte" mehr gibt (vgl. *Hitzler/Honer, 2015*[9], *S. 308*).

  „Die offenen Gesellschaften sind die größten Fake News der letzten Jahrzehnte."
  (Guilluy; in: Leick, 2018, S. 103)

- Damit verbunden ist der Verlust von traditionellen Sicherheiten (***Entzauberungsdimension***) – es entsteht ein steigender **Sicherheitsbedürfnisdruck**.

  Es handelt sich bei der Individualisierung „um einen gesellschaftlichen Prozess, in dem die Individuen aus traditionellen Bindungen [...] freigesetzt werden, was neue Freiheiten, aber auch Unsicherheiten mit sich bringt."
  (Burzan, 2011[4]*, S. 163)*

  Individualisierung und Sicherheit hängen also sehr stark zusammen.

[1] vgl. Abschnitt 1.4.1

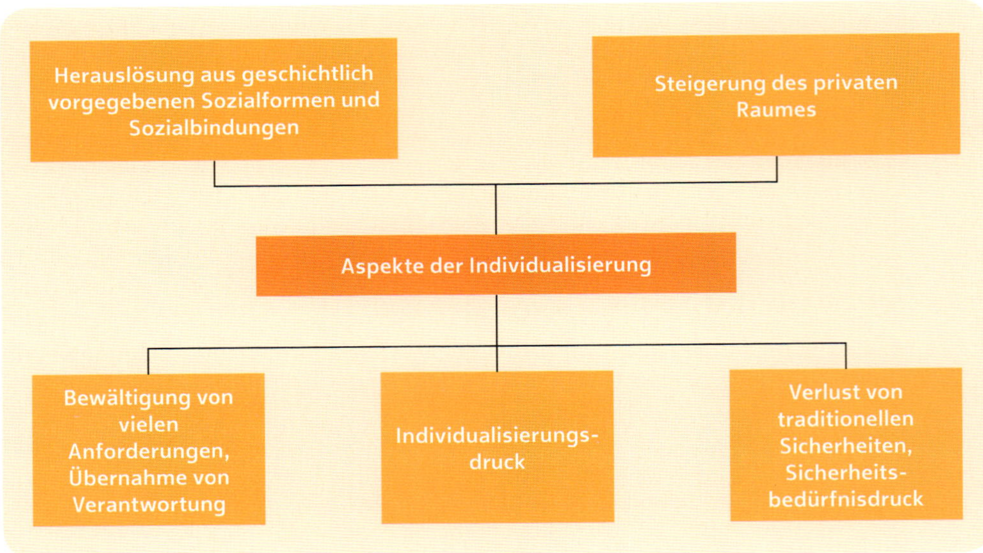

Zu den wichtigsten Eigentümlichkeiten von Individualisierung gehört nach *Beck/Beck-Gernsheim* (*2015*[9], *S. 14*), dass sie eine aktive Eigenleistung nicht nur ermöglicht, sondern ***fordert***. Das Individuum hat kaum die Freiheit, etwas zu tun, sondern es ***muss*** es tun.

„Individualisierung, so gesehen, ist eine gesellschaftliche Dynamik, die nicht auf einer freien Entscheidung der Individuen beruht.“
(Beck/Beck-Gernsheim, 2015[9]*, S. 14)*

Individualisierung darf also nicht dahingehend missverstanden werden, als handle es sich um einen frei gewählten Prozess zu mehr Individualität; die Individualisierung ***zwingt*** den Menschen dazu, sich selbst zum Zentrum seiner eigenen Lebensplanung und -führung zu machen. So gesehen ist Individualisierung ein „widersprüchlicher Prozess der Vergesellschaftung“ (*Beck, 2015*[9], *S. 45*).

„Ein individualisiertes Leben ist ein ‚zur Freiheit verurteiltes' Leben. […] Ein individualisiertes Leben zu leben bedeutet, existentiell verunsichert zu sein.“
(Hitzler/Honer, 2015[9]*, S. 307)*

Die Individualisierung erlaube heutzutage **Bastelbiografien** im Sinne von persönlichen Gestaltungsmöglichkeiten der eigenen Biografie, doch *Korte* (*2011*[2], *S. 158*) meint: „Wer seine eigene Existenz betrachtet, wird schnell merken, dass es so viel zum Basteln gar nicht gibt.“ Die Bastelbiografie kann schnell zu einer „Bruchbiografie“ werden (vgl. *Beck/Beck-Gernsheim, 2015*[9], *S. 13*).

„Individualisierung hat […] ein Doppelgesicht: ‚riskante Freiheiten'.“
(Beck/Beck-Gernsheim, 2015[9]*, S. 32)*

Beck (*2015*[9], *S. 58*) betont auch, dass aufgrund der gesellschaftlichen Individualisierung Ungleichheiten nicht beseitigt, sondern lediglich umdefiniert werden in eine „Individualisierung sozialer Risiken“. Der Unterschied sei – so *Beck* –, dass gesellschaftliche Krisen

„als individuelle erscheinen und nicht mehr oder nur noch sehr vermittelt in ihrer Gesellschaftlichkeit wahrgenommen werden".

Hier liege auch ein Grund für die gegenwärtige „Psychowelle" und die Flucht in Esoterik. *Jörg Schindler* vom „Der Spiegel" (*2019, S. 14*) stellt fest, dass heute jeder selbst sehen muss, wo er bleibt. Diese damit verbundene Unsicherheit hat bestimmte Folgen wie etwa „Zweck-Beziehungen", Anonymisierung oder Vereinsamung und ist für *Beck* ein bedeutender Grund für soziale Ungleichheit – viele Menschen bleiben auf der Strecke und stürzen in die Armut ab,[1] verbunden mit Abstiegsängsten. Der Sozialwissenschaftler *Andreas Zick* sieht in der fortschreitenden Individualisierung das Aufkommen von Gewalthandlungen (vgl. *Backes/Großbongardt, 2019, S. 21*).

> *„Dies sind die Kehrseiten einer Entwicklung, in der auch individuelles Leistungsdenken an Bedeutung gewinnt, so dass man sagen kann, dass die Leistungsgesellschaft mit ihren Möglichkeiten der (Schein-)Legitimierung sozialer Ungleichheiten sich in Zukunft erst in ihrer ganzen Problematik entfalten wird."*
> *(Beck, 2015⁹, S. 59)*

Deutlich wird diese Vereinsamung und Anonymisierung auch dadurch, dass politisch motivierte bzw. rassistische Gewalt von Menschen ausgeht, die häufig aufgrund sozialer Isolierung die Gemeinschaft suchen. Rassistische Gewalt, wie beispielsweise in Eberswalde, geschieht immer in einer Gruppe, selten allein. Der Psychiater Andreas Heinz meint, dass die Menschen, die Gewalt anwenden, das Gefühl hätten, sie täten das für die Gemeinschaft, die ihr – wieder – Identität gäbe und dadurch ihr Selbstwertgefühl aufbessern könnten (vgl. *Backes/Großbongardt, 2019, S. 21*).

Auf den Punkt gebracht

- Gesellschaft ist eine strukturierte und organisierte Gesamtheit von Menschen, die zur Befriedigung ihrer sozialen Bedürfnisse zeitlich und räumlich in einem gemeinsamen Gebiet zusammenwirken und eine eigenständige soziale Einheit bilden, die ein beständiges Ordnungsmuster aufweist und sich durch eine gemeinsame Kultur auszeichnet.
- Nach *Nassehi* unterliegt die heutige Gesellschaft einer funktionalen Differenzierung, einer Ausbildung neuer Teilbereiche, die für die Gesellschaft bestimmte Funktionen – Aufgaben – erfüllt. Aufgrund dieser wird sie immer komplexer, sodass eine Beschreibung dieser mit überkommenen Kategorien, Begriffen und oft auch mit bestimmten Erklärungen nicht mehr möglich ist. Die funktionale Differenzierung führt dazu, dass es nicht mehr nur eine Welt gibt, sondern aus der Betrachtungsweise heraus – perspektivisch – viele verschiedene Welten.
- Bei einer modernen Gesellschaft handelt es sich um eine differenzierte Einheit: Gesellschaftliche Teilbereiche verselbstständigen sich einerseits zunehmend und andererseits sind sie aufeinander bezogen und voneinander abhängig. So existieren in der Gesellschaft aufgrund der Teilbereiche sehr verschiedene Logiken, das sind Denkweisen, die einer bestimmten Teilgruppe einer Gesellschaft zu eigen sind. Sie existieren gleichzeitig und nebeneinander.

[1] vgl. Kapitel 5.2.2 und 5.2.3

- Grundannahme von *Nassehi* ist, dass sich die moderne Gesellschaft in autonome funktionale Teilbereiche aufgeteilt hat, die einer jeweils unterschiedlichen Logik folgen. Dabei liegt der Fokus auf den unvermeidlichen Konflikten zwischen den unterschiedlichen Logiken. Die Alternative ist ein vernetztes Denken, das mit Instabilität rechnet und Abweichungen zulässt, aber die Komplexität der Gesellschaft versteht und würdigt, statt sie zu bekämpfen. Dabei ist eine Perspektivendifferenz erforderlich: Die unterschiedlichen Logiken einer modernen Gesellschaft müssen für sich betrachtet und dann trotz ihrer Verschiedenartigkeit zusammengeführt werden.
- Individualisierung ist der Prozess der Veränderung der Person-Gesellschaft-Beziehung dahingehend, dass das Individuum sein Leben selbst in die Hand nehmen und für sein Tun und Handeln selbst die Verantwortung tragen muss. Menschen erleben ihr Leben und ihre Entscheidungen zunehmend als individuell und auch die Gesellschaft erwartet vom Einzelnen, das Leben in individueller Verantwortung zu führen. Die Menschen werden in zunehmendem Maße auf sich selbst verwiesen. Die Individualisierung hat nach Beck ein Doppelgesicht: „riskante Freiheiten".

Wiederholen, Vertiefen, Anwenden

17. *Biografie und Internetsuche*
    - Suchen Sie im Internet nach Informationen über das Leben und Werk von
      - Gruppe 1 und 2: *Armin Nassehi*
      - Gruppe 3 und 4: *Ulrich Beck*
    - Fertigen Sie in Kleingruppen eine Übersicht zur Biografie dieser Soziologen an.
    - Erarbeiten Sie wichtige Abschnitte ihres Lebens.
18. Erläutern Sie am Beispiel der Bundesrepublik Deutschland Merkmale des Begriffs „Gesellschaft".
19. Bestimmen Sie, was *Nassehi* mit „funktionaler Differenzierung" meint, und stellen Sie dar, welche Folgen diese für die Gesellschaft hat.
20. Klären Sie, was mit „Logiken" gemeint ist, und erläutern Sie die Folgen für das gesellschaftliche Zusammenleben.
21. *Eine Beschreibung der Gesellschaft sei nach dem Münchner Lehrstuhlinhaber für Soziologie, Armin Nassehi (2015, S. 264) mit den überkommenen Theorien und Begriffen nicht mehr möglich.*
    Zeigen Sie auf, wie Nassehi diese Behauptung begründet und wie die Mitglieder unserer Gesellschaft mit der Komplexität moderner Gesellschaft umgehen sollen.
22. Begründen Sie, warum einfache Erklärungen und Lösungen in der heutigen Gesellschaft nicht mehr funktionieren.
23. *„Individualisierung wird [...] als ein [...] widersprüchlicher Prozess der Vergesellschaftung verstanden" (Beck, 2015[9], S. 45).*
    Begründen Sie diese Aussage von *Ulrich Beck*.
24. Beschreiben Sie die Individualisierung als Folge und zentralen Aspekt moderner Gesellschaften.
25. *Lernsituation 1.3*
    a) Bestimmen Sie, was man unter einer Gesellschaft versteht.

b) Erläutern Sie anhand einer gesellschaftlichen Situation funktionale Differenzierung und Logiken der Gesellschaft.
c) Zeigen Sie auf, in welche Richtung sich unsere Gesellschaft in unserer heutigen Zeit entwickelt. Gehen Sie dabei auch auf die Problematik dieser Entwicklung ein.

26. *Wie können Sie den aus der Individualisierung erwachsenen Anforderungen gerecht werden?*
- Bilden Sie Vierergruppen.
- Tragen Sie jeder für sich in ein vorstrukturiertes Arbeitsblatt[1] in die erste Zeile Ihre Idee bzw. Ihren Vorschlag, wie Sie den aus der Individualisierung erwachsenen Anforderungen gerecht werden können, ein.
- Geben Sie dann das Blatt an den rechten Nachbarn weiter.
- Diese Abfolge wird viermal wiederholt, bis Sie wieder Ihr erstes Blatt in Händen haben.
- Sprechen Sie nun in der Gruppe über die Vorschläge.
- Stellen Sie zwei von diesen vier Möglichkeiten der Klasse vor.
- In der Klasse werden alle diese Vorschläge diskutiert und festgehalten.

1.4 Die soziale Person

Lernsituation

Sie und Ihr Freund und ein Buch

Bei aller Betrachtung der Gesellschaft fragen Sie sich nun, wo bleibt denn eigentlich der Einzelne, das Individuum? Spielt das in der Soziologie keine Rolle? Ihr Freund leiht Ihnen ein Soziologiebuch von Jakob Wössner (1986[9]), das er schon längere Zeit hat. Sie blättern darin herum und lesen dann auf Seite 37:

„Wenn man das menschliche Zusammenleben betrachtet, so hat man es schließlich doch immer nur mit einzelnen Menschen zu tun. Man sieht die Gruppe als solche nicht. Ebenfalls sieht man weder Institutionen noch soziale Beziehungen oder soziale Prozesse. Man sieht immer nur, dass einzelne Menschen „zusammen“ etwas tun. Oder man sieht, dass einzelne Menschen Gleiches oder Ähnliches tun. Es muss also jeweils im Menschen etwas vorhanden sein, das ihn veranlasst, auf andere so zu reagieren, wie es den Erwartungen des anderen eben entspricht; und der andere kann scheinbar aufgrund seiner Erwartungen sicher sein, dass bestimmte Reaktionen, Verhaltensweisen und Handlungen ausgelöst werden, je nach dem Signal, das Mitmenschen gegenüber gesetzt wird.“

Aha, sagen Sie sich. Aber jetzt möchten Sie wissen, was ein Individuum ist und welche Rolle die Gesellschaft dabei spielt. Und Sie möchten auch erfahren, in welchem Verhältnis Individuum und Gesellschaft zueinander stehen und welche Erwartungen sie gegenseitig an sich stellen.

[1] Ein Beispiel für ein solch vorstrukturiertes Arbeitsblatt ist in Hobmair, Unterrichtsgestaltung Pädagogik/Psychologie, 2015, S. 196 zu finden.

I Information

1.4.1 Gesellschaft und Individuum

Mit Individuum[1] ist im Gegensatz zur Gesellschaft der ***Einzelne*** – der einzelne Mensch – gemeint, der eine untrennbare Einheit, eine ***Ganzheit*** bildet. Vor allem die Individualpsychologie[2] hebt die Einmaligkeit, die Einzigartigkeit und Unverwechselbarkeit, die ein Individuum charakterisieren, hervor.

Die Einzigartigkeit einer Person zeigt sich bereits in ihrem äußeren Erscheinungsbild, in ihrer Körpergröße, ihrer Augen- und Haarfarbe. Die spezifische Struktur einer Person wird vor allem deutlich in ihrer Art, wie sie denkt und an Probleme herangeht, welche Meinungen sie vertritt, welche Interessen sie verfolgt, welche Wünsche und Bedürfnisse sie äußert, aber auch, welche Gefühle sie zulässt und in ihrem Verhalten zeigt. So kann eine Person ängstlich, aber auch aufgeschlossen, eine andere selbstsicher und zurückhaltend, eine dritte humorvoll und unsicher sein.

„Jeder Mensch ist einmalig und das größte Kunstwerk, das es gibt."
(Thomas Bernhard[3]), (verändert)

Individuum meint also ein einzelnes Lebewesen in seiner Besonderheit und Einmaligkeit im Gegensatz zur Masse.

Individuum meint die Ganzheitlichkeit sowie die Einzigartigkeit und Unverwechselbarkeit eines Menschen, die ihn aus der Gesellschaft hervorhebt.

Gelegentlich wird der Begriff „Individuum" auf Menschen angewendet, um sie als moralische Subjekte, als Träger von Rechten, Verantwortungen und Pflichten zu kennzeichnen.

Der Mensch kann seine Individualität nur in und durch die Gesellschaft ausbilden. Er ist auf eine gesellschaftliche Lebensweise hin angelegt und kann nur durch das Zusammenleben mit anderen existieren und zu seinem Personsein gelangen.

„Man is not born human." – Der Mensch wird nicht als „Mensch" geboren, sondern erst dazu gemacht.
(Burgess/Locke, 1945, S. 213)

[1] Individuum (lat.): das Unteilbare
[2] Die Individualpsychologie ist neben der Psychoanalyse eine weitere bedeutende Richtung der Tiefenpsychologie. Ihr Begründer ist Alfred Adler (1870–1937).
[3] Thomas Bernhard (1931–1989) war österreichischer Schriftsteller und zählt zu den bedeutendsten deutschsprachigen Autoren der zweiten Hälfte des 20. Jahrhunderts.

Eine Person gilt deshalb als sozial, weil sie das Bedürfnis zum Zusammenschluss von Menschen hat und in der Regel immer in sozialen Beziehungen leben will und lebt und auch auf solche angewiesen ist ***(soziale Person)***.

Der Mensch wird am Mensch zum Menschen, er „wird am DU zum ICH."
(Martin Buber[1]).

Das menschliche Gehirn ist auf Beziehung angelegt, es ist – wie es *Daniel Goleman (2017)* bezeichnet – ein „geselliges Hirn". Das Bedürfnis nach Kontakt mit anderen Menschen ist quasi „in uns eingebaut".

Eng mit dem Individuum hängt der Begriff der **Individualität** zusammen als die Summe der Persönlichkeitseigenschaften und -merkmale, die das Besondere eines Menschen ausmachen.

So zum Beispiel hat jeder Mensch unterschiedlich ausgeprägte Begabungen, Fähigkeiten und Fertigkeiten sowie unterschiedliche Einstellungen, Werthaltungen oder Stimmungen.

Individuum meint den Menschen selbst, Individualität seine Persönlichkeitsmerkmale und -eigenschaften, die er in unterschiedlicher Ausprägung besitzt.

„Individualität bedeutet die Freiheit zur Wahl. Selbstbestimmt zu entscheiden, wie und wo man lebt, welchen Beruf man ergreift oder welche Form der Sexualität praktiziert wird."
(Zukunftsinstitut, o. S.)

Der Prozess der Ausbildung einer Person zu einem Individuum wird **Individuation** genannt.

Individuation bedeutet den Prozess der Ausbildung der Person zu einem Individuum.

1.4.2 Das Selbstverständnis eines Menschen

Eng verwandt mit der Individualität eines Menschen ist seine **Identität**[2]. In der Alltagssprache meint man damit persönliche und unverwechselbare Daten einer Person. Dazu gehören Name, Alter, Geschlecht, Größe oder Augenfarbe.

Der Personalausweis wird deshalb auch oft Identitätsausweis genannt.

Ich komme, ich weiß nicht, woher?
Ich bin, ich weiß nicht, wer?
Ich fahre, ich weiß nicht, wohin?
Mich wundert, dass ich so fröhlich bin.
(überliefert von Heinrich von Kleist)

In den Sozialwissenschaften meint Identität die Vorstellung von sich selbst als einmalige und unverwechselbare Person sowohl in der eigenen Betrachtung als auch in der durch seine soziale Umwelt. Sie stellt das Bewusstsein eines Menschen darüber dar, wer und was er selbst ist.

[1] Martin Buber (1878–1965), jüdischer Religionsforscher und -philosoph, lehrte zunächst jüdische Religionswissenschaft und Ethik an der Universität Frankfurt am Main. 1938 ging er nach Palästina, wo er Philosophie und Soziologie lehrte. Sein bekanntestes Werk ist „Ich und Du", welches auch die christliche Theologie und vor allem die Ethik nachhaltig beeinflusste.
[2] idem (lat.): der Nämliche, der Gleiche

Identität bedeutet das Selbstverständnis eines Menschen als einmalige und unverwechselbare Person sowohl in der eigenen Betrachtung als auch in der durch seine soziale Umwelt.

Identität stellt das Bewusstsein eines Menschen darüber dar, wer und was er selbst ist, und ist durch folgende Kriterien näher gekennzeichnet (vgl. *Oerter/Dreher, 2008[6], S. 303*):

- die Person, für die man sich selbst hält,
- die Person, die man gern sein und werden möchte,
- die Person, die man zu werden glaubt,
- die Person, für die einen andere halten, sowie
- die Person, wie andere sie haben möchten.

Die Identitätsfindung erfolgt vor allem in der Auseinandersetzung mit grundlegenden Werten und Normen der Gesellschaft sowie der Festlegung auf eigene Positionen. Eine Identitätskrise kann entstehen, wenn identitätsstiftende Hilfsquellen der Gesellschaft kaum bzw. nicht in einem zureichenden Maße vorhanden sind.

Solche Hilfsquellen können zum Beispiel die Familie, Freunde, Bekannte, Schule oder Arbeitsplatz sein.

Dadurch kann eine tiefe Verunsicherung erlebt werden, die es notwendig macht, seine Identität neu auszuloten.

Die Ausbildung der Individualität und der eigenen Identität ist auf Hilfsquellen der Gesellschaft angewiesen.

1.4.3 Erwartungen von Gesellschaft und Individuum

Die Gesellschaft hat ein großes Interesse an einem gesellschaftskonformen Nachwuchs mit dem in ihr benötigten Ausbildungsstand. Und sie erwartet einen an ihre Wert- und Normvorstellungen angepassten Menschen, der einem bestimmten Beruf nachgeht und seine „gesellschaftlichen Pflichten" erfüllt. Deshalb versucht die Gesellschaft bzw. ihre Regierung, durch staatliche und pädagogische Einrichtungen wie beispielsweise den Kindergarten, die Schule oder die Jugendarbeit auf den Einzelnen Einfluss zu nehmen.

Wird der Mensch jedoch lediglich als ein Gesellschaftswesen verstanden, so liegt die Gefahr nahe, dass der Mensch zum Produkt der Gesellschaft wird, ein von der Gesellschaft geprägter, angepasster, möglichst reibungslos funktionierender Rollenspieler ohne Berücksichtigung seiner Individualität. Darauf hat vor allem der Soziologe *Ralf Dahrendorf*[1] (*2010[17]*) hingewiesen: Er sieht den Menschen ***entfremdet*** durch die Gesellschaft, die sozialen Rollen und durch die Sanktionen[2] der sozialen Kontrolle.

[1] Eine Kurzbiografie von Ralf Dahrendorf befindet sich in Kapitel 2.2.2.

[2] Sanktionen (sanctio, lat.: die Heilung, die Bestätigung, die Billigung) sind Maßnahmen, die für die Einhaltung von sozialen Normen und die Erfüllung von sozialen Rollen sorgen sollen – zum Beispiel eine Belohnung, Anerkennung, Beförderung oder Bestrafung wie Schulverweis, Geldstrafe, Gefängnis.

Doch der Einzelne erwartet in seinem „Personsein“ das Recht auf freie Entfaltung seiner Persönlichkeit und seiner individuellen Fähigkeiten sowie auf Selbstbestimmung seines Handelns. Diesen Freiraum muss ihm eine freie und demokratische Gesellschaft gewähren.

Wird aber ausschließlich dieser Gesichtspunkt der freien Persönlichkeitsentfaltung gesehen, so läuft man Gefahr, in der Gesellschaft lediglich einen „Beschränker“ der persönlichen Entfaltung zu sehen, der den Menschen in der Entwicklung seiner Individualität behindert bzw. diese gar verhindert.

Gesellschaft und Individuum sind miteinander verschränkt und wechselseitig voneinander abhängig:

- Einerseits kann der Einzelne – wie in *Abschnitt 1.4.1* ausgeführt – nur durch das Zusammenleben mit anderen existieren und zum Menschen im humanen Sinne werden; er kann seine Individualität nur in und durch die Gesellschaft ausbilden.
- Andererseits bewirkt das Individuum den Fortbestand und den Wandel der Gesellschaft sowie ihre Effektivität und Funktionalität, die davon abhängen, inwieweit der Einzelne fähig und willens ist, sich aktiv und kritisch-konstruktiv in gesellschaftliche Gegebenheiten einzuschalten und am sozialen und politischen Leben produktiv mitzuwirken.

Individuum und Gesellschaft sind von vorneherein aufeinander angewiesen, das eine kann ohne das andere nicht existieren. Gesellschaft und Individuum beeinflussen und formen sich wechselseitig.

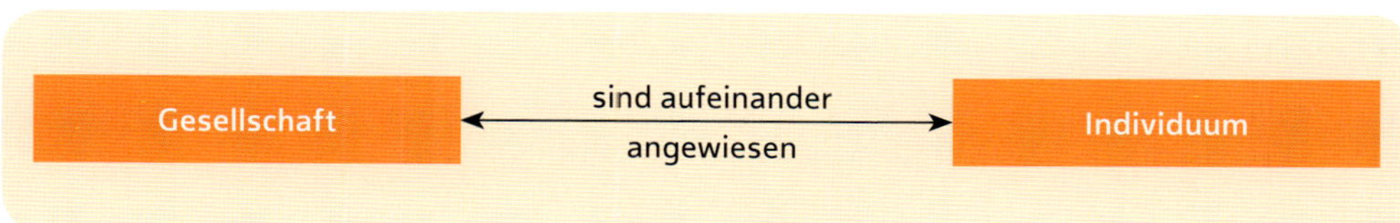

Auf den Punkt gebracht

- Individuum meint die Ganzheitlichkeit sowie die Einzigartigkeit und Unverwechselbarkeit eines Menschen, die ihn aus der Gesellschaft hervorhebt. Er ist auf eine gesellschaftliche Lebensweise hin angelegt und kann nur durch das Zusammenleben mit anderen existieren und zu seinem Personsein gelangen.
- Eng mit dem Individuum hängt der Begriff der Individualität zusammen als die Summe der Persönlichkeitseigenschaften und -merkmale, die das Besondere eines Menschen ausmachen. Mit Individuation versteht man den Prozess der Ausbildung der Person zu einem Individuum.
- Identität bedeutet das Selbstverständnis eines Menschen als einmalige und unverwechselbare Person sowohl in der eigenen Betrachtung als auch in der durch seine Umwelt. Eine Identitätskrise kann entstehen, wenn identitätsstiftende Hilfsquellen der Gesellschaft kaum bzw. nicht in einem zureichenden Maße vorhanden sind. Die Ausbildung der Individualität und der eigenen Identität ist auf Hilfsquellen der Gesellschaft angewiesen.

- Wird der Mensch lediglich als ein Gesellschaftswesen verstanden, besteht die Gefahr, dass der Mensch zum Produkt der Gesellschaft wird. Wird andererseits lediglich der Gesichtspunkt der freien Persönlichkeitsentfaltung gesehen, so läuft man Gefahr, in der Gesellschaft lediglich einen „Beschränker" der persönlichen Entfaltung zu sehen. Gesellschaft und Individuum sind jedoch miteinander verschränkt und wechselseitig voneinander abhängig. Sie sind von vornherein aufeinander angewiesen und das eine kann ohne das andere nicht existieren.

Wiederholen, Vertiefen, Anwenden

27. *Die Soziologie betrachtet das Individuum in der Wechselbeziehung mit der Gesellschaft.*
    a) Klären Sie den Begriff „Individuum".
    b) Nehmen Sie zu dieser Aussage Stellung unter Bezugnahme soziologischer Erkenntnisse.
28. Bestimmen Sie, was man unter „Identität" versteht und beurteilen Sie die Bedeutung gesellschaftlicher Prozesse für ihre Entwicklung.
29. Erläutern Sie die Entstehung von Identität im Wechselspiel zwischen Individuum und Gesellschaft.
30. Oft werden Individuum und Gesellschaft als unaufhebbare Gegensätze dargestellt. Legen Sie die Problematik dar, die sich zwischen Individuum und Gesellschaft ergeben kann.
31. Erläutern Sie an einem Beispiel, dass Gesellschaft und Individuum miteinander verschränkt und wechselseitig voneinander abhängig sind.
32. *Lernsituation 1.4*
    a) Bestimmen Sie, was man mit Individuum meint.
    b) Zeigen Sie auf, welche Rolle die Gesellschaft im Zusammenhang mit dem Individuum und der Identität spielt.
    c) Erläutern Sie, in welchem Verhältnis Individuum und Gesellschaft zueinander stehen und welche Erwartungen sie gegenseitig an sich stellen.
33. *Individuum und Gesellschaft*
    Individuum und Gesellschaft stehen in dem Spannungsfeld zwischen der Erfüllung von gesellschaftlichen Ansprüchen einerseits und der freien Entfaltung der Persönlichkeit andererseits.
    - Stellen Sie in der Klasse je sechs Stühle gegeneinander gerichtet auf.
    - Fünf Mitschüler, die die These, dass der Mensch nur gesellschaftliche Ansprüche erfüllen muss, extrem vertreten, setzen sich in die eine Reihe.
    - Weitere fünf Mitschüler, die die freie Entfaltung der Persönlichkeit in extremer Weise verteidigen, nehmen auf den Stühlen gegenüber Platz.
    - In jeder Reihe bleibt ein Stuhl leer.

- Die zehn Mitschüler diskutieren die beiden Thesen kontrovers aus ihrer jeweiligen Sichtweise.
- Wer aus der Klasse einen Diskussionsbeitrag leisten möchte, setzt sich auf den leeren Stuhl. Er nimmt auf derjenigen Seite Platz, die er mit seinem Beitrag unterstützen will. Nach dem Beitrag verlässt der Schüler den Stuhl wieder.

34. *Ihr gesellschaftlicher Beitrag*
- Reflektieren Sie selbst (alleine) über sich selbst in Bezug auf die Gesellschaft. Machen Sie sich dazu Notizen.
- Bilden Sie Vierergruppen.
- Reden Sie in der Gruppe über Ihr Notiertes.
- Machen Sie sich Gedanken über mögliche Ziele im Hinblick auf Ihren gesellschaftlichen Beitrag und sprechen Sie in der Gruppe darüber.
- Stellen Sie zwei Möglichkeiten der Klasse vor.
- In der Klasse werden alle diese Vorschläge diskutiert und festgehalten.

Aufgaben zum gesamten Kapitel

35. *Fertigen Sie in Gruppen ein Clustering zu dem Thema „Grundfragen der Soziologie“ an.*
- Schreiben Sie in die Mitte eines größeren Blattes das Thema in einen Kreis und notieren Sie zunächst den ersten Gedanken, den Sie zu diesem Thema haben.
- Verbinden Sie ihn dann mit dem Mittelkreis.
- Schreiben Sie nun alle weiteren Gedanken zum Thema auf dieselbe Weise auf das Blatt und verbinden Sie jeden Kreis mit dem vorigen durch einen Strich.

Materialien Kapitel 1

1. Alltagssoziologie und wissenschaftliche Soziologie

Wie erklären die Leute im Allgemeinen solche Probleme?

Wenn wir uns selbst einmal bei derartigen Gelegenheiten beobachten und kontrollieren könnten oder anderen bei ihren Erklärungen aufmerksam und vielleicht etwas kritischer als üblich zuhörten, würden wir rasch feststellen, dass bei der Konfrontation mit einem Alltagsproblem bereits gewisse Vorstellungen über seine Ursachen abgerufen werden. Persönliche Erfahrungen und übernommene Meinungen, allzu oft auch – meist unbewusste – soziale Vorurteile, spielen dabei eine wichtige Rolle. So werden wohl im Hinblick auf bestimmte Probleme in der Regel kaum sorgfältig abgewogene oder wohlüberlegte Gedanken und klare, präzise Kausalketten entwickelt, sondern eher spontane, für richtig und „plausibel" gehaltene Deutungen der Situation, die für uns „wirklich so ist", zum Ausdruck gebracht. Die Alltagsprobleme werden von der eigenen Perspektive aus wahrgenommen und von den eigenen Werten, Normen und Überzeugungen her beurteilt. Ausgangspunkt ist jeweils das eigene für „selbstverständlich" und „natürlich" gehaltene Bezugssystem. Die Sicht des anderen oder dessen Interpretation des Problems bleiben unberücksichtigt. Oft werden schnell „Etiketten" verteilt und komplexere Zusammenhänge auf bestimmte Beziehungen zwischen Personen oder auf deren angenommene Eigenschaften reduziert. Erfahrungen, die sich solchen Zuschreibungen entziehen, werden dann fatalistisch als undurchschaubares Schicksal oder als in der Natur der Sache liegend begriffen. [...]

Unser Alltagswissen und unser Alltagsverständnis bestimmen also, welche Zusammenhänge bei gewissen Problemfällen in unseren Gesichtskreis rücken, welche Faktoren wichtig sind. Oft wird das Denken dabei von bewertenden Kategorien und absoluten Begriffen wie „gut" und „böse", „schuldig" oder „unschuldig", „richtig" oder „falsch" geleitet; zudem werden unsere „Erklärungen" von den durch das Problem ausgelösten eigenen Gefühlen und Eindrücken überlagert und – meist unbewusst – gesteuert:

Herr Schmidt ist ja „Alkoholiker", die 12-jährige Tina flirtet mit einem „Punker" (was offensichtlich in der Familie liegt, denn die Mutter hat ja seinerzeit auch schon „früh angefangen"), die Zwillinge von nebenan sind „schlecht erzogen" oder vielleicht hat auch der Hausmeister eine „unsoziale Einstellung", weil er die Kinder nicht auf dem gepflegten Rasen spielen lässt. Für Frau Schmidt ist die Ehe sicher eine einzige Tortur, denn man „weiß" ja, dass Alkoholiker sehr labil sind, sich nicht beherrschen können und sich so ihr Schicksal selbst zuzuschreiben haben. Man „weiß" auch, dass bei „Frühreifen" die Triebhaftigkeit und sexuelle Aktivität im Blut steckt, was man aber durch geeignete Erziehungsmaßnahmen sicherlich in den Griff bekäme. Und man „weiß", dass die Nachbarin depressiv ist und mit der Geburt der Zwillinge überfordert wurde. Und man kennt ja schließlich auch den übereifrigen Hausmeister, der im ganzen Viertel als Kinderschreck gilt.

Dass es sich bei diesen „Eigenschaften" um etwas handelt, das mit der „Veranlagung" der Betreffenden zu tun hat, wird hierbei oft stillschweigend vorausgesetzt. Dass es sich bei den beklagten Verhaltensweisen jedoch gar nicht so sehr um individuelle Veranlagungen handeln könnte, sondern vielmehr eher um Eigenschaften, die sich erst unter ganz bestimmten Bedingungen des Zusammenlebens entwickelt haben, diese Möglichkeit bleibt meist außerhalb unseres gewohnten Denkhorizonts.

- Oder denken wir daran, dass beispielsweise Alkoholismus weniger ein individuelles Problem ist, insofern dieses Problem ja besonders in Gesellschaften verbreitet ist, die den Alkoholkonsum als Zeichen der Männlichkeit und Lebensfreude ansehen oder auch als Seelentröster und Konfliktlöser empfehlen?

- Denken wir daran, dass bestimmte Persönlichkeitseigenschaften und bestimmte Ausdrucksformen des Protests (wozu aggressive sowie depressive Formen zu rechnen sind) sich eigentlich erst im Anschluss an ganz bestimmte Erfahrungen und Erlebnisse in zwischenmenschlichen Beziehungsfeldern (z. B. in der Partnerschaft, in der Familie, in der Verwandtschaft, in der Nachbarschaft, am Arbeitsplatz usw.) bilden?
- Oder denken wir daran, dass – wie beim Beispiel des „unsozialen" Hausmeisters – vielleicht auch eine mangelhafte Wohnungspolitik für Familien oder kinderfeindliche Leitbilder von Architekten, Baugesellschaften und Raumplanern eine Rolle spielen könnten?

Die „Gewissheit", mit der wir aus unserem Alltagsverständnis heraus derartige Probleme beschreiben und erklären, wird eigentlich viel zu selten infrage gestellt. Daher ist es auch kaum erstaunlich, wie selbstsicher und souverän wir im Umgang miteinander gewissermaßen „aus der Hüfte geschossene" Diagnosen abgeben, ohne die vielen komplexen Umweltbedingungen und Lebenserfahrungen zu kennen, die diese Menschen und ihre Probleme erst zu dem machten, was sie in den Augen der anderen sind.

Hier hat die Soziologie eine kritische und aufklärende Funktion. Sie macht darauf aufmerksam, dass die raschen und intuitiven Zuordnungen und plausibel erscheinenden Zuschreibungen unserer privaten Alltagsinterpretationen nur allzu oft trügerisch sind und den tatsächlichen Problemhintergründen keineswegs gerecht werden. Es genügt nämlich nicht, irgendeine Meinung über ein Problem im zwischenmenschlichen Verhalten von sich zu geben, sondern diese Meinung muss an der konkreten Situation aufgewiesen, belegt und überprüft werden. Manche Erklärungen und Beschreibungen der Soziologie stimmen dann mit unseren bisherigen Meinungen und Überzeugungen nicht mehr überein. Manche beliebte „individualisierende" Denkfigur, manch gesellschaftlich akzeptiertes (und so bisweilen recht nützliches) Argument, manche gewohnte und vertraute Vorstellung von der sozialen Welt wird hierdurch fragwürdig. Indessen: Im Aufwerfen solcher „kontra-intuitiver" Fragen liegt gerade der besondere Nutzen der Soziologie. Oder um es mit Peter Berger zu formulieren: „Die erste Stufe der Weisheit in der Soziologie ist, dass die Dinge nicht sind, was sie scheinen."

Indem die Soziologie ihr Erkenntnisinteresse vor allem auf die sozialen Bedingungen richtet, die hinter den beobachtbaren Tatsachen wirksam werden und indem sie auf die Einbettung vieler Probleme in umfassendere gesellschaftliche Strukturzusammenhänge aufmerksam macht, leuchtet sie Bereiche aus, die vom naiven Alltagsdenken oft ausgeblendet werden oder deren Zugang versperrt bleibt. Damit eröffnet uns die Soziologie neue und rational anregende Sichtweisen, die eine Hilfe sein können für ein besseres Verständnis von uns selbst und von der Gesellschaft, in der wir leben.

(Henecka, 2015[10], S. 20 ff., gekürzt)

2. Was ist eine soziologische Theorie?

Das Nachdenken über die Gesetzmäßigkeiten des menschlichen Zusammenlebens, über Störungen und Fehlentwicklungen der menschlichen Gemeinschaften und über die richtige oder gute Form der politischen Ordnung hat in der Geschichte des Abendlandes eine lange Tradition. Meist wird diese Tradition als Entwicklung der politischen

Ideengeschichte verstanden und daher auch der politikwissenschaftlichen Disziplin oder der praktischen Philosophie zugerechnet. Die Soziologie als eigenständige Lehre von der Gesellschaft ist dagegen eine recht junge Disziplin: Sie entsteht erst gegen Ende des 19. Jahrhunderts. Drei der vier wichtigsten „Gründerväter" der Disziplin – Max Weber, Émile Durkheim und Georg Simmel – leben und schreiben um die Wende vom 19. zum 20. Jahrhundert. Der vierte maßgebliche Autor, Karl Marx, verfasste seine wesentlichen Werke nur wenige Dekaden früher.

Dieser in den heutigen Sozialwissenschaften weitgehend unstrittige Sachverhalt legt zwei wichtige Schlussfolgerungen nahe.

1. Es muss einen eindeutigen Unterschied zwischen der soziologischen Theorie und früheren bzw. politischen oder philosophischen Formen des Nachdenkens über Gesellschaft geben.
2. Es muss einen identifizierbaren Grund dafür geben, wieso sich gegen Ende des 19. Jahrhunderts die Art der Wahrnehmung und der theoretischen Reflexion von Gesellschaft plötzlich ändern.

Eine überzeugende Antwort auf beide Fragen findet man erst dann, wenn man das Entstehen der soziologischen Theorie um die genannte Jahrhundertwende als eine Reaktion auf teilweise schockartig sich verbreitende Modernisierungserfahrungen versteht: Weil sich die Gesellschaft selbst in ihren materiellen, sozialen, kulturellen und institutionellen Beständen in jener Zeit massiv verändert, wird sie auf neuartige Weise zum Problem. Wenngleich schon seit der Reformation und der Aufklärung die geistigen Grundlagen der Gesellschaft, etwa in Wissenschaft und Philosophie, teilweise auch in der Politik und im Recht, in Veränderung begriffen waren, waren es doch erst die massiven Industrialisierungsschübe im 19. Jahrhundert und die mit ihnen einhergehenden Wellen der Urbanisierung und Individualisierung sowie der städtischen und marktwirtschaftlichen Anonymisierung, welche Familienbande zerrissen, überkommene alltagspraktische Traditionen des Lebens, Arbeitens und Wohnens zerstörten und neue, zunächst chaotische Formen des Zusammenlebens hervorbrachten.

Was jahrhundertelang als unverrückbar feststehende Ordnung des gesellschaftlichen Lebens und als verlässliche Norm gedient hatte, wurde plötzlich infrage gestellt. Die Veränderungen betrafen die Siedlungsstruktur ebenso wie das Bildungswesen, die Familienformen ebenso wie die Arbeitsverhältnisse, die politische Organisation ebenso wie die nun an anonymen Märkten orientierten wirtschaftlichen Austauschprozesse. Zugleich wurde die alte ständische Ordnung der Gesellschaft aufgelöst: Berufe und Familien, die über Jahrhunderte hinweg angesehen, vermögend und einflussreich waren, verarmten plötzlich und wurden bedeutungslos, während neue Schichten Geld und Macht eroberten.

(Rosa u. a., 2018[3], S. 12 f.)

3. Auffassungen von Soziologie

Wissenschaften haben sich einerseits als Ziel gesetzt, die **Wirklichkeit zu beobachten und zu beschreiben**, **Zusammenhänge zu erkennen** und diese zu **erklären**.

→ Der Armuts- und Reichtumsbericht der Bundesregierung beispielsweise beschreibt die Verbreitung des Reichtums und der Armut in der Bundesrepublik Deutschland.[1] Die PISA-Studie[2] zeigt

[1] vgl. hierzu Kapitel 5.2.2

[2] PISA ist die Abkürzung für „Programme for International Student Assessment" (Programm zur internationalen Schülerbewertung). Die PISA-Studien sind seit 2000 von der OECD veranstaltete internationale Schulleistungsuntersuchungen (vgl. Hobmair, 2009, S. 278).

Zusammenhänge zwischen Schichtzugehörigkeit und Schulart (Haupt- bzw. Mittelschule, Realschule, Gymnasium) auf.

Diese Auffassung von Soziologie vertrat als erster *Auguste Comte*, der – wie in *Abschnitt 1.1.1* ausgeführt – mit diesem Begriff eine neue Wissenschaftsart charakterisieren wollte. Sein Anliegen war es, die soziale Wirklichkeit **zu beobachten, zu beschreiben und zu erklären**.

Beobachtbar bedeutet grundsätzlich „der Erfahrung zugänglich“. Deshalb wird die Soziologie aus dieser Sichtweise als **Erfahrungswissenschaft** bzw. als **empirische**[1] **Wissenschaft** bezeichnet. Aus dieser Sichtweise ist der Gegenstand der Soziologie die ***erfahrbare soziale Wirklichkeit***.

Soziologen versuchen herauszufinden, welchen Gesetzlichkeiten und Regelhaftigkeiten das Zusammenleben von Menschen in der Gesellschaft oder in einer Einrichtung wie etwa der Schule unterliegt.

Andererseits hat sich die Soziologie zum Ziel gesetzt, sich mit Sachverhalten zu beschäftigen, ***mit denen ein Sinn, ein Zweck verbunden ist***.

Menschen wollen mit ihrem Handeln grundsätzlich etwas erreichen – der Schulleiter will etwa, dass sich die an der Schule Tätigen an die Schulordnung halten, der Lehrer, dass Schüler mitarbeiten und lernen, oder der Schüler, dass er gute Noten und seinen Abschluss erreicht.

Dabei geht es darum, **Sinn- und Bedeutungszusammenhänge von Gegebenheiten**, wie zum Beispiel menschlichem Tun in sozialen Gebilden, **zu erkennen und zu verstehen**[2]. Soziales Zusammenleben und -wirken, soziales Handeln kann zwar einerseits bedingt sein durch bestimmte Ursachen. Es wird aber andererseits von den Zielvorstellungen, von den Absichten des handelnden Menschen bestimmt.

Wenn sich eine Gruppe von Schülern auf dem Pausenhof sehr aggressiv verhält, so kann dies einmal daran liegen, dass diese Schüler gerade von einem Lehrer sehr unfair behandelt wurden. Die Ursache für die Aggressionen der Schüler liegt also in der unfairen Behandlung des Lehrers. Es kann aber auch möglich sein, dass die Schülergruppe durch ihr aggressives Verhalten Stärke demonstrieren und andere Jugendgangs damit einschüchtern möchte. In diesem Falle ist das Verhalten der Schüler zielgerichtet. Sie möchten damit etwas bezwecken.

Das soziale Zusammenleben und -wirken, das soziale Handeln, kann durch das Herausfinden des Zieles, durch die Ermittlung von Sinnzusammenhängen nicht erklärt, sondern nur verstanden werden.

Diesen Gesichtspunkt der „verstehenden Soziologie“ hob vor allem *Max Weber* hervor, der meinte, dass der von den Handelnden gemeinte subjektive Sinn zu analysieren sei, um soziales Handeln zu verstehen („***sinnverstehende Soziologie***“). Dieses Verstehen des subjektiven Sinns einer Handlung ist für ihn die wesentlichste Deutungsleistung, die von Soziologen erbracht werden muss (vgl. *Rosa u. a., 2018*[3]*, S. 51*). *Weber* (*2006, S. 11 f.*) hält jedoch beide Auffassungen für wichtig, wenn er sagt: Soziologie ist „eine Wissenschaft, welche soziales Handeln ***deutend verstehen*** und dadurch in seinem Ablauf und seinen Wirkungen ***ursächlich erklären*** will.

---

[1] empirisch (griech., émpeiros: erfahren): auf Erfahrung beruhend

[2] Verstehen bedeutet in diesem Zusammenhang das Erfassen von Sinnzusammenhängen.

Auffassungen von Wissenschaft

Ausgangspunkt	Die soziale Wirklichkeit, das Zusammenleben und -wirken sind **ursächlich bedingt**	Die soziale Wirklichkeit, das Zusammenleben und -wirken sind **durch Ziele bedingt**
Aufgabe	↓ Erkennen von Zusammenhängen, Auffinden von Gesetzmäßigkeiten	↓ Erkennen von Sinn- und Bedeutungszusammenhängen
Ziel	↓ **Erklären**	↓ **Verstehen**

4. Funktionen der Gesellschaft

Eine Funktion ist eine Aufgabe, die es zu erfüllen gilt. Mit „Funktionen der Gesellschaft" sind Erfordernisse gemeint, die erfüllt werden müssen, damit eine Gesellschaft erhalten bleibt (vgl. *Wössner, 1986[9], S. 163–174*).

- **Fortpflanzung und Erziehung:** Jede Gesellschaft braucht gewissermaßen Menschen, die sie tragen und die in ihr leben und handeln. Voraussetzung dafür ist die Fähigkeit und die Bereitschaft, sich fortzupflanzen und damit verbunden die Erziehung der Nachkommen.
- **Wirtschaftssystem und Technologie:** Alle Bedürfnisbefriedigung bedarf eines sinnvollen Wirtschaftens. Es müssen bestimmte Produktionsweisen unter Anwendung und Weiterentwicklung einer geeigneten Technologie angewandt werden.
- **Rollendifferenzierung:** Der Einzelne hat innerhalb des Ganzen eine bestimmte Rolle, beispielsweise als Ehegatte, als Berufstätiger usw. zu erfüllen. Dabei hat ein einzelner Mensch mehrere Rollen inne.

→ So kann ein Mann Ehemann, Vater, Lehrer, Kirchenvorstand, Clubmitglied sein.

Zu einer Gesellschaft gehört also eine bestimmte Rollenstruktur[1].

- **Sozialer Rang und Schichtung:** Der soziale Rang, den eine Person in einer Gesellschaft einnimmt, ergibt sich aus der Bewertung ihrer Position. Es kommt zu einer hierarchischen Ordnung sozialer Ränge im Sinne von höher- oder geringerwertig. Wir sprechen hier von der sozialen Schichtung einer Gesellschaft.[2]
- **Legitimation:** Es muss eine Übereinkunft über die Grundwerte und -normen der gesellschaftlichen Ordnung bestehen.
- **Kommunikation:** Durch Mittel wie Sprache, Zeichen und Symbole müssen Informationen dem Einzelnen oder einer Gruppe mitgeteilt werden, die daraus ihrerseits Verhalten ableiten. Ohne Kommunikation kann keine Gesellschaft funktionieren. In unserer

[1] vgl. Kapitel 2.2.2
[2] vgl. Kapitel 4.1.2

Gesellschaft spielen die Massenmedien wie Zeitung, Rundfunk, Fernsehen, Computer oder Smartphones eine zentrale Rolle.

- **Orientierung:** Ein bestimmtes, allgemein anerkanntes Orientierungssystem ist Voraussetzung, um eine Anpassung an die Umwelt und das Bestehen von Verhaltenssituationen zu ermöglichen. Damit werden soziale Handlungsmuster in groben Zügen voraussagbar.

  Hierzu gehören beispielsweise Übereinkünfte über die Gültigkeit von Maßeinheiten und Zahlungsmitteln oder das Wissen um Funktionen bestimmter Berufe wie von Polizisten, Künstlern, Ingenieuren oder Lehrern.

- **Affektregulierung:** Der Mensch ist nicht nur ein rationales, sondern auch ein emotionales Wesen. Die gefühlsmäßigen, affektiven Zustände müssen durch bestimmte Mechanismen reguliert und kontrolliert werden.
- **Sozialisation:** Soziales Handeln muss im weitesten Sinne gelernt werden. Der Mensch muss das soziale Verhalten erlernen, in welchem er in der Gesellschaft bzw. in einer ihrer Gruppen handlungsfähig wird. Dies ist ein lebenslanger Vorgang.[1]
- **Kontrolle abweichenden Verhaltens:** Die Menschen in einer Gesellschaft verhalten sich nicht gleich. Es könnte sein, dass einige Gesellschaftsmitglieder sich so weit von den anerkannten Handlungsgrundsätzen entfernen, dass dadurch der Bestand der Gesellschaft bedroht wird. Es bedarf daher eines Systems von Verhaltenskontrollen, von ***Sanktionen***, die abweichendes Verhalten in unterschiedlichem Ausmaß belegen.
- **Politische Organisation:** Ein politisches Regierungssystem ist für jede Gesellschaft notwendig. Dabei können wir verschiedene politische Gesellschaftssysteme unterscheiden.

  Es gibt beispielsweise aristokratische, diktatorische, autoritäre oder demokratische Staaten.

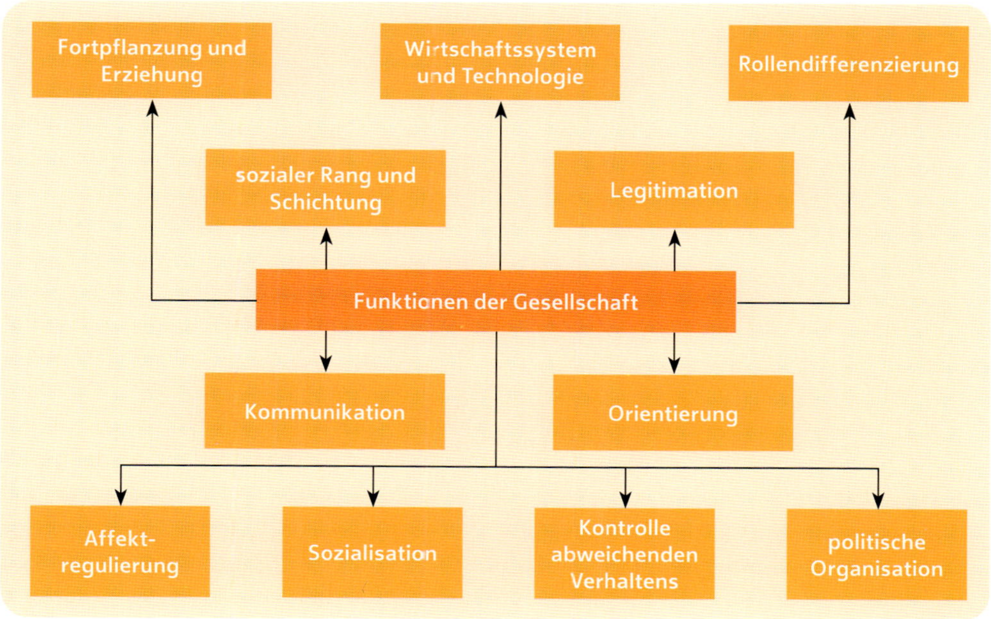

[1] vgl. Kapitel 2.3.1

2 Soziales Handeln

In einer Gruppe beeinflussen sich die Mitglieder gegenseitig, tauschen Informationen aus und ihr Handeln bezieht sich immer auf die anderen Gruppenmitglieder.

Folgende Kompetenzen sollen Sie erwerben:

- ***Sie können darlegen, was die Soziologie mit sozialem Handeln, sozialen Rollen und sozialer Interaktion meint.***
- ***Sie sind in der Lage zu erfassen, wodurch das Zusammenleben von Menschen reguliert wird.***
- ***Sie sind imstande, wechselseitige Beziehungen zu erschließen, indem Sie soziales Handeln, Rollen und Interaktion analysieren, um die Bedeutung des individuellen Handelns zu erkennen.***
- ***Sie können den Prozess der Sozialisation beschreiben und die verschiedenen Arten von Sozialisation unterscheiden.***
- ***Sie wissen um verschiedene Sozialisationsträger bzw. -instanzen.***
- ***Sie können die Relevanz von Sozialisationsprozessen für die Entwicklung Ihrer Identität beurteilen.***
- ***Sie können verschiedene Methoden der Soziologie darstellen.***
- ***Sie sind imstande, ein soziales Problem auf der Grundlage einer wissenschaftlichen Studie zu analysieren.***

2.1 Das Zusammenwirken von Menschen

Lernsituation

Sie und Ihre Gedanken

Sie wissen, die Soziologie beschäftigt sich vor allem mit dem sozialen Handeln. Eigentlich ganz klar, denken Sie sich, denn wenn ich mit anderen Menschen zusammen bin, dann beabsichtige ich mit meinem Verhalten dem anderen gegenüber etwas – habe also ein Ziel vor Augen. Gerade war ich mit einem Freund unterwegs und schaltete mein Smartphone ab, damit wir in unserem Gespräch nicht gestört werden. Und ich sehe soeben, dass eine Autofahrerin – wahrscheinlich die Mutter eines Kindes – ganz langsam am Kindergarten vorbeifährt. Ich denke, sie will die Kinder nicht in Gefahr bringen.

Sie gehen weiter, und denken wieder an das Gespräch mit einem Ihrer Freunde. Und wie Sie so nachdenken, fällt Ihnen auf, dass in diesem Gespräch der Freund Sie und Sie ihn beeinflusst haben. Das geht wahrscheinlich gar nicht anders, wenn ich mit jemandem in Beziehung trete. Ich bin mir aber nicht ganz sicher, ob das so stimmt.

Das wollen Sie natürlich nun genau wissen, indem Sie sich in das „soziale Handeln“ vertiefen und sich mit dem gegenseitigen Beeinflussen beschäftigen wollen.

I Information

2.1.1 Die wechselseitige Beeinflussung in sozialen Situationen

Für das Verständnis des sozialen Handelns haben die beiden Begriffe **„soziale Interaktion“** und **„soziale Kommunikation“** eine zentrale Bedeutung: Sie sind Grundlage eines jeden menschlichen Zusammenlebens.

Der Begriff **soziale Interaktion** bezieht sich auf alle Vorgänge, die sich zwischen Menschen abspielen. Er meint das wechselseitig aufeinander bezogene Verhalten zwischen zwei oder mehreren Personen.

Am Beispiel einer Gruppe kann man diesen Begriff veranschaulichen: Die Gruppenmitglieder gehen aufeinander ein, beziehen sich aufeinander und orientieren sich aneinander. Jedes Mitglied reagiert auf den anderen. Die Äußerungen und Handlungen des einen sind oft zugleich Ergebnis und Ursache für die Äußerungen und Handlungen des anderen. ←

In dem Moment, in welchem Menschen miteinander in Beziehung treten, **beeinflussen und steuern** sie sich gegenseitig. Damit bedeutet soziale Interaktion ein Geschehen zwischen Menschen, die ***agieren und wechselseitig aufeinander reagieren, sich gegenseitig beeinflussen und steuern***.

Soziale Interaktion gilt als Bezeichnung für das wechselseitig aufeinander bezogene Verhalten zwischen Menschen, für das Geschehen zwischen Personen, die agieren und wechselseitig aufeinander reagieren, sich gegenseitig beeinflussen und steuern.

„Soziale Interaktion" ist von dem Begriff „Interaktion" zu unterscheiden: Soziale Interaktion bezieht sich auf Menschen, während sich Interaktion auch auf Gegenstände beziehen kann. So ist es möglich, mit einem Computer zu interagieren, indem man einen Befehl eingibt und der Computer darauf mit „error" reagiert, was wiederum Ärger bei der Person, die mit dem Computer arbeiten will, auslösen kann.

Wer den anderen beeinflusst und steuert, teilt ihm auch zugleich etwas mit. Bei jeder sozialen Interaktion werden also Informationen vermittelt und von einer oder mehreren anderen Personen aufgenommen, empfangen. Jede Botschaft löst beim Empfänger eine bestimmte Reaktion aus, beispielsweise indem er antwortet, sodass ein Informationsaustausch stattfindet. Diesen Teil der sozialen Interaktion – die Vermittlung, Aufnahme und den Austausch von Informationen – bezeichnen wir als **soziale Kommunikation**.

Der Begriff „Information" umfasst dabei nicht nur sachliche Inhalte, wie zum Beispiel Nachrichten, sondern auch Gefühle, Empfindungen, Wünsche und Bedürfnisse.

→ So kann sich zum Beispiel ein Paar durch Streicheln mitteilen, dass es sich mag.

Kommunikation kann auch eine einzelne Mitteilung an eine oder mehrere Person(en) sein, doch von **sozialer Kommunikation** spricht man nur, wenn es sich um einen ***wechselseitigen Ablauf von Mitteilungen zwischen zwei oder mehreren Personen handelt*** (vgl. *Watzlawick/Beavin, 2002, S. 96 f.*). Soziale Kommunikation spielt sich auch immer in einer ***sozialen Situation*** ab.

Es gilt auch das Umgekehrte: Sobald ich mich in einer sozialen Situation befinde, kommuniziere ich auch – selbst wenn ich nichts sage und wegschaue.

→ Wenn man sich von jemandem abwendet oder im Wartezimmer des Arztes auf den Boden starrt, teilt man dem anderen mit: „Ich will jetzt nicht mit dir sprechen bzw. Kontakt aufnehmen."

In dem Moment, in welchem eine oder mehrere Personen anwesend sind, ist also ***alles Verhalten kommunikativ***.

„Ja, es lässt sich allgemein sagen, dass alles Verhalten [...] Kommunikation ist. [...] Alles Verhalten ist Kommunikation. [...] Alles Verhalten hat eine Wirkung als Kommunikation, manchmal eine sehr starke."

(Watzlawick/Beavin, 2002, S. 98)

Von der sozialen Kommunikation ist das Selbstgespräch zu unterscheiden, das als intrapersonale Kommunikation aufgefasst wird. Auch ist von der sozialen Kommunikation die Massenkommunikation zu trennen, bei welcher der gegenseitige Informationsaustausch und die wechselseitige Beeinflussung und Steuerung fehlen.

Soziale Interaktion ist ohne soziale Kommunikation nicht denkbar: Wer mit dem anderen in Beziehung tritt, übermittelt ihm zugleich Informationen. Ebenso ist soziale Kommunikation ohne soziale Interaktion unmöglich: Wer dem anderen Informationen mitteilt, beeinflusst und steuert ihn zugleich.

Wer interagiert, kommuniziert gleichzeitig. Wer kommuniziert, interagiert gleichzeitig.

2.1.2 Menschliches Zusammenleben als soziales Handeln

Bestandteile von sozialer Interaktion und Kommunikation sind im Allgemeinen soziale Handlungen, die nach *Max Weber*, einem der „Gründungsväter" der Soziologie, Gegenstand der Soziologie sind.[1]

Handeln bezeichnet jede menschliche Aktivität, mit welcher bewusst und überlegt ein bestimmter Sinn verbunden bzw. ein bestimmtes Ziel verfolgt wird.

Weber versteht unter sozialem Handeln ein Handeln, „welches seinem von dem oder den Handelnden gemeinten Sinn nach auf das Verhalten anderer bezogen wird und daran in seinem Ablauf orientiert ist" (*Weber, 2006, S. 12*). Soziales Handeln ist demnach eine besondere Art des Handelns, die sich durch eine bestimmte Intention von anderen Arten des Verhaltens unterscheidet: Es ist willentlich auf andere Menschen bezogen und sinnhaft orientiert „am vergangenen, gegenwärtigen oder für künftig erwarteten Verhalten anderer" (*Weber, 2006, S. 30*).

Das Wort sozial bedeutet in diesem Zusammenhang „auf Mitmenschen bezogen": Der Handelnde bezieht das Verhalten anderer in sein eigenes Handeln mit ein bzw. zielt auf eine Veränderung des Verhaltens anderer ab.

Max Weber (1864–1920) *Der deutsche Wirtschafts- und Sozialwissenschaftler war Gründungsmitglied der Deutschen Gesellschaft für Soziologie. Er gilt als Vertreter der sogenannten „verstehenden Soziologie", welche mithilfe von „Idealtypen" deutend die soziale Wirklichkeit erschließen will. Eine seiner Grundfragen war die Frage nach den Gründen für die charakteristischen Eigenarten des Kapitalismus. Dabei ging er von einem sozial-ökonomischen Erkenntnisinteresse aus. Noch heute gelten bestimmte Werke von ihm als Grundlage der Soziologie – so zum Beispiel „Macht und Herrschaft"[2], der Begriff des Idealtypus sowie die Einteilung des moralischen Handelns in Gesinnungs- und Verantwortungsethik.*

Max Weber

„Nicht jede Art von Handeln [...] ist soziales Handeln im hier festgehaltenen Wortsinn. [...] Das [...] Sichverhalten ist soziales Handeln nur dann, wenn es sich am Verhalten anderer orientiert."

(Weber, 2006, S. 30)

→ **Materialien 1:** Der „Sinn" sozialen Handelns

Der Begriff „soziales Handeln" ist in *Kapitel 1.1.2* näher geklärt.

2.1.3 Die Wertbezogenheit sozialen Handelns

Mit der Frage nach dem Sinn des Handelns wird seine **Wertbezogenheit** deutlich, die für die Stabilität des Zusammenlebens und -wirkens sorgt. Sie dient der Realisierung bestimmter wünschenswerter Vorstellungen, die das Zusammenleben von Menschen in

[1] vgl. hierzu Kapitel 1.1.2
[2] vgl. Kapitel 6.3

Gesellschaft und Gruppen regulieren und menschlichem Handeln eine gewisse Regelmäßigkeit geben.

Der Begriff „Wert“ wird in vielen Bereichen unterschiedlich verwendet. Man denke nur an den Börsenwert eines Unternehmens, den Wert von Briefmarken oder die Blutwerte eines Menschen (vgl. *Dimbarth, 2016*[3], *S. 208 f.*). In der Soziologie und auch in der Psychologie und Pädagogik spricht man denn auch von „**sozialen Werten**“.

In jedem sozialen Gebilde sind generelle **Orientierungsvorstellungen** wirksam, ohne die ein Zusammenleben nicht funktionieren würde. Dabei handelt es sich um Vorstellungen darüber, was eine Gesellschaft für „***wünschenswert***“ bzw. „***erstrebenswert***“ hält, die allgemeine Orientierungsmaßstäbe für das Handeln von Menschen darstellen.

→ Solche erstrebenswerten Vorstellungen und Orientierungsmaßstäbe in unserer Gesellschaft sind zum Beispiel Ehrfurcht vor dem Leben, Ehrlichkeit, Wahrhaftigkeit oder Selbstverwirklichung.

Diese erstrebenswerten Vorstellungen werden als **soziale Werte** bezeichnet.

Soziale Werte sind in einer Gesellschaft oder in einer ihrer Gruppen vorherrschende Vorstellungen über das Wünschens- und Erstrebenswerte und bilden allgemeine Orientierungsmaßstäbe für das Verhalten von Menschen.

Werte drücken aus, was „***sein soll***“, es handelt sich also um Vorstellungen, von denen man glaubt, dass sie letztlich erstrebt werden sollten. Nur aufgrund solcher „Glaubensüberzeugungen“ können wir sagen, was richtig oder falsch, gut oder schlecht und dergleichen ist. Entscheidendes Merkmal für einen Wert ist folglich der Akt des ***Bewertens***, der letztlich über die Akzeptierung oder Ablehnung einer Verhaltensregel entscheidet.

→ Die Regel beispielsweise „Du darfst nicht töten“ erhält erst dann einen Sinn, an die sich ein Mensch hält, wenn dahinter eine bestimmte Überzeugung steht – etwa „Ehrfurcht vor dem Leben“. Ohne diese Überzeugung würde sich der Mensch nicht genötigt sehen, diese Regel einzuhalten – es sei denn, er würde etwa aus Angst dazu gezwungen werden. Nicht die Vorschrift, die Regel als solche überzeugt uns, sich an sie zu halten, sondern die dahinter liegende Überzeugung gibt uns die Einsicht, die Regel, die Vorschrift einzuhalten.

Jede Gesellschaft besitzt Werte, ohne die ein Zusammenleben nicht möglich wäre; diese bilden sozusagen die **Grundlage eines jeden Zusammenlebens**. Das grundsätzliche Verhalten der Menschen, ihr Tun und Lassen, wird durch sie angeregt, „***motiviert***“, ihnen wird „gleichermaßen eine ***aktivierende und steuernde Funktion*** zugeschrieben.“ (*Bilsky, 2009, S. 49*). Werte sind von entscheidender Bedeutung für das menschliche Handeln, für die Motivation des Handelns überhaupt, denn der Mensch bezieht aus solchen Werten die Grundlage seines Engagements.

„Wichtig sind vor allen Dingen die inneren Werte!“

„Die Werte sind [...] die Kriterien, die der gesamten Kultur und Gesellschaft Sinn und Bedeutung verleihen.“
(Fichter, 2014², S. 174)

Werte stellen also die „Grundpfeiler“ einer jeden Gesellschaft dar. Bei ihren Mitgliedern muss ein Mindestmaß an Einigkeit über Werte bestehen, ohne die kein soziales Gebilde existieren könnte. Und es gibt auch keine Kultur oder Gesellschaft auf der ganzen Erde, die keine Werte besitzt.

Werte
sind Vorstellungen darüber, was eine Gesellschaft für „wünschenswert“ bzw. „erstrebenswert“ hält.

Sie drücken aus, was **„sein soll“** und sagen uns, was **richtig oder falsch, gut oder schlecht ist.**

Das grundsätzliche Verhalten der Menschen wird durch die Werte **„motiviert“**.

→ **Materialien 2:** Welche Werte sind in den westlichen Ländern dominant?

Auf den Punkt gebracht

- Soziale Interaktion gilt als Bezeichnung für das wechselseitig aufeinander bezogene Verhalten zwischen Menschen, für das Geschehen zwischen Personen, die agieren und wechselseitig aufeinander reagieren, sich gegenseitig beeinflussen und steuern. Unter sozialer Kommunikation versteht man die Vermittlung, die Aufnahme und den Austausch von Informationen zwischen zwei oder mehreren Personen. Soziale Interaktion ist ohne soziale Kommunikation nicht denkbar: Wer mit dem anderen in Beziehung tritt, übermittelt ihm zugleich Informationen. Ebenso ist soziale Kommunikation ohne soziale Interaktion unmöglich: Wer dem anderen Informationen mitteilt, beeinflusst und steuert ihn zugleich.
- Unter sozialem Handeln wird ein solches Handeln verstanden, welches auf das Verhalten anderer bezogen und in seinem Ablauf daran orientiert ist. Soziales Handeln ist demnach eine besondere Art des Handelns, die sich durch eine bestimmte Intention von anderen Arten des Verhaltens unterscheidet: Es ist willentlich auf andere Menschen bezogen und sinnhaft orientiert am vergangenen, gegenwärtigen oder für künftig erwarteten Verhalten anderer.
- Werte sind in einer Gesellschaft oder in einer ihrer Gruppen vorherrschende Vorstellungen über das Wünschens- und Erstrebenswerte und bilden allgemeine Orientierungsmaßstäbe für das Verhalten von Menschen. Jede Gesellschaft besitzt Werte, ohne die ein Zusammenleben nicht möglich wäre. Sie bilden sozusagen die Grundlage eines jeden Zusammenlebens.

Wiederholen, Vertiefen, Anwenden

1. *Biografie und Internetsuche*
   - Suchen Sie im Internet nach Informationen über das Leben und Werk des Soziologen *Max Weber*.
   - Fertigen Sie in Kleingruppen eine Übersicht zur Biografie dieses Soziologen an.
   - Erarbeiten Sie vier bis sechs wichtige Abschnitte seines Lebens.
2. Bestimmen Sie die Begriffe „soziale Interaktion“ und „soziale Kommunikation“ und erläutern Sie an Beispielen, dass alles Verhalten im weitesten Sinne soziale Kommunikation ist.
3. Erläutern Sie anhand einer sozialen Situation menschliches Zusammenleben als soziales Handeln.
4. *Lernsituation 2.1*
   a) Bestimmen Sie, was mit „sozialem Handeln“ und „sozialer Interaktion“ gemeint ist.
   b) Beschreiben Sie anhand einer sozialen Situation den Zusammenhang dieser beiden Begriffe.
   c) Stellen Sie eine wechselseitige Beziehung dar, in der Sie soziales Handeln und soziale Interaktion analysieren.
   d) Arbeiten Sie dabei die Bedeutung des individuellen Handelns heraus.
5. Erläutern Sie an zwei Beispielen den Begriff „sozialer Wert“.
6. Zeigen Sie an einem Beispiel auf, dass soziale Werte Grundlage eines jeden Zusammenlebens sind.
7. Überlegen Sie in der Klasse, welche Werte Ihnen wichtig sind und welche sozialen Normen Sie diesen Werten zuordnen würden.

2.2 Die Regelung des Zusammenlebens

Lernsituation

Sie und das Büchlein

In dem Bücherregal im Arbeitszimmer Ihres Vaters finden Sie ein älteres Büchlein von Rudolf Kausen[1]. Sie schlagen es auf und finden auf Seite 99 folgenden Text von Gerd Treffer:

„Gäbe es nur Normale, bliebe unsere Gesellschaft immer gleich. Jeder würde der Norm angepasst sein, genauso leben wie die Mitmenschen. Dann aber entstünde nie Neues. Überspitzt bedeutet das, dass die Menschheit, hätten alle angepasst gelebt, nie vom Bärenfell und der Steinzeithöhle losgekommen wäre. Diejenigen, die den Mut zur Unvollkommenheit hatten, die anders sein wollten, anders dachten als ihre Mitmenschen, erfanden Neues. Oft wurden sie deshalb als anders – und gefährlich – bezeichnet.

Die Abweichung von der Norm bedeutet Neues, Fortschritt. Der vollkommene Bürger ist mit sich zufrieden; er sucht nichts Neues; deshalb findet er nichts Neues.“

[1] Kausen, Rudolf (Hrsg.): Mut zur Unvollkommenheit, Luzern/Stuttgart, Rex Verlag, 1979

„Wie bitte?", sagen Sie sich, „ich dachte, wir müssten uns an bestimmte Regelungen halten, damit das Zusammenleben funktioniert!"

Das wollen Sie nun genauer wissen und fragen sich, wie das soziale Handeln und Zusammenleben von Menschen geregelt wird. Das ist doch sicher ein wichtiger Gesichtspunkt der Soziologie!

I Information

2.2.1 Soziale Normen als Verhaltensvorschrift

Soziale Werte[1] sind in unterschiedlicher Weise auslegbar und sagen dem Einzelnen bzw. einer Gruppe oder Gesellschaft nichts darüber, wie sie zu erfüllen sind und wie nach ihnen gehandelt werden soll. Doch jede Gesellschaft muss sich darüber Gedanken machen, wie Werte zu realisieren sind.

Für viele Eltern gilt zum Beispiel „Anstand" als erstrebenswert. Dieser Wert als solcher sagt noch nichts darüber aus, wie er „realisiert" werden soll. Es gibt hierzu verschiedene Ausführungsbestimmungen, die von Kultur zu Kultur unterschiedlich sind – zum Beispiel, dass man grüßt, wenn man einem Bekannten begegnet, dass man beim Essen nicht rülpst, dass man sich bedankt, wenn man ein Geschenk bekommt.

Solche Ausführungsbestimmungen, die das Tun und Lassen der Mitglieder einer Gesellschaft oder Gruppe regulieren, werden als **soziale Normen**[2] bezeichnet.

Soziale Normen sind mehr oder weniger verbindliche Verhaltensvorschriften, die bestimmen, wie die Werte einer Gesellschaft oder Gruppe zu erfüllen und zu befolgen sind, und so das Tun und Lassen der Mitglieder dieser Gesellschaft oder Gruppe regulieren.

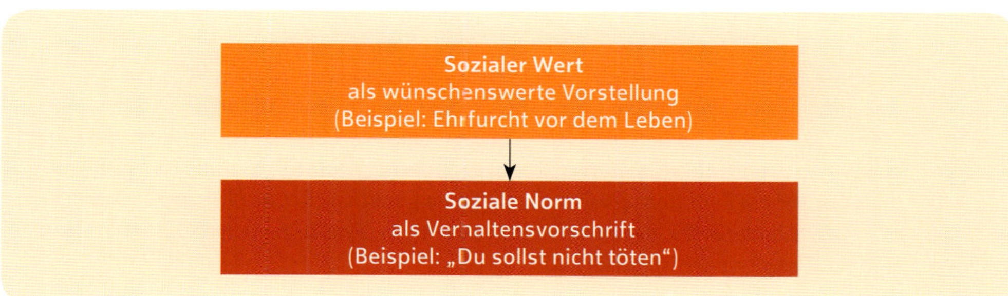

Es besteht ein Zusammenhang zwischen sozialen Normen und sozialen Institutionen.[3] Eine Institution stellt immer ein in sich zusammenhängendes Normsystem dar. Am Beispiel unseres Rechtssystems wird dies deutlich: Dieses beinhaltet ein ganzes System von Normen, die in sich zusammenhängen.

[1] siehe Abschnitt 2.1.3
[2] norma (lat.): Winkelmaß, Richtschnur, Regeln
[3] vgl. Kapitel 1.2.3

Soziale Normen haben die Bedeutung der **Regelung des sozialen Handelns bzw. des Zusammenlebens und -wirkens** von Menschen in sozialen Gebilden. Auf diese Weise haben Normen eine **entlastende Funktion:** Der Mensch weiß, wie er sich in sozialen Situationen verhalten kann und soll, und er muss sich nicht immer erst von Neuem darüber informieren. Zugleich weiß er in der Regel, wie andere Menschen sich verhalten. Damit wird menschliches Verhalten bis zu einem gewissen Grad vorhersehbar und berechenbar, sodass Verhaltenssicherheit und -stabilität gewährleistet sind.

„Normen [...] tragen [...] dazu bei, menschlichem Handeln eine gewisse Regelmäßigkeit zu geben. Damit wird es für andere Menschen erwartbar und kalkulierbar. Wenn wir uns nicht bis zu einem gewissen Grad darauf verlassen könnten, wie andere Menschen ihrerseits handeln, könnten wir selbst weder zügig noch konsistent[1] handeln."

(Bahrdt, 2003[9], S. 48)

Andererseits können soziale Normen den Einzelnen in seiner freien Entfaltung einengen und die Vielfalt von Verhaltensmöglichkeiten einschränken. Der Mensch wird in seinem Handeln durch sie mehr oder weniger festgelegt, was eine Erstarrung von Wert- und Normvorstellungen in einem sozialen Gebilde zur Folge haben kann. Kreativität, erneuernde und belebende Impulse, die für eine positive Fortentwicklung eines sozialen Gebildes von Bedeutung sind, können auf der Strecke bleiben.

Verwandlung

Ein Mensch erzählt uns, leicht verschwommen,
Dass er sich einwandfrei benommen, –
Das heißt, benehmen hätte sollen
Und wohl auch hätte haben wollen.
Nun wissen wir an dessen Statt,
Dass er sich schlecht benommen hat.
Doch seltsam: auch wir selber möchten,
Dass Wunsch und Wahrheit sich verflöchten
Und jener so, wie ers wohl wüsste,
Dass sich ein Mensch benehmen müsste,
Sich in der Tat benommen hätte ...
Und leicht erliegen wir der Glätte
Der immer kühnern Rednergabe:
Wie gut er sich benommen habe.

(Roth, 2015[7], S. 131)

„Im Allgemeinen ändern sich soziale [...] Normen nur langsam. Hinken sie zu stark der gesamtgesellschaftlichen Entwicklung hinterher, so werden sie ‚dysfunktional' in dem Sinne, dass sie ihre Aufgabe, die Anpassung an die Bedingungen des Alltags zu ermöglichen, nur noch ungenügend oder schlecht erfüllen. Ändern sie sich zu rasant, werden sie gleichfalls dysfunktional, da sie die Funktion, die Gesellschaft oder gesellschaftliche Gruppen zusammenzuhalten [...] nicht mehr befriedigend erfüllen, sondern die Konflikte zwischen ‚traditionell' Denkenden und ‚Progressiven' verschärfen."

(Henecka, 2015[10], S. 87)

[1] konsistent (lat.): widerspruchsfrei

2.2.2 Soziale Rolle als Verhaltenserwartung

Verhaltensvorschriften im Sinne von sozialen Normen sind immer mit bestimmten **Verhaltenserwartungen** verbunden.

Von einem Lehrer erwartet man, dass er einen guten, anregenden und mitreißenden Unterricht hält, dass er gerecht beurteilt usw. Ebenso sieht sich die Frau und Mutter in der Familie vielen Erwartungen seitens ihres Mannes und ihrer Kinder ausgesetzt.

Solche Verhaltenserwartungen sind meist an einen bestimmten Platz in einem sozialen Gebilde, an eine **soziale Position** gebunden.

Der Lehrer nimmt neben dem Schulleiter, dem Verwaltungspersonal, dem Schüler u. a. eine bestimmte soziale Position in dem sozialen Gebilde „Schule“ ein, die Mutter in dem der Familie.

Soziale Position bezeichnet einen bestimmten Platz in einem sozialen Gebilde.

Jedes soziale Gebilde besitzt mehrere soziale Positionen, die eine mehr oder weniger komplexe ***Positionsstruktur*** ergeben.[1]

In der Schule beispielsweise gibt es die Position des Lehrers, des Schülers, des Fachbetreuers, der Schulleitung, der Sekretärin, des Hausmeisters, der Putzfrau usw., die eine ganz bestimmte Struktur ergeben.

An jede Position werden bestimmte **Erwartungen** gestellt.

So erwartet man – wie oben schon dargestellt – von der Position des Lehrers, dass er einen guten, anregenden und mitreißenden Unterricht hält, dass er gerecht beurteilt usw.

Die Gesamtheit an Verhaltenserwartungen, die an eine soziale Position gestellt werden, wird als soziale Rolle bezeichnet.

Die soziale Position bezieht sich demnach auf den statischen Aspekt, soziale Rolle auf den dynamischen Aspekt des sozialen Handelns.

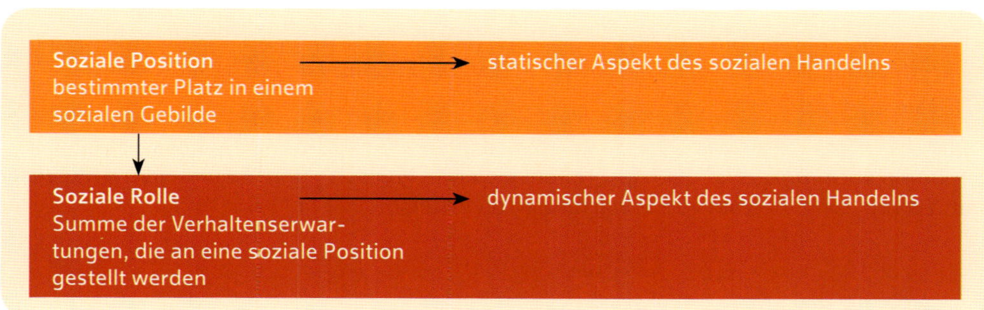

Jeder Mensch ist innerhalb einer Position ***verschiedenen Erwartungen*** ausgesetzt.

Beispielsweise stellen die Schüler, die Kollegen und Kolleginnen, die Schulleitung, die Eltern, das Personal (Sekretärin, Hausmeister und dergleichen), Verbände und Vereinigungen, die vorgesetzte Behörde (Schulamt, Kultusministerium) oder der Träger der Schule (Kommune) verschiedene Erwartungen an den Lehrer.

[1] Auf soziale Struktur wird in Kapitel 1.2.1 eingegangen.

Zugleich hat jeder Mensch im Laufe seines Lebens verschiedene soziale Positionen inne, sodass er in einer Gesellschaft und im Laufe seines Lebens eine Menge sozialer Rollen zu erfüllen hat.

→ Herr Reisbart ist Ehemann, Vater, Lehrer, Elternbeirat im Kindergarten, Clubmitglied und Kirchenvorstand. Bevor er Vater wurde, war er noch Kassierer im Hospizverein. An alle diese Positionen sind verschiedenste Erwartungen geknüpft.

2.2.3 Der Mensch, ein Rollenträger?

Soziale Rollen tragen dazu bei, dass in bestimmten Situationen klar ist, was wie getan werden muss. Damit ist eine bestimmte Verlässlichkeit, Dauerhaftigkeit und Erwartbarkeit gegeben (vgl. *Schäfers, 2016^{9}, S. 36*). Andererseits muss die Gefahr erwähnt werden, dass – wie der Soziologe *Ralf Dahrendorf*[1] *(2010^{17})* schreibt – das Handeln von Menschen ausschließlich von Rollenerwartungen bestimmt und geleitet wird – ***der Mensch handelt dann nur noch als Rollenträger***.[2]

→ Menschen handeln als Lehrer, Behördenleiter, Arzt, Bandenführer, Freund, Stammtischbruder usw.

*„Mit jeder Position gibt die Gesellschaft ihm (dem Menschen) eine Rolle in die Hand, die er zu spielen hat. [...] Am Schnittpunkt des Einzelnen und der Gesellschaft steht homo sociologicus, der Mensch als Träger sozial vorgeformter Rollen. Der Einzelne **ist** seine sozialen Rollen [...].“*
(Dahrendorf, 2010^{17}, S. 35 und 23)

Der ***homo sociologicus*** ist also der „rollenspielende Mensch“, den die Gesellschaft gleichsam zwingt, eine Vielzahl von Erwartungen zu erfüllen.

[1] Ralf Dahrendorf (1929–2009) war deutsch-britischer Soziologe, Politiker und Publizist. Er war Vorsitzender der Deutschen Gesellschaft für Soziologie, Mitglied des Deutschen Bundestages, der Europäischen Kommission und des britischen House of Lords. Zeitweise war er auch Direktor der London School of Economics and Political Science sowie Mitbegründer der Universität Konstanz.

[2] vgl. hierzu Kapitel 1.4.1

Nach dem amerikanischen Soziologen *Ervin Goffman* ist das Leben nichts anderes als eine Theateraufführung, in der jeder einzelne bestimmte Rollen spielt. Das ganze Leben ist nach ihm ein Theaterspiel. Dies muss jedoch nicht zwangsläufig so sein. Konkretes Verhalten und soziale Rolle müssen nicht unbedingt einheitlich sein.

> *Die ganze Welt ist Bühne,*
> *und alle Frau'n und Männer bloße Spieler.*
> *Sie treten auf und gehen wieder ab,*
> *Sein Leben lang spielt einer manche Rollen,*
> *Durch sieben Akte hin.*
>
> *(Shakespeare, 1891, 2. Aufzug, 7. Szene)*

Die Erwartung eines Gastes an den Ober in einem Restaurant beispielsweise kann mit dem tatsächlichen Verhalten des Obers in Widerspruch stehen, wenn dieser nur nach den Interessen der Lokalideologie handelt.

Auf den Punkt gebracht

- Soziale Normen sind mehr oder weniger verbindliche Verhaltensvorschriften, die bestimmen, wie die Werte einer Gesellschaft oder Gruppe zu erfüllen und zu befolgen sind, und so das Tun und Lassen der Mitglieder dieser Gesellschaft oder Gruppe regulieren. Soziale Normen haben einerseits die Bedeutung der Regelung des sozialen Handelns bzw. des Zusammenlebens und -wirkens von Menschen in sozialen Gebilden. Auf diese Weise haben Normen eine entlastende Funktion. Normen tragen auch zur Gruppenidentifikation bei. Andererseits können soziale Normen den Einzelnen in seiner freien Entfaltung einengen und die Vielfalt von Verhaltensmöglichkeiten einschränken.
- Die Summe der Verhaltenserwartungen, die an eine soziale Position gestellt werden, bezeichnet man als soziale Rolle. Die soziale Position bezieht sich auf den statischen Aspekt, die soziale Rolle auf den dynamischen Aspekt des sozialen Handelns. Soziale Rollen tragen einerseits dazu bei, dass in bestimmten Situationen klar ist, was wie getan werden muss. Es besteht jedoch die Gefahr, dass ausschließlich die Rollenerwartungen das Handeln von Menschen bestimmen und dieses leiten.

Wiederholen, Vertiefen, Anwenden

8. Bestimmen Sie den Begriff „soziale Norm" und erläutern Sie an einem Beispiel den Zusammenhang zwischen sozialem Wert und sozialer Norm.
9. Erläutern Sie die Bedeutung von sozialen Normen für die Gesellschaft und das Individuum.
10. Erörtern Sie die Problematik von sozialen Normen.
11. Bestimmen Sie die Begriffe „soziale Position" und „soziale Rolle" und erläutern Sie an einem Beispiel den Zusammenhang zwischen diesen beiden Begriffen.
12. Erörtern Sie die Problematik von sozialen Rollen.

13. *„Das Leben ist nichts anderes als eine Theateraufführung, in der jeder Einzelne bestimmte Rollen spielt."*
   - Stellen Sie in der Klasse je sechs Stühle gegeneinander gerichtet auf.
   - Fünf Mitschüler, die oben genannte Aussage vertreten, setzen sich in die eine Reihe.
   - Weitere fünf Mitschüler, die der Meinung sind, dass obige Aussage nicht stimmt, nehmen auf den Stühlen gegenüber Platz.
   - In jeder Reihe bleibt ein Stuhl leer.
   - Die zehn Mitschüler diskutieren die beiden Thesen kontrovers aus ihrer jeweiligen Sichtweise.
   - Wer aus der Klasse einen Diskussionsbeitrag leisten möchte, setzt sich auf den leeren Stuhl. Er nimmt auf derjenigen Seite Platz, die er mit seinem Beitrag unterstützen will. Nach dem Beitrag verlässt der Schüler den Stuhl wieder.

14. *Die sozialen Rollen in unserer Klasse*
   - Teilen Sie sich in Gruppen auf.
   - Überlegen Sie, welche Rollen für Ihre Klasse typisch sind (zum Beispiel der Streber, der Helfer, der Kritiker u. a.).
   - Versuchen Sie in einem pantomimischen Rollenspiel, diese sozialen Rollen darzustellen.

15. *Bauen eines Standbilds*
   - Bilden Sie in der Klasse Fünfergruppen.
   - Jede Gruppe wählt eine oder zwei Personen aus, die für das Standbild geeignet zu sein scheinen.
   - Die Gruppe baut eine bestimmte soziale Rolle Schritt für Schritt auf, indem sie die Haltung sowie Mimik und Gestik des bzw. der Ausgewählten solange formen, bis die gewählte Erlebensweise den Vorstellungen der Gruppe entspricht.
   - Das Standbild wird zunächst von den anderen Gruppen und dann von der eigenen Gruppe beschrieben und interpretiert. Auf Wunsch der Gruppe kann das Standbild jetzt nochmals verändert werden.

16. *Lernsituation 2.2*
   a) Erläutern Sie, wie das soziale Handeln und Zusammenleben von Menschen geregelt wird.
   b) Diskutieren Sie die in der Lernsituation stehende Aussage: „Gäbe es nur Normale, bliebe unsere Gesellschaft immer gleich."

17. *Wechselseitige Beziehungen und individuelles Handeln*
   a) Beschreiben Sie wechselseitige Beziehungen, indem Sie soziales Handeln, soziale Rollen und soziale Interaktion analysieren.
   b) Arbeiten Sie dabei die Bedeutung des individuellen Handelns heraus.

2.3 Das Erlernen des sozialen Verhaltens

Lernsituation

Ein Gespräch mit einem Ihrer Klassenkameraden

Sie haben schon erfasst, dass die Soziologie den Menschen als ein „soziales Wesen" sieht, das auf eine gesellschaftliche Lebensweise hin angelegt und von Geburt an auf Mitmenschen angewiesen ist. Sie diskutieren mit einem Ihrer Klassenkameraden darüber und kommen dabei auf die Frage, wie eigentlich die Eingliederung in die Gesellschaft geschieht, wie diese vor sich geht. Sie beide bringen soziale Normen und Rollen ins Spiel, aber auf ein befriedigendes Ergebnis kommen Sie in dem Gespräch nicht.

Sie wollen natürlich in Erfahrung bringen, wie die Eingliederung eines Menschen in die Gesellschaft geschieht, wie diese vor sich geht.

I Information

2.3.1 Der Begriff „Sozialisation"

Die Instinkte des Menschen reichen nicht aus, um das Zusammenleben mit anderen zu regulieren, dieses muss er erst erlernen. Den Vorgang des Erlernens des sozialen Verhaltens bezeichnet man als **Sozialisation**.

Der Begriff „Sozialisation"[1] geht zurück auf *Émile Durkheim*[2] *(1994, S. 50)*, der darunter alle Einwirkungen der Erwachsenengeneration auf diejenigen versteht, die noch nicht reif sind für das Leben in der Gesellschaft. Damit sollte der **Vorgang der Vergesellschaftung** des Menschen gekennzeichnet werden.

Diese Sichtweise begreift Sozialisation als **Eingliederungsprozess eines „passiven" Individuums in die Gesellschaft oder in eine ihrer Gruppen**. Um sich sozial verhalten zu können, muss der Mensch

- die **Werte und Normen** der betreffenden Gesellschaft bzw. Gruppe erlernen[3] sowie
- die **sozialen Rollen**, die an eine soziale Position geknüpft sind, übernehmen.[4]

Der Mensch verinnerlicht aus dieser Sicht von „außen geleitet" auf passive Weise Werte und Normen sowie soziale Rollen und wird so zu einem vergesellschafteten Wesen.

[1] sociare (lat.): verbinden
[2] Eine Kurzbiografie von Émil Durkheim befindet sich in Kapitel 1.2.3.
[3] vgl. Abschnitte 2.1.3 und 2.2.1
[4] vgl. Abschnitt 2.2.2

Neuere Ansätze kritisieren diese Einseitigkeit einer Begriffsvorstellung, die Sozialisation lediglich als Vergesellschaftungsprozess auffasst, in welchem das Subjekt eher passiv gesehen wird. Der Sozialisationsforscher *Klaus Hurrelmann* hat den Sozialisationsbegriff um einige Aspekte erweitert.

Klaus Hurrelmann *(* 1944) ist Senior Professor of Public Health and Education an der Hertie School of Governance in Berlin. Sein Forschungsinteresse gilt dem Bereich Gesundheits- und Bildungspolitik. Hurrelmann war Gründungsdekan der ersten Fakultät für Gesundheitswissenschaften in Deutschland an der Universität Bielefeld.*

Klaus Hurrelmann

→ **Materialien 3:** Neufassung von Sozialisation

Das Subjekt verinnerlicht nach *Hurrelmann/Bauer (2018*[12]*, S. 18*) nicht nur passiv „außengeleitet" soziale Regeln, der Mensch ist ein aktives Wesen, welches in der **aktiven Auseinandersetzung mit seiner Umwelt in der Gesellschaft sozial handlungsfähig wird**.

> *„[...] besteht dabei weitgehende Übereinstimmung, dass Sozialisation nicht mehr in erster Linie über das Erlernen sozialer Rollenmuster und die Verinnerlichung gesellschaftlicher Normen erfolgt, sondern als selbsttätige und selbstorganisierte Aneignung von kulturell und sozial vermittelten Umweltangeboten."*
>
> *(Hurrelmann/Bauer, 2018*[12]*, S. 18)*

Zudem hebt Hurrelmann die **Entwicklung der Persönlichkeit** in der wechselseitigen Abhängigkeit mit der sozialen Umwelt hervor.[1] Er sieht Sozialisation als ***Prozess der Persönlichkeitsentwicklung als eine ständige Interaktion zwischen individueller Entwicklung und den umgebenden Strukturen*** (vgl. *Hurrelmann/Bauer, 2018*[12]*, S. 19*).

In dem Prozess der Sozialisation

- wird der Mensch zu einer gesellschaftlich handlungsfähigen Person,
- erlernt er soziale Rollen und verinnerlicht aktiv soziale Wert- und Normvorstellungen und
- bildet er seine Persönlichkeit in der wechselseitigen Abhängigkeit von der sozialen Umwelt aus (vgl. *Hurrelmann/Bauer, 2018*[12]*, S. 19*).

Sozialisation ist der Prozess, in welchem der Mensch in der aktiven Auseinandersetzung mit seiner Umwelt seine Persönlichkeit und sein soziales Verhalten entwickelt und in der Gesellschaft bzw. in einer ihrer Gruppen handlungsfähig wird.

→ **Materialien 4:** Sieben Thesen zur Sozialisation

Gelegentlich wird der Begriff „socialisation" mit Sozialisierung übersetzt (zum Beispiel Helmut Fend), was jedoch zu Missverständnissen führt, da dieser Terminus wirtschaftspolitisch bereits „belegt" ist und dort die Verstaatlichung der Privatwirtschaft bedeutet.

[1] vgl. hierzu Kapitel 1.4.3

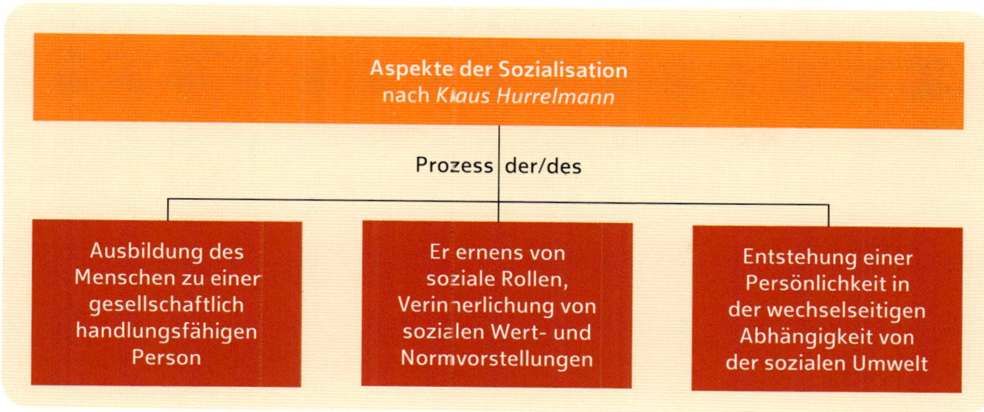

2.3.2 Sozialisation als lebenslanger Prozess

Sozialisation ist nicht mit dem Ende der Kindheit oder des Jugendalters abgeschlossen, sie bleibt ein lebenslanger Prozess. In der Forschung der Sozialisation unterscheidet man denn auch verschiedene Phasen der Sozialisation:

- Die **primäre Sozialisation** in der frühesten Kindheit, in welcher die Voraussetzungen für alle späteren sozialen Lernprozesse geschaffen werden. Werte und Normen, Einstellungen und Verhaltenserwartungen werden in dieser Phase grundgelegt. Untersuchungen haben ergeben, dass die Prägekraft in der frühesten Kindheit, vor allem im ersten Lebensjahr, sehr groß und für den weiteren Sozialisationsvorgang von enormer Bedeutung ist.

  Man spricht von **basaler Sozialisation**, wenn diese am Beginn der menschlichen Entwicklung steht und innerhalb solcher sozialer Beziehungen stattfindet, die für den Menschen „grundlegend“ sind. Die primäre Sozialisation findet dagegen in der frühen Kindheit statt im Alter von ca. zwei bis fünf Jahren.

  Sozialisationsträger sind in erster Linie die ***Familie*** bzw. die ***Eltern*** oder ***ein Elternteil*** und andere „engere“ Bezugspersonen des Kindes wie zum Beispiel die Großeltern oder die Tagesmutter. Es können auch die ***Kindertagesstätte*** und der ***Kindergarten*** sein. Nicht zu vergessen sind die ***Medien***, die auch in diesem Alter eine Rolle spielen.

- Die **sekundäre Sozialisation** in der späteren Kindheit bis einschließlich Jugendalter, in der ausgebaut bzw. verändert wird, was in der basalen und primären Sozialisation grundgelegt wurde. In diese Phase fällt auch das Jugendalter, in welchem der Jugendliche wichtige Entwicklungsaufgaben zu erfüllen hat.

  Sozialisationsträger sind neben der ***Familie*** insbesondere die ***Schule***, ***Freunde*** und die Gleichaltrigengruppe – ***Peergroup*** genannt –, die ***Arbeitsstelle*** und ***Massenmedien***, die oft in erheblichem Maße den Elterneinfluss überlagern.

- Die **tertiäre Sozialisation**, die gelegentlich auch als Erwachsenensozialisation bezeichnet wird und in der es vor allem um Entwicklungsaufgaben geht, die ein Erwachsener zu erfüllen hat. Sie wird als Prozess gesehen, der ein Leben lang andauert.

  Solche Aufgaben sind zum Beispiel die Partnerwahl, Familiengründung oder der Einstieg in die Berufsrolle, welche Anpassungen eigener Art verlangen.

Sozialisationsträger sind die/der ***Lebenspartner/-in***, die ***Ehe*** oder – wenn vorhanden – die ***eigene Familie***, das ***soziale Umfeld*** wie Freunde, Verein, die ***Arbeitsstelle*** und die ***Medien***.

Phase	Alter	Lernvorgang	Träger
primäre Sozialisation 	frühe Kindheit (0 bis 5 Jahre)	Schaffung der Grundlagen, Voraussetzung für alle späteren sozialen Lernprozesse	Familie, Eltern bzw. ein Elternteil, „engere" Bezugspersonen (zum Beispiel Großeltern), die Tagesmutter, Kindertagesstätte, Kindergarten, Medien
sekundäre Sozialisation 	späte Kindheit und Jugendalter (6 bis ca. 21 Jahre)	Ausbau bzw. Veränderungen der Grundlagen	Familie, Schule, Freunde, Gleichaltrigengruppe (Peergroup), Arbeitsstelle, Massenmedien
tertiäre Sozialisation 	Erwachsenenalter (ab ca. 21 Jahren bis zum Tod)	Bewältigung von wichtigen Entwicklungsaufgaben im Erwachsenenalter	Lebenspartner/-in, Ehe, eigene Familie, soziales Umfeld wie Freunde, Verein und andere Gruppen, Arbeitsstelle, Medien

In dem folgenden *Abschnitt 2.4* werden die bedeutendsten Sozialisationsträger näher erläutert. Das sind

- die **Herkunftsfamilie** (*Abschnitt 2.4.1*),
- die **Schule** (*Abschnitt 2.4.2*),
- **Ausbildung und Beruf** (*Abschnitt 2.4.3*),
- die **Peergroup** (*Abschnitt 2.4.4*) und
- die **(Massen-)Medien** (*Abschnitt 2.4.5*).

Auf den Punkt gebracht

- Sozialisation beinhaltet drei Aspekte: die Ausbildung des Menschen zu einer gesellschaftlich handlungsfähigen Person, das Erlernen von soziale Rollen und die Verinnerlichung von sozialen Wert- und Normvorstellungen sowie Entstehung einer Persönlichkeit in der wechselseitigen Abhängigkeit von der sozialen Umwelt. Sozialisation ist demnach der Prozess, in welchem der Mensch in der aktiven Auseinandersetzung mit seiner Umwelt seine Persönlichkeit und sein soziales Verhalten entwickelt und in der Gesellschaft bzw. in einer ihrer Gruppen handlungsfähig wird.
- Man unterscheidet als Phasen der Sozialisation die primäre, die sekundäre und die tertiäre Sozialisation. In der primären Sozialisation geht es um die Schaffung der Grundlagen und die Voraussetzung für alle späteren sozialen Lernprozesse, in der sekundären um den Aufbau und die Veränderungen der Grundlagen und in der tertiären Sozialisation um Bewältigung von wichtigen Entwicklungsaufgaben im Erwachsenenalter.
- Sozialisationsträger sind die Familie, Eltern bzw. ein Elternteil, „engere" Bezugspersonen (zum Beispiel Großeltern), die Tagesmutter, die Kindertagesstätte und der Kindergarten, die Schule, das soziale Umfeld wie Freunde, Gleichaltrigengruppe (Peergroup), Verein, die Arbeitsstelle, die/der Lebenspartner/-in, die Ehe bzw. eigene Familie sowie die Medien.

Wiederholen, Vertiefen, Anwenden

18. *Biografie und Internetsuche*
    - Suchen Sie im Internet nach Informationen über das Leben und Werk des Sozialisations- und Gesundheitsforscher *Klaus Hurrelmann* und *Bauer Ulrich*.
    - Fertigen Sie in Kleingruppen eine Übersicht zur Biografie dieser beiden Forscher an.
    - Erarbeiten Sie vier bis sechs wichtige Abschnitte ihres Lebens.
19. Stellen Sie anhand einer sozialen Situation die verschiedenen Aspekte von Sozialisation dar.
20. Zeigen Sie die Phase der
    a) primären Sozialisation
    b) sekundären Sozialisation
    c) tertiären Sozialisation
    auf.
21. *Lernsituation 2.3*
    a) Erläutern Sie, wie die Eingliederung eines Menschen in die Gesellschaft vor sich geht.
    b) Zeigen Sie die Kritik von *Klaus Hurrelmann* und *Ulrich Bauer* auf, wenn Sozialisation lediglich als Vergesellschaftungsprozess verstanden wird.

22. *„So erlebte ich als Jugendlicher meine Sozialisation"*
- Überlegen Sie, wie Sie in Ihrem Jugendalter Sozialisation erlebten.
- Bilden Sie Vierergruppen und erzählen Sie sich gegenseitig dieses Erleben.
- Einigen Sie sich in der Gruppe auf ein Erleben jugendlicher Sozialisation und stellen Sie dieses mithilfe einer Collage dar.

23. *Sozialisation und ihre Instanzen*
a) Bestimmen Sie den Begriff „Sozialisation".
b) Stellen Sie die verschiedenen Aspekte der Sozialisation und die zugrunde liegenden Sozialisationsvorgänge dar.

24. *Sozialisationsvorgänge und persönliche Identität*[1]
- Bilden Sie Kleingruppen.
- Vergegenwärtigen Sie sich in der Gruppe die verschiedenen Aspekte der Sozialisation und die zugrunde liegenden Sozialisationsvorgänge.
- Sprechen Sie in der Gruppe über die Bedeutung von Sozialisationsvorgängen für die Entwicklung Ihrer Identität.
- Erläutern Sie die Milieuabhängigkeit Ihrer individuellen Selbstbeschreibung.
- Halten Sie die Ergebnisse auf einem Poster, einer Folie oder dgl. fest.
- Präsentieren Sie der Klasse Ihre Gesprächsergebnisse.
- Diskutieren Sie in der Klasse über die verschiedenen Ergebnisse.

25. *Sozialisation beinhaltet Veränderungen des Menschen im Laufe der Zeit.*
- Entwerfen Sie auf einem Blatt eine Darstellung, die wesentliche Veränderungen in Ihrer Sozialisation veranschaulicht (bezüglich Ihres Äußeren, Ihrer Interessen, Ihrer Wahrnehmung von Familie, Schule und Freundschaften etc.).
- Arbeiten Sie dabei kreativ mit geeigneten Fotos, eigenen Zeichnungen, passenden Gedichten, Sprichwörtern, bekannten Zitaten u. a.

[1] Auf Identität wird in Kapitel 1.4.2 eingegangen.

2.4 Träger der Sozialisation

Lernsituation

Ein Gespräch mit einem Ihrer Klassenkameraden, Teil 2

In dem Gespräch über die Eingliederung in die Gesellschaft diskutieren Sie mit Ihrem Klassenkameraden auch darüber, wer die Kinder und Jugendlichen im Besonderen sozialisiert. Sie beide bringen die Familie, die Schule – auch die FOS/BOS – ins Spiel, aber mehr fällt Ihnen nicht ein. Das kann es aber nicht sein.

Sie fragen sich natürlich, wer die bedeutendsten Sozialisationsträger in der Kindheit und Jugendzeit sind.

I Information

2.4.1 Die Herkunftsfamilie

Die „typische" Familie hat seit Mitte des letzten Jahrhunderts eine Veränderung erfahren, bleibt aber eine wichtige und verbreitete Lebensform für Kinder und Jugendliche, allerdings ist sie nicht mehr die allein vorherrschende. Trotz der oftmals beobachtbaren und demonstrativen Distanzierung von den eigenen Eltern ist die Herkunftsfamilie auch für den Jugendlichen nach wie vor die bedeutsamste Sozialisationsinstanz. In ihr werden die Voraussetzungen für alle späteren sozialen Lernprozesse geschaffen. Werte und Normen, Einstellungen und Verhaltenserwartungen werden in der Familie grundgelegt.

Untersuchungen, vor allem unter dem Einfluss der Psychoanalyse, haben ergeben, dass die Prägekraft in der frühesten Kindheit, vor allem im ersten Lebensjahr, sehr groß und für den weiteren Sozialisationsvorgang von enormer Bedeutung ist.[1]

Erik H. Erikson weist auf die Bedeutung der emotionalen Beziehung für die Bewältigung der Entwicklungsaufgaben im Jugendalter hin: Emotionale Zuwendung vermittelt **sozialen Optimismus**, der es erst möglich macht, soziale Distanzen auszuhalten. Dies ist Voraussetzung für die emotionale Ablösung von der Herkunftsfamilie und die Gestaltung eines autonomen und verantwortungsbewussten Lebens.

Kinder und Jugendliche übernehmen darüber hinaus das im Elternhaus übliche Sprachniveau und die Art und Weise, wie sich die Familienmitglieder bei Konflikten verhalten.

[1] vgl. Kapitel 2.3.2

2.4.2 Die Schule als Sozialisationsinstanz

Die Schule, die von Kindern und Jugendlichen zunehmend länger als nur während der reinen Unterrichtszeit besucht wird, hat neben der Familie den wohl am weitreichendsten Einfluss auf ihre Sozialisation. Mit dem Eintritt in die Schule beginnt für das Kind der erste Schritt zur Ablösung vom Elternhaus. Schule erfüllt als Sozialisationsinstanz folgende wesentlichen Aufgaben (vgl. *Schäfers, 2005[8], S. 115; Hurrelmann/Quenzel, 2016[13], S. 111*):

- Das Kind und der Jugendliche lernen die Übernahme von allgemeingültigen und gesellschaftlich anerkannten **Werten und Normen**. Schule vermittelt einen Konsens von Grundwerten, welche in einer pluralistischen Gesellschaft von der Herkunftsfamilie allein nicht mehr ausreichend vermittelt werden können.
- Die Schule erwartet von ihren Schülern **Anpassungsbereitschaft und -fähigkeit** an vorgegebene Arbeits- und Lernbedingungen.

→ Lernen im Schulunterricht unterscheidet sich ganz zentral von den Erfahrungen, die Kinder im Kindergarten oder zu Hause gemacht haben. Die Zeit ist in einen starren Rahmen eingebunden, die Fächer und damit die Themen wechseln oftmals jede Stunde. Der Lernrhythmus und die Aufmerksamkeit werden von außen – meist vom Lehrer – bestimmt.

- Die in der Schule vermittelten Inhalte und Verhaltensweisen sind eindeutig sachbezogen und funktional.

→ Während Kinder in der Freizeit eher spielerisch Neues lernen, sind die Themen und Lerninhalte der Schule immer auf ein bestimmtes Ziel hin ausgerichtet. So lernt man die Grundrechenarten vor dem Bruchrechnen oder dem Prozentrechnen. Schüler besuchen die Schule, weil sie die Schulpflicht erfüllen müssen oder um einen bestimmten Abschluss zu erreichen.

- In der Schule werden im Bereich der **Sachkompetenz** intellektuelle Fähigkeiten für einzelne Fachgebiete vermittelt, die der Schüler in seinem späteren Beruf und Leben benötigt. Schulen vermitteln wichtige Bildungs- und Qualifikationsinhalte.
- Schulischer Erfolg bzw. Misserfolg bestimmen in unserer Gesellschaft das berufliche Fortkommen, den Zugang zu gesellschaftlichen Positionen und letztlich die Platzierung des Individuums im Arbeitsprozess und in der gesellschaftlichen Hierarchie. Damit besitzt Schule eine **Platzierungs- und Auslesefunktion**.

→ Obwohl Noten nur eine begrenzte Aussage über die tatsächliche Leistungsfähigkeit eines Menschen geben, entscheiden sie und vor allem die Art des Abschlusszeugnisses (Haupt- bzw. Mittel-, Realschulabschluss, Abitur) über die weitere Zukunft eines jungen Menschen. Nur über ein solches „Eintrittsticket" in einen Beruf oder in ein Studium sind ein Weiterkommen und das Erreichen einer bestimmten gesellschaftlichen Position möglich. Die Auslese beginnt dabei schon in der vierten Klasse. Eltern wollen in der Regel, dass ihr Kind die Schule besucht, die ihm den höchsten erreichbaren Abschluss vermittelt.

> *„Schulen vermitteln den Jugendlichen die Prinzipien, nach denen in modernen Gesellschaften beruflicher Status und soziales Prestige vergeben werden. Das Kriterium hierfür sind die individuell erbrachten Leistungen, die nach standardisierten Verfahren gemessen und bewertet werden. Mit der Platzierungs- ist unvermeidlich eine Selektionsfunktion verbunden, weil je nach Ergebnis der Leistungsmessung unterschiedliche Abschlüsse mit unterschiedlicher Berechtigung für Ausbildungs- und spätere Berufslaufbahnen vergeben werden."*
>
> *(Hurrelmann/Quenzel, 2016[13], S. 117)*

Es macht in der bundesdeutschen Gesellschaft mehr denn je einen Unterschied, aus welcher sozialen Schicht ein Kind kommt und welche Schule es dann besucht. Auch die Ergebnisse der jüngsten *Shell-Jugendstudie (2015)* zeigen, dass Kinder aus der Unterschicht deutlich schlechtere Bildungschancen besitzen als solche aus Mittel- oder Oberschicht.[1] Weitere Gruppen von Jugendlichen, die im deutschen Bildungssystem benachteiligt sind, sind unter anderem die Nachkommen von Einwanderern, aber auch Abgänger von Förderschulen und Jugendliche, die ihre Ausbildung abgebrochen haben. Diese Gruppen finden sich gehäuft in der Arbeitslosenstatistik wieder.

2.4.3 Ausbildung und Beruf

Bei der Auswahl der Ausbildung und des Berufs müssen Jugendliche heute große Flexibilität zeigen. Der bundesdeutsche Ausbildungs- und Arbeitsmarkt bietet eine beträchtliche Zahl von Möglichkeiten und Alternativen. Die Auswahl selbst wird von mehreren Faktoren beeinflusst. Neben den individuellen Neigungen des Jugendlichen spielen die Überlegungen der Eltern, die Einflüsse der Peergroup, der Lehrer oder der Verwandten eine zentrale Rolle.

Aufgrund der positiven wirtschaftlichen Entwicklung und des demografisch bedingten Rückgangs der Bewerber gibt es heute einen ausgeglichenen Ausbildungsstellenmarkt. Für Jugendliche ist es – abhängig vor ihrem Schulabschluss – also relativ gut möglich, einen Ausbildungsplatz zu finden.

In dem Maße, in dem Jugendliche einer geregelten Arbeit nachgehen, übernehmen sie **Werte und Normen** ihrer Ausbildungsstätte oder ihres Betriebes. Sie müssen sich zudem darauf einstellen, in einem Team zu arbeiten. Dafür werden **soziale Kompetenzen** gebraucht, die dort gelernt werden.

Aus der vorwiegend passiven Rolle eines Schülers kann der Jugendliche in die aktive Rolle eines Anbieters von Produkten oder Dienstleistungen wechseln und so auch sein erstes Geld selbst verdienen.

Trotz der positiven Entwicklungen am Ausbildungsstellenmarkt darf nicht das Problem der Jugendarbeitslosigkeit übersehen werden, die von betroffenen Jugendlichen häufig als persönliches Versagen erlebt wird und ihnen das Gefühl geben kann, nicht gebraucht zu werden. Arbeitslosigkeit kann auch eine Identitätsentwicklung behindern.

[1] vgl. Kapitel 4.1.2

2.4.4 Die Gruppe der Gleichaltrigen

Die Gruppe der Gleichaltrigen, **Peergroup**[1] genannt, gewinnt für den Jugendlichen zunehmend an Bedeutung.

Freunde werden wichtig, zunächst nur als Spielpartner, später als bedeutsame Ideen-geber für eigene Anschauungen. Die Meinung der Gleichaltrigen ist von Bedeutung und will man selbst nicht außerhalb stehen, muss man mit dieser weitgehend konform gehen.[2] Die Peers bestimmen auch über die Freizeitgestaltung, Musikvorlieben, Kleidungsstile u. a.

→ Dies beginnt möglicherweise mit ähnlichem Outfit und endet bei der gleichen Bewertung von Situationen oder Personen.

Die Gruppe der Gleichaltrigen bietet dem Jugendlichen zugleich einen gewissen Schutzraum: Hier ist man unter sich, hier kann man soziale Verhaltensweisen ausprobieren und testen, ohne sofort gesellschaftliche Sanktionen[3] zu erleiden. Somit erfüllt die Gruppe der Gleichaltrigen eine **Schutzfunktion** für ihre Mitglieder. In ihr werden „Gefühls- und Handlungsstrukturen" ausgeprägt, die das Einüben sozialer Spielregeln erleichtern (vgl. *Hurrelmann/Quenzel, 2016*[13]*, S. 174 f.*).

Peergroups agieren vor allem im Freizeitbereich und wirken damit auch auf das **Konsumverhalten** der Jugendlichen. Sie tragen zur Entstehung von **Freundschaften** oder **kurzfristigen Paarbeziehungen** bei. Während Kinder bei der Wahl ihrer Spielgefährten nicht auf die soziale Herkunft achten, spielt diese bei der Zusammensetzung der Gleichaltrigengruppe eine wichtige Rolle. Auf diese Weise kommen in der Folge die Normen und Werte der jeweiligen Herkunftsfamilien bei den Jugendlichen erneut zum Tragen, sie werden quasi reproduziert. Dadurch behält die Familie ihren teilweisen Einfluss bei den Jugendlichen, trotz gleichzeitig stattfindender Ablösungsprozesse (vgl. *Schäfers, 2005*[8]*, S. 147*).

Familie und Peergroup sind heute keine „Konkurrenz" mehr, wie das in früheren Zeiten der Fall war. Untersuchungen zeigen, dass beide für den Jugendlichen wichtig sind und er sich an beiden Instanzen orientiert. Während die Familie eher bei Normen und Werten und bei der Wahl der Ausbildung und des Berufes Gewicht hat, sind die Gleichaltrigen bei alltäglichen Verhaltensweisen der entscheidende Einflussfaktor.

> *„In der Regel sind die Eltern die ‚Karriere- und Finanzberater', die Gleichaltrigen die ‚Freizeit- und Stilberater'. Die Eltern sind das soziale Modell für die großen Linien der künftigen Lebensführung, die Gleichaltrigen für die Gestaltung des Alltags."*
> *(Hurrelmann/Quenzel, 2016*[13]*, S. 179 f.)*

Die Bedeutung von Peergroups:

- **Peergroups vermitteln dem Jugendlichen Anerkennung und Selbstbewusstsein.**
- **Sie geben dem Jugendlichen Geborgenheit, er ist dort geachtet.**
- **Sie helfen ihm bei der Individuation und der Suche nach seiner Identität.**

---

[1] peer (engl.): Gleichrangiger; stammt von par (lat.): gleich
[2] vgl. hierzu Kapitel 3.2.3
[3] Sanktionen (sanctio, lat.: die Heilung, die Bestätigung, die Billigung) sind Maßnahmen, die für die Einhaltung von sozialen Normen und die Erfüllung von sozialen Rollen sorgen sollen – zum Beispiel eine Belohnung, Anerkennung, Beförderung oder Bestrafung wie Schulverweis, Geldstrafe, Gefängnis.

- **Sie sind förderlich, sich von der Ursprungsfamilie abzulösen und unabhängig zu werden.**
- **Jugendliche lernen dort soziale Kompetenzen, den Aufbau und die Aufrechterhaltung von Beziehungen, die mit zunehmendem Alter persönlicher und intimer werden.**
- **Peergroups tragen zur Entlastung von Spannungen und Enttäuschungen bei, die der Jugendliche in Familie, Schule, Betrieb und in sozialen Beziehungen (zum Beispiel Freundschaft) erlebt.**
- **Der Jugendliche bekommt in der Gruppe Unterstützung, vor allem bei der Entwicklung eines eigenen Lebensgefühls und von Einstellungen, die eine Gegenposition zur Gesamtgesellschaft einnehmen.**

2.4.5 Medien

Neben Elternhaus, Schule, Ausbildungsstätte und Gleichaltrigengruppe haben sich die (Massen-)Medien am Ende des 20. Jahrhunderts zu einer bedeutenden Sozialisationsinstanz entwickelt. Handelt es sich um Medien, die ein großes Publikum erreichen wollen, so spricht man von Massenmedien. Besonders bedeutsam ist das Internet, das als notwendiges Werkzeug vorhanden sein muss, um zum Beispiel die sozialen Netzwerke wie Facebook, Instagram, Snapchat, YouTube oder WhatsApp nutzen zu können.

„Nutzt man Messenger-Dienste oder Social-Media-Angebote nicht, droht die soziale Ausgrenzung“

(Calmbach u. a., 2016, S. 465).

Medien sind Instrumente, welche Informationen an andere Personen übertragen und/oder der Kommunikation dienen (vgl. *Hobmair, 2016[6], S. 276*).

„Das Internet und seine Nutzung ist vor allem für junge Menschen heute so selbstverständlich wie Essen, Trinken oder Schlafen. […] dabei spielt es keine Rolle, welches Geschlecht, welches Alter oder welche Schulbildung sie jeweils haben.“

(Medienpädagogischer Forschungsverbund Südwest, 2017, S. 30)

Jugendliche Mediennutzer werden dabei in vielfältiger Weise mit Werbung konfrontiert, die gezielt für sie gemacht wird und die für die Industrie neue Käuferschichten erschließen soll. Es findet eine **Kommerzialisierung der Freizeit** statt – Kleidung, bestimmte Accessoires, Musik, Mobiltelefone, Kosmetika usw. werden von der Wirtschaft beworben und sind für

Jugendliche häufig als Statussymbole geradezu unentbehrlich. Dabei werden die Möglichkeiten, Werbung anzubieten, immer personenbezogener und subtiler. So wird Werbung bei der Nutzung von Smartphones gezielt nach den Interessen des Users eingeblendet und ausgesucht. Dadurch glaubt man, zielgerichteter und genauer die jeweilige Zielgruppe erreichen zu können. Programme, die im Hintergrund der verwendeten Apps arbeiten, registrieren und reagieren damit auf die Gewohnheiten und Interessen des Nutzers.

Max sucht nach günstigen Flügen, um mit seiner Freundin nach Amerika zu fliegen. Kurz nach der Suche, die er mit seinem Smartphone unternommen hat, tauchen auf seinem Smartphone Werbeanzeigen von Billigfluggesellschaften und Reiseanbietern auf.

In der entsprechenden Literatur ist man sich einig, dass vor allem audiovisuelle Massenmedien eine wichtige Sozialisationsinstanz geworden sind. Sie sind allerdings nicht funktional ausgerichtet, wie beispielsweise Schule oder Beruf, Medien **sozialisieren** häufig **indirekt**, indem Jugendlichen dort Modelle vorgeführt werden, die als **Vorbild** für eigenes Verhalten gelten können.

> *„Medien sind zu zentralen Orientierungspunkten der Identitätsentwicklung geworden und stellen in dieser Hinsicht eine wichtige Sozialisationsinstanz dar."*
> *(Hurrelmann/Quenzel, 2016[13], S. 198)*

Gleichzeitig ermöglichen Medien – vor allem das Internet – einen **Zugang zu Informationen** über alle relevanten Themen einer Gesellschaft in einem bisher nie gekannten Ausmaß. Jugendliche können auf diese Weise **Wissen und Information** erhalten, wie sie sie von Erwachsenen kaum bekommen können. Auf der anderen Seite macht es der Überfluss der zugänglichen Informationen wiederum sehr schwer, eine Auswahl zu treffen. Es besteht die Gefahr der Überforderung einerseits und der Beliebigkeit andererseits.

Die Verbreitung von ungeprüften Informationen, von Halbwahrheiten oder gar Lügen im Internet hat in den 2010er-Jahren deutlich zugenommen. Vor allem die Tatsache, dass die häufig genutzten sozialen Netzwerke nicht mehr allein der Kommunikation dienen, sondern zunehmend Nachrichten weitergeben, hat zu dieser Verbreitung beigetragen. Hier stehen Informationen von seriösen Nachrichtenagenturen neben völlig unseriösen Berichten, ohne dass eine Unterscheidung stattfindet. Durch die schnelle Verbreitung im Netz und die hohe Zahl der Konsumenten werden auch falsche Nachrichten, sogenannte „Fake News" oder auch „alternative Fakten", schnell zu „seriösen" Informationen. Wenn der Nutzer nicht noch auf andere Quellen zugreift, wird sich sein Bild der Realität zunehmend zu einem Zerrbild verändern.

Auf den Punkt gebracht

In der Soziologie haben sich fünf Lebensbereiche oder Sozialisationsinstanzen herauskristallisiert, die Jugendliche maßgeblich bei der Bewältigung von Entwicklungsaufgaben beeinflussen und unterstützen: die Familie, die Schule, Ausbildung und Beruf, die Gruppe der Gleichaltrigen und die (Massen-)Medien.

Wiederholen, Vertiefen, Anwenden

26. Beschreiben Sie
    a) die Herkunftsfamilie
    b) die Schule
    c) Ausbildung und Beruf
    als Sozialisationsinstanzen des Jugendlichen. Verdeutlichen Sie Ihre Aussagen mit Beispielen.
27. Verdeutlichen Sie mithilfe von Beispielen die Bedeutung der „Peergroup" für die Entwicklung des jungen Menschen.
28. Erläutern Sie Medien als Sozialisationsträger. Gehen Sie dabei auch auf mögliche Probleme ein.
29. *Lernsituation 2.4*
    Schreiben Sie für Ihre Klassenkameraden ein Handout über die bedeutendsten Sozialisationsträger in der Kindheit und Jugendzeit.
30. Beschreiben Sie den Zusammenhang von intensiver Mediennutzung und zunehmender Kommerzialisierung der Freizeit bei Heranwachsenden. Gehen Sie dabei auch auf die daraus entstehenden Probleme ein.
31. *So wurde ich sozialisiert*
    - Zeichnen Sie die Umwelt, in der Sie aufgewachsen sind. Berücksichtigen Sie dabei insbesondere Ihre Sozialisationsinstanzen und -personen.
    - Bilden Sie Fünfergruppen und sprechen Sie in der Gruppe darüber, wie diese Umwelteinflüsse Ihre Entwicklung beeinflusst haben.

2.5 Methoden der Soziologie

Lernsituation

Das Stanford-Prison-Experiment

Sie wissen jetzt schon sehr viel über Soziologie. Aber Sie fragen sich sicher, wie sie denn eigentlich zu ihren Forschungsergebnissen kommt.

Sie haben sicher schon von dem Film „Das Experiment" gehört, der sich an eine reale Untersuchung unter der Leitung von Philip Zimbardo an der Stanford University anlehnt. Und Sie haben auch schon erfahren, dass es in diesem Experiment darum geht, dass die jeweilige Situation, in der sich ein Mensch befindet, sein Handeln bestimmt. Sie wollen nun nachlesen, wie Zimbardo dieses Experiment tatsächlich durchgeführt hat, und werden in der Literatur auch fündig:

„Die Testpersonen wurden [...] in Gefangene und Wärter aufgeteilt. [...] Die Wärter erhielten Uniformen, spiegelnde Sonnenbrillen und Gummiknüppel. Nach einer Personalienfeststellung und Begrüßung wurden die Gefangenen entlaust. Anschließend mussten sie schwere Fußketten und eine Nylonstrumpfhose über dem Kopf tragen. Auch erhielten sie eine Gefängniskleidung, wobei Unterwäsche nicht erlaubt war. Anstelle ihres Namens mussten sie nun eigene zugeteilte Nummern verwenden. Diese waren auch auf der Kleidung beidseitig deutlich sichtbar angenäht. Die Wärter erhielten von der Experimentenleitung zudem die Information, dass im Falle eines Ausbruches das Experiment gescheitert wäre und dieses dann abgebrochen würde.

Die Gefängnisregeln, um für Ruhe und Ordnung zu sorgen, sollten die Wärter nun eigenverantwortlich bestimmen. Da hatten sie vollkommende Handlungsfreiheit. Für die Gefangenen gab es Dreierzellen, die räumlich sehr eng waren und gerade mal Platz für die drei Liegen hergaben. Die Toiletten waren außerhalb der Zellen. Ohne Erlaubnis der Wärter war ein Toilettengang nicht möglich. Dort hin wurden die Gefangenen dann auch stets mit verbundenen Augen geführt.

Zu Beginn des Experimentes verlief alles noch recht harmlos und es wurden beidseitig die Grenzen ausgetestet. So veranstalteten die Wärter anfangs mehrmals in der Nacht Zählappelle, um ihre Macht zu demonstrieren. Als erste Bestrafungen wurden Liegestütze gefordert.

Doch schon am zweiten Tag revoltierten die Gefangenen und blockierten die Zellentüren. Zudem entfernten sie die Nummern von ihrer Kleidung. Auch mit den Nylonstrümpfen über den Köpfen waren sie nun nicht mehr einverstanden. Die Wärter verschafften sich gewaltsam Einlass in die Zellen, indem sie mit Feuerlöschern eisiges Kohlendioxid auf sie sprühten. Als Bestrafung nahmen sie ihnen nun die Kleidung und Betten weg. Es erfolgten nun totale Unterdrückungen und Demütigungen. Selbst der Toilettengang zur Nacht wurde nun verwehrt. Die Gefangenen mussten dazu Eimer in den Zellen benutzen. Es stank relativ schnell bestialisch im gesamten Trakt. Die zu diesem Zeitpunkt noch folgsamen Gefangenen erhielten eine privilegierte Zelle. Diese erhielten auch ihre Kleidung und Betten zurück. Sie durften essen, die anderen aufständischen Gefangenen mussten ihnen dabei zusehen. Da anschließend die privilegierten Gefangenen wieder mit den restlichen gemischt wurden, kam schnell bei den anderen der Verdacht auf, dass diese als Spitzel für die Wärter fungierten. So wurde durch die Wärter der interne Zusammenhalt der Gefangenen zerstört, was weitere geplante Widerstandsaktionen unmöglich machte.

Nach drei Tagen geriet das Experiment langsam außer Kontrolle. Die Wärter zeigten sadistische Züge und die Gefangenen waren an ihrer psychischen Stressgrenze angelangt (wenn nicht sogar bereits darüber hinaus). Vor allem zur Nachtzeit neigten die Wärter zu Gewalthandlungen, da sie die Kameras nicht mehr wahrnahmen. Konkret mussten mehrere Misshandlungsversuche unterbunden werden [...]."

(Das Stanford-Prison-Experiment – Ablauf, Ergebnisse, Folgen und mehr; www.stanford-prison-experiment.de/ablauf.shtml [17.08.2019])

Nachdem Sie diesen Bericht gelesen haben, möchten Sie ihn natürlich genauer analysieren. Dazu müssen Sie sich jedoch vorher darüber informieren, welche Methoden die Soziologie bei der Erforschung ihres Gegenstandsbereiches anwendet.

I Information

2.5.1 Der Begriff „wissenschaftliche Methode"

Die Art und Weise, wie Menschen zu Erkenntnissen kommen, ist die entscheidendste Frage einer jeden Wissenschaft überhaupt. **Denn das methodische Vorgehen einer Wissenschaft bestimmt, ob ihre Ergebnisse richtig und damit brauchbar sind oder nicht.** Sind die Erkenntnisse einer Wissenschaft falsch, so ist eigentlich ihr methodisches Vorgehen, mit dem diese Erkenntnisse gewonnen wurden, falsch; ist das methodische Vorgehen richtig, so müssen auch ihre Ergebnisse richtig sein. Zwischen Methode und Ergebnis einer Untersuchung besteht also ein Zusammenhang: ***Die Methode ist der „Schlüssel" zur Antwort auf die Frage des Forschers.***

Methode[1] bedeutet das Vorgehen bzw. das Verfahren zur Erreichung eines bestimmten Zieles – in der Forschung zur Gewinnung von Wissen über einen Objektbereich.

Die Soziologie möchte über ihren Objektbereich „Zusammenleben und Zusammenwirken von Menschen" Wissen gewinnen. Dazu bedient sie sich bestimmter Methoden wie etwa der Beobachtung oder dem Experiment.

Wissenschaftler müssen, um zu „richtigen" Ergebnissen zu kommen, **planmäßig, gezielt und systematisch** vorgehen. Systematisch bedeutet in diesem Zusammenhang das geplante und organisierte Vorgehen nach ganz bestimmten wissenschaftlichen „Regeln".

Wissenschaftliche Methoden sind systematisch geplante Vorgehensweisen oder Verfahren, um Wissen über einen Objektbereich zu gewinnen.

Die Soziologie ist in erster Linie darauf angewiesen, die **soziale Wirklichkeit zu beobachten und zu beschreiben sowie Zusammenhänge zu erkennen und zu erklären.**

Der Armuts- und Reichtumsbericht der Bundesregierung beispielsweise beschreibt die Verbreitung des Reichtums und der Armut in der Bundesrepublik Deutschland.[2] Die PISA-Studie[3] zeigt Zusammenhänge zwischen Schichtzugehörigkeit und Schulart (Haupt- bzw. Mittelschule, Realschule, Gymnasium) auf.

Diese Auffassung von Soziologie vertrat als erster *Auguste Comte*, der – wie in *Kapitel 1.1.1* ausgeführt – mit diesem Begriff eine neue Wissenschaftsart charakterisieren wollte. Sein Anliegen war es, die soziale Wirklichkeit **zu beobachten, zu beschreiben und zu erklären**. Aus dieser Sichtweise ist der Gegenstand der Soziologie die ***erfahrbare soziale Wirklichkeit***.

Soziologen versuchen herauszufinden, welchen Gesetzlichkeiten und Regelhaftigkeiten das Zusammenleben von Menschen in der Gesellschaft oder in einer Einrichtung wie etwa der Schule unterliegt.

Die erfahrbare soziale Wirklichkeit benötigt Methoden, die der Beobachtung eines bestimmten Sachverhaltes dienen. Solche Methoden werden als **erfahrungswissenschaftliche bzw. empirische[4] Methoden** bezeichnet.

Methoden, die der planmäßigen Beobachtung und Beschreibung eines bestimmten Bereiches der Wirklichkeit und der Gewinnung von überprüfbaren Daten dienen, bezeichnen wir als erfahrungswissenschaftliche bzw. empirische Methoden.

Erfahrungswissenschaftliche Methoden tragen also dazu bei, die Wirklichkeit zu beobachten und zu beschreiben, Zusammenhänge zwischen Merkmalen zu erkennen. Die wichtigsten empirischen Methoden, die in der Soziologie Anwendung finden, sind die **Be-**

[1] méthodos (griech.): entlang eines Weges; Methode ist der Weg entlang zu einem gesetzten Ziel.
[2] vgl. hierzu Kapitel 5.2
[3] PISA ist die Abkürzung für „Programme for International Student Assessment" (Programm zur internationalen Schülerbewertung). Die PISA-Studien sind seit 2000 von der OECD veranstaltete internationale Schulleistungsuntersuchungen (vgl. Hobmair, 2009, S. 278).
[4] empirisch (griech.): auf Erfahrung beruhend

obachtung, das **Experiment**, die **Befragung** und das **Interview** sowie die **Soziometrie** und die **Interaktionsprozessanalyse** von *Robert F. Bales*.

Soziologie als empirische Wissenschaft

Ausgangspunkt	die erfahrbare soziale Wirklichkeit, das Zusammenleben und -wirken von Menschen
Aufgabe	Beobachtung der sozialen Wirklichkeit, Erforschen von Zusammenhängen
methodisches Vorgehen	Erfahrungswissenschaftliche (empirische) Methoden, zum Beispiel Beobachtung, Experiment, Befragung, Interview, Soziometrie, Interaktionsanalyse

Im Folgenden werden die Beobachtung, die Befragung und das Interview näher ausgeführt. Die Soziometrie findet sich in *Kapitel 3.3.1* und die Interaktionsanalyse in *Kapitel 3.3.2*.

2.5.2 Die Beobachtung

Sieht man die Soziologie als Erfahrungswissenschaft, so ist sie zur Gewinnung von Erkenntnissen auf die Beobachtung angewiesen. Jedes erfahrungswissenschaftlich gewonnene Wissen geht auf eine Beobachtung irgendeiner Art zurück. Insofern können alle anderen Methoden als eine besondere Form der Beobachtung gelten.

Als wissenschaftliche Methode bezieht sich die Beobachtung immer auf bestimmte, vom Forscher festgelegte **Aspekte des Zusammenlebens von Menschen**. Im Gegensatz zum Laien legt der Wissenschaftler genau fest, was er beobachten will und wie er diesen Teilbereich der Wirklichkeit erfassen will. Er bestimmt auch genau, womit er beobachten will, welche Beobachtungshilfen er benützt. Solche Hilfen können zum Beispiel Beobachtungsbögen, deren Fixierung genau durchdacht ist, ein Tonband oder eine Kamera sein.

→ Der Wissenschaftler legt genau fest, was er am Spielplatz beobachten will – etwa wie viele aggressive Verhaltensweisen in einer bestimmten Zeiteinheit von den Kindern gezeigt werden; er organisiert die Durchführung seiner Beobachtung bis ins Detail und folgt einem fein und exakt ausgearbeiteten Beobachtungsplan, um die Aggressionen der Kinder möglichst genau erfassen und registrieren zu können.

Beobachtung als wissenschaftliche Methode bedeutet die geplante, gezielte und systematische Wahrnehmung eines bestimmten Teilbereiches der Wirklichkeit mit dem Ziel, diesen Bereich möglichst genau zu erfassen und festzuhalten.

Merkmale der wissenschaftlichen (systematischen) Beobachtung:

- Die Beobachtung ist geplant, gezielt, exakt und kontrolliert.
- Es wird festgelegt, was beobachtet wird (Teilbereich eines gesamten Geschehens).
- Dieser Teilbereich wird möglichst genau erfasst und festgehalten.
- Es wird festgelegt, wie beobachtet wird
- Es wird festgelegt, womit beobachtet wird (Beobachtungshilfen).

„Bei der Beobachtung spielt sich ein Prozess der Wahrnehmung ab, wobei die Wahrnehmung verbunden ist mit einer Registrierung der beobachteten Handlungen. Die Schwierigkeit liegt jedoch darin, die Handlungsabläufe zu erfassen und das beobachtete Handeln entsprechend dem vorliegenden Beobachtungsschema zu klassifizieren und zu interpretieren. Es bedarf daher eines langen Trainings der Beobachter, damit es möglich ist, mithilfe ihrer Beobachtungen Daten zu sammeln, die eine statistische Behandlung zulassen."

(Wössner, 1986[9], S. 277)

Je nachdem, was man mit einer Beobachtung erreichen will, kann man unterscheiden

- zwischen einer **teilnehmenden Beobachtung**, in welcher der Beobachter aktiv oder passiv am Geschehen beteiligt ist, und einer **nicht teilnehmenden Beobachtung**, in der er „außen vor" ist, wie das beispielsweise bei einer „one-way-window-Beobachtung"[1] oder bei einer Beobachtung mit einer Filmkamera der Fall ist,
- zwischen einer **verdeckten Beobachtung**, wenn sich der Beobachter als solcher nicht zu erkennen gibt, und einer **offenen Beobachtung**, wenn er als Beobachter identifiziert werden kann,
- zwischen einer **Feldbeobachtung**, auch ***Feldforschung*** genannt, die in natürlichen Situationen – zum Beispiel Beobachtung am Spielplatz – stattfindet, und einer **Laborbeobachtung**, die im Labor durchgeführt wird und damit die gezielte Vorgabe von experimentellen Reizen und die Kontrolle von sogenannten Störfaktoren ermöglicht.

Kriterium	Art der Beobachtung	
Beteiligtsein des Beobachters am Geschehen	**teilnehmende Beobachtung**	**nicht teilnehmende Beobachtung**
(Nicht-)Wissen um den Beobachter	**verdeckte Beobachtung**	**offene Beobachtung**
Ort der Beobachtung	**Feldbeobachtung**	**Laborbeobachtung**

Zur Aufzeichnung von Beobachtungen werden meist sogenannte ***Kategorienschemata*** benützt. Bestimmte beobachtete Verhaltensweisen werden in übergeordnete Kategorien eingetragen. Das bekannteste eines solchen Beobachtungssystems ist die **Interaktionsprozessanalyse** (IPA) von *Robert F. Bales*, welche in *Kapitel 3.3.2* dargestellt ist.

Das **Experiment** ist eine bestimmte Form der Beobachtung: Während sich eine Beobachtung auf eine bereits vorhandene Situation beschränkt, wird beim Experiment die Situation absichtlich herbeigeführt. Der Forscher kann seine Bedingungen verändern, variieren sowie eine experimentelle Untersuchung beliebig oft wiederholen.

[1] One-way-window (engl.): Einwegscheibe; der Forscher kann zwar das zu Beobachtende durch ein Fensterglas sehen, aber die Beobachteten können den Forscher nicht sehen.

2.5.3 Die Befragung und das Interview

Die Befragung ist eine sehr weit verbreitete Technik zur Gewinnung von bestimmten Daten. Dabei werden an bestimmte Personen bzw. Gruppen Fragen gestellt, die diese beantworten.

Die Befragung ist eine Technik zur Erfassung von Daten mithilfe der Beantwortung von Fragen, die einem bestimmten Personenkreis gestellt werden.

Man unterscheidet zwischen einer **standardisierten** und **nicht standardisierten Befragung**. Bei einer standardisierten Befragung sind die Fragen, ihre Reihenfolge und die Antwortmöglichkeiten genau vorgegeben. Die nicht standardisierte Befragung dagegen enthält keinerlei Vorgaben, auch nicht für den Interviewten (vgl. *Zierer u. a., 2013, S. 64*).

Eine Befragung kann ***schriftlich*** oder aber auch ***mündlich*** stattfinden. Bei einer schriftlichen Befragung spielt der **Fragebogen** eine wichtige Rolle. Ein Fragebogen ist eine schriftliche Zusammenstellung von zweckgerichteten Fragen nach bestimmten Daten.

→ „Sind Sie Mitglied eines Sportvereins?" oder „Wie zufrieden sind Sie in Ihrer Schule?" sind Beispiele für solche zweckgerichteten Fragen.

Die Fragen können dabei ***geschlossen*** oder ***offen*** sein. Bei geschlossenen Fragen, die wir vor allem bei standardisierten Befragungen vorfinden, werden alternative Antwortmöglichkeiten vorgegeben, bei offenen Fragen antworten die Befragten mit eigenen Gedanken und Worten – es gibt also keine Antwortvorgaben.

→ Um eine geschlossene Frage handelt es sich beispielsweise, wenn der Befragte sich zwischen „ja" oder „nein" („Treiben Sie täglich Sport?") entscheiden oder auf einer mehrstufigen Skala – etwa von „stimme völlig zu" bis „lehne völlig ab" – eine Entscheidung treffen muss oder wenn ihm eine Auswahl von verschiedenen Antworten zur Verfügung steht.
Ein Beispiel für offene Fragen ist: „Was schätzen Sie an Ihrer Arbeit in Ihrem Betrieb am meisten, was am wenigsten?"

Zudem können die Fragen nur jeweils eine Antwort oder auch mehrere Antworten zulassen.

Eine mündliche Befragung wird **Interview** genannt.

Ein Interview ist eine mündliche zweckgerichtete Befragung, um bestimmte Daten zu erhalten.

→ Interviews sind uns allen beispielsweise durch das Fernsehen bekannt, wenn Politiker, Künstler, Sportler, Schauspieler, Sänger u. a. zu einem bestimmten Thema befragt werden.

Bei einer **Umfrage** wird einer relativ großen Gruppe von Menschen eine bestimmte Anzahl von festgelegten Fragen gestellt.

Geht es bei einer Umfrage um die Ansicht oder Meinung von Menschen, so handelt es sich um eine **Meinungsforschung** bzw. **Demoskopie**.[1]

[1] dēmos (griech.): das Volk, die Gemeinde; skopeīn (griech.): betrachten

Die sog. „Sonntagsfrage" in öffentlichen Medien, wie viel Prozent die einzelnen Parteien erhalten würden, sollte am nächsten Sonntag Wahl sein, ist hierfür ein treffendes Beispiel.

2.5.4 Die Sozialraumanalyse

In der Soziologie, vor allem in der Gemeinde- und Stadtsoziologie, spielt die **Sozialraumanalyse** eine große Rolle. Sie ist eine schriftliche Darstellung eines bestimmten Sozialraumes – in der Regel ein Stadtteil. Sie ist keine eigene empirische Methode, sondern bedient sich der in den *Abschnitten 2.5.2 und 2.5.3* aufgezeigten Methoden.

So findet zum Beispiel eine Begehung eines Stadtteils statt, um bestimmte Beobachtungen festzuhalten, oder man führt mit entsprechenden Personen, die den Stadtteil kennen und beurteilen können, ein Interview durch.

Ein Sozialraum bezieht sich nicht nur „einfach" auf eine geografisch begrenzte Region, sondern auf einen Lebensraum, in welchem Menschen wohnen und gesellschaftliche Entwicklungen stattfinden.

Die Sozialraumanalyse ist eine schriftliche Darstellung eines bestimmten Sozialraums, in welchem Menschen wohnen und gesellschaftliche Entwicklungen stattfinden.

Die Sozialraumanalyse soll die momentane Situation abbilden und dabei die sozialen Dimensionen des Sozialraums erfassen. Dabei werden auch die Lebensbedingungen der in diesem Stadtteil wohnenden Menschen erfasst.

Sie kommt in vielen unterschiedlichen Zusammenhängen vor (vgl. *Reppel, www.pixel-sozialwerk.de/wer-wie-was-sozialraumanalyse/*):

- In der empirischen Sozialforschung wird sie benutzt, um etwa Stadtteile miteinander vergleichbar zu machen.
- Jugendhäuser benutzen sie, um den Sozialraum der Jugendlichen außerhalb des Jugendhauses kennenzulernen und so die Angebote an den Sozialraum anzupassen und bedarfsgerechter zu gestalten.
- Im Zuge der Jugendhilfeplanung oder der Stadtteilentwicklung wird sie genutzt, um soziale Ungleichheit bzw. Unterversorgungslagen festzustellen.

„Sozialraumanalysen helfen den Stadtteil unter einem gewissen Gesichtspunkt zu erkunden, zu analysieren, Bedarfe im Stadtteil zu ermitteln, erheben und festzustellen."
(Reppel, www.pixel-sozialwerk.de/wer-wie-was-sozialraumanalyse/)

Die Analyse kann dann etwa in der Planung und der Stadtentwicklung angewendet werden. Oder man kann den Hilfebedarf des Sozialraumes abschätzen und eine auf diesen abgestimmte Angebotsstruktur erstellen sowie die Lebenssituation der Menschen in einem sozialen Raum verbessern. Einen großen Stellenwert hat die Sozialraumanalyse auch in der Jugendarbeit.

Auf den Punkt gebracht

- Wissenschaftliche Methoden sind systematisch geplante Vorgehensweisen oder Verfahren, um Wissen über einen Objektbereich zu gewinnen. Erfahrungswissenschaftliche bzw. empirische Methoden sind Methoden, die der planmäßigen Beobachtung und Beschreibung eines bestimmten Bereiches der Wirklichkeit sowie der Gewinnung von intersubjektiv überprüfbaren Daten dienen. Die wichtigsten empirischen Methoden, die in der Soziologie Anwendung finden, sind die Beobachtung, die Befragung und das Interview oder die Soziometrie und die Interaktionsanalyse.
- Beobachtung als wissenschaftliche Methode bedeutet die geplante, gezielte und systematische Wahrnehmung eines bestimmten Teilbereiches der Wirklichkeit mit dem Ziel, diesen Bereich möglichst genau zu erfassen und festzuhalten. Die Befragung ist eine Technik zur Erfassung von Daten mithilfe der Beantwortung von Fragen, die einem bestimmten Personenkreis gestellt werden. Ein Interview ist eine mündliche zweckgerichtete Befragung, um bestimmte Daten zu erhalten. Die Sozialraumanalyse, eine schriftliche Darstellung eines bestimmten Sozialraums, spielt in der Soziologie eine große Rolle.

Wiederholen, Vertiefen, Anwenden

32. Klären Sie den Begriff „wissenschaftliche Methode“ und stellen Sie dar, welche Aufgaben diese hat.
33. Bestimmen Sie an einem Beispiel aus der soziologischen Forschung den Begriff „wissenschaftliche Beobachtung“ und zeigen Sie verschiedene Formen der Beobachtung auf.
34. Stellen Sie an verschiedenen Beispielen aus der Soziologie die wissenschaftliche Technik der Befragung dar.
35. Nehmen Sie aus einer Ihnen bekannten Zeitschrift ein Interview und untersuchen Sie dieses hinsichtlich wissenschaftlicher methodischer Anforderungen. Diskutieren Sie in Ihrer Klasse darüber.
36. *Die Sozialraumanalyse*
    - Bilden Sie Kleingruppen.
    - Suchen Sie im Internet oder in der Literatur einen Sozialraum, in welchem eine Sozialraumanalyse durchgeführt wird (zum Beispiel in der Jugendarbeit, in einem Landkreis, in einer Stadt).
    - Analysieren Sie diese Sozialraumanalyse nach methodischen Gesichtspunkten der Soziologie.
    - Führen Sie das Ergebnis Ihrer Analyse mithilfe eines Rollenspiels durch.
37. *Lernsituation 2.5*
    - Suchen Sie im Internet nach Informationen über das Leben und Werk von *Philip G. Zimbardo*. Fertigen Sie in Kleingruppen eine Übersicht zur Biografie dieses Forschers an und erarbeiten Sie wichtige Abschnitte seines Lebens.
    - Analysieren Sie das Stanford-Prison-Experiment nach methodischen Gesichtspunkten der Soziologie.

- Diskutieren Sie in Gruppen folgende Fragen:
  - Kann das Ergebnis dieses Experiments auf den Alltag übertragen werden? Suchen Sie nach aktuellen Situationen in unserem Alltag, die dieses Experiment widerspiegeln.
  - Welche Ziele können Sie sich im Hinblick auf Ihren gesellschaftlichen Beitrag setzen?
- Bestimmen Sie einen Gruppensprecher.
- Die Gruppensprecher setzen sich in einen Innenkreis, stellen die Gruppenergebnisse vor und diskutieren darüber. Der Kreis hat einen Stuhl mehr, der leer bleibt. Außerhalb dieses Kreises nehmen alle anderen Schüler ihren Platz ein.
- Wer von der Klasse einen Diskussionsbeitrag leisten möchte, setzt sich auf den leeren Stuhl. Er nimmt auf derjenigen Seite Platz, die er mit seinem Beitrag unterstützen will. Nach dem Beitrag verlässt der Schüler den Stuhl wieder.

38. *Auswirkungen unterschiedlicher Lebenslagen*
    - Bilden Sie Kleingruppen.
    - Suchen Sie im Internet in der Literatur eine Gesellschaftsstudie (zum Beispiel Vermögensbericht, Shell-Jugendstudie, PISA-Studie).
    - Untersuchen Sie in der von Ihnen gewählten Studie das soziale Problem.
    - Diskutieren Sie auf der Grundlage dieser Studie die Auswirkungen unterschiedlicher Lebenslagen.

Aufgabe zum gesamten Kapitel

39. *Mindmap*
    Fertigen Sie in Gruppen eine Mindmap zu dem Thema „soziales Handeln“ an: Das Thema wird als Stichwort in die Mitte eines Blattes Papiers geschrieben und stellt sozusagen den Baumstamm dar. Von diesem Stamm gehen Äste ab, welche die zum Thema gehörenden Hauptgedanken (wiederum in Stichworten) beinhalten. Von den Ästen abgehende Zweige und schließlich Zweiglein gliedern das Thema weiter auf und beinhalten stichwortartig die Nebengedanken.

Materialien Kapitel 2

1. Der „Sinn“ sozialen Handelns

Soziologie (im hier verstandenen Sinn dieses sehr vieldeutig gebrauchten Wortes) soll heißen: eine Wissenschaft, welche soziales Handeln deutend verstehen und dadurch in seinem Ablauf und seinen Wirkungen ursächlich erklären will. „Handeln“ soll dabei ein menschliches Verhalten (einerlei ob äußeres oder innerliches Tun, Unterlassen oder Dulden) heißen, wenn und insofern als der oder die Handelnden mit ihm einen subjektiven Sinn verbinden. „Soziales“ Handeln aber soll ein solches Handeln heißen, welches seinem von dem oder den Handelnden gemeinten Sinn nach auf das Verhalten *anderer* bezogen wird und daran in seinem Ablauf orientiert ist. [...]

- Soziales Handeln (einschließlich des Unterlassens oder Duldens) kann orientiert werden am vergangenen, gegenwärtigen oder für künftig erwarteten Verhalten anderer (Rache für frühere Angriffe, Abwehr gegenwärtigen Angriffs, Verteidigungsmaßregeln gegen künftige Angriffe). Die „Anderen“ können Einzelne und Bekannte oder unbestimmt Viele und ganz Unbekannte sein („Geld“ zum Beispiel bedeutet ein Tauschgut, welches der Handelnde beim Tausch deshalb annimmt, weil er sein Handeln an der Erwartung orientiert, dass sehr zahlreiche, aber unbekannte und unbestimmt viele Andere es ihrerseits künftig in Tausch zu nehmen bereit sein werden).
- Nicht jede Art von Handeln – auch von äußerlichem Handeln – ist „soziales“ Handeln im hier festgehaltenen Wortsinn. Äußeres Handeln dann nicht, wenn es sich lediglich an den Erwartungen des Verhaltens sachlicher Objekte orientiert. Das innere Sichverhalten ist soziales Handeln nur dann, wenn es sich am Verhalten anderer orientiert. Religiöses Verhalten zum Beispiel dann nicht, wenn es Kontemplation, einsames Gebet usw. bleibt. Das Wirtschaften (eines Einzelnen) erst dann und nur insofern, als es das Verhalten Dritter mit in Betracht zieht. Ganz allgemein und formal also schon: indem es auf die Respektierung der eigenen faktischen Verfügungsgewalt über wirtschaftliche Güter durch Dritte reflektiert. In materialer Hinsicht: indem es zum Beispiel beim Konsum den künftigen Begehr Dritter mitberücksichtigt und die Art des eigenen „Sparens“ daran mitorientiert. Oder indem es bei der Produktion einen künftigen Begehr Dritter zur Grundlage seiner Orientierung macht usw.
- Nicht jede Art von Berührung von Menschen ist sozialen Charakters, sondern nur ein sinnhaft am Verhalten des andern orientiertes eigenes Verhalten. Ein Zusammenprall zweier Radfahrer zum Beispiel ist ein bloßes Ereignis wie ein Naturgeschehen. Wohl aber wären ihr Versuch, dem andern auszuweichen, und die auf den Zusammenprall folgende Schimpferei, Prügelei oder friedliche Erörterung „soziales Handeln“.
- Soziales Handeln ist weder identisch
  a) mit einem gleichmäßigen Handeln mehrerer, noch
  b) mit jedem durch das Verhalten anderer beeinflussten Handeln. [...]

Wie jedes Handeln kann auch das soziale Handeln bestimmt sein

1. ***zweckrational***: durch Erwartungen des Verhaltens von Gegenständen der Außenwelt und von anderen Menschen und unter Benutzung dieser Erwartungen als „Bedingungen“ oder als „Mittel“ für rational, als Erfolg, erstrebte und abgewogene eigene Zwecke,
2. ***wertrational***: durch bewussten Glauben an den – ethischen, ästhetischen, religiösen oder wie immer sonst zu deutenden – unbedingten Eigenwert eines bestimmten Sichverhaltens rein als solchen und unabhängig vom Erfolg,
3. ***affektuell***, insbesondere emotional: durch aktuelle Affekte und Gefühlslagen,
4. ***traditional***: durch eingelebte Gewohnheit.

(Weber, 2006, S. 11 f., 30 und 32)

2. Welche Werte sind in den westlichen Ländern dominant?

- Familie, Liebe, Geborgenheit: Werte, die bemerkenswert stabil geblieben sind – doch nur im Großen und Ganzen [...].
- Leistung, sozialer und ökonomischer Erfolg: Früher mussten die meisten mehr und schwerer arbeiten, heute müssen sie mehr leisten.
- Wohlstand, Konsumorientierung, Freizeitorientierung: Dies sind neue Massenwerte der zweiten Hälfte des 20. Jahrhunderts.
- Instrumenteller Aktivismus: Dieser Ausdruck wurde von *Parsons* verwendet. Die meisten Menschen haben gelernt, klare Handlungsziele zu setzen und diese mit rational gewählten Mitteln zu verfolgen. Passivität und Fatalismus werden abgelehnt.
- Individualismus, Selbstverwirklichung: Ein mit der Konsum- und Freizeitorientierung verbundener neuer „Wert für alle".
- Gleichheit: Dieser Wert wurde seit dem 18. Jahrhundert immer wieder proklamiert, ein Konsens besteht wohl nur, was die formale rechtliche Gleichstellung betrifft.
- Demokratie: Dieser Wert wurde in Deutschland erst in den letzten Jahrzehnten von der Mehrheit anerkannt. Damit verbunden sind ein Mehrparteiensystem, Meinungsfreiheit, Religionsfreiheit, Einhaltung der Menschenrechte und andere politische Errungenschaften.
- Sicherheit und Ordnung, Schutz vor Verbrechen und Gewalt: Dies sind alte Werte, die zu autoritärem oder minderheitenfeindlichem Verhalten führen können, wenn sie nicht mit Demokratie, Individualismus und anderen modernen Werten gekoppelt auftreten.
- Förderung der wissenschaftlichen, technischen und ökonomischen Entwicklung: Es handelt sich um die schon mindestens zwei Jahrhunderte alte Fortschrittsideologie.
- Schutz der Umwelt: Mit dem gewachsenen Zerstörungspotenzial und der Sensibilisierung für Umweltschäden ist dieser Wert bedeutsamer geworden, doch Einstellung und Verhalten klaffen auseinander.

(Feldmann, 2006^4, S. 354 f.)

3. Neufassung von Sozialisation

Die Diskussion über die notwendige Neufassung des Sozialisationsbegriffs setzte mit vollem Schwung in den 1960er-Jahren ein, damals verbunden mit der gesellschaftspolitischen These, dass Sozialisation und Erziehung für das erhebliche Ausmaß an sozialer Ungleichheit verantwortlich seien. Es kam zu scharfen wissenschaftlichen und öffentlichen Kontroversen über das Verhältnis von Vergesellschaftung und Individualisierung. Während der Studentenunruhen von 1968 wurden die theoretischen Positionen immer weiter zugespitzt. Damit erreichte die Sozialisationstheorie eine enorme öffentliche Aufmerksamkeit.

Diese Diskussion strahlte in die Kindheits-, Jugend-, Familien-, Biografie- und Lebenslaufforschung aus. Zugleich wuchs der Bedarf an einer breiten theoretischen Fundierung und an einer einheitlichen Definition. Für beides spielte das „Handbuch der Sozialisationsforschung" (*Hurrelmann/Ulich, 1980; Neuauflage als „Neues Handbuch der Sozialisationsforschung, 1991*) eine entscheidende Rolle. Sozialisation wurde jetzt definiert „als der Prozess der Entstehung und Entwicklung der Persönlichkeit in wechselseitiger Abhängigkeit von der gesellschaftlich vermittelten sozialen und materiellen Umwelt. Vorrangig thematisch ist dabei, wie sich der Mensch zu einem gesellschaftlich handlungsfähigen Subjekt bildet." Diese Definition wandte sich von den anpassungsmechanistischen Vorstellungen *Durkheims* endgültig ab und setzte sich bis heute in der wissenschaftlichen Diskussion durch.

Sozialisation bezeichnet nach dieser Definition den Prozess, in dessen Verlauf sich der mit einer biologischen Ausstattung versehene menschliche Organismus zu einer sozial handlungsfähigen Persönlichkeit bildet, die sich über den Lebenslauf hinweg in Ausein-

andersetzung mit den Lebensbedingungen weiterentwickelt. Sozialisation ist die lebenslange Aneignung von und Auseinandersetzung mit den natürlichen Anlagen, insbesondere Menschen, die „innere Realität" bilden, und der sozialen und physikalischen Umwelt, die für den Menschen die „äußere Realität" bilden.

Als Definitionsbestandteil von „Sozialisation" wird der Begriff „Persönlichkeit" verwendet. Mit Persönlichkeit wird das unverwechselbare Gefüge von Merkmalen, Eigenschaften, Einstellungen und Handlungskompetenzen bezeichnet, das sich auf der Grundlage der biologischen Ausstattung als Ergebnis der Bewältigung von Lebensaufgaben eines Menschen ergibt. Als „Persönlichkeitsentwicklung" lässt sich entsprechend die Veränderung wesentlicher Elemente dieses Gefüges von individuellen Merkmalsbesonderheiten im Verlauf des Lebens bezeichnen. Als umweltbezogene und lernfähige Wesen verändern Menschen bei gleich bleibender Grundstruktur der Merkmale je nach den Herausforderungen im Lebenslauf ihre Verarbeitungsstrategien und bilden so ihre eigene Lebensgeschichte.

(Hurrelmann, 2006[9], S. 15 f.)

4. Sieben Thesen zur Sozialisation

1. **These:** Sozialisation vollzieht sich in einem Wechselspiel von Anlage und Umwelt.
2. **These:** Sozialisation ist der Prozess der Persönlichkeitsentwicklung in wechselseitiger Abhängigkeit von den körperlichen und psychischen Grundstrukturen und den sozialen und physikalischen Umweltbedingungen. Die körperlichen und psychischen Grundstrukturen bilden die innere, die sozialen und physikalischen Umweltbedingungen die äußere Realität.
3. **These:** Sozialisation ist der Prozess der dynamischen und „produktiven" Verarbeitung der inneren und äußeren Realität.
4. **These:** Eine gelingende Persönlichkeitsentwicklung setzt eine den individuellen Anlagen angemessene soziale und materielle Umwelt voraus. Die wichtigsten Vermittler hierfür sind Familien, Kindergärten und Schulen als Sozialisationsinstanzen.
5. **These:** Nicht nur die Sozialisationsinstanzen haben Einfluss auf die Persönlichkeitsentwicklung, sondern auch andere Organisationen und Systeme[1], die in erster Linie Funktionen für Arbeit, Freizeit, Unterhaltung und soziale Kontrolle erbringen.
6. **These:** Die Persönlichkeitsentwicklung besteht lebenslang aus einer nach Lebensphasen spezifischen Bewältigung von Entwicklungsaufgaben.
7. **These:** Ein reflektiertes Selbstbild und die Entwicklung einer Ich-Identität[2] sind die Voraussetzungen für ein autonom[3] handlungsfähiges Subjekt und eine gesunde Persönlichkeitsentwicklung. Lässt sich Identität nicht herstellen, kommt es zu Störungen der Entwicklung im körperlichen, psychischen und sozialen Bereich.

(vgl. Hurrelmann, 2006[9], S. 24–39)

[1] vgl. Kapitel 1.2.2
[2] vgl. Kapitel 1.4.2
[3] autonom (lat.): unabhängig, eigenständig

3 Die soziale Gruppe

Menschen leben und handeln immer in Gruppen. Gruppen sind die häufigsten sozialen Gebilde.

Folgende Kompetenzen sollen Sie erwerben:

- *Sie können bestimmen, was man unter „Gruppe" versteht und durch welche Merkmale sie sich auszeichnet.*
- *Sie sind imstande, bedeutsame soziale Gruppen von Netzwerken und Organisationen abzugrenzen.*
- *Sie können Gruppe als System beschreiben und Strukturen dieses sozialen Systems analysieren, um deren Auswirkungen auf das Handeln und Erleben zu erfassen.*
- *Sie sind in der Lage zu beschreiben, wie eine Gruppe entsteht und der Gruppenprozess verläuft, und werden sich Mechanismen der Gruppenbildung bewusst.*
- *Sie können ein Phasenmodell der Entwicklung einer Gruppe darstellen und Gruppenentwicklungsprozesse ausgehend von Ihrer Lebenswelt erschließen.*
- *Sie sind imstande, Unterschiede in Wechselbeziehungen zwischen Gruppenmitgliedern zu ermitteln, indem Sie einen Entscheidungsfindungsprozess in einer Gruppe untersuchen.*
- *Sie können Gruppenstrukturen im Hinblick auf Macht analysieren, um deren Bedeutung für das individuelle Handeln zu beurteilen.*
- *Sie sind imstande, Gefahren des Gruppeneinflusses zu erkennen und sich Möglichkeiten zum Umgang mit diesen zu überlegen.*
- *Sie können Bezug nehmend auf Ihre eigene Lebenssituation abschätzen, inwiefern sich aus der Zugehörigkeit zu verschiedenen Gruppen unterschiedliche Perspektiven ergeben können.*
- *Sie wissen um Methoden, die bestimmte Aspekte von sozialen Beziehungen in Gruppen ermitteln können.*

3.1 Die Gruppe als soziales Gebilde

Lernsituation

Aus einem Vortrag über die Bedeutung der Gruppe

Sie haben die Möglichkeit, an einem Vortrag von Herrn Professor Dr. Allgott von der Universität in Seelenstadt teilzunehmen. Diese nehmen Sie natürlich wahr. Und er sagt in diesem Vortrag unter anderem Folgendes: „Sie kommen an einer Gruppe nicht vorbei, sie leben immer in einer Gruppe – in der Familie, in der Spielgruppe, in der Kitagruppe, in der Schulklasse, im Freundeskreis, in einer Sportgruppe, in einer Jugendgruppe usw. Das muss so sein, denn der Mensch ist ein soziales Wesen, welches von Geburt an auf Mitmenschen und soziale Beziehungen angewiesen ist. Nur durch das Zusammenleben mit anderen kann er existieren. In jedem Alter spielt also die Gruppe eine große Bedeutung für den Einzelnen.

Und, meine Damen und Herren, Sie wissen sicher auch schon, dass der Mensch nur durch mitmenschliche Beziehungen zum Menschen im humanen Sinne wird und seine Persönlichkeit entfalten kann. Zudem ist der Mensch von Natur aus noch nicht auf eine bestimmte Lebensform festgelegt, die Ausprägung der menschlichen Lebensweise benötigt langjährige Anregung und Lernhilfe, was ein Angewiesensein auf mitmenschliche Beziehungen bedeutet.

Und, wie glauben Sie, erlernt der Mensch das soziale Verhalten? Nur in der Gruppe kann er das soziale Verhalten lernen und in der Gesellschaft handlungsfähig werden."

Na ja, sagen Sie sich, das weiß ich ja schon alles vom Soziologieunterricht. Mal sehen, ob er mir neue Aspekte aufzeigen kann. Und Sie hören weiter zu:

„Haben Sie sich schon einmal überlegt, was Sie ohne Gruppe mit Ihren Bedürfnissen machen würden? Fast alle menschlichen Bedürfnisse sind soziale Bedürfnisse, die nur im Zusammenleben mit anderen befriedigt werden können. Vor allem im Jugendalter spielt die Gleichaltrigengruppe – Peergroup genannt – eine wichtige Rolle. Darauf möchte ich später noch zu sprechen kommen.

Und jetzt kommt etwas, das Sie vielleicht gar nicht auf dem Bildschirm haben: Nur in der Gruppe ist es möglich, seinen eigenen Wert zu erleben und sich selbst einschätzen zu können. Sie haben sicher schon den Drang erlebt, sich mit anderen zu vergleichen, um sich selbst beurteilen zu können und zu wissen – wie es der amerikanische Sozialpsychologe Leon Mann sagt – ‚zu erfahren, was man kann und was man nicht kann'."[1]

Jetzt sind Sie doch neugierig geworden und wollen wissen, was man unter einer Gruppe versteht, wie sie entsteht und wie der Prozess einer Gruppe so verläuft.

[1] Mann, 2001, S. 51

I Information

3.1.1 Der Begriff „Gruppe“

Unter den vielen sozialen Gebilden, die sich im Laufe der Zeit entwickelt haben, nimmt die Gruppe einen besonderen Stellenwert ein: Der Mensch ist ein Gruppenwesen und könnte ohne Gruppe nicht existieren.

„Gruppen sind immer vor den Einzelnen da. Ein Baby wird in eine Gruppe hineingeboren. Es ist auf die Gruppe angewiesen, um zu überleben. [...] Gruppen sind für viele Leistungen unverzichtbar [...], doch Gruppen können ihre Mitglieder auch in den Abgrund reißen.“

(Feldmann, 2006[4], S. 186 f.)

Eine Gruppe setzt sich immer aus einer bestimmten **Anzahl von Personen** zusammen, den sogenannten ***Gruppenmitgliedern***. Diese Gruppenmitglieder stehen miteinander in Beziehung, beziehen ihr Verhalten aufeinander und beeinflussen und steuern sich gegenseitig. Die Personen einer Gruppe stehen also zueinander in einer **Wechselbeziehung**, in der Informationen vermittelt, aufgenommen und ausgetauscht werden. Diese wechselseitige Beziehung erstreckt sich über einen **längeren Zeitraum**.

Wenn zufällig in einem Linienbus „isolierte“ Individuen sitzen, die keinen Kontakt zueinander haben, so handelt es sich hier nicht um eine Gruppe. Eine Schulklasse dagegen ist eine Gruppe, die Schüler treten über eine längere Zeit miteinander in Beziehung.

Damit wird der Gruppenbegriff abgegrenzt von makrosoziologischen Gebilden: um überhaupt miteinander in Beziehung treten zu können, muss die Anzahl der Gruppenmitglieder überschaubar sein.

Die Unterscheidung in Groß- und Kleingruppe, wie sie gelegentlich vorgenommen wird, ist wenig sinnvoll, da ab einer bestimmten Anzahl von Personen ein Miteinander-in-Beziehung-Treten nicht mehr möglich ist[1].

Eine Gruppe ist nicht nur eine lose Ansammlung von Menschen, die zufällig am gleichen Ort sind. Sie zeichnet sich durch ein gewisses **Bewusstsein um ein gemeinsames Ziel bzw. Interesse** aus. Eine lediglich Ansammlung von Menschen, die sich zufällig in räumlicher Nähe befinden, wird als ***Menge*** bezeichnet.

Eine Schulklasse beispielsweise hat das gemeinsame Ziel, das Abitur zu machen. Eine sich regelmäßig treffende Band hat als gemeinsames Interesse das Musizieren.

Gelegentlich wird in der Literatur unterschieden zwischen **Gruppe und Paar** – oft auch **Dyade** genannt. In einer Zweierbeziehung gibt es nur zwei zwischenmenschliche Bewegungen, entweder das Aufeinanderzugehen und Miteinanderauskommen oder das Sichentfernen und schließlich Sichtrennen. Ab drei Personen verändert sich nicht nur diese Struktur, sondern auch die Auswirkungen auf die beteiligten Personen (vgl. *Henecka, 2015[10], S. 156*).

Die in einer Gruppe vorherrschenden Beziehungen sorgen für eine **Gruppenidentifikation**[2]. Damit ist ein emotionales Sich-Gleichsetzen mit der Gruppe, der man angehört, gemeint.

Gruppenidentifikation bedeutet ein emotionales Sich-Gleichsetzen mit der Gruppe, der man angehört.

[1] vgl. Abschnitt 3.2.2

[2] identitas (lat.): die Wesenseinheit

Sie ist also die gefühlsmäßige Teilhabe des Einzelnen an der Gruppe als solcher und bedeutet für ihn das Bewusstsein, Mitglied dieser Gruppe zu sein und zu ihr zu gehören, was mit Geborgenheit, „Nestwärme“ verbunden ist. Für die Gruppe ist es das Bewusstsein ihrer Geschlossenheit. Häufig wird in diesem Zusammenhang von einem ***Wir-Gefühl*** gesprochen, das sich sowohl in Einzelhandlungen zeigt, die sich an einem „Wir“ orientieren, als auch in gemeinsamen Handlungen, in welchen die Gruppenmitglieder ein „Wir“ als Subjekt ihres Handelns setzen.

„Ein ausgeprägtes Wir-Gefühl bewirkt vor allem zweierlei: eine hohe Zufriedenheit und eine strikte Einhaltung der gruppenspezifischen Normen.“
(Frindte/Geschke, 2019, S. 272)

Dieses Wir-Gefühl kann zu einer Überbewertung der eigenen Gruppe gegenüber anderen Gruppen führen, denen man nicht angehört.

Eine soziale Gruppe sind mehrere Personen, die zur Erreichung eines gemeinsamen Zieles bzw. zum Austausch von gemeinsamen Interessen miteinander über einen relativ längeren Zeitraum in einer stetigen Wechselbeziehung (Interaktion) und einem Kommunikationsprozess stehen und ein Gefühl der Zusammengehörigkeit, ein Wir-Gefühl und eine Gruppenidentifikation entwickeln.

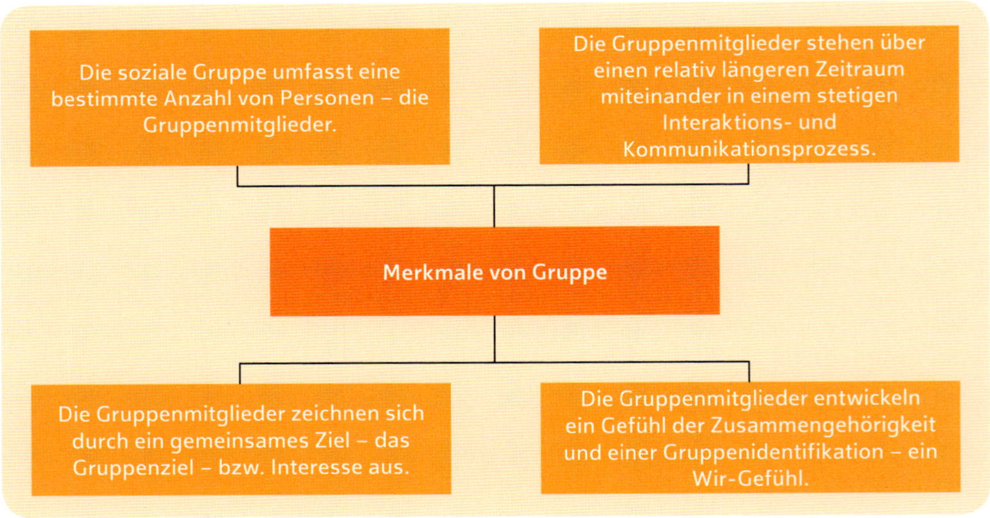

3.1.2 Die Entstehung einer Gruppe

Wenn man nicht in eine Gruppe hineingeboren wird, wie zum Beispiel bei der Familie, so sind es vornehmlich drei Gründe, die zu einer Gruppenbildung führen. Einmal ist es der Grund einer **gemeinsam zu erfüllenden Aufgabe**. Dieser Grund ist vor allem bei Organisationen der Fall.

Teamarbeit in einer Firma beispielsweise dient dazu, gemeinsam ein bestimmtes Projekt durchzuführen.

Zum anderen sind es **gemeinsame Interessen**, zu deren Verfolgung sich Menschen zu Gruppen zusammenschließen.

In einer Sportgruppe oder Bürgerinitiative zum Beispiel steht das gemeinsame Interesse im Mittelpunkt der Gruppenbildung.

Schließlich ist die – gegenseitige – **Sympathie** ein sehr entscheidender Faktor für die Gruppenbildung. Sympathie führt zu ***Kontakthäufigkeit***. Dabei ist eine Art „Kreislauf" zu beobachten: Kontakt erzeugt Sympathie und umgekehrt bewirkt Sympathie – weiteren – Kontakt. Ebenso konnten experimentelle Untersuchungen zeigen, dass eine ***wahrgenommene Ähnlichkeit*** die wechselseitige Sympathie erhöht. Die Sozialpsychologie spricht hier von einem **Näheeffekt** (***propinquity effect***) (vgl. *Aronson u.a., 2014[8], S. 352*).

> *„Wie wir gesehen haben, verbessert Nähe die Vertrautheit, die wiederum zu größerer Sympathie führt."*
> *(Aronson u. a., 2014[8], S. 354).*

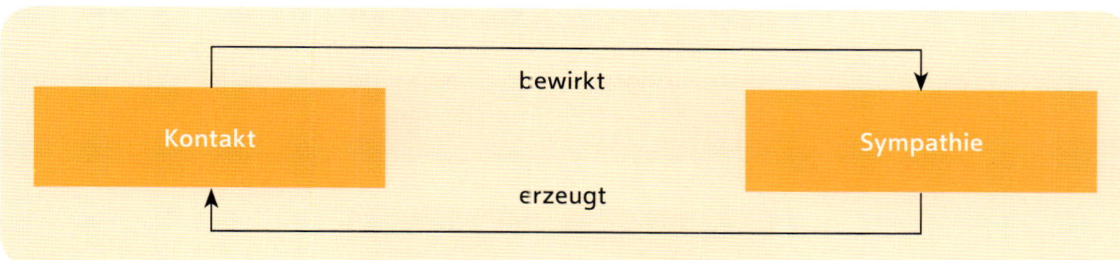

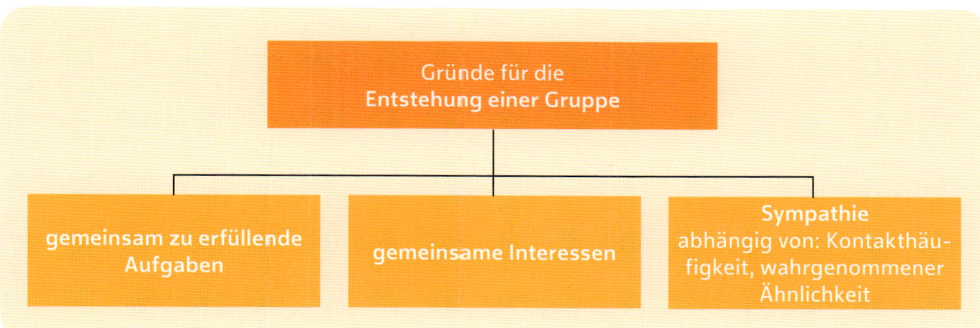

In der Regel werden vier typische ***Gruppenphasen*** herausgestellt, die nicht unbedingt nacheinander durchlaufen werden und sich überschneiden (*Bock-Rosenthal, 2013[6], S. 402*):

- **Forming** (**Orientierungsphase**): Die Gruppenmitglieder lernen sich kennen, sie versuchen sich zu orientieren; es werden verschiedene Verhaltensmuster ausprobiert.
- **Storming** (**Klärungsphase**): Die Gruppenmitglieder raufen sich zusammen und suchen sich ihren Platz in der Gruppe; sie erhalten eine bestimmte Rolle. Es entwickelt sich eine erste ***Ranghierarchie***, es kommt zu Machtkämpfen, wenn mehrere Mitglieder um die gleiche Position kämpfen.

Es kann sein, dass sich diese Phase über das gesamte Gruppenleben hindurchzieht, vor allem dann, wenn es um neue Entscheidungen geht. Machtkämpfe können dann auf der Tagesordnung stehen.

- **Norming (Vertrautheits- bzw. Normierungsphase)**: Der Gruppenzusammenhalt wächst, es entsteht ein Wir-Gefühl; zugleich entwickeln sich gemeinsame soziale Normen, die der Gruppe Stabilität verleihen.
- **Performing (Ausführungsphase)**: Aufgaben und Probleme werden gemeinsam bewältigt bzw. gelöst, wenn die ersten drei Phasen erfolgreich durchlaufen sind. Der Einzelne kann sich nun entfalten und erlebt ein Wohlgefühl in der Gruppe. Die Gruppe selbst erhält ihre Identität.

Die Gruppenphasen der Entstehung

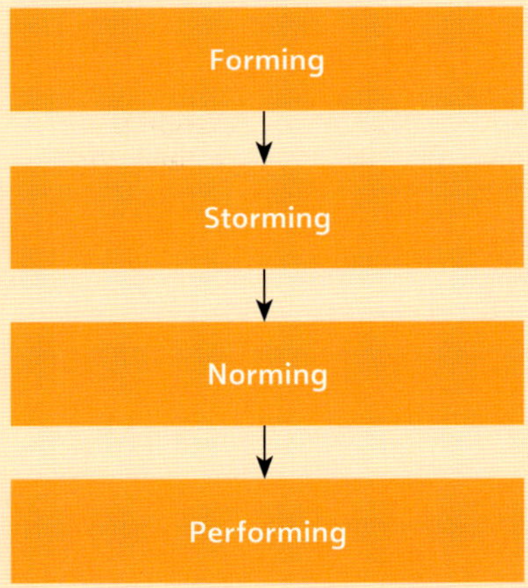

3.1.3 Der Prozess der Gruppe

Die Gruppe ist kein statisches Gebilde, sondern unterliegt einem ständigen Prozess der Veränderung. Dieser Veränderungsprozess wird als **Gruppenprozess** bezeichnet.

Als Gruppenprozess wird die Gesamtheit der Veränderungen bezeichnet, die im Gruppenleben geschehen.

Mit Gruppenentwicklung werden alle Prozesse zusammengefasst, in welchem sich mehrere Personen zu einer funktionsfähigen Gruppe entwickeln (vgl. *Frindte/Geschke, 2019, S. 269*).

Die Gruppenbeziehungen begünstigen neben der Entstehung eines Wir-Gefühls einen weiteren Prozess, die **Entstehung sozialer Normen, typische Strukturen und die Ausbildung sozialer Rollen und Rollenmuster**. Je intimer eine Gruppe ist, desto mehr legt sie bis ins Detail fest, welche Verhaltensweisen von dem einzelnen Mitglied erwartet werden.

„Die Herausbildung spezifischer Beziehungsstrukturen erfolgt geradezu ‚automatisch', ohne dass sich die Agierenden darüber bewusst wären, auf welche festen Rollen sie gerade zusteuern."
(Dimbath, 2016³, S. 161)

Dabei sind in jeder Gruppe zwei ***gegenläufige Prozesse*** feststellbar:

- Einerseits werden sich die Gruppenmitglieder durch die Gruppenidentifikation und den Druck der Gruppe, sich an die Normen zu halten, in ihrem Verhalten immer **ähnlicher**: Die Einzelhandlungen orientieren sich an dem „Wir" der Gruppe und bei gemeinsamen Handlungen setzen die Gruppenmitglieder das „Wir" als Subjekt ihres Handelns. Von der Gruppe gehen ganz bestimmte Zwänge aus, denen sich der Einzelne aufgrund von Sanktionen[1] unterwirft. Ebenso hat er Angst, aus der Gruppe ausgeschlossen zu werden, zu vereinsamen infolge des Entzugs der sozialen Anerkennung und innerhalb der sozialen Rangordnung in der Gruppe einen niederen Platz zu erhalten.
- Andererseits erwartet aber die Gruppe von jedem Mitglied ein besonderes Verhalten, welches dem Einzelnen hinsichtlich seiner Individualität und seiner Fähigkeiten entspricht.

  Der eine hat mehr die Rolle des „Ideenlieferers" inne, von einem anderen erwartet man immer Rat, wenn es Probleme gibt, von einem dritten bestimmte Heiterkeit und Witzigkeit.

  Diese Vielgestaltigkeit in dem Rollenverhalten der Gruppenmitglieder bezeichnet man als **Rollendifferenzierung** und bezieht sich auch auf bestimmte Verhaltensmuster, die der Einzelne zeigt. Diese Rollendifferenzierung führt so lange zu keinem Gruppenkonflikt und zu keiner Instabilität der Gruppe, solange sie den Erwartungen der Gruppe entspricht, also im positiven Sinne „gruppenbezogen" ist.

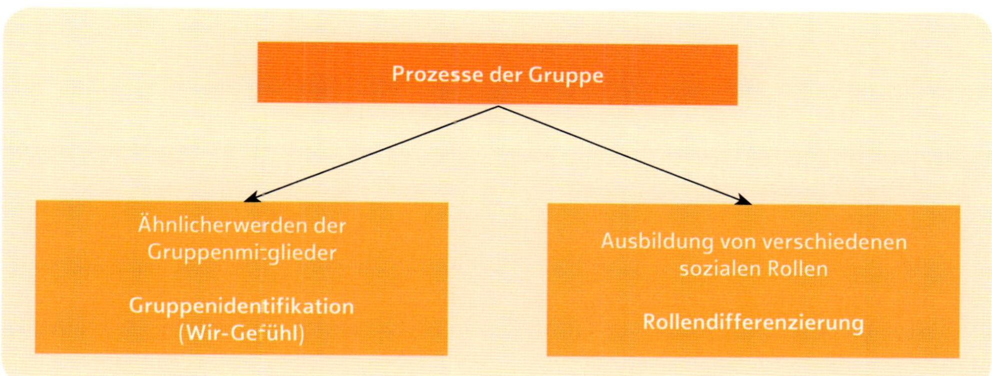

[1] Sanktionen (sanctio, lat.: die Heilung, die Bestätigung, die Billigung) sind Maßnahmen, die für die Einhaltung von sozialen Normen und die Erfüllung von sozialen Rollen sorgen sollen – zum Beispiel eine Belohnung, Anerkennung, Beförderung oder Bestrafung wie Schulverweis, Geldstrafe, Gefängnis.

3.1.4 Soziale Macht in der Gruppe

In jeder Gruppe gibt es Macht, Ansehen und Beliebtheit. Sie sind unterschiedlich verteilt, sodass eine **Hierarchie** entsteht. Hierarchie bedeutet, dass in einem sozialen Gebilde eine Rangordnung besteht, in welcher jedes Mitglied einen bestimmten Platz, einen **Rang**, innehat. Dieser Rang kann – je nachdem, auf welchem Platz ein Mensch in dieser Rangordnung sitzt – „hoch“ oder auch „niedrig“ sein. Wer innerhalb dieser Ranghierarchie einen hohen Rang hat, hat zum einen mehr Macht und Einfluss als ein Gruppenmitglied mit einem niedrigeren Rang und zum anderen lassen sich Gruppenmitglieder mit einem niedrigeren Rang von einem Ranghöheren beeinflussen.

Rang bedeutet also, **dass ein Gruppenmitglied mit höherem Ansehen und höherer Stellung mehr Macht, Einfluss und Prestige besitzt als Mitglieder mit niedrigem Ansehen und niedriger Stellung.** Der Ranghöchste hat also die Möglichkeit, auf die anderen sehr starken Einfluss ausüben zu können – er hat **Macht über die anderen** –, während der Rangniedrigste kaum auf die anderen Mitglieder einwirken kann.

→ Es passiert oft, dass in einer Gruppe ein guter Vorschlag von einem rangniedrigen Gruppenmitglied erst dann angenommen wird, wenn ein Ranghöherer diesen aufgreift und wiederholt.

Soziale Macht in der Gruppe bedeutet die Möglichkeit, dass ihr Inhaber das Verhalten von Gruppenmitgliedern beeinflussen kann und imstande ist, die Gruppe zu lenken und das durchzusetzen, was er meint und will.[1]

Welchen Rang der Einzelne in der Gruppe erhält, ist abhängig von seiner Beliebtheit, von seinen Fähigkeiten und Kompetenzen sowie davon, wie der Einzelne die Erwartungen der Gruppe zu erfüllen vermag. Um einen „guten“ Rang zu erhalten, unterwerfen sich die Gruppenmitglieder den Zwängen, die von einer Gruppe ausgehen.

„Der Rang des Individuums in der Gruppe ist umso höher, je vollständiger es sich die gruppenspezifischen Normen und Ziele zu eigen macht.“
(Schäfers, 2016^{9}, S. 167)

Auf den Punkt gebracht

- Eine Gruppe sind mehrere Personen, die miteinander in einer Wechselbeziehung, in einem sozialen Interaktions- und Kommunikationsprozess stehen und sich durch ein gewisses Bewusstsein für ein gemeinsames Ziel oder gemeinsames Interesse auszeichnen. Gründe, die zu einer Gruppenbildung führen, sind eine gemeinsam zu erfüllende Aufgabe, gemeinsame Interessen und gegenseitige Sympathie, die durch Kontakthäufigkeit und wahrgenommene Ähnlichkeit

[1] Auf soziale Macht allgemein wird in Kapitel 6.1.1 und 6.1.2 eingegangen.

zustande kommt. Es werden vier typische Gruppenphasen herausgestellt, die nicht unbedingt nacheinander durchlaufen werden und sich überschneiden: Forming, Storming, Norming und Performing.

- Als Gruppenprozess wird die Gesamtheit der Veränderungen bezeichnet, die im Gruppenleben geschehen. Die in einer Gruppe vorherrschenden Beziehungen sorgen für eine Gruppenidentifikation. Häufig wird in diesem Zusammenhang von einem Wir-Gefühl gesprochen. Die Gruppenbeziehungen begünstigen einen weiteren Prozess, nämlich die Entstehung sozialer Normen und die Ausbildung sozialer Rollen.
- Dabei sind zwei gegenläufige Prozesse feststellbar: Einerseits werden sich die Gruppenmitglieder in ihrem Verhalten immer ähnlicher, andererseits führt die Vielgestaltigkeit in dem Rollenverhalten der Gruppenmitglieder zu einer Rollendifferenzierung.
- Im Laufe der Zeit bildet sich in der Gruppe eine bestimmte Ranghierarchie heraus: Die einzelnen Gruppenmitglieder erhalten einen ganz bestimmten Rang in der Gruppe. Rang bedeutet in diesem Zusammenhang, dass ein Gruppenmitglied einer höheren Stellung mehr Macht, Einfluss und Prestige besitzt als Mitglieder mit einem niedrigeren Platz. Der Ranghöchste hat die größte Macht in der Gruppe inne. Soziale Macht in der Gruppe bedeutet die Möglichkeit, dass ihr Inhaber das Verhalten von Gruppenmitgliedern beeinflussen kann und imstande ist, die Gruppe zu lenken und das durchzusetzen, was er meint und will.

Wiederholen, Vertiefen, Anwenden

1. Bestimmen Sie den Begriff „Gruppe“ und weisen Sie nach, dass es sich bei einer Schulklasse um eine Gruppe handelt.
2. Stellen Sie am Beispiel einer Gruppe – zum Beispiel Teamarbeit in einem Betrieb – Gründe für die Gruppenbildung dar.
3. Erläutern Sie am Beispiel einer Schulklasse Phasen der Gruppenbildung.
4. Beschreiben Sie anhand der Familie oder der Schulklasse den Prozess einer Gruppe.
5. *Prozesse der Entwicklung der Gruppe*
   a) Erschließen Sie, ausgehend von Ihrer Lebenswelt (zum Beispiel Schulklasse, Peergroup), Prozesse der Gruppenentwicklung.
   b) Analysieren Sie dabei Mechanismen der Gruppenbildung.
6. Zeigen Sie anhand einer Gruppe, in der Sie einmal Mitglied waren, wie sich in dieser eine Ranghierarchie ausgebildet hat.
7. *Macht und Gruppe*
   - Bilden Sie Kleingruppen.
   - Einigen Sie sich auf eine bestimmte Gruppe (zum Beispiel Peergroup, Schulklasse, Familie).
   - Analysieren Sie anhand der gewählten Gruppe Gruppenstrukturen im Hinblick auf soziale Macht.

- Beurteilen Sie die Bedeutung von Macht in der Gruppe für Ihr individuelles Verhalten.
- Stellen Sie Ihr Ergebnis auf einem Plakat dar.

8. *Lernsituation 3.1*
a) Klären Sie, was man unter einer Gruppe versteht.
b) Zeigen Sie anhand der Gruppenphasen auf, wie eine Gruppe entsteht.
c) Erläutern Sie den Prozess der Gruppe.

9. *Die Zugehörigkeit zu verschiedenen Gruppen*
- Beurteilen Sie bezugnehmend auf Ihre eigene Lebenssituation, inwiefern sich aus der Zugehörigkeit zu verschiedenen Gruppen unterschiedliche Perspektiven ergeben können.
- Bilden Sie Vierergruppen.
- Tragen Sie jeder für sich in ein vorstrukturiertes Arbeitsblatt[1] in die erste Zeile eine Möglichkeit zum Umgang mit diesen unterschiedlichen Perspektiven ein.
- Geben Sie dann das Blatt an den rechten Nachbarn weiter.
- Diese Abfolge wird viermal wiederholt, bis Sie wieder Ihr erstes Blatt in Händen haben.
- Sprechen Sie nun in der Gruppe über die Vorschläge.
- Stellen Sie eine von diesen vier Möglichkeiten der Klasse vor.
- In der Klasse werden alle diese Vorschläge diskutiert und festgehalten.

10. *Meine Beziehungen*
- Beschreiben Sie zwei verschiedene Situationen über Ihre alltäglichen Beziehungskonstellationen, zum Beispiel in der Familie, mit Freunden, Mitschülern usw. In der ersten Situation haben Sie eine gute Beziehung, in der zweiten eine schlechte.
- Bilden Sie Vierergruppen und teilen Sie Ihre Situationen den anderen Gruppenmitgliedern mit. Machen Sie sich Ihre Gefühle und Gedanken zu den jeweiligen Situationen bewusst und beschreiben Sie diese.
- Entscheiden Sie sich innerhalb Ihrer Gruppe, welche Art von Beziehung vor der Klasse dargestellt werden soll und wer welche Rolle spielt.

11. *Vernissage*
- Schließen Sie sich in Vierergruppen zusammen und sprechen Sie über Ihre Klasse als Ihre Bezugsgruppe.
- Zeichnen Sie in der Gruppe ein Bild mit dem Titel: „Wie wir unsere Klasse als Bezugsgruppe sehen."
- Stellen Sie die Bilder in einer Vernissage vor.

[1] Ein Beispiel für ein solch vorstrukturiertes Arbeitsblatt ist in Hobmair, Unterrichtsgestaltung Pädagogik/Psychologie, 2015, S. 196, zu finden.

3.2 Aspekte der sozialen Gruppe

Lernsituation

Sie und Ihr Freund, der Soziologie studiert

Interessant, sagen Sie sich, was ich jetzt so über die Gruppe gelernt habe. Sie fragen Ihren Freund, der Soziologie studiert, ob er ein Buch über das Thema „Gruppe" hat und er es Ihnen leiht. Er holt eines aus seinem Bücherregal heraus und gibt es Ihnen. Zu Hause blättern Sie darin und lesen über System, über soziale Gebilde, die keine Gruppen sind, über Gefahren einer Gruppe ... Gerade der letzte Punkt animiert Sie, doch noch mehr über die soziale Gruppe zu erfahren.

Sie wollen wissen, was Gruppe und System miteinander zu tun haben, welche sozialen Gebilde keine Gruppe sind und welche Gefahren von einer Gruppe ausgehen können.

I Information

3.2.1 Die Gruppe als soziales System

Jede Gruppe weist eine **soziale Struktur**[1] – eine **Gruppenstruktur** – auf: Sie zeigt eine bestimmte ***Normen- und Rollenstruktur***, auf die in *Abschnitt 3.1.3* eingegangen wird, und sie besitzt eine bestimmte ***Macht-, Führungs- und Kommunikationsstruktur***.

Eine Gruppe ist auch immer ein **soziales System**: Sie ist ein Ganzes, dessen Gruppenmitglieder untereinander in einer ständigen wechselseitigen Beziehung stehen und sich gegenseitig beeinflussen. Dabei wirkt jede Veränderung eines Elementes auf die anderen Teile der Gruppe.[2]

Merkmale der Gruppe als System:

- Die Gruppenmitglieder als „Elemente" des Systems „Gruppe" treten miteinander in Beziehung und sind wechselseitig voneinander abhängig (***Interdependenz***[3]). Durch die wechselseitigen Beziehungen in der Gruppe als System ändern sich ständig seine Gruppenmitglieder als Elemente und damit auch das System selbst.

  Eine Jugendgruppe unterliegt einer bestimmten Dynamik und damit einem ständigen Prozess der Veränderung.

- Die Gruppe zeichnet sich durch Ordnung und Regelmäßigkeit in den Beziehungen ihrer Mitglieder untereinander aus. Sie regelt sich selbst und bringt sich selbst wieder ins Lot.

[1] Dieser Begriff ist in Kapitel 1.2.1 ausgeführt.
[2] vgl. hierzu Kapitel 1.2.2
[3] Interdependenz (lat.): gegenseitige Abhängigkeit

Sie bestimmt auch selbst, welche Umwelteinflüsse zugelassen werden und welche nicht. So kann sie sich „von sich selbst aus" regulieren.

- Die Gruppe als System grenzt sich zu anderen Systemen ab, die dem eigenen – der Gruppe – eine ***Identität*** geben.[1] Die Gruppe ist also eine von der Umwelt unterscheidbare Einheit, die jeweils typische Aktivitäten zeigt. Dadurch grenzt sie sich von anderen Gruppen als Systemen ab.

→ Eine Familie zeigt andere Aktivitäten wie eine Schulklasse. Dadurch unterscheidet sich die Familie von der Schulklasse.

- Auch wenn sich die Gruppe abgrenzt, so sind Systeme nicht unabhängig von ihrer Umwelt. Doch sie verarbeiten diese Einflüsse von außen nach ihren eigenen Bedingungen.

→ Jede Familie nimmt Einflüsse von außen wahr, nimmt aber nur diejenigen auf, die sie als Familie erhalten will, oder sie verändern sie bzw. wehren sie ab.

- Die Gruppe als System kann sich über Zeit und Raum selbst erhalten und auch erneuern. Sie kann sich von sich aus gestalten bzw. „managen" und einen Zustand einnehmen, auch ohne Einfluss von außen.

→ Eine Familie gestaltet und managt sich selbst, gegebenenfalls auch ohne Einflüsse von anderen Gruppen.

→ **Materialien 1:** Merkmale des Konzeptes von sozialen Systemen

3.2.2 Soziale Organisationen und soziale Netzwerke

Wie in *Abschnitt 3.1.1* erwähnt, wird des Öfteren unterschieden in **Kleingruppe und Großgruppe**. In dem genannten Abschnitt handelt es sich um eine Kleingruppe – um eine soziale Gruppe im eigentlichen Sinn. Doch es gibt auch soziale Beziehungen in einem größeren Rahmen, die allerdings nicht mehr „überschaubar" sind und als Großgruppe bezeichnet werden.

→ So werden zum Beispiel viele soziale Organisationen oder soziale Netzwerke des Öfteren als Großgruppe bezeichnet.

… Die Unterscheidung in Groß- und Kleingruppe ist jedoch, wie in *Abschnitt 3.1.1* bereits ausgeführt, wenig sinnvoll, da ab einer bestimmten Anzahl von Personen ein Miteinander-in-Beziehung-Treten nicht mehr möglich ist.

Soziale Organisation und soziales Netzwerk sind von dem Begriff „Gruppe" abzugrenzen. Eine Organisation ist nach *Lutz von Rosenstiel* und *Friedemann W. Nerdinger* (*2011*[7]*, S. 5 f.*) ein soziales Gebilde, welches zeitlich überdauernd und strukturiert ist und sich aus verschiedenen Personen zusammensetzt. Es verfolgt zudem bestimmte Ziele.

→ Eine Schule ist eine soziale Organisation, die ganz bestimmte festgelegte Ziele hat – sie sind in der Regel in der Schulordnung festgehalten – und sich aus verschiedenen Personen bzw. Personengruppen zusammensetzt wie die Klasse, die Fachgruppe, die Lehrerschaft..

[1] vgl. Kapitel 1.4.2

Ein Betrieb hat das Ziel, etwa Autos, Haushaltsgeräte, Werkzeuge oder Maschinen herzustellen. Organisationen im Bereich des Gesundheitswesens bemühen sich um Gesundheitsvorsorge bzw. wollen Menschen von Krankheiten heilen. Diesen jeweiligen Zielen wollen verschiedene Personen bzw. -gruppen gerecht werden.

Eine Organisation ist ein zeitlich überdauerndes, strukturiertes soziales Gebilde, welches sich aus verschiedenen Personen zusammensetzt sowie bestimmte Ziele verfolgt.

Wie erwähnt, ist eine Organisation als solche keine Gruppe, sie ist jedoch ein soziales Gebilde, welches verschiedene Gruppen aufweist.

Solche Gruppen in einer Organisation sind beispielsweise bestimmte Teams oder Arbeitsgruppen. Eine Schule ist eine Organisation, welche aus verschiedenen Gruppen besteht – zum Beispiel die Schulklasse, die Fachschaft, die Lehrerschaft usw.

Gruppenarbeit oder Teamwork in einer Organisation sind organisiert, sie haben festgelegte Ziele und Aufgaben und besitzen eine Vielzahl von absichtlichen und geplanten Regelungen bzw. Festlegungen. Nach *Nassehi* (*2011*[2]*, S. 89*) sind die beiden „prominentesten Formen" der Organisiertheit die ***Arbeitsteilung und die Hierarchie***.

„[...] Arbeitsteilung organisiert in erster Linie Zuständigkeiten, und Hierarchie organisiert die Verteilung von Verantwortlichkeiten."
(Nassehi, 2011[2]*, S. 89)*

Doch soziale Gruppen und soziale Organisationen haben einiges gemeinsam:

- Sowohl eine Gruppe als auch eine Organisation haben bestimmte Ziele vor Augen.
- Gruppen und Organisationen können Dinge realisieren, die ein Einzelner nicht erreichen könnte (vgl. *Schimank, 2007*[3]*, S. 218*).
- Sowohl Gruppen als auch Organisationen können formell oder informell sein. Eine formelle Gruppe oder Organisation hat ausdrücklich festgelegte Ziele und Aufgaben und besitzt eine Vielzahl von absichtlichen und geplanten Regelungen bzw. Festlegungen.

  Betriebliche Arbeitsteams oder eine Schulklasse sind Beispiele für formelle Gruppen. In der Schulklasse sind Lernziele und Lerninhalte von Anfang an festgelegt, ebenso die Anzahl der benötigten Lehrer. Eine Schulordnung und eine festgeschriebene Hausordnung regeln das Zusammenleben und sehen entsprechende Maßnahmen bei groben Verstößen vor.

  In einer informellen Organisation bzw. Gruppe sind die Regelungen nicht von vorneherein geplant und beabsichtigt.

  Beispielsweise kann ein von seiner Arbeitsgruppe sehr geschätzter Mitarbeiter in bestimmten Situationen Gruppenentscheidungen wesentlich mehr beeinflussen als der direkte Vorgesetzte dieser Gruppe und damit die offizielle Rangordnung relativieren. Die Vorstellungen einer Gruppe über Geschwindigkeit und Qualität einer zu erbringenden Leistung kann deren Ergebnis weit mehr beeinflussen als offizielle Anreizsysteme. Das offizielle Ziel, möglichst kostengünstig zu produzieren, muss sich nicht zwangsläufig mit dem Ziel der Arbeitnehmer decken, insbesondere wenn dieses Ziel durch zusätzliche, nicht entlohnte Arbeit angestrebt werden soll.

  Eine informelle Gruppe ist zudem nicht durchorganisiert und hat auch keine ausdrücklich festgelegten Ziele und Aufgaben.

→ Informelle Gruppen sind beispielsweise die Spielgruppe, die Freundesgruppe, die Clique in einer Schulklasse oder die Stammtischrunde.

Von dem Begriff „Gruppe" müssen auch **soziale Netzwerke** abgegrenzt werden.

Jeder Mensch ist eingebunden in eine Vielzahl unterschiedlicher sozialer Beziehungen.

→ Dazu zählen zum Beispiel alle Beziehungen innerhalb der Familie, zu Freunden oder zu Arbeitskollegen.

Alle Beziehungen eines Individuums zusammengenommen werden als soziales Netzwerk bezeichnet.

Soziales Netzwerk bezeichnet das Geflecht von sozialen Beziehungen, in das eine Person einbezogen ist und das sich aus der Gesamtheit der Kontakte, die eine Person zu anderen Menschen hat, bildet (vgl. *Hurrelmann, 1994³, S. 113*).

3.2.3 Der Anpassungsdruck einer Gruppe

Auch wenn die Gruppe im Leben eines Menschen wichtige soziale Funktionen erfüllt, birgt sie auch Gefahren in sich. Je intimer eine Gruppe ist, desto mehr kann sie bis ins Detail festlegen, welche Verhaltensweisen von dem einzelnen Mitglied erwartet werden. Stimmt nun das einzelne Gruppenmitglied mit den sozialen Normen und Rollen sowie Verhaltenserwartungen der Gruppe überein, so spricht die Soziologie von **Konformität** Ihre Bedeutung liegt in der Gewährleistung des Fortbestandes einer Gruppe.

Von einer Gruppe gehen ganz bestimmte Zwänge aus, denen sich der Einzelne unterwirft. Auf diese Weise ist der Einzelne einem ganz bestimmten Druck ausgesetzt, durch den Konformität gefordert wird. Man spricht von einem **Konformitätszwang.** Dieser gilt auch – wie Untersuchungen zeigen – für Problemlösungen und Entscheidungen in Gruppen (vgl. *von Rosenstiel/Nerdinger, 2011⁷, S. 344*).

Unter Konformitätszwang in der Gruppe versteht man den Druck, der von ihr ausgeht und den der Einzelne als Verpflichtung erlebt, sich den Erwartungen der Gruppe zu unterwerfen.

Je intimer die Gruppe ist, desto mächtiger ist der Konformitätszwang.

→ In einer Jugendgruppe wird der Konformitätszwang stärker erlebt als in einer Schulklasse.

Dieser Druck kann einmal von den Ranghöheren ausgehen, die Macht über die anderen Gruppenmitglieder haben,[1] und zum anderen von der Mehrheit der Gruppe.

Der Konformitätszwang schränkt die kritische Urteilsfähigkeit des einzelnen Gruppenmitglieds ein und die Widerstandskraft gegen das Kollektiv schwindet.

→ **Materialien 2:** Experimente zur Konformität

Der Gruppendruck zeigt deutlich die „dunkle Seite" von Gruppen auf: Dominante Gruppenmitglieder fordern Unterwerfung, schließen bestimmte Gruppenmitglieder aus oder mobben[2] sie. Im extremsten Fall wird mit Gewalt gedroht oder auch Gewalt angewendet.

[1] vgl. Abschnitt 3.1.4

[2] Mobbing (engl.: belästigen, pöbeln) sind aggressive Handlungen wie Schikanieren, Tyrannisieren, Angriff durch Klatsch, Intrigen, Unterstellungen, üble Nachrede, jemanden mit sinnloser Arbeit beschäftigen, ihn körperlich angreifen, sexuell belästigen, oder jemanden „wie Luft" behandeln über einen längeren Zeitraum hinweg mit dem Ziel, den Betroffenen zu schädigen.

„Gruppe bringt etwas – kostet aber auch etwas. Zugehörigkeit wird gegen Freiheit eingetauscht."
(Antons, 2015[2], S. 331)

Sich dem Gruppendruck zu unterwerfen, wird des Öfteren auch ***Mitläufer-Effekt*** oder ***Bandwagen-Effekt*** genannt (vgl. *Frindte/Geschke, 2019, S. 306*).

Gründe, warum sich der Einzelne dem Gruppendruck unterwirft, sind

- das Bedürfnis, mit der eigenen Meinung richtig zu liegen („Die Mehrheit kann nicht irren"),
- Verantwortung nicht allein tragen zu müssen bzw. abschieben zu können,
- von den anderen Gruppenmitgliedern anerkannt zu sein,
- nicht „unangenehm" aufzufallen oder ausgelacht zu werden,
- die Angst, aus der Gruppe ausgeschlossen zu werden, zu vereinsamen infolge des Entzugs der sozialen Anerkennung und die Angst, innerhalb der sozialen Rangordnung in der Gruppe einen niederen Platz zu erhalten.

3.2.4 Gefahren einer Gruppe

Neben dem Konformitätszwang kann es in Gruppen zudem leicht zu ***Fehleinschätzungen*** kommen, wenn sich Gruppenprozesse verselbstständigen. Der Wunsch einer Gruppe nach Einigkeit und Übereinstimmung geht oft auf Kosten einer gründlichen Auseinandersetzung mit den gegebenen Fakten und Informationen.

Ein berühmt gewordenes Beispiel ist die Kuba-Krise im Jahre 1962. Die amerikanische Administration hatte beschlossen, *Fidel Castro* und sein Regime auf Kuba zu stürzen. Doch die von den USA unterstützte Invasion geriet zum Fiasko – sie hätte um ein Haar zu einem atomaren Krieg geführt. Aufgrund der späteren Einsehbarkeit in die Sitzungsprotokolle stieß 1972 *Irving Janis* auf gruppenspezifische Kommunikationsmuster, die für diese Fehlentscheidungen verantwortlich waren.
Weitere Beispiele sind der tragische Start der Raumfähre Challenger (1986) oder das Reaktorunglück von Tschernobyl.

→ **Materialien 3:** Die Reaktorkatastrophe von Tschernobyl

Dieses Phänomen wird als **groupthink** bezeichnet. Dies ist vor allem dann der Fall, wenn Unsicherheit und/oder konfliktreiche Situationen vorherrschen.

„Groupthink führt dazu, dass wichtige Daten und Fakten nicht zur Kenntnis genommen, unterschiedliche Auffassungen nicht diskutiert und Alternativen nicht realistisch bewertet werden. Das Ergebnis sind suboptimale Entscheidungen."
(Antons, 2015[2], S. 334)

Gruppen wählen bei Entscheidungen ein höheres Risikoniveau als einzelne Individuen, sie erweisen sich als wesentlich risikofreudiger als Einzelne, was als ***risky shift***[1] bezeichnet wird. Im Verlauf einer Gruppendiskussion extremisieren[2] sich die Meinungen, was zu einer **Gruppenpolarisierung** führt.

Gruppenpolarisierung bezeichnet den Prozess der Extremisierung der Meinungen in der Gruppe im Verlauf einer Diskussion (vgl. *Werth/Mayer, 2008, S. 370*).

[1] risky (engl.): riskant, risikoreich; shift (engl.): der Wechsel, die Änderung
[2] Extremisierung (lat.): die Neigung, in den Gedanken (und auch im Handeln) bis zum Äußersten zu gehen

Zudem kann es in der Gruppe zu einem ***Zustand der Entpersönlichung*** des Einzelnen, zu einem Verlust der Individualität, kommen – er ist nicht mehr er selbst. Dieses Phänomen bezeichnen wir als **Deindividuation**.

Deindividuation bezeichnet den Zustand der Entpersönlichung eines Individuums, eines Verlustes der Individualität.

Eine mögliche Folge der Deindividuation ist, dass sich Personen, die sich in einer bestimmten Situation in einer Gruppe befinden, häufiger gesellschaftliche Übereinkünfte und Regeln übertreten als alleine außerhalb der Gruppe.

→ Bei gewalttätigen Ausschreitungen von Rechtsradikalen beispielsweise liegt dieses Phänomen vor.

Das Individuum vollzieht somit in der Gruppe Handlungen, die es alleine nicht ausüben würde, weil

- in der Gruppe das persönliche Verantwortungsgefühl vermindert ist,
- die eigene Verhaltenskontrolle geschwächt ist und dadurch
- die Hemmschwelle für das Übertreten von sozialen Regeln herabgesetzt ist.

→ Die Folterungen und Misshandlungen irakischer Gefangener im Abu-Ghraib-Gefängnis sind Beispiele für die Folgen einer Deindividuation.

Philip Zimbardo konnte dieses Phänomen in seinem ***Stanford Prison Experiment*** eindrucksvoll nachweisen. Er kam in diesem Experiment zu dem Ergebnis, dass die Situation, in der sich der Einzelne befindet, stärker über sein moralisches Handeln entscheidet als seine Persönlichkeit selbst[1] (vgl. *Ayan, 2011, S. 57*).

Eine weitere Gefahr des Gruppeneinflusses liegt in der **blinden Gefolgschaft** – in der Pädagogik spricht man von Gehorsam.

Auf den Punkt gebracht

- Eine Gruppe ist auch immer ein soziales System: Sie ist ein Ganzes, dessen Gruppenmitglieder untereinander in einer ständigen wechselseitigen Beziehung stehen und sich gegenseitig beeinflussen. Dabei wirkt jede Veränderung eines Elementes auf die anderen Teile der Gruppe.
- Soziale Organisation und soziales Netzwerk sind von dem Begriff „Gruppe" abzugrenzen. Eine Organisation ist ein zeitlich überdauerndes, strukturiertes soziales Gebilde, welches sich aus verschiedenen Personen zusammensetzt sowie bestimmte Ziele verfolgt. Sie weist zwar einige gemeinsame Merkmale mit der Gruppe auf, ist jedoch keine solche.
- Soziales Netzwerk bezeichnet das Geflecht von sozialen Beziehungen, in das eine Person einbezogen ist und das sich aus der Gesamtheit der Kontakte, die eine Person zu anderen Menschen hat, bildet.
- Die Gruppe birgt aber auch Gefahren in sich wie Konformitätszwang, Fehleinschätzungen, risikofreudigere Entscheidungen (risky shift), Extremisierung der Meinungen (Gruppenpolarisierung), Deindividuation – der Zustand der Entpersönlichung eines Individuums – und blinde Gefolgschaft.

[1] Dieses Experiment ist in der Lernsituation 2.4 dargestellt.

Wiederholen, Vertiefen, Anwenden

12. Beschreiben Sie anhand einer bestimmten Gruppe (zum Beispiel Schulklasse, Jugendgruppe, Sportgruppe) Merkmale der Gruppe als System.

13. *Merkmale des Konzeptes von sozialen Systemen*
    a) Lesen Sie *Materialien 1*.
    b) Veranschaulichen Sie dieses Konzept mithilfe einer bestimmten Gruppe (zum Beispiel Familie, Schulklasse, Sportgruppe).

14. a) Bestimmen Sie, was eine „soziale Organisation" ist.
    b) Zeigen Sie Gemeinsamkeiten und Unterschiede zwischen einer sozialen Gruppe und sozialer Organisation auf.
    c) Grenzen Sie diese auf der Grundlage von Merkmalen einer Gruppe von dem Begriff „Gruppe" ab.

15. *Soziale Netzwerke*
    a) Klären Sie den Terminus „soziale Netzwerke".
    b) Grenzen Sie soziales Netzwerk von Gruppe auf der Grundlage von Merkmalen einer Gruppe ab.

16. Grenzen Sie, ausgehend von Ihrer aktuellen Lebenssituation, bedeutsame soziale Gruppen (zum Beispiel Familie, Schulklasse, Sportgruppe) von sozialen Netzwerken und Organisationen ab.

17. Erläutern Sie die Wichtigkeit und die Problematik der Konformität in der Gruppe.

18. *Der Konformitätszwang*
    a) Zeigen Sie mögliche Gefahren eines Konformitätszwangs in der Gruppe auf.
    b) Veranschaulichen Sie diese Gefahren anhand von Lebenserfahrungen.

19. Stellen Sie dar, warum sich der Einzelne in der Gruppe dem Druck einer Gruppe unterwirft.

20. Zeigen Sie mögliche Gefahren des Gruppeneinflusses auf.

21. Versuchen Sie, in einem Rollenspiel eine Situation nachzuspielen, in der ein Mensch aufgrund seines nicht konformen Verhaltens von den anderen abgelehnt wird. Sprechen Sie anschließend über Ihre Erfahrungen in diesem Spiel.

22. *Lernsituation 3.2*
    a) Zeigen Sie anhand einer bedeutsamen Gruppe (zum Beispiel Familie, Schulklasse) auf, dass eine soziale Gruppe immer ein soziales System ist.
    b) Begründen Sie, warum soziale Organisationen und soziale Netzwerke keine Gruppen sind.
    c) Erläutern Sie mögliche Gefahren, die von einer Gruppe ausgehen können.

23. *Das „Stanford-Prison-Experiment"*
    - Lesen Sie *Lernsituation 2.4*.
    - Suchen Sie nach Situationen im Alltag, auf die sich dieses Experiment von *Zimbardo* übertragen lässt.
    - Finden Sie Gründe, warum sich ganz „normale" Bürger dazu verleiten lassen, gegen die Moral zu verstoßen.
    - Diskutieren Sie in der Klasse über die in der Gruppe gefundenen Gründe.

24. *Konformitätsexperimente*
- Lesen Sie
  a) *Materialien 2 a*: Das Experiment von *Solomon Asch.*
  b) *Materialien 2 b*: Das autokinetische Phänomen von *Mustafer Sherif.*
- Diskutieren Sie in der Klasse, ob sich das gewählte Experiment auf den Alltag übertragen lässt.
- Suchen Sie nach Situationen im Alltag, in welchem die Gefahren eines Konformitätsdrucks deutlich werden.
- Überlegen Sie, wie man in der Gruppe einem solchen Druck begegnen kann.
- Stellen Sie zwei Möglichkeiten in der Klasse vor.
- In der Klasse werden diese Möglichkeiten diskutiert und festgehalten.

25. *Die Reaktorkatastrophe von Tschernobyl*
a) Lesen Sie *Materialien 3.*
b) Analysieren Sie auf der Grundlage von Erkenntnissen über die soziale Gruppe, wie es zu dieser Katastrophe kommen konnte.

3.3 Die Erforschung von Gruppenbeziehungen

Lernsituation

Die Zeichnung auf dem Schreibtisch

Ihr Onkel, ein Sozialpädagoge, hat auf seinem Schreibtisch eine Zeichnung liegen, auf der Vornamen stehen, die durch Pfeile miteinander verbunden sind:

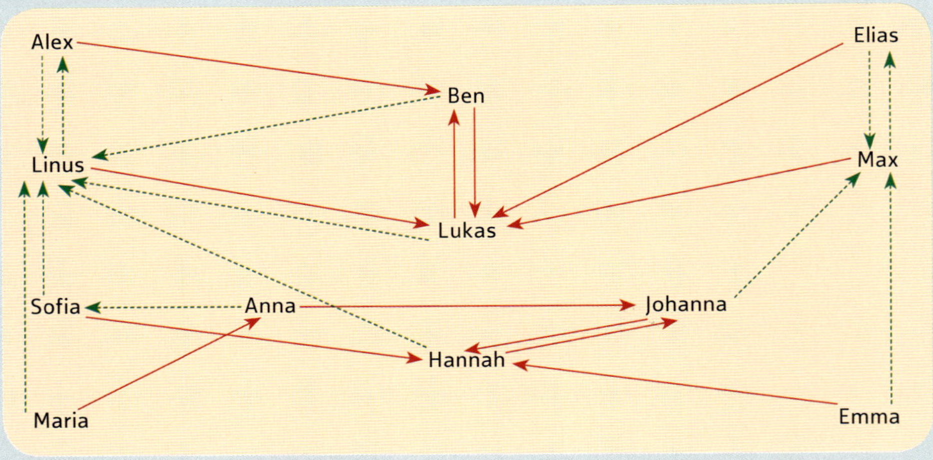

Sie fragen Ihren Onkel, was das sei. Er sagt, das sei ein soziometrisches Verfahren, das er auswerten müsse. Er habe aber jetzt keine Zeit, Ihnen Näheres zu erläutern.

Jetzt wollen Sie darüber Bescheid wissen, was ein soziometrisches Verfahren ist.

I Information

3.3.1 Die Soziometrie

Die Soziometrie stellt ein bestimmtes Messverfahren dar und will bestimmte Aspekte der Struktur von sozialen Beziehungen in Gruppen erforschen.

Mithilfe der Soziometrie können beispielsweise Gefühle der Zu- und Abneigung der Mitglieder einer Gruppe untereinander festgestellt werden.

Das soziometrische Messverfahren geht auf den österreichischen Psychiater *Jacob L. Moreno* zurück und wurde in der Zwischenzeit von einer Vielzahl von Sozialforschern weiterentwickelt.

War dieses Messverfahren ursprünglich für therapeutische Zwecke gedacht, findet es heute überall dort Anwendung, wo Gruppenstrukturen und -beziehungen bedeutsam sind. So findet Soziometrie in Betrieben, Werkstätten, Büros, Spielgruppen, Schulklassen und Jugendgruppen Anwendung, um dort die Art und Weise der sozialen Beziehungen festzustellen.

***Jakob Levi Moreno** (1889–1974) war österreichisch-amerikanischer Arzt, Psychiater, Soziologe und der Begründer des Psychodramas, der Soziometrie und der Gruppenpsychotherapie.*

In einem Betrieb etwa wird ein solches Messverfahren angewandt, um Auskunft über das soziale Klima in einem Team zu erhalten und um Möglichkeiten zur Änderung bzw. Verbesserung in diesem Team einleiten zu können.

Die Soziometrie ist ein Messverfahren zur Feststellung bestimmter Aspekte sozialer Beziehungen in Gruppen.

Mithilfe der Soziometrie werden **zwischenmenschliche Präferenzen**[1] ermittelt. Dabei kann es zum einen um die ***affektive Ebene*** gehen, um Zuneigung bzw. Abneigung (Sympathie bzw. Antipathie) der Gruppenmitglieder untereinander (also ob sich die Gruppenmitglieder untereinander „mögen“ oder „nicht mögen“), Freundschaften und Feindschaften (wer mit wem am liebsten in eine ganz bestimmte, inhaltlich definierte Beziehung treten will oder nicht), Beliebtheit bzw. Unbeliebtheit (Isoliertheit) einzelner Mitglieder. Zum anderen kann es sich auf die ***funktionale Ebene*** der Leistungsfähigkeit oder Tüchtigkeit in einer Gruppe beziehen – etwa wer mit wem am liebsten zusammenarbeiten, ein Projekt durchführen möchte.

Durch entsprechende Fragen an die Mitglieder einer Gruppe können solche zwischenmenschlichen Präferenzen festgestellt werden.

Ihr Onkel hat die Gruppenmitglieder einer Jugendgruppe, die er betreut, schriftlich befragt, um die Zu- und Abneigung in der Gruppe zu ermitteln: „Wen möchtest du am liebsten als Freund/-in haben?“ „Wen nicht bzw. auf keinen Fall?“

[1] Präferenz (lat.): Vorrang, Vorzug

Die Gruppe hat 12 Mitglieder. Diese haben folgendermaßen gewählt:

Positive Wahl (Zuneigung)			Negative Wahl (Abneigung)		
Alex	⟶	Ben	Alex	---→	Linus
Anna	⟶	Johanna	Anna	---→	Sofia
Ben	⟶	Lukas	Ben	---→	Linus
Elias	⟶	Lukas	Elias	---→	Max
Emma	⟶	Hannah	Emma	---→	Max
Hannah	⟶	Johanna	Hannah	---→	Linus
Johanna	⟶	Hannah	Johanna	---→	Max
Linus	⟶	Lukas	Linus	---→	Alex
Lukas	⟶	Ben	Lukas	---→	Linus
Maria	⟶	Anna	Maria	---→	Linus
Max	⟶	Lukas	Max	---→	Elias
Sofia	⟶	Hannah	Sofia	---→	Linus

Die Ergebnisse dieser Befragung werden in einer Matrix, der **Soziomatrix** eingetragen.

In obiger Jugendgruppe schaut die Matrix folgendermaßen aus:
+ Zuneigung: Die/den möchte ich am liebsten als Freund haben.
– Ablehnung: Die/den möchte ich nicht bzw. auf keinen Fall als Freund haben.

Wählende ↓	**Gewählte** ⟶										
	Alex	Anna	Ben	Elias	Emma	Han-nah	Johan-na	Linus	Lukas	Maria	Max	Sofia
Alex			+					–				
Anna							+					–
Ben								–	+			
Elias									+		–	
Emma						+					–	
Hannah							+	–				
Johanna						+					–	
Linus	–								+			
Lukas			+					–				
Maria		+						–				
Max				–					+			
Sofia						+		–				
+	0	1	2	0	0	3	2	0	4	0	0	0
–	1	0	0	1	0	0	0	6	0	0	3	1

Diese Matrix lässt schon einige Auslegungen zu. Doch man kann die Ergebnisse der Befragung auch in einem **Soziogramm** darstellen, wie das Beispiel in *Lernsituation 3.3* zeigt. Die Auswertung besteht nun darin, durch Linien die Beziehungsstrukturen darzustellen. Auf diese Weise lassen sie sich gut erkennen.

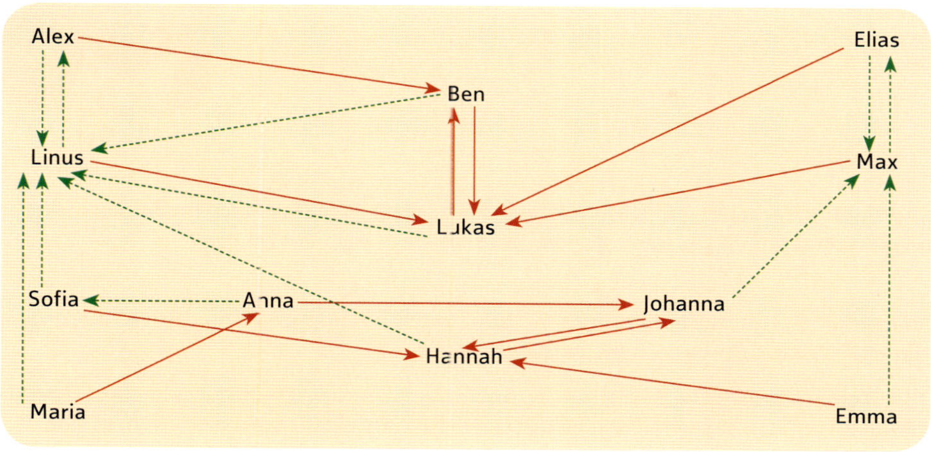

rote Pfeile: Zuneigung (die/den möchte ich am liebsten als Freund haben)
grüne Pfeile: Ablehnung (die/den möchte ich nicht bzw. auf keinen Fall als Freund haben)

Lukas ist der beliebteste (4:0), gefolgt von Hannah (3:0). Beide haben auch keine Ablehnung bekommen. Auch Ben und Johanna haben nur positive Wahlen. Linus dagegen erfährt von der Hälfte der Gruppe Ablehnung und keinerlei positiven Stimmen. Er scheint der Außenseiter zu sein. Max erfährt Ablehnung nur von den Mädchen. Ben und Lukas sowie Hannah und Johanna scheinen Freund/-innen zu sein, sie wählen sich beide positiv. Dagegen mögen sich offensichtlich Alex und Linus sowie Elias und Max nicht besonders. Auffällig ist, dass bei den positiven Wahlen die Mädchen und die Jungens unter sich bleiben – wahrscheinlich handelt es sich um eine Jugendgruppe in der Vorpubertät.

Dabei ist zu beachten, dass es sich bei den Ergebnissen um aktuelle Momentaufnahmen der sozialen Beziehungen handelt.

Es muss davor gewarnt werden, als Gruppenleiter selbst ein soziometrisches Verfahren durchzuführen und dieses dann mit der Gruppe auszuwerten. Denn es können, wenn etwa jemand als großer Außenseiter überführt wird, große Probleme entstehen, die ein „einfacher" Gruppenleiter nicht bewältigen kann.

Ein weiteres soziometrisches Verfahren ist das **Panel**, welches eine Form der Längsschnittanalyse ist.

→ **Materialien 4:** Das Panel

3.3.2 Die Interaktionsprozessanalyse

Die Interaktionsprozessanalyse[1] (IPA) – oft auch nur ***Interaktionsanalyse*** genannt – stammt von *Robert F. Bales* und ist ein Instrument zur Erfassung von Beobachtungen von Wechselbeziehungen – Interaktionen – zwischen den Mitgliedern einer sozialen Gruppe (vgl. *Jonas u.a., 2014*[6], *S. 427*).

[1] Der Begriff „Interaktion" wird in Kapitel 2.1.1 geklärt.

Robert Freed Bales *(1916–2004) war bis zu seiner Emeritierung (Pensionierung) zunächst Dozent, später Professor am Department of Social Relations in Harvard. Bekannt wurde er mit seinem Buch „Interactions Process Analysis: A method for the study of small groups", welches 1950 erschien.*

Robert Bales

Die Interaktionsprozessanalyse (IPA) ist ein Instrument zur Erfassung von Beobachtungen von Interaktionen zwischen den Mitgliedern einer sozialen Gruppe.

Bales unterteilt die Interaktionen in der Gruppe nach bestimmten Kategorien und unterscheidet dabei zwei übergeordnete Bereiche:

- Der **aufgabenorientierte Bereich** – er beinhaltet alle zwischenmenschlichen Verhaltensweisen im Gruppenprozess, die auf die **Erfüllung von Aufgaben** gerichtet sind.
- Der **sozioemotionale Bereich** – er umfasst alle Verhaltensweisen im Gruppenprozess, die auf **zwischenmenschliche Beziehungen** gerichtet sind. Dabei werden positive und negative Verhaltensweisen unterschieden und erfasst.

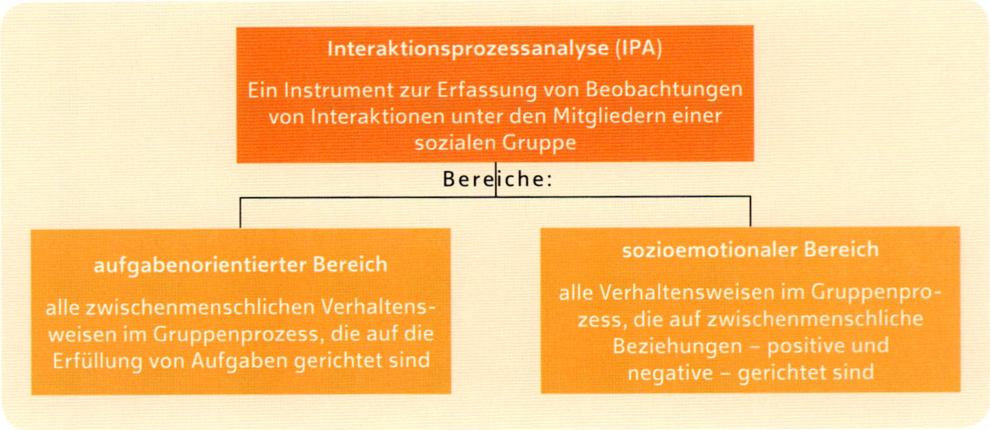

Die beiden Bereiche sind in je sechs ***soziale Kategorien*** – also insgesamt in zwölf – unterteilt. **Eine soziale Kategorie umfasst gemeinsame bzw. ähnliche Verhaltensweisen von zwischenmenschlichen Beziehungen**; sie erlaubt eine Einordnung von gleichen bzw. ähnlichen Interaktionen in Gruppen.

Bereich	Kategorien
A **Sozioemotionaler Bereich:** positive zwischenmenschliche Verhaltensweisen	1. Zeigt Solidarität, bestärkt den anderen, hilft, belohnt 2. Entspannte Atmosphäre, scherzt, lacht, zeigt Befriedigung 3. Stimmt zu, nimmt passiv hin, versteht, stimmt überein, gibt nach

Bereich	Kategorien
B **Aufgabenbereich:** Versuche der Beantwortung	4. Macht Vorschläge, gibt Anleitung, wobei Autonomie des anderen impliziert ist 5. Äußert Meinung, bewertet, analysiert, drückt Gefühle oder Wünsche aus 6. Orientiert, informiert, wiederholt, klärt, bestätigt
C **Aufgabenbereich:** Fragen	7. Erfragt Orientierung, Information, Wiederholung, Bestätigung 8. Fragt nach Meinungen, Stellungnahmen, Bewertung, Analyse, Ausdruck von Gefühlen 9. Erbittet Vorschläge, Anleitungen, mögliche Wege des Vorgehens
D **Sozioemotionaler Bereich:** negative zwischenmenschliche Verhaltensweisen	10. Stimmt nicht zu, zeigt passive Ablehnung, Förmlichkeit, gibt keine Hilfe 11. Zeigt Spannung, bittet um Hilfe, zieht sich zurück 12. Zeigt Antagonismus[1], setzt andere herab, verteidigt oder behauptet sich

(nach Bales, 1950; Quelle: Henecka, 2015[10], S. 215 (verändert))

Bales ordnet diese zwölf Kategorien wiederum in einen „Schlüssel" ein und verdeutlicht damit die „funktionellen Probleme" der Interaktionsprozessanalyse:

Schlüssel:	
a – Probleme der Orientierung (6. und 7.)	b – Probleme der Bewertung (5. und 8.)
c – Probleme der Kontrolle (4. und 9.)	d – Probleme der Entscheidung (3. und 10.)
e – Probleme der Spannungsbewältigung (2. und 11.)	f – Probleme der Integration (1. und 12.)

(nach Bales, 1950; Quelle: Henecka, 2015[10], S. 215)

Gruppen können mithilfe der Interaktionsprozessanalyse von geschulten Beobachtern analysiert und auf dieser Grundlage können aufgaben- und beziehungsorientierte Probleme angegangen werden. Auf der Grundlage der Interaktionsprozessanalyse kann das zwischenmenschliche Verhalten der Gruppenmitglieder beobachtet und registriert werden. Eine Verteilung auf die verschiedenen Kategorien erfolgt numerisch. *Bales* nennt diese Verteilung ***Profil***.

Eine bestimmte Gruppe kann beispielsweise zu mehr Unstimmigkeit in den Beziehungen neigen, eine andere Gruppe versteht sich untereinander ganz gut, ist aber nicht fähig, Entscheidungen zu treffen. ←

[1] antí (griech.): gegen, agṓn (griech): die Versammlung; antagṓnisma: der (Wider)streit; Antagonismus: der Gegensatz, der Widerstreit

Auf den Punkt gebracht

- Die Soziometrie ist ein Messverfahren zur Feststellung bestimmter Aspekte sozialer Beziehungen in Gruppen. Mithilfe der Soziometrie werden zwischenmenschliche Präferenzen ermittelt. Die Ergebnisse dieser Befragung werden in einer Matrix, der **Soziomatrix**, oder in einem Diagramm, dem **Soziogramm**, grafisch dargestellt.
- Die Interaktionsprozessanalyse (IPA) ist ein Instrument zur Erfassung von Beobachtungen von Interaktionen zwischen den Mitgliedern einer sozialen Gruppe. Die Interaktionen werden in zwei übergeordnete Bereiche unterteilt, den aufgabenorientierten und den sozioemotionalen Bereich. Die beiden Bereiche sind in je sechs soziale Kategorien – also insgesamt in zwölf – gegliedert. Eine soziale Kategorie umfasst gemeinsame bzw. ähnliche Verhaltensweisen von zwischenmenschlichen Beziehungen; sie erlaubt eine Einordnung von gleichen bzw. ähnlichen Interaktionen in Gruppen. Diese zwölf Kategorien sind wiederum in einen „Schlüssel" eingeordnet.

Wiederholen, Vertiefen, Anwenden

26. *Biografie und Internetsuche*
    - Suchen Sie im Internet nach Informationen über das Leben und Werk von dem
      - Gruppe 1 und 2: Arzt und Psychiater *Jakob L. Moreno*
      - Gruppe 3 und 4: Soziologen *Robert F. Bales*
    - Fertigen Sie in Kleingruppen eine Übersicht zur Biografie des jeweiligen Forschers an.
    - Erarbeiten Sie wichtige Abschnitte seines Lebens.
27. *Lernsituation 3.3*
    a) Bestimmen Sie, was die Soziologie unter Soziometrie versteht.
    b) Zeigen Sie diese Methode an einem Beispiel auf.
28. Stellen Sie die Interaktionsprozessanalyse nach *Robert F. Bales* dar.
29. Zeigen Sie Methoden auf, die bestimmte Aspekte von sozialen Beziehungen in Gruppen ermitteln.

Aufgabe zum gesamten Kapitel

30. *Fertigen Sie in Gruppen einen hierarchischen Abrufplan zu dem Thema „soziale Gruppe" an:*
    - Das Thema wird in einem ersten Schritt in Begriffen bzw. Stichworten zusammengefasst.
    - Im zweiten Schritt werden diese Begriffe in Oberbegriffe, Unterbegriffe, untere Unterbegriffe usw. gegliedert.

Materialien Kapitel 3

1. Merkmale des Konzeptes von sozialen Systemen

Aus kybernetischer[1] Sichtweise lässt sich das Verhalten der Elemente in einem System als einen **Regelkreis** beschreiben. Die Beziehungen sind kreisförmig; es geht um wechselseitige Einflussnahme und nicht um Anfang und Ende.

Jede Botschaft zum Beispiel löst beim Empfänger eine bestimmte Reaktion aus, die dem Sender zu verstehen gibt, ob und wie diese bei ihm angekommen ist. Der Empfänger wird damit zum Sender und der Sender zum Empfänger. Auch der Empfänger wird wiederum reagieren und so findet in einem Kommunikationsablauf ein ständiger Wechsel der Rollen statt.

Im systemischen Denken geht es also nicht um Ursache und Wirkung, sondern um eine kreisförmige Sichtweise, bei der jedes Element zugleich Ausgangs- und Endpunkt ist. Ein Ursache-Wirkungs-Zusammenhang verläuft geradlinig bzw. kettenförmig: A verursacht B und B bewirkt C usw. Bei einer kreisförmigen Sichtweise sind A und B sowohl Ausgangs- als auch Endpunkt.

Bei der Aussage „Es besteht ein Zusammenhang zwischen der aktiven Mitarbeit eines Schülers im Unterricht und seinen schulischen Leistungen" handelt es sich um einen Ursache-Wirkungs-Zusammenhang. Bei einem Gespräch, in der Sender und Empfänger ständig ihre Rollen wechseln – A sagt etwas zu B, B reagiert darauf und antwortet A, A wendet sich wieder an B usw. – geht es um einen Regelkreis.

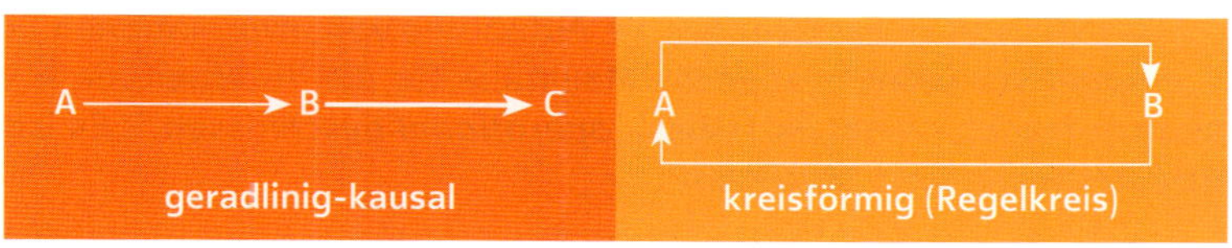

Ein System kann sich von sich aus gestalten, „managen" und ändern sowie einen neuen Zustand einnehmen, auch ohne einen Einfluss von außen. Durch die wechselseitigen Beziehungen in einem System ändern sich ständig ihre Elemente und damit auch das System selbst. Dieses Merkmal wird als **Selbstorganisation** bezeichnet.

Ein gutes Beispiel hierfür ist ein Konflikt: Man kann beobachten, wie sich die an dem Konflikt Beteiligten und damit auch die Situation vom Anfang des Konfliktes bis zu seiner Lösung ständig verändern. Die komplette Situation ist am Ende eine andere als zu Beginn.

> *„Für lebende Systeme gilt [...]: Alles verändert sich, es sei denn, irgendwer oder -was sorgt dafür, dass es bleibt, wie es ist."*
> *(Simon, 2009[12], S. 29)*

Systeme regeln sich selbst, bringen sich selbst immer wieder ins Lot und stellen sich immer wieder neu ein. Sie besitzen die Eigenschaft, Differenzen zwischen der Umwelt und sich selbst auszugleichen. Auf diese Weise erhalten sie sich selbst. Systeme entwickeln und verändern sich deshalb, weil sie aus verschiedenen Möglichkeiten diejenigen aus-

[1] Die Kybernetik (kybernētikḗ (téchnē), griech.: die Steuermannskunst) untersucht Systeme verschiedenster Art auf selbsttätige Regelungs- und Steuerungsmechanismen hin.

wählen, die ihrer Selbstschöpfung und -erhaltung dienen. Man spricht hier von **Selbstreferenz**, auch **Selbstreferentialität** oder **Selbstregulierung** genannt.

Ein Beispiel hierfür zeigt das „Ferienlager-Experiment“ von *Muzafer Sherif* und seinen Mitarbeitern[1]: Die Gruppen im Ferienlager bekämpften sich sehr stark gegenseitig (Beschimpfungen, Überfälle, Prügeleien, Verbrennen der Flagge). Doch sie konnten sich durch ein verstärktes Wir-Gefühl, einen guten Zusammenhalt sowie eine hervorragende Zusammenarbeit regulieren und sich damit gegen Außenstehende behaupten.

Durch seine Struktur bestimmt ein System selbst, welche Umwelteinflüsse zugelassen werden und welche nicht. Ein System kann sich also „von selbst“ bei möglichen Einflüssen aus der Umwelt regulieren und damit erhalten. Es kann bestehen bleiben, selbst wenn „konkurrierende Tendenzen“ dagegenarbeiten.

Natürlich ist es jedoch auch möglich, auf ein System von außen in einer Weise einzuwirken, dass es zugrunde geht.

Ein System ist von seiner aktuellen Struktur her festgelegt und als geschlossen zu betrachten. Geschlossenheit meint in diesem Zusammenhang, dass sich ein System grundsätzlich in Abhängigkeit von seinen aktuellen internen Strukturen verhält. In den Systemtheorien wird hier von **Strukturdeterminiertheit**[2] gesprochen.

Gregory Bateson gibt hierzu ein treffendes Beispiel: Ob ein Hund bellt, jault oder beißt, wenn man ihn tritt, hängt größtenteils von seinem Innenleben – von seiner inneren Struktur – ab (vgl. *Simon, 2011[5], S. 51 f.*).

Ein System ist der Umwelt gegenüber für die Aufnahme von Informationen und dergleichen offen (***„energetisch offen“***), aber die Maßstäbe für die Verarbeitung – was es aus den Informationen macht – setzt es selbst (***„operational geschlossen“***). Es ist also durch seine Strukturdeterminiertheit **„autonom“**.

Der Tritt bringt den Hund zwar in ein Ungleichgewicht, wie er aber versucht, wieder in ein Gleichgewicht zu kommen, ist von seiner inneren Struktur abhängig.
Liest man einen bestimmten Text, so legt dieser jedoch nicht fest, was man liest, sondern der Leser bzw. seine Struktur.

Diese Merkmale stehen nicht isoliert nebeneinander, sondern hängen zusammen. Selbstorganisation ist nicht ohne Selbstreferenz und Selbstreferenz nicht ohne Selbstorganisation möglich. Voraussetzung für beide Prozesse ist die Strukturdeterminiertheit.

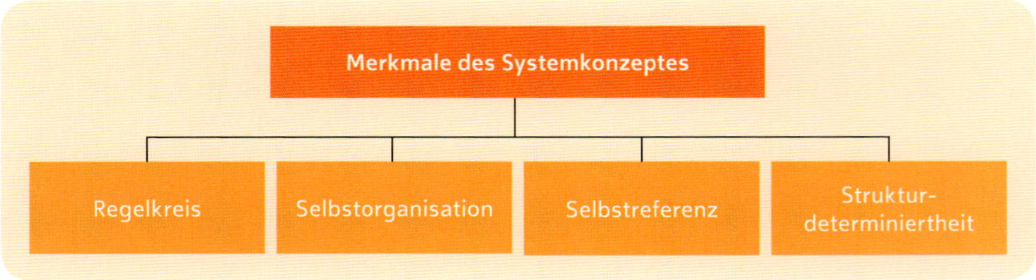

[1] Dieses Experiment ist in Materialien 4 des Kapitels 8 dargestellt.
[2] determinare (lat.): festsetzen, festlegen, bestimmen

2. Experimente zur Konformität

Solomon Asch und *Muzafer Sherif*[1], beide führende Sozialpsychologen in den USA, konnten in unabhängig voneinander durchgeführten Experimenten eindrucksvoll nachweisen, wie innerhalb einer Gruppe ein Einfluss einsetzt, der zu einer Konformität führt, wie Konformitätszwang eine Person so beeinflussen kann, dass sie eine offensichtlich falsche Aussage als richtig bewertet.

a) Das Experiment von *Solomon Asch*

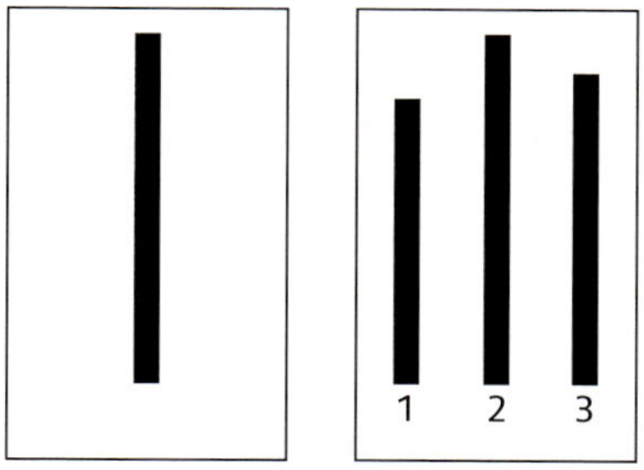

Standardkarte *Vergleichskarte*

Das aufsehenerregendste Experiment, wie andere Personen unsere Wahrnehmung verändern können, stammt von dem amerikanischen Psychologen Solomon Asch: Versuchspersonen sollten in einer Gruppe von mehreren Personen angeben, welche der drei Vergleichslinien auf der Vergleichskarte die gleiche Länge hat wie die Linie auf der Standardkarte. Einige „Versuchspersonen" waren jedoch in Wirklichkeit keine Versuchspersonen, sondern Mitgestalter des Versuches. Sie mussten bei der Schätzung sagen, dass die Linie 1 so lang sei wie die Standardlinie. Die wirklichen Versuchspersonen waren nicht eingeweiht. Die meisten (wirklichen) Versuchspersonen passten sich dem Urteil der anderen Personen an und nahmen in ihren Augen tatsächlich die Standardlinie als gleich groß mit der Linie 1 auf der Vergleichskarte an. Etwa ein Drittel der echten Versuchspersonen ließen sich von dem vorausgehenden Urteile der Anderen beeinflussen, sie verhielten sich konform (vgl. *Frindte/Geschke, 2019, S. 306*).

b) Das autokinetische Phänomen von *Muzafer Sherif*

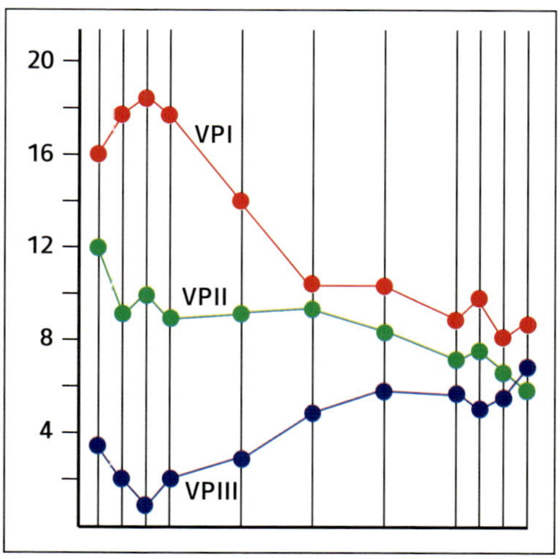

In seinen experimentellen Untersuchungen benutzte *Muzafer Sherif* das sogenannte ***autokinetische[2] Phänomen***, bei dem sich die Augen eines Menschen ständig bewegen. In einem völlig verdunkelten Raum wurde ein sehr kleiner und intensitätsschwacher Lichtpunkt für kurze Zeit dargeboten. Da auch bei fester Fixation unsere Augenachsen niemals ganz ruhig bleiben, scheint sich der Lichtpunkt, der objektiv feststeht, zu bewegen. Die Versuchspersonen besaßen in diesem Fall auch nicht die Möglichkeit, den subjektiven Charakter dieser Bewegungserscheinung zu erkennen, da es dazu eines festen Bezugssystems bedürfte. Da außerdem die Entfernung des Lichtpunktes unbekannt war – der Projektor befand sich hinter einem Schirm, der erst nach der Verdunkelung weggezogen wurde –, fiel die Schätzung der scheinbaren Bewegungsweite des Punktes überaus schwer. Zunächst zeigte sich, dass sich die Urteile

[1] Solomon E. Asch (1907–1996) war Pionier der Sozialpsychologie. Er wanderte 1920 von Polen in die USA aus. Fast 20 Jahre war er am Swarthmore College Professor für Psychologie. Dort arbeitete er mit zahlreichen Psychologen zusammen, unter anderem mit Wolfgang Köhler. Bekannt wurde er mit den Experimenten zum Konformitätszwang. Muzafer Sherif (1906–1988), türkischer Sozialpsychologe, beschäftigte sich vor allem mit Konflikten und wie sein Kollege Solomon Asch mit Konformität.

[2] autos (griech.): selbst; kinesis (griech.): die Bewegung

zwischen den Versuchspersonen stark unterschieden. Nach Gedankenaustausch der Versuchspersonen untereinander über die Urteile passten sich diese jedoch immer mehr an. *(vgl. Hofstätter, 1985, S. 58)*

3. Die Reaktorkatastrophe von Tschernobyl

Die Reaktorkatastrophe von Tschernobyl war eine der schwersten von Menschen gemachten Umweltkatastrophen, deren Schäden für Mensch und Umwelt noch lange andauern werden. In der Folge wurde Tschernobyl ein zentraler Gegenstand einer Fehlerforschung, die nicht nur auf rein technische Sicherheitsvorkehrungen abzielt, sondern die zu klären versucht, was eigentlich mit menschlichem Versagen gemeint sein kann. Unterschiedliche Sichtweisen auf die Teams der handelnden Personen können wichtige Verstehenszugänge eröffnen, die ähnliche Ereignisse vielleicht zu verhindern helfen. Zentral dabei ist die Überlegung, dass hier nicht einzelne Personen versagt haben, sondern Menschen in miteinander konkurrierenden Teams, deren Verhalten weitgehend durch die soziale Situation bestimmt wurde.

In der Unglücksnacht vor dem 26. April 1986 wurde im Reaktor Vier des Atomkraftwerkes in Tschernobyl ein geheimes Experiment durchgeführt, bei dem die Stromversorgung der Kühlsysteme im Falle einer Abschaltung des Reaktors getestet werden sollte. Für das Experiment, das eigentlich vor der Inbetriebnahme des Reaktors hätte durchgeführt werden müssen, reiste ein zusätzliches Ingenieurteam an, das den Versuch leitete. Sie waren den beiden Reaktorfahrern, die den normalen Schichtbetrieb leisteten und die nicht besonders auf das Experiment vorbereitet waren, vorgesetzt. Die Bedienungsgruppe wollte schnell damit fertig werden, weil die Maifeiertage bevorstanden und der Reaktor zur Überholung abgeschaltet werden sollte. Innerhalb eines Nachmittags wurden alle Sicherheitssysteme, die die Katastrophe hätten verhindern können, ausgeschaltet. Die kritische Situation wurde somit von der Bedienungsmannschaft selbst herbeigeführt. Die Mannschaft war (bis eine Minute vor dem Unglück) davon überzeugt, sehr erfolgreich und professionell mit der eigenen Aufgabe umzugehen. Das Reaktorfahrerteam war mit verschiedenen Preisen für seine Zuverlässigkeit ausgezeichnet worden, unter anderem deswegen, weil es den Reaktor länger am Netz halten konnte als andere Mannschaften. Sie wollten sich gegenüber dem externen Ingenieursteam keine Blöße geben und Kompetenz demonstrieren, indem sie Sicherheitsvorschriften übertraten und Warnungen der Apparatur missachteten. Fehler zuzugeben und die Folgen falscher Entscheidungen zu diskutieren, hätte ihr Kompetenzgefühl weiter verringert, das durch die auftretenden Schwierigkeiten ohnehin schon angegriffen war. In der Unglücksnacht kam es nicht zum ersten Mal zu Übertretungen dieser Art. Die bisherigen guten Erfahrungen, die das Team damit sammeln konnte, hatten alle mit einem Gefühl der Unverwundbarkeit ausgestattet.

(Schattenhofer, 2009, S. 43 f.)

4. Das Panel

Als Paneluntersuchung bezeichnet man eine Untersuchung, bei der eine Mehrzahl von Personen oder sonstigen Einheiten zu mindestens zwei Zeitpunkten hinsichtlich derselben Merkmale gemessen (beobachtet bzw. befragt) werden. Die Paneluntersuchung ist eine Form der zeitlichen Längsschnittanalyse. Ihr Ziel ist die Erforschung von bestimmten Wandlungsvorgängen, wie z.B. die Veränderung von Parteipräferenzen in einer Gruppe, der politischen Einstellungswandel von Studenten im Laufe des Studiums, die Veränderung von Konsumgewohnheiten usw. Tatsächlich wurde die Paneluntersuchung zuerst in der Verbraucherforschung und der politischen Meinungsforschung angewandt. Als „Panel“ bezeichnete man die Gruppe, die sich wiederholt zum gleichen Thema äußerte. Auch heute werden Paneluntersuchungen vor allem im Gebiet der Einstellungs- und Meinungsforschung angewandt, doch gehen ihre Anwendungsmöglichkeiten prinzipiell darüber hinaus. Erstens brauchen die untersuchten Merkmale keine Meinungen oder Einstellungen zu sein; es kann sich ebenso gut um Verhalten, um den Besitz eines bestimmten Status (Beruf, Einkommen, Erwerbstätigkeit usw.) oder um ein Kontextmerkmal, eine bestimmte Gruppenzugehörigkeit etwa, handeln. Zweitens brauchen die Untersuchungseinheiten keine Personen zu sein: auch Gemeinden, Sportmannschaften oder Betriebe ließen sich zum Gegenstand einer Paneluntersuchung machen, wobei die untersuchten Merkmale dann natürlich Gruppenmerkmale wären. Allerdings sind Paneluntersuchungen dieser Art bisher noch kaum unternommen worden.

(Mayntz u. a., 1978[5] S. 134)

4 Sozialstruktur und soziale Schichtung

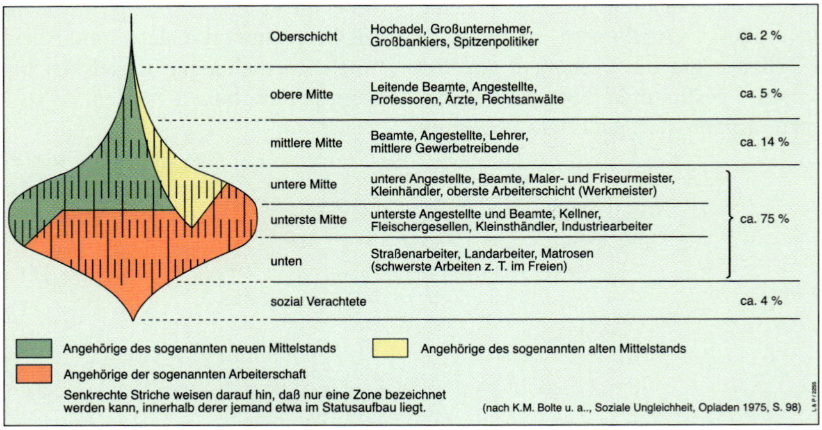

Die Markierungen in der breiten Mitte bedeuten:

- Angehörige des sogenannten neuen Mittelstandes
- Angehörige des sogenannten alten Mittelstandes
- Angehörige der sogenannten Arbeiterschaft

Punkte zeigen an, dass ein bestimmter gesellschaftlicher Status fixiert werden kann. Senkrechte Striche weisen darauf hin, dass nur eine Zone bezeichnet werden kann, innerhalb derer jemand etwa im Statusaufbau liegt.

⊗ mittlere Mitte nach den Vorstellungen der Bevölkerung

→ Mitte nach der Verteilung der Bevölkerung. 50 v. H. liegen oberhalb bzw. unterhalb im Statusaufbau.

(Bolte u. a., 1975[4], S. 84)

Wer kennt nicht das sogenannte Zwiebel-Modell bzw. die Bolte-Zwiebel von *Karl Martin Bolte*?
Das Zwiebel-Modell war in den 60er-Jahren des vergangenen Jahrhunderts als Schichtungsmodell der damaligen Bundesrepublik Deutschland sehr verbreitet.

Folgende Kompetenzen sollen Sie erwerben:

- ***Sie können die Begriffe „Sozialstruktur", „soziale Schicht" und „Schichtung" klären.***
- ***Sie wissen um das Schichtungsmodell von Ralf Dahrendorf, ausdifferenziert von Rainer Geißler.***
- ***Sie können das Klassenmodell von Pierre F. Bourdieu beschreiben.***
- ***Sie können das Strukturmodell des sozialen Milieus sowie das Lebensstilkonzept beschreiben.***
- ***Sie sind in der Lage, soziale Ungleichheit mithilfe eines soziologischen Modells zu beschreiben und zu analysieren.***

4.1 Die Sozialstruktur

Lernsituation

Sie und Ihre Klassenkameraden

Sie haben schon oft von sozialen Schichten, Klassen oder von sozialen Milieus und Lebensstilkonzepten gehört, doch Sie wissen nicht so genau, was Schichten, Klassen, Milieus und Lebensstile sind. Sie unterhalten sich darüber mit einigen Ihrer Klassenkameradinnen/-kameraden. Alice meint, das hänge mit dem Geschlecht zusammen, wie viel Frauen und Männer es in einer Gesellschaft gibt. „Meinst du?", entgegnet Thomas, „ich denke das hat mit dem Alter von Menschen zu tun." „Bist du dir sicher?", sagt Clara, „Mein Bruder hat mir gesagt, das hänge mit Bildung und Beruf zusammen." „Nein", meint Leon, „ich weiß das ganz genau: Die rechnen das Einkommen eines jeden Menschen aus und dann fertigen sie eine Statistik an." „Ich glaube, da hast du gar nicht so Unrecht", erwidert Sofia, „denn an dieser Statistik können die Soziologen ablesen, wer wenig verdient und wer viel. Und daran sieht man dann, wie ungleich es in unserer Gesellschaft zugeht." „Stimmt, die Soziologen kümmern sich um die Ungleichheit in unserer Gesellschaft", meint Emilia. Thomas wollte auch noch etwas sagen, aber da klingelt es und die Lehrerin kommt zur Tür herein.

Sie wollen natürlich jetzt genau wissen, wer von Ihren Klassenkameradinnen/-kameraden recht hat und wie das ist mit den sozialen Schichten und sozialen Klassen sowie mit Milieus, Lebensstilen und mit der Ungleichheit in unserer Gesellschaft.

I Information

4.1.1 Der Begriff „Sozialstruktur"

Wo man in der neueren Literatur an dem Begriff „Sozialstruktur" festhält, kennzeichnet er **eine Gliederung der Bevölkerung nach einem oder mehreren bestimmten Merkmal(en)**. Bevölkerung meint die Gesamtzahl der Einwohner innerhalb eines politisch abgrenzbaren Gebietes (vgl. *Geißler, 2014*[7], *S. 27*).

So kann das Alter als Merkmal in einer Gesellschaft zugrunde gelegt werden und man erhält so eine Gliederung der Bevölkerung nach ihrem Alter. ←

Eine solche Gliederung kann sich auch auf bestimmte Personengruppierungen einer Gesellschaft, wie zum Beispiel auf Jugendliche oder auf Alte, beziehen.

Sozialstruktur meint die Gliederung der Bevölkerung einer Gesellschaft oder einer ihrer Gruppierungen nach einem oder mehreren Merkmal(en).

→ **Materialien 1:** Bevölkerung nach Altersjahren und Geschlecht

Entsprechend des zugrunde liegenden Merkmals erhält man dann verschiedene Sozialstrukturen wie ***Altersstruktur, Haushaltsstruktur, Wohnstruktur, Bildungsstruktur, Berufsstruktur oder Einkommensstruktur***.

→ **Materialien 2:** Demografie in Zahlen

Betrachtet man soziale Schichtungs- oder Klassenmodelle, so fällt auf, dass Menschen in einer Gesellschaft ***ungleich*** sind. Bestimmte Personen waren und sind besser gestellt als andere. So finden wir luxuriösen Reichtum und gleichzeitig schlichte Armut, gute und schlechte Entlohnung für geleistete Arbeit, beruflichen Auf- und Abstieg, sichere Jobs neben Arbeitslosigkeit, Benachteiligung zwischen den Geschlechtern. Auf all diese Beispiele bezieht sich der Begriff der **sozialen Ungleichheit**[1].

Der Begriff „Sozialstruktur" wird häufig synonym mit dem Terminus „soziale Struktur" verwendet. Doch aus Gründen der Eindeutigkeit sind diese beiden Begriffe genau voneinander zu trennen: Während Sozialstruktur die Gliederung der Bevölkerung einer Gesellschaft oder einer ihrer Gruppen nach einem bestimmten Merkmal meint wie zum Beispiel die Altersstruktur, bezeichnet man mit sozialer Struktur – wie in *Kapitel 1.2.1* ausgeführt – das geordnete Gefüge und den geordneten Aufbau eines sozialen Gebildes, wie zum Beispiel die Kommunikationsstruktur oder die Führungsstruktur in einem Betrieb.

→ **Materialien 3:** Bevölkerungsaufbau nach Altersgruppen in Deutschland

Die Analyse einer Sozialstruktur bezieht sich nicht nur auf die Gegenwart, sondern sie verdeutlicht auch die Veränderung der einzelnen Sozialbereiche bzw. der Gesellschaftsstruktur in einem bestimmten Zeitraum. Die Veränderung der Sozialstruktur einer Gesellschaft oder einer ihrer Bereiche in der Zeit wird als sozialer Wandel bezeichnet.[2]

→ **Materialien 4:** Jung gegen Alt

4.1.2 Soziale Schicht und Schichtung

Eine soziale Schicht zeichnet sich durch mehrere gemeinsame Merkmale von Menschen aus. Solche Merkmale sind ***Beruf, Bildung, Einkommen und Vermögen sowie Macht und Prestige***.[3]

Fasst man Mitglieder einer Gesellschaft aufgrund von solchen gemeinsamen sozialen Merkmalen zusammen, so spricht man von einer **sozialen Schicht**.

Gruppiert man Menschen mit gleichem bzw. ähnlich hohem Verdienst und Vermögen zu einer Einheit, so handelt es sich hierbei um eine bestimmte soziale Schicht.

Eine soziale Schicht kennzeichnet eine Gruppierung von Menschen, die aufgrund von gemeinsamen sozialen Merkmalen zusammengefasst werden.

Gliedert man Mitglieder einer Gesellschaft nach solchen gemeinsamen sozialen Merkmalen, so spricht man von einer **sozialen Schichtung** bzw. von einem **Schicht(ungs)modell**.

[1] Auf soziale Ungleichheit wird in Kapitel 5 eingegangen.
[2] Darauf wird in Kapitel 7.1.1 eingegangen.
[3] siehe Kapitel 5

Unter sozialer Schichtung bzw. einem Schicht(ungs)modell versteht man die Gliederung von Menschengruppierungen mit gemeinsamen sozialen Merkmalen.

„Die Angehörigen von Schichten werden durch ihre Qualifikation, ihre berufliche Stellung, ihr Einkommen und ihr Prestige unterschieden. Mit Schichten sind in der Regel vertikal übereinander anzuordnende Gruppierungen gemeint. Der Schichtbegriff richtet sich nicht auf die Erklärung, sondern auf die Beschreibung ungleicher Lebensbedingungen."
(Hradil/Schiener, 2001[8], S. 355)

Je nach Forscher werden mehrere Schichten unterschieden. Geht man von drei Schichten – Oberschicht, Mittelschicht und Unterschicht – aus, so zählen 33 % der Erwachsenen in Deutschland zu den unteren Einkommensschichten und 13 % zu den oberen. Die ehedem starke Mitte umfasst nur noch etwas über die Hälfte, 54 %.

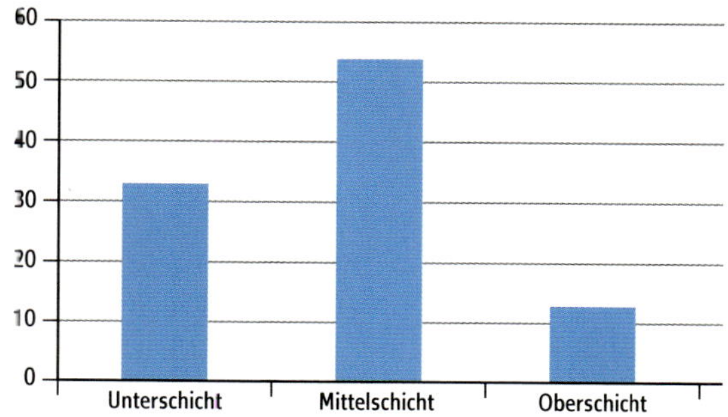

(vgl. Klaus/Neubacher, 2016, S. 82).

Die Mittelschicht löst sich mehr und mehr auf, entweder durch Einkommens- und Vermögenswerte nach oben oder durch Einkommensbußen nach unten. Dabei überwiegt der Abstieg bei weitem (vgl. *Hartmann, 2018, S. 122*).

Schicht- bzw. Schichtungsmodelle sind nach *Rainer Geißler (2014[7], S. 98)* Versuche, in das wenig übersichtliche Durcheinander sozialer Ungleichheit eine gewisse Ordnung zu bringen. Dabei bilden diese Modelle die Wirklichkeit nicht realitätsgetreu ab, sondern stellen lediglich ein Hilfsmittel dar, um die Sozialstrukturen der Wirklichkeit genauer zu erfassen.

Die bekanntesten Schichtungsmodelle der Vergangenheit sind das eingangs dargestellte **Zwiebel-Modell** von *Karl Martin Bolte* und seinen Mitarbeitern und das **Haus-Modell** von *Ralf Dahrendorf*[1]. Dieser unterscheidet sieben Schichten, die nach ihrer Stellung im Beruf, ihrer sozialen Lage sowie ihrer typischen Mentalität teils über-, teils nebeneinander angeordnet sind (vgl. *Dahrendorf, 1982, S. 105 ff.).*

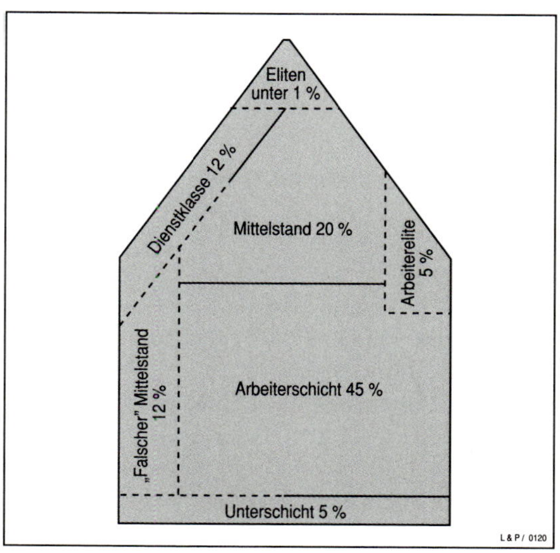

(vgl. Dahrendorf, 1982, S. 105 ff.).

Rainer Geißler (2014[7], S. 101) hat das Modell von *Dahrendorf* den Gegebenheiten der heutigen Zeit angepasst und weiter ausdifferenziert. Der Schichteinteilung liegen bei ihm – ähnlich wie bei *Dahrendorf* – mehrere Kriterien zugrunde. Eine wichtige Rolle spielt dabei der Beruf, der verschiedene Faktoren wie Funktion in der wirtschaftlich-gesellschaftlichen Arbeitsteilung, Qualifikation, Einkommen, Prestige und Einfluss bün-

[1] Eine Kurzbiografie von Ralf Dahrendorf befindet sich in Kapitel 2.2.3.

delt. Die materielle Lage und die ethnische Zugehörigkeit sind nach ihm ausschlaggebend bei der Abgrenzung der Randschichten und der ethnischen Minderheiten, die Position im Herrschaftsgefüge bei der Abgrenzung der Eliten.

Die soziale Schichtung der westdeutschen Bevölkerung im Jahre 2009 nach *Rainer Geißler (2014[7], S. 101 f.)*:

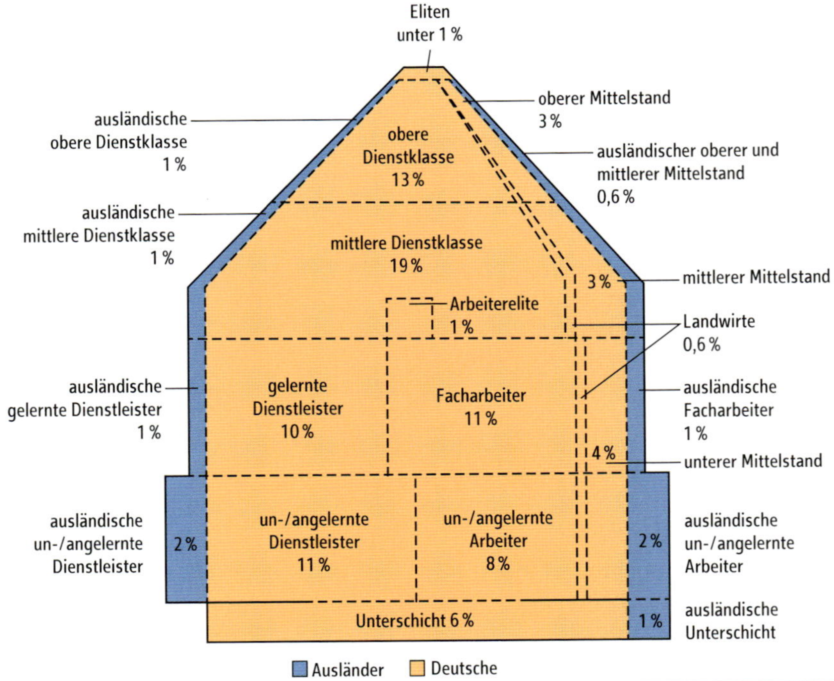

(Datenbasis: Mikrozensus 2009; N = 489.349 Haushalte; berechnet von Sonja Weber-Menges.)

Im Einzelnen setzen sich die Schichten wie folgt zusammen:

- **Eliten**: Machteliten in Politik, Wirtschaft, Medien und anderen gesellschaftlichen Funktionsbereichen.
- **Obere Dienstklasse**: abhängig Beschäftigte mit akademischer Ausbildung wie höhere Beamte und leitende Angestellte, Manager in Großunternehmen.
- **Oberer Mittelstand**: freie akademische Berufe (Anwälte, Ärzte, Steuerberater, Architekten und ähnliches) sowie große und mittlere Unternehmer in Industrie, Handel und Finanzen mit mindestens 10 Beschäftigten.
- **Mittlere Dienstklasse**: „Semiprofessionen", Berufe mit höherer Fachausbildung wie Computertechniker, Buchhalter, Erzieherin, Sozialarbeiterin, Therapeutin und ähnliches. …
- **Mittlerer Mittelstand**: mittlere und kleinere Selbstständige mit 1 bis 9 Beschäftigten in Handwerk, Handel, Gastronomie und anderen Bereichen, Selbstständige mit höherer Fachausbildung.
- **Arbeiterelite**: Meister.
- **Unterer Mittelstand**: Selbstständige ohne Beschäftigte.
- **Gelernte Dienstleister**: Fachkräfte in Büro, Verkauf, Gastronomie, Betreuung, Pflege und ähnliches.
- **Facharbeiter**: qualifizierte manuelle Facharbeiter und Fachhandwerker, Elektriker, Mechaniker und ähnliches.
- **An- und ungelernte Dienstleister**: gering qualifiziertes Personal für einfache Routinetätigkeiten in Büro, Verkauf und verschiedenen Diensten, Kassierer, Boten, Fahrer, Reinigungspersonal und ähnliches.

- **An- und ungelernte Arbeiter**: gering qualifizierte Arbeiter in Produktion, Bau- und Transportgewerbe.
- **Unterschicht**: Haushalte, die ihren Lebensunterhalt überwiegend durch staatliche Mindestunterstützungen – durch Hartz IV (Sozialgeld, Arbeitslosengeld II) oder Sozialhilfe – finanzieren. Es handelt sich um Erwerbsunfähige und Langzeitarbeitslose.
- **Ausländer** sind in Anbauten zum deutschen Haus untergebracht, da sie rechtlich nicht gleichgestellt sind und häufig vor Integrationsproblemen stehen. [...]

(Geißler, 2014[7], S. 102)

Einst war die Mittelschicht „das Rückgrat der deutschen Gesellschaft" (*Klaus/Neubacher, 2016, S. 78*). Doch seit 1999 schrumpft sie laut dem *Deutschen Institut für Wirtschaftsforschung (DIW)* von 64,3 % auf heute etwa 54 %. Ihr Anteil am Gesamteinkommen ging sogar noch stärker zurück. Nach dem *DIW* gehören zur Mittelschicht alle Menschen, die ab 70 bis 150 % des Durchschnittseinkommens verfügen. Auch neueste Untersuchungen belegen, dass die Mittelschicht immer kleiner wird, während die Gruppe der Topverdiener und die Zahl der Bezieher von unteren Einkommen zunimmt, Oberschicht und Unterschicht sind deutlich gewachsen.

„Die Welt hat sich auf die Begriffe ‚Rechts' und ‚Links' versteift und dabei vergessen, dass es auch ein ‚Oben' und ‚Unten' gibt."
(Franz Werfel[1])

4.1.3 Soziale Milieus

Das Modell der sozialen Milieus geht davon aus, dass sogenannte objektive Lebensbedingungen wie Einkommen oder Besitz zwar möglicherweise, aber nicht notwendigerweise die subjektive Lebensweise eines Menschen prägen. Soziale Milieus versuchen, das Ausmaß der Übereinstimmung von objektiven Lebensbedingungen und subjektiven Lebensweisen differenzierter zu betrachten.

Soziale Milieus fassen nach *Hradil/Schiener (2001[8], S. 45)* „Gruppierungen Gleichgesinnter" zusammen, die in ihren Werthaltungen, ihrer Mentalität, Lebensauffassung und Lebensweise sowie in der Wahrnehmung ihrer Umwelt gleich bzw. sich ähnlich sind.

Es gibt beispielsweise das „konservative Milieu", welches sich durch traditionelle Werte, politisch konservative Einstellung und hohes Pflichtbewusstsein auszeichnet.

Soziale Milieus fassen Gruppierungen Gleichgesinnter hinsichtlich ihrer Werthaltungen, Mentalität, Lebensauffassung und Lebensweise sowie der Wahrnehmung ihrer Umwelt zusammen.

„Soziale Milieus fassen [...] Menschen zusammen, die sich in Lebensauffassung und Lebensweise ähneln, die also gleichsam ‚subkulturelle' Einheiten innerhalb der Gesellschaft bilden."
(Ueltzhöffer/Flaig[2], 1992, S. 64)

[1] zitiert nach Wieczorek, 2009, S. 22; Franz Werfel (1890–1945) war österreichischer Schriftsteller.
[2] zitiert nach Geißler, 2014[7], S. 114

Das Sinus-Institut in Heidelberg (Sinus Markt- und Sozialforschung GmbH) führt hinsichtlich der Milieuforschung Untersuchungen durch, die **„Sinus-Milieus"** genannt werden. „Sinus-Milieu" ist ein Begriff aus dem Marketing und wird häufig dazu verwendet, Produkte zielgerichteter auf den Markt bringen zu können. Insgesamt werden mehrere Milieus ausgewiesen: konservative Grundorientierung, materielle Grundorientierung, Hedonismus, Postmaterialismus und Postmodernismus.[1]

Soziale Milieus in Deutschland 2019

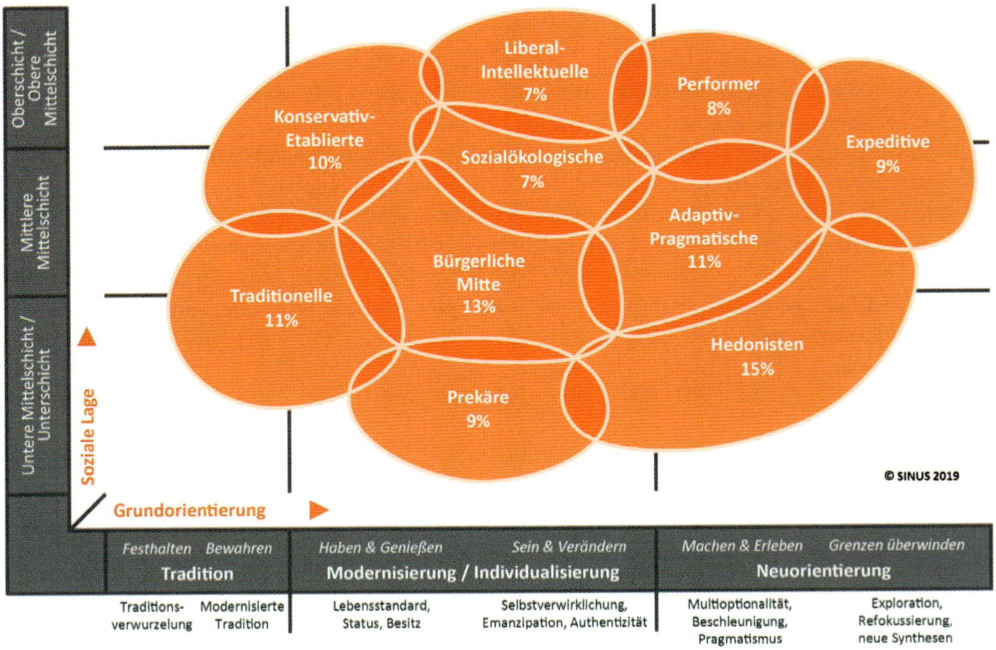

(www.sinus-institut.de/sinus-loesungen/sinus-milieus-deutschland/ [01.06.2019])

- Konservativ-etabliertes Milieu: Klassisches Establishment mit Exklusivitäts- und Führungsanspruch, zeigt aber auch Tendenz zum Rückzug
- Liberal-intellektuelles Milieu: Aufgeklärte Bildungselite mit liberaler Grundhaltung und postmateriellen Wurzeln, hat starken Wunsch nach Selbstbestimmung
- Milieu der Performer: Effizienz-orientierte Leistungselite, denkt global, hohe IT-Kompetenz, sieht sich als stilistische Avantgarde
- Expeditives Milieu: Unkonventionelle, kreative Avantgarde, individualistisch, sehr mobil, digital vernetzt
- Bürgerliche Mitte: Leistungs- und anpassungsbereiter Mainstream, bejaht die gesellschaftliche Ordnung, strebt nach beruflicher und sozialer Etablierung sowie nach Sicherheit und Harmonie

[1] Hedonismus (hēdonḗ, griech.: das Vergnügen, die Lust): Philosophische Anschauung, nach der das höchste ethische Prinzip das Streben nach Sinneslust und -genuss ist; Postmaterialismus: siehe Kapitel 10.2.1; Postmodernismus (Modernismus: Haltung, alles Moderne für erstrebenswert zu halten): Lebensanschauung, die in der Ablehnung des Diktats der Moderne nach ständiger Neuerung und stattdessen in der Hinwendung zu Geschichte und Tradition besteht.

- Adaptiv-pragmatisches Milieu: Zielstrebige, junge Mitte der Gesellschaft mit ausgeprägtem Lebenspragmatismus und Nutzenkalkül
- Sozialökologisches Milieu: Idealistisch, konsumkritisch, globalisierungsskeptisch, besitzt ausgeprägtes ökologisches und soziales Gewissen
- Traditionelles Milieu: Ordnungsliebende Kriegs- und Nachkriegsgeneration, kleinbürgerlich oder der Arbeiterwelt verhaftet
- Prekäres Milieu: Um Teilhabe bemühte Unterschicht, Zukunftsangst und Ressentiments
- Hedonistisches Milieu: Spaß- und erlebnisorientiert, verweigert sich den Konventionen und Leistungserwartungen der Gesellschaft

(Weigel, 2010, o. S.)

4.1.4 Das Lebensstilkonzept[1]

Menschen besitzen in der heutigen Gesellschaft einen Freiraum in der Gestaltung ihres Lebens. Die Art und Weise, wie ein Mensch sein Alltagsleben organisiert und gestaltet, bezeichnet man als **Lebensstil**. Dabei ist diese Art und Weise der Lebensgestaltung relativ stabil.

Unter Lebensstil wird die relativ stabile, regelmäßig wiederkehrende Art und Weise der Gestaltung des eigenen Lebens verstanden.

Der Begriff „Lebensstil" wird seit den 80er-Jahren des letzten Jahrhunderts immer häufiger verwendet. Der Grund hierfür liegt nach *Stefan Hradil* und *Jürgen Schiener (2001*[8]*, S. 46)* darin, dass es den Menschen in postmodernen Gesellschaften immer wichtiger wird, wie sie ihr Leben ausrichten. Sie definieren sich in wachsendem Maße über ihre persönliche Lebensweise, sind dabei immer häufiger auch auf „Stil" und Außenwirkung bedacht und machen diese zum Maßstab für ein ge- oder misslungenes Leben.

Soziale Milieus und vor allem Lebensstile sind heute wegen der Pluralität von sozialen Wert- und Normvorstellungen sehr vielfältig.

Beispielhaft sei hier das Lebensstilkonzept von *Werner Georg (1998, S. 147–154)* skizziert, welche folgende Lebensbereiche umfasst: ←

- Freizeitaktivitäten und soziales Leben,
- Musik- und Leseinteressen,
- Wohnstil,
- Kleidungsstil,
- Körperinszenierung (Selbstdarstellung, Körperpflege, Fitness, Schlankheit und Ähnliches),
- Vorlieben für Essen und Trinken,
- Konsumgewohnheiten.

[1] Dieser Abschnitt ist im Lehrplan nicht vorgesehen

Georg bündelt die Vielzahl der Variablen zu insgesamt sieben Lebensstilgruppen:

Typ 1: kulturbezogen-asketischer[1] Lebensstil

Vorherrschend sind Interessen für gehobene Kultur (Literatur, Kunst, klassische Musik, Theater, Konzerte, Museen), Wissenschaft und Politik sowie eine Vorliebe für Aktivurlaub und bewegungsbezogenen Sport (z.B. Radfahren, Schwimmen, Ski). Eine starke Arbeitsorientierung geht einher mit einer asketischen Grundhaltung, die im Verzicht auf „Überflüssiges", in der geringen Bedeutung der Kleidung und in dezenter Körperinszenierung, zum Ausdruck kommt.
Typ 1 ist insbesondere unter relativ jungen (Durchschnittsalter 34 Jahre), gut qualifizierten Männern und Frauen verbreitet.

Typ 2: Lebensstil „Selbstdarstellung, Genuss und Avantgardismus[2]"

Ein Hang zum Genuss (häufige Restaurantbesuche, „Gourmet-Orientierung") und eine auf Vergnügen, Unterhaltung und Sozialkontakte bezogene Freizeitorientierung sind verbunden mit einem ausgeprägten prestigeträchtigen Repräsentationsbedürfnis. Der Hang zur Selbstinszenierung und Distinktion äußert sich in avantgardistischem Wohnstil und auffällig extravaganter[3] Freizeitkleidung.
Typ 2 wird vorwiegend von Frauen (75%) mit gutem Einkommen und überdurchschnittlicher Bildung verkörpert.

Typ 3: Lebensstil „prestigebezogene Selbstdarstellung"

Auch dieser Typ ist an prestigebezogener Außenwirkung orientiert – über Bemühungen um einen antikonventionellen Wohnstil und über ein Outfit nach den neuesten modischen Trends. Allerdings wirken seine Stilisierungsbemühungen „angestrengt". Sie sind mit Stilunsicherheiten und negativen Selbstbildern verbunden – vermutlich eine Folge davon, dass diese Gruppe nur über durchschnittliche Einkommen und Qualifikationen verfügt sowie beengt und sozial relativ isoliert wohnt.

Typ 4: hedonistisch-expressiver[4] Lebensstil

In der Freizeit dominieren expressive, auf Selbstdarstellung, Vergnügungen und Geselligkeit abzielende Aktivitäten und ein Vorliebe für Rock- und Popmusik, modernen Jazz, Kino und Computer. Geld gilt als Voraussetzung von Lebensqualität. Die Wohnungseinrichtungen variieren zwischen avantgardistischem und individualistischem, häufig eklektizistischem[5] Geschmack. Man trägt auffällige, extravagante oder sportlich-legere Kleidung.
Insbesondere junge Menschen (Durchschnittsalter 25 Jahre) mit mittlerer Bildung, häufig ledig und Singles, führen ein Leben nach Typ 4.

Typ 5: familienzentrierter Lebensstil

Zurückhaltung in der Selbstdarstellung in allen Lebensbereichen ist kennzeichnend für diesen Typ. Die Freizeitinteressen sind auf praktisch-nützliche Tätigkeiten und kleine Vergnügungen in und mit der Familie, auf triviale[6] Unterhaltung und praktischen Rat auf das Alltägliche konzentriert.
73% dieser Gruppe sind Frauen, in der Regel im mittleren Alter und mit einfacher Bildung, meist verheiratet und Mütter, häufig teilzeitbeschäftigt.

---

[1] asketisch (áskēsis, griech.: die Übung, die Lebensweise): enthaltsam
[2] Avantgarde (franz.): ursprünglich im französischen Militär die Vorhut, derjenige Truppenteil, der als erster vorrückt und dem Feind als erstes gegenübersteht. Allgemein versteht man heute darunter Personen, die neue, wegweisende Entwicklungen, die eine längerfristige Wirkung haben, anstoßen.
[3] extravagant (lat.): ausgefallener Geschmack
[4] hedonistisch (hēdonē, griech.: das Vergnügen, die Lust): nach Lustgewinn, Sinnesgenuss strebend; expressiv (lat.): ausdrucksvoll, ausdrucksstark
[5] eklektizistisch (griech.): nicht originell, nicht kreativ; Eklektizismus: eine Form oder Arbeitsweise, bei der Ideen von anderen übernommen und zusammengeführt werden (wurden).
[6] trivial (franz.): gewöhnlich, unbedeutend, abgedroschen

Typ 6: zurückhaltend-passiver Lebensstil

Auch hier ist Zurückhaltung kennzeichnend für den zwischenmenschlichen Umgang. Man kleidet sich unauffällig praktisch, isst traditionell, wohnt in „konventioneller Gemütlichkeit" (zum Beispiel plüschige Sitzgarnituren, Schrankwände) und interessiert sich in der Freizeit hauptsächlich für Technik, Autos, Sport und Basteln.
Die typischen Vertreter von Typ 5 sind Männer (69%) fortgeschrittenen Alters, meist verheiratet, in manuellen Berufen mit unterdurchschnittlichem Einkommen tätig.

Typ 7: zurückhaltend-konventioneller Lebensstil

Typ 7 bildet so etwas wie das weibliche Pendant[4] zum männlich geprägten Typ des zurückhaltend passiven Lebensstils. Er ist unter älteren Menschen (durchschnittlich 60 Jahre) meist Frauen (77%) mit einfachen Bildungsabschlüssen verbreitet. Zurückhaltung und Distanz zu auffälliger Lebensinszenierung ist verbunden mit konservativ-konventionellen Orientierungen und Verhaltensmustern mit klassisch-konservativer Kleidung, einem sparsamen Konsumstil, einfachem Essen und einer natürlich authentischen Körperlichkeit. Die Freizeit wird mit häuslichen Tätigkeiten und außerhäuslicher Entspannung (Einkaufsbummel, Spazieren gehen und Ähnlichem) verbracht. Häufiger Kirchenbesuch und viele Mitgliedschaften in Vereinen und Organisationen sind ebenfalls kennzeichnend für diesen Lebensstiltyp.

(Geißler, 2014[7], S. 111 ff.)

Auf den Punkt gebracht

- Sozialstruktur meint die Gliederung der Bevölkerung einer Gesellschaft oder einer ihrer Gruppierungen nach einem oder mehreren bestimmten Merkmal(en) wie zum Beispiel Alter, Bildung, Beruf oder Einkommen. Sie gliedert sich in zwei Dimensionen, die sozialen Beziehungsstrukturen und die soziale Verteilungsstruktur.
- Die unterschiedliche Ausprägung sozialer Ungleichheit in einer Gesellschaft zeigt sich in Schicht- und Klassenmodellen sowie in sozialen Milieus. Eine soziale Schicht kennzeichnet eine Gruppierung von Menschen, die aufgrund von gemeinsamen sozialen Merkmalen zusammengefasst wird. Unter sozialer Schichtung bzw. einem Schicht(ungs)modell versteht man die Gliederung von Menschengruppierungen mit gemeinsamen sozialen Merkmalen. Die bekanntesten Schichtmodelle sind das Zwiebel-Modell von *Karl Martin Bolte* und seinen Mitarbeitern sowie das Haus-Modell von *Ralf Dahrendorf*, welches *Rainer Geißler* den Gegebenheiten der heutigen Zeit angepasst und weiter ausdifferenziert hat.
- Soziale Milieus fassen Gruppierungen Gleichgesinnter hinsichtlich ihrer Werthaltungen, Mentalität, Lebensauffassung und Lebensweise sowie der Wahrnehmung ihrer Umwelt zusammen. Unter Lebensstil wird die relativ stabile, regelmäßig wiederkehrende Art und Weise der Gestaltung des eigenen Lebens verstanden.

[1] Pendant (lat.): die Entsprechung, das Gegenstück

Wiederholen, Vertiefen, Anwenden

1. *Biografie und Internetsuche*
   - Suchen Sie im Internet nach Informationen über das Leben und Werk von
     - Gruppe 1 und 2: *Ralf Dahrendorf*
     - Gruppe 3 und 4: *Rainer Geißler*
   - Fertigen Sie in Kleingruppen eine Übersicht zur Biografie des jeweiligen Soziologen an.
   - Erarbeiten Sie wichtige Abschnitte ihres Lebens.
2. Bestimmen Sie an einem Beispiel den Begriff „Sozialstruktur".
3. Bestimmen Sie den Begriff „soziale Schicht" und erläutern Sie an einem Beispiel ein Schichtungsmodell (zum Beispiel nach *Dahrendorf oder Geißler*).
4. Beschreiben Sie an einem Beispiel das Modell der sozialen Milieus.
5. *Lernsituation 4.1*
   - Stellen Sie das Modell
     a) der soziale Schicht(ung)
     b) des sozialen Milieus
     c) der Lebensstile dar.
   - Erläutern Sie anhand der Äußerungen der Klassenkameraden in dem Fallbeispiel „Sie und Ihre Klassenkameraden", wer recht hat. Begründen Sie Ihre Ausführungen.
6. Erläutern Sie den Unterschied zwischen Schichtungsmodellen und dem Modell
   a) der sozialen Milieus.
   b) der Lebensstile.
7. *Unser eigenes Schichtungsmodell*
   - Überlegen Sie, welche Schichtkriterien Ihnen wichtig wären.
   - Notieren Sie für sich ein eigenes Schichtkriterium (zum Beispiel Engagement für andere).
   - Diskutieren Sie in Vierergruppen die notierten Schichtkriterien.
   - Einigen Sie sich auf ein Kriterium und entwerfen Sie auf der Grundlage dieses Kriteriums ein eigenes Schichtungsmodell.
8. Analysieren Sie soziale Ungleichheit in unserer Gesellschaft mithilfe eines soziologischen Modells (zum Beispiel Schichtmodell nach *Dahrendorf oder Geißler*, Modell der sozialen Milieus)

4.2 Das Klassenmodell von Pierre Bourdieu

Lernsituation

In der Schulbibliothek

In der Bibliothek Ihrer Schule fällt Ihnen ein Buch des Soziologen Pierre Bourdieu in die Hände. Sie sagen, diesen Namen habe ich noch nie gehört, und blättern in dem Buch etwas herum. Dort begegnen Sie Begriffen wie „Kapital", „soziales Feld", „sozialer Raum", „Habitus" und Sie lesen auf einer Seite über gesellschaftliche Schauplätze des Kampfes um Macht und Anerkennung. Das interessiert Sie natürlich.

Sie wollen überblicken, was der französische Soziologe Bourdieu mit seiner Theorie aussagen will.

I Information

Pierre Bourdieu hat ebenfalls ein Modell der Gliederung der Bevölkerung einer Gesellschaft entworfen. In diesem geht es darum, wie sich soziale Ungleichheit im Leben von Individuen und Gruppen niederschlägt (vgl. *Schäfers, 2004[8], S. 248*).

***Pierre Félix Bourdieu** (1930–2002), französischer Soziologe und Sozialphilosoph, war kurze Zeit Gymnasiallehrer, entwickelte dann während eines Forschungsaufenthalts in Algerien seinen eigenen theoretischen Ansatz. Er war ab 1964 Professor an der École des Hautes Études in Paris. Von 1968 bis 1988 war er Direktor des von ihm initiierten Centre de Sociologie de l'Éducation et de la Culture. Ab 1982 wurde er zusätzlich an das Collège de France auf den Lehrstuhl für Soziologie berufen und war ab 1985 bis zu seinem Tod Direktor des Centre de Sociologie Européenne (CSE) am Collège de France und der École des Hautes Études en Sciences Sociales in Paris.*

Pierre Félix Bourdieu

4.2.1 Das Kapital

Bei dem Modell von *Bourdieu* spricht man häufig von einer Unterteilung der Gesellschaft in ***Klassen***, da sich diese durch ein bestimmtes gemeinsames Merkmal unterscheiden. Dieses Merkmal ist bei *Bourdieu* das **Kapital**, wobei dieser Begriff bei ihm wesentlich weiter gefasst ist als in der Ökonomie. Nicht nur materielles Vermögen wie Geld, Aktien oder Immobilien, sondern auch Bildung, Fähigkeiten oder soziale Beziehungen sind bedeutsam für das Emporkommen bzw. den Statuserhalt innerhalb einer Gesellschaft.

An Aussagen wie „Seine Stimme ist sein Kapital" oder „Seine Arbeitskraft ist sein Kapital" ist abzulesen, dass auch im Volksmund Kapital mehr ist als nur Sachvermögen,

Der rein wirtschaftsorientierte Kapitalbegriff reduziert nach Bourdieu die gesellschaftlichen Austauschverhältnisse auf den bloßen Warentausch, der ausschließlich auf Profitmaximierung ausgerichtet und vom ökonomischen Eigennutz geleitet ist. Selbst Ökonomen erkennen heute, dass soziale Beziehungen auch die Funktion von Kapital haben können.

Der erweiterte Kapitalbegriff von *Bourdieu* bezieht sich auf ***materielle und immaterielle Güter***, die der Mensch zu seinem Leben zur Verfügung hat. Sie eröffnen ihm Handlungsmöglichkeiten und ermöglichen eine Bewahrung oder Verbesserung seiner sozialen Position.

→ Materielle Güter sind zum Beispiel Geld, Immobilien, Aktien, Auto; ideelle Güter sind Bildung, Wissen, Fähigkeiten, Kenntnisse, Können oder Beziehungen.

> *„Das Prinzip der primären, die Hauptklassen der Lebensbedingungen konstituierenden Unterschiede liegt im Gesamtvolumen des Kapitals als Summe aller effektiv aufwendbaren Ressourcen und Machtpotentiale, [...].“*
> *(Bourdieu, 2016[23], S. 196)*

Bourdieu sieht das Kapital allgemein als Ressourcen, die den Menschen für die Durchsetzung seiner Ziele zur Verfügung stehen.

Kapital im Sinne von *Bourdieu* meint alle materiellen und immateriellen Güter eines Individuums, die ihm Handlungsmöglichkeiten eröffnen und für die Durchsetzung seiner Ziele zur Verfügung stehen sowie eine Bewahrung oder Verbesserung der sozialen Position von Menschen ermöglichen.

Bourdieu unterscheidet **vier Kapitalarten**, die die Position eines Menschen in einer Gesellschaft bestimmen (vgl. *Allesevo, 2012, o. S.*):

- **Das ökonomische Kapital**: Das sind nach *Bourdieu* alle materiellen Besitztümer („Habseligkeiten“) eines Individuums.

  → Das sind beispielsweise Geld- und Sachwerte wie Immobilien, Grundstücke, Äcker oder Felder.

- **Das kulturelle Kapital**: Das ist die Gesamtheit aller kulturellen Güter, die sich im Laufe der Zeit vermehren lassen. Das kulturelle Kapital nimmt drei Formen an:
  - **Das inkorporierte**[1] (verinnerlichte) **Kulturkapital**: Das sind sämtliche kulturellen Fähigkeiten und Wissensformen, die durch Bildung erworben wurden.

    → Dazu zählen beispielsweise Formen der Sprache, der Haltung oder des Umgangs.
  - **Das institutionalisierte Kulturkapital**: Es existiert in Form von Bildungstiteln und Bildungsabschlüssen wie Mittlere Reife, Abitur oder Universitätsdiplom.

    → Dazu gehören Zeugnisse, Titel, Zertifikate oder bestimmte Abschlüsse.
  - **Das objektivierte Kulturkapital**: Das ist jegliche Form von kulturellen Gütern, die ein Mensch besitzt.

    → Bücher, Gemälde, Kunstwerke, Musikinstrumente und dgl. sind Beispiele für das objektivierte Kulturkapital.

- **Das soziale Kapital**: Darunter versteht *Bourdieu* die sozialen Beziehungen eines Menschen.
- **Das symbolische Kapital**: Damit sind Prestige, Ansehen und Anerkennung in einer Gesellschaft gemeint.

[1] incorporare (lat.): einverleiben

Diese Kapitalarten stehen nicht nebeneinander, sondern in einer Wechselwirkung.

So braucht man zum Beispiel Geld, wenn man studieren will, umgekehrt verdient einer mit einem hohen Studienabschluss mehr Geld. Der Erwerb eines wertvollen Gemäldes kostet seinen Preis. Zugleich steigt der Prestigewert seines Besitzers.

Die Kapitalarten bestimmen die soziale Struktur in einer Gesellschaft und sind in dieser ungleich verteilt. Ihre Habe bzw. Nichthabe entscheidet über eine bestimmte Position und Macht in der Gesellschaft. In seinem Klassenmodell unterscheiden sich nach *Bourdieu* die verschiedenen Klassen hinsichtlich der jeweiligen Ausstattung mit den Kapitalarten.

Dabei unterscheidet sich das symbolische Kapital wesentlich von den anderen drei Kapitalarten, indem es dazu dient, die anderen Arten und ihre ungleiche Verteilung anzuerkennen, zu legitimieren (vgl. *Gertenbach u. a., 2009, S. 281 f.*).

> *Das symbolische Kapital ist die „wahrgenommene und als legitim anerkannte Form der drei vorgenannten Kapitalien."*
> *(Bourdieu[1])*

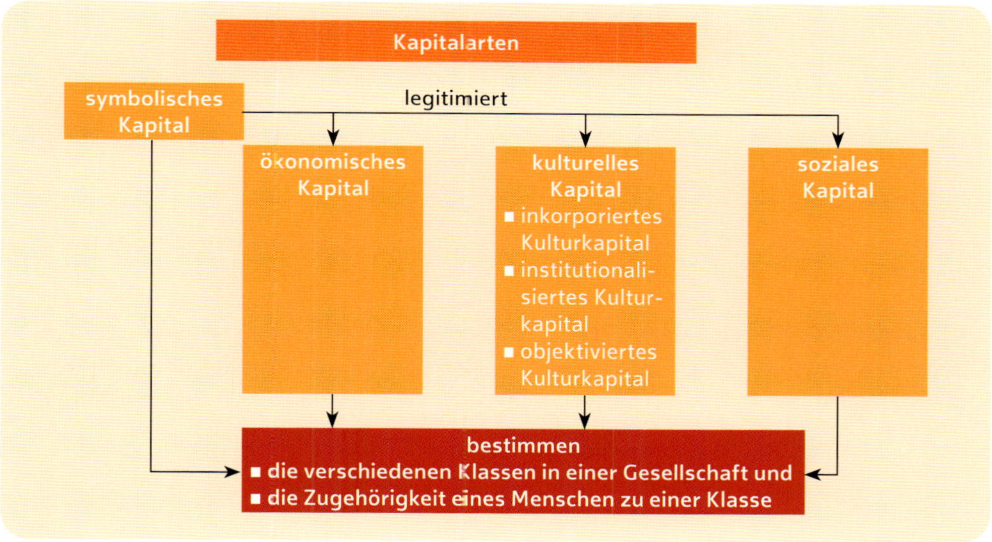

4.2.2 Das soziale Feld

Bourdieu hat in seine Theorie den Begriff des **„sozialen Raumes"** eingeführt, welcher veranschaulicht, ***in welchem Zusammenhang die Mitglieder einer Gesellschaft auf der Grundlage ihrer Kapitalausstattung zueinander stehen***. Der soziale Raum als Gesamtmodell des Sozialen ist wiederum unterteilt in verschiedene Teilbereiche, die *Bourdieu* **soziale Felder** nennt. Jede Gesellschaft weist also mehrere eigenständige soziale Felder auf, wobei jedes Feld eine bestimmte Funktion – eine Aufgabe, die es zu erfüllen gilt – hat.

[1] zitiert nach Burzan, 2012[4], S. 127

So gibt es das soziale Feld der Justiz, der Gesundheit, der Wirtschaft, der Religion, der Kunst und der Literatur u. v. m. Sie alle haben eine eigene Funktion inne.

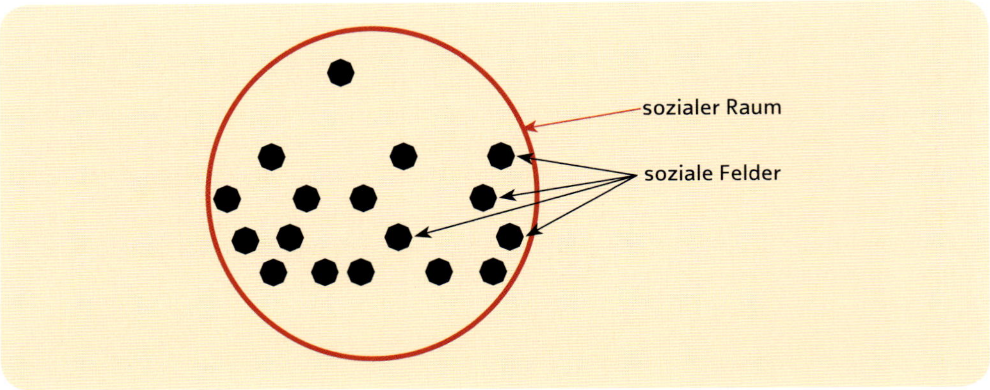

Soziale Felder haben dementsprechend jeweils einen abgrenzbaren Gegenstandsbereich.

Jedes soziale Feld besitzt für sich eine ganz spezifische Logik[1], die in anderen Feldern keine Bedeutung hat. Es grenzt sich mit eigenen Regeln und Gesetzmäßigkeiten von anderen sozialen Feldern ab.

In der Ökonomie zum Beispiel gilt die Logik, dass es sich rechnen muss. In einer Freundschaft hat diese Logik keine Relevanz. In der Parteipolitik geht es darum, wie man Wahlen gewinnen kann, in der Medizin um das Heilen.

Eine wichtige Eigenschaft der Felder ist ihre Eigenständigkeit innerhalb des sozialen Raumes.

Ein soziales Feld ist ein relativ autonomer Teilbereich eines sozialen Raumes, der eine bestimmte Funktion, eine eigene Logik mit einer spezifischen Thematik sowie seine eigenen Regeln und Gesetzmäßigkeiten besitzt. Dadurch grenzt sich ein soziales Feld von anderen Feldern ab.

Praxis ist nach Bourdieu das, was die Akteure in ihren sozialen Feldern tun. Deshalb spricht er von seiner Theorie als der „Theorie der Praxis".

Die Stellung eines Akteurs in einem sozialen Feld hängt von seiner eigenen Kapitalmenge und -zusammensetzung ab. Durch Besitz von Kapital können Macht und Einfluss in einem Feld geltend gemacht werden. Dadurch entsteht ein ***Kampf***, sich ständig zu profilieren, gegenüber dem anderen nach „oben" zu kommen und sich von ihm zu unterscheiden – ein „niemals endendes Spiel um den Erhalt oder die Veränderung der Kräfte", wie es der Soziologe vom Institut für Sozialwissenschaften der Universität Augsburg, *Oliver Dimbath (2016³, S. 294 f.)*, bezeichnet.

„Dementsprechend ist das Feld ein Ort des andauernden Kampfes, wobei die Akteure zwei grundlegende Möglichkeiten haben: Auf der einen Seite können sie Kapital ansammeln und auf der anderen Seite versuchen, die Regeln des Kapitalbedarfs oder -einsatzes zu ändern."
(Dimbath, 2016³, S. 294 f.)

[1] Auf Logik im soziologischen Sinn wird in Kapitel 1.3.3 eingegangen.

Das soziale Feld lässt sich also **als Konfliktfeld** unterschiedlichen Kapitals der Akteure beschreiben, die sich im sozialen Raum je nach hohem oder niedrigem Kapital verteilen.

Der soziale Raum als Zusammenschau der sozialen Felder in einer Gesellschaft dient der Darstellung und Analyse sozialer Strukturen. Dabei sind drei Dimensionen bedeutsam (vgl. *Eder, 1989, S. 21*):

- Das **Kapitalvolumen** als die ***Addition*** des ökonomischen und des kulturellen Kapitals. Es zeigt, wie hoch oder niedrig der Anteil an den beiden Kapitalarten ist (hohes – geringes Kapital).
- Die **Kapitalstruktur** als das ***Verhältnis*** von ökonomischem und kulturellem Kapitals. Sie drückt den relativen Anteil dieser beiden Kapitalsorten aus – gemessen am Durchschnitt, wie viel jeder in einer Klasse hat.

Auf das ökonomische Kapital angewendet erzielten im Jahr 2017 vollzeitbeschäftigte Arbeitnehmer in Deutschland im Durchschnitt 3.771,00 € (vgl. *Statistisches Bundesamt, destatis* 2018). Ein Chefarzt, der im Monat etwas über 24.000,00 € verdient (*www.praktischarzt.de/arzt/gehalt-arzt/*), liegt weit über dem Durchschnitt, während eine Friseurin mit einem monatlichen Verdienst von knapp 1.500,00 € (*www.steuerklassen.com/gehalt/friseur/*) weit unter dem Durchschnitt liegt.
Ein sehr erfolgreicher Fußballspieler kann zum Beispiel ein sehr hohes Einkommen (hohes ökonomisches Kapital), aber einen niedrigen Bildungsabschluss haben (niedriges kulturelles Kapital). Eine promovierte[1] Historikerin dagegen, die Führungen durch eine Stadt macht, hat einen hohen Bildungsgrad (hohes kulturelles Kapital), verdient aber wenig (niedriges ökonomisches Kapital) (vgl. *Burzan, 2012[4], S. 127*).

Bourdieu geht davon aus, dass es einen negativen Zusammenhang zwischen dem ökonomischen und kulturellen Kapital gibt – jemand verfügt über ein hohes ökonomisches Kapital, aber über „wenig" Bildung.

Das soziale Kapital wirkt im Hintergrund mit und das symbolische Kapital legitimiert die anderen Kapitalarten.

- Die **Zeit** als Kombination von ökonomischem und kulturellem Kapital in Abhängigkeit vom Lebenslauf. Der Erwerb der beiden Kapitalarten und ihre Zunahme beanspruchen Zeit. Auch ein möglicher Positionswechsel im sozialen Raum, in welchem es Auf- und Abstiege gibt, braucht Zeit (vgl. *Thieme, 2016[9], S. 241*).

Der erfolgreiche Fußballspieler braucht Zeit, bis er die Technik des Fußballspielens beherrscht. Und wenn der Fußballer älter wird, dann wird sich sein Erfolg abbauen, weil er nicht mehr so fit ist. Er wird dann möglicherweise durch mangelndes Üben und Spielen die Technik des Fußballspielens wieder verlernen.
Auch die Stadtführerin musste sich ihren hohen Bildungsgrad erst erwerben.

Dabei ist entscheidend, wie diese Kapitalarten zueinander stehen und wie sich dieses Verhältnis über die Zeit hinweg entwickelt.

[1] Promotion (promotio, lat.: die Beförderung) ist die Verleihung des Doktortitels in einer bestimmten Disziplin (zum Beispiel Dr. med.: Doktor der Medizin).

In einem Koordinatensystem trägt man auf der vertikalen Achse das Kapitalvolumen und auf der horizontalen Achse die Kapitalstruktur des ökonomischen und kulturellen Kapitals ein.

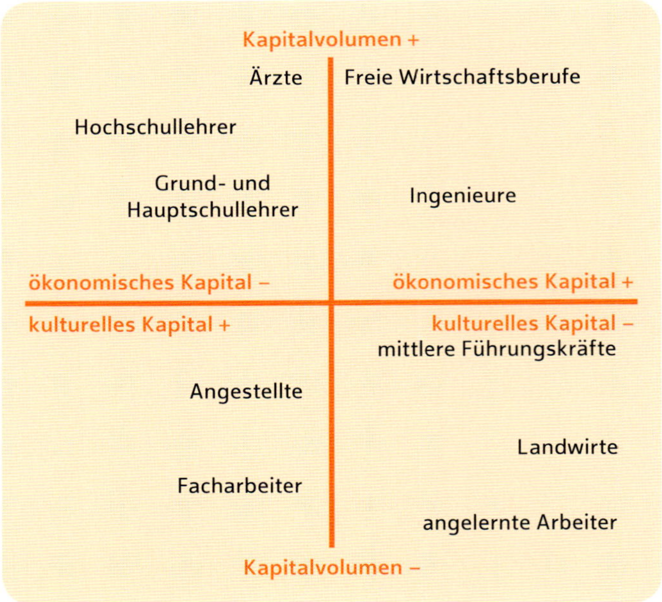

(vgl. Eder, 1989, S. 21)

So lässt sich die herrschende Klasse in zwei Gruppen unterteilen: zum einen in diejenigen, die über ein sehr hohes ökonomisches Kapital verfügen – wie zum Beispiel Unternehmer – und zum anderen in solche mit einem hohen kulturellen Kapital – zum Beispiel Professoren an einer Hochschule. Dazwischen finden sich freiberuflich Tätige, bei denen der Anteil von ökonomischem und kulturellem Kapital ausgeglichener ist. In die unterste Klasse, die Volksklasse oder die Beherrschten, sind der angelernte Arbeiter, der Hilfsarbeiter und der Landarbeiter eingeordnet (vgl. *Burzan, 2012⁴, S. 128 f.*).

4.2.3 Der Habitus

Die Verbindung zwischen dem sozialen Feld und dem Kapital-Konzept[1] geschieht nach Bourdieu mithilfe des **Habitus**[2]. Dieser Begriff spielt in seiner Theorie eine zentrale Rolle und beschreibt ***die Art und Weise, wie jemand wahrnimmt, denkt, handelt, urteilt und bewertet*** (vgl. *Gertenbach u. a., 2009, S. 278*). Er bestimmt die Möglichkeiten und Grenzen des Wahrnehmens, Denkens und Handelns. Dieses System von Wahrnehmungs-, Denk- und Handlungsmuster erzeugt der Habitus zum einen selbst, zum anderen zeigen sich diese Muster im gesamten Auftreten eines Menschen – seinem Benehmen, Gebaren und Gehabe, in seiner Sprache und Kleidung sowie seinem Geschmack.

Der Habitus äußert sich beispielsweise in der Art zu essen, sich zu kleiden, sich zu bewegen, in der Art der Lebensführung oder der Weltsicht.

Der Habitus wird in spezifischen[3] Sozialisationsprozessen erworben und entsteht aus den ***Lebensbedingungen*** des jeweiligen Feldes, welchem der Mensch zugehörig ist. Er nimmt diese Bedingungen auf – inkorporiert[4] – und strukturiert sie. *Bourdieu* nennt den Habitus deshalb einerseits ***strukturierte Struktur***. Zugleich strukturiert der Habitus die

[1] Das Kapital-Konzept ist in Abschnitt 4.2.1, das soziale Feld im 4.2.2 dargestellt.
[2] habitus (lat.): die Haltung, die äußere Erscheinung
[3] „spezifisch" meint hier: entsprechend dem sozialen Feld, dem das Individuum angehört.
[4] vgl. Abschnitt 4.2.1

Wahrnehmung sowie das Denken und Handeln einer Person. Er ist demgemäß andererseits ***strukturierende Struktur*** (*Bourdieu, 2016*[23], *S. 279*). Der Habitus ist also **„strukturierte und strukturierende Struktur.“** (*Bourdieu, 2016*[23], *S. 280 f.*)

Diese Wahrnehmungs-, Denk- und Handlungsmuster sind dem Menschen nur zu einem kleinen Teil bewusst und bestimmen die Gestaltung individueller Verhaltens- und Handlungsweisen eines Menschen mit.

Der Habitus ist nicht von Individuum zu Individuum unterschiedlich, sondern ist den Mitgliedern eines sozialen Feldes jeweils gemeinsam.

Der Habitus der „Beherrschten“ zeigt beispielsweise mehr einen „Mangelzustand“, der eine „Kultur des Mangels“ nach sich zieht und sich entsprechend in der Wahrnehmung, im Denken und Verhalten zeigt. Er äußert sich etwa in Kleidungskäufen, in der Wohnungseinrichtung, wo Kriterien des Preisgünstigen und Erschwinglichen eine große Rolle spielen. Der Habitus des Kleinbürgertums ist gekennzeichnet durch eine Erfüllung von vorgegebenen sozialen Werten und Normen, was sich unter anderem auch in der Bildung und im Geschmack äußert (vgl. *Hradil/Schiener, 2001*[8], *S. 90*).

Der Habitus betrifft dementsprechend den „Grundrahmen“ eines gemeinsamen Feldes. So lässt sich am Habitus einer Person ihre Stellung im Oben oder Unten der Gesellschaft ablesen. Der Habitus reproduziert also das jeweilige soziale Feld, dem diese angehört.

Merkmale des Habitus:

- **Der Habitus stellt ein System von verschiedenen Wahrnehmungs-, Denk- und Handlungsmustern dar, die er selbst erzeugt.**
- **Diese Muster zeigen sich im gesamten Auftreten eines Menschen.**
- **Der Habitus ist eine „strukturierte und strukturierende Struktur“.**
- **Die Wahrnehmungs-, Denk- und Handlungsmuster sind dem Menschen nur zu einem kleinen Teil bewusst.**
- **Der Habitus ist den Mitgliedern eines sozialen Feldes jeweils gemeinsam.**

Der Habitus ist ein System von dem Menschen meist nicht bewussten verschiedenen Wahrnehmungs-, Denk- und Verhaltensmustern, die der Habitus selbst erzeugt und strukturiert und die sich strukturiert in seinem gesamten Auftreten zeigen sowie den Mitgliedern eines sozialen Feldes gemeinsam sind.

Eine Person kann zwar durch verschiedene Einflüsse in ein höheres oder niedrigeres soziales Feld auf- bzw. absteigen, doch der Habitus ändert sich – zumindest kurzfristig – nicht wirklich. Er lässt sich auch durch Lernen und Bildung so gut wie nicht verändern.

> *„Bei allen sozialen Auf- und Abstiegen sieht man einem Menschen immer noch an, aus welchem sozialen ‚Stall' er kommt – so die These des Soziologen Pierre Bourdieu."*
>
> *(Reitz, 2017, o. S.)*

Verschiedene Modelle der Sozialstruktur in Deutschland:

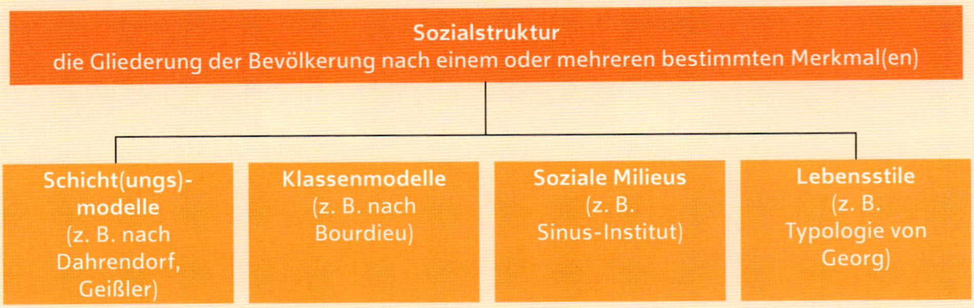

Auf den Punkt gebracht

- Das Klassenmodell von *Pierre Bourdieu* beschreibt die Ungleichheit einer Gesellschaft aufgrund des individuellen Kapitals und der Teilhabe des Einzelnen an gesellschaftlichen Gütern. *Bourdieu* unterscheidet vier Kapitalarten, die die Position eines Menschen in einer Gesellschaft bestimmen, das ökonomische, kulturelle, soziale und das symbolische Kapital. Das kulturelle Kapital unterteilt er abermals in drei verschiedene Formen, das inkorporierte, das institutionalisierte und das objektivierte Kulturkapital.
- Ein soziales Feld ist ein relativ autonomer Teilbereich eines sozialen Raumes, das eine bestimmte Funktion, eine eigene Logik mit einer spezifischen Thematik sowie seine eigenen Regeln und Gesetzmäßigkeiten besitzt. Dadurch grenzt sich ein soziales Feld von anderen Feldern ab. Die Stellung eines Akteurs in einem sozialen Feld hängt von seiner eigenen Kapitalmenge und -zusammensetzung ab. Durch Besitz von Kapital können Macht und Einfluss in einem Feld geltend gemacht werden. Dadurch entsteht ein Kampf, sich ständig zu profilieren, gegenüber dem anderen nach „oben" zu kommen und sich von ihm zu unterscheiden.
- Der soziale Raum als Zusammenschau der sozialen Felder in einer Gesellschaft dient der Darstellung und Analyse sozialer Strukturen. Dabei sind drei Dimensionen bedeutsam: das Kapitalvolumen, die Kapitalstruktur und die Zeit.
- Der Habitus ist ein System von dem Menschen meist nicht bewussten verschiedenen Wahrnehmungs-, Denk- und Verhaltensmustern, die der Habitus selbst erzeugt und strukturiert und die sich strukturiert in seinem gesamten Auftreten zeigen sowie den Mitgliedern eines sozialen Feldes gemeinsam sind.

Wiederholen, Vertiefen, Anwenden

9. *Biografie und Internetsuche*
   - Suchen Sie in Kleingruppen im Internet nach Informationen über das Leben und Werk von *Pierre Bourdieu*.
   - Fertigen Sie in Kleingruppen eine Übersicht zur Biografie des Soziologen an.
   - Erarbeiten Sie wichtige Abschnitte seines Lebens.

10. *Die Arten des Kapitals*
    a) Zeigen Sie an je einem Beispiel die Kapitalarten nach *Pierre Bourdieu* auf.
    b) Stellen Sie anhand einer sozialen Situation die Wechselwirkung dieser Kapitalarten auf.

11. Bestimmen Sie, was *Bourdieu* mit „sozialem Feld“ meint und erläutern Sie seine Bedeutung.

12. *Lernsituation 4.2*
    Stellen Sie das Klassenmodell von *Pierre Bourdieu* dar.

13. Erläutern Sie den Unterschied zwischen Schichtungsmodellen und dem Klassenmodell von *Pierre Bourdieu*.

14. Analysieren Sie soziale Ungleichheit in unserer Gesellschaft mithilfe des Klassenmodells von *Bourdieu*.

Aufgabe zum gesamten Kapitel

15. *Wer wird Millionär?*
    - Erstellen Sie in Kleingruppen je zehn Fragen zu dem Lerngebiet „Sozialstruktur und soziale Schichtung“.
    - Jeder Frage sind vier Antwortvorschläge anzufügen, wovon nur eine Antwort richtig sein darf.
    - Mischen Sie anschließend die Fragen der verschiedenen Kleingruppen und spielen Sie in der Klasse das Spiel „Wer wird Millionär?“.

Materialien Kapitel 4

1. Bevölkerung nach Altersjahren und Geschlecht

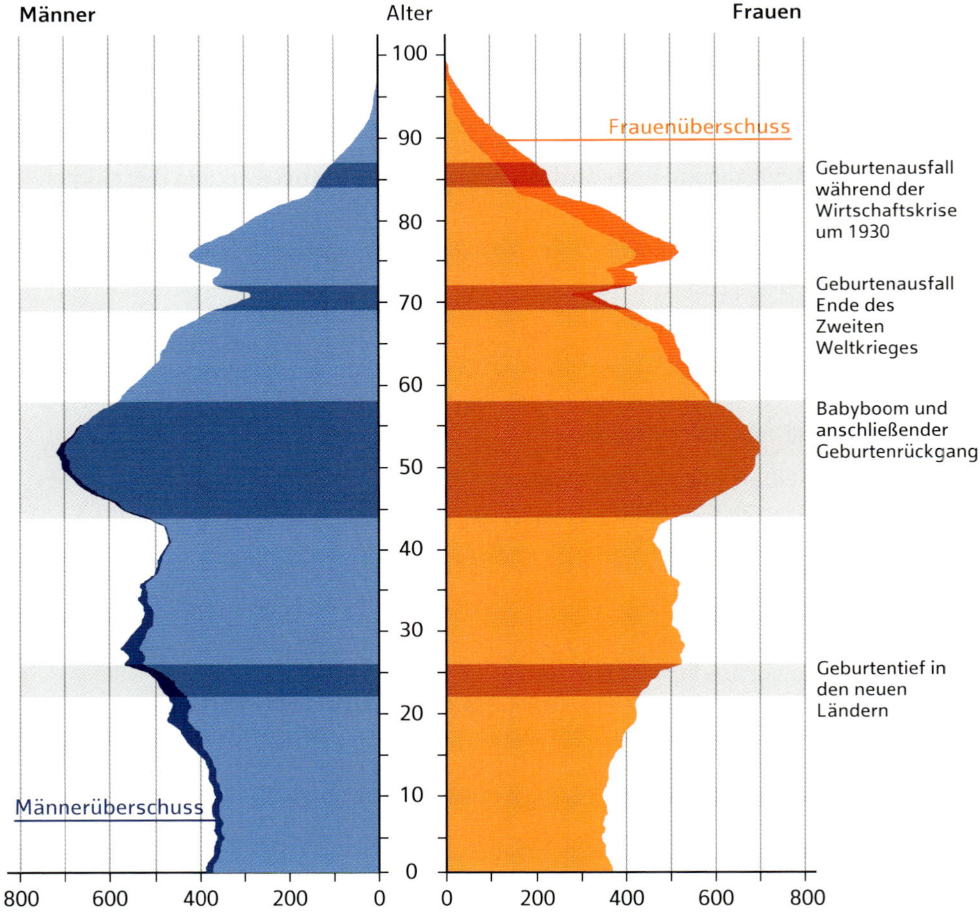

Ergebnisse der Bevölkerungsfortschreibung.

(Datenreport 2018, S. 15)

2. Demografie[1] in Zahlen

- Die Bevölkerung nimmt in Deutschland seit dem Jahr 2003 ab und ist auf 81,7 Millionen Einwohner gesunken. Nach Modellberechnungen des Statistischen Bundesamtes wird die Bevölkerung bis 2060 auf 65 bis 70 Millionen Menschen zurückgehen. Das wären bis zu 17 Millionen Einwohner weniger oder ein Rückgang um 15 % bis 21 % innerhalb von 50 Jahren.
- Damit geht ein Rückgang der Bevölkerung im erwerbsfähigen Alter einher. Heute leben in Deutschland 49,8 Millionen Menschen im erwerbsfähigen Alter von 20 bis 64 Jahren. Ab dem Jahr 2015 ist von einer

[1] Demografie (griech.), démos: das Volk, graphé: die Schrift, die Beschreibung): die Bevölkerungswissenschaft

spürbaren Verringerung der Bevölkerung im Alter von 20 bis 64 Jahren auszugehen. Dieser Prozess wird sich ab dem Jahr 2020 nochmals beschleunigen, wenn die geburtenstarken Jahrgänge der sogenannten Babyboomer-Generation aus dem Erwerbsleben ausscheiden. Im Jahr 2030 wird die Bevölkerung im erwerbsfähigen Alter voraussichtlich rund 6,3 Millionen Menschen weniger umfassen als noch im Jahr 2010. Dabei wird von einer Nettozuwanderung von jährlich 200000 Personen ab dem Jahr 2020 ausgegangen.

- Frauen gebären in Deutschland mit durchschnittlich 1,4 Kindern deutlich weniger als in anderen Ländern. Parallel steigt die Lebenserwartung in der Bundesrepublik um rund drei Monate pro Jahr.
- Heute besteht die Bevölkerung mit jeweils einem Fünftel noch fast zu gleichen Teilen aus Kindern und jungen Menschen unter 20 Jahren und aus 65-Jährigen und Älteren. Im Jahr 2030 werden die 65-Jährigen und Älteren bereits etwa 29 % der Bevölkerung ausmachen. 2060 wird dann jeder Dritte (34 %) mindestens 65 Lebensjahre durchlebt haben.
- Die bisherige Entwicklung der Lebenserwartung wird sich fortsetzen. Nach den Annahmen in den Modellrechnungen des Statistischen Bundesamtes steigt sie bei neugeborenen Jungen bis zum Jahr 2060 um acht auf 85 Jahre und bei neugeborenen Mädchen um sieben auf 89,2 Jahre. Außerdem erreichen immer mehr Menschen ein hohes Alter bei immer besserer körperlicher und geistiger Leistungsfähigkeit und die Anzahl der Lebensjahre, die die Menschen in Gesundheit verbringen, wächst.
- Im Jahr 2010 waren rund 2,42 Millionen Menschen auf Pflege angewiesen. Diese Zahl könnte nach den heutigen Annahmen bis zum Jahr 2020 auf rund 2,9 Millionen und im Jahr 2030 auf 3,37 Millionen Menschen steigen. Ein besonderes Problem stellt dabei die Zunahme demenzieller Erkrankungen dar.
- Knapp neun Prozent der in Deutschland Lebenden sind ausländische Mitbürger, etwas über 10% Migranten mit deutschem Pass. Knapp 5% der Bevölkerung sind Muslime, in Österreich und der Schweiz liegt der Anteil etwas höher.

(Demografiebericht 2012, verändert)

3. Bevölkerungsaufbau nach Altersgruppen in Deutschland (2017)

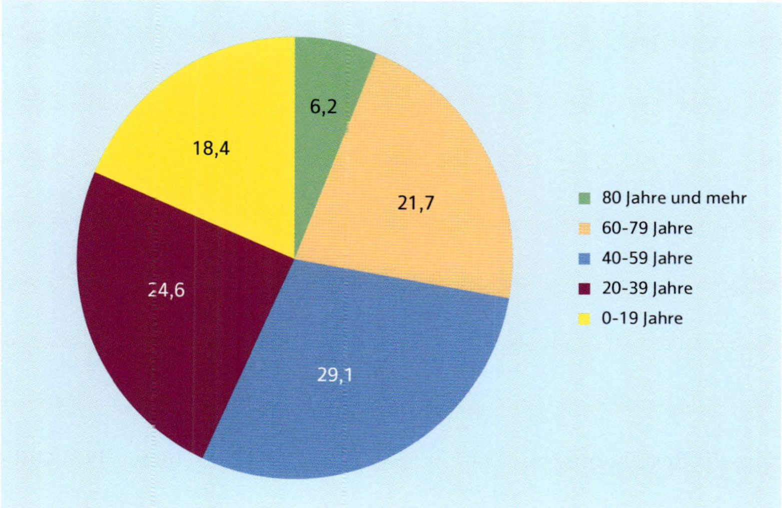

(Zahlen: Statistisches Bundesamt, Destatis, 2018)

4. Junge gegen Alte[1]

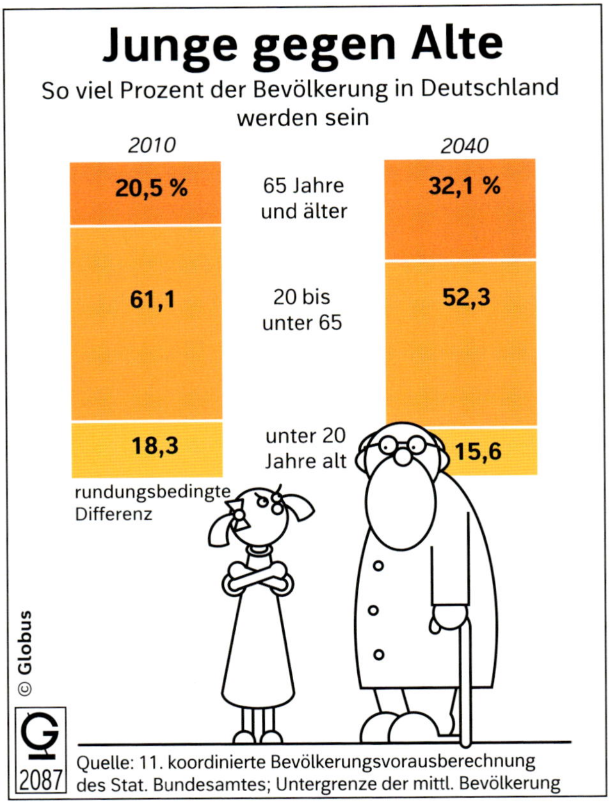

[1] In dieser Grafik ist die Migration seit 2015 nicht berücksichtigt

5 Soziale Ungleichheit

Der Sozialdarwinismus führt soziale Ungleichheit auf Naturgegebenheiten zurück. Er machte diese These salonfähig. Der „Kampf um das Dasein“ stellt einen Kampf dar, in welchem sich der „bessere Mensch“, die „bessere Rasse“ und letztlich das „bessere Volk“ durchsetze und die Stärkeren in der Natur über die Schwächeren siegen („survival of the fittest“)[1] (vgl. *Korte, 2011², S. 39*).

Hat der Sozialdarwinismus recht oder wurde nur das Recht des Stärkeren betont?

Folgende Kompetenzen sollen Sie erwerben:

- ***Sie wissen um den Begriff der „sozialen Ungleichheit“ und können die Lebensbedingungen, die diese „entstehen“ lassen, beschreiben.***
- ***Sie sind in der Lage, soziale Ungleichheit mithilfe eines soziologischen Modells zu beschreiben und zu analysieren.***
- ***Sie sind imstande, ein konkretes Problemfeld sozialer Ungleichheit in unserer Gesellschaft zu erfassen und zu beurteilen, um Bezüge zu Ihrem eigenen Leben herzustellen und eine kritische Werthaltung zu entwickeln.***

[1] Der Sozialdarwinismus geht nicht, wie oft behauptet wird, auf Charles Darwin zurück, sondern auf den englischen Soziologen Herbert Spencer.

5.1 Die unterschiedliche Verteilung von Gütern

Lernsituation

Sie lesen in einer Zeitung die Überschrift „Keine Chancengleichheit in Deutschland!" Das animiert Sie, den gesamten Artikel zu lesen:

Die PISA-Studie zeigt deutlich: keine Chancengleichheit in Deutschland!

Betrachtet man den Zusammenhang zwischen Schulbesuch und sozialer Herkunft, so hat PISA festgestellt, dass in der Bundesrepublik Deutschland immer noch keine Chancengleichheit besteht. Die Struktur ungleicher Chancen hat sich auch in den letzten Jahren nicht geändert: Arbeiterkinder sind an Gymnasien auch heute noch deutlich unterrepräsentiert. Vor allem Migranten- und Ausländerkinder sind erheblich benachteiligt. Die Ursachen hierfür sind vielfältig. Neben Sprachproblemen sind es die geringen Möglichkeiten der finanziellen und intellektuellen Förderung der Schulkarriere von Arbeiterkindern. Zudem sind die schulischen Anforderungen (Bildungsinhalte, Erwartungen der Lehrer und Lehrerinnen) eher an der Erfahrungswelt der Ober- und Mittelschicht orientiert.

Sie wundern sich, dass in Deutschland so etwas möglich ist, und das stößt Sie an, sich über die soziale Ungleichheit in diesem Land ausgiebiger zu informieren.

Sie wollen wissen, welche Lebensbedingungen es sind, in denen sich soziale Ungleichheit äußert.

I Information

5.1.1 Der Begriff „soziale Ungleichheit"

Menschen unterscheiden sich auf vielfältige Weise voneinander. Es gibt individuelle Unterschiede zwischen Menschen und soziale Unterschiede, die sich auf das menschliche Zusammenleben beziehen.

→ Individuelle Unterschiede sind beispielsweise das Aussehen oder die Kleidung eines Menschen. Soziale Unterschiede können hinsichtlich des Einkommens, der Berufsausbildung und Ähnlichem bestehen.

Um Unterscheidungen zwischen Menschen treffen zu können, ist also ein bestimmtes **Merkmal** erforderlich.

→ Solche Merkmale können beispielsweise die Haarfarbe, das Alter, das Einkommen, die Wohnsituation oder der Bildungsabschluss sein – um nur einige von vielen zu nennen.

Solche Merkmale können sich auf einzelne Individuen beziehen – etwa das Aussehen eines Menschen. Doch meistens finden wir bei einer größeren Menge von Personen die gleichen Merkmale vor, die wir ganz bestimmten Gruppierungen zuordnen können.[1]

Solche Gruppierungen sind beispielsweise Frauen und Männer, Junge und Alte, Blauäugige, Blonde und Schwarzhaarige oder Gesunde und Kranke – auf sie treffen jeweils die gleichen Merkmale zu.

Die Unterschiedlichkeit von Menschen hängt sehr eng mit sozialer Ungleichheit zusammen: Viele soziale Unterschiede werden nicht einfach als „anders als andere" wahrgenommen, sondern erfahren eine ***Bewertung***: Menschen sind aufgrund der Unterschiede „besser oder schlechter gestellt, bevorzugt oder benachteiligt" usw.

Bestimmte Menschen in unserer Gesellschaft sind beispielsweise hinsichtlich ihres Einkommens, ihres Schulabschlusses oder ihres Besitzes – um nur drei Kriterien zu nennen – besser gestellt als andere. Menschen sind hinsichtlich dieser Kriterien „ungleich".

Die Bewertung der sozialen Unterschiede zwischen Gruppierungen von Menschen wird als **soziale Ungleichheit** bezeichnet.

„Unter diesen vielfältigen sozialen Unterschieden soll hier [...] die Aufmerksamkeit jenen gelten, die Menschen im Vergleich miteinander nicht einfach als in bestimmter Hinsicht verschiedenartig charakterisieren, sondern sie gleichzeitig als besser- oder schlechter-, höher- oder tiefergestellt erscheinen lassen."

(Hradil/Schiener, 2001[8], S. 27)

Soziale Ungleichheit bezeichnet die unterschiedliche Verteilung von Gütern, die in einer Gesellschaft bewertet wird und für den/die Einzelnen zur Folge hat, dass bestimmte Personen besser bzw. schlechter gestellt sind als andere.

„Was ist das Thema der ‚Sozialen Ungleichheit'? Ein erster Anhaltspunkt besteht darin, dass es keinesfalls um beliebige Andersartigkeiten geht, sondern um die ungleiche Verteilung von Lebenschancen. So ist es nicht die Schuhgröße oder die Haarfarbe, die soziale Ungleichheit ausmacht (obwohl sich selbst in körperlichen Merkmalen Ungleichheiten widerspiegeln können), sondern z. B. ein höheres oder niedrigeres Einkommen oder ungleich verteilte Chancen je nach Geschlecht."

(Burzan, 2012[4], S. 7)

Bezogen auf Macht und Einfluss, bedeutet soziale Ungleichheit, mehr oder weniger Kontroll- und Entscheidungsbefugnisse und sozialen Einfluss zu haben[2].

[1] Oft wird in diesem Zusammenhang auch von Gruppe gesprochen. Doch im strengen Sinn handelt es sich nicht um eine solche, wie in Kapitel 3.1.1 ausgeführt. Aus diesem Grund wird hier von Gruppierung gesprochen.

[2] vgl. Kapitel 6.1.4

Ungleichheit darf nicht mit Ungerechtigkeit gleichgesetzt werden. (Un-)Gleichheit orientiert sich an der Verteilung von bestimmten Gütern, (Un-)Gerechtigkeit bezieht sich auf die Idee des Rechts.

5.1.2 Ausprägungen sozialer Ungleichheit

Nach *Stefan Hradil* (*2016*[9], *S. 250*) findet sich soziale Ungleichheit in zwei Ausprägungen: **Verteilungsungleichheit und Chancenungleichheit**. Die Verteilungsungleichheit bezieht sich auf die ungleiche Verteilung von Gütern. Als Chancenungleichheit werden dagegen die unterschiedlichen Möglichkeiten verstanden, nicht oder kaum in den Genuss des „Höherwertigen" zu kommen.

Bei der unterschiedlichen Einkommens- oder Besitzverteilung in Deutschland beispielsweise handelt es sich um Verteilungsungleichheit. Die Aussicht eines ausländischen Kindes, auch eine höhere Schulausbildung erfolgreich zu absolvieren, ist sehr gering gegenüber einem Kind aus der Mittelschicht – hier handelt es sich um Chancenungleichheit.

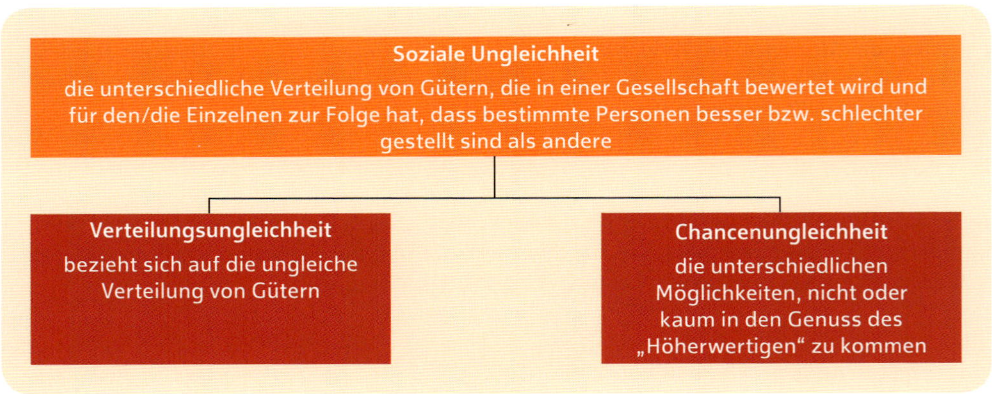

Es sind die Lebensbedingungen, die soziale Ungleichheit „entstehen" lassen. Lebensbedingungen bedeuten in diesem Zusammenhang äußere Voraussetzungen alltäglichen Handelns. Ungleiche Lebensbedingungen äußern sich in unserer Gesellschaft auf vielfältige Weise, sodass es nicht möglich ist, alle einzelnen Kriterien sozialer Ungleichheit aufzuzeigen.

Die Soziologie beschränkt sich meist auf fünf Kriterien – sogenannte ***Parameter sozialer Strukturen*** (*Blau; in: Huinink/Schröder, 2014*[2], *S. 22*) –, in denen sich soziale Ungleichheit äußert:

- **Bildung**[1],
- **Beruf und Beschäftigung bzw. Erwerbstätigkeit**[2],
- **Einkommen**[3],
- **Vermögen (Besitz, Reichtum)**[4] sowie
- **soziale Macht**[5].

---

[1] vgl. Abschnitt 5.1.3
[2] vgl. Abschnitt 5.1.4
[3] vgl. Abschnitt 5.2.1 und 5.2.2
[4] vgl. Abschnitt 5.2.5
[5] vgl. Kapitel 6.1.4

Dabei besteht ein enger Zusammenhang zwischen diesen Kriterien.

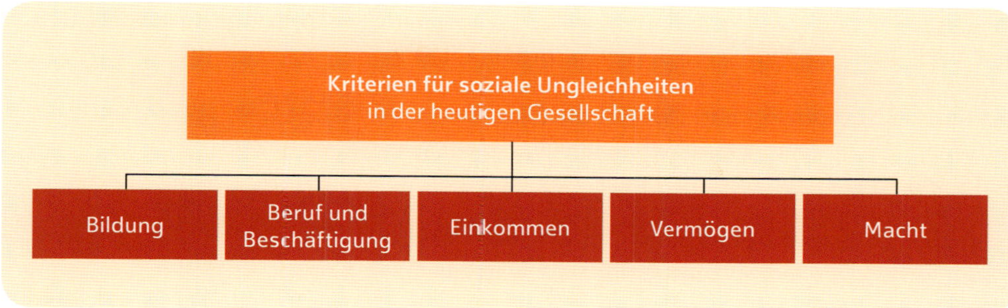

„Soziale Ungleichheit und damit verbunden soziale Schichtung sind kein Zufallsprodukt, sie sind keine Folge individueller Unterschiede oder zufällig verteilter Glücks- oder Schicksalsgaben. Vielmehr besteht weitgehend Einigkeit darüber, dass soziale Ungleichheit durch gesellschaftliche Mechanismen (wie z. B. Eigentums- und Vererbungsregeln oder auch Machtverhältnisse) bedingt, in diesem Sinne also ‚strukturiert' oder ‚institutionalisiert' ist."

(Berger/Neu, 2007[3], S. 246 f.)

5.1.3 Bildung und soziale Ungleichheit

Bildungsabschlüsse sind in modernen Gesellschaften wie Deutschland wichtige Voraussetzung nicht nur für qualifizierte Berufe, sondern auch für die Teilnahme am gesellschaftlichen und politischen Leben. Seit den 60er-Jahren des vorigen Jahrhunderts lässt sich in Deutschland eine starke ***Bildungsexpansion*** beobachten, wobei das Bildungsniveau erheblich zugenommen hat. Die Anzahl der Abiturabschlüsse nimmt ständig zu, während die der Hauptschulabschlüsse abnimmt.

Waren es beispielsweise 1970 noch ca. 5 % der Jugendlichen, die Abitur machten, sind es 2018 schon über 50 %, die Hochschulreife hatten[1] (*BMBF[2], 2017, S. 31*).

Dies darf nicht darüber hinwegtäuschen, dass der Anteil der Jugendlichen ohne jeglichen Schulabschluss in den letzten Jahren zugenommen hat.

In den 70er-Jahren des vergangenen Jahrhunderts wurde der Anspruch auf Chancengleichheit sehr stark erhoben: Jedes Gesellschaftsmitglied sollte die gleichen Möglichkeiten haben, einen hohen Bildungsgrad zu erreichen. Dieses Ziel wurde nur teilweise erreicht: Während heute Frauen im allgemeinbildenden Schulsystem nicht mehr benachteiligt sind, ist es nicht gelungen, Kindern unterer Schichten und vor allem Ausländerkindern gleiche Bildungschancen zu ermöglichen, auch wenn heute mehr Arbeiterkinder im Bildungswesen vorankommen als noch vor ca. 40 Jahren.

[1] Diese Zahlen sind einer ständigen Änderung unterworfen.
[2] BMBF: Bundministerium für Bildung und Forschung

Nach den Forschungen von *Rainer Geißler (2014[7], S. 356 f.)* haben sich beim Wettlauf um die höheren Bildungsabschlüsse die Chancenabstände zwischen „privilegierten" und „benachteiligten" Gruppen vergrößert und er folgert daraus, dass die Bildungsexpansion ein paradoxes Ergebnis produziert hat: „Sie hat die Bildungschancen aller Schichten verbessert, ohne gleichzeitig gravierende schichttypische Ungleichheiten zu beseitigen."

Internationale Vergleichsstudien wie PISA[1] haben gezeigt, dass in Deutschland der Bildungserfolg und die Bildungschancen von Kindern stark von ihrer sozialen Herkunft bzw. dem Migrationshintergrund abhängen (vgl. *Statistisches Bundesamt/Wissenschaftszentrum Berlin für Sozialforschung (Hrsg.), 2016, S. 86*).

Man spricht in diesem Zusammenhang von **Bildungsarmut**.

Bildungsarmut meint den individuellen Mangel an formalen Bildungsabschlüssen und an Bildungskompetenzen (vgl. *Lohaus u. a., 2010, S. 181*).

Menschen mit einem niedrigen Bildungsabschluss haben sehr geringe Chancen, auf dem Arbeitsmarkt unterzukommen. Zudem ist Bildungsarmut meist verbunden mit einem hohen Risiko von Arbeitslosigkeit und **Exklusion**[2], was „soziale Ausschließung" bedeutet: Diese Menschen haben kaum Anteil an den zentralen Lebensvollzügen der Gesellschaft. Sie sind aus den ökonomischen und kulturellen Prozessen ausgeschlossen – sie sind die ***Bildungsverlierer***.

Soziale Zusammensetzung der Studierenden nach Bildungsherkunft 2016 (in %)

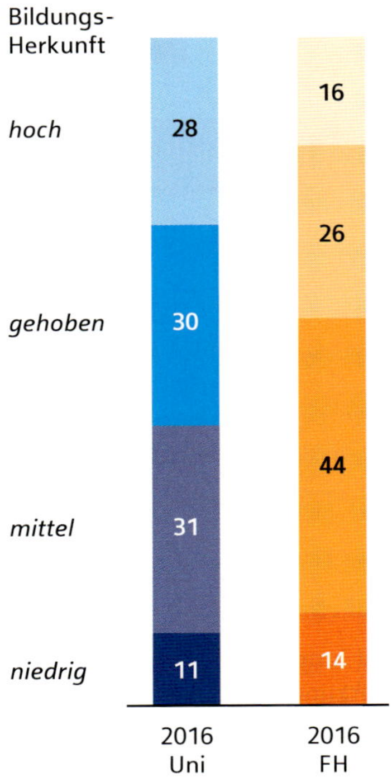

(Middendorf u. a., 2017, S. 9) (geändert und gekürzt)

Es geht hier „um die Exklusionsrisiken bildungsarmer Personen, oder anders formuliert: um Exklusion als Auswirkung von Bildungsarmut."
(Ludwig-Mayerhofer/Kühn, 2010, S. 137)

Es ist zu beobachten, dass ein Zusammenhang besteht zwischen der Höhe des Einkommens und dem Bildungsniveau. Menschen, die über keinen Schulabschluss oder über einen Hauptschulabschluss verfügen, sind auch meist armutsgefährdet. Generell gilt laut dem *Datenreport 2016 (S. 86)*: Je höher der allgemeine oder berufliche Abschluss der Eltern, desto geringer waren die Schüleranteile an Hauptschulen und desto höher waren die Schüleranteile an Gymnasien.

→ **Materialien 1:** Bildung in der BRD

[1] PISA ist die Abkürzung für „Programm for International Student Assessment" (Programm zur internationalen Schülerbewertung). Die PISA-Studien sind seit 2000 von der OECD (Organisation for Economic Cooperation and Development – Organisation für wirtschaftliche Zusammenarbeit und Entwicklung) veranstaltete internationale Schulleistungsuntersuchungen, die alltags- und berufsrelevante Kenntnisse und Fähigkeiten von 15-jährigen Schülern messen. Beim jüngsten PISA-Test (2009) beteiligten sich an der Studie weltweit über 60 Staaten (vgl. *Hobmair, 2009, S. 278*).

[2] exclusio (lat.): die Ausschließung

5.1.4 Beruf und Beschäftigung

Obwohl die Arbeitslosigkeit seit 2006 insgesamt zurückgegangen ist, sind für bestimmte Bevölkerungsgruppen die Chancen, eine gesicherte Erwerbstätigkeit zu bekommen, schlechter geworden.

In Deutschland liegt die Arbeitslosenzahl zurzeit bei 5,3 %. Kontinuierliche Zuwächse der Arbeitslosigkeit gab es vor allem im Zeitraum 1996 bis 2005 (vgl. *Statistisches Bundesamt/Wissenschaftszentrum für Sozialforschung, 2016, S. 126*).[1]

Dies betrifft mit allen Folgen in erster Linie gering Qualifizierte, ausländische Mitbürger, ältere Arbeitnehmer und viele Arbeitnehmer in Ostdeutschland. Aufgrund des technischen Wandels auf dem Markt sind hoch qualifiziertes Humankapital[2] und Menschen mit fachmännischem Wissen gefragt. Bedeutende Ungleichheiten der Arbeitslosigkeit gibt es zwischen Frauen und Männern in den Bundesländern im Osten. Zudem sind die Risiken einer Arbeitslosigkeit je nach Beruf sehr unterschiedlich.

Arbeitsplätze in Dienstleistungs- und technischen Berufen sind relativ sicher, während Berufe in der Landwirtschaft und in manchen Fertigungsberufen sehr unsicher geworden sind (vgl. *Hradil/Schiener, 2001⁸, S. 198*).

Einige Erwerbstätige haben heute zwei Jobs, manchmal sogar mehr, um leben zu können.

5 % aller Erwerbstätigen in Deutschland haben neben ihrer Haupttätigkeit mindestens eine weitere Tätigkeit. Ihre Zahl hat sich seit 2011 um knapp 13 % erhöht (vgl. *Statistisches Bundesamt/Wissenschaftszentrum für Sozialforschung, 2016, S. 132*)[1].

Auch die Region spielt eine Rolle. Die größte Ungleichheit herrscht zwischen West- und Ostdeutschland.

Bayern mit 2,7 % und Baden-Württemberg mit 3,0 % haben die geringste Arbeitslosenquote, während sie in Mecklenburg-Vorpommern bei 7,4 und in Sachsen-Anhalt bei 7,6 % liegt. In Westdeutschland beträgt sie 4,7 %, in Ostdeutschland 6,6 % (vgl. *Statista – Das Statistik-Portal, 2018, o. S.*)[1].

→ **Materialien 2:** Beruf und Beschäftigung

Auf den Punkt gebracht

- Soziale Ungleichheit bezeichnet die unterschiedliche Verteilung von Gütern, die in einer Gesellschaft bewertet wird und für den/die Einzelnen zur Folge hat, dass bestimmte Personen besser bzw. schlechter gestellt sind als andere.
- Es sind die Lebensbedingungen, die soziale Ungleichheit „entstehen" lassen. Lebensbedingungen bedeuten in diesem Zusammenhang äußere Voraussetzungen alltäglichen Handelns. Die Soziologie beschränkt sich dabei meist auf fünf Kriterien, in denen sich soziale Ungleichheit äußert: Bildung, Beruf und Beschäftigung bzw. Erwerbstätigkeit, Einkommen, Vermögen (Besitz, Reichtum) sowie Macht.

[1] Diese Zahlen sind einer ständigen Änderung unterworfen.
[2] Humankapital: Der Wert der Qualifikation (Wissen, Kenntnisse, Fähigkeiten, Können, Bildung) einer Arbeitskraft für Gesellschaft und Unternehmen. Dieses „Kapital" bestimmt die Arbeitsproduktivität und das Einkommen des Erwerbstätigen.

- Seit den 60er-Jahren des vorigen Jahrhunderts lässt sich in Deutschland eine starke Bildungsexpansion beobachten, wobei das Bildungsniveau erheblich zugenommen hat. Während heute Frauen im allgemeinbildenden Schulsystem nicht mehr benachteiligt sind, ist es nicht gelungen, Kindern unterer Schichten und vor allem Ausländerkindern gleiche Bildungschancen zu ermöglichen, auch wenn heute mehr Arbeiterkinder im Bildungswesen vorankommen als noch vor ca. 40 Jahren. Menschen mit einem niedrigen Bildungsabschluss haben sehr geringe Chancen, auf dem Arbeitsmarkt unterzukommen. Zudem haben Bildungsverlierer kaum Anteil an den zentralen Lebensvollzügen der Gesellschaft. Sie sind aus den ökonomischen und kulturellen Prozessen ausgeschlossen.
- Obwohl die Arbeitslosigkeit seit 2006 insgesamt zurückgegangen ist, sind für bestimmte Bevölkerungsgruppen die Chancen, eine gesicherte Erwerbstätigkeit zu bekommen, schlechter geworden. Dies betrifft mit allen Folgen in erster Linie gering Qualifizierte, ausländische Mitbürger, ältere Arbeitnehmer und viele Arbeitnehmer in Ostdeutschland. Einige Erwerbstätige haben heute zwei Jobs, manchmal sogar mehr, um leben zu können.

Wiederholen, Vertiefen, Anwenden

1. Bestimmen Sie den Begriff „soziale Ungleichheit“ und erläutern Sie dessen Problematik.
2. Zeigen Sie an einem Beispiel die Ausprägungsarten sozialer Ungleichheit auf.
3. Erläutern Sie an Beispielen Kriterien, in denen sich soziale Ungleichheit äußert.
4. Zeigen Sie soziale Ungleichheit in Deutschland auf hinsichtlich:
   a) der Bildung
   b) des Berufes
5. *Biologische Merkmale als Ursache für soziale Ungleichheit?*
   Oft konzentriert man sich hinsichtlich sozialer Ungleichheit auf soziale Merkmale wie Bildung, Beruf, Einkommen, Vermögen und dergleichen. Suchen Sie in der Geschichte nach Gegebenheiten, in denen auch biologische Merkmale zu sozialer Ungleichheit führten.
6. *Lernsituation 5.1*
   a) Bestimmen Sie, was die Soziologie unter „sozialer Ungleichheit“ versteht.
   b) Beschreiben Sie Kriterien, in denen sich soziale Ungleichheit äußert.
   c) Erläutern Sie, wie Bildung und Beruf (Beschäftigung) soziale Ungleichheit „entstehen“ lassen.
   d) Überlegen Sie in Gruppen, was Sie tun würden, um Chancengleichheit in der Bildung herzustellen.
   e) Schreiben Sie einen Brief mit Ihren Vorschlägen: „Sehr geehrte Frau Kultusministerin/sehr geehrter Herr Kultusminister! ...“

5.2 Einkommen und Vermögen

Lernsituation

Sie lesen in der Zeitung:

Plötzlich viel reicher

New York (dpa) Der reichste Mensch der Welt ist auf einen Schlag noch viel reicher grworden. Das Vermögen von Amazon-Chef Jeff Bezos stieg in der Nacht auf Freitag Schätzungen zufolge um 12 Milliarden auf 134 Milliarden Dollar (111 Milliarden Euro). Grund ist der nachbörsliche Kursanstieg der Amazon-Aktie nach den starken Quartalszahlen, die der US-Onlinegigant am Donnerstag vorlegte. Bezos profitiert als Großaktionär persönlich stark von Kursanstiegen des Papiers.

(Donaukurier, 2018, S. 8)

Sie erschrecken und denken sich, so etwas kann nur wenigen passieren. Vermutlich nur Leuten, die ein sehr hohes Einkommen haben, oder – was noch wahrscheinlicher ist – Leuten, die viel Vermögen besitzen. Meine Familie hat nicht so viele Reichtümer auf der Kante.

Sie wollen wissen, wie sich in Deutschland hinsichtlich des Einkommens und des Vermögens soziale Ungleichheit entwickelt.

I Information

5.2.1 Einkommen und soziale Ungleichheit

Zwar belegen entsprechende Statistiken in Deutschland seit Anfang des 20. Jahrhunderts insgesamt eine ***Wohlstandsvermehrung*** („Den Deutschen geht es besser!"). Doch trotz regelrechter Wohlstandsexplosion und guter Konjunktur in den letzten Jahren gibt es hinsichtlich des Einkommens und des Vermögens enorme Unterschiede, die seit den 70er-Jahren des letzten Jahrhunderts immer größer geworden sind.

Einkommen bezeichnet das, was ein Mensch durch Arbeit verdient. Vermögen dagegen ist das, was er besitzt (vgl. *Dettmer, 2017, S. 79*).

Trotz Wohlstandsvermehrung werden Frauen bei gleicher Qualifikation auf dem Arbeitsmarkt immer noch schlechter bezahlt als Männer (vgl. *Quenzel/Hurrelmann, 2010, S. 15*).

In Deutschland verdienen Frauen im Durchschnitt um 21,5 % weniger als Männer.

Vom Wachstum der Wirtschaft haben nicht alle – wie man meinen könnte – profitiert, sondern in erster Linie diejenigen, die ohnehin schon viel verdienen (*Dettmer, 2017, S. 79*). Das größte Problem in unserer heutigen Zeit ist „die wachsende Ungleichheit bei der Einkommensverteilung" (*Neubacher, 2014, S. 73*). Das *Wirtschaftsforschungsinstitut DIW* hat in einer Untersuchung festgestellt, dass die Gesamtheit aller über das Erwerbsleben verdienten Löhne und Gehälter über die letzten Jahrzehnte ständig gesunken sind. Wer dagegen mehr als der Durchschnitt verdient, schneidet wesentlich besser ab. **Die Schere beim Einkommen geht also immer weiter auseinander.**

In Deutschland lag die Lohnquote[1] im Jahr 1980 bei 63,7%, 2015 sank sie auf 56,6% (vgl. *Jakobs, 2016[2], S. 669*)[2].

„Die Wohlstandsexplosion hat die sozialen Ungleichheiten in der Bundesrepublik nicht beseitigt. Es existieren – so wie in anderen Wohlstandsgesellschaften auch – erhebliche Unterschiede in Einkommen und Besitz sowie den damit verbundenen Lebenschancen."
(Geißler, 2014[7], S. 72)

Bestimmte Automanager kommen auf einen *Stundenlohn* von über 8 000,00 €. Die Vorstände der Dax-Unternehmen sacken jede Stunde durchschnittlich über 4 500,00 € ein.
Der männliche Rentner dagegen erhält durchschnittlich 1 000,00 € *pro Monat*. Die Rente der Frauen fällt mit nur 640,00 € noch ungerechter aus.

→ **Materialien 3:** Einkommen

5.2.2 Armut und soziale Ungleichheit

Als **arm** bezeichnet man einen Menschen, der seine Grundbedürfnisse wie Nahrung, Lebenserhalt, Kleidung, Wohnen und dgl. nur ***mangelhaft befriedigen*** kann.

Eine in Armut lebende Person kann sich nicht so leicht ein gesundes Essen oder neue Kleidung kaufen; sie kann auch kaum ins Kino gehen oder ein Fitness-Studio besuchen.

Armut bedeutet einen Mangel an finanziellen Mitteln oder lebensnotwendigen Gütern, sodass die Grundbedürfnisse des Betroffenen nur mangelhaft befriedigt werden können.

Man spricht in diesem Zusammenhang von einer **absoluten Armut**. Diese extreme Armut kommt in Europa jedoch so gut wie nicht vor.

„Armut in einem der reichsten Länder der Welt – das klingt paradox, entspricht aber der Situation in der Bundesrepublik."
(Geißler, 2014[7], S. 229)

Ein solcher Armutsbegriff ist jedoch ***subjektiv*** und aufgrund von Untersuchungen kaum feststellbar. Die **relative Armut** wird statistisch berechnet und ist damit objektiv bestimmbar. Seit Ende der 90er-Jahre des letzten Jahrhunderts gilt zur Berechnung der relativen Armut nicht mehr das arithmetische Mittel – das Durchschnittseinkommen in einem Land –, da dieses nicht die Extremwerte im oberen Bereich berücksichtigt, sondern der **Median**.

[1] Die Lohnquote ist der Anteil des Arbeitnehmerverdienstes am gesamten Einkommen in einem Land.
[2] Diese Zahlen sind einer ständigen Änderung unterworfen.

Exkurs: Der Median

Der Median ist derjenige Wert, der die gewonnenen Daten in die obere und untere Hälfte aufteilt. Bei der Zahlenreihe 1 2 3 **4** 5 6 7 zum Beispiel ist der Wert, der die der Größe nach geordneten Werte in die obere und untere Hälfte aufteilt, die Zahl 4.

Bei der Reihe 1 2 2 3 3 4 5 23 45 beträgt der Median 3.

1 2 2 3 — untere Hälfte (50 %)

3 — **Median**

4 5 23 45 — obere Hälfte (50 %)

Der Durchschnitt der Reihe liegt bei 9,777. An dieser Zahlenreihe sieht man ganz deutlich, dass der Durchschnittswert nicht die Extremwerte im oberen Bereich berücksichtigt, wohl aber der Median, der hier bei 3 liegt.

Anders als der Mittelwert, welcher von einzelnen sehr großen oder sehr kleinen Werten stark beeinflusst werden kann, ist der Median gegenüber Ausreißern unempfindlich und stellt für die Beschreibung einer Verteilung daher eine wichtige Ergänzung zum Mittelwert dar. Auch bei der Beschreibung gesellschaftlicher Verhältnisse hat der Median zusammen mit dem Mittelwert große Bedeutung.

Hinsichtlich der Bestimmung von relativer Armut teilt der Median die Bevölkerung eines Landes in zwei große Hälften: Die eine Hälfte des durchschnittlichen Pro-Kopf-Einkommens liegt unter dem Median, die andere darüber (vgl. *Geißler, 2014[7], S. 234*).

Im Durchschnitt besitzt jeder deutsche Haushalt laut *Bundesbank* ca. 214.500,00 € in Form von Geldvermögen und Immobilien. 214.500,00 € ist der Durchschnittswert. Betrachtet man nun den Median, der mit 60.400,00 € deutlich darunter liegt, so wird verständlich, wie ungleichmäßig die Vermögensverteilung in der BRD ist. Die große Differenz zwischen Durchschnitts- und Medianvermögen zeigt also die hohe Ungleichheit. 50% der Deutschen verfügen über ein Vermögen von unter 60.400,00 €. Der mehr als dreifach so hohe Durchschnittswert wird maßgeblich durch einige wenige extrem reiche Bundesbürger beeinflusst (vgl. *Sackmann, 2017, o. S.*).

Da der Median wesentlich geringer ausfällt als der Durchschnittswert, wird heute nicht mehr die 50 %-Grenze, sondern die **60 %-Grenze** zur Bestimmung der relativen Armut eingesetzt.

Relative Armut liegt vor, wenn das durchschnittliche Pro-Kopf-Einkommen eines Menschen unter 60 % des Median beträgt.

Im Jahr 2017 waren in Deutschland 19,0 Prozent der Menschen von Armut oder sozialer Ausgrenzung betroffen (vgl. *Statistisches Amt der Europäischen Union-Eurostat, 2018*)[1].

Die *Nationale Armutskonferenz* stellt fest, dass sich im vergangenen Jahrzehnt in Deutschland die Zahl derer verdoppelte, die trotz Erwerbsleben arm sind – „so viele wie in keinem anderen Land Europas" (*Nationale Armutskonferenz, 2018, S. 17*). Deutschland hat mit knapp 23 % der Beschäftigten den größten Niedriglohnsektor Europas – das ist fast jeder vierte Beschäftigte (vgl. *Fuss, 2019, S. 30*).

[1] entnommen aus: https://www.aktion-deutschland-hilft.de/de/fachthemen/armut/armut-was-ist-das-eigentlich/

Neben der absoluten und der relativen Armut gibt es noch die **gefühlte Armut**, die nicht am Einkommen gemessen wird. Sie entspringt einem subjektiven Gefühl, wenn sich ein Mensch wegen seiner wirtschaftlichen Situation gesellschaftlich **ausgegrenzt oder diskriminiert** fühlt (vgl. *UN, Worldbank, BMZ, Armut.de vom Januar 2018*[1]).

Die Lage von Menschen, in die Armut und die damit verbundene Ausgrenzung und Diskriminierung abzugleiten, bezeichnet man als **prekär**[1] bzw. prekäre Lage.

Die Ungleichverteilung der Einkommen hat zugenommen: Während der Anteil der höheren Einkommen wuchs, sank er bei den niedrigen Einkommensgruppen. Nach Inflationsbereinigung haben die unteren 40 Prozent der Vollzeitbeschäftigten Verluste bei ihrem Einkommen hinnehmen müssen.

Das Einkommen der Arbeitnehmer stieg zwischen 2000 und 2013 um 28%, das der „Oberen" um 62% (vgl. *Amann u. a., 2014, S. 60*)[2]. In der Bundesrepublik Deutschland haben laut *Oxfam Deutschland (2018)* 45 Haushalte genauso viel wie die gesamte ärmere Hälfte der Bevölkerung. Seit Mitte der 80er-Jahre des letzten Jahrhunderts verdienten die reichsten 10% der deutschen Bevölkerung fünfmal so viel wie die ärmsten 10%. Heute sind es siebenmal so viel.[2]

Steigerung des Einkommens
von 2000 bis 2013 (in Prozent)

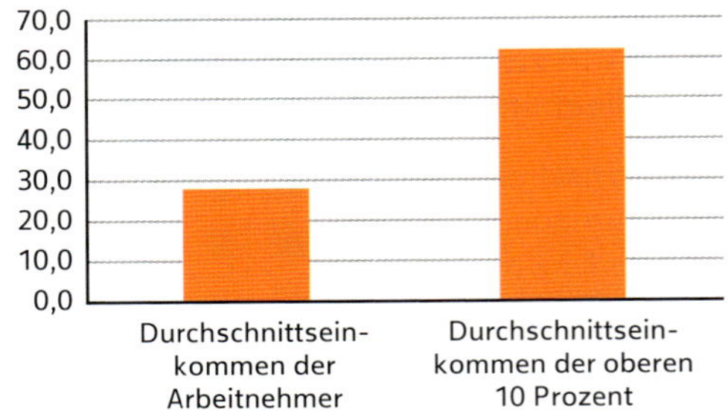

Weltweit gingen nach Oxfams Recherche 82% des globalen Vermögenswachstums im letzten Jahr an das reichste Prozent, während die ärmere Hälfte der Weltbevölkerung – rund 3,7 Milliarden Menschen – leer ausging. Ein Prozent der Weltbevölkerung besitzt mehr als die Hälfte des Weltvermögens (vgl. *Oxfam Deutschland, 2018*).

„Da es nicht für alle reicht, springen die Armen ein."
(Ernst Bloch[3]*, 1985, S. 21).*

Am meisten von Armut betroffen sind Arbeitslose, Alleinerziehende, Minijobber, Familien mit vielen Kindern sowie ausländische Mitbürger.

5.2.3 Vermögen und soziale Ungleichheit

Mit Vermögen bezeichnen wir den gesamten Besitz, der einen materiellen Wert darstellt. Dieses Vermögen besteht aus ***Finanzvermögen*** wie Bargeld, Bau- und Sparguthaben, ver-

[1] precair (lat. precarius, zu precari: bitten, anrufen): eine Situation, die es äußerst schwer macht, die richtigen Maßnahmen, Entscheidungen zu treffen, aus einer schwierigen (heiklen, misslichen) Lage (wieder) herauszukommen
[2] Diese Zahlen sind einer ständigen Änderung unterworfen.
[3] Ernst Simon Bloch (1885–1977) war Philosoph und stand in der Tradition von Karl Marx (vgl. Kapitel 9). Er wird heute dem Neomarxismus zugeordnet.

schiedene Varianten von Geldanlagen, Lebensversicherungen, Wertpapiere, Aktien usw. einerseits und ***realem Vermögen*** wie Grundstücke, Boden, Häuser, Autos usw. andererseits. Auch weltweit steigt das Nettovermögen der Privathaushalte weiter enorm an.

Vermögen ist der gesamte Besitz, der einen materiellen Wert darstellt.

Nach der Definition der EU gilt als reich, wer mindestens 200% des durchschnittlichen Einkommens pro Kopf hat.

In Deutschland gibt es zurzeit 123 Milliardäre mit einem Vermögen von 507 Milliarden Euro.[1]

Als reich gilt, wer die Grenze von 200 Prozent des durchschnittlichen Pro-Kopf-Haushaltsnettoeinkommens überschreitet.

Zahlen belegen, dass die Reichen in Deutschland im Laufe der letzten Jahre immer wohlhabender geworden sind. Die Vermögensunterschiede sind erheblich extremer ausgeprägt als die Einkommensunterschiede (vgl. *Geißler, 2014[7], S. 86*). Dies liegt u.a. daran, dass die Arbeit wesentlich stärker besteuert wird als vorhandenes Vermögen.

Reicher Mann und armer Mann
Standen da und sahn sich an.
Und der Arme sagte bleich:
„Wär ich nicht arm, wärst du nicht reich."

(Berthold Brecht, 1972[2], S. 513)

Der Anteil des reichsten Zehntels der deutschen Bevölkerung ist im Laufe der Zeit immer weiter gestiegen. Das oberste Prozent verfügt knapp über die Hälfte des Gesamtvermögens in Deutschland (vgl. *Stadler, 2014[2], S. 167*).
Topmanager und Vorstandsmitglieder konnten seit 2005 ein Plus von 70 Prozent gegenüber dem durchschnittlichen Konzernbeschäftigten verzeichnen (vgl. *Institut für Mitbestimmung und Unternehmensführung (I. M. U.), (2018, S. 6.* Die Vorstände der 30 Dax-Unternehmen verdienten 2017 das 52-Fache gegenüber ihren Mitarbeitern.[1]
Die hundert Reichsten in Deutschland besitzen knapp eine halbe Billion Euro Vermögen – das sind über 5 % des Gesamtvermögens (vgl. *Hartmann, 2018, S. 126*)

„Es gilt das Prinzip ‚Wer Vermögen hat, dem wird gegeben.'"

(Amann u. a., 2014, S. 62)

Der neue *Oxfam-Bericht* zeigt, dass weltweit 62 Menschen heute genauso viel besitzen wie die gesamte ärmere Hälfte der Weltbevölkerung – noch vor einem Jahr waren es 80. Ein Grund für diese Entwicklung sind laut diesem Bericht Steueroasen. (Oxfam Deutschland, 2016) Das Vermögen dieser ärmeren Hälfte hat sich um 1 Billion US-Dollar verringert, das der 62 Reichsten ist um mehr als eine halbe Billion US-Dollar gestiegen (vgl. *Oxfam Deutschland, 2016).*

Während die Reichen ihr Spitzeneinkommen und ihren Wohlstand dauerhaft sichern und steigern können, hat die „untere Hälfte" der Bevölkerung kaum Chancen auf Vermögensbildung, sie steht in der Regel ganz ohne Besitz. Die Zahlen des *Deutschen Instituts für Wirtschaftsforschung (DIW)* „belegen eine statistisch signifikante[2] Zunahme der Vermögensungleichheit" (*Frick/Grabka, 2009, S. 59*).

[1] Diese Zahlen sind einer ständigen Änderung unterworfen.
[2] Als signifikant bezeichnet man ein Ergebnis einer Untersuchung, bei dem es sich mit sehr hoher Wahrscheinlichkeit um kein Zufallsergebnis handelt.

„Wer viel hat, bekommt noch mehr". „Die Ungleichheit nährt die Ungleichheit."
(Jakobs, 2016[2], S. 669)

Der emeritierte[1] Professor für Soziologie an der Universität Siegen, *Rainer Geißler (2014[7], S. 78)*, stellt fest, dass die Reichen immer reicher werden und ihr Abstand zum Durchschnitt stetig zunimmt. **Die Reichen werden** also **immer reicher**.

Ein Ausstieg aus der Armut ist schwierig und wird immer schwieriger („einmal arm, immer arm"), während es den Wohlhabenden immer mehr gelingt, ihr einmal erreichtes Vermögen und Einkommen dauerhaft zu sichern und zu steigern.

Neuere Untersuchungen belegen, dass die Mittelschicht immer kleiner wird, während die Gruppe der Topverdiener und die Zahl der Bezieher von unteren Einkommen zunehmen.

„Das Problem Deutschlands scheint weniger zu sein, weiter wachsenden Wohlstand zu produzieren, sondern alle angemessen an ihm zu beteiligen."
(Dettmer, 2017, S. 80)

→ **Materialien 4:** Vermögen

In jüngster Zeit lässt sich die Tendenz beobachten, dass bestimmte Teile der Bevölkerung von ***privatem Vermögen und den Wirkungen der Globalisierung*** profitieren. Nur etwa 40% aller Einkommen stammen heute aus beruflicher Tätigkeit, die restlichen Prozent beziehen sich auf Transferleistungen und private Vermögenserträge.

Wie die Zahlen der *Bundesbank* zeigen, sind vor allem die Aktionäre und Aktienfondsbesitzer sehr reich geworden. Etwas mehr als die Hälfte des Zuwachses an Reichtum geht auf die Börsen zurück und kommt damit vor allem den Aktionären zugute. Aufgrund boomender Aktienmärkte und steigender Immobilienpreise erhöhte sich das Vermögen gegenüber dem Vorjahr um über 10% – Tendenz steigend.

Die Lebenschancen im „oberen Drittel" unserer Gesellschaft hängen nicht mehr nur von der eigenen Leistung, sondern von anderen Erträgen wie Erbschaft, Aktiengewinne oder Besitz wie zum Beispiel Immobilien ab.

Über ein Drittel der Vermögenden haben laut Oxfam Deutschland ihr Vermögen geerbt.

„Es gibt Leute, die sitzen auf Barhockern mit Laptops und haben schon wieder eine Million gemacht."
(Marx[2], 2018, S. 152, verändert)

Dazu kommt, dass der Staat jene unterstützt, die mit Vermögen Einkünfte erzielen, und jene „bestraft", die mit ihrer Arbeit Geld verdienen (vgl. *Hawranek, 2015, S. 70*).

Die Oberschicht – so die Demoskopin *Renate Köcher* – hat sich aus der Abhängigkeit von der Arbeit „gelöst" (*Dettmer u. a., 2012, S. 66*). In den „unteren" sozialen Schichten, die

---

[1] emeritiert: aus dem Dienst ausgeschieden, pensioniert

[2] Damit ist nicht der Gründer des Historischen Materialismus, Karl Marx, gemeint, sondern Kardinal Reinhard Marx von der Erzdiözese München/Freising.

schon benachteiligt sind, lässt sich die eigene Situation durch Leistung kaum verbessern (vgl. *Bock-Rosenthal, 2013[6], S. 258 f.*).

„Die Rendite des Kapitals übertrifft auf Dauer die Wachstumsrate der Wirtschaft."
(Thomas Piketty[1])

Damit verliert das Leistungsprinzip mehr und mehr an Bedeutung und der Satz „Leistung muss sich (wieder) lohnen" verliert an Bedeutung.

Sehr eng mit der Ungleichheit hängt **soziale Macht** zusammen: In einem Staat haben diejenigen die Macht in Händen, die über Geld und Vermögen verfügen. Darauf wird in *Kapitel 6.1.4* eingegangen.

In der jetzigen, sogenannten postindustriellen Gesellschaft bestehen soziale Ungleichheiten nicht nur hinsichtlich der genannten Kriterien – Bildung, Erwerbstätigkeit, Einkommen und Vermögen sowie Macht – sondern es gibt weitere Aspekte, die die Lage eines Menschen zum Besseren oder auch Schlechteren beeinflussen: ***Arbeits-, Freizeit-, Gesundheits- und Wohnbedingungen, regionale Bedingungen oder Teilhabe am Sozialversicherungssystem***. Sie werden gelegentlich als **neue Ungleichheiten** bezeichnet und sind nicht weniger bedeutsam als die „herkömmlichen" Kriterien.

Auf den Punkt gebracht

- Einkommen bezeichnet das, was ein Mensch durch Arbeit verdient. Vermögen dagegen ist das, was er besitzt. Trotz Wohlstandsvermehrung werden Frauen bei gleicher Qualifikation auf dem Arbeitsmarkt immer noch schlechter bezahlt als Männer. Vom Wachstum der Wirtschaft haben in erster Linie diejenigen profitiert, die ohnehin schon viel verdienen. Das größte Problem in unserer heutigen Zeit ist die wachsende Ungleichheit bei der Einkommensverteilung. Die Schere beim Einkommen geht also immer weiter auseinander.
- Als arm bezeichnet man einen Menschen, der seine Grundbedürfnisse wie Nahrung, Lebenserhalt, Kleidung, Wohnen und dgl. nur mangelhaft befriedigen kann. Die relative Armut wird statistisch berechnet und ist objektiv bestimmbar; diese liegt vor, wenn das Einkommen eines Menschen unter 60 % des Median beträgt.
- Die Ungleichverteilung der Einkommen hat zugenommen: Während der Anteil der höheren Einkommen wuchs, sank er bei den niedrigen Einkommensgruppen. Nach Inflationsbereinigung haben die unteren 40 Prozent der Vollzeitbeschäftigten Verluste bei ihrem Einkommen hinnehmen müssen. Am meisten von Armut betroffen sind Arbeitslose, Alleinerziehende, Minijobber, Familien mit vielen Kindern sowie ausländische Mitbürger.
- Als reich gilt, wer mindestens 200 % des durchschnittlichen Einkommens pro Kopf hat. Zahlen belegen, dass die Reichen in Deutschland im Laufe der letzten Jahre immer wohlhabender geworden sind. Die Vermögensunterschiede sind erheblich extremer ausgeprägt als die Einkommensunterschiede. Die Reichen werden immer reicher und ihr Abstand zum Durchschnitt nimmt stetig zu. Die Armen dagegen werden immer ärmer. Ein Ausstieg aus der Armut wird immer schwieriger.

[1] in: Amann, 2014, S. 65; Thomas Piketty (* 1971) ist französischer Wirtschaftswissenschaftler und ein international anerkannter Spezialist für Forschungen zur Einkommens- und Vermögensverteilung.

- In jüngster Zeit lässt sich die Tendenz beobachten, dass bestimmte Teile der Bevölkerung von privatem Vermögen und den Wirkungen der Globalisierung profitieren. Nur etwa 40% aller Einkommen stammen heute aus beruflicher Tätigkeit, die restlichen Prozent beziehen sich auf Transferleistungen und private Vermögenserträge. Die Oberschicht hat sich aus der Abhängigkeit von der Arbeit „gelöst". In den „unteren" sozialen Schichten, die schon benachteiligt sind, lässt sich die eigene Situation durch Leistung kaum verbessern.
- Es gibt neben Bildung, Beruf und Beschäftigung, Einkommen und Vermögen weitere Aspekte, die die Lage eines Menschen zum Besseren oder auch Schlechteren beeinflussen: Arbeits-, Freizeit-, Gesundheits- und Wohnbedingungen, regionale Bedingungen oder Teilhabe am Sozialversicherungssystem. Sie werden gelegentlich als neue Ungleichheiten bezeichnet und sind nicht weniger bedeutsam als die „herkömmlichen" Kriterien.

Wiederholen, Vertiefen, Anwenden

7. Zeigen Sie soziale Ungleichheit in Deutschland auf hinsichtlich:
   a) des Einkommens
   b) des Vermögens
8. Beschreiben Sie an je einem Beispiel „neue Ungleichheiten" der postindustriellen Gesellschaft.
9. *Mit Bildung, Erwerbstätigkeit, Einkommen und Vermögen sind die Kriterien sozialer Ungleichheit in unserer heutigen Zeit nicht vollständig erfasst.*
   - Jeder Schüler erhält ein Blatt Papier mit zehn Feldern – fünf links und fünf rechts.
   - Er trägt in die oberste Reihe zwei Kriterien sozialer Ungleichheit in unserer heutigen Zeit ein – die oben genannten Kriterien bleiben außer Acht.
   - Das Blatt wird anschließend im Uhrzeigersinn an den Nachbarn weitergegeben, welcher zwei weitere Kriterien dazuschreibt.
   - Dieser Vorgang wird so lange wiederholt, bis das Blatt vollständig ausgefüllt ist.
   - Hängen Sie dieses Blatt an die Pinnwand und diskutieren Sie in der Klasse über diese „neuen Ungleichheiten".
10. *Lernsituation 4.4*
    Erläutern Sie, wie
    a) Einkommen
    b) Vermögen
    soziale Ungleichheit „entstehen" lassen.
11. *„Die Reichen verbringen ihr Leben damit, anderen Menschen Geld zu entwenden, das sie (die Reichen) nicht brauchen. Ich nenne sie ethische Schlafwandler."*
    - Nehmen Sie in Gruppen Stellung zu der Aussage des Rechtsphilosophen *Ronald Dworkin*.
    - Halten Sie Ihr Gesprächsergebnis auf einem Plakat fest.
    - Stellen Sie Ihr Ergebnis der Klasse vor.

12. *„Deutschland ist der größte Gewinner der Euro-Einführung" war die Überschrift eines Artikels in einer Zeitschrift. Und in dem Artikel heißt es, dass die Bundesrepublik Deutschland mehr erwirtschaften konnte als unter den D-Mark-Zeiten, und zwar ein Plus von rund 23 000,00 € je Einwohner.*
Unterziehen Sie diesen Bericht hinsichtlich der Problematik von „reich und arm" einer kritischen Betrachtung.

13. *Der Volkswirt und Wirtschaftsjournalist Hans-Jürgen Jakobs (2016², S. 677) kritisiert in Zusammenhang mit Reichtum und Macht den „Turbokapitalismus" mit folgendem Satz: „Die Welt gehört denen, die mit dem Geld anderer arbeiten [...]"*
- Nehmen Sie in Gruppen Stellung zu der Aussage von *Jakobs*.
- Halten Sie Ihr Gesprächsergebnis fest.
- Präsentieren Sie Ihr Ergebnis der Klasse.
- Sprechen Sie in der Klasse über die Gruppenergebnisse.

14. *„Es gäbe keine soziale Frage, wenn die Reichen von jeher Menschenfreunde gewesen wären" (Ebner-Eschenbach[1], 2016, S. 66).*
Diskutieren Sie in der Klasse über die Aussage von *Ebner-Eschenbach*.

15. *Im Grundgesetz, Artikel 14, Absatz 2 heißt es: „Eigentum verpflichtet. Sein Gebrauch soll zugleich dem Wohle der Allgemeinheit dienen."*
Diskutieren Sie unter Berücksichtigung der Erkenntnisse in *Abschnitt 5.1.3* in der Klasse, inwieweit dieser Absatz aus unserem Grundgesetz in unserem Land zutrifft.

16. *„Wenn [...] von sozialer Ungleichheit die Rede ist, geht es [...] vor allem um die politisch und rechtlich fundierte Machtausübung kleiner Eliten, die sich in einem Maße [...] ein Einkommen und Vermögen verschaffen, die sich von der Lebenswelt ihrer Mitarbeiter denkbar weit abheben" (Wehler, 2013², S. 63).*
a) Forschen Sie in Literatur und im Internet nach, ob bzw. inwieweit die Aussage des Professors an der Universität Bielefeld, *Hans-Ulrich Wehler*, zutrifft.
b) Diskutieren Sie über Ihre Ergebnisse, die Sie aus der Literatur und dem Internet gewonnen haben.

17. *Konkrete Problemfelder sozialer Ungleichheit*
- Bilden Sie Kleingruppen.
- Beschreiben Sie in der Gruppe ein konkretes Problemfeld sozialer Ungleichheit in unserer Gesellschaft.
- Beurteilen Sie dieses Problemfeld, um Bezüge zu Ihrem eigenen Leben herzustellen.
- Diskutieren Sie, wie Sie eine kritische Werthaltung entwickeln können.
- Präsentieren Sie der Klasse Ihre Diskussionsergebnisse.

18. *Der Assoziationsstern der sozialen Ungleichheit (vgl. Hugenschmidt/Technau, 2009, S. 32):*
- Bilden Sie in der Klasse vier Gruppen.
- Zeichnen Sie einen Stern mit fünf Zacken. In der Mitte des Sterns steht die Frage: „Wodurch ist soziale Ungleichheit in Deutschland verursacht?"

[1] Marie Ebner von Eschenbach (1830–1916) war Schriftstellerin und gilt als eine der bedeutendsten deutschsprachigen Erzählerinnen. Bekannt wurde sie vor allem durch ihre Aphorismen (aphorismós, griech.: die Abgrenzung) – das sind Gedanken, die Erkenntnisse bzw. Lebensweisheiten in einem oder wenigen Sätzen enthalten.

- Der erste Schüler schreibt seine Antwort an den ersten Zacken und gibt den Stern dann an den nächsten Schüler weiter. Dieser schreibt seine Antwort an den zweiten Zacken usw.
- Der Stern wird so lange weitergereicht, bis alle fünf Zacken beschriftet sind.
- Jede der Vierergruppen hängt ihren Stern an die Pinnwand.
- Die Schüler der Klasse schauen sich alle vier Sterne genau an und machen sich dazu Notizen.
- Die aufgezeichneten Ursachen werden in der Klasse diskutiert.

Aufgabe zum gesamten Kapitel

19. *Fragen macht klug (vgl. Brandhofer-Bryan, 2008, S. 158)*
    - Die Teilnehmer bilden Gruppen von zwei bis vier Personen.
    - Jede Gruppe bekommt ein Thema oder eine Seite aus dem Lernstoff „soziale Ungleichheit" zugeteilt und vier bis sechs leere Karten, die nummeriert werden.
    - Die Gruppe überlegt sich Fragen, die sich auf ihr Thema oder ihre Seite beziehen. Diese Fragen werden auf je eine Karte geschrieben.
    - Wenn alle Gruppen ihre Fragen aufgeschrieben haben, reichen sie die Karten an die nächste Gruppe im Uhrzeigersinn weiter. Diese Gruppe überlegt sich Antworten und schreibt sie zusammen mit den Nummern der entsprechenden Frage auf weitere Karten.
    - Dann werden die Antwortkarten zusammen mit den Fragekarten an die ursprüngliche Gruppe zurückgegeben und dort besprochen.

Materialien Kapitel 5

1. Bildung in der BRD

a) Bildungsabschluss heute im Vergleich zu 2004

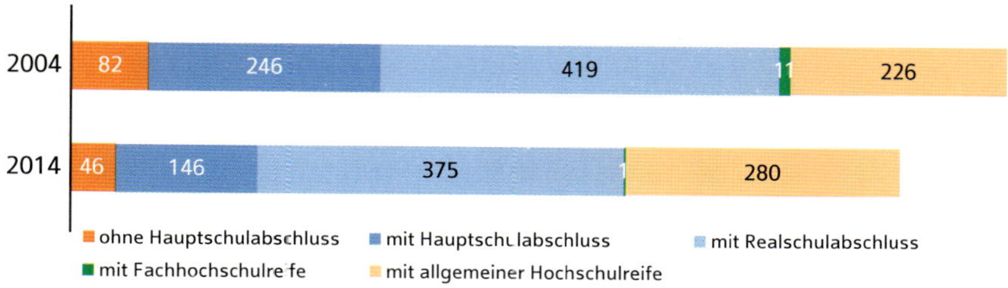

(Datenreport, 2016, S. 84)

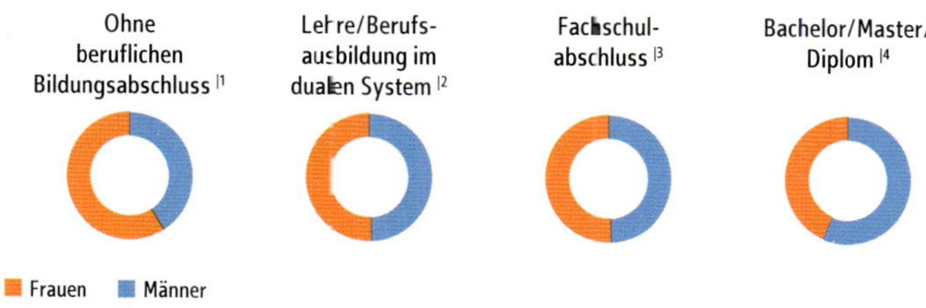

Ergebnisse des Mikrozensus.

1 Einschl. Berufsvorbereitungsjahr und berufliches Praktikum, da durch diese keine berufsqualifizierenden Abschlüsse erworben werden.
2 Einschl. eines gleichwertigen Berufsfachschulabschlusses, Vorbereitungsdienst für den mittleren Dienst in der öffentlichen Verwaltung, 1-jährige Schule für Gesundheits- und Sozialberufe sowie 0,5 % mit Anlernausbildung.
3 Einschl. einer Meister-/Technikerausbildung, Abschluss einer 2- oder 3-jährigen Schule für Gesundheits- und Sozialberufe, Abschluss an einer Schule für Erzieher/-innen sowie Fachschulabschluss in der ehemaligen DDR.
4 Einschl. Lehramtsprüfung, Staatsprüfung, Magister, künstlerischer Abschluss und vergleichbare Abschlüsse.

(Statistisches Jahrbuch, 2017, S. 85)

b) Soziale Herkunft von Studierenden in Deutschland

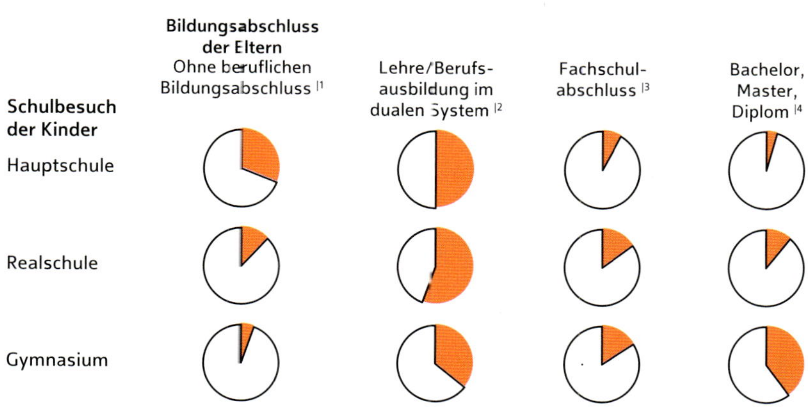

Ergebnisse des Mikrozensus. – Nachgewiesen werden Personen, für die Angaben zu mindestens einem Elternteil vorliegen. Bei abweichendem Schulabschluss der Eltern wird der Elternteil mit dem höchsten Abschluss nachgewiesen.

1 Einschl. Berufsvorbereitungsjahr und berufliches Praktikum, da durch diese keine berufsqualifizierenden Abschlüsse erworben werden.
2 Einschl. eines gleichwertigen Berufsfachschulabschlusses, Vorbereitungsdienst für den mittleren Dienst in der öffentlichen Verwaltung, 1-jährige Schule für Gesundheits- und Sozialberufe sowie Anlernausbildung.
3 Einschl. einer Meister-/Technikerausbildung, Abschluss einer 2- oder 3-jährigen Schule für Gesundheits- und Sozialberufe, Abschluss an einer Schule für Erzieher/-innen sowie Fachschulabschluss in der ehemaligen DDR.
4 Einschl. Lehramtsprüfung, Staatsprüfung, Magister, künstlerischer Abschluss und vergleichbare Abschlüsse.

(Statistisches Jahrbuch, 2017, S. 87)

2. Beruf und Beschäftigung

a) Bevölkerung nach Lebensunterhalt 2014 (in Prozent)

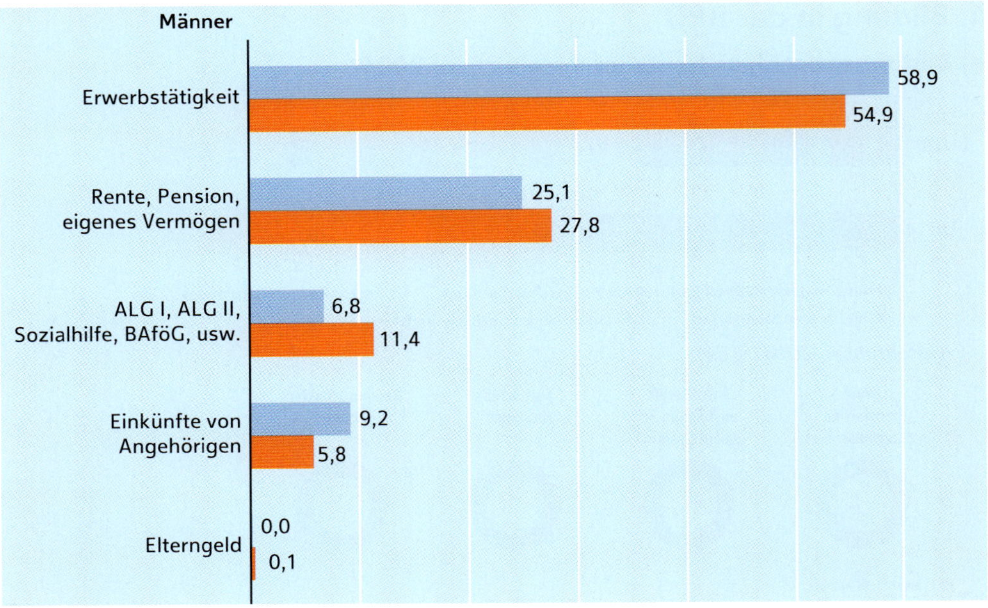

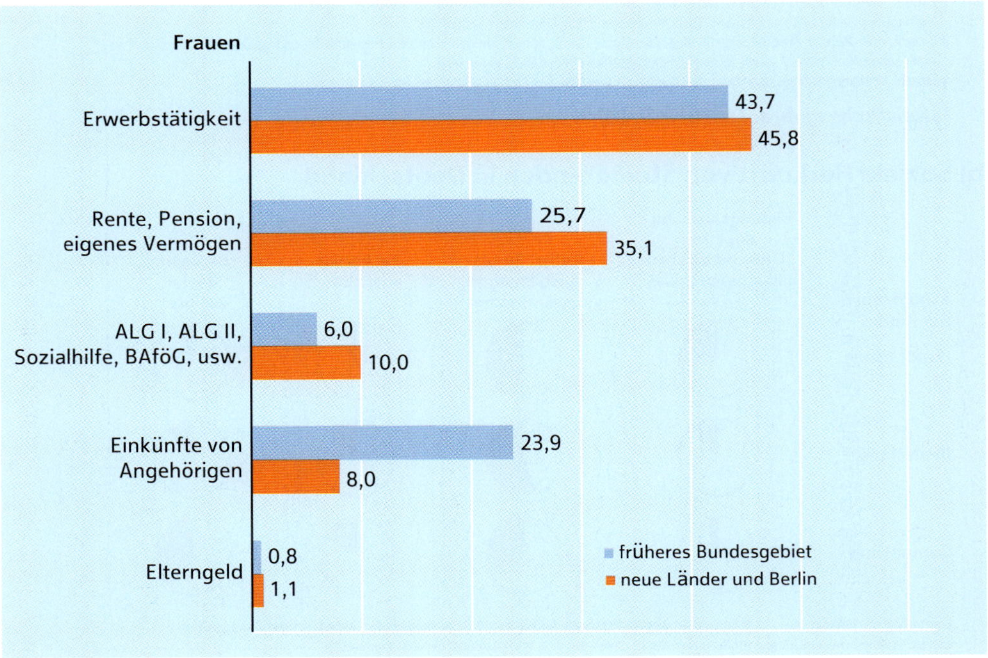

(Datenreport 2016, S. 135)

b) Arbeitslosigkeit in Deutschland

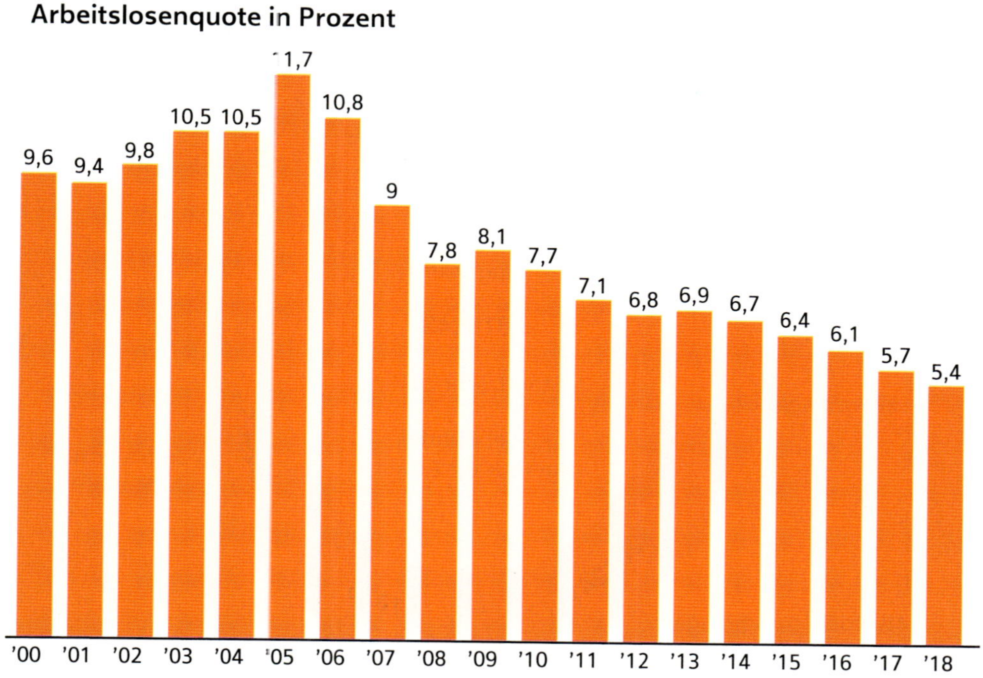

(Statista – Das Statistik-Portal, 2020)

c) Entwicklung der Langzeitarbeitslosigkeit

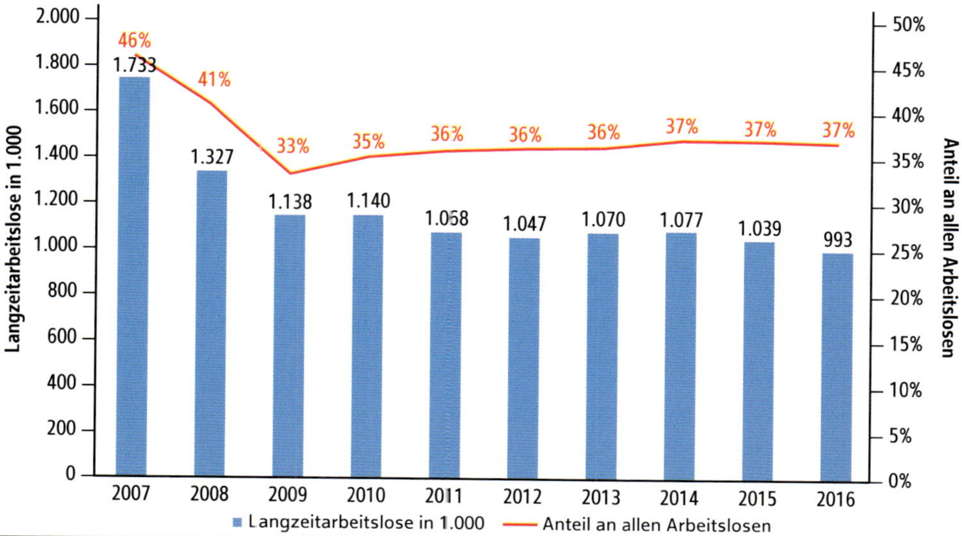

Quelle: Statistik der Bundesagentur für Arbeit; vergleiche Indikator A04.

(5. Armuts- und Reichtumsbericht, 2018, S. V)

d) Langzeitarbeitslosigkeit

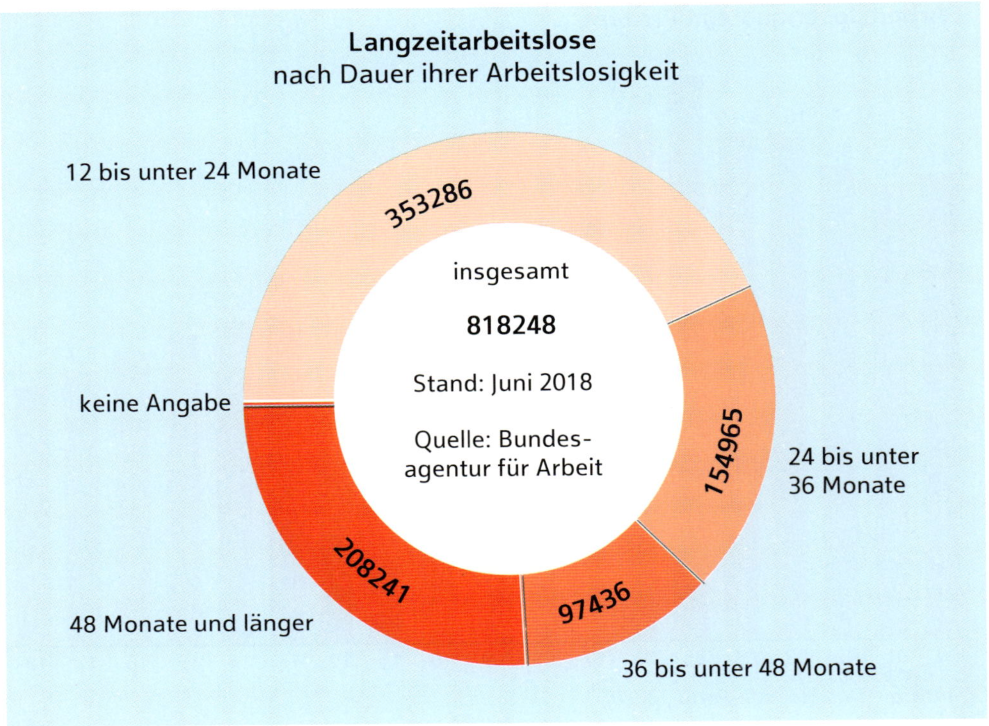

(Dettmer, 2018, S. 39)

e) Niedriglohnbeschäftigte in Deutschland

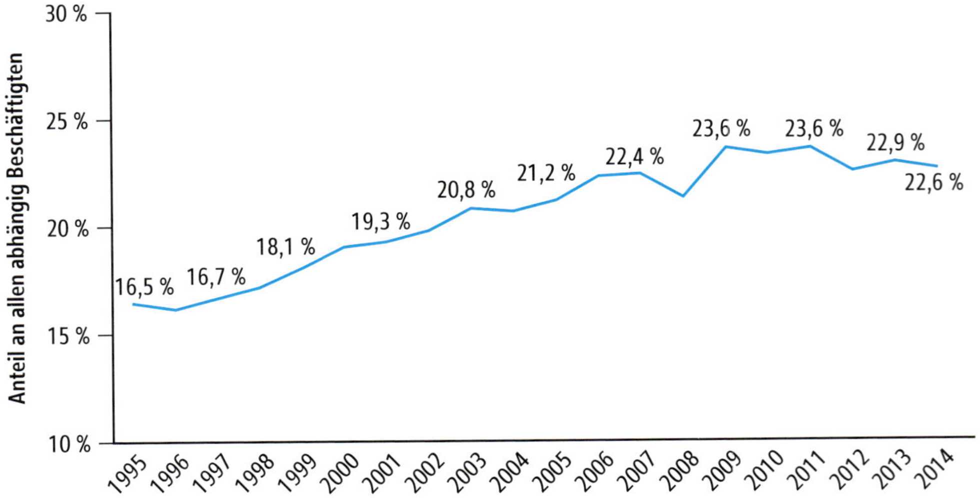

Betrachtet wurden abhängig Beschäftigte ab 18 Jahren, ohne Auszubildende, Schülerinnen und Schülern und Studierende. Für das Jahr 2014 lag der Schwellenwert bei einem Stundenlohn von 9,97 €.

Quelle: Kalina/Weinkopf (2016): Abb. 3 auf Basis SOEP v31.1.

(5. Armuts- und Reichtumsbericht, 2018, S. 67)

3. Einkommen

a) Entwicklung des Volkseinkommens von 2000 bis 2016

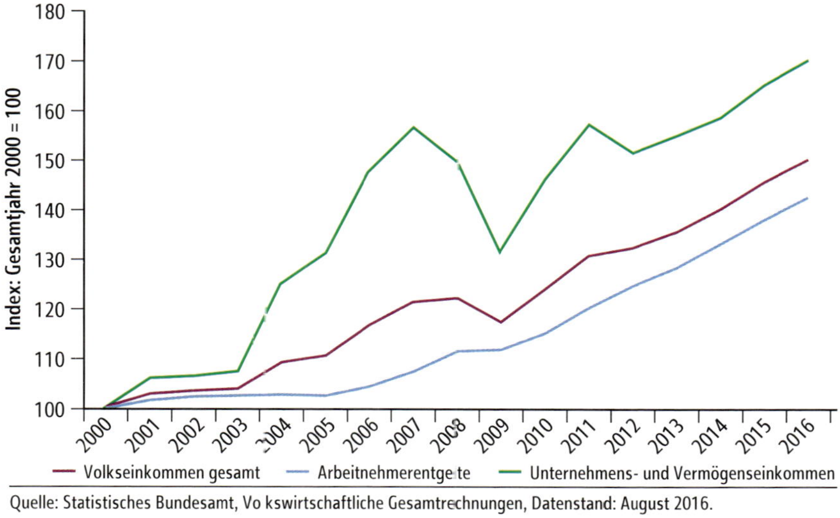

(5. Armuts- und Reichtumsbericht, 2018, S. 39)

b) Entwicklung der Löhne

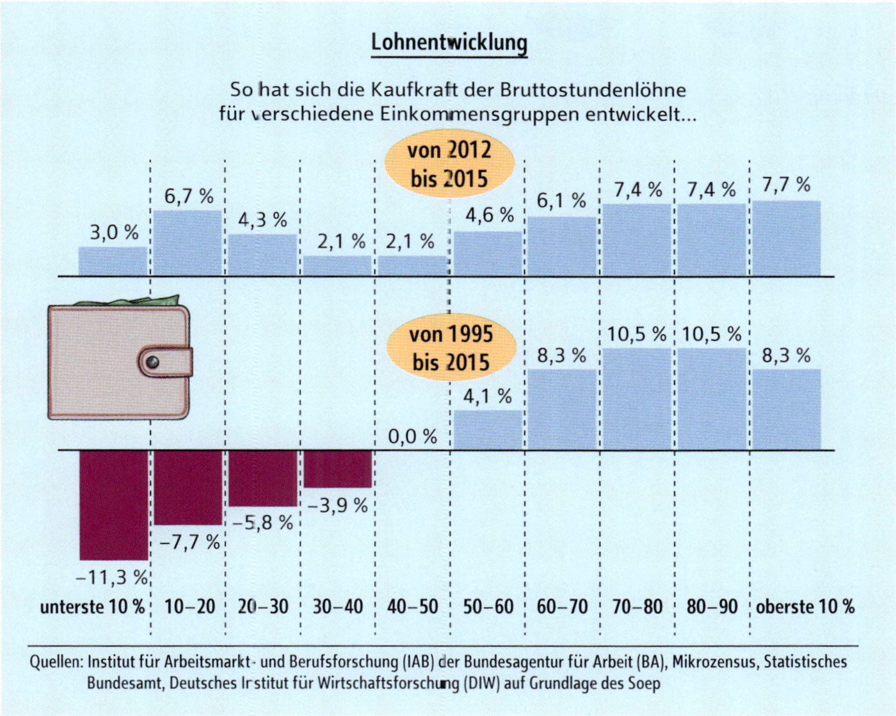

(Braun/Diekmann, 2017, o. S.)

c) Einkommen von Vollzeit-Arbeitsnehmern (2014)

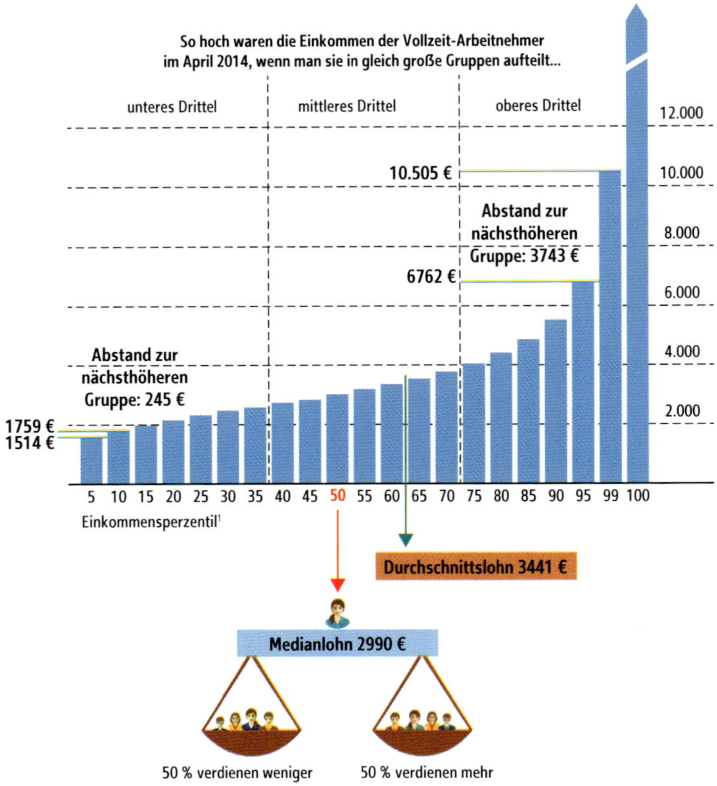

(Braun/Diekmann, 2017, o. S.)

4. Vermögen

a) Nettogeldvermögen der Privathaushalte

von Armut bedrohte Personen

Personengruppe		von Armut bedrohte Personen
Haushaltstypen	Alleinstehende	37,8 %
	Paare	13,8 %
	Alleinerziehende	48,2 %
	Familie mit drei oder mehr Kindern	21,3 %
Beschäftigungs-arten	Angestellte	8,7 %
	Selbstständige	18,8 %
	Rentner	16,9 %
	Erwerbslose	82,3 %

http://slideplayer.org/slide/1274542/3/images/23/Statistiken+zur+Armut+in+Deutschland.jpg (01.10.2018)

b) Nettogeldvermögen der privaten Haushalte in Deutschland (in Milliarden Euro)

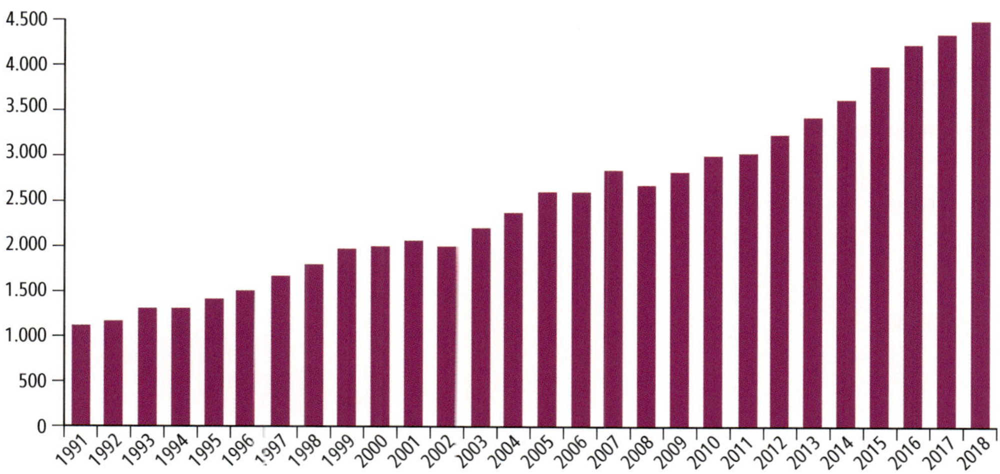

Datenquelle: Deutsche Bundesbank, Stand jeweils Jahresende

c) Betroffene von Armutsgefährdung

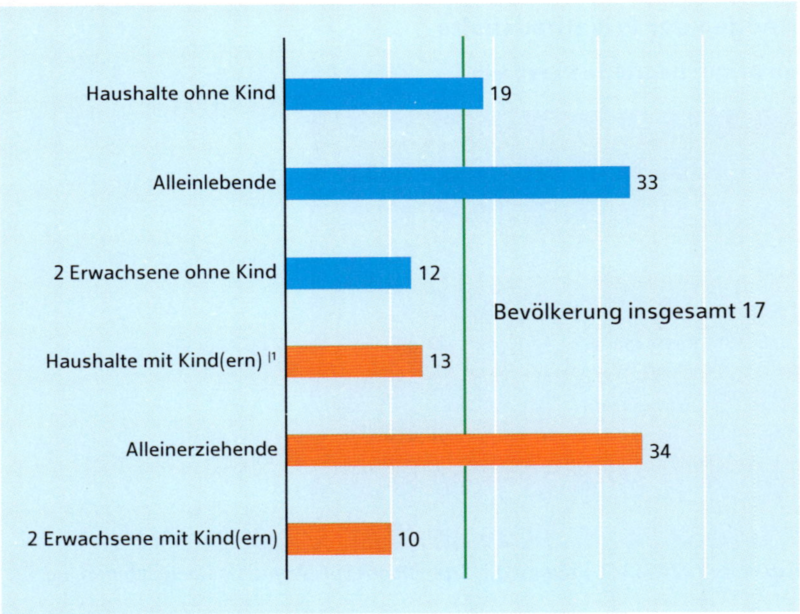

Ergebnisse aus LEBEN IN EUROPA (EU-SILC).

1 Kind(er) bis 18 Jahre und Personen zwischen 18 und 24 Jahren, die nicht erwerbstätig oder arbeitsuchend sind und mit mindestens einem Elternteil zusammenleben.

(Statistisches Jahrbuch, 2017, S. 185)

d) Die Ungleichheit in Deutschland

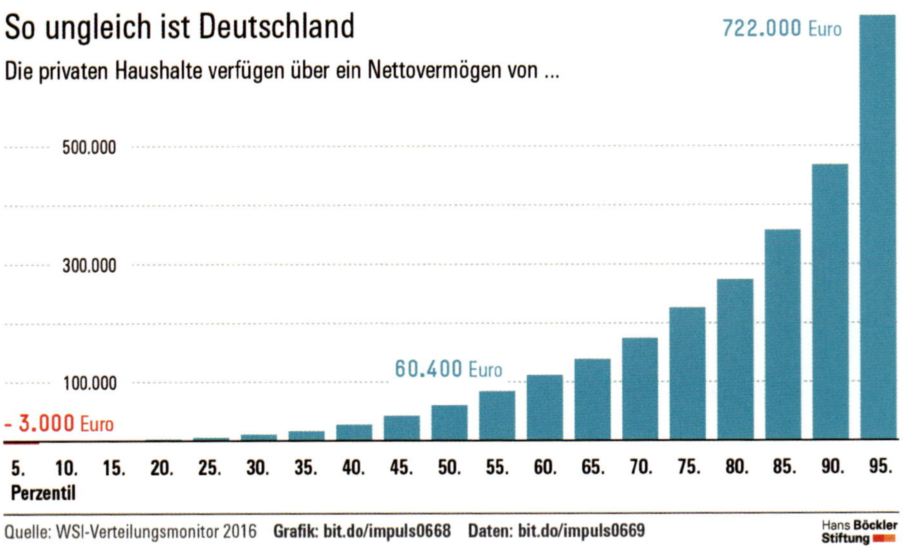

(Böckler Impuls, 2017, o. S.)

[1] Der Perzentil ist derjenige Wert, der die geordnete Reihe der Messwerte an der angegebenen Prozentzahl aufteilt. So liegen bei 25%-Perzentil 25% aller Werte unterhalb dieses Wertes, 75% oberhalb. Er ist also wie der Median (vgl. *Kapitel 5.2.2*) ein Vergleichsmaßstab. Der Median ist ein 50%-Perzentil, er teilt die Werte in 50%/50% auf.

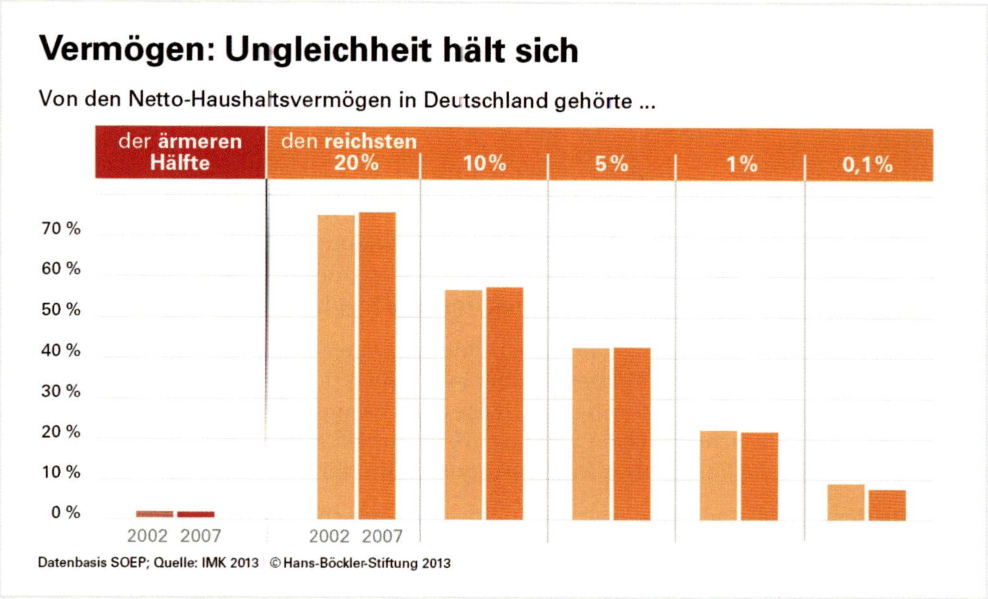

(Böckler Impuls, 2017, o. S.)

e) Arm trotz Arbeit

Für viele Menschen in Beschäftigung ist Armut bittere Realität – obwohl die Wirtschaft boomt und der Arbeitsmarkt in sehr guter Verfassung ist. Deutschland hat den höchsten Niedriglohnbereich in Westeuropa. Dafür sind niedrige Löhne und prekäre Beschäftigungsverhältnisse maßgeblich verantwortlich. In Deutschland hat sich die Erwerbsarmut in den letzten zehn Jahren verdoppelt – so viel wie in keinem anderen Land Europas.

1,2 Millionen Erwerbstätige verdienen so wenig, dass sie auf zusätzliche Hartz-IV-Leistungen angewiesen sind. Der Anteil derjenigen, die Anspruch auf Hartz IV haben und diesen aus Scham nicht in Anspruch nehmen, ist noch höher.

Politisch liegen die Gründe hierfür in der Kürzung von staatlichen Unterstützungsleistungen, dem Abbau sozialer Sicherheiten für Menschen ohne Erwerbsarbeit und einer verfehlten Arbeitsmarktpolitik. Als Reaktion auf die Globalisierung der Wirtschaft wurde vor 15 Jahren die Politik der Agenda 2010 beschlossen. Die Integration von Arbeitslosen in den Arbeitsmarkt sollte durch Auflagen und Sanktionen bei den Sozialleistungen verbessert werden. Das Ergebnis ist ein Niedriglohnbereich, in dem fast jeder vierte Beschäftigte arbeitet (22,6 Prozent).

Prekäre Beschäftigung öffnet Tür und Tor für schlechte Arbeit und Ausbeutung. Besonders stark eingeschränkt sind die Gestaltungsspielräume von Beschäftigten bei der Arbeit auf Abruf: Sie können nur dann arbeiten, wenn der Arbeitgeber sie benötigt. Die zunehmende Armut spaltet nicht nur die Erwerbstätigen in Beschäftigte erster und zweiter Klasse, sondern setzt ganze Branchen unter Druck. Sie führt dazu, dass die Tarifbindung schwindet, Arbeitsstandards sinken und die Interessenvertretungen geschwächt werden.

Der Motor des Niedriglohnbereichs sind die Minijobs mit derzeit 7,5 Millionen Beschäftigten, wobei 4,7 Millionen Minijobbern ausschließlich geringfügig beschäftigt sind. Minijobs sind keineswegs ein Einstieg in gute Arbeit. Für die Beschäftigten sind es berufliche Sackgassen mit mangelnden Perspektiven, niedrigen Einkommen und schlechten Arbeitsbedingungen.

Auch die sozialversicherungspflichtige Teilzeit ist für Beschäftigte problematisch, wenn nur die Flexibilisierungsinteressen der Arbeitsgeber im Vordergrund stehen. Unzureichende Teilzeitangebote sowie schlechte Rahmenbedingungen für die Vereinbarkeit von Familie und Beruf sind die häufigsten Gründe für eine unfreiwillige Teilzeit. Auch viele Alleinerziehende müssen sich deshalb auf prekäre Arbeitsverhältnisse einlassen.

Leiharbeit hat sich von einem Ausnahmeinstrument zu einer „normalen" Beschäftigungsform entwickelt, mit der Arbeitgeber flexibel auf Produktionsschwankungen reagieren können. Für viele Leiharbeiter/-innen ist diese Beschäftigungsform ein Dauerzustand oder sie wechseln zwischen Phasen von Leiharbeit, Arbeitslosigkeit und abhängiger Beschäftigung ohne eine Perspektive auf eine reguläre Beschäftigung.

Die Hälfte der 2,3 Millionen Solo-Selbstständigen in Deutschland bezieht nur ein Einkommen im Niedriglohnbereich und verzichtet teilweise auf Sicherungen bei Krankheit, im Alter oder bei Auftragslosigkeit.

Um diesen Teufelskreis von schlechter Arbeit, unzureichender sozialer Absicherung und wachsender Armut in der Gesellschaft zu durchbrechen, fordert die Nationale Armutskonferenz (nak):

- Die Eindämmung prekärer Beschäftigung und die Austrocknung des Niedriglohnbereichs
- Die Verhinderung von Altersarmut durch existenzsichernde Einkommen
- Eine Verbesserung der sozialen Absicherung bei Arbeitslosigkeit und die Einbeziehung von Hartz-IV-Beziehern/innen in die Rentenversicherung
- Bessere Teilzeitbedingungen und eine Reform der Minijobs, um die Armut von Alleinerziehenden zu bekämpfen
- Gute Arbeit, die die Gesundheit erhält und die Vereinbarkeit von Familie und Beruf fördert
- Eine gerechte Steuerpolitik mit Sozialleistungen, die zu einem menschenwürdigen Leben reichen sowie die Steuerpolitik den materiellen Reichtum in der Gesellschaft umverteilt

(Nationale Armutskonferenz (Hrsg.): 2018, S. 17 f.)

f) Die Reichtumspyramide

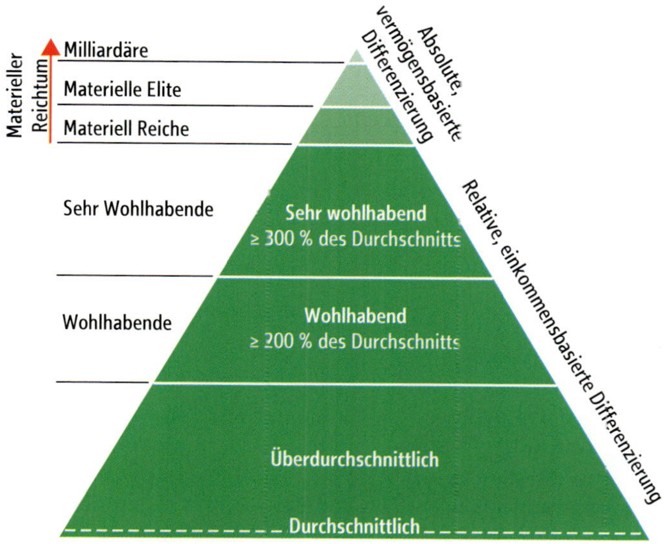

(5. Armuts- und Reichtumsbericht, 2018, S. X, verändert)

6 Soziale Macht

Folgende Kompetenzen sollen Sie erwerben:

- *Sie sind in der Lage, den Begriff „soziale Macht" in seinen Wesensmerkmalen zu beschreiben.*
- *Sie können Dimensionen der Macht und Prozesse der Machtbildung aufzeigen.*
- *Sie können Macht und Herrschaft unterscheiden und Typen der Herrschaft klarlegen.*
- *Sie sind in der Lage, sich der mehrdeutigen Bedeutung von Macht und Herrschaft in gesellschaftlichen Institutionen und alltäglichen Beziehungen bewusst zu werden.*
- *Sie sind imstande, diese Institutionen und Beziehungen mit den Annahmen einer soziologischen Theorie zu Macht und Herrschaft zu prüfen.*
- *Sie können sich mit Machtausübung und Gewalt in totalen Institutionen auseinandersetzen.*

6.1 Macht als soziale Beeinflussung

Lernsituation

Marcel ist verliebt

Ihr Mitschüler Heinz erzählt in der Pause völlig entrüstet vom Liebeskummer seines Freundes Marcel. Dieser beklagte sich vor ein paar Tagen völlig geknickt über die Machtspielchen seiner Partnerin Luana. „Erst vor einem halben Jahr hat er strahlend und glücklich berichtet, dass er seine große Liebe kennengelernt habe", sagt Heinz. „Er schwärmte regelrecht davon, welche Eigenschaften und Verhaltensweisen er an Luana besonders schätze." „Jetzt bin ich sprachlos", antwortet Paula, „die Zeiten sind doch längst vorbei, dass Männer Frauen unterdrückt haben, inzwischen ist doch eine Begegnung auf Augenhöhe selbstverständlich geworden, eine Umkehrung der Verhältnisse – so etwas geht ja gar nicht." „Was versteht denn dein Freund Marcel unter Machtspielchen?" – fragt er. „Geht es nicht nach ihrem Kopf, erpresst sie ihn regelrecht, sie spricht kein Wort mehr mit ihm, zieht sich zurück und immer liegt es an ihm, nachzugeben, sich zu entschuldigen und die Versöhnung einzuleiten. Oft geht es um Lappalien, er würde es ja einsehen, wenn er im Unrecht wäre, aber für sie ist immer Marcel der Schuldige an einem Streit", erklärt Heinz. „Also ich könnte es nicht haben, wenn mir meine Freundin sagen würde, wo's langgeht, da würde ich mich sofort zur Wehr setzen", unterbricht ihn ein anderer Mitschüler, „eine Frau, die sich über mich stellt, käme für mich nicht infrage." „So einfach ist das nicht", antwortet Heinz. „Marcel gestand mir, dass sie permanent über Nichtigkeiten streiten, aber seine Freundin sei ihm verbal überlegen, wenn sie diskutieren, komme er nicht gegen sie an, außerdem taktiere sie sehr gezielt und erfolgreich, setze ständig ihre Interessen durch oder kritisiere ihn. Aber wehe, er wage es, ihr zu widersprechen oder sie zu kritisieren, da reagiere sie überempfindlich. Es sei ihm erst jetzt bewusst geworden, wie sehr er sich angepasst habe. Wäre er nicht so unendlich verliebt, würde er die Beziehung beenden, denn es sei mit ihr echt anstrengend."

Sie fragen sich, wie Macht und Liebe zusammenpassen? Woran erkenne ich, ob zwischen den Partnern Machtkämpfe stattfinden? Wie ist es in einer Partnerschaft möglich, ohne Risiko des Scheiterns der Beziehung die Machtverhältnisse auszubalancieren?

I Information

6.1.1 Der Begriff „soziale Macht“

Machtausübung ist alltäglich in vielerlei Formen zu beobachten. Viele Personen sind von Amts wegen berechtigt bzw. verpflichtet, Macht auszuüben wie etwa Eltern, Lehrer, Polizeibeamte oder der Staat bzw. die Regierung. Auch eine herrschende Klasse übt Macht aus, zum Beispiel Arbeitgeber entlassen Arbeitnehmer. Auch Medien „haben“ Macht und üben Einfluss auf uns aus. Nicht zu vergessen ist die Wirkung von bestimmten Verhältnissen oder Eigenschaften wie zum Beispiel die Macht der Liebe, der Gewohnheit, des Geldes und dgl.

In der Literatur wird der Begriff „soziale Macht“ vieldeutig und unscharf verwendet, manche Autoren sehen ihn negativ, andere positiv, da soziale Macht gesellschaftliche Ordnung schafft. In der Regel wird in der Soziologie dann von Macht gesprochen, wenn **in sozialen Beziehungen eine Person das Verhalten bzw. Handeln einer anderen Person oder mehrerer anderer Personen bestimmen kann** – auch gegen deren Willen und ohne deren Einverständnis. Charakteristisch für Macht ist also, dass **Zwang** ausgeübt wird. Dabei sind hier Beziehungen aller Art gemeint, zum Beispiel Macht zwischen einzelnen Personen und Gruppen, Staatsmacht usw. Es geht um die Durchsetzung eines individuellen Willens oder Gruppenwillens auch **gegen das Widerstreben anderer**.

→ Es kann sich um einen kleinen Machthaber auf dem Kinderspielplatz oder um einen Diktator in einem Entwicklungsland handeln, der gegenüber anderen Menschen seinen Willen durchsetzt. Gesellschaftliche Machtträger sind beispielsweise Personen in der Polizei, Justiz, Politik usw.

Bezüglich der Thematik „Macht und Herrschaft“ hat sich vor allem der Soziologe Max Weber[1] hervorgetan. Nach ihm bedeutet Macht ***„jede Chance, innerhalb einer sozialen Beziehung den eigenen Willen auch gegen Widerstreben durchzusetzen, gleichviel worauf diese Chance beruht“*** (*Weber, 2006, S. 62*). Soziale Macht bedeutet also nach *Weber* dreierlei:

- die **Möglichkeit, von anderen erfolgreich ein bestimmtes Verhalten zu verlangen,**
- die **Möglichkeit, auf andere Einfluss nehmen und ihr Verhalten ändern zu können** – auch ohne ihre Zustimmung bzw. gegen deren Willen – und
- **die Chance, seinen Willen bei anderen durchsetzen zu können.**

Damit gehören zur Machtausübung mindestens zwei Seiten (wenigstens zwei Menschen, Gruppen, Organisationen usw.): ***eine Seite, die Macht hat und sie ausübt, und eine andere Seite, die sich beeinflussen lässt bzw. lassen muss***. Macht kann also nicht für sich alleine existieren, sondern nur in Verbindung mit und zu anderen Menschen.

> *Macht ist stets ein soziales Verhältnis.*
> *(vgl. Imbusch, 2016[9], S. 196)*

> *„Machtbezogene Verhaltensweisen haben das Ziel, das Verhalten und Erleben anderer zu kontrollieren – das Verhalten anderer Individuen wird gegen deren Widerstand verändert. Eine solche einseitige Kontrolle des Erlebens und Verhaltens führt zur Herausbildung von Rangordnungen, deren Stabilität durch Dominanz und Submission gewährleistet wird.“*
> *(Schmalt, 2009, S. 225)*

[1] Eine kurze Biografie von Max Weber befindet sich in Kapitel 2.1.2.

Da individuelle sowie gesellschaftliche Ressourcen und Möglichkeiten Einfluss auszuüben, ungleich verteilt sind, führt dies unausweichlich zu einem ***asymmetrischen Beziehungsverhältnis***, zu Über- und Unterordnung im Sinne einer Hierarchie sowie zu sozialer Ungleichheit. Ein Machtverhältnis endet, wenn für den Machtinhaber keine Chance mehr besteht, den eigenen Willen durchzusetzen (vgl. *Anter, 2017[3], S. 55 ff.*).

> *„Nicht die Diktatoren schaffen Diktaturen, sondern die Herden."*
> *(Georges Bernanos[1])*

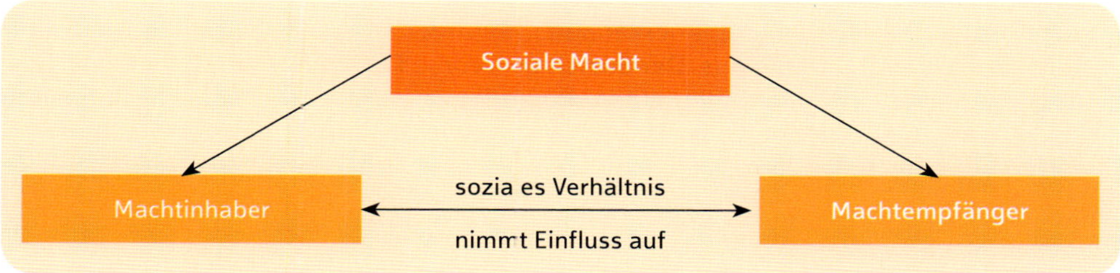

Die *Weber'sche* Begriffsdefinition berücksichtigt lediglich die willentliche, direkte und persönliche Macht. Doch dieser Terminus wird in der neueren Literatur erweitert, indem darunter jede Beeinflussung verstanden wird, die bestimmte Personen oder eine bestimmte Gruppierung einer Gesellschaft – zum Beispiel Regierungen, Wirtschaftsverbände, Gewerkschaften – über andere ausübt bzw. ausüben kann. Dabei ist es nicht möglich, sich dieser Beeinflussung zu entziehen (vgl. *Hradil/Schiener, 2001[8], S. 258*).

Eine Regierung oder Wirtschaftsverbände haben zum Beispiel Einfluss auf Menschen, dem sich diese nicht entziehen können. Die Untergebenen können versuchen, sich zu widersetzen, aufbegehren, gegen Entscheidungen protestieren, dennoch ändert dies nichts am Machtverhältnis.

Soziale Macht bedeutet die Einflussnahme und Durchsetzung des eigenen Willens gegenüber Personen, Gruppen oder einer Gesellschaft, ggf. auch gegen deren Widerstand.

Der Philosoph *Friedrich Nietzsche (1844–1900)* geht davon aus, dass der **Wille zur Macht** der alleinige Trieb alles Lebendigen ist. Aus individualpsychologischer Sicht[2] ist das Streben nach Macht eine Kraft menschlichen Handelns, die dem Minderwertigkeitsgefühl entspringt. Fast immer handelt es sich dabei um ein verstärktes Minderwertigkeitsgefühl, welches den Betroffenen dazu antreibt, seine Umwelt zu beherrschen („Machtmensch").

> *„Macht korrumpiert, [...] Personen mit einem stark ausgeprägten Machtmotiv empfinden [...] Situationen, in denen sie Einfluss auf andere ausüben, [...] als affektiv angenehm, weil sie es ihnen ermöglichen, sich ihrer Überlegenheit und Kontrolle zu vergewissern [...] [Es] lässt sich [...] zeigen, dass Motivation und Dominanz mit einer erhöhten Wahrscheinlichkeit einhergeht, den Zugang zu begrenzten Ressourcen zu erlangen."*
> *(Busch, 2018[5], S. 246, 250)*

---

[1] Georges Bernanos (1888–1948) war französischer Schriftsteller.
[2] Die Individualpsychologie, gegründet von Alfred Adler, ist eine Richtung innerhalb der Tiefenpsychologie.

6.1.2 Merkmale von Macht

Soziale Macht wird durch folgende Merkmale näher bestimmt:

- Macht hat mit **Leitung bzw. Führung und der damit verbundenen Gefolgschaft bzw. Unterwerfung** zu tun.
- Macht ist gekennzeichnet durch ein Verhältnis der **Über- und Unterordnung**.
- Menschen mit Macht üben **soziale Kontrolle** über Personen sowie Situationen aus und besitzen grundsätzlich **Sanktionsgewalt**. Sanktionen[1] sind Maßnahmen, die für die Einhaltung von sozialen Normen und die Erfüllung von sozialen Rollen sorgen sollen – zum Beispiel eine Belohnung, Anerkennung, Beförderung oder Bestrafung wie Schulverweis, Geldstrafe, Gefängnis. Der Soziologe *George Caspar Homans* geht davon aus, dass die Macht eines Menschen umso größer ist, je mehr er die Möglichkeit besitzt, einen anderen zu belohnen oder zu bestrafen sowie Handlungen bzw. Verhaltensweisen zu be- oder verhindern.

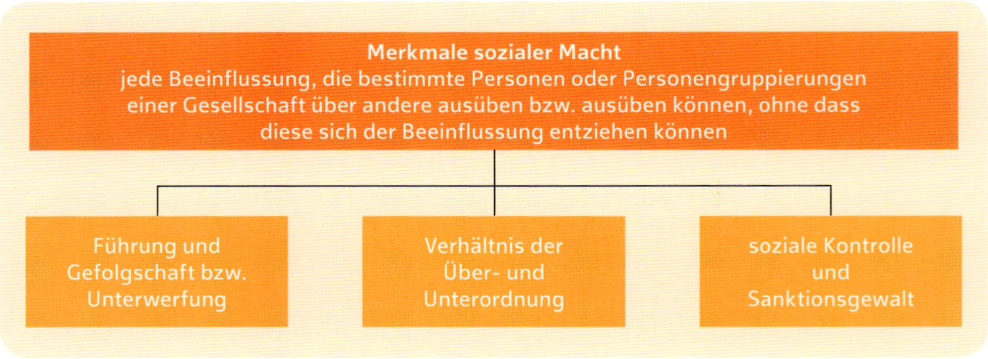

Überall, wo Menschen aufeinandertreffen – unter Freunden, in Paarbeziehungen, in Unternehmen, in der Politik begegnet uns Macht. Machtausübung findet statt zwischen einzelnen Menschen, Gruppen, Organisationen, Staaten, herrschenden Eliten[2] oder Klassen. Macht und Herrschaft[3] sind keine statischen Zustände, sondern dynamische Prozesse, in deren Verlauf sich wechselseitige Beziehungen aufgrund asymmetrischer Beeinflussungsmöglichkeiten verändern (vgl. *Imbusch, 2018[12], S. 283*).

Menschen mit größerer Macht unterscheiden sich von den anderen dadurch, dass sie beispielsweise beim Gespräch einen höheren Redeanteil für sich beanspruchen und ihre Gesprächspartner häufig unterbrechen, eine gute Leistung eines anderen sich selbst zuschreiben und, wenn dies nicht möglich ist, ihn herabwürdigen, ja zum Teil sogar entgegenarbeiten oder bekämpfen (vgl. *Busch, 2018[5], S. 246*).

Macht ist ein Teil der menschlichen Natur und bestimmt das menschliche Zusammenleben. Sie ist notwendig, damit ***gesellschaftliche Ordnung*** überhaupt entstehen kann. Dies gilt für den Schutz nach außen und innen (vgl. *Popitz, 2004[2], S. 63 ff.*).

[1] sanctio (lat.): die Heilung, die Bestätigung, die Billigung
[2] Auf Elite wird in Abschnitt 6.1.4 eingegangen.
[3] Auf Herrschaft wird in Abschnitt 6.3.1 eingegangen.

6.1.3 Arten von Macht

Das menschliche Vermögen, sich gegen den Willen anderer durchzusetzen, lässt sich in vier Handlungstypen einteilen, welche als die vier Grundtypen der Macht gelten (vgl. *Popitz, 2004*[2]*, S. 24–33*):

- **Aktionsmacht bzw. Verletzungsmacht**

  Menschen können über andere Macht ausüben aufgrund einer ungleichen Verteilung von Intelligenz, Muskelkraft, Schnelligkeit usw. Dadurch können sie andere körperlich verletzen. Es gibt auch die ökonomische Verletzbarkeit in der Form, dass Mittel, die zum Lebensunterhalt wichtig sind, entzogen werden – zum Beispiel durch Raub und Zerstörung, die Beschränkung des Zugangs zu sozialen Ressourcen[1] und die Chancen an sozialer Teilhabe. Ein typisches diesbezügliches Machtverhältnis ist Gewaltanwendung.

  Aufgrund ihrer körperlichen und geistigen Überlegenheit sind ältere Geschwister gegenüber jüngeren oft nicht zimperlich in der Wahl ihrer Machtmittel. Nicht selten wenden sie auch Gewalt an, um den anderen gefügig zu machen.

- **Instrumentelle Macht bzw. Unterwerfungsmacht**

  Im Vordergrund steht das Gewähren oder der Entzug von Belohnungen bzw. das Darbieten von Strafen sowie die Möglichkeit, diese auch wieder aufheben zu können. Menschen werden dadurch zum Werkzeug fremden Willens. Die daraus resultierende Konformität wird erzeugt durch Drohungen, Angst, Hoffnung und Versprechen.

  Ein Firmenchef hat die Möglichkeit, die Arbeitsbereitschaft seiner Angestellten zu steuern, indem er mit Kündigung droht oder für besondere Leistungen Belohnungen wie eine Gewinnbeteiligung oder andere Leistungszulagen auszahlt.

- **Autoritative bzw. verinnerlichte Macht**

  Verinnerlichte Werte und Normen bedürfen keiner Kontrolle von außen, weil sie im Innern des Menschen so tief verankert sind, dass eine Folgebereitschaft entsteht. Neben dem Verhalten wird auch die Art und Weise gesteuert, wie wir etwas wahrnehmen und beurteilen. Eine solche Form der Abhängigkeit entsteht durch die Bindung an eine anerkannte Autoritätsperson[2].

  Die durch Eltern oder andere Autoritätspersonen (wie Erzieher, Lehrer) vermittelten Normen und Werte verinnerlicht das Kind, sodass unabhängig von der Anwesenheit dieser Personen langfristig sein Verhalten „von innen" gesteuert wird.

- **Datensetzende Macht bzw. objektvermittelte Macht**

  Menschen können durch hergestellte technische Mittel über andere Menschen Macht ausüben. Das hier typische Machtverhältnis ist bestimmt durch die technische Dominanz, wodurch die Situation und Verhaltensspielräume Betroffener verändert werden.

  Durch ihre Erfindungen verändern Wissenschaftler die Lebensbedingungen vieler Menschen. Zum Beispiel ermöglicht die Atombombe allein durch die damit verbundene Drohung, Macht über Staaten auszuüben, die eine solche Waffe nicht besitzen.

---

[1] Soziale Ressourcen sind unterstützende Kräfte, die einer Person in ihrem sozialen Umfeld zur Verfügung stehen (wie beispielsweise Ehepartner, Freunde oder bestimmte Einrichtungen wie Beratung).

[2] Autorität (auctoritas, lat.: das Ansehen) bedeutet das Innehaben von sozialer Macht und sozialem Einfluss über eine oder mehrere Personen (vgl. Hobmair, 2016[6], S. 89).

Diese Machttypen können zusammen auftreten und sich in ihrer Wirkung steigern.

Menschen unterwerfen sich ihnen

- wegen ihrer **Verletzbarkeit**: Personen und Gruppen sind verletzbar und deshalb gefährdet.
- wegen ihrer **Sorgen um die Zukunft**: Aus ihrer Zukunftsorientierung heraus entwickeln Menschen Angst und erhoffen sich, dass ein anderer es richtet, was dazu führt, dass ihr Verhalten steuerbar ist.
- wegen ihrer **Anerkennungs- und Maßstabsbedürftigkeit**: Durch die Bedürftigkeit der Menschen nach Anerkennung und Maßstäben entstehen psychische Abhängigkeiten.
- wegen ihres **Angewiesenseins auf hoch komplexe technische Apparaturen**: Aufgrund technischer Fähigkeiten und besonderer Intelligenz wird dem anderen Macht zugestanden.

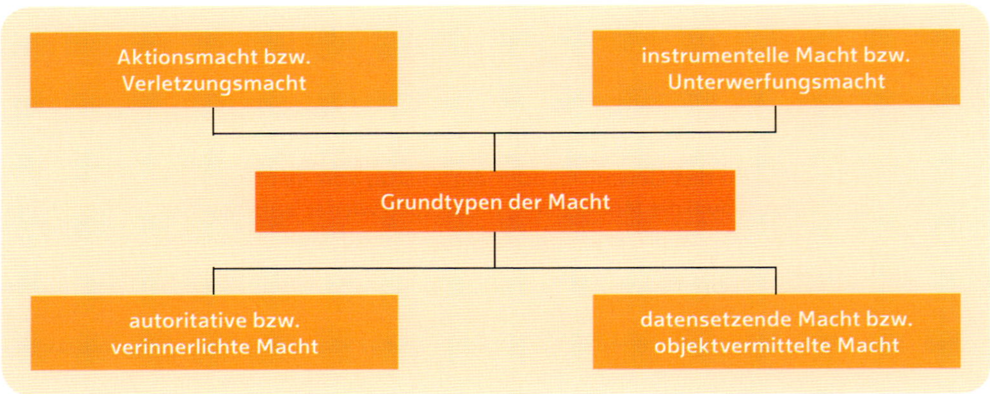

John R. P. French und *Bertram Raven* unterscheiden folgende vier Arten von Macht (vgl. *Brodbeck u. a., 2010[2], S. 349*): **Legitimierte[1] Macht:** Die Führungskraft hat aufgrund von Gesetzen, Anordnungen und dgl. das Recht zu bestimmen. **Belohnungs- und Bestrafungsmacht:** Die Führungskraft besitzt die Möglichkeit zu belohnen bzw. zu bestrafen und kann so über andere bestimmen. **Expertenmacht:** Die Führungskraft besitzt aufgrund ihres Wissens und Könnens die Möglichkeit, andere zu beeinflussen. **Charismatische[2] Macht:** Die Führungskraft besitzt persönliche Anziehungs- und Ausstrahlungskraft und kann auf diese Weise andere beeinflussen.

> *„Charisma entsteht wie ein Feuer, für das der Einzelne den Funken liefert."*
> (Donner, 2011, S. 25)

6.1.4 Soziale Macht und soziale Ungleichheit

Diejenigen Gruppierungen, die über die meiste Macht in einer Gesellschaft verfügen, werden als Elite[3] bezeichnet. Häufig versteht man in der älteren Literatur unter Elite auch die „Besten" einer Gesellschaft – die sogenannte Leistungselite. Doch in

> ***Wissen ist Macht***
> *Ein Mensch, der dummerweis gedacht,*
> *Mitwissen erst sei wirklich Macht,*
> *Hat zu beweisen nichts vermocht*
> *Und wurde deshalb eingelocht.*
> *Von Stund an nicht mehr klatschbeflissen,*
> *Beschloss er, nie mehr was zu wissen.*
> (Roth, 2015[7], S. 251)

[1] legitimare (lat.): (rechtlich) anerkennen
[2] chárisma (griech.): die Gabe, das Geschenk
[3] élite (franz.), zu élire: auslesen

der neueren Literatur umfasst Elite denjenigen Personenkreis, der den größten Einfluss auf gesamtgesellschaftlich wichtige Entscheidungen nehmen kann (vgl. *Bürklin, 1997, S. 16*).

Solche Personenkreise sind zum Beispiel Politik, Interessenverbände wie Arbeitgeberverbände und Gewerkschaften, Verwaltung oder Kirchen.

Elite ist eine Gruppe von Personen in höchsten Positionen, deren Macht sich soweit verfestigt hat, dass diese Einfluss auf gesamtgesellschaftlich wichtige Entscheidungen nehmen können.

„Die Inhaber von Spitzen-Herrschaftspositionen, deren Befugnisse sich in ihren Auswirkungen auf die gesamte Gesellschaft erstrecken, werden ***Machteliten*** *genannt. [...] Sie kamen aus den Funktionsbereichen Politik, Verwaltung, Wirtschaft, Finanzwirtschaft, Wirtschaftsverbände, Gewerkschaften, Berufsverbände, Justiz, Wissenschaft, Massenmedien, Kultur, Kirchen und Militär. Die Bereiche Politik, Verwaltung und Wirtschaft stellen den Großteil der Elitenmitglieder."*

(Hradil, 2016⁹, S. 260 f.)

Innerhalb der Elite ist sinnvollerweise nach Funktionseliten in den verschiedenen gesellschaftlichen Bereichen Wirtschaft, Politik, Justiz, Verwaltung, Kultur, Kommunikation und Kirche zu unterscheiden. Die Elite ist nicht in der einzelnen Person, sondern in der Position[1] als solche angelegt. Es handelt sich um für das Funktionieren von Institutionen, Organisationen und für die Integration der Gesamtgesellschaft wichtige und hoch bewertete Positionen. Diese Positionen sind verknüpft mit wirtschaftlicher, politischer, gesetzgeberischer und Werte setzender Ausübung von Macht und Herrschaft.

Laut Forsa (2016) ist ein Ansehensverlust von Eliten feststellbar. So haben 87 Prozent der Bundesbürger die meiste Achtung vor Ärzten, vor Politikern lediglich 24 Prozent. Die Mehrheit steht den Eliten skeptisch gegenüber: 85 Prozent halten Manager für überbezahlt, 69 Prozent sehen in den deutschen Führungsetagen einen Verfall von Moral und Anstand (vgl. *Hartmann, 2013, S. 9*).

Elite ist also keine einheitlich handelnde Gruppierung, sondern ein nach bestimmten Funktionsbereichen gegliedertes Gefüge. Dabei können bestimmte Bereiche ihre Interessen sehr viel nachdrücklicher vertreten als andere. Dies liegt zum einen daran, dass bestimmte Gruppierungen mehr Ressourcen, wie beispielsweise Geld, besitzen. Zum anderen erleichtert ein bestimmter Rückhalt in der Gesellschaft, wie etwa die Anzahl der Mitglieder oder Anhänger einer bestimmten Gruppierung, deren Durchsetzung (vgl. *Hradil/Schiener, 2005⁸, S. 273*).

Gegenüber nicht demokratischen Ländern ist in Deutschland die Macht auf verschiedene Bereiche verteilt.

In demokratischen Ländern gibt es die Gewalteinteilung – die Legislative, die Exekutive und die Judikative. Zudem gibt es starke Verbände wie beispielsweise den Arbeitgeberverband, die Gewerkschaften oder die Kirchen, die alle eine bestimmte Macht haben.

[1] Auf soziale Position wird in Kapitel 2.2.2 eingegangen.

Doch nicht alle diese Bereiche sind mit gleicher Machtfülle ausgestattet. In einem Staat haben diejenigen die Macht in Händen, die über Geld und Vermögen verfügen.

Die 500 größten Privatkonzerne kontrollieren nach Zahlen der Weltbank 52,8 % des Weltbruttosozialprodukts.[1] Und der Soziologe *Jean Ziegler* meint dazu: „Diese Macht ist unvergleichlich" (*Klawitter, 2017, S. 64*).

„Wir leben in einer Welt, deren Regeln für die Superreichen gemacht sind."
(Tobias Hauschild, Referent für Entwicklungsfinanzierung[2])

Ein Kabarettist sagte einmal in einer Vorstellung: „Politiker sind nur die Marionetten der Wirtschaft[3]".

Die Soziologin *Cornelia Koppetsch*, Professorin an der Technischen Universität Darmstadt, meint, dass heute das Weltgeschehen „grenzenlos operierende Großunternehmen" bestimmen (vgl. *Thimm, 2019, S. 40*).

So liest man heute in der fachkundigen Literatur häufig von der „Herrschaft der Reichen", *Plutokratie*[4] genannt, welche auch in einem Rechtsstaat möglich ist, wenn das Finanzkapital einen immensen politischen Einfluss – direkt und indirekt – ausüben kann (vgl. *Moewes, 2004, S. 11*).

„Da ist einerseits eine globale Oberschicht, die durch die Welt fliegt oder per Videokonferenz in allen Ländern mitberät, mitentscheidet und mitverdient, ohne dass sie eine globale Verantwortung übernehmen müsste. Und andererseits gelangt die Masse der Menschen nicht einmal zu bescheidenem Wohlstand, weil der Einfluss von Volksparteien, Gewerkschaften und Tarifverträgen [...] ohnehin schwindet."
(Koppetsch; Der Spiegel, 20/2019, S. 40 f.)

Die verschiedenen Möglichkeiten und Formen zur Durchsetzung von bestimmten Interessen und der Beeinflussung von anderen werden oft als Merkmal sozialer Ungleichheit betrachtet. Eliten streben danach, auf gesamtgesellschaftliche Entscheidungen Einfluss zu nehmen und ihre Herrschaft zu stabilisieren; sie üben ihre Macht in der Regel auf der Grundlage von geltendem Recht aus. Eine ungleiche Verteilung von Ressourcen wie Bildung, hohes Einkommen usw. führen zu Unterschieden in der Befriedigung von Bedürfnissen und Chancenungleichheit. Für benachteiligte Bevölkerungsschichten sind die Möglichkeiten, ihre soziale Situation zu verbessern, gering. Selbst in demokratischen Staaten sind die Einflussmöglichkeiten auf politische Entscheidungen nach den Wahlen relativ begrenzt. Letztendlich bleibt eine gewisse Skepsis gegenüber Eliten.

---

[1] Diese Zahlen sind einer ständigen Änderung unterworfen.
[2] zitiert nach dem Oxfam-Bericht 2016, hrsg. von Oxfam Deutschland, o. S.
[3] Gemeint sind mit Wirtschaft die großen Unternehmen.
[4] Plutokratie (griech.) bedeutet „Geldherrschaft" und bezeichnet eine „Staatsform, bei der für die Auslese der Machthaber ihr Reichtum maßgebend ist" (Moewes, 2004, S. 11).

> *„Soziale Ungleichheit hat offensichtlich etwas mit Macht zu tun."*
> *(Nassehi, 2011[2], S. 170)*

Den größten Einfluss üben dementsprechend die Wirtschaftseliten aus, deren Struktur weiterhin vom Gegensatz zwischen Arbeitgebern und Arbeitnehmern geprägt ist (vgl. *Geißler, 2014[7], S. 134*). Auch die Medieneliten haben eine große Macht.

Dabei ist eine stärkere Tendenz zur Machtkonzentration beobachtbar. Da sich das Vermögen auf immer weniger Menschen konzentriert, werden immer weiterreichende Entscheidungen von immer wenigeren auf immer umfassenderen Ebenen der Gesellschaft getroffen.

Auf den Punkt gebracht

- Machtausübung ist alltäglich in vielerlei Formen zu beobachten. Von sozialer Macht sprechen wir, wenn in sozialen Beziehungen eine Person das Verhalten bzw. Handeln einer anderen Person oder mehrerer anderer Personen bestimmen kann, auch gegen deren Willen oder Einverständnis. Diese Einflussnahme bewirkt bei anderen eine Verhaltensänderung, da es nicht möglich ist, sich dieser zu entziehen. Charakteristisch für Macht ist die Ausübung von Zwang. Auch gegen das Widerstreben anderer wird der individuelle oder Gruppenwille durchgesetzt. Zur Machtausübung gehören wenigstens zwei Menschen, Gruppen, Organisationen usw. In diesem sozialen Verhältnis übt die eine Seite Macht aus, die andere lässt sich beeinflussen oder muss sich beeinflussen lassen. Damit liegt ein asymmetrisches Beziehungsverhältnis der Über- und Unterordnung im Sinne einer Hierarchie vor. Ein Machtverhältnis endet, wenn für den Machtinhaber keine Chance mehr besteht, den eigenen Willen durchzusetzen.
- Soziale Macht wird durch folgende Merkmale näher bestimmt: Führung und Gefolgschaft bzw. Unterwerfung, Über- und Unterordnung, soziale Kontrolle sowie Sanktionsgewalt. Machtausübung findet statt zwischen einzelnen Menschen, Gruppen, Organisationen, Staaten, herrschenden Eliten oder Klassen. Es handelt sich um dynamische Prozesse, in deren Verlauf sich wechselseitige Beziehungen aufgrund asymmetrischer Beeinflussungsmöglichkeiten verändern. Dennoch ist Macht notwendig, damit gesellschaftliche Ordnung überhaupt entstehen kann.
- *Popitz* unterscheidet vier Grundtypen der Macht: Aktionsmacht bzw. Verletzungsmacht, instrumentelle Macht bzw. Unterwerfungsmacht, autoritative bzw. verinnerlichte Macht und datensetzende bzw. objektvermittelte Macht. Treten sie zusammen auf, steigert sich ihre Wirkung. Gründe für die Unterwerfung von Menschen sind: Verletzbarkeit, Sorgen um die Zukunft, Anerkennungs- und Maßstabsbedürftigkeit und Angewiesensein auf hoch komplexe technische Apparaturen.
- Gruppierungen, die am meisten Macht in einer Gesellschaft haben, werden als Elite bezeichnet. Es handelt sich um denjenigen Personenkreis, der den größten Einfluss auf gesamtgesellschaftlich wichtige Entscheidungen nehmen kann. Man unterscheidet Funktionseliten in verschiedenen gesellschaftlichen Bereichen wie Wirtschaft, Politik, Justiz, Verwaltung, Kultur, Kommunikation und Kirche. Entscheidend ist nicht die einzelne Person, sondern die Position, da diese für das Funktionieren von Institutionen, Organisationen und für die Integration der Gesamtgesellschaft wichtig und hoch bewertet ist.

- Positionen sind verknüpft mit wirtschaftlicher, politischer, gesetzgeberischer und Werte setzender Ausübung von Macht und Herrschaft, da bestimmte Gruppierungen über mehr Ressourcen, wie beispielsweise Bildung, Geld und Vermögen, somit über mehr Macht verfügen. Ein bestimmter Rückhalt in der Gesellschaft, wie etwa die Anzahl der Mitglieder oder Anhänger einer bestimmten Gruppierung, erleichtert deren Durchsetzung. Die verschiedenen Formen der Beeinflussung und Möglichkeiten der Durchsetzung sind Merkmal sozialer Ungleichheit.
- Eliten streben danach, auf gesamtgesellschaftliche Entscheidungen Einfluss zu nehmen und ihre Herrschaft zu stabilisieren; sie üben ihre Macht in der Regel auf der Grundlage von geltendem Recht aus. Für benachteiligte Bevölkerungsschichten sind die Möglichkeiten, ihre soziale Situation zu verbessern, gering, selbst in demokratischen Staaten.
- In einem Staat haben diejenigen die Macht in Händen, die über Geld und Vermögen verfügen. Da sich das Vermögen auf immer weniger Menschen konzentriert, werden immer weiterreichende Entscheidungen von immer wenigeren auf immer umfassenderen Ebenen der Gesellschaft getroffen. Beobachtbar ist eine stärkere Konzentration von Macht, da sich das Vermögen auf immer weniger Menschen konzentriert, diese treffen weitreichende Entscheidungen auf umfassenden Ebenen der Gesellschaft.

Wiederholen, Vertiefen, Anwenden

1. Bestimmen Sie den Begriff „Macht“ und weisen Sie anhand eines selbst gewählten Beispiels nach, dass es sich hierbei um Macht handelt.
2. a) Verdeutlichen Sie anhand eines Beispiels aus Ihrem Lebensbereich das Verständnis von sozialer Macht nach *Max Weber*.
   b) Begründen Sie, wie sich das Beziehungsverhältnis der beteiligten Personen im Alltag gestaltet.
3. Verdeutlichen Sie Merkmale von Macht anhand einer Handlungssituation aus dem Erfahrungsbereich Schule oder Praktikum.
4. *Lernsituation 6.1*
   a) Bestimmten Sie den Begriff soziale Macht.
   b) Begründen Sie, ob Luana, Marcels Partnerin, Macht auf ihn ausübt.
   c) Verdeutlichen Sie die Merkmale von Macht anhand der Handlungssituation.
   d) Erläutern Sie anhand der *Lernsituation* die relevanten Arten von Macht.
5. Beschreiben Sie anhand einer Handlungssituation „Gewalt gegen Frauen“ Gründe, die Menschen zur Unterwerfung veranlassen.
6. *Arten und Typen sozialer Macht*
   a) Erläutern Sie jeweils anhand eines Beispiels verschiedene Arten bzw. Typen von Macht.
   b) Begründen Sie dabei, was die Menschen befähigt, über andere Macht auszuüben.
   c) Verdeutlichen Sie, warum Menschen sich unterwerfen und diese Machtanwendung erdulden.

7. *Eliten streben Macht an*
   a) Beschreiben Sie den Zusammenhang zwischen Macht und Elite.
   b) Nennen Sie Funktionseliten in verschiedenen gesellschaftlichen Bereichen.
   c) Begründen Sie, worauf die Macht von Eliten gründet.

8. *„Die Sucht, ganz oben zu sein"*
   Der Autor Thomas Kornbichler (2007) stellt Macht zur Einhaltung von Regeln und Ordnung nicht grundsätzlich infrage. Sie ist jedoch immer dann problematisch, wenn sie ohne Rücksicht auf die Gemeinschaft und das Allgemeinwohl geradezu suchtartig eingesetzt wird.
   a) Verdeutlichen Sie anhand von Beispielen aus der Geschichte, dass menschliches Machtstreben schon viel Unheil angerichtet hat.
   b) Begründen Sie aus Ihrer Sicht, was es für den Personenkreis der Eliten so attraktiv macht, oben zu sein? Welche Machtmittel und Formen der Machtausübung werden eingesetzt, um ihre Macht zu stabilisieren und auszuweiten?

9. *Der Journalist und Parteienforscher Thomas Wieczorek schreibt in seinem Buch „Die verblödete Republik" (2009, S. 265 f.): „Unsere ‚Elite' ist eine asoziale abgeschottete Erbdynastie, ergänzt um einige halb- und eingebildete Emporkömmlinge, während die wirklichen Leistungsträger in Wirtschaft und Wissenschaft im gesellschaftlichen Mittelfeld rangieren. [...] Dies [...]* hängt damit zusammen, dass *[...] die Eliten ihre eigene Bildung nicht als geistiges Durchdringen der Wirklichkeit begreifen, sondern nur als Vehikel für Macht, Reichtum, Karriere und Ruhm."*
   a) Finden Sie sich in Kleingruppen zusammen. Recherchieren Sie im Internet, wer in Deutschland zur Machtelite gehört.
   b) Visualisieren Sie Ihre Ergebnisse und tragen Sie diese in der Klasse vor.
   c) Diskutieren Sie unter Berücksichtigung Ihrer Internetrecherchen die Aussage von *Thomas Wieczorek*.

6.2 Prozesse und Dimensionen sozialer Macht

Lernsituation

Wer mobbt, ist mächtig!

Nana absolviert ihr Praktikum in der Grund- und Hauptschule. Nach der Pausenaufsicht berichtet sie der Hauptschullehrkraft erschüttert ihre Beobachtungen: „Samuel wollte gerade auf den am Boden liegenden Lorenz mit dem Fuß eintreten. Ich konnte es gerade noch verhindern. Und man muss sich mal vorstellen, eine Mitschülerin wollte die Situation mit ihrem Smartphone fotografieren." Herr Sorglos lobt die FOS-Schülerin dafür, dass sie sofort eingegriffen habe und lässt die

Angelegenheit auf sich beruhen. Nana beschäftigt dieser Vorfall noch länger, bei einer passenden Gelegenheit fragt sie Lorenz, was denn zwischen ihm und Samuel passiert sei. Schüchtern winkt er ab, „Ach, das war nicht so schlimm." „Na, du hast dir bei dem Gerangel sicherlich weh getan", erwidert sie. „Nö", antwortet der Angesprochene wortkarg. In der darauffolgenden Woche kommt Nana in den Klassenraum, die Lehrkraft unterhält sich mit einer Kollegin auf dem Flur, als sie eine Gruppe Jungs schon an der Tür grölen und lachen hört. Samuel und seine Freunde schubsen Lorenz und drücken ihn mit Kraft nach unten, um ihn in den Papierkorb zu setzen. Nana holt sofort die Lehrkraft zur Hilfe. Herr Sorglos schickt alle Schüler auf ihre Plätze, dann beginnt er die Rechenstunde. Nach dem Unterricht bittet er Lorenz, noch zu bleiben. „Wie häufig und wie lange kommen solche Prügeleien zwischen dir und Samuel vor?" „Schon seit einigen Monaten fast täglich. Anfangs musste ich Samuel und seinen Freund in der Pausenschlange vorlassen, dann haben sie von mir verlangt, dass ich ihnen von meinem Taschengeld eine Brotzeit kaufe. Ich wollte mich dagegen wehren, da wurden Samuel und sein Freund ekelhaft zu mir. Sie hänseln mich ständig, werfen mein Federmäppchen auf den Boden oder leeren meinen Schulranzen in den Mülleimer. Die anderen haben dann auch angefangen mich zu ärgern und zu schikanieren, sie machen Fotos und stellen diese in die Klassengruppe mit blöden Bemerkungen. Inzwischen spricht kaum noch jemand mit mir, weil Samuel Lügen über mich verbreitet. Die anderen haben alle Angst vor ihm, sie sehen ja täglich, wie es mir ergeht. Ich werde nicht mehr an dieser Schule bleiben", endet er weinend seinen Bericht. Nana und Herr Sorglos sehen sich betroffen an.

Die beiden fragen sich:
Wie konnte Mobbing in ihrer Klasse unbemerkt bleiben?
Wie war es möglich, dass Samuel Macht über Lorenz ausüben konnte?
Was ist typisch für das Opfer, was typisch für den Täter?
Welche Rolle haben dabei die Mitschüler?
Welche Parallelen bestehen zwischen Mobbing und Prozessen der Machtbildung?

I Information

6.2.1 Prozesse der Machtbildung

Macht ist allgegenwärtig. *Heinrich Popitz* (*2004*[2]) leitet Macht aus dem Wechselspiel von Handlungsfähigkeiten und Abhängigkeiten ab. Fasst man Macht als das Vermögen auf, sich gegen den Willen anderer durchzusetzen, so schließt sich die Frage an, was Menschen fähig macht, über andere Macht auszuüben. Es sind Prozesse, die dazu führen, dass eine Minderheit sich gegen die Interessen der Mehrheit durchsetzen kann:

1. Ausgangspunkt von Machtbildung ist, dass Menschen einen Vorteil in Anspruch nehmen und für sich ein **Privileg** bestimmen. Ein Privileg bedeutet eine Sonderstellung, ein Vorrecht oder eine Begünstigung für jemanden bzw. für eine bestimmte Personengruppe. Privilegien beziehen sich immer auf knappe Güter und ihre Durchsetzung erfolgt so stets auf Kosten anderer Individuen.

Privileg bedeutet eine Sonderstellung, ein Vorrecht oder eine Begünstigung für jemanden bzw. für eine bestimmte Personengruppe.

2. Der nächste Schritt ist die **Solidarität**: Privilegierte solidarisieren sich mit Gleichgesinnten, um ihre Macht zu festigen und den Widerstand bei denjenigen klein zu halten, zu deren Lasten das Privileg geht. Es entsteht eine Solidaritätsgruppe, die Mitglieder kooperieren und unterstützen sich gegenseitig. Durch ihre Überlegenheit genießen sie eine ***Monopolstellung***.

3. Im Laufe der Zeit erscheint den Privilegierten ihre Machtausübung als *legitim*. Sie stärken sich in ihrer Überlegenheit, indem sie sich gegenseitig versichern, dass ihr Handeln rechtmäßig ist und sie das Recht dazu haben. Dadurch entsteht eine erste **Legitimation der Machtausübung**.

Popitz verdeutlicht diese drei Prozesse anhand eines Beispiels auf einem Passagierschiff. Dort gab es für jeweils ein Drittel der anwesenden Passagiere einen Liegestuhl. Die ersten Tage der Reise belegte keiner einen Liegestuhl zu lange. Stand jemand auf, galt der Liegestuhl als verfügbar. Deshalb kam es auch zu keinen größeren Konflikten. Dies änderte sich erst, als neue Passagiere im nächsten Hafen zustiegen, die die Liegestühle den ganzen Tag für sich beanspruchten und darüber hinaus für andere freie Nachbarliegestühle reservierten. Durch Abschreckungsaktionen wie Gesten oder Geschrei machten die Besitzenden gemeinsam ihren Besitzanspruch gegenüber den Nichtbesitzern deutlich. Das Verfügen über die Liegestühle betrachteten sie als ihr Recht.

4. Im Laufe der Zeit erhält die Macht eine Struktur dahin gehend, dass die Privilegierten differenzieren zwischen sich und den anderen, den Abhängigen. Es setzt also eine **Strukturbildung** ein in eine Gruppierung, die an der Macht teilhat, und in eine andere, die abhängig ist. Die dadurch entstandene Struktur bleibt auch erhalten, wenn neue Mitglieder in die Gruppierung oder in eine Einrichtung bzw. Organisation kommen.

5. Der letzte Prozess ist die **Stabilisierung der Macht**, die **durch die gestufte Teilhabe** an ihr erreicht wird. Abhängige haben an der Macht in abgestufter Form teil.

> *„Da die Reproduktion von Macht auch immer eine beschränkte Umverteilung voraussetzt, stimmen schließlich auch die weniger oder gar nicht Mächtigen der etablierten Machtordnung zu, weil das die geringsten Nachteile bei der Wahrnehmung ihrer verbliebenen Lebenschancen verbürgt."*
>
> *(Imbusch, 2016[9], S. 201)*

Popitz beschreibt anhand eines zweiten Beispiels die Prozesse der Machtbildung bzw. des Aufbaus von Machtbeziehungen in einem Gefangenenlager. Lebensmittel werden dort nur im Rohzustand ausgegeben. Vier Häftlinge – einer ist Koch, einer Klempner, einer kann gut Englisch sprechen, einer ist besonders stark – tun sich zusammen, um gemeinsam einen Herd zu bauen, dessen Nutzung sie gemeinsam kontrollieren. Für die Zubereitung des Essens müssen andere Gegenleistungen erbringen. Es entstehen dadurch Abhängigkeiten gegenüber dieser Gruppe, weil offene Feuer verboten sind.

Prozesse der Machtbildung

- Privileg in Anspruch nehmen
- Solidarisierung mit Gleichgesinnten
- Legitimation der Machtausübung
- Macht erhält Struktur
- Stabilisierung der Macht

6.2.2 Dimensionen der sozialen Macht

Alle Macht beruht auf bestimmten grundlegenden **Machtquellen** – darunter versteht man die Gründe der Macht, die zu irgendeiner Form der Überlegenheit und so zu Macht führen.

Das sind zum Beispiel die physische Stärke, Eigentum und Besitz, Expertentum, Legitimation, Sanktionsgewalt oder bestimmte Persönlichkeitsmerkmale wie Ausstrahlungskraft.

In modernen Gesellschaften sind Organisationen die wichtigste Machtquelle. Sie entwickeln durch zielgerichtete Zusammenschlüsse und Zentralisierung von Kräften überlegene Handlungspotenziale[1] aus und verfügen dadurch über bedeutsame gesellschaftliche Ressourcen. Durch Kooperationen und zunehmende Zentralisierung entstehen verfestigte Strukturen der Macht (vgl. *Imbusch, 2016[9], S. 202 f.*).

„In Organisationen entscheidet sich alles. [...] Das bedeutet: Wer an die Macht will, muss gut organisiert sein. [...] Wer in der Politik etwas erreichen will, muss sich organisieren. Politische Interessen sind nur dann durchsetzungsfähig, wenn sie in einer organisierten Weise vertreten werden. Aus diesem Grund besteht die Welt der Politik aus Organisationen: Parteien, Verbänden, Fraktionen, Vereinigungen."

(Anter, 2017[3], S. 129)

Machtquellen eröffnen den Zugang zu bestimmten **Machtmitteln**, das sind Möglichkeiten, die dazu dienen, Macht auszuüben.

Solche Machtmittel sind zum Beispiel das Kapital, die Sanktionsgewalt von Amts wegen oder ein Informationsmonopol.

Machtausübung erfolgt in unserer Gesellschaft auf verschiedene Weise. Die diskretesten **Formen der Machtausübung** sind ***Einfluss, Überzeugung*** und ***Motivation***. Letztere Form meint, andere dazu zu bringen, etwas zu wollen und bis zum Erreichen des Ziels zu verfolgen.

Gelingt es einem in der Forschung tätigen Professor aufgrund seines umfangreichen Wissens und seiner persönlichen Autorität, im Laufe eines Vortrages sein Publikum von nötigen Maß-

[1] Potenzial (potentia, lat.: die Macht, die Stärke), hier: noch nicht ausgeschöpfte Möglichkeiten zum Handeln

nahmen des Umweltschutzes zu überzeugen, so wird sich dies langfristig im Verhalten seiner Zuhörer niederschlagen. Das könnte zum Beispiel dazu führen, dass diese motiviert sind, möglichst wenig das Auto zu benutzen.

Weitere Formen sind die ***Amts- und Befehlsgewalt, Kontrolle, Zwang und Gewalt***. Ebenso tragen ***Persönlichkeitsmerkmale wie Ausstrahlungskraft*** dazu bei, Macht über einen oder mehreren Menschen zu gewinnen.

→ **Materialien 1:** Ideologische Macht

Diesen Formen der Macht liegen bestimmte **Wirkungsmechanismen** zugrunde. In manchen Aspekten der Ausführung wurden bereits Wirkungsmechanismen der Macht deutlich, ohne diese jedoch systematisch darzustellen. Wirkungsmechanismen der Macht sind (vgl. *Imbusch, 2016⁹, S. 206 f.*):

- **Sanktionen**[1]

  Macht gegen den Willen anderer durchzusetzen wird deshalb als Ziel erreicht, weil das Widerstreben einer Person oder Gruppe mit ***negativen Sanktionen*** belegt ist. Sie veranlassen dazu, die eigenen Pläne aufzugeben oder das Verhalten zu ändern. Die Auferlegung oder Androhung unangenehmer Konsequenzen bewirkt Unterwerfung.

- **Kompensationen**[2]

  Die sich unterordnende Person erhält zum Ausgleich etwas für sie persönlich Wichtiges. Macht wirkt hier ***in Form von positiven Sanktionen*** wie zum Beispiel Lob, Geld, Einlösen von Versprechen usw.; durch sie wird ebenfalls Unterordnung, aber auch Wohlverhalten erreicht.

- **Manipulation**[3]

  Manipulation bedeutet die Beeinflussung von Menschen oder Menschengruppen, um das Handeln dieser zu lenken und zu formen. Eine gezielte Lenkung der untergeordneten durch eine übergeordnete Person findet statt. Die Unterwerfung muss nicht bewusst sein und erscheint als vom Individuum selbst gewählt. Manipulation wirkt in Form einer Bewusstseinsänderung, Überzeugung oder eines Glaubens. Beeinflussung ist aber nicht nur negativ zu sehen. Sie kann auch durch die Identifikation mit einer geliebten Bezugsperson entstehen.

Häufig werden dabei bewusst ***Einflussstrategien*** angewendet, um Macht über andere Menschen ausüben zu können. Einflussstrategien sind nach *Felix C. Brodbeck u. a.* (*2010², S. 349*) Verfahrensweisen, die eingesetzt werden, um gegenüber anderen Personen eigene Interessen und Ziele durchzusetzen. *Gary A. Yukl* beschreibt verschiedene Einflussstrategien:

- „*Rationale Überzeugung*: Verwendung von Fakten und logischen Argumenten.
- *Charismatische Appelle*: Ein Sender macht einen Vorschlag, der beim Empfänger Enthusiasmus weckt, weil damit auf sehr wünschenswerte Ideale, Ziele und Bestrebungen hingewiesen wird oder weil damit beim Empfänger Selbstsicherheit hervorgerufen wird.
- *Konsultation*: Ein Sender sucht die Teilnahme eines Empfängers bei der Planung einer Strategie, Aktivität oder Ähnlichem, weil die Unterstützung des Empfängers notwendig ist.

---
[1] siehe Abschnitt 6.1.2
[2] compensare (lat.): ausgleichen
[3] manus (lat.): die Hand; plere (lat.): füllen'

- *Einschmeicheln*: Ein Sender nutzt Lob, Schmeicheleien, freundliches oder hilfreiches Verhalten, um einen Empfänger in eine positive Stimmung zu versetzen, ehe der Sender das eigentliche Anliegen vorbringt.
- *Persönlicher Appell*: Der Sender appelliert an die persönliche Loyalität oder Freundschaft des Empfängers, um seine Zustimmung zu einem Vorschlag zu erhalten.
- *Austausch*: Der Sender bietet im Hinblick auf die Zustimmung des Empfängers entweder einen Austausch von Gefälligkeiten an oder stellt das Teilen des erwarteten Gewinns in Aussicht.
- *Koalitionsbildung*: Der Sender sucht die Unterstützung anderer, um einen Empfänger zu überzeugen.
- *Legitimierungstaktik*: Der Sender rechtfertigt den eigenen Vorschlag, indem er sich auf eine Autorität oder sein Recht beruft , oder indem er seine Ansprüche aus der Politik, den Regeln, den Praktiken oder der Tradition der eigenen Organisation ableitet.
- *Druck machen*: Der Sender nutzt Nachfragen, häufige Kontrollen oder fortwährende Erinnerungen um einen Empfänger zur Zustimmung zu bringen."

(Brodbeck u. a., 2010[2], S. 350)

> *„Diese Wirkungsmechanismen der Macht stehen jeweils in engem Zusammenhang mit bestimmten Machtmitteln. Sanktion, Strafe und Drohungen entfalten ihre Wirkung häufig auf der Basis von physischen[1] Machtmitteln; Kompensation und Belohnung bedürfen zur Entfaltung ihrer Wirkung in der Regel bestimmter ökonomischer Ressourcen[2]; und Manipulation erzielt ihre Wirkung auf der Basis symbolischer Machtmittel."*
>
> *(Imbusch, 2016[9], S. 207)*

→ **Materialien 2:** Machtstreben als Lebensform

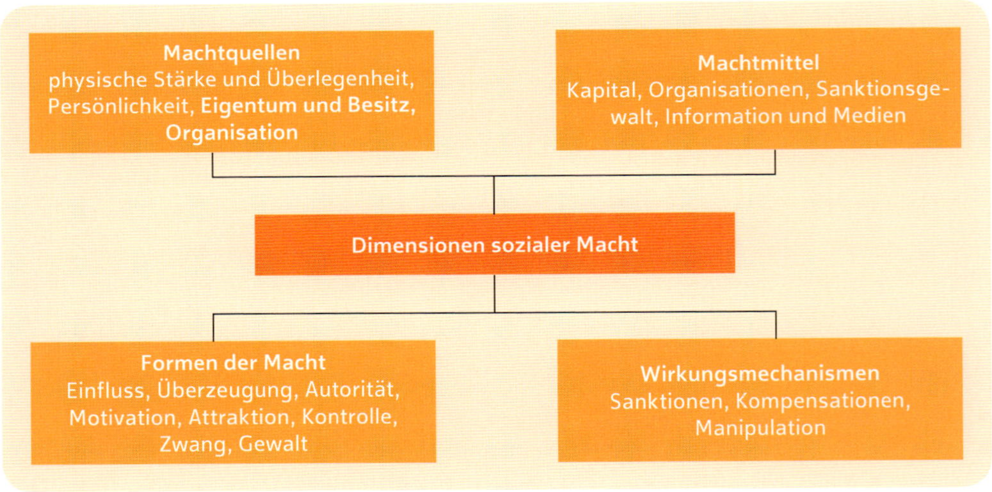

Macht nimmt in der Regel feste Formen an und verfestigt sich. Sie wird in eine gesellschaftlich anerkannte Form gebracht. Man spricht von der **Institutionalisierung[3] der Macht**. *Popitz* (*2004[2], S. 236–260*) hat diesen Prozess der Verfestigung von Macht als Stufenmodell dargestellt, welches in Abschnitt 6.3.2 dargestellt ist.

---

[1] physisch (phýsis, griech.: die Natur): körperlich, das Körperliche betreffend
[2] Ressourcen sind unterstützende Kräfte, die einer Person in ihr selbst und in ihrem sozialen Umfeld zur Verfügung stehen.
[3] hier: Einrichten (Einrichtung) der Macht

Auf den Punkt gebracht

- Macht leitet sich aus dem Wechselspiel von Handlungsmöglichkeiten und Abhängigkeiten ab. Eine Reihe von Prozessen führt dazu, dass eine Minderheit sich gegen die Interessen der Mehrheit durchsetzen kann: Eine Person bzw. Gruppe nimmt ein Privileg, eine Sonderstellung für sich in Anspruch und eignet sich knappe Güter an, deshalb geht die Durchsetzung von Privilegien immer auf Kosten anderer Individuen. Die Macht verfestigt sich, indem sich die Privilegierten mit Gleichgesinnten solidarisieren. Mitglieder der Solidaritätsgruppe kooperieren und unterstützen sich gegenseitig, sie genießen eine Monopolstellung. Den Privilegierten erscheint ihre Machtausübung als legitim. Sie stärken sich in ihrer Überlegenheit und betrachten ihr Handeln als rechtmäßig. Langfristig setzt eine Strukturbildung ein in einer Gruppierung, die im Unterschied zur abhängigen an der Macht teilhat. Die gestufte Teilhabe an der Macht führt langfristig zur Stabilisierung.
- Macht beruht auf bestimmten Machtquellen, die zu einer Form von Überlegenheit führen. In modernen Gesellschaften sind Organisationen die wichtigste Machtquelle. Verfestigte Machtstrukturen entstehen durch Kooperationen und zunehmende Zentralisierung. Dies eröffnet den Zugang zu bestimmten Machtmitteln als Möglichkeit, Macht auszuüben in Form von Einfluss, Überzeugung, Motivation, Kontrolle, Zwang und Gewalt, aber auch durch Autorität in der Form von Amts- und Befehlsgewalt oder persönlicher Autorität, verbunden mit Persönlichkeitsmerkmalen wie Ausstrahlung. Diesen Formen der Macht liegen bestimmte Wirkungsmechanismen zugrunde: Sanktionen, Kompensationen und Manipulation. Häufig werden dabei bewusst Einflussstrategien wie rationale Überzeugungen, charismatische Appelle, Konsultation, Einschmeicheln, persönlicher Appell, Austausch, Koalitionsbildung und Ausübung von Druck angewendet. Eine Institutionalisierung von Macht liegt vor, wenn diese sich verfestigt hat.

Wiederholen, Vertiefen, Anwenden

10. Beschreiben Sie Prozesse der Machtbildung anhand eines Beispiels aus Ihrem Erfahrungsbereich.
11. *Lernsituation 6.2*
    a) Verdeutlichen Sie anhand der Handlungssituation Prozesse der Machtbildung.
    b) Erläutern Sie relevante Formen der Machtausübung anhand der *Lernsituation*.
    c) Zeigen Sie die Wirkungsmechanismen sozialer Macht anhand der Situationsbeschreibung auf.
12. Zeigen Sie an einer selbst gewählten Handlungssituation verschiedene Wirkungsmechanismen der Macht auf.
13. Stellen Sie an ausgewählten Beispielen aus dem Bereich der Schule den Zusammenhang zwischen Machtquellen, Machtmitteln, Formen der Macht und Wirkungsmechanismen der Macht dar.

14. Es gibt eine Reihe von Strategien, um auf andere Personen Einfluss auszuüben und eigene Interessen durchzusetzen. Verdeutlichen Sie dies anhand Ihrer Beobachtungen in Schule oder Familie.

15. *Familienclans in Deutschlands Städten*
„Sie kontrollieren das Rotlichtmilieu, den Rauschgifthandel oder erpressen Schutzgelder: In deutschen Großstädten hat die Polizei es zunehmend mit kriminellen Familienclans zu tun. In Duisburg-Marxloh fährt die Polizei aus Sicherheitsgründen nur noch mit mindestens zwei Streifenwagen zu Einsätzen.“ (Schumacher u.a., 2015, o. S.)
a) Suchen Sie im Internet Zahlen und Fakten über Familienclans in deutschen Städten.
b) Beschreiben Sie Prozesse der Machtbildung und verdeutlichen Sie diese am Beispiel der Machtetablierung durch den Clan.
c) Erläutern Sie Formen der Machtausübung am Beispiel krimineller Clans.

16. *Jeder dritte Jugendliche hat Erfahrungen mit Cybermobbing ...*

*„Gut ein Drittel, nämlich 33,4 Prozent, der befragten Schüler ist von Cybermobbing betroffen – je elf Prozent als reine Täter, als reine Opfer und als solche, die beide Rollen kennen, die ‚**Täter-Opfer**‘. Besonders häufig sind sie an **Hauptschulen** zu finden – dort ist ihr Anteil deutlich höher, er liegt bei über 45 Prozent.*
*Das häufigste Mobbing-Instrument ist der Umfrage zufolge das **Verschicken beleidigender Nachrichten** (14,5 Prozent), gefolgt vom Weiterleiten vertraulicher Informationen (7,9 Prozent). Gut fünf Prozent haben Nachrichten unter falschem Namen verschickt.“ (Trenkamp, 2013)*
a) Verdeutlichen Sie, wie die Dynamik der „Läster-Netzwerke“ funktioniert. Berücksichtigen Sie dabei Machtquellen und Formen der Machtausübung.
b) Diskutieren Sie darüber, ob auch in Ihren Freundesgruppen problematische Formen des Umgangs miteinander erkennbar sind.

17. *„Machtstreben als Lebensform“*
a) Lesen Sie *Materialien 2*.
b) Verdeutlichen Sie die Intention von Machtmenschen aus Sicht des Autors.
c) Zeigen Sie die Mittel und Methoden von Machtmenschen auf.
d) Reflektieren Sie darüber, in welchen gesellschaftlichen Bereichen sich vermehrt Tendenzen des Strebens nach Macht erkennen lassen.

18. Befragen Sie Freunde und Bekannte, was sie mit den Begriffen „Macht“ und „Herrschaft“ verbinden. Vergleichen Sie die gesammelten Aussagen mit den Begriffsbestimmungen in diesem Kapitel.

19. *„Wissen ist Macht“ heißt es im Volksmund.*
Erläutern Sie anhand von Beispielen aus Politik, Wirtschaft, wie Wissen gezielt als Mittel einsetzt wird, um Einfluss und Macht auszuüben und auszuweiten.

20. *Meine Erfahrungen mit mächtigen Personen im Schul- und Berufsleben*
- Reflektieren Sie in Kleingruppen über Ihre Erfahrungen mit sozial mächtigen Personen in diesen Lebensbereichen.
- Diskutieren Sie über Ihre Vorstellungen, wie sich der machtorientierte Typ in diesen Bereichen verhält und welche Rolle dabei Zwang, Einfluss, Kontrolle, körperliche Gewalt und Autorität spielen.
- Ernennen Sie einen Gruppensprecher, der die Kleingruppe vertritt.
- Bilden Sie einen Innenkreis, in welchem die Gruppensprecher Platz nehmen. Stellen Sie einen Stuhl mehr in diesen Kreis – dieser bleibt jedoch leer. Die restlichen Teilnehmer bilden einen Außenkreis.
- Die Gruppensprecher teilen den anderen Mitgliedern des Innenkreises ihre in den Kleingruppen besprochenen Erfahrungen und Diskussionsergebnisse mit. Wer von den Mitgliedern des Außenkreises etwas ergänzen oder sich an der Diskussion des Innenkreises beteiligen möchte, kann sich auf den leeren Stuhl setzen, seinen Beitrag leisten und dann wieder in den Außenkreis zurückgehen.

21. *Reporter sind „Der Macht auf der Spur"*
- Besprechen Sie in Kleingruppen, welchen gesellschaftlichen Bereich – Politik, Wirtschaft, Medien usw. – Sie kritisch nach Machtausübung und Machtmissbrauch untersuchen möchten.
- Suchen Sie im Internet nach Schlagzeilen, Zitaten, Fotos usw., anhand derer Sie eine Wandzeitung gestalten.
- Legen Sie fest, wer für die Präsentation der Ergebnisse die Rolle des Reporters übernehmen und um welchen Beitrag es sich handeln soll, z. B. Reportage im Fernsehen, Beitrag einer Wochen- oder Tageszeitung usw.
- Präsentieren Sie die Ergebnisse Ihrer Recherche in der Klasse, kommentieren Sie diese kritisch und regen Sie Ihre Mitschüler zu einer Diskussion darüber an.

6.3 Macht und Herrschaft

Lernsituation

Herrschaft – ja oder nein?

Im Unterrichtsfach Soziologie steht das Thema „Herrschaft" auf dem Plan. Die Lehrkraft stellt an die Schüler folgende Frage: „Welche Formen von Herrschaft kennen Sie?" Ihre Mitschülerin Emmi meldet sich und antwortet: „Grundsätzlich gibt es Demokratien und Diktaturen." Franz, dessen Eltern aus den neuen Bundesländern kommen, erwidert: „Ganz so einfach ist es nicht, die ehemalige DDR hat sich auch als eine demokratische Republik bezeichnet.

Die Frage jedoch ist, wer in einem Staat tatsächlich die Herrschaft ausübt. In unserer Demokratie gibt es zwar jede Menge Gesetze, aber unsere Elite hält sich am allerwenigsten daran, wie die letzten ‚Dieselskandale' in der Automobilbranche gezeigt haben." „Herrschaft ist dann problematisch, wenn sie missbraucht wird", erwidert Franz. Cynthia unterstützt seine Aussage: „In meinem Land sind die Herrscher mit aller Macht bestrebt, Traditionen aufrechtzuerhalten und Rechte nach ihren Interessen zu gestalten. Menschen, die freiheitlich denken, werden verfolgt und Frauen unterdrückt." „Eure Argumentation finde ich etwas einseitig", wirft Valentin in die Diskussion ein. „Zur Aufrechterhaltung von Recht und Ordnung ist Herrschaft zwingend notwendig. Für die Umsetzung von Gesetzen und Verordnungen gibt es einen bürokratischen Verwaltungsapparat." „Das sehe ich wie Valentin", resümiert Herta, „legitime Herrscher, die als solche anerkannt sind, denen Menschen vertrauen und ihnen aufgrund ihrer Fähigkeiten, Ausstrahlung, Persönlichkeit und Vorbildwirkung freiwillig nachfolgen, sehe ich als positiv." Lilly meldet sich: „Für mich stellt sich die Frage, was Macht und Herrschaft voneinander unterscheidet." „Sexismus, Mobbing sind aus meiner Sicht problematische Formen von Machtmissbrauch, aber jetzt sollten wir all unsere Fragen klären, bevor wir weiterdiskutieren", wirft Pia ein.

Was kennzeichnet Herrschaft und welche Formen gibt es?

Wie wird Herrschaft ausgeübt?

Was veranlasst Menschen, sich Herrschenden zu unterwerfen?

Wie hängen Macht und Herrschaft zusammen, was unterscheidet sie?

I Information

6.3.1 „Herrschaft" im Verhältnis zu „Macht"

Umgangssprachlich werden die beiden Begriffe „Macht" und „Herrschaft" meist gleichbedeutend verwendet.

Herrschaft ist eine „institutionalisierte und verfestigte Form der Macht" (*Anter, 2017³, S. 56*). Man spricht von der **Institutionalisierung**[1] **der Macht**, wenn sie in eine gesellschaftlich anerkannte Form gebracht wird.

Institutionalisierung der Macht bedeutet, die Macht in eine gesellschaftlich anerkannte Form zu bringen.

Das relativ stabile Verhältnis der Über- und Unterordnung der Herrschaft ist gekennzeichnet durch das **Recht des Übergeordneten, Vorschriften zu erlassen und die Nichtbefolgung der Anordnungen zu sanktionieren**[2]. Das Recht der Herrscher ist jedoch auf bestimmte Inhalte und Personen begrenzt. Nach *Max Weber* stellt Herrschaft einen „Sonderfall von Macht" dar.

Weber (2006, S. 62) bestimmt Herrschaft als ***„die Chance, für einen Befehl bestimmten Inhalts bei angebbaren Personen Gehorsamzu finden"***. Herrschaft unterscheidet sich

[1] hier: Einrichten (Einrichtung) der Macht
[2] Dieser Begriff ist in Abschnitt 6.1.2 geklärt.

demnach von Macht zum einen darin, dass sie sich auf präzise „angebbare" Personen bezieht. Damit ist gemeint, dass sich die Herrschaft auf Personen bezieht, die man eindeutig benennen kann. Zum anderen ist Herrschaftsausübung **formell festgelegt**, das heißt, es ist geregelt, wer berechtigt ist, Befehle zu erteilen und wer diesen gehorchen muss.

Für die Stabilität von Herrschaft ist ein entscheidendes Kriterium der **Legitimitätsglaube**. Im Gegensatz zur reinen Machtausübung ist Herrschaft an ***Legitimität*** gebunden. Legitimität bedeutet, die Beherrschten glauben an die Rechtmäßigkeit der Herrschaft und stimmen dieser zu; die Herrscher glauben, dass ihre Macht zu Recht besteht (vgl. *Weber, 2006, S. 215*).

Legitimität liegt vor, wenn die Beherrschten die Ausübung von Herrschaft and die damit verbundene Forderung von Gehorsam durch die Herrschenden für gerechtfertigt halten.

Herrschaft ist demnach, wie es *Jakobus Nössner (1986*[9]*, S. 50)* definiert, „**befugte und anerkannte Machtausübung**". Im Gegensatz zur Macht ist Herrschaft ein Verhältnis, das nicht auf Zwang, sondern auf Zustimmung des Unterworfenen und seiner Anerkennung der Autorität des Überlegenen beruht.

Zwangsmöglichkeiten sind beispielsweise Täuschung, Drohung, Nötigung, Erpressung, Gewaltanwendung, Folter und dgl.

„Herrschaft [bezeichnet] [...] nicht irgendwelche, sondern anerkannte und legitimierte Ungleichheiten; unter diesem Gesichtspunkt erscheint Herrschaft als ein wertneutraler Koordinationsmechanismus, der es ermöglicht, Ressourcen zu mobilisieren und Ziele zu erreichen. [...]"
(Bonß/Lau, 2011, S. 7f.)

Herrschaft bezeichnet die legitimierte, institutionell und formell geregelte Möglichkeit der Machtausübung.

Anerkannte und legitimierte Macht wird in der Pädagogik als **Autorität** bezeichnet.

Der Fortbestand von Herrschaft ist gefährdet, wenn diese sich nicht langfristig legitimieren kann. Herrschende – zum Beispiel die Regierung – müssen immer den Glauben an die Legitimität der gegebenen Befehle herstellen und aufrechterhalten, damit die Beherrschten ihre Unterordnung anerkennen.

In einem demokratischen System wird durch Neuwahlen die Herrschaft der regierenden Partei bzw. Parteien neu legitimiert.

Im Unterschied zur Macht ist Herrschaft eine Machtausübung, welche an das Innehaben von sozialen Positionen gebunden ist und institutionalisierte Regeln aufweist. Herrschaft ist ein durch institutionalisierte Macht begründetes ***Abhängigkeitsverhältnis***. Man spricht jedoch nicht von Herrschaft, wenn sich die Chance, Gehorsam zu finden, nur auf ein spezifisches Thema bezieht.

Die Signale und Anweisungen eines Polizisten, der den Verkehr regelt, werden von den Verkehrsteilnehmern zwar befolgt, aber man kann dennoch nicht davon sprechen, dass der Polizist herrscht.

Für die Beurteilung eines Herrschaftsverhältnisses ist entscheidend, ob die Durchsetzung des Gehorsams in einem begrenzten Themenbereich auch auf andere Lebensbereiche übergreift und ob es sich um legitime oder illegitime Herrschaft handelt.

Herrschaft ist ein zentraler Faktor eines jeden sozialen Systems. Herrschende kontrollieren nicht nur die Aktivitäten der Beherrschten. Sie sorgen auch für die Einhaltung der Normen und sanktionieren abweichendes Verhalten. Sie delegieren Aufgaben, setzen Normen und bestimmen Ziele der Gesellschaft und seiner Teilbereiche, entscheiden bei Konflikten und steuern unter anderem Informationen.

Im Bereich Politik besteht ein enger Zusammenhang zwischen Macht und Herrschaft. Politische Macht wird innerhalb einer bestehenden Herrschaftsordnung ausgeübt, beispielsweise haben Personen in politischen Ämtern bestimmte Befugnisse. Eine politische Ordnung hat nur dann Bestand, wenn diese von den Beherrschten anerkannt wird und Gesetze eingehalten werden. In einer Demokratie wird im Bereich der Politik Herrschaft nur auf Zeit ausgeübt. Ämter, Funktionen stehen allen offen, sind daher nicht an eine Person, sondern an das jeweilige Amt gebunden. Demokratische Entscheidungen werden mit legalen Machtmitteln durchgesetzt.

Macht und Herrschaft

Unterschiede:

Macht

- Durchsetzung des eigenen Willens auch gegen den Widerstand anderer
- Machtausübung ist durch persönliche Willkür gekennzeichnet
- Zwang zum Gehorsam, auch wenn die Machtausübung nicht anerkannt ist
- Machtausübung vollzieht sich überall, ist nicht formalisiert und institutionalisiert

Herrschaft

- Chance, Gehorsam aus Überzeugung zu finden
- Herrschaftsausübung setzt Legitimität(sglaube) an die Rechtmäßigkeit („befugte und anerkannte Machtausübung") voraus
- Anerkennung der Herrschaftsausübung
- Herrschaftsausübung ist formell und institutionell geregelt

Gemeinsamkeiten

- Ausübung von sozialer Kontrolle über Situationen und Handelnde
- Über- und Unterordnung im Sinne einer Hierarchie
- Entstehung von sozialer Ungleichheit
- Einsatz von Sanktionen in Form von Belohnung und Bestrafung
- Risiko einer Gewaltanwendung

6.3.2 Von der Macht zur Herrschaft

Nach *Popitz (2004²)* kennzeichnen den Institutionalisierungsprozess von Macht in Richtung Herrschaft drei Tendenzen:

- **Entpersonalisierung** von Machtverhältnissen: Macht löst sich zunehmend von bestimmten Personen. Sie bezieht sich auf bestimmte Funktionen und Positionen, die unabhängig von der Person sind, die gerade das Sagen hat.
- **Formalisierung** der Machtausübung: Die Machtausübung löst sich mehr und mehr von persönlicher Willkür, stattdessen orientiert sie sich an bestehenden Regeln, Ritualen und Verfahrensweisen.
- **Integrierung** der Machtverhältnisse: Macht wird zunehmend in ein übergreifendes soziales Ordnungsgefüge und in bestehende Verhältnisse integriert.

Herrschaftsausübung durch einen hierarchisch strukturierten Militärapparat bedeutet beispielsweise, dass Personen in der Führungshierarchie problemlos austauschbar sind. Verstöße gegen militärische Regeln, zum Beispiel willkürliche Ausübung von Herrschaft bei der Ausbildung der Rekruten, können bis vor das Militärgericht gehen und geahndet werden. Ein bestehendes Ordnungsgefüge schreibt vor, wer in der Hierarchie jeweils Befehle erteilen kann und wer Befehlsempfänger ist (zum Beispiel der General hat Befehlsmacht gegenüber dem Oberst, Oberstleutnant, Major, Hauptmann, Oberleutnant, Leutnant usw.).

Durch diese Prozesse der Entpersonalisierung, Formalisierung und Integrierung ***erhöht sich die Stabilität***, die Macht nimmt feste Formen an, dauerhafte Strukturen und die typische Asymmetrie zwischen Gehorchendem und Befehlendem entstehen, sodass eine Herrschaftsstellung gefestigt bzw. erweitert wird. Popitz (2004², S. 236–260) hat diesen Prozess der ***Verfestigung von Macht bis hin zur Herrschaft*** als **Stufenmodell** dargestellt:

1. **Stufe: „Sporadische Macht"**

   Die Macht bleibt auf den Einzelfall beschränkt. Es handelt sich um eine zufällige Aneinanderreihung von Einzelaktionen. Der die Macht Ausübende verfügt kaum über Machtmittel und kann wiederholbare Leistungen nicht durchsetzen und den Schwächeren nicht an sich binden.

   Ein Urlauber wird mit vorgehaltener Pistole seines Geldes beraubt.

2. **Stufe: „Normierende Macht"**

   Ein Machtinhaber kann das Verhalten seiner Untergebenen nicht nur im Einzelfall lenken, sondern auch normieren, das heißt, er kann durch Sanktionen[1] – zum Beispiel durch den Einsatz von Drohungen oder Belohnungen – Regelmäßigkeiten im Verhalten durchsetzen und damit Gehorsam verfestigen. Für den Machthaber reduziert sich der zur Steuerung des Verhaltens nötige Aufwand und das Verhalten wird voraussehbar und Gewohnheiten spielen sich ein.

   Ein Fußballtrainer kann durch Drohungen und anerkennende Worte die Mannschaftsmitglieder zur Einhaltung bestimmter Regeln und zum Gehorsam erziehen (zum Beispiel pünktliches Erscheinen zum Training, Einhaltung der Spielregeln usw.).

[1] Dieser Begriff ist in Abschnitt 6.1.2 geklärt.

3. **Stufe: „Positionalisierung von Macht und Herrschaft“**

Es kommt zur Herausbildung von ersten Herrschaftsbastionen, weil sich normierte Macht zu positioneller Macht weiterentwickelt und sich zu einer überpersonalen Machtstellung verdichtet. Diese Stufe markiert den Beginn von Herrschaft.

Jugendliche treffen sich regelmäßig auf der Straße. Einer der Jungen vertritt mit Nachdruck seine Meinung und ekelt unliebsame Neue aus der Gruppengemeinschaft. Er wird von den anderen als „Boss“ anerkannt. Er verteilt Sonderaufgaben an die Mitglieder, er ergreift Initiativen zur Bekämpfung anderer konkurrierender Banden in der Stadt, er bestraft Verräter, kontrolliert, ob die verteilten Aufgaben auch ordentlich ausgeführt wurden. Er überwacht mit normierender Macht das Verhalten der Gruppenmitglieder.

4. **Stufe: „Positionsgefüge der Herrschaft“**

Indem sich eine Arbeitsteilung verfestigt, bildet sich um zentrale Machtpositionen ein Gefüge von weiteren Positionen. So lassen sich unabhängig von den Personen Machtstellungen dauerhaft etablieren, das heißt, die Herrschenden werden austauschbar. Arbeitsteilige Machtausübung erfordert Regeln, Kontrolle und eine soziale Ordnung.

Der Gruppenführer verlässt die Stadt, weil seine Eltern aus beruflichen Gründen umziehen. Sein Stellvertreter, der ihn in Zeiten kurzfristiger Abwesenheit schon immer vertreten hat, wird nun zum Nachfolger. Auf seinen Platz rückt ein anderes Mitglied als Stellvertreter nach. Eine Reihe weiterer Positionen haben sich etabliert, zum Beispiel der Streitschlichter, die Kämpfer.

5. **Stufe: „Staatliche Herrschaft“**

Eine zentralisierte und auf ein bestimmtes Gebiet bezogene Herrschaft bedeutet zwar für den Einzelnen soziale Zwänge, erfüllt aber für das Individuum andererseits lebenswichtige Ordnungsfunktionen. Monopolisierungsansprüche werden durchgesetzt, so zum Beispiel die Gesetzgebung mit der Funktion der Normsetzung, das Sanktionsmonopol mit der Funktion der Rechtsprechung, das Gewaltmonopol mit der Funktion der Normdurchsetzung.

Unabhängig von der Gesellschaftsform – demokratisch oder diktatorisch – gibt es ein Regierungssystem, Richter, ein Heer, damit diese Ordnungsfunktionen erfüllt werden können.

Stufenmodell zunehmender Institutionalisierung

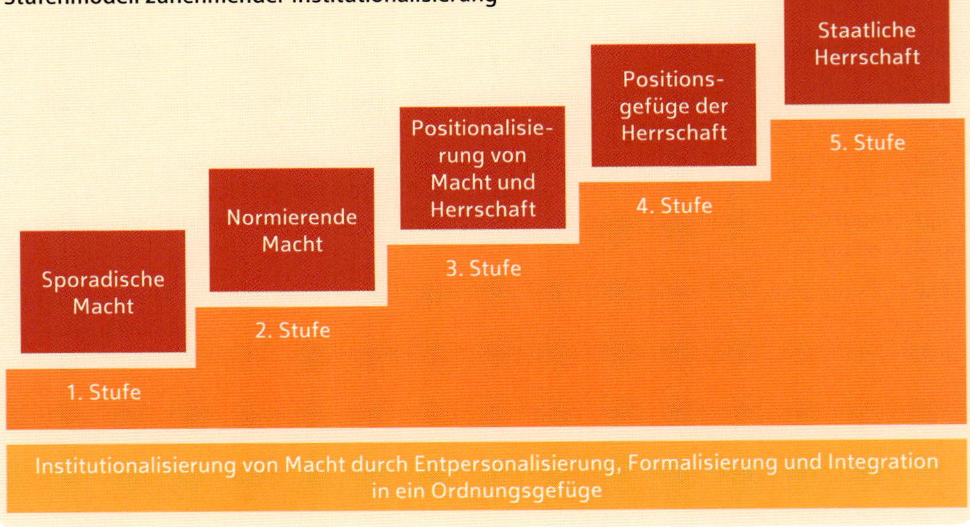

6.3.3 Typen legitimer Herrschaft

Weber (2006, S. 218) unterscheidet verschiedene Formen der Herrschaft nach dem ihnen typischen Legitimitätsanspruch. Dabei beschreibt er drei Typen:

- **Die rationale Herrschaft**, die auf der Rechtmäßigkeit einer berechenbaren, abstrakten unpersönlichen Ordnung beruht und durch Gesetz, Satzung, Verordnung und dergleichen begründet ist.

  Ein demokratischer Rechtsstaat ist ein typisches Beispiel für diese Herrschaftsform. Auch Eltern berufen sich in Konfliktsituationen gegenüber ihren älteren Kindern auf das Recht der elterlichen Sorge, das durch Gesetz festgelegt ist.

- **Die traditionale Herrschaft**, welche auf dem Alltagsglauben an die Richtigkeit von schon immer geltenden Ordnungen und Traditionen beruht. Herrschende legitimieren sich dadurch, dass die Beherrschten anerkennen, dass es schon immer so war. Der aufgrund von Tradition zum Herrscher berufenen Person wird gehorcht. Die Herrschaftsausübung wird also durch Brauch, Gewohnheit, Sitte, Tradition begründet.

  Beispiele für eine traditionale Herrschaft sind die patriarchalische und ständische Herrschaft, die Monarchie oder die des Papstes über die katholische Kirche. In der durchschnittlichen Familie mit Kleinkindern ist es traditional so, dass die Eltern bestimmen und die Kinder zu gehorchen haben.

- **Die charismatische Herrschaft** beruht auf der Ausstrahlungs- und Anziehungskraft eines Menschen. Nach *Weber* erwächst sie aus dem Glauben an besondere Eigenschaften, Fähigkeiten, Qualitäten einer Person, um derentwillen sie als übermenschlich, vorbildlich und daher als Herrscher anerkannt ist. Die damit verbundene Autorität führt bei den Beherrschten kraft des persönlichen Vertrauens zu Folgsamkeit. Die Legitimation beruht also auf dem Glauben an die besondere, nicht alltägliche Befähigung oder Erwähltheit (vgl. *Rosa u. a., 2018³, S. 54*).

  Beispiele für solche charismatischen Herrscher sind Propheten, Religionsstifter, Führer, Kriegshelden oder andere Charismatiker wie *Martin Luther King* (Foto).

Diese Formen der Herrschaft sind Idealtypen, sie kommen in Reinform real niemals vor. Ihr Nutzen besteht darin, dass existierende Herrschaftsformen verglichen, danach beurteilt und Entwicklungsrichtungen bestimmt werden können (vgl. *Rosa u. a., 2018³, S. 58*).

***Martin Luther King** (1929–1968) war Pastor und Bürgerrechtler, der gegen soziale Unterdrückung und Rassismus kämpfte. Bekannt wurde er mit seiner Rede „Ich habe einen Traum“. 1964 erhielt er den Friedensnobelpreis. Vier Jahre später wurde er ermordet.*

Martin Luther King

Typen legitimer Herrschaft

- **rationale Herrschaft**: Glaube an die Rechtsordnung
- **traditionale Herrschaft**: Glaube an die Richtigkeit von schon immer geltenden Ordnungen
- **charismatische Herrschaft**: Glaube an besondere Eigenschaften, Fähigkeiten sowie Qualitäten einer Person und der durch sie geschaffenen Ordnung

Der Soziologe Stefan Breuer erweitert Webers Typen legitimer Herrschaft um einen vierten Typus – den der „demokratischen Herrschaft“, da in der westlichen Welt staatliche Herrschaft gegenwärtig nur dann als legitim erscheint, wenn sie durch demokratische Prozesse abgesichert wird (vgl. *Anter, 2017*[3], *S. 67 f.*).

Einen Typ legitimer Herrschaft, den *Weber (2006, S. 219)* recht umfassend beschrieben hat, ist der **bürokratische Verwaltungsstab**, dessen sich die Herrschenden als Instrument der Herrschaftsausübung bedienen. *Weber* spricht von einer ***„Herrschaftsform der Bürokratie“***. Der bürokratische Verwaltungsstab mit seinem Beamtenapparat führt Gesetze, Routineprogramme und Befehle aus. Die Anweisungen der Regierung sollen möglichst exakt und schnell umgesetzt werden. Der Aufbau der Bürokratie und Verwaltung trägt dazu bei, dass Loyalität erreicht und auch Kontrolle ausgeübt wird (vgl. *Kühn, 2013*[6], *S. 319 f.*).

Es darf nicht übersehen werden, dass neben legitimer Herrschaft auch eine Reihe „nicht legitimer Herrschaft“ existiert: Seit vielen Jahrhunderten gibt es auf der Welt Herrschaftsformen wie Oligarchien[1], Diktaturen, autoritäre und totalitäre Regime.

Beispiele hierfür sind die nationalsozialistische Diktatur oder die stalinistische Terrorherrschaft in der ehemaligen UdSSR oder eine kleine Gruppe von einflussreichen Personen, welche Meinungsführer in der Gemeinde sind. Sie genießen soziale Anerkennung der Mitbürger, besitzen wertvolle Verbündete und können auf diese Weise die wichtigen Gemeindeentscheidungen kontrollieren und damit Macht ausüben.

> *„Die Vorstellung [...], dass offene oder häufige Gewaltanwendung immer ein Indiz für schwache Herrschaft ist [...] lässt sich nach den deutschen Erfahrungen mit der nationalsozialistischen Diktatur [...] nicht mehr aufrechterhalten. Herrschaft ohne Legitimation schließt das Funktionieren eines Systems keineswegs aus.“*
> *(Imbusch, 2016*[9]*, S. 213)*

[1] Oligarchie (griech.): Herrschaft durch eine kleine Gruppe in einem Staat bzw. Gemeinwesen

Zur Warnung
Ein Mensch, zu kriegen einen Stempel,
Begibt sich zum Beamten-Tempel
Und stellt sich, vorerst noch mit kalter
Geduld zum Volke an den Schalter.
Jedoch, wir wissen: Hoff – und Harren
Das machte manchen schon zum
Narren.
Sankt Bürokratius, der Heilige,
Verachtet nichts so sehr wie Eilige.
Der Mensch, bald närrisch-ungeduldig
Vergisst die Ehrfurcht, die er schuldig,
Und, wähnend, dass er sich verteidigt,
Hat er Beamten schon beleidigt.
Er kriegt den Stempel erstens nicht,
Muss, zweitens, auf das Amtsgericht,
Muss, trotz Entschuldigens und Bittens
Noch zehn Mark Strafe zahlen, drittens,
Muss viertens, diesmal ohne Zorn,
sich nochmal anstellen, ganz von vorn,
Darf, fünftens, keine Spur von Hohn
Raushörn aus des Beamten Ton
Und darf sich auch nicht wundern,
sechstens,
Wenn er kriegt Scherereien, nächstens.
Geduld hat also keinen Sinn,
Wenn sie uns abreißt, mittendrin.
(Roth, 2015^7, S. 133)

Legalität darf nicht mit Legitimität verwechselt werden. Legalität[1] bedeutet Bindung der Staatsbürger und der Staatsgewalt an das geltende Recht und ist wesentlicher Bestandteil eines Rechtsstaates. Sie ist eine Form der Legitimität, die vorliegt, wenn die Beherrschten die Ausübung von Herrschaft und die damit verbundene Forderung von Gehorsam sowie die Anwendung von Zwang und Gewalt durch die Herrschenden auf der Grundlage geltender gesellschaftlicher Normen für gerechtfertigt halten. (vgl. *Abschnitt 6.3.1*)

→ **Materialien 3:** Macht und Herrschaft in der modernen Gesellschaft

Auf den Punkt gebracht

- Herrschaft ist eine gesellschaftlich legitimierte, institutionalisierte Form der Macht. Es handelt sich um ein relativ stabiles Verhältnis der Über- und Unterordnung. Der Übergeordnete hat das Recht, für bestimmte Personen Vorschriften zu erlassen und bei Nichtbefolgung von Anordnungen zu sanktionieren. Herrschaft unterscheidet sich von Macht darin, dass sie sich auf präzise angebbare Personen bezieht, das heißt, es ist formell festgelegt, wer berechtigt ist, Befehle zu erteilen, und wer diesen gehorchen muss. Auch ist sie an Legitimität gebunden, sowohl die Beherrschten als auch Herrscher glauben, dass diese zu Recht besteht. Damit ist Herrschaft eine befugte, anerkannte, institutionell und formell geregelte Machtausübung. Ihr Fortbestand ist gefährdet, wenn sie sich nicht legitimieren kann.
- Die Ausübung von Herrschaft ist an soziale Positionen gebunden und weist fest institutionalisierte Regeln auf. Sie ist ein durch institutionalisierte Macht begründetes Abhängigkeitsverhältnis. In jedem sozialen System kontrollieren Herrschende die Aktivitäten der Beherrschten, setzen Normen und sorgen für deren Einhaltung, sanktionieren abweichendes Verhalten, delegieren Aufgaben, bestimmen Ziele für Teilbereiche der Gesellschaft, entscheiden bei Konflikten und steuern unter anderem Informationen.

[1] lex (lat.): das Gesetz; legalitas (lat.): die Gesetzlichkeit; legitimus (lat.): gesetzmäßig, gesetzlich

- Den Prozess der Institutionalisierung von Macht in Richtung Herrschaft kennzeichnen Entpersonalisierung von Machtverhältnissen, Formalisierung der Machtausübung und Integrierung der Machtverhältnisse. Die Verfestigung der Macht bis hin zur Herrschaft verläuft nach *Popitz* in fünf Stufen: sporadische Macht, normierende Macht, Positionalisierung von Macht und Herrschaft, Positionsgefüge der Herrschaft und staatliche Herrschaft.
- *Weber* unterscheidet drei reine Typen legitimer Herrschaft: rationale, traditionale und charismatische Herrschaft. Der bürokratische Verwaltungsstab als Typ legitimer Herrschaft wird von ihm auch als Herrschaftsform der Bürokratie bezeichnet. Der Aufbau von Bürokratie und Verwaltung trägt dazu bei, dass Loyalität erreicht und Kontrolle ausgeübt wird. Neben legitimer Herrschaft existieren auch eine Reihe illegitimer Formen von Herrschaft, wie zum Beispiel Oligarchien, Diktaturen, autoritäre und totalitäre Regime.

Wiederholen, Vertiefen, Anwenden

22. a) Bestimmen Sie den Begriff „Herrschaft". Verdeutlichen Sie Merkmale von Herrschaft und begründen Sie, was Institutionalisierung von Macht bedeutet.
b) Zeigen Sie den Unterschied von Macht und Herrschaft auf.
c) Erläutern Sie anhand eines Beispiels Gemeinsamkeiten und Unterschiede von Macht und Herrschaft.

23. Immer wieder fordern Pädagogen eine herrschaftsfreie Erziehung, Soziologen die Abschaffung der herrschenden Klasse. Erläutern Sie, warum Menschen sich unterwerfen und diese Herrschafts- und Machtanwendung zum Preis der Einschränkung ihrer persönlichen Freiheit als sinnvoll erachten.

24. Zeigen Sie den Institutionalisierungsprozess von Macht in Richtung Herrschaft anhand eines Beispiels auf.

25. Beschreiben Sie an einer Handlungssituation das Stufenmodell der Institutionalisierung von Herrschaft.

26. Stellen Sie an je einem Beispiel Formen legitimer Herrschaft dar.

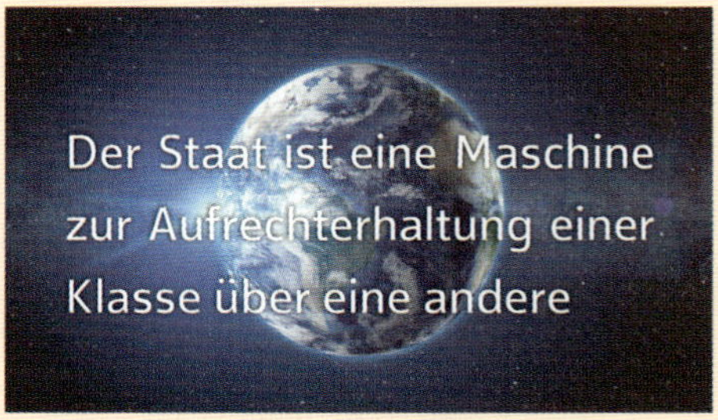

27. *„Macht und Herrschaft in der modernen Gesellschaft"*
a) Lesen Sie *Materialien 3* „Macht und Herrschaft in der modernen Gesellschaft".
b) Überprüfen Sie Webers Analyse der modernen Gesellschaft und begründen Sie, welche Rolle dem bürokratischen Verwaltungsstab zugeschrieben wird.
c) Fortschreitende Rationalisierungsprozess in Wissenschaft, Wirtschaft und in bürokratischer Verwaltung führen zu Sachzwängen und einem „stahlharten Gehäuse der Hörigkeit" für den modernen Menschen mit dem Risiko, dass er seine individuelle und politische Handlungsfreiheit einzubüßen droht (vgl. *Rosa u. a. 2018³, S. 65*).

Diskutieren Sie diese kritische Aussage zur modernen Gesellschaft unter Berücksichtigung Ihrer Beobachtungen und Erfahrungen mit gesellschaftlichen Institutionen.

d) Bei politischen Machtkämpfen geht es um miteinander unvereinbare Werte. Begründen Sie, welche Rolle dabei dem Individuum bzw. Politiker zukommt und wie es gelingen kann, dass gesellschaftliche Stabilität entsteht.

28. *„Die neuartigen Herrschaftstechniken [...] erlauben ein weitaus größeres Maß an Flexibilität und verringern gleichzeitig den Kontroll- und Sanktionsaufwand bürokratischer [...] Organisationsformen. Gleichzeitig erschweren sie den Widerstand und fördern die Übernahme und Verinnerlichung von Zielen und Verhaltenserwartungen." (Bonß/Lau, 2011, S. 14 f.)*
Aktuell zeigen sich diese Probleme an der Auseinandersetzung um Datenmacht und Vorratsspeicherung. Sie könnten zum Auslöser für den Aufbau von Gegenmacht sein oder Ausgangspunkt für neue Herrschaftstechniken werden.
Diskutieren Sie die von den Autoren genannten Gefahren neuartiger Herrschaftstechniken. Begründen Sie diese am Beispiel der Vorratsspeicherung von Daten.

29. *Lernsituation 6.3*
Diskutieren Sie die Frage: Herrschaft – ja oder nein?

30. *Statement-Spiel*

- Bilden Sie einen Stuhlkreis. Jeder Schüler erhält ein DIN-A4-Blatt.
- Notieren Sie auf diesem Blatt eine Ihnen wichtige Aussage zu „Herrschaft in unserer Demokratie" –zum Beispiel: Macht entscheidet darüber, welcher politische Wille sich durchsetzen und welche Partei herrschen kann. Herrschende vertreten nicht wirklich die Interessen des Volkes ...
- Legen Sie Ihre Statements auf den Boden des Klassenzimmers.
- Machen Sie Ihren Rundgang, um die Statements zu lesen. Sobald Sie sich einen Überblick verschafft haben, wählen Sie ein Statement aus, das Sie besonders anspricht, dem Sie zustimmen oder das Sie ablehnen.
- Finden Sie sich für eine Gesprächsrunde in Kleingruppen zusammen. Lesen Sie den Gruppenmitgliedern das von Ihnen gewählte Statement vor. Begründen Sie, warum sie es ausgewählt haben. Diskutieren Sie Ihre Sichtweisen zu diesen Statements. Nach Abschluss der Diskussionsrunde wählen Sie das Statement aus, das Sie im Plenum vorstellen und diskutieren möchten.

31. *Mein Bild von herrschenden, mächtigen Personen*
- Jeder Teilnehmer erhält ein rotes, ein gelbes und ein grünes DIN-A4-Blatt.
- Schreiben Sie auf das gelbe Blatt die Aussage: „Diese herrschende Person finde ich beeindruckend ..."
- Auf das grüne Blatt schreiben Sie die Aussage: „Als kritisch oder problematisch an dieser Person beurteile ich ...", „Ich wünsche mir deshalb ..."
- Auf das rote Blatt notieren Sie die Aussage: „An der gegenwärtigen gesellschaftlichen Entwicklung macht mir Angst ..."
- Ergänzen Sie alle drei Aussagen.

- Bilden Sie in der Klasse einen Kreis und lesen Sie den anderen Teilnehmern den 1. Satz mit Ihren Ergänzungen vor, danach sofort den 3. Satz, ebenfalls mit Ihrer formulierten Ergänzung, und zum Schluss den 2. Satz.
- Die anderen Teilnehmer geben jetzt eine Rückmeldung über die Unterschiede zwischen den Vorträgen der verschiedenen Sätze: Hat sich Ihre Körperhaltung geändert, woran haben Sie sich evtl. festgehalten, hatten Sie immer genügend Halt bei Ihren Vorträgen? Waren der Tonfall, die Stimmung unterschiedlich?
- Danach sind weitere Teilnehmer an der Reihe.

6.4 Leben in extremen Institutionen

Lernsituation

Warum muss ich hier wohnen?

Im Soziologieunterricht wird das Thema „totale Institution" besprochen. Die Lehrkraft fragt in die Gruppe: „Was stellen Sie sich unter einer totalen Institution vor?" Ramon, der während seines Praktikums im Seniorenheim auf der „geschlossenen Station" für weglaufgefährdete demente Bewohner eingesetzt war, antwortet spontan: „Ein Seniorenheim – ich bin nicht sicher, ob diese Bezeichnung für Seniorenheime generell oder nur geschlossene Stationen treffend ist." „Um Deine Frage zu beantworten, sollten wir uns Gedanken über die Aufgaben dieser Institution machen", regt die Lehrkraft an. „Erzähle bitte über Deine Erlebnisse und Eindrücke." „Das Personal sorgt für die Bewohner, da sie aufgrund ihres hohen Alters Unterstützung benötigen, gebrechlich und deshalb nicht mehr fähig sind, für sich selbst zu sorgen. Weglaufgefährdete Senioren sind zwar nicht gefährlich, belastend für das Personal ist allerdings das Risiko, wenn sie sich unbegleitet von der Einrichtung entfernen. Aus diesem Grund werden sie in der geschlossenen Station untergebracht. Seniorenheime sind bürokratisch organisiert. Beschäftigungsangebote werden in der Gruppe durchgeführt, die Tagesstruktur ist vorgeschrieben, Zeit fürs Frühstück, Mittagessen, Kaffeetrinken. Der Tagesablauf ist exakt geplant. Ein Herr, der zu Beginn meines Praktikums erst kurz ins Heim eingetreten war, musste sich im Laufe der Wochen erst an sein Leben in der Seniorenresidenz und den Tagesablauf anpassen. Es fiel ihm schwer, nun nicht selbst bestimmen zu können, wann er aufstehen oder essen möchte. Eine Pflegekraft wollte ihn unbedingt zu einem Spaziergang im Garten bewegen. Da wurde er sogar aggressiv, hat sie beschimpft, sie solle ihm endlich seine Ruhe lassen, er habe ihr schon mehrmals gesagt, dass er heute keine Lust auf Sonne und die Hitze im Freien habe", endet Ramon seinen Bericht.

Anhand dieser Beobachtungen können wir überprüfen, ob das Seniorenheim die Kriterien einer totalen Institution erfüllt.

I Information

6.4.1 Aufgaben und Merkmale von totalen Institutionen

Der amerikanische Soziologe *Erving Goffman* interessierte sich für gesellschaftliche Institutionen[1] und die soziale Situation von „Insassen" in „totalen Institutionen" – so bezeichnet er extreme Formen von Institutionen.

***Erving Goffman** (1922–1982)*
Von 1945 bis 1951 war er als Dozent an der Universität von Edinburgh tätig. Zeitgleich führte er auf den Shetland-Inseln vor Schottland seine ersten Feldstudien zur Alltagskommunikation durch, worüber er 1953 in Chicago promovierte. Im St. Elisabeth Hospital in Washington führte er Studien über die Lebenswelt der Patienten und deren Verhalten in Anstalten durch. 1959 veröffentlichte er sein Buch „Wir spielen alle Theater", das ihn rasch bekannt werden ließ. 1963 folgte ein weiteres Buch mit dem Titel „Stigma", in dem er sich mit Prozessen der Stigmatisierung[2] und Techniken der Bewältigung beschädigter Identität auseinandersetzte. Ab 1962 lehrte er an der Universität in Berkeley in Kalifornien als ordentlicher Professor. Im Jahr 1969 folgte er dem Ruf an die Universität von Pennsylvania in Philadelphia. Er erhielt eine Reihe von Auszeichnungen und 1981 wurde er zum Präsidenten der „Amerikanischen Gesellschaft für Soziologie" gewählt (vgl. Kaufmann, 2009, S. 54).

Goffman versteht unter einer totalen Institution Wohn- und Arbeitsstätten für mehrere ähnlich gestellte Individuen, die gesellschaftlich abgeschnitten in einer nur beschränkt zugänglichen Welt leben. Weitgehend abgeschlossen von der Außenwelt führen sie miteinander ein formal reglementiertes Leben. Sein Interesse galt nicht dem Personal, sondern der Situation der Menschen, die in solchen Einrichtungen wohnen. Alle Institutionen nehmen die Zeit ihrer Mitglieder in Anspruch, die Besonderheit „totaler Institutionen" ist, dass diese erheblich mehr Zeit ihrer Mitglieder beanspruchen (vgl. *Goffman, 2018*[21]*, S. 11 ff.*).

Inhaftierte in Gefängnissen, demente Bewohner in Seniorenheimen, Patienten in geschlossenen psychiatrischen Kliniken, Mönche und Nonnen im Kloster beispielsweise leben und wohnen in Abgeschiedenheit von der Gesellschaft. Sie müssen sich an die vorgegebenen Regeln und Tagesstrukturen halten.

Eine totale Institution ist eine abgeschlossene Wohn- und Arbeitsstätte für eine Anzahl ähnlich gestellter, gesellschaftlich abgeschnittener Individuen, die ein formal reglementiertes Leben führen.

[1] Goffman versteht unter einer Institution nicht, wie in der Soziologie üblich, beständige Ordnungs- und Verhaltensmuster (vgl. Kapitel 1.2.3), sondern soziale Einrichtungen, in denen diese Ordnungs- und Verhaltensmuster Anwendung finden.

[2] Stigmatisierung (stigma, griech.: das „Brandmal") meint eine negative Bewertung und damit verbunden eine Diskreditierung eines Verhaltens, die auf die Person übertragen wird und diese dadurch eine beschädigte Identität entwickeln kann.

Aufgaben von totalen Institutionen

- Fürsorge für harmlose und unselbstständige Menschen

→ Einrichtungen für Menschen mit Behinderung, beispielsweise Blinde, Kinder- und Altenheime, psychiatrische Einrichtungen

- Fürsorge für Personen, die unfähig sind, für sich selber zu sorgen oder für die Gemeinschaft eine unbeabsichtigte Gefahr darstellen

→ Einrichtungen für Tuberkulosepatienten und Leprakranke, Menschen mit psychischen Erkrankungen, die andere gefährden oder bereits kriminell geworden sind

- Schutz der Gesellschaft vor Menschen, die als gefährlich eingestuft werden, deren Wohl nicht primär im Vordergrund steht

→ Solche Einrichtungen sind beispielsweise Gefängnisse, Kriegsgefangenenlager, Konzentrationslager usw. Das Wohl der Insassen findet kaum Beachtung.

- Durchführung von arbeitsähnlichen Aufgaben, Rechtfertigung der Kontrolle anhand instrumenteller Gründe

→ Internate dienen der schulischen Bildung, Kasernen der militärischen Ausbildung, Schiffe haben jeweils unterschiedliche Aufgaben, Arbeitslager erfüllen Strafmaßnahmen, militärische Stützpunkte dienen der Sicherheit usw.

- Zufluchtsorte vor der Welt oder religiöse Ausbildungsstätten

→ Klöster, Abteien, andere Wohngemeinschaften für Nonnen und Mönche usw.

... Mit Eintritt in eine totale Institution, wie beispielsweise ein Gefängnis, findet für die Zeit, die eine Person dort verbringt, ein Bruch mit der bisherigen Existenz statt.

Totale Institutionen sind bürokratisch organisiert, es besteht eine Trennung zwischen Personal und Bewohnern. Sie sind durch folgende Merkmale gekennzeichnet:

- Sie sind ***allumfassend,*** stellen eine abgeschlossene, besondere Welt dar, nehmen sowohl die Zeit als auch das Interesse ihrer Mitglieder in Anspruch, beschränken die sozialen Beziehungen mit der Außenwelt und das Recht auf Freizügigkeit.

→ Inhaftierte in Gefängnissen oder demente Bewohner auf der geschlossenen Station müssen hinter hohen Mauern und verschlossenen Toren leben. Klöster haben häufig Begrenzungen durch Wasser, Felsen usw. gewählt, diese sorgen für Abgeschiedenheit.

- Das Leben aller Mitglieder findet für die Dauer ihrer Anwesenheit in der Einrichtung nur an diesem einen Ort statt. Es gibt keine Trennung der Lebensbereiche Arbeiten, Wohnen, Schlafen, Spielen; der Alltag ist einer zentralen Autorität unterworfen.

→ In modernen Gesellschaften arbeiten Menschen üblicherweise getrennt von ihrem Wohnort, an dem sie leben und schlafen oder ihre Freizeit verbringen. Dies ist in totalen Institutionen nicht der Fall.

- Tägliche Arbeiten werden gemeinschaftlich in einer großen Gruppe durchgeführt, alle erfahren dieselbe Behandlung.

→ Tätigkeiten werden in Gruppen arbeitsteilig, nach bestimmten Vorgaben ausgeführt.

- Der Arbeitstag, alle Tätigkeiten sind exakt geplant, deren Abfolge wird nach Plan in Form formaler Regeln durch einen Stab an Funktionären[1] vorgeschrieben.

  Der Ablauf des Tages ist exakt durchstrukturiert, es wird zu bestimmten Zeiten aufgestanden, gefrühstückt, gearbeitet, zu Mittag gegessen usw. Die Lebensweise wird genau überwacht.

- Die vorgeschriebenen Tätigkeiten dienen dazu, die offiziellen Ziele der Einrichtung zu erreichen.

  In Wohnheimen für Menschen mit Behinderung mit angegliederten Werkstätten sind die Ziele die Produktion und der Verkauf bestimmter Artikel.

→ **Materialien 4:** Das Altenheim – immer noch eine „totale Institution"?

6.4.2 Anpassungsleistungen in totalen Institutionen

Vor dem Eintritt in eine totale Institution sind die Lebensform und der Tagesablauf einer Person durch die kulturelle Umwelt geprägt. Sie kommt mit einem bestimmten Selbstbild in die Einrichtung. Im Laufe der Mitgliedschaft findet ein kultureller Wechsel und Verlust bisheriger Rollen statt. Die Isolation der Insassen führt dazu, dass sie mit den Veränderungen der Außenwelt nicht Schritt halten können. Der Betroffene verlernt langfristig die Lebensbewältigung draußen. Nach einer Entlassung ist er unfähig, mit den ihm verfügbaren Handlungsmöglichkeiten im Alltag zurechtzukommen. *Goffman* spricht von einer **„Diskulturation"** des Individuums.

Diskulturation meint den Prozess des Verlernens der Lebensbewältigung in der Außenwelt. Der Betroffene ist zeitweilig unfähig, im Alltag mit seinen Handlungsmöglichkeiten zurechtzukommen.

Bei seinem Eintritt durchläuft der Betroffene oftmals eine Reihe von Demütigungen, Degradierungen und Entwürdigungen. Aufnahmeprozeduren erfüllen den Zweck, den Neuankömmling zur Kooperation zu veranlassen, ihn fügsam zu machen und seinen Willen zu brechen. Absichtlich oder unabsichtlich wird sein Ich gedemütigt, er wird bestraft, bis er

[1] fungi (lat.): verrichten; eine Person, die in einer Institution bzw. Organisation Führungsaufgaben hat

sich unterwirft. All diese Prozesse bewirken nach *Goffman* eine ***Verletzung des Selbst*** (vgl. *Goffman, 2018[21], S. 25 ff.*).

→ In relativ kurzer Zeit muss ein Bruch mit der Vergangenheit erreicht werden. Ziel ist, dass eine einheitliche Gruppe entsteht. In vielen Einrichtungen – zum Beispiel in der Bundeswehr – beispielsweise sind Uniformen zu tragen. Der soziale Status und die Rollen, die „draußen" wichtig waren, werden abgelegt.
Im Gefängnis werden bei der Aufnahme gewisse Prozeduren vorgenommen wie Fotografieren, Wiegen, Entkleiden, Ausgabe von Anstaltskleidung; persönlicher Besitz wird weggenommen usw.

> *„Die Prozesse, durch die das Ich eines Menschen gedemütigt wird, sind in totalen Institutionen ziemlich gleich. Die Analyse dieser Prozesse kann uns helfen, die Bedingungen zu erkennen, die gewöhnliche Institutionen garantieren müssen, wenn ihre Angehörigen ihr bürgerliches Selbst behalten sollen."*
> *(Goffman, 2018[21], S. 25)*

Im Laufe der Zeit findet eine ***Anpassung an die Regeln und Normen*** dieser Welt statt. Kooperationsbereitschaft führt zur Vermeidung von Strafen oder auch zum Erwerb von Privilegien.

Die Autorität des Personals wird durch ein Kontrollsystem und die Ausübung von Macht aufrechterhalten, indem es belohnt oder bestraft, Vorrechte einräumt bzw. entzieht.

→ In der Psychiatrie kann eine Verlegung von einer geschlossen Station in eine offene als Privileg gelten oder auch die Entlassung kann für den Betroffenen eine Form der Belohnung sein. Ein Patient kann in das Isolierzimmer gesperrt werden.

Als Reaktion darauf entwickeln die Insassen Schutzmechanismen für das Ich, *Goffman* spricht von ***„sekundären Anpassungsleistungen"***. Sie erfüllen die Funktion, sich zu beweisen, dass man selbst noch eine gewisse Kontrolle über seinen Lebensbereich ausüben kann. Die Gruppe der Insassen entwickelt informelle Kontrollmechanismen, um zu verhindern, dass Mitglieder die sekundäre Anpassung eines anderen an die Leitung verraten. Bindungen zu einzelnen oder Gruppen werden eingegangen, ***Loyalität*** und Solidarität untereinander und Ablehnung des Personals entstehen.

→ Pfleger in der Psychiatrie, Wärter im Gefängnis werden gehänselt, ausgepfiffen, lächerlich gemacht. Die unter den Insassen entstandenen Beziehungen bieten gegenseitige Unterstützungen.

Eine weitere Form der Anpassung an die Institution bezeichnet *Goffman* als ***„Kolonialisierung"***. Innerhalb der Grenzen beschränkter Möglichkeiten baut sich der Insasse eine relativ zufriedene Existenz mit maximaler Bedürfnisbefriedigung und einem freien Gemeinschaftsleben auf. Den Ausschnitt der Außenwelt, den ihm die Institution ermöglicht, nimmt er als seine ganze Welt. Die Spannungen zwischen beiden Welten verringert er dadurch, dass er anhand der in der Außenwelt gemachten Erfahrungen demonstriert, wie reizvoll und angenehm das Leben drinnen ist.

→ Die Insassen gehen manchmal sogar so weit, dass sie kurz vor ihrer Entlassung eine Handlung begehen, die Grund für eine weitere Inhaftierung liefert.

Eine dritte Anpassung erfolgt durch ***Konversion***, das bedeutet, dass der Insasse das amtliche Urteil über seine Person verinnerlicht. Er spielt die Rolle eines perfekten Insassen, seine Haltung ist eher diszipliniert und moralisch.

Schließlich können als Anpassungsformen ***Rebellion*** und ***Regression*** auftreten. Der Rebellierende verhält sich kompromisslos, später weicht er aus und zieht sich aus der Situation zurück (vgl. *Goffman, 2018[21], S. 59 ff.*).

Der Rebellierende verweigert die Zusammenarbeit mit dem Personal und bedroht die Institution absichtlich. Nach einer Zeit wird die Phase der Rebellion durch Rückzug abgelöst.

Auf den Punkt gebracht

- Totale Institutionen sind von der Außenwelt relativ abgeschlossene Wohn- und Arbeitsstätten für ähnlich gestellte Individuen, die ein reglementiertes Leben führen. Für die Gesellschaft erfüllen sie eine Reihe von Aufgaben: Fürsorge für harmlose, unselbstständige Menschen, die nicht für sich selber sorgen können oder eine unbeabsichtigte Gefahr darstellen, Schutz der Gesellschaft, Durchführung arbeitsähnlicher Aufgaben, Zufluchtsort vor der Welt und religiöse Ausbildungsstätte. Folgende Merkmale sind kennzeichnend für bürokratisch organisierte totale Institutionen: Sie sind allumfassend, nehmen die Zeit und das Interesse der Mitglieder in Anspruch, beschränken das Recht auf Freizügigkeit. Aufgaben werden gemeinschaftlich durchgeführt. Der Tagesablauf ist geplant, erfolgt geregelt nach Vorschrift, vorgeschriebene Tätigkeiten dienen ihrer Zielerreichung.
- Die Lebensform einer Person vor Eintritt ist kulturell geprägt, sie kommt mit einem gewissen Selbstbild in die Institution. Im Laufe der Mitgliedschaft und Abgeschlossenheit findet ein Rollenverlust statt, die Lebensbewältigung in der Außenwelt wird verlernt, es kommt zur Diskulturation. Aufnahmeprozeduren sollen Betroffene zur Kooperation veranlassen, sie durchlaufen eine Reihe von Demütigungen, Degradierungen, Entwürdigungen, welche eine Verletzung des Selbst bewirken. Im Laufe der Zeit findet eine Anpassung an die Regeln und Normen der Institution statt, durch Kooperationsbereitschaft können Strafen vermieden werden. Der Insasse entwickelt Schutzmechanismen, „sekundäre Anpassungsleistungen“ genannt. Loyalität, Solidarität unter den Insassen und Ablehnung des Personals entstehen. Als weitere Formen der Anpassung können Kolonialisierung, Konversion, Rebellion und Regression auftreten.

Wiederholen, Vertiefen, Anwenden

32. *Biografie und Internetsuche*

- Suchen Sie im Internet nach Informationen über das Leben und Werk von *Erving Goffman*.
- Fertigen Sie in Kleingruppen eine Übersicht zur Biografie dieses Soziologen an.
- Erarbeiten Sie wichtige Abschnitte seines Lebens.

33. *Lernsituation 6.4*

a) Bestimmen Sie den Begriff totale Institution.
b) Verdeutlichen Sie die Aufgaben totaler Institutionen anhand Ramons Bericht über sein Praktikum im Seniorenheim.
c) Erläutern Sie am Beispiel einer geschlossenen Station im Seniorenheim Merkmale dieser Institution.
d) Setzen Sie sich kritisch mit den vom Personal erwarteten Anpassungsleistungen der Heimbewohner auseinander. Beziehen Sie in die Diskussion Ihre Erfahrungen und Beobachtungen im Praktikum mit ein.

34. *Das Altenheim – immer noch eine totale Institution?*

- Lesen Sie *Materialien 4* „Das Altenheim – immer noch eine ‚totale Institution'?"
- Überprüfen Sie, ob *Goffmans* Beobachtungen mit den Seniorenheimen heutiger Zeit noch übereinstimmen.
- Diskutieren Sie, welche Defizite immer noch bestehen und welche Änderungen aus Ihrer Sicht anstünden.

35. *Psychiatrische Einrichtungen, Gefängnisse oder Klöster sind nach Goffman totale Institutionen.*

a) Finden Sie sich in Kleingruppen zusammen, entscheiden Sie, mit welcher totalen Institution Sie sich als Team beschäftigen möchten.
b) Verdeutlichen Sie anhand der von Ihnen gewählten Institution deren Aufgaben und Merkmale.
c) Recherchieren Sie im Internet über einen Film, anhand dessen Sie in Auszügen aufzeigen können, welche Anpassungsleistungen von Mitgliedern erwartet werden.

36. *Projekt „Institutionen erkunden"*

- Erkunden Sie die Situation in einer Einrichtung Ihrer Wahl (zum Beispiel Obdachlosenheim, Asylbewerberheim, psychiatrische Einrichtung, Seniorenheim usw.) in Ihrer Stadt bzw. Gemeinde.
- Bilden Sie Arbeitsgruppen und legen Sie die einzelnen Themen für die Arbeitsgruppen fest.
- Planen Sie die Vorgehensweise, um eine Befragung durchzuführen:
  - Beschaffung von Informationen über die Aufgaben und Probleme der Institution (Sozialarbeiter, Pflegedienstleitungen, Internet usw.).
  - Befragung einer zuständigen Person. Die Interviews können mit Smartphone aufgezeichnet werden.
- Präsentieren Sie die Gruppenergebnisse im Plenum.
- Führen Sie eine Diskussions- und Fragerunde im Anschluss durch.

Aufgabe zum gesamten Kapitel:

37. *Die „Handelstheke"*
    - Finden Sie sich zu Fünfergruppen zusammen und entwerfen Sie auf je einem roten Blatt Papier fünf Aufgaben zu dem Thema „soziale Macht".
    - Auf je einem grünen Blatt Papier schreiben Sie die Lösungen dieser Aufgaben.
    - Diese Aufgaben werden an einer „Theke" (Tisch, Bank etc.), die Antworten auf einer anderen „Theke" ausgelegt.
    - Jeder Schüler wählt eine Aufgabe aus, die nicht in seiner Gruppe entworfen wurde, und bearbeitet diese. Anschließend überprüft er seine Bearbeitung mit der Antwort auf der zweiten „Theke".
    - Nach erfolgreicher Überprüfung wählt er eine weitere Aufgabe usw.

Materialien Kapitel 6

1. Ideologische Macht

Eine andere Quelle und Form der Macht ist die Verfügung über das Denken der Anderen. Das kann man als ideologische Macht bezeichnen. [...] Ideologien definieren die Wirklichkeit und intendieren ein Handeln, das diese Sicht der Wirklichkeit auch bei Anderen durchsetzen soll. Insofern gehen sie auch mit Macht einher. [...] Macht hat man deshalb auch, wenn man die Angst der Anderen kennt. [...] Aus der ideologischen Macht ergibt sich eine bestimmte Chance: „[...] seine Wirklichkeitsbestimmung durchzusetzen". [...] Deshalb suchen alle totalitären Systeme auch als erstes, sich der Kommunikationsmittel zu bemächtigen, um das richtige Denken zu erzeugen. Ein ausgeklügeltes Spitzelsystem stellt sicher, dass es bei diesem richtigen Denken auch bleibt. Wie weit das geht, hat George Orwell in seinem Roman „1984" beschrieben. Auch wenn wir froh sind, dass das alles hinter uns liegt, ist doch nicht von der Hand zu weisen, dass es ideologische Macht in vielfältiger Form gibt. Sie ist allerdings raffinierter geworden und scheint – zumindest in den westlichen Ländern – auch nichts mehr mit politischer Unterdrückung zu tun zu haben. Das sollte uns aber nicht hindern, kritisch auf diese Form der Macht zu sehen. Natürlich werden die Medien sich nicht als ideologisch verstehen, und doch sind sie es, weil jedes Denken, das sich seiner eigenen Logik sicher ist und nicht bei sich selbst bleibt, sondern auf das Denken Anderer einwirken will, per definitionem Ideologie ist. Es wäre auch falsch, würde man nur die eklatanten Versuche, Meinung zu machen, als ideologische Macht verstehen. Es sind eher die Bilder vom ganz normalen Leben, die uns permanent und unmerklich in eine bestimmte Richtung des Denkens und Handelns drängen. Eben weil es so ganz nahe bei dem zu liegen scheint, was wir kennen oder was wir uns als realistische Zukunft auch für uns selbst vorstellen können, können wir uns dem Zauber dieser Macht nicht entziehen. [...] Die alltäglichste Form, in der wir ideologische Macht ausüben, ist unser Handeln die alltäglichste, in der wir sie erfahren, ist die Sozialisation.

(Abels, Band 1, 2019[5], S. 233–235)

2. Machtstreben als Lebensform

Der ***Machtmensch*** prägt [...] eine bestimmte Lebensform aus. Der Machtmensch will in allererster Linie mächtig sein. Ihm geht es nicht um eine fördernde Hinwendung zu anderen Menschen, sondern darum, Anderen sein eigenes Wollen aufzuprägen, das Innenleben anderer Menschen und deren äußeres Verhalten seinen Machtbedürfnissen entsprechend zu strukturieren. Die Spannbreite der Mittel und Methoden, die der Machtmensch einsetzt, um dieses Ziel zu erreichen, ist groß: Sie reicht von subtilen geistigen Unterordnungsverhältnissen bis hin zu Gewalt und Zwang. Persönlichkeit Besitz und Organisation sind Quellen der Macht. [...] Ständiges Motiv des Machtmenschen ist der Wille, Anderen überlegen zu sein. [...] Sachlichkeit, Mitmenschlichkeit und ethische Standfestigkeit spielen in diesen Zusammenhängen eine untergeordnete Rolle. Einzig der Erhalt und die Steigerung von Macht sind wichtig. [...] Machtmenschen haben in der Regel das Bedürfnis, Andere zu dominieren, sie zu kontrollieren, zu manipulieren, auszubeuten oder gar zu vernichten.

(Kornbichler, 2007, S. 60 f.)

3. Macht und Herrschaft in der modernen Gesellschaft

Der Staat übt Macht aus, er hat den legitimen Gebrauch von Gewalt monopolisiert, um seine Gesetze und Verordnungen durchzusetzen. Seine Handlungsspielräume sind jedoch stark eingeschränkt, da er nur mithilfe **bürokratischer Herrschaft** funktionieren kann. Der bürokratische Verwaltungsstab ist für die Durchsetzung des Monopols der legitimen Gewalt zuständig. Unverzichtbar ist die Bereitschaft zum Gehorsam der Mitglieder des Verwaltungsstabes gegenüber den Befehlshabern (vgl. *Kaven, 2006, S. 53*).

Der Staat erlässt Gesetze (Legislative), er sorgt für den Schutz der öffentlichen Ordnung und der persönlichen Sicherheit (Polizei), Schutz des Rechts (Justiz), Pflege kultureller Interessen (verschiedene Verwaltungsbereiche), Schutz nach außen (Militär).

Kennzeichnend für moderne Gesellschaften sieht *Weber* neben dem kapitalistischen Wirtschaftssystem einen **fortschreitenden Prozess der Rationalisierung** beispielsweise in der Technik, Wirtschaft und Wissenschaft, aber auch ein rationales Rechtssystem und vor allem ihr bürokratisches Verwaltungssystem. Grundlegend hierfür ist ein vernunftgemäßes Denken, das auf Sachverhalten beruht. Mit Sachverhalten meint er, dass Ressourcen, Prinzipien des Handelns und Wissen systematisch geordnet und eingesetzt werden, um die Welt und das Leben berechenbar und beherrschbar zu gestalten.

Damit einhergehend ist eine Rationalisierung der alltäglichen Lebensführung, verbunden mit einer zeitlichen Disziplin und Orientierung an eingesetzten Ressourcen, erzieltem Ertrag und dem Streben nach Gewinnmaximierung.

Rationalität meint nach *Weber* ein vernunftgemäßes Denken, das auf realen Sachverhalten (Ressourcen, Prinzipien des Handelns sowie Wissen) beruht und diese systematisch eingesetzt werden, um die Welt und das Leben berechenbar und beherrschbar zu gestalten.

Im Vordergrund steht ein ***Mittel-Zweck-Denken***, das Weber als **Zweck-Rationalität** bezeichnet. Bevor eine Handlung konsequent verfolgt wird, ist Wertrationalität – ein rationales Abwägen von Mitteln und Zielen – gefordert. Die Begründung von Werten soll sich an Prinzipien der Vernunft orientieren. Dennoch kann die Gesamtentwicklung der Gesellschaft auch irrationale Züge annehmen und sich verselbstständigen (vgl. *Rosa u. a., 2018³, S. 62 ff.*).

Eine Begleiterscheinung des Rationalisierungsprozesses in der Gegenwartsgesellschaft ist die fortschreitende Automatisierung in der Arbeitswelt und damit verbunden die Freisetzung von Arbeitskräften. Die Umsetzung gentechnischer Fortschritte beispielsweise erfolgt nicht unter der Maßgabe wertgebundener, moralischer Grundsätze, sondern sie wird mit der unaufhaltsamen Eigendynamik wissenschaftlicher Errungenschaften gerechtfertigt.

Zweck-Rationalität ist ein Abwägen von Mitteln und Zielen. Wert-Rationalität ist ein rationales Abwägen von Mitteln und Zielen vor dem Hintergrund von Werten.

„Stattdessen haben sich die ungebremsten entfaltenden Rationalisierungsprozesse in Wissenschaft, Wirtschaft und Technik, aber auch in der Logik bürokratischer Verwaltung so sehr zu unentrinnbaren Sachzwängen verselbständigt und verdichtet, dass sie für den modernen Menschen zu einem ‚stahlharten Gehäuse der Hörigkeit' geworden sind, dem gegenüber er seine individuelle und seine politische Handlungsfreiheit einzubüßen droht. Die Rationalisierungs- und Fortschrittslogik der Wirtschaft und der Wissenschaft, aber auch der bürokratischen Verwaltung und Reglementierung erscheint heute als unhintergehbar."

(Rosa u. a., 2018³, S. 65)

Allein die Einflussnahme einer Person oder Gruppe reicht nicht aus, es braucht anerkannte Autorität. Diese beruht auf Überlegenheit und Kompetenz, verbunden mit einem Amt, einer Funktion oder Sache. In Herrschaftsverhältnissen und Machtbeziehungen ist der Autoritätsanspruch Herrschender immer auch mit der Folgebereitschaft Untergebener verbunden. Voraussetzung hierfür ist, dass Herrschende vernunftbegründet entscheiden und handeln. In modernen Demokratien geben schriftlich festgelegte Regeln diese Orientierung. Rationale Herrschaft ist somit eine legale Herrschaft.

Rationale Herrschaft beruht auf Überzeugung, dass Herrschende vernunftorientiert entscheiden und handeln.

Bei politischen Machtkämpfen geht es nach *Weber* um die Realisierung miteinander unvereinbarer Werte. Die spezifischen Mittel der Politik sind Macht und Gewalt. Sie stellen politisch Handelnde vor Probleme, die durch individuelle Fähigkeiten und Verantwortung des Politikers zu lösen sind. Macht entscheidet darüber, welcher Wille sich durchsetzen kann und wie die Wirklichkeit gestaltet wird.

Da es keine übergeordnete, höchste Instanz gibt, die entscheiden könnte, welcher der widerstreitenden Werte der richtige wäre, bleibt letztendlich nur die ***subjektive Entscheidung des verantwortlichen Individuums*** als Maßstab für Handeln. Diese Entscheidung jedoch ist die Grundlage des Willens, der in Konkurrenz zum Willen anderer Beteiligter tritt. So ist das soziale Handeln einzelner Menschen sinnhaft auf das Verhalten anderer bezogen, es ist andererseits motiviert durch Interessen. Handelnde schreiben ihrer eigenen Handlung und dem Handeln anderer einen Sinn, eine Intention zu.[1]

Menschen können materielle und ideelle Interessen verfolgen. Ein Unternehmer, der hart arbeitet, tut dies beispielsweise, weil er unabhängig sein und viel Geld verdienen will. Seine Arbeit ist Teil seiner Sinnkonstruktion in seinem Leben. Unzuverlässiges Verhalten seiner Mitarbeiter missbilligt er, weil er dieses unter ökonomischen Gesichtspunkten sieht.

Gesellschaftliche Stabilität und eine kollektiv bindende Wirkung entstehen dadurch, dass Menschen eine legitime Ordnung anerkennen und ihr Handeln daran ausrichten, weil sie von ihrer Rechtmäßigkeit überzeugt sind. Bei Abweichungen muss jeder Handelnde als Reaktion Sanktionen erwarten. Diese Zusammenhänge und Abläufe beschreibt Weber als **„Vergesellschaftung"**.

Weber verwendet anstelle des Begriffs Gesellschaft häufig „Vergesellschaftung" (vgl. *Neuenhaus-Luciano, 2012², S. 103*).

[1] vgl. hierzu Kapitel 2.1.2 und 2.1.3

Vergesellschaftung bedeutet bei *Max Weber* die rational motivierte wechselseitige Verknüpfung stabiler Interessen Handelnder, wodurch eine abgrenzbare Einheit und Struktur einer Gesellschaft entsteht.

„Vergesellschaftung ist ein rational motivierter Zusammenschluss von Interessen, deren konkrete Ausprägung durch die Herrschaftsform und das Wirtschaftssystem bestimmt werden."
(Neuenhaus-Luciano, 2012[2], S. 103)

Herrschaft in einem Staat ist nichts anderes als ***ein institutionalisiertes Verhältnis der Machtausübung***. Einerseits ist die rationale Legitimation von Herrschaft gefordert, andererseits muss die subjektive Entscheidung höchste ethische Instanz sein.

„Das Spannungsverhältnis zwischen staatlichen Institutionen und sinnorientiertem Handeln von Individuen erlaubt den fortwährenden Machtkampf, der für Weber Garant der Freiheit ist."
(Neuenhaus-Luciano, 2012[2], S. 107)

Macht und Herrschaft in der modernen Gesellschaft

Der Staat übt Macht aus, er hat den legitimen Gebrauch von Gewalt monopolisiert, um seine Gesetze und Verordnungen durchzusetzen. Grundlegend für den Prozess der Rationalisierung in der Technik, Wirtschaft und Wissenschaft ist ein klares, rationales Denken, das auf Sachverhalten beruht, um die Welt und das Leben berechenbar und beherrschbar zu gestalten. Herrschaft in einem Staat ist ein institutionalisiertes Machtverhältnis.

Rationale Herrschaft

In der Regel handelt es sich um eine legale Herrschaft des Staates. Sie beruht auf der Überzeugung, dass Herrschende vernunftorientiert handeln. In demokratischen Staaten sind geltende Gesetze und Regeln festgelegt. Herrschende sollen über Autorität bzw. charismatische Macht verfügen.

Zweck-Rationalität
rationales Abwägen von Mitteln und Zielen

Wert-Rationalität
rationales Abwägen von Mitteln und Zielen vor dem Hintergrund von Werten

Gesellschaft:

Vergesellschaftung ist die rational motivierte wechselseitige Verknüpfung stabiler Interessen Handelnder, dadurch entsteht eine abgrenzbare Einheit und Struktur einer Gesellschaft. Die Anerkennung einer legitimen Ordnung erzeugt gesellschaftliche Stabilität.

4. Das Altenheim – immer noch eine „Totale Institution"?

- „Von grundsätzlicher Bedeutung ist die Kategorie Zeit, denn ‚Totale Institutionen' nehmen überdurchschnittlich viel der Zeit ihrer Mitglieder in Anspruch. [...] Zum einen ist dies die Zeiteinteilung des einzelnen Tages: Wie ist seine Struktur und wie groß ist der Anteil an Zeit, den die BewohnerInnen individuell verbringen können? Da AltenheimbewohnerInnen grundsätzlich keine Arbeit zu verrichten haben, kommt ihren eigenen Aktivitäten eine besondere Bedeutung zu. Allerdings sind diese immer im Zusammenhang mit der Zeiteinteilung für die Arbeit des Personals zu sehen. [...] Denn während in anderen ‚Totalen Institutionen' die Zahl der Tage oder Jahre, die die Mitglieder dort zu verbringen haben, oft von Beginn an genau festgesetzt ist, herrscht in einem Altenheim [...] eine spezifische Unbestimmtheit. Hier endet die Mitgliedschaft in aller Regel mit dem Tod des Mitgliedes, [...] ein Aspekt, der nicht ohne Einfluss auf das Leben der BewohnerInnen ist. [...]
- Alle ‚Totalen Institutionen' sind durch ihre Abgeschlossenheit von der Umwelt gekennzeichnet. Dies beginnt oft schon bei der geographischen Lage der Einrichtung, wenn sich diese bewusst in einem relativ menschenleeren Gebiet befindet. Dies ist bei Altenheimen in der Regel nicht der Fall, im Gegenteil, sie werben häufig mit einer günstigen Anbindung an soziale Zentren. Allerdings gelten für AltenheimbewohnerInnen auch andere Bedingungen wie z.B. eine eingeschränkte Mobilität. So ist ihnen sozialer Kontakt zur Umgebung selbstverständlich erlaubt, aber es bleibt zu fragen, inwieweit davon Gebrauch gemacht wird. [...]
- ‚Totale Institutionen' befinden sich immer in einem größeren organisatorischen Zusammenhang, sie sind letztlich Teil der Gesellschaft, die sie hervorgebracht hat. Diese wirkt unmittelbar durch gesetzliche Vorschriften oder die finanzielle Ausstattung und mittelbar, z.B. im Fall der Ausbildung des Personals, auf das Leben innerhalb der Einrichtung ein. [...]
- Altenheime (waren) zum Zeitpunkt der *Goffman'schen* Untersuchung, relativ stark abgeschlossene Einrichtungen. [...] Das ist gegenwärtig nicht mehr der Fall. Dennoch verfügen sie über einen speziellen Eingangsbereich und nur durch diesen findet ein Zugang zum Gebäude statt. [...]
- Eine ‚Totale Institution' ist in erster Linie an den Bedürfnissen des jeweiligen Personals orientiert. [...] [Es] lässt sich leicht zeigen, dass diese Ausrichtung nach den Erfordernissen des Personals, Eingang in den architektonischen Aufbau [...] gefunden hat. [...] Natürlich lassen sich Gebäude nur mit erheblichem Aufwand tiefgreifend umbauen, aber es ist zu schauen, wie der heutige Aufbau im Einzelnen – von den Gemeinschaftsräumen über die Flure bis zu den Zimmern – gestaltet ist. [...]
- Wer von einer ‚Totalen Institution' spricht, meint auch immer die Ausübung von Macht. Machtmittel dienen zur Durchsetzung von Interessen, in Ausnahmefällen können sie sogar Selbstzweck sein. [...] Nicht nur für die heutigen Altenheime [...] ist dieser Sachverhalt differenzierter. [...] Gemäß den erklärten Zielen der Institution Altenheim ist hier die Mitgliedschaft freiwillig. [...] Die zukünftigen BewohnerInnen schließen bei einem Altenheim ihrer Wahl einen ‚normalen' Mietvertrag, mit dem Recht zur Kündigung, ab. [...]
- Neben der formal gerechtfertigten, offenen Ausübung von Zwangsmitteln in Gefängnissen [...] existieren noch andere Formen der Machtausübung. Es sind mehr oder weniger verdeckte, informelle Mittel. Macht kann sich im sozialen Umgang auch in Form von ‚Wartenlassen', ‚Benachteiligungen' oder ganz allgemein schlechter Behandlung zeigen. [...]

- Gemäß dem *Goffman'schen* Bezugsrahmen stellen die Mitglieder einer ‚Totalen Institution' eine große Gruppe dar, denen eine gleiche Behandlung zuteil wird. [...] Darüber hinaus ist es für das Alltagsleben wichtig, festzustellen, welche sozialen Bezüge zwischen ihnen tatsächlich bestehen. Fragen, die Aspekte wie Freundschaft/Feindschaft und ganz allgemein den Umgang miteinander betreffen. In diesen Zusammenhang gehören auch die sozialen Verbindungen der BewohnerInnen zu Menschen außerhalb des Heimes."

(Heinzelmann, 2004, S. 61–64)

7 Der Wandel der Gesellschaft

Der Mensch in der Gesellschaft sowie die Gesellschaft selbst ändern sich im Laufe der Zeit.

Folgende Kompetenzen sollen Sie erwerben:

- ***Sie können Bereiche gesellschaftlicher Wandlungsprozesse feststellen und Faktoren analysieren, die Umbrüche verursachen und beeinflussen.***
- ***Sie sind in der Lage, die Gesellschaft als wandelbar zu begreifen.***
- ***Sie werden sich der Multikausalität[1] gesellschaftlichen Wandels bewusst.***

[1] (lat.): Eine bestimmte Sache, ein Ereignis und dgl. beruhen auf mehreren Ursachen

7.1 Bereiche gesellschaftlichen Wandels

Lernsituation

Das Gespräch mit einem älteren Bekannten

Sie diskutieren mit einem schon älteren Bekannten über die Glorifizierung der Jugend und das Geringschätzen des Alters. Ihr Bekannter sagt dabei: „Ja, früher, als ich noch jung war, hat man mir gesagt, du sollst das Alter ehren, als Jugendlicher bist du noch nichts und musst erst noch etwas werden. Jetzt bin ich alt und wir sind wieder auf dem Abstellgleis und die Jugend wird hoch geachtet und geschätzt. Alles ändert sich immer und ich habe dabei scheinbar die Loser-Karte gezogen."
Sie überlegen sich, wie das sein kann und was sich da im Laufe der Zeit in unserer Gesellschaft so alles geändert hat.

Sie informieren sich darüber, welche Bereiche in der Gesellschaft sich im Laufe der Zeit geändert haben bzw. sich ändern.

I Information

7.1.1 Der Begriff „sozialer Wandel"

Makrosoziologische Gebilde[1] wie beispielsweise die Gesellschaft, ein Großunternehmen und mikrosoziologische Gebilde[1] wie die Familie, der Freundeskreis oder die Jugendgruppe sind keine statischen Einheiten, sondern leben in sich und unterliegen einer Dynamik. Es gab und gibt keine Gesellschaft, die sich im Laufe der Zeit nicht geändert hätte bzw. sich ändert. Aufgrund der Dynamik von Gesellschaften nimmt die Soziologie Veränderungen von Bestehendem in den Blick.

Der Begründer der struktur-funktionalen Theorie, *Talcott Parsons* (*1902–1979*), versteht unter „sozialem Wandel" ***Veränderungen in der Struktur*** eines Systems. Aus dieser Sicht wird sozialer Wandel als die Gesamtheit der in einem bestimmten Zeitabschnitt erfolgten Veränderungen in der Struktur einer Gesellschaft gesehen.

Heute wird dieser Begriff erweitert und bezieht sich auch auf Veränderungen in makro- und mikrosoziologischen Gebilden hinsichtlich der sozialen Schichtung und Lage, der sozialen Werte und Normen, im Rollenverhalten, in den Organisationsmustern und den Lebensverhältnissen des Einzelnen.

So hat sich zum Beispiel die Bevölkerungsstruktur gegenüber 1950 zugunsten der älteren Menschen stark verändert.[2] Heute sind ganz andere soziale Werte und Normen aktuell als in den 50er-Jahren des letzten Jahrhunderts[3]. ←

---

[1] vgl. Kapitel 1.1.3
[2] vgl. Abschnitt 7.1.2
[3] vgl. Abschnitt 7.1.6

Bezüglich sozialer Gebilde wird häufig unterschieden zwischen Veränderung innerhalb eines solchen und Veränderungen eines sozialen Gebildes selbst.

Sozialer Wandel beinhaltet die Gesamtheit von Veränderungen innerhalb einer Gesellschaft hinsichtlich der sozialen Wirklichkeit und des Zusammenlebens und -wirkens von Menschen mit ihren sozialen Gebilden, Strukturen und Systemen und den damit verbundenen sozialen Werten, Normen, Rollen und sozialen Institutionen sowie den Lebensverhältnissen des Einzelnen.

Man spricht des Öfteren auch von „***Dynamisierung***", was Veränderungen unserer Lebensverhältnisse meint. Eine Gesellschaft, die durch Dynamisierung gekennzeichnet ist, bezeichnet man als „***dynamische Gesellschaft***".

Gesellschaftliche Veränderungen vollziehen sich unterschiedlich schnell. Sie betreffen zudem zum Teil lediglich begrenzte Teilbereiche der Gesellschaft, berühren aber zuweilen auch die gesamte Gesellschaft.

„Gesellschaften, gesellschaftliche Strukturen und Prozesse, das Verhalten der Gesellschaftsmitglieder: All dies unterliegt beständigem Wandel – mal langsamer, [...], mal schneller, [...], und Weniges an diesem Wandel [...] ist geplant und in vorausschauendes Handeln einbezogen."
(Wiswede, 1998[3], S. 319)

Ein solcher Übergang verläuft nicht immer konfliktfrei (*Dimbath, 2016[3], S. 42*).

Man denke beispielsweise an die Reformation von *Martin Luther,* an Reformen oder gewaltsame Revolutionen wie zum Beispiel die Französische Revolution.

Es ist nicht möglich, den Wandel selbst zu beschreiben – er ist nicht beobachtbar, sondern in der Unterscheidung eines Vorher und Nachher zu erfassen.

Im Folgenden wird exemplarisch auf fünf Bereiche eingegangen, in denen sozialer Wandel stattgefunden hat bzw. stattfindet, auf den Wandel

- der **Bevölkerungsstruktur** (*Abschnitt 7.1.2*),
- des **Wirtschaftssystem** (*Abschnitt 7.1.3),*
- zur **Klassengesellschaft** (*Abschnitt 7.1.4*),
- der **Familie** (*Abschnitt 7.1.5*),
- von **sozialen Werten und Normen** (*Abschnitt 7.1.6*).

7.1.2 Der Wandel der Bevölkerungsstruktur

Die Bevölkerungsstruktur gliedert die Einwohner eines Gebietes – zum Beispiel einer Stadt, eines Staates – **nach demografischen, sozialen und ökonomischen sowie nach kulturellen und ethnischen Merkmalen** (vgl. *Gans, 2001, o. S.*).

- Die **Demografie**[1] beschäftigt sich mit der Beschaffenheit der Bevölkerung und leitet aus ihren Ergebnissen Schlüsse für die Zukunft ab.

  Merkmale der Beschaffenheit sind Größe, Geschlecht, Altersaufbau, Geburtenhäufigkeit, Zuwanderung, Migration usw.

  Diese Daten sind für Politik und Wirtschaft wichtig.

[1] démos (griech.): das Volk; graphé (griech.): die Schrift, die Beschreibung

So müssen sich zum Beispiel die Wohnungsbau-, die Schul-, die Arbeitsmarkt- und die Rentenpolitik sowie Wirtschaftsunternehmen für ihre Gegenwarts- und Zukunftsplanungen rechtzeitig auf künftige Bevölkerungsentwicklungen einstellen können.

- Zu den **sozioökonomischen Merkmalen** zählen die Siedlungsweise (zum Beispiel Stadt–Land), Lebensformen der Menschen (Single, Ehe, (Patchwork-)Familie, Altersheim), das Wirtschaftssystem und der Erwerb (Einkommen) (vgl. *Gans, 2001, o. S.*).
- **Ethnisch[1]-kulturelle Merkmale** betreffen die Volkszugehörigkeit anbelangende Merkmale wie Konfession, Herkunftsgebiet, Sprache, Sitte, Brauchtum usw.

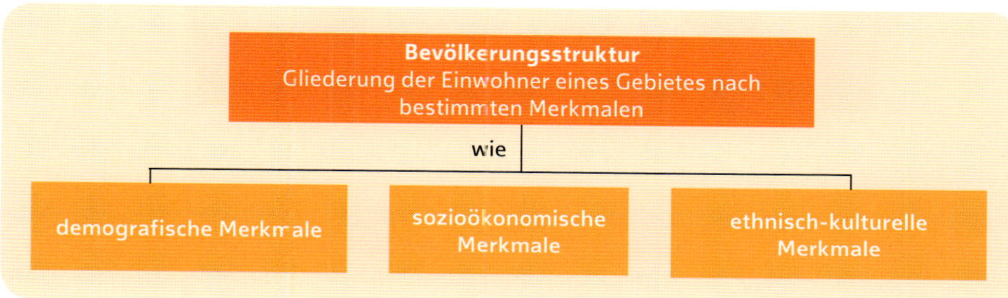

Die Bevölkerung in Deutschland befindet sich hinsichtlich ihres Altersaufbaus, der Erwerbstätigkeit und vieler anderer Strukturmerkmale in einem ständigen Wandel.

In Deutschland veränderte sich aufgrund der sinkenden Geburtenzahlen und der steigenden Lebenserwartung[2] der Altersaufbau der Bevölkerung **von der „Pyramide" zum „Pilz"**. Nach dem Zweiten Weltkrieg bis etwa Mitte der 1960er-Jahre stiegen die Geburtenzahlen stark an. Man spricht von den sogenannten ***Babyboomern***. Ab diesem Zeitpunkt sanken die Geburten, was bis heute anhält. Die Bevölkerung schrumpft, die Zuwanderung von Menschen aus dem Ausland kann diesen Trend nicht stoppen (vgl. *Weishaupt, 2013, o. S.*).

Im Jahr 2010 lebten in Deutschland noch 81,8 Mio. Menschen, von denen die Hälfte 45 Jahre und älter war. Im Jahr 2035 werden es laut Bevölkerungsprognosen nur noch 75,7 Mio. Menschen sein (vgl. *Bundeszentrale für politische Bildung, 2014, o. S.*).

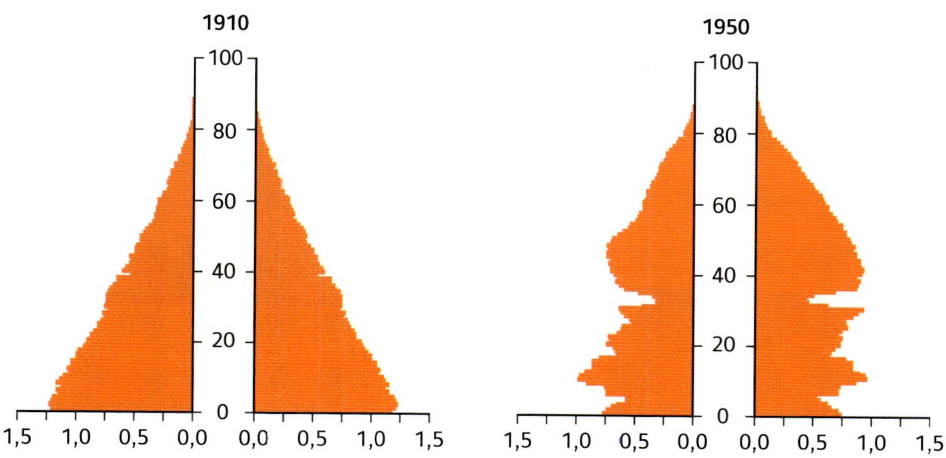

[1] ethnisch (griech., éthnos: der Volksstamm, Volkszugehörige): einer sprachlich-kulturell einheitlichen Volksgruppe angehörend, eine einheitliche Volksgruppe betreffend

[2] siehe Abschnitt 7.2.2

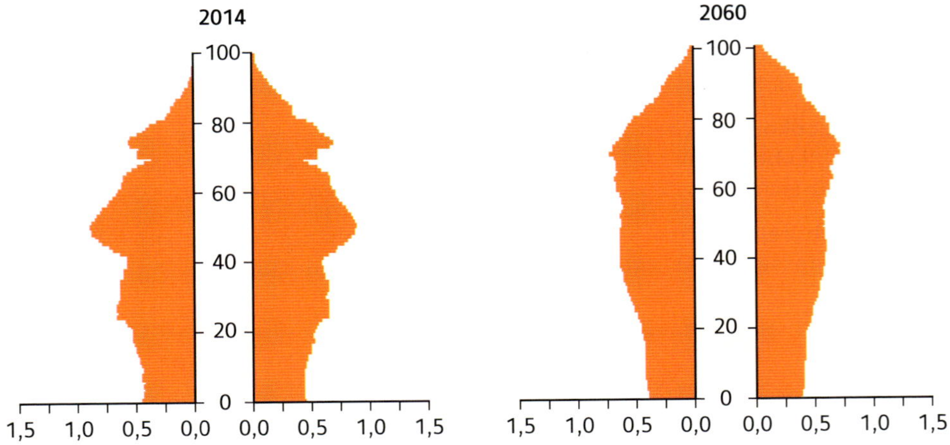

(Bundesinstitut für Bevölkerungsforschung (BIB), 2016, S. 9)

Die Babyboomer-Generation ist jetzt die ältere Generation, sie geht in den nächsten Jahren in den Ruhestand. Die wenigeren jungen Beschäftigten müssen für die größere Zahl der Rentner und Pensionäre Renten bzw. Pensionen zahlen – der Generationenvertrag wird zumindest in den nächsten 20 bis 30 Jahren nicht mehr funktionieren.

→ **Materialien** 1: Beispiele für die Bevölkerungs- und Sozialstruktur in Deutschland

Neben der Beschaffenheit der Bevölkerung hat sich auch die **Siedlungsweise** infolge der industriellen Revolution[1] stark verändert. Die technologische Entwicklung – zum Beispiel die Erfindung von Maschinen, insbesondere der Dampfmaschine – zwang die Menschen wegen der entstandenen billiger produzierenden Industrie, in die Städte zu gehen, eine ***Landflucht*** setzte ein. (vgl. *Giesecke, 2004[7], S. 149*) Dies führte zu einem explosionsartigen Anwachsen der Städte, neue Städte entstanden.[2]

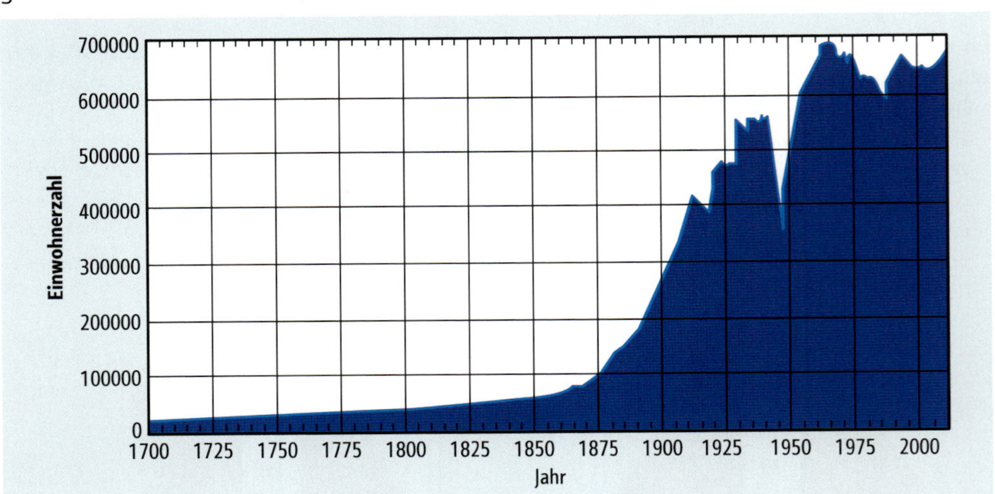

Frankfurt am Main als Beispiel für die rasante Bevölkerungszunahme ab 1870; entnommen aus: wikipedia.org/wiki/Frankfurt_am-Main [21.02.2013]

---

[1] Auf die industrielle Revolution wird in Abschnitt 7.2.4 eingegangen.

[2] siehe auch Abschnitt 7.1.3

Die Konzentration von Menschen in den Städten bezeichnet man als **Verstädterung**; sie hatte ihre Hochphase zwischen 1870 und 1925 (vgl. *Häussermann/Siebel, 2004, S. 19*). Auch heute noch zieht es viele Menschen in die Städte.[1]

Die Verstädterung veränderte auch die **Lebensweise der Menschen.**[2]

Die Lebensweise, die sich in Städten entwickelt hat, ist zum Beispiel die Anonymisierung und Rationalisierung, die Bürokratisierung und Technisierung sowie die Verbreitung der Massenkommunikation (vgl. *Löw u. a., 2008[2], S. 24*).

Der Wandel

von der **„Pyramide“**	⟶	zum **„Pilz“**
vom **Land**	⟶	in die **Stadt** (Landflucht)

7.1.3 Der Wandel des Wirtschaftssystems

Zugleich fand im 19. und 20. Jahrhundert der **Übergang vom agrarisch-handwerklichen zum kapitalistisch-industriellen Wirtschaftssystem** statt. Vor der Industrialisierung[3] stand im Mittelpunkt der Großfamilie die Bewirtschaftung des landwirtschaftlichen Anwesens oder sie ging einer handwerklichen Tätigkeit nach. Das Haus, in welchem die Großfamilie lebte, war ***Wohn- und Arbeitsstätte*** zugleich („Familienwirtschaft“). Die Verantwortung oblag dem Hausvater, der alle Entscheidungen traf und das Leben in der Familie und Arbeitsstätte plante, organisierte und absicherte (vgl. *Hettlage, 2002, S. 24 f.*[4]).

„Die Einheit von Produktion und Familie und das Ziel der Existenzsicherung ließ die Entfaltung des Einzelnen zurücktreten.“
(Siedentopf, 2007, S. 7)

Der Zwang, wegen der entstandenen billiger produzierenden Industrie in die Städte abzuwandern,[5] änderte das Wirtschaftssystem. Die Landaristokratie wurde von der auf **Waren- und Güterproduktion** ausgerichteten Klasse der **kapitalistischen Unternehmer** verdrängt (vgl. *Joas, 2007[3], S. 27*). Der Arbeitnehmer musste seine Arbeitskraft an den Unternehmer verkaufen und erhielt dafür von ihm einen Lohn. Im Gegensatz zur vorindustriellen Zeit gehörten dem Arbeiter weder das Werkzeug noch das Produkt seiner Arbeit. Heute ist das selbstverständlich (vgl. *Beckert, 2007[3], S. 451*).

„Die allermeisten Beschäftigten in den Industrieländern sind sogenannte ***abhängig Beschäftigte****, also Personen, die ihre Arbeitskraft auf der Grundlage eines [...] vereinbarten Arbeitsvertrages einem Unternehmer gegen Bezahlung zur Verfügung stellen.“*
(Beckert, 2007[3], S. 451)

[1] vgl. Kapitel 8.2.1
[2] vgl. Kapitel 8.2.1
[3] vgl. Abschnitt 7.2.4
[4] zitiert nach Siedentopf, 2007, S. 7
[5] vgl. Abschnitt 7.1.3

Auch die Berufsstruktur änderte sich: Die Arbeitsvorgänge wurden zerlegt – es entstanden **Formen der Arbeitsteilung** und zunehmende **berufliche Spezialisierung** mit all ihren Folgen, wie zum Beispiel die Verdrängung von gering Qualifizierten in eine Randposition. ***Erwerbsarbeit und Familie waren jetzt getrennt***, es gab nun gegenüber der vorindustriellen Zeit das Muster „öffentlich-privat".

Eine zunehmende **Entfremdung** des Menschen setzte ein: Infolge der Arbeitsteilung und der Eigentumsordnung (Privateigentum an Produktionsmitteln) sind dem Arbeitnehmer seine Mitmenschen, seine eigene Tätigkeit und die Produkte seiner Tätigkeit fremd und außerhalb seines Selbst liegend[1] (vgl. *Mikl-Horke, 2011^{6}, S. 49 f.*).

Der **Kapitalismus** entstand. Dieser ist orientiert an einem gewinnbringenden Einsatz des Privatkapitals und -eigentum an Produktionsmitteln, die dem Unternehmer – dem Kapitalisten – gehören. Das **Kapital**[2] ist das Gesamtvermögen – zum Beispiel Boden, Sachkapital, Maschinen, Immobilien –, welches der Unternehmer besitzt bzw. bereits erwirtschaftet hat und wieder zu Investitionszwecken einsetzt[3], um Gewinne zu erzielen.

Dieser Kapitalbegriff ist zu unterscheiden mit dem von Pierre Bourdieu, der diesen Begriff wesentlich weiter fasst[4]. Zudem ist das Kapital vom **Vermögen** zu unterscheiden. Während mit Kapital nur das Gesamtvermögen gemeint ist, welches ein Unternehmer zu Investitionszwecken einsetzt, ist Vermögen der gesamte Besitz, der einen materiellen Wert darstellt. Dieser muss nicht unbedingt zu Investitionszwecken eingesetzt werden. Zum Vermögen zählen beispielsweise Bargeld, Bau- und Sparguthaben, verschiedene Varianten von Geldanlagen, Lebensversicherungen, Wertpapiere, Aktien, aber auch Grundstücke, Boden, Häuser, Autos und dgl.

Ziel ist es, dass der Unternehmer durch seinen Betrieb einen möglichst großen Gewinn erzielt. Ein Teil dieses Gewinns wird wieder als Kapital zu Investitionszwecken eingesetzt, der andere Teil verbleibt als Profit beim Unternehmer oder wird an Aktionäre ausbezahlt.

Der Arbeitnehmer ist in diesem System neben Grund und Boden, Hallen und Maschinen und dgl. ein Produktionsfaktor.

Das Kapital ist das Vermögen, welches ein Unternehmer besitzt bzw. erwirtschaftet und wieder zu Investitionszwecken einsetzt.
Kapitalismus ist ein Wirtschafts- und Gesellschaftssystem, welches gekennzeichnet ist durch Privatkapital und Privateigentum sowie den daraus erwirtschafteten Profit.

Kapitalismus beruht auf Privateigentum des Kapitalisten an den Produktionsmitteln – das sind alle Mittel, die zur Herstellung von Gütern und Dienstleistungen gebraucht werden. Produktion und Konsum steuern sich über den Markt.

In der heutigen Zeit wird deshalb häufig anstelle des Begriffes „Kapitalismus" von „Marktwirtschaft" gesprochen. Dieser Terminus klingt zudem neutraler als Kapitalismus.

Folgende Merkmale kennzeichnen die kapitalistische Wirtschaftsweise (vgl. *Beckert, 2007^{3}, S. 452 f.*):

- **Privateigentum** der Produktionsmittel
- **Eigeninteresse** als das Motiv für die Anstrengungen um wirtschaftlichen Erfolg

[1] Darauf wird in Kapitel 9.3.2 eingegangen.
[2] capitalis (lat.): vorzüglich
[3] vgl. Kapitel 9.3.1
[4] vgl. Kapitel 4.2.1

- **Gewinnorientierung** zur Bildung von Kapital[1]
- **Reinvestition**[2] von Teilen des Gewinns, um noch mehr Güter produzieren zu können
- **Wettbewerb** zwischen den verschiedenen Unternehmen
- **Akkumulation**[3], das heißt, die Anhäufung von Kapital aufgrund des auf dem Markt erzielten Mehrwerts[4]

Der Kapitalist lässt mit dem Ziel produzieren, das Produkt auf dem Markt gegen Geld einzutauschen und dadurch mehr Kapital zu erwirtschaften. ***Der Unternehmer kann*** also ***nur deshalb einen Mehrwert erzielen, weil er die Arbeitszeit und -kraft des Arbeitenden kauft***. (vgl. *Rosa u. a., 2018³, S. 42*)

In der Zeit des aufkommenden Kapitalismus entwarf *Karl Marx* seine Theorie des historischen Materialismus, welche in Kapitel 9 dargestellt ist.

Der Wandel

von der „**Familienwirtschaft**"	→	zur **Trennung von Familie und Erwerbsarbeit**
vom **agrarisch-handwerklichen Wirtschaftssystem**	→	zum **kapitalistisch-industriellen Wirtschaftssystem**

7.1.4 Der Wandel zur Klassen- und Schichtgesellschaft

Die Verstädterung[5] veränderte grundlegend die gesamte Gesellschaft: Die **Ständegesellschaft** verschwand aufgrund der Schrumpfung der Anzahl der in der Landwirtschaft Beschäftigten und der „Flucht" in die Städte, der Entstehung des abhängigen Beschäftigten und des Bürgertums, des Machtverlusts des Adels und der Geistlichkeit, verbunden mit der Entstehung des (Groß-)Unternehmers.

Der **Stand** in der vorindustriellen Zeit hatte die Bedeutung von einem „rechtlich fixierten Status" und bezeichnete eine rechtlich abgesicherte, mit spezifischen Rechten, Privilegien und Pflichten ausgestattete Gruppierung von Menschen innerhalb einer Gesellschaft, deren Zugehörigkeit durch die Geburt bestimmt war.

Solche Stände waren zum Beispiel der (Hoch-)Adel, Geistliche, Patrizier, Bürger usw.

Ein Aufstieg oder Abstieg war so gut wie nicht möglich. Die Stände waren rechtlich und in ihrer Lebensweise klar voneinander getrennt. Die Zugehörigkeit zu einem Stand bestimmte das Ansehen einer Person bzw. Personengruppe.

Die Ständegesellschaft ist auch heute noch nicht ganz verschwunden, familiäre Vererbung von Besitz, Titel und dgl. sind bis heute noch erhalten. Selbst der Begriff „Stand" wird auch heute noch verwendet, wenn etwa von **ständischen Organisationen** wie dem Ärztestand oder dem Mittelstand die Rede ist.

[1] siehe Kapitel 9.3.1
[2] Reinvestition (re-, lat.: wieder; investire, lat.: einkleiden): Der Gewinn oder ein Teil davon wird zur Anschaffung oder Herstellung neuer Produktionsmittel verwendet.
[3] accumulare (lat.): anhäufen
[4] Der Mehrwert ist, wie in Kapitel 9.3.2 ausgeführt, der Differenzbetrag zwischen dem, was der Kapitalist vom Konsumenten für die Arbeitsleistung verlangt, und dem, was der Arbeitende als Arbeitslohn tatsächlich erhält.
[5] siehe Abschnitt 7.1.2

***Die Ständegesellschaft wurde von der Klassengesellschaft abgelöst*.** **Klasse** bezeichnet eine Gruppierung von Menschen, die ein bestimmtes gemeinsames ökonomisches Merkmal – zum Beispiel Einkommen, Besitz oder Vermögen – aufweist.

Karl Marx teilt zum Beispiel die Gesellschaft in die Klasse der Besitzenden (Bourgeoisie) und die der Besitzlosen (Proletariat)[1].

Heute sprechen wir von **sozialen Schichten, sozialen Milieus** und von **Lebensstilen**, auf welche in *Kapitel 4.1.2 bis 4.1.4* eingegangen wird.

Der Wandel

von der **Ständegesellschaft** ⟶ zur **Klassengesellschaft**
von der **Klassengesellschaft** ⟶ zu **sozialen Schichten** und **sozialen Milieus**

7.1.5 Der Wandel der Familie

Unter einer Familie verstehen wir heute eine Gruppe, bei der ein Paar oder eine erwachsene Person mit mindestens einem Kind, das in dieser erzogen wird, zusammenleben.[2] Diese Personen sind durch starke Gefühle miteinander verbunden (Intimgruppe).

In der vorindustriellen Zeit stand bei Familien, die einen Bauernhof, einen Handwerks- oder Handelsbetrieb besaßen, der ***Fortbestand des Betriebes*** im Mittelpunkt. Es gab nur eine bedingt freie Partnerwahl. Durch die Heirat musste der Fortbestand des Betriebes und der Familie gesichert werden. War der Betrieb entsprechend groß, lebten im Haushalt auch familienfremde Personen wie Lehrlinge, Gesellen und Gesinde mit.

Frauen waren für die Organisation des Haushaltes, die Versorgung und Erziehung der Kinder, aber auch für bestimmte Bereiche der Erwerbs- und Produktionswirtschaft zuständig. Die Verantwortung der Männer bezog sich in erster Linie auf landwirtschaftliche oder handwerkliche Arbeiten.

Die vorindustriellen Familien zeichneten sich durch folgende Merkmale aus:

- Die Familie war in erster Linie eine ***Wirtschaftseinheit***, welche die für ihren Lebensunterhalt erforderlichen Güter selbst produzierte.

> *„In der Agrargesellschaft war das ganze Haus eine Einheit der Selbstversorgung. Die Haushaltsmitglieder stellten den überwiegenden Teil dessen, was sie für ihren täglichen Lebensunterhalt brauchten, selbst her. [...] Das ganze Haus war eine Oikoswirtschaft[3], das heißt ein geschlossener ökonomischer Kreislauf von Produktion und Konsum."*
>
> *(Häussermann/Siebel, 2004, S. 67)*

- Das Haus, in welchem die Großfamilie lebte, war ***Wohn- und Arbeitsstätte*** zugleich, das Muster „öffentlich-privat" gab es (noch) nicht.

[1] vgl. Kapitel 9.3.1
[2] Wenn hier lediglich von Kindern die Rede ist, so ist das in diesem Zusammenhang nicht entwicklungspsychologisch, sondern soziologisch aufgrund der Zuweisung von verschiedenen Rollen gemeint.
[3] oikos (griech.): Das Gehöft; der Oikos umfasste die Familie sowie Bedienstete und Sklaven, das Land, die Gebäude und alles bewegliche Inventar.

- Ehe und Familie hatten einen ***instrumentellen Charakter***, wesentlich war, Vermögen, Besitz und Namen weiterzuvererben, um die Versorgung im Alltag und bei Krankheit und Alter zu garantieren.
- Zwischen Eltern und Kindern bestand eine ***distanzierte, weniger gefühlsbetonte Beziehung***.
- ***Kinder wurden in erster Linie als Arbeitskräfte gesehen***, die Dauer der Kindheit beschränkte sich auf die ersten Lebensjahre. Sobald sie laufen und zielorientiert handeln konnten, wurden sie als Erwachsene gesehen und in den Arbeitsprozess integriert. Erziehung und Ausbildung erfolgten durch das Zusammenleben mit den Erwachsenen.

- Man lebte und arbeitete in ***Allzweckräumen***, es gab keine Trennung zwischen Familie und familienfremden Personen und keine familiäre Intimsphäre, da die Zimmer auch öffentliche Räume waren. Sich zurückzuziehen gelang selten, zwischen den Familienmitgliedern kam kaum Intimität auf.
- Frauen und Männer brauchten zum Heiraten eine Heiratserlaubnis vom Feudalherrscher bzw. vom Arbeitgeber, und diese wurde nur gegeben, wenn die Mittel zum Erwerb eines Handwerks oder eines Bauernhofes zur Verfügung standen oder sonst für den Lebensunterhalt gesorgt werden konnte. Im Mittelalter war es in Städten der Magistrat, die Gilde oder die Zunft, die einer Heirat zustimmen mussten. Die Erlaubnis gab es nur dann, wenn der Partner aufgrund seines Vermögens oder Einkommens imstande war, eine Familie zu unterhalten. Ein relativ hoher Anteil an Personen konnte aus diesen Gründen niemals heiraten. Dieses Heiratsverhalten wird als europäisches Heiratsmuster – **European marriage pattern** – bezeichnet und ist weltweit einzigartig.

Querschnitt eines Mietshauses mit häuslichen Szenen von Arm und Reich, 1852

Erst 1876 wurde durch ein Gesetz die Ehefreiheit eingeführt.

Im 19. Jahrhundert entstand durch die industrielle Revolution neben der **proletarischen** die **bürgerliche Familie**, eine ***Kleinfamilie mit „dualer Geschlechterordnung“*** (*Löw u. a., 2008*[2], *S. 27*). Sie prägt auch heute noch die Idealvorstellungen von Familie.

Die sich anbahnenden Veränderungen zeigten sich in einem neuen **Wohnstil**. Es erfolgte – zuerst bei den besitzenden Schichten – eine ***Trennung zwischen Familienbereich und Erwerbsleben***, es gab jetzt gegenüber der vorindustriellen Zeit das Muster „öffentlich-privat“: Das Haus verlor den Charakter eines öffentlichen Ortes und innerhalb des Hauses gab es spezialisierte Zimmer. Damit war Intimität und Rückzug möglich.

> *„Im Verlauf der Geschichte wurden Teile der produktiven Arbeit aus der Hausgemeinschaft ausgelagert und an einem anderen Ort, im Betrieb, organisiert. [...] Die Trennung von Wohnen und Arbeiten [...] sind die Vorbedingungen für die Polarität von Privatheit und Öffentlichkeit [...].“*
> *(Häussermann/Siebel, 2004, S. 60)*

Es bedeutete auch die Trennung zwischen Familienmitgliedern und Bediensteten. Die Vertrautheit innerhalb der Familie wurde zu einem wichtigen Wert.

Durch die Trennung von Arbeit und Familie verändert sich die **Rolle der Frau**. Es trennten sich die hauswirtschaftlichen von den erwerbswirtschaftlichen Tätigkeiten. Die Frauen waren nur noch für den Innenbereich des Hauses zuständig und wurden von der Erwerbsarbeit ausgeschlossen.

Es bildete sich die Idee heraus, dass Männer und Frauen ***wesensmäßig sehr unterschiedlich seien und als sich ergänzendes Ganzes gesehen werden***: Frauen sind für die Familie und die Erziehung der Kinder geschaffen, die Männer für das Erwerbsleben. Der Mann ist das „Haupt“, die Frau die „Seele“ der Familie.

Weiterhin veränderte sich die Sicht auf die Kinder, es wurde ihnen eine **Kindheit als eigene Entwicklungsphase** zugestanden.

→ Symbolisch zeigte sich das neue Verständnis, indem es erstmals Kinderkleidung gab und Kinderspielzeug gefertigt wurde.

Kinder wurden emotional wichtiger, die Beziehung zu den Eltern, vor allem der Mutter, intensivierte sich. Von den entstehenden Wissenschaften wurde die Auffassung vertreten, dass Mütter die besten Erzieherinnen seien. Unverheiratete Verwandte, Bedienstete und andere Personen, die bisher mit erzogen, traten in den Hintergrund, die frühkindliche Sozialisation wurde allein der Mutter bzw. der Kernfamilie zugewiesen.

Zudem veränderten sich auch die Beziehungen der Familienmitglieder untereinander: Die Beziehungen innerhalb der Familie wurden intimer und gefühlvoller. Verliebtsein und Liebe wurde das entscheidende Motiv zur Eheschließung. Man sprach von dem Ideal der romantischen Liebe, da die Ehe den Wunsch nach Glück, Liebe und Intimität erfüllen und nicht mehr die Wirtschaftsgemeinschaft im Vordergrund stehen sollte.

> *„Mit der Trennung des Erwerbs- und des Wohnbereiches – zunächst nur in jener hochbürgerlichen bzw. besitzenden Schicht – war gleichzeitig die Trennung psychischer Ebenen verknüpft: Der Arbeitsbereich wurde zumindest dem Anspruch nach immer zweckrationaler. Der Ehe und Familie wuchs als spezialisierte Funktion die emotionale Bedürfnisbefriedigung ihrer Mitglieder zu, wobei hauptsächlich der Ehefrau diese Aufgabe zuerkannt wurde. Im Zuge dieser Entwicklung bekam das Ehe- und Familiensystem das Monopol zugewiesen, das einzige System mit Spezialisierung auf emotionale Bedürfnisbefriedigung zu sein.“*
> *(Nave-Herz, 2013[3], S. 59)*

Heute lässt sich feststellen, dass Frauen nicht mehr allein für die Familie und die Erziehung der Kinder zuständig sind und die Männer für das Erwerbsleben. Es zieht in die Familien **Gleichberechtigung** ein mit nicht festgelegten Rollen. ***Die Rolle von Frau und Mann hat sich vom Festgelegtsein zur Gleichberechtigung verändert.***

Familientyp	Familienform	Partnerwahl	Arbeitsteilung	Machtverteilung	Kinder	Wohnraum
vorindustrielle Familie mit Produktionsfunktion	häufig erweiterte Familien	von der Familie bestimmt	beide Eheleute und die Kinder sind am Produktionsprozess beteiligt, aber mit unterschiedlichen Aufgaben.	patriarchalisch	hohe Geburtenrate, wenig überlebende Kinder	Gemeinsamkeit von Produktion und Familienleben
bürgerliche Familie	Kernfamilie	Ideal der romantischen Liebe, aber mit Vernunft	Männer sind für den Lebensunterhalt zuständig und Frauen für die Familie.	eher patriarchalisch	mittlere Geburtenrate, niedrige Kindersterblichkeit	Trennung von Arbeit und Familie
heutige Familie	Kernfamilie	freiwillig	keine eigenen Zuständigkeiten mehr, Frauen und Männer teilen sich die Aufgaben.	gleichberechtigt	nur wenig Kinder, so gut wie keine Kindersterblichkeit	sowohl Gemeinsamkeit von Produktion und Familienleben (z. B. Bauernhöfe) als auch Trennung von Arbeit und Familie; gelegentlich Heimarbeit

Obwohl die Familie „der Deutschen liebstes Freizeithobby“ ist, haben Ehe und Familie an Bedeutung verloren und die Vielfalt anderer Lebensformen wie Alleinstehende/Single, nicht verheiratete Paarbeziehungen oder kollektive Lebensformen wie Wohngemeinschaften oder Heime gewinnen an Geltung.

Der Wandel

von der **vorindustriellen Familie** ⟶ zur **Kernfamilie**

vom **Patriarchat** ⟶ zur **Gleichberechtigung**

7.1.6 Der Wandel von sozialen Werten

Vor allem geprägt durch die Kirchen, gab es früher einheitliche und absolute Werte. Der Einzelne wusste, woran er sich zu halten hat, was ihm Sicherheit gab. In der industriellen Zeit bis in die 60er-Jahren des letzten Jahrhunderts waren in Bezug auf die Gesellschaft nach *Ronald F. Inglehart* (*1995*) ***„materialistische" Werte*** wie Sicherheit, Disziplin, Ordnung, Leistung und Pflichterfüllung, Unterordnung und in Bezug auf das Selbst Pünktlichkeit, Fügsamkeit, Gehorsam oder Anpassung üblich.[1]

In den letzten Jahrzehnten hat sich ein Wertewandel[2] vollzogen von den materialistischen hin zu den ***„postmaterialistischen" Werten*** wie Selbstverwirklichung, Freiheit, Selbstständigkeit, Autonomie, Gleichheit, Eigenständigkeit und Ungebundenheit sowie hedonistische Wertvorstellungen wie Genuss, Abenteuer, Abwechslung oder Ausleben (vgl. *Inglehart, 1995*)[3].

Heute hat sich der Wertewandel selbst wieder gewandelt. Das Pendel ist zurückgeschlagen. Viele Menschen streben nach *Stefan Hradil* „nicht länger nach individueller Autonomie und Selbstverwirklichung, sie kosten ihre Freiheitsgrade nicht länger aus, sie sind vielmehr auf der Suche nach Sicherheit, Ordnung und Gemeinschaft" (*Hradil, 2002, S. 409*)[4]. Ehemals konventionelle Werte nehmen vor allem bei Jugendlichen wieder zu – im Besonderen die Leistungs- und Anpassungsbereitschaft –, gleichzeitig bleiben aber Selbstentfaltungswerte wichtig (vgl. *Barz u. a., 2010, S. 98*). So verwundert es nicht, dass die heutige Situation ein ***Nebeneinander von „alten" und „neuen" Werten*** ist.

→ **Materialien 2:** Der Wertewandel

Bis in das 20. Jahrhundert hinein erlebte man soziale Werte und Normen als relativ **verbindlich** und das Abweichen von ihnen wurde härter sanktioniert. Man lebte „kontrollierter".

→ Nicht eheliche Partnerschaften, uneheliche Kinder oder Abweichungen im Sexualverhalten zum Beispiel wurden stigmatisiert[5] bzw. gesetzlich verfolgt (früherer § 175: Bis 1994 waren in Westdeutschland homosexuelle Handlungen zwischen Erwachsenen verboten).

Heute können wir eine Liberalisierung der sozialen Werte und Normen beobachten und die soziale Kontrolle hat abgenommen.

→ Es ist gegenwärtig möglich, die vielfältigen Möglichkeiten der Sexualität auszuleben, sofern nicht ein Schaden für Dritte entsteht (zum Beispiel bei sexuellem Missbrauch, Pädophilie).

Werte werden heute auch oft nicht mehr um des Wertes willens verwirklicht, sondern mehr **zweckrational**, in der Regel auf das Selbst und weniger auf die Gesellschaft bezogen[6] (vgl. *Barz u. a., 2010, S. 98*).

→ Leistung ist heute nicht mehr grundsätzlich ein Wert als solcher, sondern weil damit eine Belohnung, Geld usw. verbunden ist.

---

[1] vgl. Kapitel 10.2.1
[2] Auf den Begriff „Wertewandel" wird in Kapitel 10.1.2 eingegangen.
[3] vgl. Kapitel 10.2.1
[4] zitiert nach Barz u. a., 2010, S. 96
[5] Stigmatisierung (stigma, griech.: das „Brandmal") meint eine negative Bewertung und damit verbunden eine Diskreditierung eines Verhaltens, die auf die Person übertragen wird und diese dadurch eine beschädigte Identität entwickeln kann.
[6] vgl. hierzu auch Abschnitt 7.1.6

Man spricht gelegentlich von einem ***„Wertehedonismus*[1]“.

> *„Werte werden vor allem danach beurteilt, ob sie für das eigene Leben nützlich und sinnvoll sind.“*
>
> *(Albert u. a., 2006, S. 445[2])*

Die Entstehung von Werten kann nur aus der jeweiligen Struktur einer Gesellschaft und Kultur verstanden werden.

Im Dritten Reich war es die Ideologie des Nationalsozialismus, in der ehemaligen Deutschen Demokratischen Republik die des Sozialismus. In Deutschland ist es die Vorstellung einer freiheitlichen demokratischen Gesellschaft, die den Wandel von Werten bestimmt.

Unterschiedliche Wertvorstellungen zu ein und demselben Zeitpunkt ergeben sich aus den verschiedenen Denk- und Einstellungsrichtungen innerhalb einer Gesellschaft. Dies ist vor allem in demokratischen Systemen der Fall, die unterschiedliche, zum Teil sogar gegensätzliche Wert- und Normvorstellungen zulassen. Deshalb wird in einer demokratiefreundlichen Gesellschaft immer eine Vielfalt von Werten vorherrschen.

Die aktuelle gesellschaftliche Diskussion über die Zukunft der Arbeit und im Zusammenhang damit die Bedeutung der Informationstechnologie wird einen Wertewandel zur Folge haben: Der Arbeitnehmer der Zukunft soll sich selbstständig Informationen beschaffen können, flexibel sein und die Bereitschaft besitzen, sich auf Neues einzulassen. „Klassische Tugenden“ wie Fleiß, Disziplin und Gehorsam werden zwar wichtig bleiben, aber nicht mehr unbedingt im Vordergrund stehen.

> *„Werte [...] sind also keine ewigen, unveränderlichen sozialen Tatsachen, sondern jeweils an einen bestimmten gesellschaftlichen Zusammenhang gebunden; sie sind relativ, d. h. sie variieren sehr stark hinsichtlich Zeit und Ort.“*
>
> *(Henecka, 2015[10], S. 87)*

Der Wandel

von **materiellen Werten**	→	zu **postmateriellen Werten**
von **großer Verbindlichkeit** der Werte und Normen	→	zur **Liberalisierung** von Werten und Normen
vom **Anstreben eines Wertes als solchen**	→	zur **Zweckrationalität**, zum **„Wertehedonismus“**
von der **Einheitlichkeit von Werten und Normen**	→	zum **Werte- und Normenpluralismus**[1]

[1] Hedonismus (hēdonḗ, griech.: Das Vergnügen, der Genuss, die Lust) ist eine bestimmte Lebensanschauung, nach der das Streben nach (Sinnes-)Lust, Vergnügen und Genuss im Mittelpunkt des Lebens steht.
[2] zitiert nach Barz u. a., 2010, S. 97
[3] siehe Kapitel 8.1.3

Auf den Punkt gebracht

- Sozialer Wandel beinhaltet die Gesamtheit von Veränderungen innerhalb einer Gesellschaft hinsichtlich der sozialen Wirklichkeit und des Zusammenlebens und -wirkens von Menschen mit ihren sozialen Gebilden, Strukturen und Systemen und der damit verbundenen sozialen Werte, Normen, Rollen und sozialen Institutionen sowie den Lebensverhältnissen des Einzelnen. Der Wandel ist nicht gewachsen, sondern gemacht, er kann vorhersehbar oder unvorhersehbar sein. Ein solcher Übergang verläuft nicht immer konfliktfrei.
- Sichtbar wird dieser Wandel insbesondere an der Bevölkerungsstruktur, den Städten, der Familie sowie an sozialen Werten und Normen. Die Bevölkerungsstruktur gliedert die Einwohner eines Gebietes nach demografischen, sozioökonomischen und ethnisch-kulturellen Merkmalen. In Deutschland veränderte sich der Altersaufbau der Bevölkerung von der „Pyramide" zum „Pilz" aufgrund der sinkenden Geburtszahlen und der steigenden Lebenserwartung.
- Das Haus, in welchem die Großfamilie lebte, war Wohn- und Arbeitsstätte zugleich („Familienwirtschaft"). Im Zuge der industriellen Revolution änderte sich das und Familie und Erwerbsarbeit waren getrennt. Zugleich wurde aus der Ständegesellschaft eine Klassengesellschaft. Im 19. und 20. Jahrhundert fand der Übergang vom agrarisch-handwerklichen zum kapitalistisch-industriellen Wirtschaftssystem statt. Kapitalismus ist ein Wirtschaftssystem, welches auf Profit und Gewinn ausgerichtet ist. Das Kapital wird wieder zu Investitionszwecken eingesetzt.
- Die Familie änderte sich von der vorindustriellen Großfamilie mit Produktions- und Wirtschaftsfunktion über die bürgerliche Familie zu der heutigen Kernfamilie mit Gleichberechtigung der Familienmitglieder und nicht festgelegten Rollen.
- In der industriellen Zeit bis in die 60er-Jahre des letzten Jahrhunderts waren in Bezug auf die Gesellschaft „materialistische" Werte üblich. In den letzten Jahrzehnten hat sich ein Wertewandel vollzogen von den materialistischen hin zu den „postmaterialistischen" Werten. Heute hat sich der Wertewandel selbst wieder gewandelt, „zurück" zu Sicherheit und Ordnung.

Wiederholen, Vertiefen, Anwenden

1. Bestimmen Sie, was die Soziologie mit „sozialem Wandel" meint.
2. *Lernsituation 7.1*
   Stellen Sie den sozialen Wandel am Beispiel
   a) der Bevölkerungsstruktur,
   b) des Wirtschaftssystems,
   c) der Familie,
   d) der sozialen Werte und Normen
   dar.
3. *„Familie ist in unserer heutigen Zeit ein Auslaufmodell und es muss nach anderen Lebensformen gesucht werden."*
   a) Suchen Sie im Internet nach entsprechenden wissenschaftlichen Untersuchungen.
   b) Diskutieren Sie diese Aussage unter Berücksichtigung von entsprechenden Untersuchungen.

4. Zeigen Sie unterschiedliche Lebensformen der heutigen Zeit auf.

5. Stellen Sie in Ihrer Klasse fest, in welchen Familienformen Sie leben. Bilden Sie zu einzelnen Familienformen Kleingruppen und diskutieren Sie die Vor- und Nachteile der jeweiligen Familienform. Tauschen Sie sich anschließend im Plenum aus.

6. *„Die Familie als Keimzelle der Gesellschaft“*
Auf die Feststellung, dass der Zusammenhang von Ehe und Familie immer wieder mit dem Hinweis begründet wird, die Familie sei die Keimzelle der Gesellschaft, entgegnete die Soziologieprofessorin Corinna Omnen: „Wer von ‚Keimzelle‘ redet, hat einen biologisch-genealogischen[1] Familienbegriff. Er setzt voraus, dass es eine von der Natur vorgegebene Ordnung gibt, bei der sich aus der zweigeschlechtlichen Natur des Menschen die Institution der Ehe ableiten lässt. In ihr wird die Sexualität zum Wohl des Kindes und der Gesellschaft gebändigt und in eine feste Ordnung überführt. […]“ (Arens, 2013, S. 41)
Diskutieren Sie diese Aussage von *Corinna Omnen*.

7. *Der gesellschaftliche Wandel in bestimmten Bereichen*
   - Die Klasse teilt sich in Kleingruppen auf.
   - Jede Gruppe beschäftigt sich mit einem gesellschaftlichen Bereich und recherchiert im Internet über den kulturellen, wirtschaftlichen bzw. sozialen Wandel in diesem Bereich:
     - Lebenslauf
     - Jugendalter
     - Arbeit
     - Mode
     - Beruf
     - Bildung
   - Überlegen Sie, wie Sie der Klasse Ihr Ergebnis präsentieren.
   - Sprechen Sie gegebenenfalls in der Klasse über den Wandel der verschiedenen gesellschaftlichen Bereiche.

8. *Die „wandelbare“ Gesellschaft*
   - Teilen Sie sich in Kleingruppen auf.
   - Zeichnen Sie in der Gruppe mit Wachsmalkreide oder anderen Stiften, dass die Gesellschaft wandelbar ist.
   - Hängen Sie Ihre Zeichnung im Klassenraum auf.
   - Die Klasse geht von Zeichnung zu Zeichnung, interpretiert erst selbst diese und lässt sich dann von der zuständigen Gruppe ihre Zeichnung erläutern.
   - Ein Gespräch in der Klasse kann diese Einheit abschließen.

9. Fertigen Sie in Gruppen ein Plakat an zu den Themen:
   a) „Die Änderung der Bevölkerungsstruktur – sozialer Wandel ab dem 19. Jahrhundert“
   b) „Der Wandel des Wirtschaftssystems als Folge der industriellen Revolution“
   c) „Der Wandel der Familie – sozialer Wandel ab 1960“
   d) „Der Wandel der sozialen Werte und Normen in den Jahren von 1960 bis heute“

[1] Genealogie (geneá, griech.: die Geburt, die Abstammung): Dasjenige Forschungsgebiet, welches sich mit der Abstammung einer Person und der Geschlechterfolge einer Familie bzw. Sippe beschäftigt.

7.2 Ursachen gesellschaftlichen Wandels

Lernsituation

Das Gespräch mit einem älteren Bekannten

Das Gespräch mit Ihrem Bekannten[1] geht weiter und Sie beide diskutieren darüber, woran es liegen könnte, dass die Gesellschaft sich immer wieder verändert. Ihr Bekannter meint, das seien die Kriege, Revolutionen und Aufstände, die uns und die Gesellschaft veränderten. Sie meinen aber, dass das nicht stimmen könne. Wir in Deutschland hätten seit 1945 keinen Krieg mehr gehabt und trotzdem hätte sich vieles verändert. „Aber wir haben viele Massenproteste und Demonstrationen", meint Ihr Bekannter. „Ich glaube das nicht", meinen Sie, „denke nur an den technologischen Fortschritt wie Internet, Computer, Smartphone usw., das ist doch nicht auf Proteste zurückzuführen."
Sie kommen in dem Gespräch auf keinen „grünen Zweig". Sie wollen Ihren Bekannten aber davon überzeugen, dass es – auch – andere Gründe gibt für den Wandel einer Gesellschaft.

Sie informieren sich deshalb im Internet, worauf gesellschaftlicher Wandel zurückzuführen ist.

I Information

7.2.1 Die Vielfältigkeit von Ursachen

Die Ursachen des gesellschaftlichen Wandels sind vielfältig. In der Regel ist es nicht nur eine Ursache, die zu einem Wandel in einem bestimmten Bereich führte bzw. führt, sondern mehrere, die zudem untereinander zusammenhängen (***multikausal***). Der Münchner Soziologe *Armin Nassehi* (*2018²*, *S. 19*) spricht von **gesellschaftlicher Komplexität** und meint damit – wie in *Kapitel 1.3.2* bereits ausgeführt –, dass aus einem bestimmten Zustand mehrere Zustände hervorgehen und dieser bestimmte Zustand nicht eindeutig auf einen Faktor zurückgeführt werden kann. Der gesellschaftliche Wandel ist sowohl in seinen verschiedensten Erscheinungsformen als auch in seinen Ursachen ein hoch komplexer Vorgang. (vgl. *Göschel, 2013, o. S.*)

Mögliche Ursachen für den sozialen Wandel sind beispielsweise

- der **Geburtenrückgang** (*Abschnitt 7.2.2*),
- **politische und geistige Umwälzungen** (*Abschnitt 7.2.3*),
- die **Industrialisierung** (*Abschnitt 7.2.4*),
- der **technische Fortschritt**, insbesondere die Informations- und Kommunikationstechnik (*Abschnitt 7.2.5*),
- **ausländische Mitbürger und Migration** (*Abschnitt 7.2.6*),
- die fortschreitende **Globalisierung** (*Abschnitt 7.2.7*) u. a.

[1] siehe Lernsituation 7.1

7.2.2 Der Geburtenrückgang

In unserer Gesellschaft werden auf der einen Seite immer weniger Kinder geboren. Deshalb schrumpft die Bevölkerung. Diese Tatsache dürfte vor allem auf die Entwicklung von zuverlässigen Verhütungsmethoden (zum Beispiel die Pille) zurückzuführen sein. Frauen haben gegenüber früher die Kontrolle, ob sie schwanger werden und wie viele Kinder sie haben wollen. Zudem sind heute Kinder zur sozialen Absicherung nicht mehr notwendig. Auch die Entstehung von größeren Städten mit ihren horrenden Mietpreisen und ihrer Kinderfeindlichkeit trägt dazu bei, dass Paare immer weniger Kinder bekommen.[1]

Auf der anderen Seite werden die Menschen durch bessere Lebensbedingungen und den medizinischen Fortschritt immer älter – die durchschnittliche Lebensdauer erhöht sich –, sodass ein Ungleichgewichts-Verhältnis vorherrscht: Immer weniger junge Menschen und immer mehr ältere Menschen kennzeichnen unsere Gesellschaft.

Die Lebenserwartung liegt derzeit bei den Männern bei 78,4, bei den Frauen bei 83,2 Jahren (vgl. *Bartsch u. a., 2019, S. 37 f.*).

Durch Zuwanderung von Menschen aus dem Ausland lässt sich dieser Prozess zwar etwas abmildern, aber nicht aufhalten. Doch ohne Zuzug ist eine Zukunft Deutschlands kaum denkbar.

Im Jahr 2013 wird das Verhältnis von neuen Beschäftigten und aus der Arbeit Ausscheidenden 1:2 betragen: Einer kommt, zwei gehen (vgl. *Bartsch u. a., 2019, S. 38*).

Geborene und Gestorbene
in Mill.

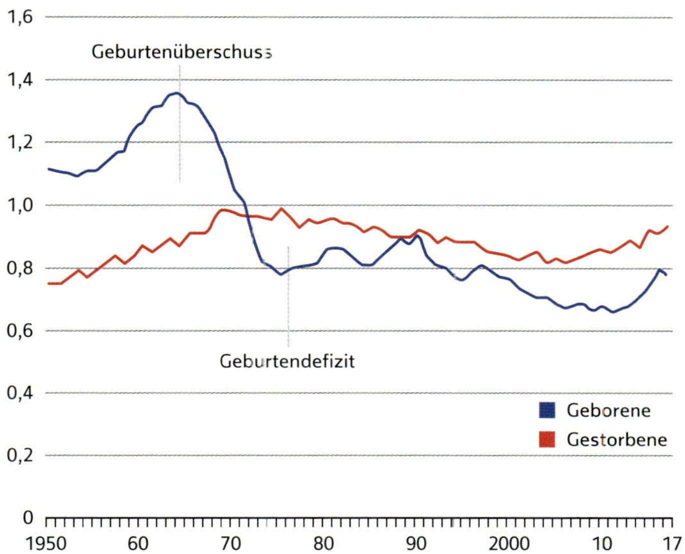

© Statistisches Bundesamt (Destatis), 2018

Der Hauptgrund für die steigende Lebenserwartung ist der **Fortschritt der Medizin**. Es entstanden neue und verbesserte medizinisch-technische Diagnose- und Behandlungsmethoden sowie Medikamente.

[1] vgl. Kapitel 7.2.2

Diabetes ist heute kein Todesurteil mehr und Antibiotika können ebenfalls Leben retten.

Dieser Fortschritt führt zu einer besseren (Früh-)Erkennung von Krankheiten und ihrer Heilung. Krankheiten, die früher als unheilbar galten, können heute bezwungen werden. Aufgrund dieses medizinischen Fortschritts ist die Lebenserwartung gestiegen.

→ **Materialien 3:** Geburtenrückgang und Zunahme der älteren Bevölkerung

7.2.3 Politische und geistige Umwälzungen

Politische Entscheidungen haben ebenfalls darauf Auswirkungen, dass sich die Gesellschaft ändert.

In den 60er-Jahren des letzten Jahrhunderts war es ein erklärtes politisches Ziel, die Bildungschancen aller Kinder zu erhöhen und eine Chancengleichheit von Männern und Frauen sowie der sozialen Schichten zu erreichen. Folge war die Abnahme der Zahl von Kindern in den Haupt-/Mittelschulen, verbunden mit einer großen Zunahme in den Realschulen und Gymnasien. Seit 1982 haben dort die Schülerzahlen bis 2018 um knapp 65 % zugenommen.

Doch häufig waren es in der Geschichte politische und geistige Umwälzungen, die zur Veränderung der Gesellschaft führten. Mit Umwälzungen sind grundlegende Veränderungen in erster Linie von gesellschaftlichen Verhältnissen gemeint.

Proteste in den 70er-Jahren führten dahin, dass die Bestrafung der Homosexualität und der § 175 insgesamt abgeschafft wurden.[1]

Man denke an die Reformation von *Martin Luther,* an Reformen oder gewaltsame Revolutionen wie zum Beispiel die Französische Revolution. Die Französische Revolution brach mit alten Vorstellungen wie Pflicht und Gehorsam gegenüber der Obrigkeit und neue wie Freiheit, Gleichheit und Brüderlichkeit entstanden.

Die Französische Revolution brachte eine geistige Umwälzung mit weltweiten Wirkungen hin zu Werten wie Freiheit, Gleichheit und Brüderlichkeit mit sich, die heute noch bestimmend sind.

Anhand der Französischen Revolution wird die Komplexität des gesellschaftlichen Wandels deutlich: Sie ist sowohl Ursache als auch Wirkung.

Eine geistige Umwälzung brachte das Christentum mit sich. Und die Aufklärung im 18. Jahrhundert hatte erneut eine geistige Umwälzung zur Folge in Richtung einer „Verweltlichung“, einer mehr oder weniger starken Abwendung von Religion und Kirche. Statt von der Religion und Kirche lassen sich heute die Menschen in ihrem Handeln von der Vernunft leiten.

> *„Entstanden in einer Ära politischer und geistiger Umwälzungen, plagt sich die Soziologie noch immer mit den Herausforderungen ab, die diese Zeit aufwarf: der soziale Wandel und die Frage, welche Faktoren Gesellschaften [...] noch zusammenhalten [...].“*
> *(Joas, 2007³, S. 28)*

[1] früherer § 175: Bis 1994 waren in Westdeutschland homosexuelle Handlungen auch zwischen Erwachsenen verboten. Im Osten wurde das Verbot schon wesentlich früher aufgehoben.

7.2.4 Die industrielle Revolution

Die industrielle Revolution ist eine der Hauptursachen für den Wandel der Gesellschaft in vielen Bereichen. Sie erreichte in den ersten zwei Dritteln des 19. Jahrhunderts ihren Höhepunkt.

Mit **Industrie** ist die Verarbeitung von Materie wie Rohstoffe zu Produktions- und Konsumgütern gemeint und diese umfasst „die ganze gewerbliche Wirtschaft" (*Kreiß, 2015, S. 14*). **Industrialisierung** meint die Veränderungen von der handwerklichen zur maschinellen Produktionsweise mitsamt ihren Folgeerscheinungen. Industrielle Revolution[1] meint die Umwälzung der wirtschaftlichen Verhältnisse und infolge dieser der sozialen Verhältnisse, der Arbeitsbedingungen, Produktionsverhältnisse und der Lebensumstände ab Mitte des 19. Jahrhunderts. Ihren Anfang nahm sie mit der Erfindung von neuen Maschinen, die als Folge die Entstehung von Fabriken hat.

Industrielle Revolution bezeichnet die Umwälzungen der wirtschaftlichen und sozialen Verhältnisse ab dem 19. Jahrhundert.

„An die Stelle der Manufaktur trat die moderne große Industrie, an die Stelle des industriellen Mittelstandes traten die industriellen Millionäre [...], die moderne Bourgeois.[2]"
(Marx/Engels, 2005, S. V)

Die Industrialisierung hatte zwei miteinander verbundene Gründe (vgl. *Lenzen, 2018, S. 74*):

- die **technologische Entwicklung** und
- die **Abhängigkeit der Beschäftigten**.

Zur technologischen Entwicklung, die die industrielle Revolution möglich machte, gehören die Erfindung der Dampfmaschine und der Wasserkraft, neue Verfahren der Eisen- und Stahlproduktion, die Entwicklung des Webstuhls und die Entdeckung einer Vielzahl von chemischen Prozessen (vgl. *Beckert, 2007[3], S. 451*).

Der zweite Grund ist die Massenproduktion am Fließband aufgrund der Elektrifizierung, die Beschäftigten wurden abhängig[3] (vgl. *Lenzen, 2018, S. 74*).

„Historisch betrachtet ist die Entstehung von Arbeitsmärkten die einschneidendste Neuerung [...], ohne die der Kapitalismus nicht hätte entstehen können."
(Beckert, 2007[3], S. 451)

[1] revolutio (lat.): Das Zurückwälzen, -drehen; dieser Begriff wurde als erstes von Friedrich Engels (1820–1895), deutscher Philosoph und Gesellschaftskritiker, der zusammen mit Karl Marx den historischen Materialismus entwickelte (vgl. Kapitel 9), verwendet.

[2] Bourgeoisie (franz.): die Klasse der Besitzenden (vgl. Kapitel 9.3.3)

[3] vgl. Abschnitt 7.1.3

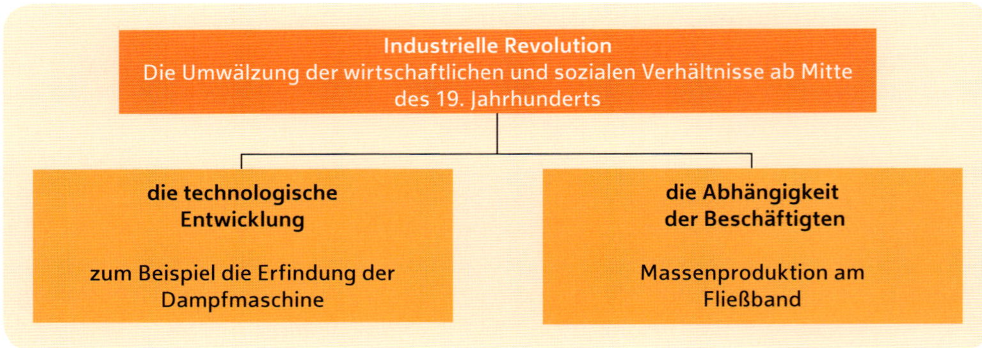

Dadurch schossen sogenannte „Fabrikstädte" quasi „über Nacht" aus dem Boden. Die Landflucht[1] zerriss die traditionellen Sozialbeziehungen.[2]

7.2.5 Der technische Fortschritt

Der technische Fortschritt war und ist neben der industriellen Revolution die zweite große Revolution in den Industrieländern, die große Auswirkungen auf den ökonomischen und soziokulturellen Wandel hat(te).[3]

Technischer Fortschritt bezeichnet die Gesamtheit aller technischen Neuerungen.

Der technische Fortschritt hat Auswirkungen auf den soziokulturellen Wandel und den ökonomischen Wandel, zumal technische Neuerungen sehr rasant vor sich gehen.

Man denke nur an den Computer und das Internet oder an das Handy bzw. Smartphone.

Vor allem die **Informations- und Kommunikationstechnologien** (IuK) wie etwa der Computer (PC, Notebook, Ultrabook, Tablet-PC), das Handy oder das Smartphone entwickeln sich derart rasant, dass sich dies kaum noch überblicken lässt.

> *„Technik entwickelt sich mitunter so schnell fort, dass es den Anschein hat, als hätten wir keinen Einfluss auf ihre Entwicklung. [...] Was heute sicher scheint, ist vielleicht morgen schon obsolet."*
>
> *(Weyer, 2017, o. S.)*

Mit Informations- und Kommunikationstechniken werden alle Technologien zusammengefasst, die den Bereich Information und Kommunikation betreffen.

Der technische Fortschritt setzte im 19. Jahrhundert mit der Erfindung der Eisenbahn, des Autos und der Medien ein. Heute scheinen moderne Gesellschaften von technischen Innovationen geradezu getrieben zu sein: „Man kann sich ihnen kaum noch entziehen, sondern erlebt sie als eine Art Sachzwang, der uns beherrscht und uns diktiert, wie wir sie zu nutzen haben" (*Weyer, 2017, o. S.*). Wer sich nicht mit dieser Technologie befasst, der wird

[1] vgl. Abschnitt 7.1.2
[2] Auf diese Folgen wird in Kapitel 8.2.4 eingegangen.
[3] vgl. Abschnitt 7.1.2

bald von der Entwicklung abgehängt sein und sozial, vor allem beruflich, nicht mehr mithalten können. Dies betrifft vor allem jüngere Menschen.

7.2.6 Ausländische Mitbürger und Migration

Die Einwanderung von Menschen aus einem anderen Land ist ein weiterer Grund für den sozialen Wandel, insbesondere für die Bevölkerungsstruktur. Vor allem in letzter Zeit kamen viele Migranten nach Deutschland.

Ausländer ist jeder, der in Deutschland weilt, aber nicht die deutsche Staatsangehörigkeit und keinen deutschen Pass besitzt. Er kann auch in Deutschland geboren sein. (vgl. *Artikel 116, Absatz 1 des Deutschen Grundgesetzes*)

Oft wird statt von Ausländern von **ausländischen Mitbürgern** gesprochen. Im Gegensatz zum Ausländer ist ein ausländischer Mitbürger, wer über einen längeren Zeitraum oder dauerhaft in Deutschland wohnt, aber nicht die deutsche Staatsangehörigkeit besitzt.

Ein Durchreisender oder ein Tourist – ein (Urlaubs-)Reisender, der fremde Länder und Orte kennenlernen will – ist im obigen Sinn Ausländer, aber kein ausländischer Mitbürger, da er nur kurz und vorübergehend im Ausland weilt.

Die Bezeichnungen „Ausländer“ und „ausländischer Mitbürger“ werden im Folgenden synonym benützt.

Ein ausländischer Mitbürger ist, wer über einen längeren Zeitraum oder dauerhaft in Deutschland wohnt, aber nicht die deutsche Staatsangehörigkeit und deshalb auch keinen deutschen Pass besitzt.

Hierzu zählen auch **Asylbewerber**, das sind Menschen, die Schutz als politische, religiöse oder sonstige Verfolgte beantragt haben, über deren Antrag aber noch nicht entschieden wurde und dieser damit noch nicht rechtskräftig ist.

Oft werden in diesem Zusammenhang auch die Begriffe **„Migranten“** und **„Aussiedler“** verwendet. Bei Migranten[1] – eigentlich müsste man genauer von Immigranten sprechen – handelt es sich um Zuwanderer aus ihrem Herkunftsland, die einen ***dauerhaften Wohnortwechsel in ein anderes Land*** vornehmen. Sie geben also ihren bisherigen Wohnsitz auf, um einen neuen Wohnsitz in einem anderen Land einzunehmen. **Migration** (Wanderung) bezeichnet dementsprechend den dauerhaften Wechsel des Wohnortes von Menschen im geografischen und/oder sozialen Raum (von einem Land in ein anderes).

Hat ein Mediziner mit seiner Ehefrau seinen Wohnsitz dauerhaft von Sarajevo nach Hamburg verlegt, so handelt es sich um Migration, der Mediziner und seine Frau sind Migranten.

[1] migrare (lat.): wandern, wegziehen; immigrare (lat.): einwandern

Migranten sind Menschen, die von einem Land abwandern und in ein anderes einwandern, um dort dauerhaft ihren Wohnsitz einzunehmen.

Laut Mikrozensus hatte im Jahr 2017 mehr als jedes dritte der 755.000 Neugeborenen Eltern(teile) mit ausländischen Wurzeln. Das waren 303.000 Babys, von denen geschätzt 214000 mit deutscher Staatsangehörigkeit geboren wurden (*Göttsche, 2018, o. S.*).

In Deutschland bezieht sich der Begriff „Migranten" nur auf alle nach 1949 auf das heutige Gebiet der Bundesrepublik Deutschland Zugewanderten. Da der Wohnortwechsel dauerhaft sein muss – also einen längeren Zeitraum umfassend –, fallen unter den Begriff „Migranten" beispielsweise nicht Touristen oder Durchreisende. Sie haben in dem Land, in das sie eingereist sind, nicht ihre feste Bleibe.

„Mehr als jeder fünfte Mensch in Deutschland hat seine Wurzeln im Ausland. Diese Bevölkerungsgruppe ist überdurchschnittlich jung. Mittlerweile haben 36 % aller Kinder in Deutschland Wurzeln im Ausland, in manchen Regionen sind es bereits mehr als die Hälfte."
(Göttsche, 2018, o. S.)

Der Begriff „Menschen mit Migrationshintergrund" bezeichnet also die Nachkommenschaft von Migranten, welche im Gegensatz zum Migranten selbst keine eigenen Migrationserfahrungen hat. Um bei obigem Beispiel zu bleiben: Die Kinder des Mediziners und seiner Ehefrau, die im Land der Einwanderung geboren wurden, sind „Menschen mit Migrationshintergrund". Oft jedoch wird in der Literatur nicht getrennt zwischen „Migrant" und „Menschen mit Migrationshintergrund", die beiden Begriffe werden ungenau synonym verwendet.

→ **Materialien** 4. Ausländer- und Migrantenanteil in der BRD

7.2.7 Die Globalisierung

Globalisierung ist ohne die in *Abschnitt 7.2.5* erwähnten Informations- und Kommunikationstechniken nicht denkbar. Sie stellt eine Entwicklung dar, die unter anderem auf der Basis von globalen Kommunikationsmedien und Massentransportmitteln (zum Beispiel Eisenbahn, Schiff, Lastkraftwagen) stattfindet (vgl. *Beck, 2015^{9}, S. 470*).

Globalisierung[1] heißt, über die staatlichen Grenzen hinaus auf der ganzen Welt miteinander vernetzt zu sein in Finanzen, Wirtschaft, Kommunikation, Politik und Umwelt.

Globalisierung bedeutet den Vorgang der zunehmend weltweiten Verflechtungen in Finanzen, Wirtschaft, Kommunikation, Politik und Umwelt.

Bestimmte Ereignisse und Vorgänge betreffen nicht mehr nur die eigene Gesellschaft, sondern zunehmend mehr oder weniger alle Nationen der Welt. Der Austausch von Kapital, Gütern, Festlegungen und Ideen geschieht über die nationalen und europäischen Grenzen hinweg.

[1] Globalisierung (global, lat.: die Erdkugel): „die ganze Welt betreffend"

Die Globalisierung zeigt sich vor allem in einigen wenigen Städten.

Solche Städte sind zum Beispiel London, Paris, Tokio, New York, in Deutschland Frankfurt am Main.

Frankfurt am Main

Diese Städte haben die notwendige Infrastruktur, sodass sie **Steuerungsfunktionen** für internationale Unternehmen, Investitions- und Finanzströme ausüben. Solche Städte werden als **Global Cities**[1], **Weltmetropolen** oder **Weltstädte** bezeichnet. Sie besitzen wichtige Finanzmärkte, Hauptzentralen von Banken und internationalen Konzernen, bedeutende Dienstleistungen wie beispielsweise Finanz-, Wirtschafts-, Unternehmens- und Rechtsberatung, Werbeagenturen sowie Kontroll- und Prüfungsunternehmen, um ihrem Auftrag gerecht zu werden. Global Cities sind gleichsam der „Knotenpunkt" der Wirtschafts-, Finanz-, Dienstleistungs- und Kontrollverflechtungen des internationalisierten Kapitals (*Löw, u. a., 2008², S. 113*), die „Bodenstationen der Globalisierung" (*Häussermann, 2007³, S. 621*).

Zwei Drittel des Weltmarktes werden heute von etwa 80.000 transnationalen[2] Unternehmen mit ihren ca. 800.000 Tochterfirmen beherrscht. Allein die zwanzig größten von ihnen setzen mehr Geld um, als die 80 ärmsten Staaten der Welt zusammen an Sozialprodukt[3] erwirtschaften.(vgl. *Renz-Polster, 2018, S. 129*)

„Es hat sich ein Netz von Städten herausgebildet, „welche Zentren der (Finanz-) Ökonomie und somit Kontroll- und Steuerungsknotenpunkte sind. Hier bündeln sich die weltweiten, verstreuten wirtschaftlichen Aktivitäten in headquartern[4], der Börse und in Zentralrechnern."
(Löw u. a., 2008², S. 112)

Global Cities sind systematisch miteinander verbunden.

„Nicht mehr die Nationen steuern die Volkswirtschaften, sondern die in den [...] Weltmetropolen ansässigen Finanz- und Börsenzentren, die weltumspannenden Medienzentren und Werbeagenturen."
(Schäfers, 2010², S. 118)

Es ist auch nicht – wie man meinen könnte – die Politik, die die Volkswirtschaften und Finanzströme steuert, sondern die internationalen Banken und Unternehmen bzw. deren Manager.

[1] Global City (engl.): globale Stadt, Globalstadt; Dieser Begriff wurde in den 90er-Jahren des letzten Jahrhunderts von der amerikanischen Stadtsoziologin Saskia Sassen (geb. 1949) geprägt.
[2] transantional (lat.: trans, über hinüber; natio, das Geborenwerden, der Volksstamm): mehrere Nationen umfassend, Nationen übergreifend
[3] Das Sozialprodukt ist das Nationaleinkommen, das die wirtschaftliche Leistung einer Volkswirtschaft in einem bestimmten Zeitabschnitt (oft ein Jahr) kennzeichnet.
[4] headquarter (engl.): Hauptverwaltung, Zentrale eines Großunternehmens

Die Globalisierung ist ein sehr umstrittenes Thema. Auf der einen Seite nähern sich die verschiedenen Kulturen an, auf der anderen Seite wird das Verschwinden regionaler Vielfalt und ökologischer Raubbau befürchtet. Und schließlich trägt die Globalisierung erheblich zu einer Zunahme der Kluft zwischen Arm und Reich bei (vgl. *Hartmann/Beyer, 2017, o. S.*). Hauptargument der Globalisierungsgegner ist die Tatsache der ***Dominanz der Ökonomie***.

Auf den Punkt gebracht

- Die Ursachen des sozialen Wandels sind vielfältig. In der Regel ist es nicht nur eine Ursache, die zu einem Wandel in einem bestimmten Bereich führte bzw. führt, sondern mehrere, die zudem untereinander zusammenhängen.
- Mögliche Ursachen für den sozialen Wandel sind beispielsweise der Geburtenrückgang, verbunden mit der Zunahme von älteren Bürgern, politische und geistige Umwälzungen, die Industrialisierung, die Migration, die fortschreitende Globalisierung, der medizinische Fortschritt sowie der technische Fortschritt, insbesondere die Informations- und Kommunikationstechnik u. a.
- In unserer Gesellschaft werden auf der einen Seite immer weniger Kinder geboren. Deshalb schrumpft die Bevölkerung. Auf der anderen Seite werden die Menschen durch bessere Lebensbedingungen und den medizinischen Fortschritt immer älter – die durchschnittliche Lebensdauer erhöht sich –, sodass ein Ungleichgewichtsverhältnis vorherrscht.
- Häufig waren es in der Geschichte politische und geistige Umwälzungen, die zur Veränderung der Gesellschaft führten. Mit Umwälzungen sind grundlegende Veränderungen in erster Linie von gesellschaftlichen Verhältnissen gemeint.

- Die industrielle Revolution ist eine der Hauptursachen für den Wandel der Gesellschaft in vielen Bereichen. Sie meint die Umwälzung der wirtschaftlichen Verhältnisse und infolge dieser der sozialen Verhältnisse, der Arbeitsbedingungen, Produktionsverhältnisse und der Lebensumstände.

  Die Industrialisierung hatte zwei miteinander verbundene Gründe, die technologische Entwicklung und die Abhängigkeit der Beschäftigten.

- Technischer Fortschritt bezeichnet die Gesamtheit aller technischen Neuerungen. Dieser hat Auswirkungen auf den ökonomischen Wandel, zumal technische Neuerungen sehr rasant vor sich gehen. Vor allem die Informations- und Kommunikationstechnologien (IuK) entwickeln sich sehr rasant. Mit Informations- und Kommunikationstechniken werden alle Technologien zusammengefasst, die den Bereich Information und Kommunikation betreffen.

- Ausländer ist jeder, der in Deutschland weilt, aber nicht die deutsche Staatsangehörigkeit und keinen deutschen Pass besitzt. Migranten sind Menschen, die von einem Land abwandern und in ein anderes einwandern, um dort dauerhaft den Wohnsitz einzunehmen.

- Globalisierung bedeutet den Vorgang der zunehmend weltweiten Verflechtungen in Finanzen, Wirtschaft, Kommunikation, Politik und Umwelt. Der Austausch von Kapital, Gütern, Festlegungen und Ideen geschieht über die nationalen und europäischen Grenzen hinweg. Im Zuge der Globalisierung übernehmen einige wenige Städte die Steuerungsfunktion.

Wiederholen, Vertiefen, Anwenden

10. Beschreiben Sie die Problematik, wenn man von Ursachen des gesellschaftlichen Wandels spricht.

11. *Lernsituation 7.2*
    Zeigen Sie mögliche Faktoren auf, auf die gesellschaftlicher Wandel zurückzuführen ist.

12. Analysieren Sie Faktoren, die in der Gesellschaft Umbrüche verursachen und beeinflussen.

13. Zeigen Sie
    a) den Geburtenrückgang, verbunden mit der Zunahme von älteren Bürgern,
    b) politische und geistige Umwälzungen,
    c) den medizinischen Fortschritt,
    d) die industrielle Revolution,
    e) den technischen Fortschritt,
    f) die Migration,
    g) die Globalisierung
    als mögliche Ursache gesellschaftlichen Wandels auf.

14. Zeigen Sie auf, warum es in der Zeit der industriellen Revolution zum enormen Wachstum von Städten kam.

15. Beschreiben Sie einen sozialen Wandel (zum Beispiel die Bevölkerungsstruktur, das Wirtschaftssystem, die Familie, soziale Werte und Normen) und zeigen Sie mögliche Ursachen für diesen Wandel auf.

16. Diskutieren Sie die Problematik der Globalisierung.

Aufgabe zum gesamten Kapitel

17. Spiel: „Tabu"
    - Sammeln Sie in Kleingruppen wichtige Begriffe aus dem Thema „Der Wandel der Gesellschaft".
    - Notieren Sie diese auf je eine Karte und schreiben Sie unter jeden Begriff vier Wörter, die bei der Darstellung des Begriffes nicht verwendet werden dürfen.
    - Im Spiel geht es darum, dass verschiedene Teams gegeneinander spielen.
    - Ein Spieler eines Teams zieht einen Begriff, den seine Mitspieler nicht sehen und den er den Mitspielern seines Teams verdeutlichen muss.
    - Bei dieser Beschreibung darf er die Wörter, die unter dem jeweiligen Begriff angegeben sind, nicht verwenden.
    - Das Team, das die meisten Begriffe erraten hat, hat gewonnen.

Materialien Kapitel 7

1. Beispiele für die Bevölkerungs- und Sozialstruktur in Deutschland

a) Bevölkerung nach Altersjahren und Geschlecht

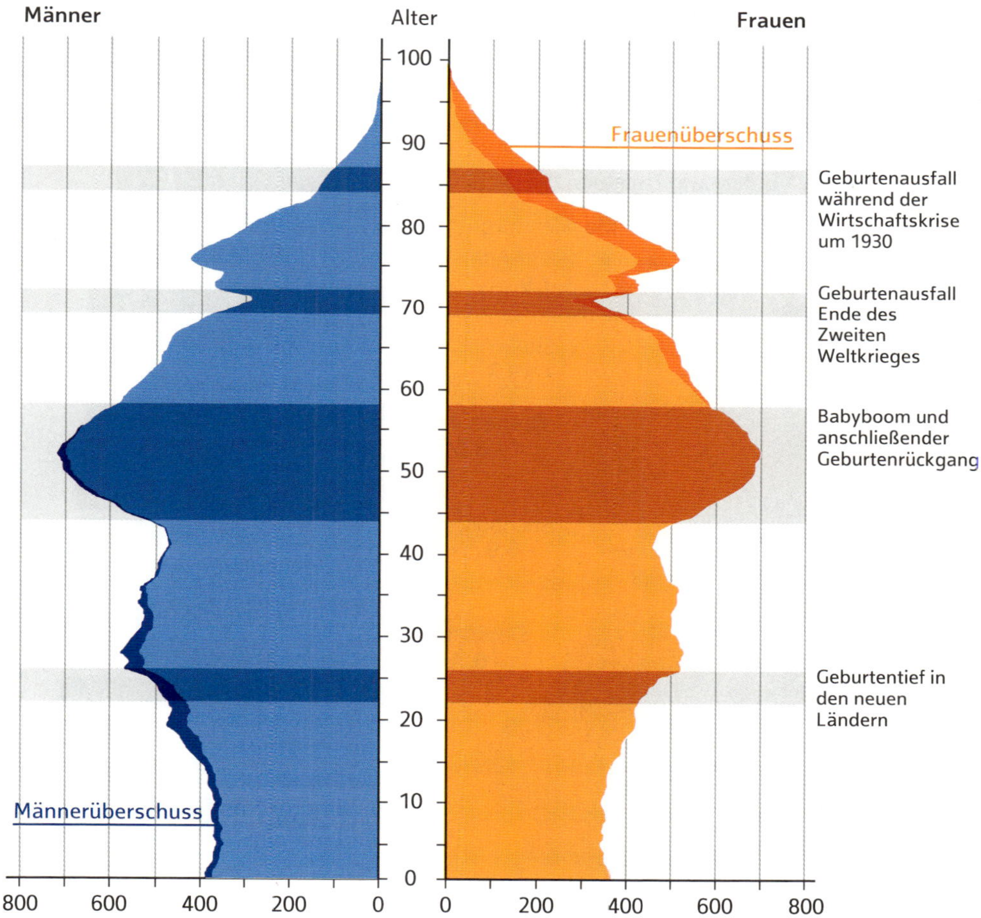

Ergebnisse der Bevölkerungsfortschreibung.
Zu den Ergebnissen 2016 siehe Info 1 sowie die Erläuterungen unter www.destatis.de > Bevölkerungsstand.

(Datenreport 2018, S. 15)

b) Die Veränderung der Bevölkerung von 2012 bis 2030 (in Prozent)

Die Entwicklung der deutschen Bevölkerung schrumpft zwar, doch sie ist in den einzelnen Bundesländern sehr unterschiedlich. Während die Bevölkerung in Sachsen-Anhalt und Thüringen (−9,9 %) stark abnimmt, steigt sie in den Stadtstaaten Berlin und Hamburg an. Insgesamt nehmen alle Großstädte zu, in den ländlichen Gegenden schrumpft die Bevölkerung.

Wachsende Länder, schrumpfende Länder

Veränderung der Bevölkerung von 2012 bis 2030 in Prozent

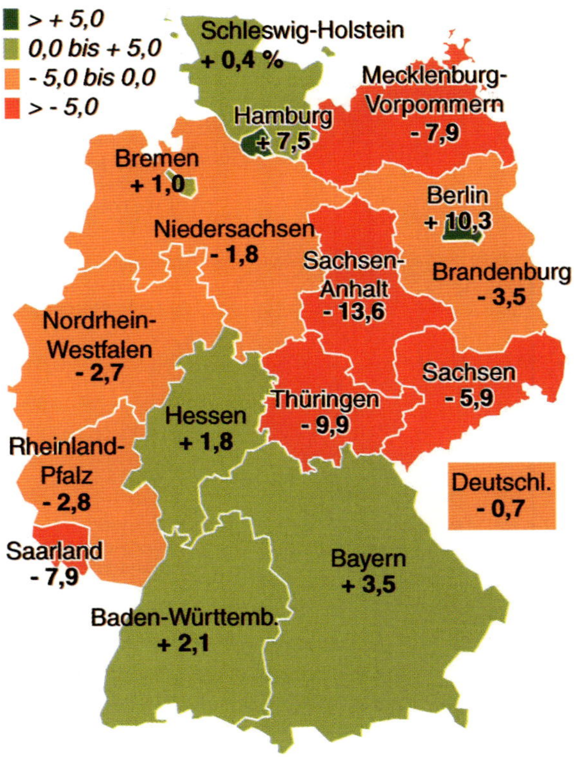

Medianalter 2030

Berlin	42,8 Jahre
Hamburg	43,0
Bremen	46,5
Bayern	47,3
Hessen	47,3
Baden-Württemb.	47,4
Nordrhein-Westf.	47,4
Deutschland	*48,1*
Niedersachsen	49,2
Rheinland-Pfalz	49,5
Schleswig-Holst.	49,7
Sachsen	50,2
Saarland	50,9
Thüringen	52,2
Mecklenburg-Vorp.	52,6
Brandenburg	53,0
Sachsen-Anhalt	53,0

Medianalter = exakt die Hälfte der Bevölkerung ist älter, die andere Hälfte ist jünger

dpa•22860 Quelle: Bertelsmann Stiftung

c) Bevölkerungsentwicklung und Altersstruktur

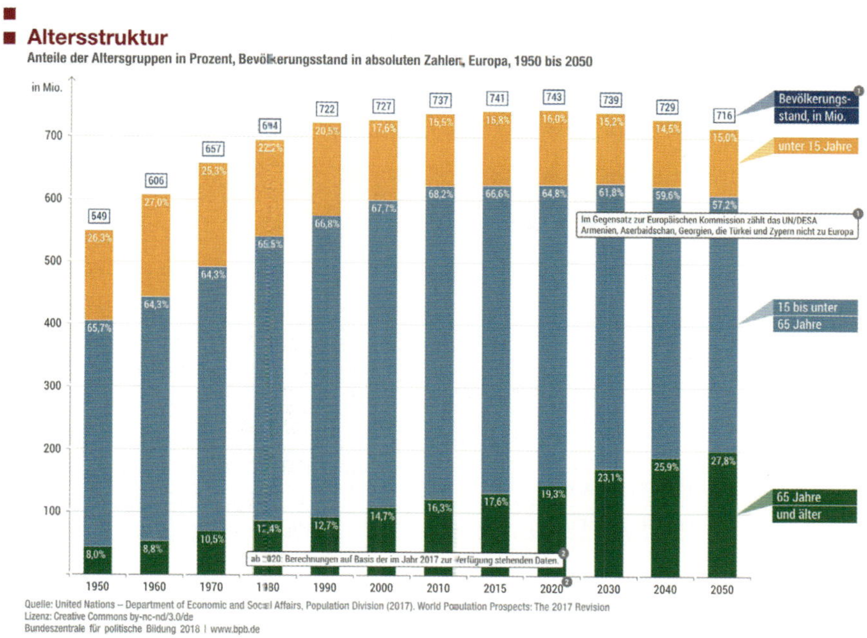

(Bundeszentrale für politische Bildung, 2018)

d) Alterndes Land

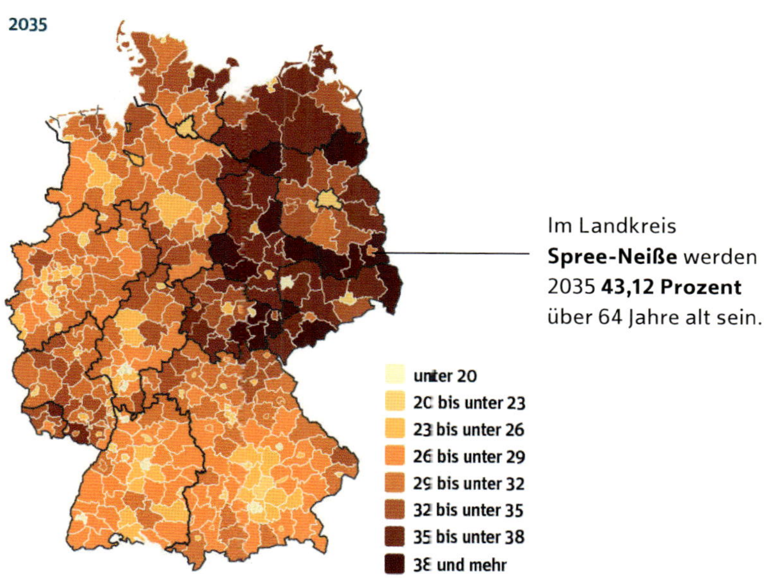

(Der Spiegel, 2019, S. 43)

2. Der Wertewandel

Das Werte-Index-Ranking

- **An der Spitze:** Natur, Gesundheit, Familie
- **Aufsteiger-Werte:** Natur und Familie, Verbesserung für Sicherheit
- **Absteiger-Werte:** Gesundheit, Freiheit, Erfolg, Gerechtigkeit

2018		Wert	2016
1	↗	Natur	4
2	↘	Gesundheit	1
3	↗	Familie	6
4	↘	Freiheit	2
5	↗	Sicherheit	7
6	↘	Erfolg	3
7	↘	Gemeinschaft	5
8	→	Anerkennung	8
9	↗	Nachhaltigkeit	10
10	↘	Gerechtigkeit	9

(Wippermann/Krüger, 2018, S. 6 f.)

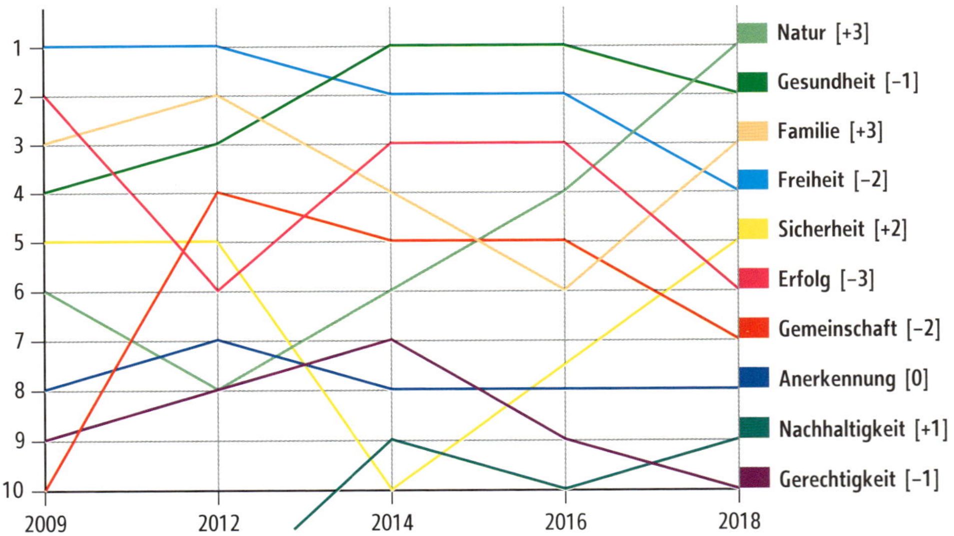

(Wippermann/Krüger, 2018, S. 10 f.)

3. Geburtenrückgang und Zunahme der älteren Bevölkerung

a) Lebenserwartung bei Geburt (in Jahren)

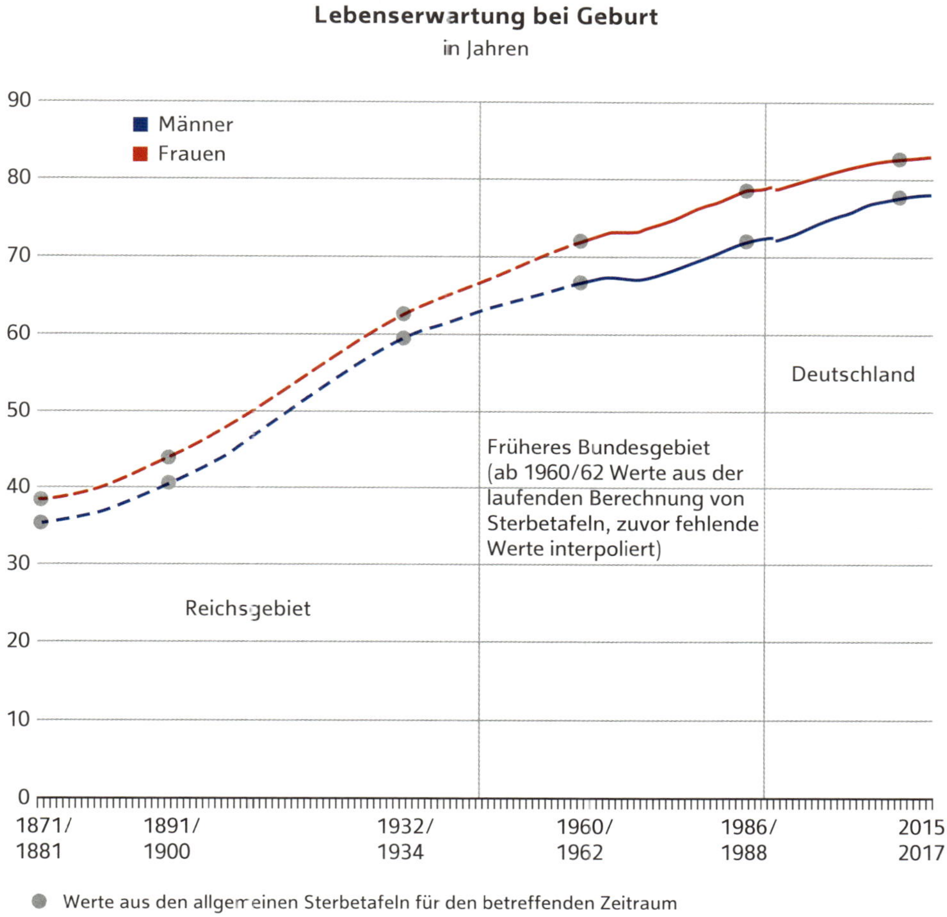

b) Mittlere Lebenserwartung bei Geburt von 1955 bis 2015

Trend der mittleren Lebenserwartung bei Geburt in Ost- und Westdeutschland nach Geschlecht 1956–2015

in Jahren

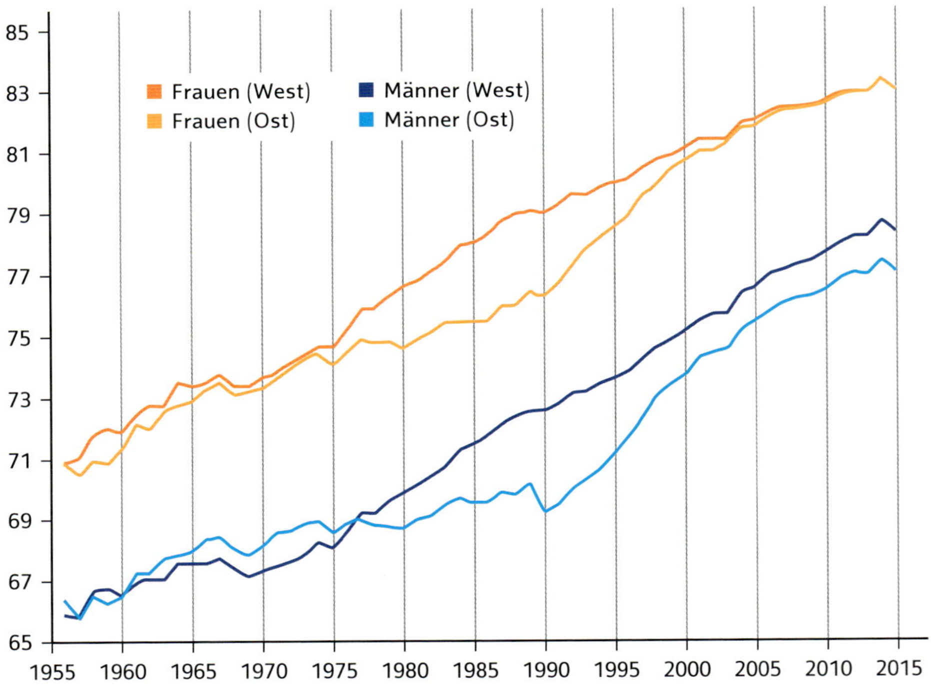

Datenbasis: Human Mortality Database 2018.

(Datenreport 2018, S. 44)

4. Ausländer- und Migrantenanteil in der BRD

a) Herkunft der ausländischen Mitbürger in Deutschland

Ausländische Bevölkerung nach Staatsangehörigkeit

In absoluten Zahlen, durchschnittliche Aufenthaltsdauer in Jahren, 31 12.2016

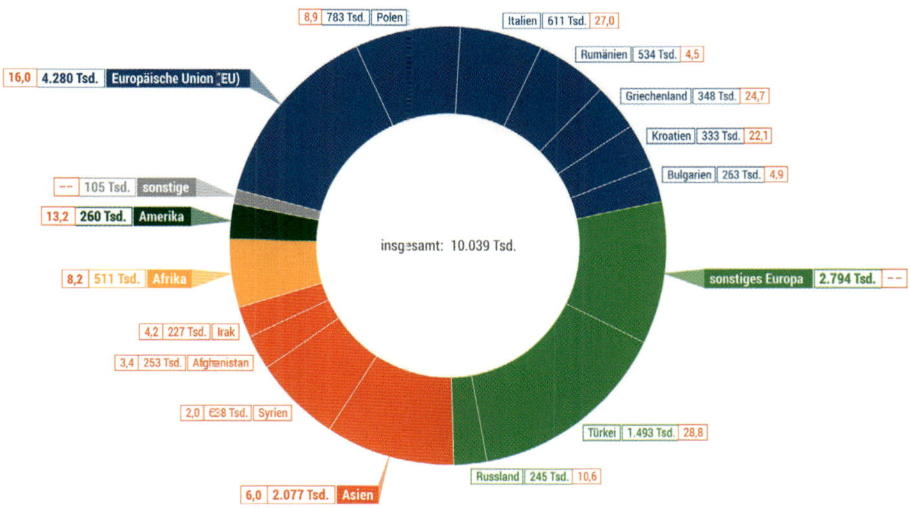

Quelle: Statistisches Bundesamt: Ausländische Bevölkerung. Ergebnisse des Ausländerzentralregisters (AZR)
Lizenz: Creative Commons by-nc-nd/3.0/de
Bundeszentrale für politische Bildung 2018 | www.bpb.de

(Creative Commons by-nc-nd/3.0", Bundeszentrale für politische Bildung, 2018)

b) Bevölkerung mit Migrationshintergrund[1]

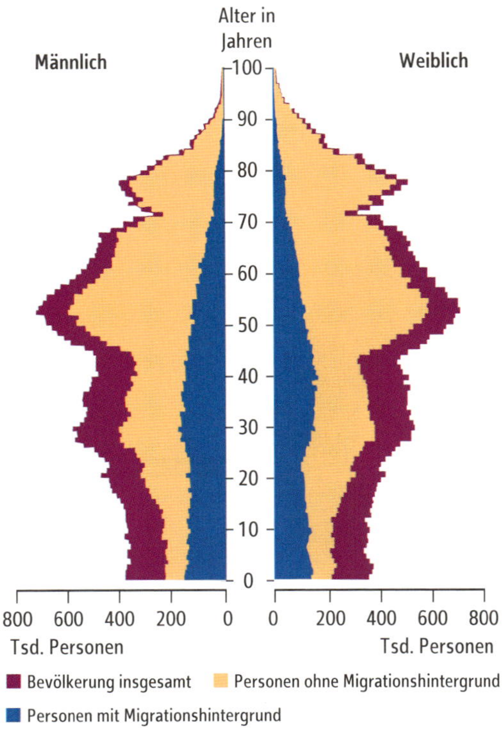

(Statistisches Bundesamt, Statistisches Jahrbuch 2018, S. 43)

c) Ausländeranteil in verschiedenen Städten

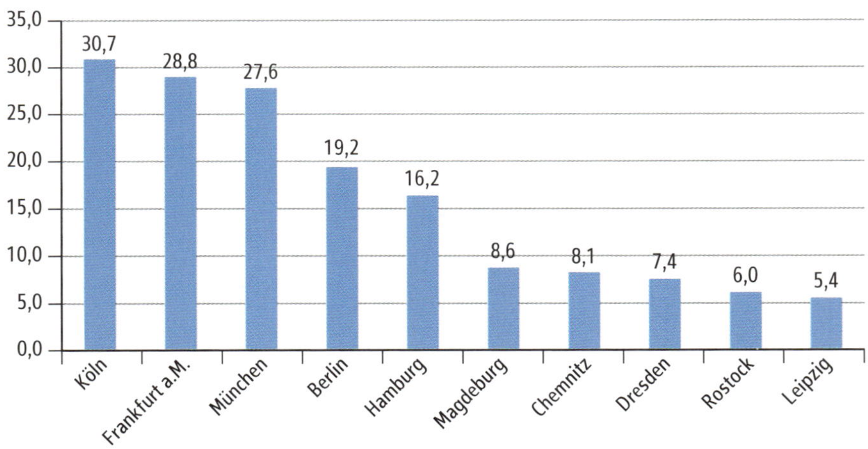

(eigene Recherchen nach Angaben der jeweiligen Städte)

[1] Migrationshintergrund meint in dieser Grafik sowohl Migranten als auch Menschen mit Migrationshintergrund (siehe Abschnitt 7.2.6)

d) Ausländeranteil in verschiedenen Bundesländern

(Statistisches Bundesamt, Statistisches Jahrbuch 2018, S. 44)

8 Leben in einer sich verändernden Welt

Folgende Kompetenzen sollen Sie erwerben:

- *Sie können Folgen von gesellschaftlichem Wandel erläutern und deren Problematik für das Zusammenleben und -wirken von Menschen beurteilen.*
- *Sie können Auswirkungen der Veränderungen auf die individuelle und soziale Lebenswelt beurteilen, um ein Bewusstsein für die Komplexität der gesellschaftlichen und globalen Zusammenhänge und Formen der Existenzbewältigung zu entwickeln und zu reflektieren.*
- *Sie können die Chancen und Risiken einer sich wandelnden Gesellschaft abschätzen und daraus individuelle Handlungsoptionen entwickeln.*
- *Sie wollen den gesellschaftlichen Wandel im Sinne einer freiheitlichen, demokratischen und sozialen Werthaltung mitgestalten.*

8.1 Folgen des gesellschaftlichen Wandels

Lernsituation

Das Gespräch mit einem älteren Bekannten

Das Gespräch mit Ihrem Bekannten[1] *geht weiter und Sie beide diskutieren über die Folgen gesellschaftlichen Wandels. Ihr Bekannter sagt: „Ach, das geht alles den Bach runter, ich bin froh, dass ich schon so alt bin!" Sie sehen das nicht so negativ und meinen, dass es sicherlich weiterginge, wenn auch anders. „Naja", meint Ihr Bekannter; „schauen wir mal, wenn Du so alt bist wie ich, wie dann die Welt aussehen wird. Ich möchte in so einer Welt nicht mehr leben!" Sie antworten: „Schau mal in die Geschichte, die Gesellschaft hat sich immer wieder geändert, und wir leben heute noch! Und nicht mal schlecht, weil uns die Änderungen auch viele Vorteile gebracht haben." „Naja, wenn Du meinst ...", erwidert Ihr Bekannter. Sie denken sich: Irgendwo muss man doch nachlesen können, wohin diese Änderungen in jüngster Zeit geführt haben und führen."*

Sie wollen Bescheid wissen, welche Folgen gesellschaftlicher Wandel mit sich bringt.

I Information

8.1.1 Die Vielschichtigkeit der Folgen gesellschaftlichen Wandels

Man kann nicht eindeutig festlegen, welche Ursache zu welcher Folge führt. Aus einer Ursache gehen grundsätzlich mehrere Wirkungen hervor, und umgekehrt kann eine bestimmte Folge nicht eindeutig auf einen Faktor zurückgeführt werden. Wie in *Kapitel 7.2.1* bereits ausgeführt, ist der gesellschaftliche Wandel sowohl in seinen verschiedensten Erscheinungsformen als auch in seinen Ursachen ein **hoch komplexer Vorgang.** (vgl. *Göschel, 2013, o. S.*) Der gesamte gesellschaftliche Wandel mit seinen Ursachen und Folgen ist vielschichtig und vieles umfassend, viele Merkmale hängen mit anderen zusammen.[2]

Mögliche Folgen des gesellschaftlichen Wandels sind beispielsweise

- die **Überalterung** der Gesellschaft
- **die „Verweltlichung"**, die Abwendung von Religion und Kirche (**Säkularisierung**),
- die **Pluralisierung und Individualisierung** der Gesellschaft (*Abschnitte 8.1.2 bis 8.1.5*),
- das Zusammenleben von Menschen verschiedener Kulturen in einer Gesellschaft (**Interkulturalität**) u. a. (*Abschnitt 8.1.6*),
- die **Verstädterung und Urbanisierung** (*Abschnitt 8.2*),

[1] siehe Lernsituation 7.1
[2] vgl. hierzu Kapitel 1.3.2

Die Überalterung der Gesellschaft

Die Menschen werden – wie in *Kapitel 7.2.2* bereits ausgeführt – durch bessere Lebensbedingungen und den medizinischen Fortschritt immer älter – die durchschnittliche Lebensdauer erhöht sich –, sodass ein Ungleichgewichtsverhältnis vorherrscht: Immer weniger junge Menschen und immer mehr ältere Menschen kennzeichnen unsere Gesellschaft. Durch Zuwanderung von Menschen aus dem Ausland lässt sich dieser Prozess zwar etwas abmildern, aber nicht aufhalten.[1]

Die Wirtschaft und die Politik befürchten aus diesem Grund schon heute einen Fachkräftemangel, denn infolge des Bevölkerungsrückgangs sinkt auch die Zahl hoch qualifizierter Arbeitskräfte (vgl. *Weishaupt, 2013, o. S.*). Zum anderen sind die Renten für die heutigen jungen Menschen nicht mehr sicher. Immer weniger Junge, immer mehr Ältere – der Generationenvertrag wird zukünftig nicht mehr in diesem Ausmaß wie heute funktionieren. Die eigene Vorsorge wird scheitern, weil nur wenige imstande sind, sich eine kapitalgedeckte Rente zu leisten, und weil es in der heutigen Zeit so gut wie keine Zinsen gibt. Die Inflation ist stärker als die Renditen.

→ **Materialien 1:** Veränderung der Altersstruktur von 1950 bis 2010

Die Verweltlichung

In unserer Gesellschaft hat auch aufgrund der ***Aufklärung*** im 18. Jahrhundert eine „Verweltlichung", eine mehr oder weniger starke Abwendung von Religion, insbesondere von der Kirche, eingesetzt. Die Bindungen an die Religion wurden gelockert oder ganz gelöst. Dieser „soziale Bedeutungsverlust von Religion" wird als **Säkularisierung** bezeichnet. Statt von der Religion und Kirche lassen sich die Menschen in ihrem Handeln von der Vernunft leiten.

Säkularisierung bedeutet „Verweltlichung", eine Abwendung von Religion und Kirche im Sinne ihres sozialen Bedeutungsverlusts.

Heute wird Säkularisierung dahin gehend verstanden, dass breite Bevölkerungsgruppen in der westlichen Welt keinen engen Bezug mehr zu Kirche und Religion haben (vgl. *Schneider/Toyka-Seid, 2019, o. S.*).

8.1.2 Die Pluralisierung und Individualisierung der Gesellschaft

Das Ergebnis des gesellschaftlichen Wandels ist die **Pluralisierung**[2] – der Vorgang, dass in einer Gesellschaft ein Mehrfaches, eine Vielfalt von Gruppierungen, Organisationen, Werten und Normen und dgl. vorhanden ist.

→ Ein Beispiel hierfür ist der in *Kapitel 7.1.6* bereits erwähnte Wertepluralismus: Zu ein und demselben Sachverhalt gibt es verschiedene, gelegentlich auch widersprüchliche Wert- und Normvorstellungen gleichberechtigt nebeneinander.

Pluralisierung bedeutet ein mehrfaches Neben- und Miteinanderbestehen von Gruppierungen, Organisationen, Werten und Normen und dgl.

---

[1] vgl. Kapitel 6.1.3
[2] Plural (lat.): die Mehrzahl

Aus politischer Sicht wird diesem Begriff das Kriterium der **Machtverteilung** hinzugefügt: Macht in einer Gesellschaft ist nicht zentral gebündelt, sondern auf verschiedene, voneinander relativ unabhängige Gruppierungen der Gesellschaft verteilt. Solche Gruppierungen haben unterschiedliche Interessen (Pluralität von Interessen in einer Gesellschaft), die sie durchsetzen wollen (vgl. *Andreas u. a., 1995²*, *S. 30*).

Solche Gruppierungen sind politische Gruppierungen wie Parteien und Bürgerinitiativen, berufliche Gruppierungen (Gewerkschaften, Arbeitsgeberverbände) oder weltanschauliche Gruppierungen wie die Kirchen.

Die Struktur des Pluralismus (vgl. *Andreas u. a., 1995², S. 31*)

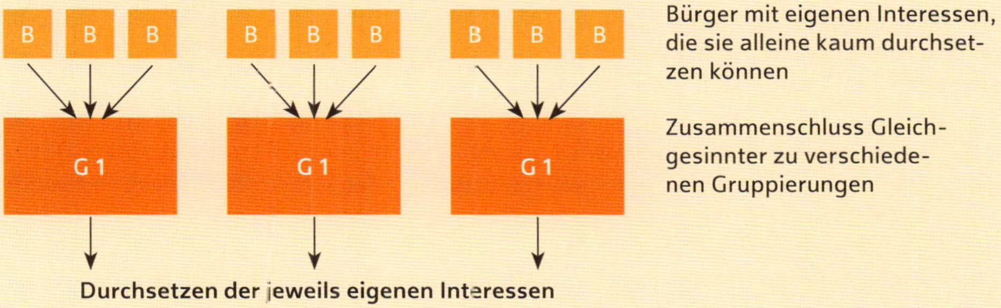

Neben den verschiedenen Gruppierungen in der Gesellschaft unterscheidet man auch hinsichtlich der Pluralisierung:

- die Pluralisierung **sozialer Werte und Normen** (*Abschnitt 8.1.3*)
- die Pluralisierung **sozialer Milieus und Lebensstile** (*Abschnitt 8.1.4*)
- die Pluralisierung **verschiedener Lebensformen** (*Abschnitt 8.1.5*)
- die Pluralisierung von **Religionen und Kulturen** (*Abschnitt 8.1.6*)

Die Pluralisierung hängt sehr eng mit der **Individualisierung** der Gesellschaft zusammen. **Individualisierung ist** – wie in *Kapitel 1.3.4* ausgeführt – **der Prozess der Veränderung der Person-Gesellschaft-Beziehung dahin gehend, dass das Individuum sein Leben selbst in die Hand nehmen und für sein Tun und Handeln selbst die Verantwortung tragen muss.** Der gesellschaftliche Wandel brachte die Herauslösung aus geschichtlich vorgegebenen Sozialformen und -bindungen und die Auflösung solcher sozialer Lebensformen. Damit verbunden ist eine Steigerung des privaten Raumes zu beobachten. Auf den Einzelnen kommen viele Anforderungen zu, die er selbst bewältigen muss.

> *„In allen reichen westlichen Industrieländern – besonders deutlich in der Bundesrepublik Deutschland – hat sich in der wohlfahrtsstaatlichen Nachkriegsentwicklung ein gesellschaftlicher Individualisierungsschub von bisher unerkannter Reichweite und Dynamik vollzogen [...] mit allen Risiken, Chancen und Widersprüchen [...].“*
>
> *(Beck, 2015⁹, S. 44)*

Es handelt sich dabei nicht um einen frei gewählten Prozess zu mehr Individualität; die Individualisierung zwingt den Menschen dazu, sich selbst zum Zentrum seiner eigenen Lebensplanung und -führung zu machen.

8.1.3 Werte- und Normenpluralismus

In der jüngeren Vergangenheit und in der Gegenwart existierten und existieren nach- und nebeneinander recht unterschiedliche Werte. Man spricht von einem **Wertepluralismus** bzw. auch von einem **Normenpluralismus**: Zu ein und demselben Sachverhalt gibt es verschiedene, gelegentlich auch widersprüchliche Wert- und Normvorstellungen gleichberechtigt nebeneinander. Sowohl Eltern und andere Erzieher als auch die Jugendlichen wissen deshalb oft nicht, was „richtig" und was „falsch" ist.

Im Gegensatz zu früherer Zeit muss vor allem der Jugendliche für sich selbst bestimmte Werte verbindlich machen, er muss in der Auseinandersetzung mit der Erwachsenenwelt seine eigenen Überzeugungen und Einstellungen finden. Früher war das Kind/der Jugendliche erwachsen, wenn es/er die für gültig gehaltenen Wert- und Normvorstellungen übernommen hatte, heute muss er diese selbst für sich bindend machen, ein „einfaches Übernehmen" ist heute nicht mehr möglich.

> *„Die Pluralisierung der Lebensverhältnisse, die Abnahme religiöser Wertbindungen im öffentlichen Leben, die geringe bzw. zurückgehende Bedeutung festgefügter Weltbilder und politischer Ideologien und andere Faktoren haben dazu geführt, dass die Fragen nach der Wertbindung [...] ein Dauerthema des Alltagsgesprächs, der Medien und der wissenschaftlichen Analyse sind. In diesen Diskussionen wie in den wissenschaftlichen Erörterungen der Wertproblematik ist bewusst, dass die Pluralität der Wertorientierung dort ihre Grenzen hat, wo der Gruppenkonsens oder die Integration der Gesellschaft gefährdet sind."*
>
> *(Schäfers, 2016[9], S. 40)*

Dies ist vermutlich ein Grund dafür, dass in der heutigen Zeit aufgrund des beklagten gesellschaftlichen „Wertemangels" bzw. „Werteverlusts" die Diskussion um Werte an Bedeutung gewinnt.

8.1.4 Soziale Milieus und Lebensstile

Als Folgen des gesellschaftlichen Wandels und in Zusammenhang mit der Individualisierung der Gesellschaft2 entstanden auch soziale Milieus und Lebensstile. **Soziale Milieus** fassen nach *Hradil/Schiener (2001[8], S. 45)* „Gruppierungen Gleichgesinnter" zusammen, die in ihren Werthaltungen, ihrer Mentalität, Lebensauffassung und Lebensweise sowie in der Wahrnehmung ihrer Umwelt gleich bzw. sich ähnlich sind. Es gibt nebeneinander viele soziale Milieus – sie sind in *Kapitel 4.1.3* näher ausgeführt.

Insgesamt werden mehrere Milieus ausgewiesen: konservative Grundorientierung, materielle Grundorientierung, Hedonismus, Postmaterialismus und Postmodernismus[1].

Eng mit den sozialen Milieus hängt der **Lebensstil** – die Art und Weise, wie ein Mensch sein Alltagsleben organisiert und gestaltet – zusammen[3].

Der Lebensstil umfasst persönliche, materielle, kulturelle, soziale und ökonomische Vorlieben; in ihn fließen auch die Wert- und Normvorstellungen des Individuums mit ein (vgl. *Häußermann/Siebel, 2004, S. 229*).

[1] vgl. Kapitel 4.1.3
[2] Auf die Individualisierung der Gesellschaft wird in Kapitel 1.3.4 eingegangen.
[3] vgl. Kapitel 4.1.4

8.1.5 Verschiedene Lebensformen

Die sozialen Beziehungen zwischen den Mitgliedern eines Haushalts werden als Lebensform bezeichnet. Eine Lebensform kann aus einer oder mehreren Personen bestehen.

Unter Lebensformen versteht die Soziologie die verschiedenen Muster der sozialen Beziehungen im privaten Lebensbereich.

Neu gebildet hat sich die Lebensform des ***„getrennten Zusammenlebens“*** (***Living-apart-together***). Hier verstehen sich zwei Menschen als Paar, leben aber nicht in einem Haushalt.

Folgende Lebensformen finden wir heute vor:

- **Familien** in ihren verschiedenen Formen, wie sie in *Kapitel 7.1.5* aufgezeigt sind.
- **Alleinstehende/Singles**: Der Begriff „Single“ meint nicht nur alleinstehend, weil sich die Partner getrennt haben oder ein Partner gestorben ist, sondern er bezieht sich auch auf einen bestimmten Lebensstil, der auf eine dauerhafte Partnerschaft – bewusst – verzichten will (vgl. *Nave-Herz/Onnen-Isemann, 2007³, S. 326*). Hauptsächlich jüngere Menschen, die sich noch nicht gebunden haben und ältere, deren Partner gestorben ist, leben alleinstehend. Vor allem in Großstädten sind heute viele Singles zu beobachten.

  Es ist zu unterscheiden zwischen Alleinstehende(r) und Alleinerziehende(r). Während Alleinstehende mit keinen Kindern zusammenleben, hat bei Alleinerziehenden eine erwachsene Person mindestens ein eigenes und/oder angenommenes Kind.

- **Paarbeziehungen (Partnerschaften)**, in welcher zwei Menschen als Partner zusammenleben, entweder in der **Ehe**, in einer **nicht ehelichen Lebensgemeinschaft** oder als **eingetragene Lebensgemeinschaft**.

  Viele junge Paare entscheiden sich, unverheiratet zu einem gemeinsamen Haushalt zusammenzuziehen. Man spricht von einer **nicht ehelichen Lebensgemeinschaft**, wenn die beiden Partner über einen längeren Zeitraum zusammenleben und durch starke Gefühle miteinander verbunden sind.

  Die **Ehe** ist die häufigste Paarbeziehung. Ehe[1] bezeichnet eine rituell geregelte, gefestigte Verbindung zweier Menschen, die sowohl persönliche wie auch wirtschaftliche Rechte und Pflichten mit sich bringt.

  Seit dem 01. Oktober 2017 steht in Deutschland die Ehe auch gleichgeschlechtlichen Paaren offen. Hetero- und homosexuelle Paare sind rechtlich in allen Belangen gleichgestellt. Das eröffnet verheirateten homosexuellen Paaren die Möglichkeit, Kinder zu adoptieren.

  Seit diesem Tag ist das Schließen einer **eingetragenen Lebenspartnerschaft** nicht mehr möglich. Sie war ab August 2001 eine „Übergangslösung“ für eine rechtlich geregelte und staatlich anerkannte Beziehung zwischen zwei gleichgeschlechtlichen Partnern und war der Ehe gleichgestellt. Nur bei gleichgeschlechtlichen Paaren, die von 2001 bis 2017 eine eingetragene Lebenspartnerschaft eingegangen sind, ist sie weiter gültig, wenn sie nicht heiraten wollen.

[1] Im deutschen Rechtsraum wird Ehe gleichgesetzt mit Zivilehe.

- **Kollektive Lebensformen**: Hier wohnen Menschen, die in der Regel nicht miteinander verwandt sind, in Wohngemeinschaften, Heimen oder Ähnlichem zusammen. Seit Jahrhunderten leben Mönche und Nonnen in klösterlichen Gemeinschaften. Bei Studenten und Auszubildenden ist die Wohngemeinschaft eine weitverbreitete Wohnform. Ebenso gibt es für Menschen mit einer Behinderung, psychisch Erkrankte sowie für Senioren Wohngemeinschaften mit professioneller Betreuung. Menschen, die nicht in der Lage sind, allein zu leben, wird damit ein Leben mit größtmöglicher Selbstständigkeit außerhalb von Heimen oder Krankenhäusern ermöglicht.

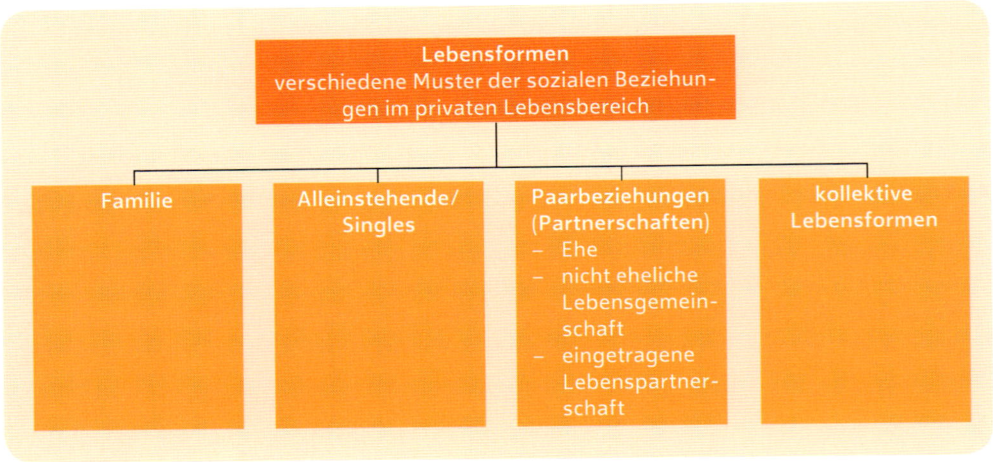

→ **Materialien 2:** Lebensformen der Familie

8.1.6 Die Interkulturalität

Aufgrund des Zuzugs von ausländischen Mitbürgern, vor allem von Migranten, nach Deutschland, haben wir nicht mehr die ***eine*** Kultur, sondern mehrere Kulturen nebeneinander, was **Multikulturalität**[1] genannt wird. Dabei wird gelegentlich in der Literatur im Gegensatz zur Interkulturalität das „Nebeneinander" verschiedener Kulturen betont.

Multikulturalität meint das Zusammenleben von Menschen aus unterschiedlichen Kulturen in einer Gemeinde bzw. in einem Land, wobei dieser Terminus das Nebeneinander verschiedener Kulturen betont.

Häufig wohnen ausländische Mitbürger in bestimmten Wohngebieten und es entstehen dort eigene **Subkulturen**, die sich teilweise von der übrigen Bevölkerung abgrenzen. Mit Subkultur sind in erster Linie Haltungen und Einstellungen gemeint, die von der gängigen Kultur abweichen und die eine Gegenposition zur Gesamtgesellschaft einnehmen.

Einige Ausländergruppen sind nur wenig bereit, sich den Gegebenheiten des Landes, in welchem sie wohnen, anzupassen. Es kann vermutet werden – so der Soziologe *Bernhard Schäfers* (*2010², S. 194*) –, dass sich sog. **Parallelgesellschaften** entwickeln, welche nebeneinander mit ihrer eigenen Kultur und Sprache leben.

---

1 multus (lat.): viele; cultura (lat.): bebauen, pflegen

Viele ausländische Arbeitnehmer kamen und kommen nach Deutschland ohne deutsche Sprachkenntnisse. Viele zugewanderte Frauen sind Analphabetinnen. Kinder, die die deutsche Sprache nicht einmal ansatzweise beherrsch(t)en, wurden (werden) in entsprechende Klassen eingeschult. (vgl. *Wehler, 2013², S. 141 ff.*)

Umgekehrt wird vielen Deutschen ihr Land fremd und sie haben Angst, dass Zuwanderung Deutschland verändert. Einer aktuellen Umfrage zufolge meint mehr als jeder vierte Deutsche, dass der Islam ihm Angst mache (vgl. *Bartsch u. a., 2018, S. 11 ff.*). Häufig entlädt sich diese Angst in **Fremdenfeindlichkeit**, die sich in Ausschreitungen, Gewaltakten und der Zunahme von rechtsradikalen Parteien zeigt. Ausländische Mitbürger werden zur Zielscheibe rechtsextremer Gruppierungen. Die Angst, durch Personen geringerer sozialer Stellung ***verfremdet*** zu werden, dürfte eine der wichtigsten Ursachen für den Widerstand gegen die Integration ausländischer Mitbürger sein.

Rostock-Lichtenhagen steht für die schwersten rassistischen Ausschreitungen der Nachkriegszeit: Fünf Nächte lang randalierten mehrere Hundert Rechtsextreme vor einem Ausländerheim, angefeuert und bejubelt von bis zu 3000 Zuschauern (Foto). Erst nach Tagen bekam die Polizei die Lage in den Griff. In der sächsischen Kleinstadt Mügeln mussten bei rassistischen Ausschreitungen acht Inder nach einer Auseinandersetzung vor etwa 50 Besuchern eines Stadtfestes, die sie bedrohten und beschimpften, in eine nahegelegene Pizzeria flüchten. In Chemnitz sind im August 2018 mehrere Menschen bei Ausschreitungen durch Feuerwerkskörper und andere Gegenstände verletzt worden. Nach Polizeiangaben zeigten rechte Demonstranten den Hitlergruß (vgl. *Grunert, 2018, o. S.*).

Ein weiteres Problem sind **Auseinandersetzungen zwischen rivalisierenden ausländischen Gruppierungen**, die in Deutschland ausgetragen werden.

„Interkulturell" meint im überwiegenden Teil der Literatur die Verbindung bzw. ***Wechselbeziehung – Interaktion – zwischen zwei oder mehreren Kulturen in einem Land.***

Bei der Interkulturalität[1] kommt es also zu gegenseitigen Beziehungen und damit verbunden zur gegenseitigen Beeinflussung zwischen Individuen aus verschiedenen Kulturen. Dieser Begriff bezieht sich also auf die Wechselbeziehungen zwischen Angehörigen verschiedener Kulturen.

Interkulturalität bezieht sich auf die Wechselbeziehungen – den Interaktionsprozessen – zwischen Angehörigen verschiedener Kulturen.

In der Kommunikation „zwischen" verschiedenen Kulturen gibt es aufgrund von kulturspezifischen Verschiedenheiten große Unterschiede mit möglicherweise unerfreulichen, ja sogar peinlichen Folgen für das Gelingen einer Kommunikation, wenn man diese nicht kennt.[2]

[1] inter (lat.): zwischen; cultura (lat.): bebauen, pflegen

[2] Auf die interkulturelle Kommunikation wird in Abschnitt 8.3.3 eingegangen.

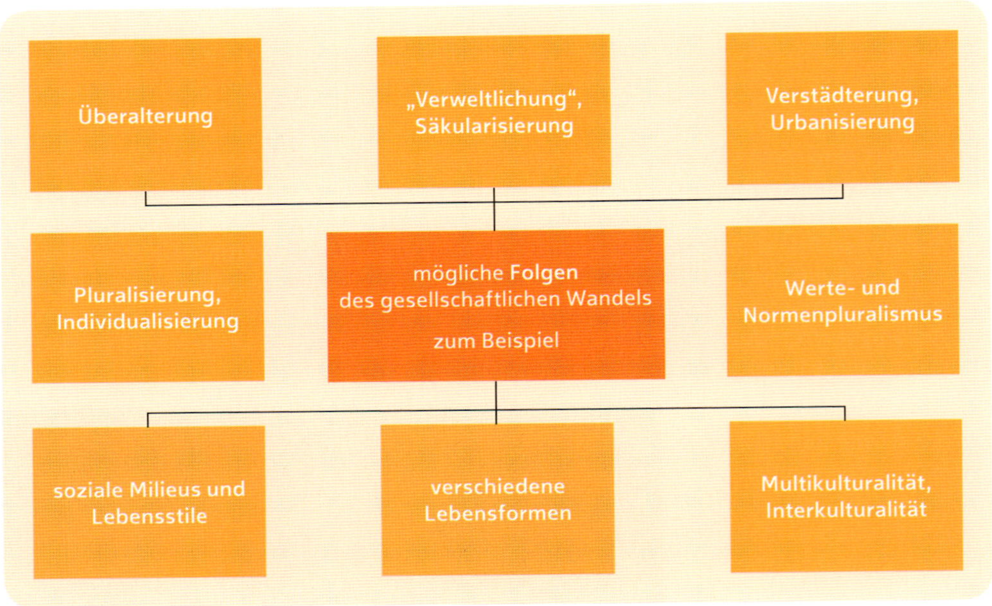

Auf den Punkt gebracht

- Der gesamte gesellschaftliche Wandel mit seinen Ursachen und Folgen ist vielschichtig und vieles umfassend, viele Merkmale hängen mit anderen zusammen. Mögliche Folgen des gesellschaftlichen Wandels sind beispielsweise die Überalterung der Gesellschaft, die „Verweltlichung“ (Säkularisierung), die Verstädterung und Urbanisierung, die Pluralisierung und Individualisierung der Gesellschaft sowie die Interkulturalität.
- Die durchschnittliche Lebensdauer erhöht sich, was Probleme mit sich bringt (Fachkräfte, Rentensicherung). In unserer Gesellschaft hat aufgrund der sogenannten „Aufklärung“ im 18. Jahrhundert eine „Verweltlichung“ eingesetzt. Dieser „soziale Bedeutungsverlust von Religion“ wird als Säkularisierung bezeichnet.
- Das Ergebnis des gesellschaftlichen Wandels ist die Pluralisierung – der Vorgang, dass in einer Gesellschaft ein Mehrfaches, eine Vielfalt von Gruppierungen, Organisationen, Einstellungen, Meinungen, Werten und Normen sowie von Weltanschauungen vorhanden ist. Sie hängt sehr eng mit der Individualisierung der Gesellschaft zusammen – dem Prozess der Veränderung der Person-Gesellschaft-Beziehung dahin gehend, dass das Individuum sein Leben selbst in die Hand nehmen und für sein Tun und Handeln selbst die Verantwortung tragen muss.
- In der jüngeren Vergangenheit und in der Gegenwart existierten und existieren nach- und nebeneinander recht unterschiedliche Werte. Man spricht von einem Wertepluralismus bzw. auch von einem Normenpluralismus: Zu ein und demselben Sachverhalt gibt es verschiedene, gelegentlich auch widersprüchliche Wert- und Normvorstellungen gleichberechtigt nebeneinander.

- Soziale Milieus fassen „Gruppierungen Gleichgesinnter" zusammen, die in ihren Werthaltungen, ihrer Mentalität, Lebensauffassung und Lebensweise sowie in der Wahrnehmung ihrer Umwelt gleich bzw. sich ähnlich sind. Es gibt nebeneinander viele soziale Milieus. Eng mit den sozialen Milieus hängt der Lebensstil – die Art und Weise, wie ein Mensch sein Alltagsleben organisiert und gestaltet – zusammen.
- Unter Lebensformen werden verschiedene Muster der sozialen Beziehungen im privaten Lebensbereich verstanden. Solche Lebensformen sind heute die Familien, die Ehe, nicht eheliche Lebensgemeinschaften, kollektive Lebensformen und Alleinstehende bzw. Singles.
- Aufgrund des Zuzugs von vielen ausländischen Mitbürgern, vor allem von Migranten, nach Deutschland haben wir mehrere Kulturen nebeneinander, was Multikulturalität genannt wird. Häufig wohnen ausländische Mitbürger in bestimmten Wohngebieten und es entstehen dort eigene Subkulturen, die sich teilweise von der übrigen Bevölkerung abgrenzen. Es kann vermutet werden, dass sich sog. Parallelgesellschaften entwickeln. Umgekehrt wird vielen Deutschen ihr Land fremd und sie haben Angst, dass Zuwanderung Deutschland verändert. Häufig entlädt sich diese Angst in Fremdenfeindlichkeit. Ein weiteres Problem sind Auseinandersetzungen zwischen rivalisierenden ausländischen Gruppierungen, die in Deutschland ausgetragen werden.
- „Interkulturell" meint die Verbindung bzw. Wechselbeziehung – Interaktion – zwischen zwei oder mehreren Kulturen in einem Land. In der Kommunikation „zwischen" verschiedenen Kulturen gibt es aufgrund von kulturspezifischen Verschiedenheiten große Unterschiede mit möglicherweise unerfreulichen, ja sogar peinlichen Folgen für das Gelingen einer Kommunikation, wenn man diese nicht kennt.

Wiederholen, Vertiefen, Anwenden

1. Die Komplexität des gesellschaftlichen Wandels
   a) Begründen Sie, warum der Münchner Soziologe Armin Nassehi von einer „Komplexität der Gesellschaft" spricht.[1]
   b) Stellen Sie dar, wie sich diese Komplexität im gesellschaftlichen Wandel zeigen kann.
2. Stellen Sie mögliche gesellschaftliche Folgen dar, die sich aus der Tatsache des Geburtenrückgangs ergeben.
3. *Lernsituation 8.1*
   Zeigen Sie mögliche Folgen gesellschaftlichen Wandels auf.

[1] vgl. hierzu auch Kapitel 1.3.2

4. Zeigen Sie
   a) die Überalterung,
   b) die Säkularisierung,
   c) die Pluralisierung und Individualisierung,
   d) den Werte- und Normenpluralismus,
   e) soziale Milieus und Lebensstile,
   f) verschiedene Lebensformen,
   g) Multi- und Interkulturalität

   als mögliche Folge gesellschaftlichen Wandels auf.

5. *Migration*
   a) Bestimmen Sie die Begriffe „ausländischer Mitbürger" und „Migrant".
   b) Erläutern Sie die Problematik von ausländischen Mitbürgern in den Städten.

6. *In der sächsischen Kleinstadt Mügeln mussten bei rassistischen Ausschreitungen acht Inder nach einer Auseinandersetzung vor etwa 50 Besuchern eines Stadtfestes, die sie bedrohten und beschimpften, in eine nahegelegene Pizzeria flüchten.*
   In Chemnitz sind im August 2018 mehrere Menschen bei Ausschreitungen durch Feuerwerkskörper und andere Gegenstände verletzt worden. Nach Polizeiangaben zeigten rechte Demonstranten den Hitlergruß. (vgl. Grunert, 2018, o. S.)
   - Informieren Sie sich über die Ausschreitungen, wie sie in Mügeln, Chemnitz oder Rostock-Lichtenhagen stattfanden.
   - Diskutieren Sie in der Klasse mögliche Gründe für diese Ausschreitungen.
   - Suchen Sie in Gruppen Möglichkeiten der Verhinderung von Ausländerfeindlichkeit.
   - Halten Sie Ihre Ergebnisse auf einer Pinnwand oder einem Plakat fest.
   - Stellen Sie diese der Klasse vor.

7. *Kann es gelingen, dass Menschen aus unterschiedlichen kulturellen Lebenskreisen in einer Gemeinde friedlich zusammenwohnen?*
   Diskutieren Sie diese Frage und unterbreiten Sie Vorschläge, wie ein multikulturelles Zusammenleben funktionieren könnte.

8. Beschreiben Sie einen gesellschaftlichen Wandel (zum Beispiel die Bevölkerungsstruktur, das Wirtschaftssystem, die Familie, soziale Werte und Normen) und zeigen Sie mögliche Folgen dieses Wandels auf.

9. *Der französische Soziologe Alain Touraine meint: „Was da auf uns zukommt, ist nicht Instabilität, sondern der Zerfall der politischen Systeme. Wenn wir weiter wie Rentiers handeln, ist ungewiss, ob die westeuropäischen Länder moderne, wohlhabende und fortschrittliche Staaten bleiben werden. [...]* (*Touraine, 1994, S. 23*)

   Trifft diese Aussage zu oder ist *Alain Touraine* nur ein halsstarriger Pessimist? Diskutieren Sie in der Klasse diese Frage.

8.2 Die Verstädterung und Urbanisierung

Lernsituation

Das Land stirbt aus

Alles wandert ab in die Städte, das Land stirbt langsam aus

Eine Studie zur demografischen Lage belegt, dass auf dem Land ein massiver Einwohnerschwund droht und die Metropolen boomen.

Sie lesen in einer Zeitung diese Schlagzeilen.
Sie wissen ja schon, dass die industrielle Revolution eine Landflucht ausgelöst hat. Doch Sie sagen sich: „Ja, welche Folgen hat denn diese Konzentration der Bevölkerung eigentlich gehabt?“

Sie informieren sich über die Folgen der Verstädterung.

I Information

8.2.1 Die Folgen der Verstädterung

Die industrielle Revolution führte zu neuen Mustern der Städte und zum Typus der ***Großstadt***. Der Unternehmer wurde zum eigentlichen „Städtegründer“ (vgl. *Schäfers, 2010², S. 54 f.*).

> *„Die Ansiedlung und Expansion des technischen Großbetriebes der Fabrik bestimmten die Muster der industriellen Verstädterung und ihr bekanntes Erscheinungsbild: die industrielle Großstadt.“*
> *(Schäfers, 2010², S. 55)*

Bedingt durch die neuen Verkehrssysteme, hauptsächlich durch den Eisenbahnbau, entstanden neue **Stadtviertel**, zunächst für die Arbeiter in den Fabriken, später auch für Angestellte. Um möglichst viele Menschen unterbringen zu können, wurden ***Hochhäuser*** errichtet. Bekannt sind diese Wohnquartiere unter den Namen „***Trabantenstädte***“, „***Wohnsilos***“ oder auch „***Betonburgen***“.

Ein Beispiel hierfür ist Neu-Perlach (Foto) am Stadtrand von München mit etwa 28 000 Wohneinheiten für ca. 80 000 Einwohner (vgl. *Schäfers, 2010², S. 103*).

Diese Trabantenstädte zeugen noch heute von der Problematik eines „Wohnsilos". Menschen mit niedrigem Einkommen konzentrieren sich immer mehr in ganz bestimmten Wohngebieten.

In über 60 Städten hat zwischen 2005 und 2017 die Konzentrierung von Menschen zugenommen, die auf Sozialleistungen angewiesen sind. Es gibt mittlerweile Viertel in Städten, in denen mehr als die Hälfte der Kinder von Leistungen an ihre Eltern wie ALG II (Hartz IV) leben. (vgl. *Dettmer, 2018, S. 66*)

Die industrielle Verstädterung – die Konzentration von Menschen in den Städten – führte zu einer neuen Klasse bzw. Schicht, dem Fabrikarbeiter: Ein Heer von Menschen, die außer ihrer Arbeitskraft nichts besitzen, lebt aufgrund der Landflucht[1] in den Städten. Diese Arbeitskraft verkaufen sie an Unternehmer, die ihnen dafür einen Lohn geben. Im Gegensatz zur vorindustriellen Zeit gehören dem Arbeiter weder das Werkzeug noch das Produkt seiner Arbeit.[2]

Damit ergaben sich als Folge der Industrialisierung und der Flucht in die Städte neue Probleme – die sogenannte **„soziale Frage"** entstand.

Ein solches Problem war beispielsweise, dass die Beschäftigten damals keinerlei Absicherungen wie Arbeitslosen- oder Sozialversicherung hatten.

Viele dieser damaligen Notlagen gibt es heute nicht mehr. Doch seit den 70er-Jahren des letzten Jahrhunderts spricht man von der **„Neuen sozialen Frage"**. Damit sind die Probleme gemeint, die in unserer heutigen Gesellschaft existieren:

- die **Wohnraumverdichtung** (*Abschnitt 8.2.2*)
- **verschiedene Lebensverhältnisse** (*Abschnitt 8.2.3*)
- die **Anonymität** in den Großstädten (*Abschnitt 8.2.4*)
- die **Wohnungsnot** (*Abschnitt 8.2.5*)
- die neue **Armut** (*Abschnitt 8.2.6*)

Und doch ziehen immer mehr Menschen in Großstädte und Ballungsgebiete. Viele ländliche Regionen in Deutschland verlieren Einwohner durch Abwanderung. Einen Wanderungsgewinn weisen vor allem Metropolregionen auf. (vgl. *Demografie-Portal des Bundes und der Länder, 2017, o. S.*)

> *„Knapper Wohnraum, teure Mieten.[3] Verkehrsstaus, Wartelisten für Kitaplätze: Es gibt genügend Gründe, deutsche Großstädte zu meiden. Und dennoch zieht es viele Menschen dorthin."*
> *(Bartsch, 2019, S. 38)*

[1] vgl. Kapitel 7.2.4
[2] vgl. Kapitel 9.3.1
[3] vgl. Abschnitt 8.2.5

Zudem ziehen aufgrund der guten Ausbildungs- und Studienplätze viele Studierende oder Auszubildende in die Städte.

Die Verstädterung veränderte die Lebensweise der Menschen. Die Verbreitung dieser Lebensweise wird in der Soziologie mit dem Begriff der **Urbanisierung**[1] umschrieben (vgl. *Löw u. a., 2008², S. 24*).

Die Lebensweise, die sich in Städten ergeben hat, ist zum Beispiel die Anonymisierung und Rationalisierung sowie die Bürokratisierung und Technisierung (vgl. *Löw u. a., 2008², S. 24*).

Urbanisierung meint die Verbreitung der Lebensweise der Menschen, die sich in den Städten ausgebildet hat bzw. ausbildet.

8.2.2 Die Wohnraumverdichtung

Während sich die Wohnverhältnisse der sog. Privilegierten ständig verbessern, gibt es immer mehr Gruppierungen, die auf engstem Wohnraum und in einfachen Verhältnissen wohnen müssen.

Dazu kommt die **Wohnraumverdichtung** – ein Begriff, der in den letzten Jahren viel benützt wird.

Wohnraumverdichtung meint, dass in bestimmten Wohngegenden immer weniger Grünflächen und freie Umgebung zur Verfügung stehen.

Aufgrund der heutigen Wohnungsnot[2] setzt sich die Wohnraumverdichtung in den größeren Städten immer weiter fort. *Eja Pedersen* von der Lund Universität in Schweden hat herausgefunden, dass Wohnraumverdichtung Stress verursacht. „Wenn Stadtgrün verschwindet, empfinden es die Anwohner emotional als Verlust, und das stresst" (*Knab, 2016, S. 62*).

8.2.3 Verschiedene Lebensverhältnisse

Oft ist eine Stadt „zweigeteilt": Vermögende Menschen bevorzugen häufig Wohngegenden mit guter Verkehrsanbindung und mit wenig Lärm durch Industrie und Verkehr. Oft sind solche „***Reichenviertel***" vornehmlich im Westen, aber auch im Süden oder Südwesten einer Stadt angesiedelt, da dort günstige Wetterverhältnisse für das Wohnen herrschen. Viele ruhige Wohnviertel, hoher Freizeitwert, kaum Wohnblocks, größere Grundstücke und viel Natur garantieren eine hohe Lebensqualität. Sehr hohe Mieten und Bodenpreise, welche immer noch rasant ansteigen, verhindern, dass andere Bevölkerungsschichten sich in diesen Stadtteilen niederlassen.[3]

[1] urbanus (lat.): städtisch, zur Stadt gehörend
[2] vgl. Abschnitt 8.2.5
[3] vgl. Abschnitt 8.2.5

Neben den bevorzugten Wohngegenden gibt es Stadtgebiete, in denen vermehrt weniger betuchte Angestellte oder Arbeiter leben. Industrie und Unternehmen befinden sich meist im Norden, Osten oder Nordosten einer Stadt. Dort wohnen – größtenteils dicht beieinander, vorwiegend in Wohnblöcken zwischen gigantischen Industriehallen – die weniger Vermögenden. Diese Konzentration von Menschen auf ein Teilgebiet einer Stadt bezeichnet man als **Segregation**[1] (vgl. *Häußermann/Siebel, 2004, S. 140*).

Unter Segregation versteht man die Konzentration bestimmter sozialer Gruppierungen auf bestimmte Teilräume einer Stadt oder einer Stadtregion.

Aus der Tatsache, wo jemand wohnt, lässt sich ableiten, über wie viel Vermögen er verfügt und welche Stellung er in der Gesellschaft einnimmt.“
(vgl. Löw u. a., 2008², S. 39)

8.2.4 Die Anonymität in den Großstädten

Nachbarschaftliche Beziehungen wie auf dem Land wird man in Großstädten seltener finden. Im Dorf kennt jeder jeden und die Menschen helfen sich gegenseitig, jedoch um den Preis einer hohen sozialen Kontrolle. In der Stadt – vor allem in der Großstadt – lebt man **anonymer**: Oft kennt man denjenigen, der neben oder über einem wohnt, nicht, Kontakte zu Nachbarn sind vor allem dort sehr spärlich, wo die Bevölkerungsdichte sehr hoch ist. Die mehr oder weniger große Anonymität hat zwar den Vorteil, weniger kontrolliert zu leben, birgt aber das Problem in sich, dass man ***isoliert und einsam*** lebt, vielleicht sogar vereinsamt. Einrichtungen der sozialen Arbeit versuchen mit entsprechenden Maßnahmen, dem vorzubeugen.

„Die anonyme Großstadt gewährt […] dem Individuum eine Art und ein Maß persönlicher Freiheit, zu denen es in anderen Verhältnissen keine Analogie gibt.“
(Löw u. a., 2008², S. 30)

Zudem herrscht vor allem in den Großstädten Gedränge und Hektik, der Einzelne bewegt sich tagtäglich durch anonyme Massen auf den Straßen, auf Bahnhöfen und Stationen oder in S- und U-Bahnen – er verliert sich in der Masse.

Lärm, Luft- und Lichtverschmutzung, Gedränge, Hektik, Anonymität und räumliche Enge belasten jedoch die Gesundheit der Menschen, psychische Erkrankungen treten in (Groß-) Städten vermehrt auf (vgl. *Wolf, 2014, S. 41 f.*).

Städter zum Beispiel leiden nach dem Direktor des Zentralinstituts für Seelische Gesundheit in Mannheim, *Andreas Meyer-Lindenberg (2012, S. 50)*, zu etwa 40 % häufiger an Depressionen und 20 % häufiger an Angststörungen wie Landbewohner. Das Risiko, an Schizophrenie zu erkranken, ist in Großstädten doppelt so hoch wie auf dem Land.

Weitere Probleme der Verstädterung sind soziale Brennpunkte, Gettos sowie Obdach- und Wohnungslosigkeit in den Großstädten. Auf sie kann in diesem Zusammenhang nicht eingegangen werden kann.

[1] Segregation (lat.): die Trennung

8.2.5 Die Wohnungsnot in größeren Städten

Vor allem in größeren Städten und Großstädten herrscht große Wohnungsnot, es gibt einen massiven Mangel an Mietwohnungen.

Es fehlen in Deutschland mehrere tausend Wohnungen für Menschen mit einem geringeren Einkommen.

Oft ist diese Wohnungsnot durch zu wenige Wohnungen und vor allem durch kaum bezahlbare Mieten verursacht. Vor allem in Metropolen und größeren Städten bekommen geringer Verdienende und oft auch Menschen mit mittlerem Einkommen keinen bezahlbaren Wohnraum mehr. Sie werden aus den Städten verbannt, weil sie die Mieten nicht zahlen können.

Krankenschwestern, Pfleger, Verkäufer oder Polizisten arbeiten zwar im Zentrum, müssen aber außerhalb der Stadt leben, weil sie sich eine Mietwohnung in der Großstadt nicht leisten können.

Die Mietpreise steigen zurzeit immer weiter. Selbst wenn in einer Familie beide Ehepartner arbeiten, ist für sie in größeren Städten eine Wohnung kaum erschwinglich. Fertig gestellte Wohnungen bleiben aus diesem Grund oft leer stehen.

Rund ein Fünftel der Haushalte muss mehr als 40 % ihres Einkommens für die Kaltmiete (Miete ohne Nebenkosten wie Strom, Gas, Heizung und dgl.), etwa eine Million der deutschen Haushalte muss nach einer Studie der *Hans-Böckler-Stiftung* (2017) mehr als die Hälfte ihres Einkommens für die Kaltmiete ausgeben; laut Sozialverband Deutschland (SoVD) geraten 1,3 Millionen Haushalte unter das Harz-IV-Niveau (vgl. *Zacharakis, 2018*).

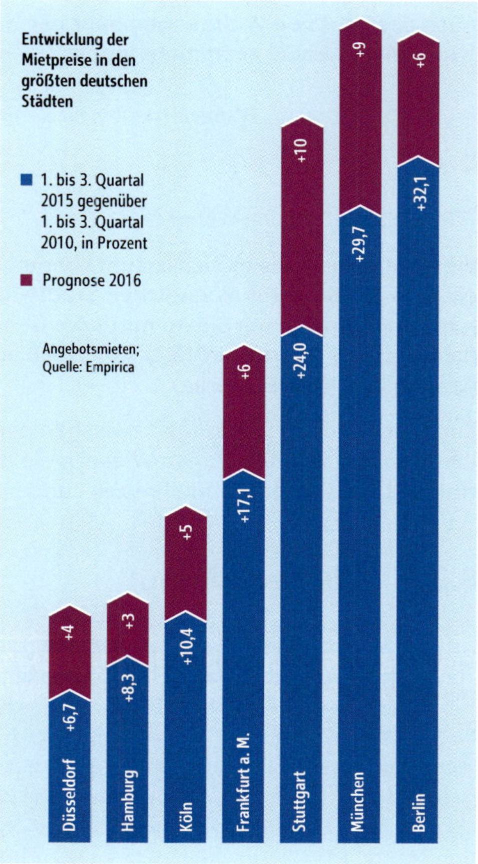

In den Großstädten Deutschlands fehlen Millionen bezahlbare Wohnungen, was den Mietzins noch mehr nach oben treibt. Für Geringverdiener und kinderreiche Familien – so *Dirk Hirschel* (*2018, o. S.*) – sind die horrend steigenden Wohnkosten ein akutes Armutsrisiko. In den beliebten Stadtlagen werden zukünftig nur noch die obere Mittelschicht und die Gutverdiener leben – so der Mannheimer Ökonom *Tom Krebs* (vgl. *Deleja-Hotko u. a., 2019, S. 20*).

Dies hat zur Folge, dass die bisherigen Bewohner wegziehen (müssen). Man spricht hier von **Gentrifizierung** bzw. **Gentrifikation**[1], Luxussanierungen innerstädtischer Altbauten bei gleichzeitigem Wechsel der Bevölkerung zugunsten wohlhabenderer Bewohner.

[1] gentry (engl.): der „niedere Adel". Im Jargon wird auch von **Yuppisierung** (engl.) gesprochen.

In größeren Städten häuft sich die Tatsache, dass Investoren Wohnungen renovieren und dann zu Wucherpreisen weitervermieten. Zudem werden bestehende Wohnhäuser geräumt und abgerissen, neu aufgebaut oder aufwendig modernisiert, in Eigentumswohnungen umgewandelt und zu weit höheren Preisen verpachtet bzw. vermietet. Eine Bundestagsabgeordnete spricht von einem **„ziemlich brutalen Raubtierkapitalismus“** auf dem Wohnungsmarkt (*Deleja-Hotko u. a., 2019, S. 17*).

Mieterproteste in Berlin-Friedrichshain

Auch der Kauf von Wohnungen oder gar Häusern ist heute trotz der niedrigen Zinsen für „Normalverdiener“ nicht mehr möglich.

> *„Wohnen ist die neue soziale Frage des 21. Jahrhunderts.“*
> (*Hirschel, 2018, o. S.*)

→ **Materialien 3:** Teurer Wohnen

Viele Menschen, die es sich leisten können, ziehen in einen Bereich mit mehr oder weniger großem Abstand zur eigentlichen Stadt – es entsteht ein ***„Speckgürtel“***, der oft die „Rettung“ für Familien mit einem mittleren Gehalt und dem Wunsch nach einem kleinen Stück Rasen ist (vgl. *Bartsch, 2019, S. 40*). Doch aufgrund dieses Zuzugs werden auch dort Wohnungen und Häuser teurer.

Zudem entstehen Siedlungen zwischen dem Stadtkern und der an der Peripherie offenen Landschaft („auf der grünen Wiese“), die aus Ansiedlungen von Menschen bestehen und Hotelketten, Gewerbepark, Freizeit- und Sportcenter, Multiplexkinos und dgl. haben.

8.2.6 Die neue Armut

Die *Nationale Armutskonferenz* stellt fest, dass sich im vergangenen Jahrzehnt in Deutschland die Zahl derer verdoppelte, die trotz Erwerbsleben arm sind – „so viele wie in keinem anderen Land Europas“ (*Nationale Armutskonferenz, 2018, S. 17*).[1]

Im Jahr 2017 waren – wie bereits in *Kapitel 4.4.2* dargestellt – in Deutschland 19,0 Prozent der Menschen von Armut oder sozialer Ausgrenzung betroffen (vgl. *Statistisches Amt der Europäischen Union – Eurostat, 2018*). Jedes Jahr wird bei mehr als 300 000 Haushalten der Strom abgeschaltet, weil ihn Menschen nicht mehr bezahlen können. „Im Winter ohne Licht und funktionierenden Herd in seiner Wohnung zu hocken ist nah an Obdachlosigkeit“ (*Fleischhauer, 2019, S. 10*).

Der stark gewachsene Niedriglohnsektor ist „die größte Schwachstelle des deutschen Sozialstaates“ (*Becke u. a., 2019, S. 58*). Denn dies hat auch große Auswirkungen auf die Rente. Wer nicht mindestens 12,63 € Stundenlohn bekommt, erhält nach 45 Arbeitsjahren keine Rente über der Grundsicherung. Für viele Beschäftigte ist das pure Utopie (vgl. *Becke u. a., 2019, S.59*).

[1] Auf Armut wird ausführlich in Kapitel 5.2.2 eingegangen.

Auswirkungen von Einkommens- und Vermögensungleichheiten dürfen nicht unterschätzt werden. Wirtschaftliche und materielle Entbehrungen, Lebensunzufriedenheit, soziale und psychische Veränderungen wie Isolation und Einsamkeit oder negative Selbsteinschätzung belasten die Betroffenen noch zusätzlich.

> *„Was die gesellschaftlichen und politischen Folgen betrifft, so müssen materielle Ungleichheiten als Kernbereich sozialer Ungleichheit gelten. Werden deren Veränderungen (z. B. eine Ausweitung der Spanne zwischen Armut und Reichtum, mehr Personen in Armut oder in Reichtum, verschärfte Wohlstandsdisparitäten zwischen Regionen, Ethnien oder Geschlechtern) nicht als gerecht angesehen, so schlägt sich dies unmittelbar in politisch relevanter Unzufriedenheit und sozialen Konflikten nieder. Es waren in der Geschichte immer wieder die als illegitim empfundenen Verschärfungen materieller Ungleichheit, die unter bestimmten Bedingungen zu Umstürzen und Revolutionen führten."*
>
> *(Hradil/Schiener, 2001[8], S. 255)*

Nach dem renommierten britischen Ökonomen *Paul Collier* (*2019, S. 114*[1]) bringt es das kapitalistische System mit sich, dass ein ständig steigender Lebensstandard nicht für alle, sondern nur für einen bestimmten Teil der Gesellschaft gilt.

8.2.7 Ausblick: Die Risikogesellschaft

Viele Soziologen sind der Meinung, dass die fortgeschrittene technische Zivilisation und das ständige Streben nach Gewinn verschärfte Krisen und Gefährdungen hervorbringen. *Ulrich Beck*[2] (*2016*[23]*, S. 13*) spricht von einem momentanen **Umbruch von der Industriegesellschaft in die Risikogesellschaft**. Wenn weiterhin lediglich die drohenden Gefahren (zum Beispiel Umweltverschmutzung, Klimawandel, Aufbrauchen aller Ressourcen) „verwaltet" werden und seitens der Menschen, vor allem der Politik, nichts getan wird, dann werden seiner Meinung nach die befürchteten Katastrophen unvermeidbar sein.

Erich Weber (*2003*[9]*, S. 127 f.*) fasst die Risiken zusammen, die bewältigt werden müssen, um nicht in einer Katastrophe zu enden:

- Risiken bei der Kernspaltung, der Lagerung und Entsorgung von Atommüll,
- Gefährdungen aufgrund chemischer Schadstoffe für Luft, Klima, Wasser, Boden und Nahrung,
- Risiken der Ausbeutung und Verschwendung von Ressourcen,
- Gefährdung bzw. Zerstörung von schutzbedürftiger Landschaft, Pflanzen und Tierarten,
- die Müllproblematik und
- Gefährdungen durch nicht vorhersehbare und kaum kontrollierbare Risiken der Gentechnologie.

> *„Wir leben noch nicht in einer Risikogesellschaft, aber auch nicht mehr nur in Verteilungskonflikten der Mangelgesellschaften. In dem Maße, in dem dieser Übergang vollzogen wird, kommt es dann wirklich zu einem Gesellschaftswandel, der aus den bisherigen Kategorien und Bahnen des Denkens und Handelns herausführt. [...] Die Risikogesellschaft ist eine katastrophale Gesellschaft. In ihr droht der Ausnahmezustand zum Normalzustand zu werden."*
>
> *(Beck, 2016[23], S. 29, 31)*

[1] zitiert nach Mai, 2019, S. 114
[2] Eine Biografie von Ulrich Beck befindet sich in Kapitel 1.3.4.

Beck spricht von einem „Bumerang-Effekt“: Die Auswirkungen der Risiken werden früher oder später alle erwischen – auch die, die sie produzieren oder von ihnen profitieren. „Auch die Reichen und Mächtigen sind vor ihnen nicht sicher“ (*Beck, 2016*[23]*, S. 48 f.*). Die für die Risikogesellschaft typischen Gefährdungen betreffen nicht nur die Gesellschaft als solche, sondern auch den einzelnen Menschen.

> **„Es ist nicht deine Schuld,**
> **dass die Welt ist, wie sie ist.**
> **Es wäre nur deine Schuld,**
> **wenn sie so bleibt.“**
>
> *(„Deine Schuld“ von der Punkrockband „Die Ärzte“*
> *aus dem Album „Geräusch“, 2004*
> *Autor: Farin Urlaub)*

Auf den Punkt gebracht

- Die industrielle Revolution führte zu neuen Mustern der Städte und zum Typus der Großstadt. Neue Stadtviertel („Trabantenstädte“) entstanden. Die industrielle Verstädterung führte zu einer neuen Klasse bzw. Schicht, dem lohnabhängig Beschäftigten, der keine eigenen Produktionsmittel besitzt und deshalb seine Arbeitskraft an den Unternehmer verkauft, um leben zu können. Die sogenannte „soziale Frage“ entstand. Seit den 70er-Jahren des letzten Jahrhunderts spricht man von der „neuen sozialen Frage“. Damit sind Probleme gemeint, die in unserer heutigen Gesellschaft existieren.

- Der Zuzug in die Städte ist heute noch ungebrochen. Die Verstädterung veränderte die Lebensweise der Menschen, was mit dem Begriff der Urbanisierung umschrieben wird. Dazu kommt die Wohnraumverdichtung: Bestimmte Gruppierungen von Menschen leben mit immer weniger Grünflächen und freier Umgebung. Neben den bevorzugten Wohngegenden gibt es Stadtgebiete, in denen vermehrt weniger betuchte Angestellte oder Arbeiter leben. Die Konzentration bestimmter sozialer Gruppierungen auf bestimmte Teilräume einer Stadt oder einer Stadtregion wird als Segregation bezeichnet.
- Die mehr oder weniger große Anonymität in größeren Städten hat zwar den Vorteil, weniger kontrolliert zu leben, birgt aber das Problem in sich, isoliert und einsam zu leben, vielleicht sogar zu vereinsamen. Auf der anderen Seite herrscht vor allem in den Großstädten Gedränge und Hektik, der Einzelne bewegt sich tagtäglich durch anonyme Massen auf den Straßen, auf Bahnhöfen und Stationen oder in S- und U-Bahnen – er verliert sich in der Masse.
- Vor allem in größeren Städten und Großstädten herrscht große Wohnungsnot, es gibt es einen massiven Mangel an Mietwohnungen. Oft ist diese Wohnungsnot durch zu wenige Wohnungen und vor allem durch kaum bezahlbare Mieten verursacht. Für Geringverdiener und kinderreiche Familien sind die horrend steigenden Wohnkosten ein akutes Armutsrisiko. Selbst Menschen mit einem mittleren Einkommen können sich in vielen Städten keine angemessene Wohnung mehr leisten. Dies hat zur Folge, dass die bisherigen Bewohner wegziehen (müssen). Man spricht hier von Gentrifizierung bzw. Gentrifikation, Luxussanierung innerstädtischer Altbauten bei gleichzeitigem Wechsel der Bevölkerung zugunsten wohlhabenderer Bewohner.
- Viele Menschen, die es sich leisten können, ziehen in einen Bereich mit mehr oder weniger großem Abstand zur eigentlichen Stadt – es entsteht ein „Speckgürtel", der oft die „Rettung" für Familien mit einem mittleren Gehalt und dem Wunsch nach einem kleinen Stück Rasen ist. Zudem entstehen Siedlungen zwischen dem Stadtkern und der an der Peripherie offenen Landschaft („auf der grünen Wiese"), die aus Ansiedlungen von Menschen bestehen und Hotelketten, Gewerbepark, Freizeit- und Sportcenter, Multiplexkinos und dgl. haben.
- Die *Nationale Armutskonferenz* stellt fest, dass sich im vergangenen Jahrzehnt in Deutschland die Zahl derer verdoppelte, die trotz Erwerbsleben arm sind. Das kapitalistische System bringt es mit sich, dass ein ständig steigender Lebensstandard nicht für alle, sondern nur für einen bestimmten Teil der Gesellschaft gilt.
- Weitere Probleme der Verstädterung sind „soziale Brennpunkte", Gettos, Arbeitslosigkeit sowie Obdach- und Wohnungslosigkeit in den Großstädten. *Ulrich Beck* spricht von einem momentanen Umbruch von der Industriegesellschaft in eine Risikogesellschaft, wenn weiterhin lediglich die drohenden Gefahren „verwaltet" werden und seitens der Menschen, vor allem der Politik, nichts getan wird.

Wiederholen, Vertiefen, Anwenden

10. Zeigen Sie anhand einer ausgewählten Folge des gesellschaftlichen Wandels die Komplexität der gesellschaftlichen und globalen Zusammenhänge auf.

11. Bestimmen Sie die Begriffe „Verstädterung“ und „Urbanisierung“ und stellen Sie die problematischen Folgen der Verstädterung und Urbanisierung dar.

12. Beschreiben Sie an je einem Beispiel die Wohnraumverdichtung und ihre Problematik.

13. Erläutern Sie an Beispielen einer Stadt die Problematik der Wohnverhältnisse in Städten.

14. Beschreiben Sie, was die Soziologie mit „Segregation“ meint und erläutern Sie die damit verbundenen Probleme.

15. Erläutern Sie das Problem der Anonymität vor allem in den Großstädten.

16. Erläutern Sie anhand einer größeren Stadt die Wohnungsnot in Deutschland.

17. Erörtern Sie das Problem von hohen Immobilienpreisen und Mieten vor allem in Großstädten.

18. Zeigen Sie die Schwierigkeit bezüglich der Armut heute in Deutschland.

19. *Lernsituation 8.2*
    Setzen Sie sich mit Problemen auseinander, die die Verstädterung, insbesondere der Industriestädte, zur Folge hatte.

20. *„Bezahlbarer Wohnraum ist aber keine gewöhnliche Ware. Wohnen ist ein soziales Grundrecht, das nicht der Logik des Marktes unterworfen werden darf.“ (Hirschel, 2018, o. S.)*
    Diskutieren Sie diese Aussage unter Berücksichtigung unseres Grundgesetzes[1].

21. *In Berlin und in anderen Großstädten Deutschlands gingen viele Menschen auf die Straße, um für bezahlbaren Wohnraum zu demonstrieren. Zugleich war dieser Tag der Startschuss für das Volksbegehren „Deutsche Wohnen & Co enteignen“. Das Volksbegehren fordert, dass Firmen mit mehr als 3000 Wohnungen enteignet werden.*
    - Die Klasse wird in Kleingruppen aufgeteilt.
    - Ein Teil der Kleingruppen spricht für das Volksbegehren – also für Enteignung –, der andere Teil gegen dieses.
    - Die Pro- und Kontragruppen diskutieren dieses Thema kontrovers.
    - Am Ende wird in der Klasse über diese Diskussion gesprochen.

22. Diskutieren Sie den Vorschlag eines bulgarischen Ökonomen, „in den Großstädten Platz zu schaffen, indem man ältere Menschen an die Peripherie[2] verfrachtet“.

23. Beschreiben und beurteilen Sie mögliche Auswirkungen des gesellschaftlichen Wandels auf die individuelle und soziale Lebenswelt.

---

[1] in Bayern auch unter Berücksichtigung der Verfassung des Freistaates Bayern.
[2] Peripherie (periphérein, griech.: umhertragen): Randgebiet, -bezirk, zum Beispiel Stadtrand

24. *„Wir leben noch nicht in einer Risikogesellschaft, aber auch nicht mehr nur in Verteilungskonflikten der Mangelgesellschaften. In dem Maße, in dem dieser Übergang vollzogen wird, kommt es dann wirklich zu einem Gesellschaftswandel, der aus den bisherigen Kategorien und Bahnen des Denkens und Handelns herausführt. [...] Die Risikogesellschaft ist eine katastrophale Gesellschaft. In ihr droht der Ausnahmezustand zum Normalzustand zu werden“ (Beck, 2016[23], S. 29, 31).*
Diskutieren Sie diese Aussage des Soziologen *Ulrich Beck*.

8.3 Gestaltungsmöglichkeiten des gesellschaftlichen Wandels

Lernsituation

Sie stöbern im Internet und stoßen dabei auf einen Artikel von Professor Dr. Uwe Schimank von der Universität Bremen „Sozialer Wandel – wohin geht die Entwicklung?“ Sie lesen einen Auszug dieses Artikels[1]:

Sozialer Wandel – wohin geht die Entwicklung?

[...] Ist das, was wir an sozialem Wandel erleben, eher gut oder eher schlecht? Und haben wir den sozialen Wandel noch im Griff, oder ist er uns entglitten? Diese beiden Fragen – Fortschrittsoptimismus oder -pessimismus und Gestaltungsoptimismus oder -pessimismus – bestimmen unser Bild des sozialen Wandels. Wenn Fortschritts- und Gestaltungsoptimismus zusammenkommen, fühlen wir uns gut. Das ist immer wieder über längere Zeiträume, wie auch in den 1950er und 1960er-Jahren in Westdeutschland, die Grundstimmung der Moderne gewesen. Gut können wir uns auch fühlen, wenn wir zwar gestaltungspessimistisch, aber fortschrittsoptimistisch sind. Denn dann gehen wir davon aus, dass eine wohltätige „unsichtbare Hand“, etwa die des Marktes, richten wird, was wir geplant nie schaffen würden. Schlecht fühlen wir uns hingegen, wenn wir aufgrund von Gestaltungspessimismus Fortschrittspessimisten sind: Weil wir die überkomplexen gesellschaftlichen Verhältnisse nicht oder nicht mehr in den Griff bekommen, brechen sie – so kommt es vielen vor – unkontrolliert wie ein Wirbelsturm über uns herein. [...]

Sie überlegen sich und wollen sich darüber informieren, welche Handlungsoptionen Ihnen zur Verfügung stehen, um den gesellschaftlichen Wandel mitgestalten zu können.

I Information

8.3.1 Das Erlernen von Kompetenzen

Ein ständiger Wandel der Gesellschaft erfordert ein **lebenslanges Lernen**, Weiterlernen und Umlernen, will der Einzelne die Anpassung an gesellschaftliche Veränderungen nicht versäumen. Dieses Lernen ist niemals abgeschlossen.

[1] Schimank, 2013, o. S.; Sozialer Wandel wird gleichbedeutend mit gesellschaftlichem Wandel verwendet.

Die Notwendigkeit des Lernens besteht in der heutigen Zeit für den Menschen nicht nur im Kindes- und Jugendalter, sondern bis in das hohe Alter. Deshalb wird der Mensch in der heutigen Zeit als **homo discens**[1] bezeichnet: ***Er ist ein Wesen, das ständig in jedem Lebensabschnitt und unvermeidlich auf Lernen angewiesen ist.***

Dabei benötigt er zur Bewältigung des gesellschaftlichen und individuellen Lebens bestimmte **Kompetenzen**[2].

Kompetenz bedeutet, auf der Grundlage verstandenen Wissens fach- und sachkundig handlungsfähig zu sein.

Auf die Folgen des sozialen Wandels bezogen bedeutet Kompetenz, **auf der Grundlage von entsprechendem Wissen in der Gesellschaft leben sowie gesellschaftliche Aufgaben und Probleme, Schwierigkeiten und Risiken fach- und sachkundig (mit-)bewältigen zu können.**

Dieses Verständnis von Kompetenz zeigt sich in drei Bereichen:

Selbstkompetenz Die Fähigkeit, das eigene Leben verantwortlich meistern zu können	Dazu gehört, sein eigenes Leben gestalten zu können und mit sich selbst zurechtzukommen sowie sich selbst zu bestimmen und für das eigene Handeln die Verantwortung zu übernehmen.
Sozialkompetenz Die Fähigkeit, das soziale Leben bewältigen zu können	Dazu gehören alle Fähigkeiten, um das soziale Leben einerseits in Einrichtungen und Organisationen wie in der Familie, der Schule oder dem Betrieb und andererseits in Beziehungen – zum Beispiel Freundeskreis – bewältigen zu können. Darunter fällt vor allem die Fähigkeit zur erfolgreichen Kooperation, Kommunikation[3] und Konfliktlösung[4] sowie die Fähigkeit, sich aktiv mit gesellschaftlichen Geschehnissen und Hintergründen auseinandersetzen zu können.
Sachkompetenz Die Fähigkeit, Aufgaben und Probleme in der Gesellschaft bis zu einem gewissen Grad (mit-) lösen zu können	Dazu gehören die Fähigkeiten, die für die Bewältigung der Sachwelt in Beruf, Politik und Umwelt erforderlich sind. Hierzu gehört auch das Streben nach einer größtmöglichen Übereinstimmung von Individuum und Gesellschaft bzw. Umwelt, um Umwelt und Menschen nicht zu gefährden bzw. zu zerstören.

8.3.2 Die Fähigkeit, Konflikte zu lösen

Ein Konflikt ist eine **Auseinandersetzung wegen miteinander unvereinbaren Motiven, Einstellungen, Interessen oder Handlungen.**

---

[1] homo (lat.): der Mensch; discere (lat.): lernen; homo discens: der lernende Mensch
[2] Kompetenz (competentia, lat.: die Eignung): „Eignung" und „zu etwas fähig sein"
[3] vgl. Abschnitt 8.3.3
[4] Vgl. Abschnitt 8.3.2

Solche Auseinandersetzungen können sich zum Beispiel wegen unterschiedlicher Weltanschauungen, Ideologien, Religionen, Werte und Normen, Meinungen, Lebensziele, Statuslagen, Machtpositionen, Einkommens- und Besitzverhältnissen oder knapper Güter und Ressourcen abspielen.

Es kann sich auch um **unterschiedliche Erwartungen** handeln.

Kerstin erwartet sich von ihrem Freund Johannes, dass die beiden so oft wie möglich ihre freie Zeit gemeinsam verbringen, doch Johannes erwartet von ihr, dass sie ihm große Freiheit hinsichtlich seiner Freizeitgestaltung lässt.

Von einem **sozialen Konflikt** – oft auch **interpersoneller Konflikt** genannt – spricht man, wenn sich der Konflikt zwischen verschiedenen Personen bzw. Personengruppen und/oder sozialen Gebilden abspielt.

Um einen sozialen Konflikt handelt es sich beispielsweise, wenn zwei Menschen miteinander streiten, Arbeitgeber und Gewerkschaften gegeneinander kämpfen oder Länder gegeneinander Krieg führen.

Sozialer Konflikt bedeutet die Auseinandersetzung zwischen verschiedenen Personen bzw. Personengruppen und/oder sozialen Gebilden aufgrund von miteinander unvereinbaren Motiven, Einstellungen, Interessen, Handlungen oder Erwartungen.

„Der Konflikt[1] hat vielfältige Erscheinungsformen: Krieg, Kampf, Streik, Aussperrungen, Verteilungs-, Macht-, Status- und Tarifauseinandersetzungen. Als Auseinandersetzung, Spannung, Gegnerschaft, Gegensätzlichkeit kann der Konflikt innerhalb und zwischen sozialen Rollen [...] sozialen Gruppen, Organisationen, Gesellschaftsbereichen, Gesellschaften, Staaten, überstaatlichen Verbindungen (Bündnissysteme, Wirtschaftsblöcke etc.) und allen sozialen Assoziationen stattfinden."

(Zimmermann, 2010[10], S. 138 f.)

Häufig wird ein Gesellschaftsbild entwickelt, welches von Harmonievorstellungen geprägt ist, nach dem Konflikte als nicht „normal" betrachtet werden, als etwas, was nicht sein darf. Doch makro- und mikrosoziologische Gebilde[2], wie zum Beispiel die Gesellschaft oder eine Gruppe, sind keine statischen Einheiten, sondern leben in sich und unterliegen einer gewissen Dynamik. Dieser Prozess wird u. a. durch Spannungen, Probleme und Konflikte in Bewegung gehalten.

Konflikte tauchen überall auf – in der Familie, im Kindergarten, der Schule, im Betrieb, in Vereinigungen, Parteien, zwischen Gruppen, Ländern und Nationen – und ihre Art des Austragens spielt eine große Rolle. Denn von der Art und Weise der Konfliktlösung hängen Not, Elend, Leid, Unglück, Zerstörung, Kummer oder Krieg einerseits und andererseits Wohlergehen, Lebensfreude, Glück, Wohlbefinden oder Frieden ab. Dazu ist eine **Konfliktfähigkeit** notwendig.

Konfliktfähigkeit bedeutet zum einen, Konflikten nicht aus dem Weg zu gehen, ihnen nicht auszuweichen, sie zu umgehen, zu bagatellisieren oder auch zu verschleiern.

Eine Schülerin und ein Schüler, die miteinander „gehen", kehren ihre Konflikte, die im Laufe der Zeit auftreten, unter den Teppich, sie nehmen sie möglicherweise gar nicht wahr und wenn doch, dann reden sie sie klein.

[1] Gemeint ist damit der soziale Konflikt.
[2] siehe Kapitel 1.1.3

Konflikte müssen also wahrgenommen, aufgenommen und als solche akzeptiert werden. Wir sprechen von einer ***Konfliktbereitschaft***.

> *„Mut zur klärenden Auseinandersetzung!“*
> *(Berner, 2017, o. S.)*

> *„Die zentrale Frage ist: Wie gehen wir mit unseren Konflikten um?! […] Nicht der Konflikt an sich ist das Problem, sondern häufig unser Umgang mit ihm.“*
> *(Allhoff/Allhoff, 2016[17], S. 210)*

Zum anderen geht es in einem erfolgreichen Umgang mit Konflikten darum, **Konflikte** – wenn möglich schon im Vorfeld – **zu erkennen**, ein Gespür für aufkommende Konflikte zu haben, um diese entschärfen zu können. Die Psychologie spricht in diesem Zusammenhang von **Deeskalation**.

Deeskalation bedeutet das – stufenweise – Verhindern bzw. Abschwächen von sich aufschaukelnden Prozessen in einem Konflikt, ein Abwenden von Zwang, Unterwerfung und/oder Gewaltanwendung.

Deeskalation spielt in vielen gesellschaftlichen Bereichen eine große Rolle – bei Konflikten zwischen Lehrer und Schüler, beim Einsatz der Polizei und Rettungssanitäter, in der politischen Diplomatie und im Friedensdienst – um nur einige Bereiche zu nennen.

Zu einer Konfliktfähigkeit gehört schließlich **der richtige Umgang mit Konflikten**, die Fähigkeit, eine Auseinandersetzung, einen Streit konstruktiv zu führen. Eine Lösung für alle am Konflikt Beteiligten ist dann sinnvoll, wenn diese für jeden persönlich befriedigend wirkt und sich positiv auf das weitere Geschehen auswirkt. Eine solche Lösung bezeichnet man als **Konsens**.

→ Otto will heute Abend ins Kino gehen, während Gertraud dazu keine Lust hat und lieber fernsehen möchte. Doch dazu hat Otto keine Lust. Im Laufe des Gespräches finden sie eine Lösung, die beide wollen: Sie gehen miteinander in ein Restaurant zum Essen.

Der Konsens stellt die reifste Art dar, einen Konflikt zu lösen, da das Ergebnis immer von allen am Konflikt Beteiligten akzeptiert werden kann. Die Unterschiede zwischen den Konfliktparteien werden respektiert und es wird versucht, den (die) anderen zu verstehen. Widersprechende Meinungen, Interessen und dgl. werden gemeinsam in gleichberechtigter Atmosphäre diskutiert und so lange gegeneinander abgewogen, bis eine Lösung erzielt wird, die für alle am Konflikt beteiligten Personen annehmbar ist und innerlich befriedigend wirkt. Eine solche Art von Lösung nimmt allerdings auch die meiste Zeit von allen Lösungsmöglichkeiten in Anspruch.

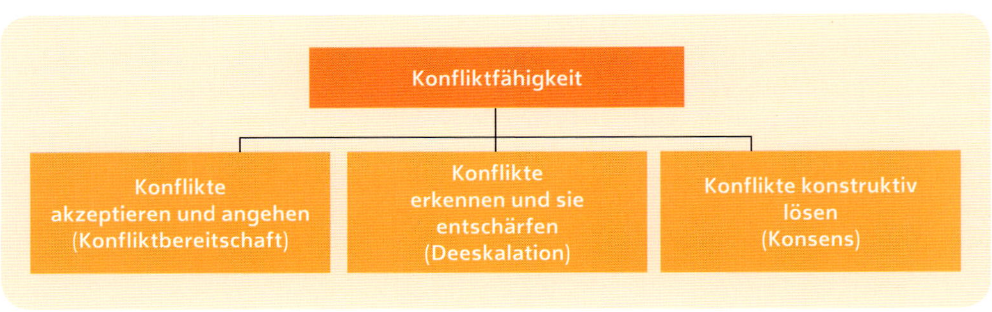

Unter Konfliktfähigkeit versteht man die Fähigkeit, Konflikte zu akzeptieren, sie (im Vorfeld) zu erkennen, um deeskalierend wirken zu können, und sie konstruktiv zu lösen.

Voraussetzungen für Konfliktfähigkeit sind:

- **Trennung von Person und Sache**
- **Wertschätzung** des (der) anderen
- **aktives und hilfreiches Zuhören**
- **Einfühlungsvermögen** in den (die) anderen
- die Fähigkeiten der **Selbstregulation und der Selbstwirksamkeit**,
- Zurückstellen der rein eigenen Interessen zugunsten einer **einvernehmlichen Lösung** aller am Konflikt Beteiligten

In der Praxis hat sich zur Lösung von sozialen Konflikten in sozialen Gebilden nach *Lutz von Rosenstiel u. a.* (*2005*[9], *S. 246*) das **Harvard-Konzept** von *Roger Fisher und William L. Ury* – später auch *Bruce Patton* – sehr bewährt und vor allem in Organisationen als eine Strategie des „sachbezogenen Verhandelns“ durchgesetzt.

8.3.3 Kommunikation von Menschen aus verschiedenen Kulturen

In der Kommunikation „zwischen“ verschiedenen Kulturen gibt es aufgrund von kulturspezifischen Verschiedenheiten große Unterschiede mit möglicherweise unerfreulichen, ja sogar peinlichen Folgen für das Gelingen einer Kommunikation, wenn man diese nicht kennt.

Der ehemalige US-Präsident *George W. Bush* zeigte einmal in einer Rede vor einer großen Menschenmenge in Australien das „Victory“- Zeichen, aber verkehrt herum – seine Handfläche zeigte nach innen zu ihm hin. In Australien jedoch entspricht das umgekehrte „Victory“-Zeichen dem „Stinkefinger“ – peinlich, peinlich! (vgl. *Aronson u. a., 2014*[8], *S. 111*)

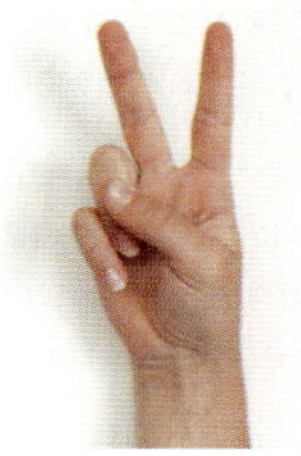

Wir sprechen in diesem Zusammenhang von **interkultureller Kommunikation**, der Kommunikation zwischen Menschen aus unterschiedlichen Kulturen.

Nehmen wir beispielsweise Kontakt mit einem Flüchtling auf, so handelt es sich um eine interkulturelle Kommunikation, ebenso, wenn wir uns im Ausland aufhalten und mit den dortigen Menschen sprechen.

Interkulturelle Kommunikation bedeutet die Kommunikation zwischen Angehörigen unterschiedlicher Kulturen.

Unter interkultureller Kommunikation verstehen wir „das Miteinander und den gegenseitigen gedanklichen Austausch zwischen Menschen unterschiedlicher Kulturen mit dem Ziel des Abbaus von Vorurteilen und der Verbesserung des Verstehens untereinander.“

(Götze, 2012, o. S.)

Ziel effektiver interkultureller Kommunikation ist die Fähigkeit von Menschen, sich in interkulturellen Kontexten angemessen und effektiv zu verhalten, wobei sich die Effektivität an den Ergebnissen der Ko9mmunikation bemisst (vgl. *Frindte/Geschke, 2019, S. 345*).

Meist wird der Begriff der interkulturellen Interaktion weiter gefasst und beinhaltet neben der interpersonalen[1] Kommunikation auch die **mediale Kommunikation**. Dazu gehören beispielsweise Film, Fernsehen, Radio, Internet.

Interkulturelle Kommunikation ist heute bedeutender und aktueller denn je. Durch

- die ***Globalisierung*** – den Vorgang der zunehmend weltweiten Verflechtungen in Finanzen, Wirtschaft, Kommunikation, Politik und Umwelt,
- die ***Migration*** – die Zuwanderung von Menschen aus ihrem Herkunftsland, einem dauerhaften Wohnortwechsel in ein anderes Land,
- die ***Auswanderung*** von Menschen in das Ausland und
- einen erdumspannenden ***Massentourismus***

sind wir sehr viel stärker als früher mit anderen Kulturen und fremden Umgangsformen konfrontiert. Sehr viel mehr als früher sind wir aus privaten und beruflichen Gründen in anderen Ländern unterwegs und wir begegnen auch in unserem Land vielen Menschen mit einem für uns fremden kulturellen Hintergrund. (vgl. *Kumbier/Schulz von Thun, 2016[8], S. 11*) Somit ist der Umgang mit Menschen aus anderen Kulturen von Bedeutung.

> *„Interkulturelle Kommunikation gilt als wesentliche Voraussetzung für die friedliche Koexistenz der Kulturen.“*
> *(Lüsebrink, 2016[4], S. 38)*

Für eine gelungene interkulturelle Kommunikation ist als erstes die **Aneignung von Wissen** von Bedeutung, dass man sich informiert über andere kulturelle Begebenheiten, um Fehler möglichst klein zu halten bzw. zu vermeiden. Dies weckt auch das Verständnis für Menschen aus anderen Kulturen und ihr Tun.

Voraussetzung für eine gelungene interkulturelle Kommunikation ist die **Offenheit für andere kulturelle Begebenheiten** und die damit verbundene Einsicht, dass unsere Kultur nicht die ***eine wahre*** ist. Das bedeutet, Offenheit für das andere, das Fremde und das Ungewohnte sowie die Bereitschaft, das andere als andersartig zu akzeptieren. (vgl. *Lüsebrink, 2016[4], S. 75*)

> *„Wir selbst halten unsere eigenen Kulturstandards für ‚selbstverständlich‘ […] Menschen orientieren sich an ihren eigenen Werten, Normen und Beurteilungsmaßstäben. Deshalb werden die Verhaltensweisen von Fremden vor dem Hintergrund der eigenen Kulturstandards leicht fehlinterpretiert.“*
> *(Kollermann, 2016[8], S. 75)*

Eine solche Offenheit bedeutet eine Balance zwischen dem Bewahren eigener Kulturstandards und der Offenheit für andere. Separation[2] – das Sich-Isolieren von Menschen anderer Kulturen – auf der einen Seite oder Assimilation[3] – das Ablegen der eigenen kulturellen Identität mit der gleichzeitigen Übernahme der „anderen“ kulturellen Begebenheiten – auf der anderen Seite verhindern von vorneherein interkulturelle Kommunikation. (vgl. *Kollermann, 2016[8], S. 85 f.*)

---

1 interpersonal (lat.): zwischen zwei oder mehreren Personen
2 separatio (lat.): die Absonderung
3 assimilatio (lat.): Die Ähnlich-, die Gleichmachung

> *„Es hat etwas mit Respekt zu tun, kulturelle Unterschiede zu berücksichtigen."*
> *(Keding, 2016[8], S. 346)*

Diese Offenheit bedeutet aber, **Angstfreiheit vor dem Fremden** und **Unsicherheiten zu akzeptieren** und auch auszuhalten, denn Fremdes verunsichert zunächst einmal. Es ist sinnvoll, Irritationen wahrzunehmen, „sich der Begrenztheit seiner eigenen Sichtweise bewusst zu sein und dadurch den ‚Selbstentwerter' und ‚Entwerter' der anderen Kultur auszubremsen" (*Kollermann, 2016*[8], *S. 87*).

> *„Nicht die kulturellen Unterschiede an sich sind das Problem [...], sondern die weit verbreitete Auffassung, dass diese gar nicht existieren."*
> *(André Laurant[1])*

Erfolgreiche interkulturelle Kommunikation erfordert aber auch den ständigen **Mut zur Neuorientierung** – die Einsicht, dass sich der Mensch immer wieder auf das Neue hin orientieren und sein Handeln auf kulturell bedingte „Andersartige" und Umstände abstimmen muss. Das bedeutet, dass die eigene Interpretation von aufgenommenen Inhalten als solche erkannt und diese auf ihren Wirklichkeitsgehalt überprüft werden muss. Diese Überprüfung geschieht vor dem Hintergrund des Wissens um kulturelle Unterschiede. (vgl. *Keding, 2016*[8], *S. 344 f.*)

→ **Materialien 4:** Mögliche Missverständnisse in der interkulturellen Kommunikation

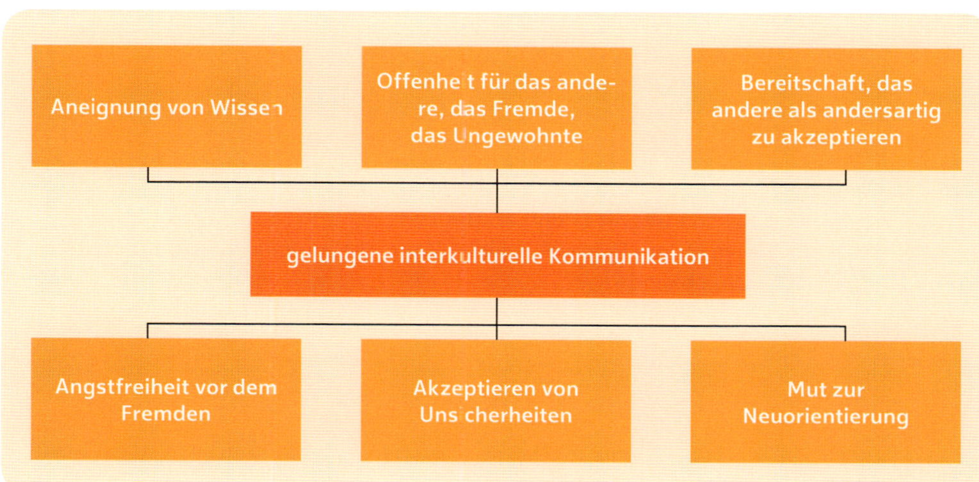

Auf den Punkt gebracht

- Ein ständiger Wandel der Gesellschaft erfordert ein lebenslanges Lernen, Weiterlernen und Umlernen. Dabei benötigt der Mensch zur Bewältigung des gesellschaftlichen und individuellen Lebens bestimmte Kompetenzen. Kompetenz, bezogen auf den sozialen Wandel, bedeutet, auf der Grundlage von

[1] zitiert nach Keding, 2016[8], S. 34

entsprechendem Wissen in der Gesellschaft leben sowie gesellschaftliche Aufgaben und Probleme, Schwierigkeiten und Risiken fach- und sachkundig (mit-) bewältigen zu können. Dieses Verständnis von Kompetenz zeigt sich in drei Bereichen, der Selbst-, Sozial- und Sachkompetenz.

- Sozialer Konflikt bedeutet die Auseinandersetzung zwischen verschiedenen Personen bzw. Personengruppen und/oder sozialen Gebilden aufgrund von miteinander unvereinbaren Motiven, Einstellungen, Interessen, Handlungen oder Erwartungen. Unter Konfliktfähigkeit versteht man die Fähigkeit, Konflikte zu akzeptieren, sie (im Vorfeld) zu erkennen, um deeskalierend wirken zu können, und sie konstruktiv zu lösen. In der Praxis hat sich zur Lösung von sozialen Konflikten in sozialen Gebilden das Harvard-Konzept sehr bewährt.
- Interkulturelle Kommunikation bedeutet die Kommunikation von Angehörigen unterschiedlicher Kulturen. Zu einer gelungenen interkulturellen Kommunikation gehören
  - die Aneignung von Wissen,
  - Offenheit für das Fremde und die Bereitschaft, dieses als andersartig zu akzeptieren,
  - Angstfreiheit vor dem Fremden und Akzeptieren von Unsicherheiten und
  - Mut zur Neuorientierung.

Wiederholen, Vertiefen, Anwenden

25. *Kompetenz zur Bewältigung des Lebens in der Gesellschaft*
    a) Bestimmen Sie, was man unter „Kompetenz" versteht.
    b) Beschreiben Sie, welche Kompetenzen das Individuum zur Bewältigung des gesellschaftlichen und individuellen Lebens benötigt.
26. *Konfliktfähigkeit als Kompetenz in der Gesellschaft*
    a) Bestimmen Sie den Begriff „Konfliktfähigkeit".
    b) Erläutern Sie an einem Beispiel, welche Voraussetzungen für die Konfliktfähigkeit erforderlich sind.
27. Bestimmen Sie den Begriff „interkulturelle Kommunikation" und zeigen Sie auf, warum diese so schwierig ist.
28. Erläutern Sie, warum die Thematik „interkulturelle Kommunikation" heute so bedeutend ist.
29. *Misslungene und gelungene interkulturelle Kommunikation*
    - Bilden Sie Kleingruppen.
    - Überlegen Sie sich eine misslungene interkulturelle Kommunikation, die zu einem unerfreulichen bzw. peinlichen Ergebnis führt.
    - Spielen Sie diese Situation vor der Klasse.
    - Sprechen Sie in der Klasse über dieses Rollenspiel.
    - Gehen Sie wieder in Ihre Gruppe.
    - Überlegen Sie, wie man diese misslungene Kommunikation hätte vermeiden können.
    - Präsentieren Sie Ihre Ergebnisse der Klasse.

30. *Möglichkeiten erfolgreicher interkultureller Kommunikation*
- Überlegen Sie sich aus Ihrem eigenen Lebensbereich (zum Beispiel Urlaub im Ausland, Kontakt mit Flüchtlingen) eine interkulturelle Kommunikationssituation.
- Bilden Sie Vierer- oder Fünfergruppen.
- Erzählen Sie sich gegenseitig diese Situation.
- Einigen Sie sich auf eine Kommunikationssituation.
- Suchen Sie nach Strategien erfolgreicher interkultureller Kommunikation.
- Zeichnen Sie die Kommunikationssituation und Ihre Strategien.
- Hängen Sie die Zeichnung im Klassenzimmer auf.
- Stellen Sie der Klasse Ihre Zeichnung vor.

31. *Lernsituation 8.3*
Erläutern Sie, welche Handlungsoptionen Ihnen zur Verfügung stehen, um den gesellschaftlichen Wandel mitgestalten zu können.

Aufgabe zum gesamten Kapitel

32. *Stichwortgeschichte*
- In Vierergruppen werden auf einer Karte zwei Begriffe zum Thema „Leben in einer sich verändernden Welt“ notiert.
- Die Karten werden eingesammelt und gemischt.
- Jede Gruppe zieht eine Karte und diskutiert die beiden Begriffe.
- Die Gruppe erfindet eine (lustige) Geschichte, die beide Begriffe enthält, und erzählt diese der gesamten Klasse.

Materialien Kapitel 8

1. Veränderung der Altersstruktur

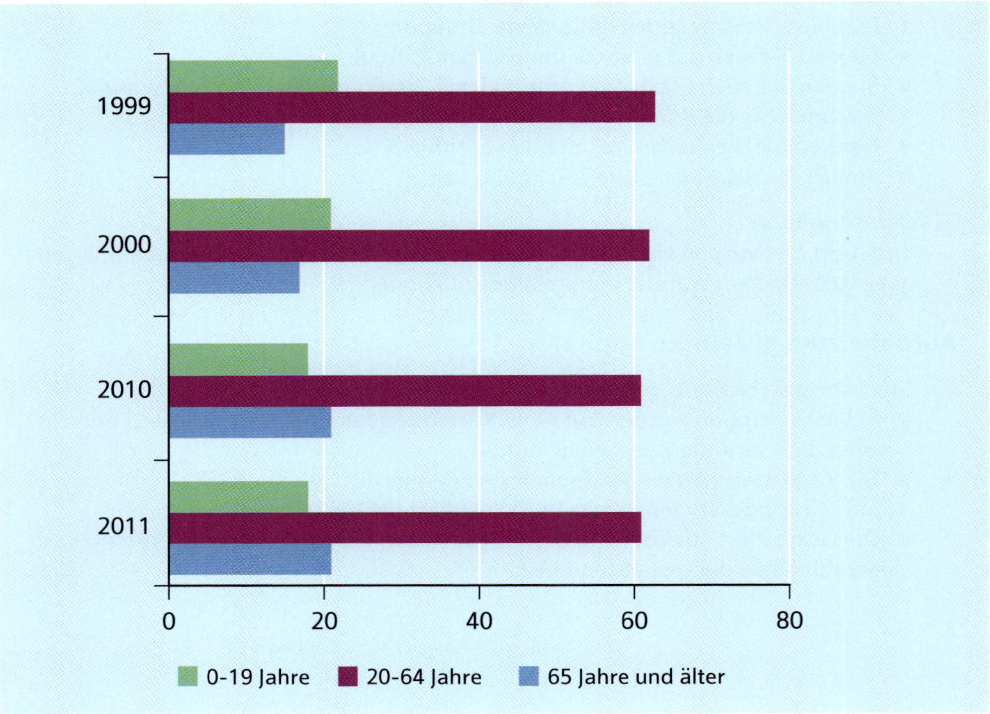

(zahlen: Huinink/Schröder, 2014[2], S. 54)

2. Lebensformen der Familie 1996 und 2011

a) Lebensformen der Familie 1996 und 2011

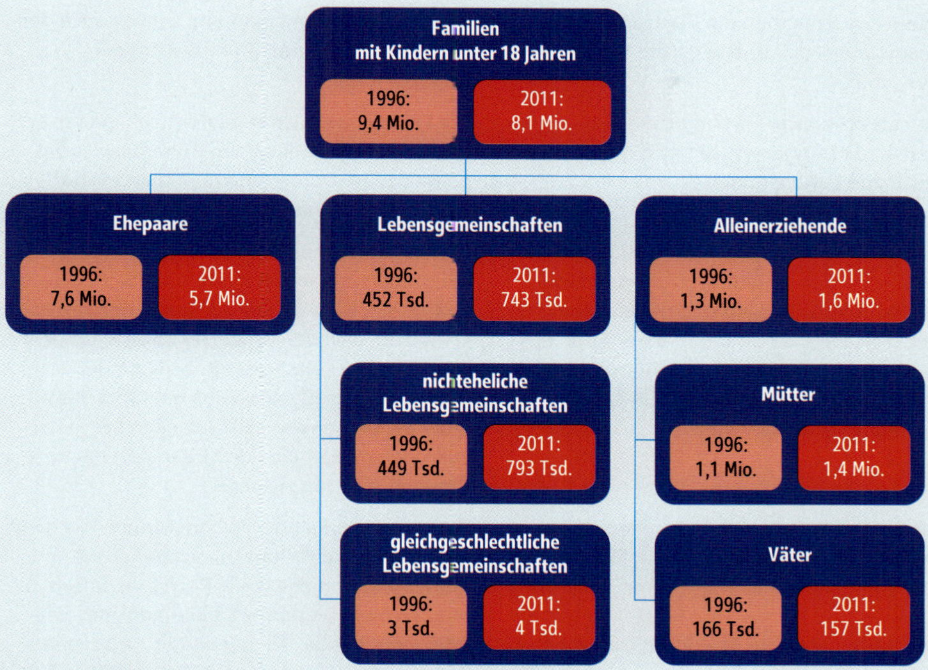

Quelle: Statistisches Bundesamt, 2012: Haushalte und Familien 2011, Ergebnisse des Mikrozensus

(Bundesministerium für Familie, Senioren, Frauen und Jugend, Familienreport 2012, S. 14)

b) Folgen des Familienwandels

Nach den 50er-Jahren des vergangenen Jahrhunderts, in der das bürgerliche Familienmodell seine Blütezeit hatte, setzte ein **nachhaltiger Wandel** in den Einstellungen und in der Lebensrealität von Familie ein, bedingt durch qualitative Veränderungen in wichtigen gesellschaftlichen Bereichen (vgl. *Bruggmann, 2004, S. 4–10*).

Veränderungen	Folgen
Bildungsbereich: Ab ca. 1965 war es ein erklärtes politisches Ziel, die Bildungschancen von allen Kindern zu erhöhen. Dabei sollte eine Chancengleichheit der sozialen Schichten sowie von Männern und Frauen erreicht werden.	Durch die deutliche Erhöhung des Bildungsniveaus dauert heute die Schul- und Ausbildungsphase weit über das Jugendalter hinaus. Viele junge Erwachsene verfügen über eine höhere Schul- und Berufsausbildung als ihre Eltern, sie verlassen damit sowohl sozial als auch regional ihr Herkunftsmilieu.
Durch den Zugang zu Bildung und die Ideen der Frauenbewegung veränderte sich das **Selbstverständnis der Frauen**. Einen Beruf zu	Die Vereinbarkeit von Familie und Beruf wird zum zentralen Thema für viele Frauen. Eine partnerschaftliche Aufgaben- und

Veränderungen	Folgen
erlernen und berufstätig zu sein, ist für Frauen selbstverständlich geworden.	Entscheidungsverteilung in der Partnerschaft und Familie löst sich nur teilweise auf[1].
Entwicklung zuverlässiger Verhütungsmethoden: Frauen haben die Kontrolle, ob sie schwanger werden und wie viele Kinder sie haben wollen.	Empfängnisverhütung ermöglicht die Berufs- und Lebensplanung. Das ist auch der Grund für einen starken Rückgang der Geburtenrate.
Durch medizinische Fortschritte und bessere Lebensbedingungen **erhöht sich die durchschnittliche Lebensdauer.**	Die Familienphase nimmt nur noch ein Viertel des gesamten Lebens ein, früher war es das halbe Leben. Damit erhalten Partnerschaft und Beruf eine noch größere Bedeutung.
Umstrukturierung der Arbeitswelt: Berufstätige müssen sich einem raschen technologischen Wandel anpassen und qualifizieren. Durch die Globalisierung und Stagnation des Wirtschaftswachstums sind Arbeitsplätze weniger sicher geworden, oft gibt es nur kurzfristige Arbeitsverträge.	Männer und Frauen wählen einen späteren Zeitpunkt zur Familiengründung. Der Wiedereinstieg nach einer Familienphase ist schwierig, weil der Konkurrenzdruck auf dem Arbeitsmarkt sehr hoch ist. Obwohl der Lebensstandard gewachsen ist, führt das zu einer zunehmenden existenziellen Verunsicherung von Familien und Paaren in der Familiengründungsphase.
Liberalisierung der soziokulturellen Normen/ Abnahme der sozialen Kontrolle: Menschen können ihre Lebensform und ihren Partner frei wählen; sie können ihre Rollen individuell ausgestalten und ihre Sexualität frei leben.	Vorher stigmatisierte[2] Lebensformen wie nicht eheliche Partnerschaften, nicht eheliche Kinder und homosexuelle Partnerschaften werden mehr akzeptiert. Lebensformen wie Alleinerziehende, Alleinlebende, neu zusammengesetzte Familien und Partner, die zusammen sind, aber getrennt leben, vervielfältigen sich.
Wandel in den Werten und Einstellungen: Es zählt mehr das persönliche Glück, nicht die Erfüllung der von der Gesellschaft zugewiesenen Pflichten. Selbstentfaltung, Unabhängigkeit und Freiheit werden zu zentralen Werten.	Es kommt zu einer ***Individualisierung***, da sich traditionelle Bindungen auflösen. Beziehungen werden weniger verlässlich. Die Verunsicherung über die eigene Identität und die eigenen Lebensentwürfe nimmt zu, weil diese Freiheit auch eine Überforderung bedeuten kann.

„Diese gesellschaftlichen Veränderungen zeigen sich in einem starken demografischen Wandel. In den letzten 40 Jahren zeigt sich ein Trend zu höherem Heiratsalter bei insgesamt sinkender Heiratsneigung. Es gibt eine Zunahme der nicht ehelich geborenen Kinder bei gleichzeitig deutlichem Geburtenrückgang. Die Haushalte, in denen beide Partner arbeiten, haben zugenommen. Die Scheidungsrate ist gestiegen und mehr Menschen leben allein."

(Hobmair, 2019[4], S. 402 f.)

[1] Nach Hans-Ulrich Wehler (2013[2], S. 123 f.) hat sich die traditionelle Rollenverteilung nicht nur in der Familie größtenteils gehalten, sondern auch in den Lebensgemeinschaften etabliert; sie besitzt nach ihm offenbar ein „enormes Beharrungsvermögen".

[2] Stigma (griech.) meint eine Eigenschaft bzw. ein Merkmal eines Menschen, das von der Norm abweicht. Stigmatisierung ist das Verhalten aufgrund eines zu eigen gemachten Stigmas, welches mit einer negativen Bewertung und Diskreditierung des Betroffenen verbunden ist, der dadurch eine beschädigte Identität entwickelt.

3. Teurer Wohnen

a) Veränderung der Mieten 2018 gegenüber 2008 (in Prozent)

(Wohnungen von 60 bis 80 m²)

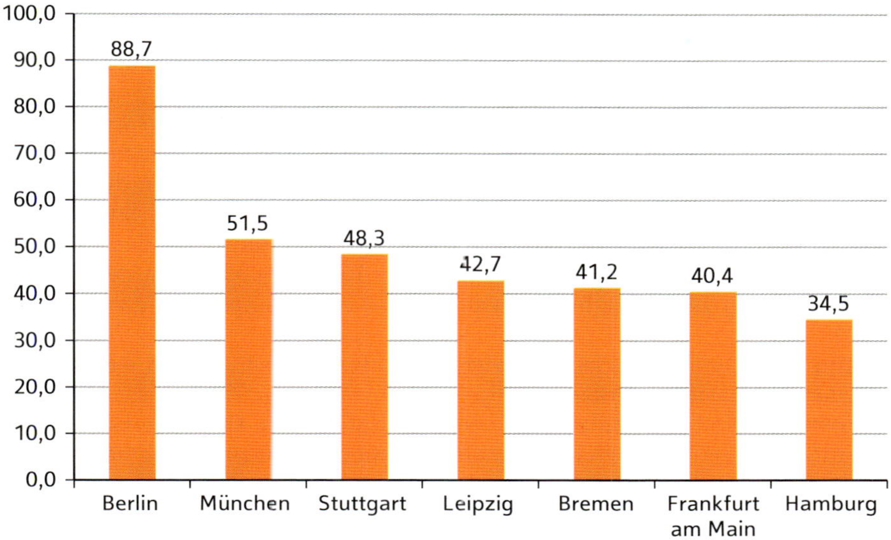

(IDN Immodaten/Empirica; Zahlen entnommen aus: Der Spiegel, 2019, S. 18)

b) Steigerung der Mieten im Vergleich zu den Löhnen 2018 gegenüber 2008 (in Prozent)

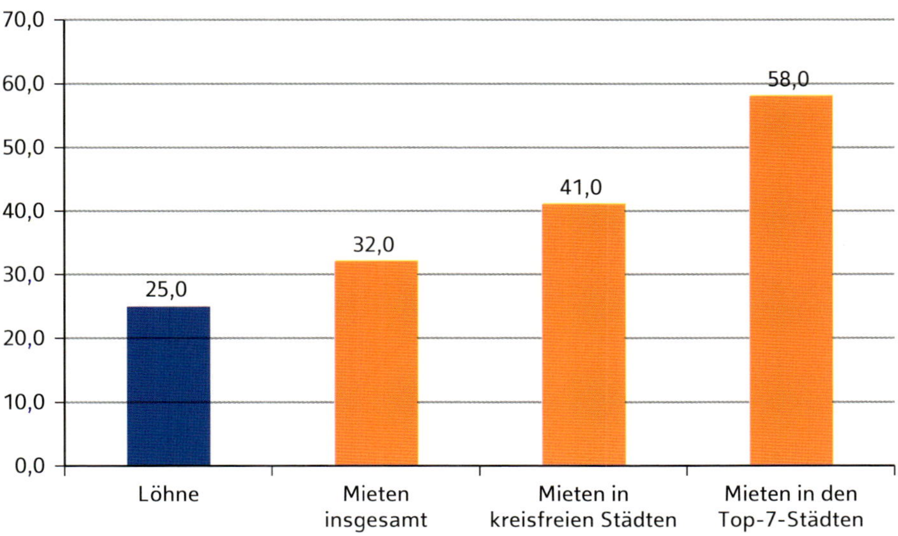

(Empirica, Statistisches Bundesamt; Zahlen entnommen aus: Der Spiegel, 2019, S. 20)

4. Mögliche Missverständnisse in der interkulturellen Kommunikation

In der interkulturellen Kommunikation können vornehmlich folgende Gegebenheiten für Konflikte ausschlaggebend sein (vgl. *Lüsebrink, 2016[4], S. 200*):

- **Missverständnisse**: Eine falsche Deutung bzw. Auslegung einer Aussage oder Handlung, weil man etwas mit den Mitteln der eigenen Kultur interpretiert, was in der anderen Kultur eine ganz andere Bedeutung hat.
- **Stereotype und Vorurteile**: Einfache Vorstellungen und Überzeugungen werden auf bestimmte Menschengruppen bezogen und verallgemeinert wie „die Franzosen", „die Thais", „die Juden", „die Schwarzen". Oft werden solche Überzeugungen durch neue Erfahrungen oder Informationen kaum bzw. nicht geändert. Die Folge ist eine positive oder negative Bewertung der betroffenen Menschengruppe, Kultur bzw. des Volkes.
- **Herabsetzung**: Eine andere Kultur, ihre Menschen, ihr Tun und Handeln werden negativ bewertet bzw. gering geschätzt, herabgewürdigt und verunglimpft oder gar diskriminiert.
- **Idealisierung**: Man projiziert eigene Wunsch- und Idealvorstellungen in eine andere Kultur, die dann als „außerordentlich toll" gilt.
- **Ethnozentrismus**[1]: Die Überschätzung der eigenen Nation bzw. Kultur, verbunden mit der Abwertung anderer Nationen bzw. Kulturen, dient meist dazu, Probleme im eigenen Land dadurch „auszuschalten", indem man einem anderen Volk, anderen Rassen oder Nationen negative Eigenschaften zuschreibt. Er richtet sich nicht nur gegen andere Nationen, sondern auch gegen Menschen, die einer anderen Klasse, Rasse oder Religion angehören. In seinem Extrem sieht er die eigene Kultur als das Höchste und einzig Wahre.

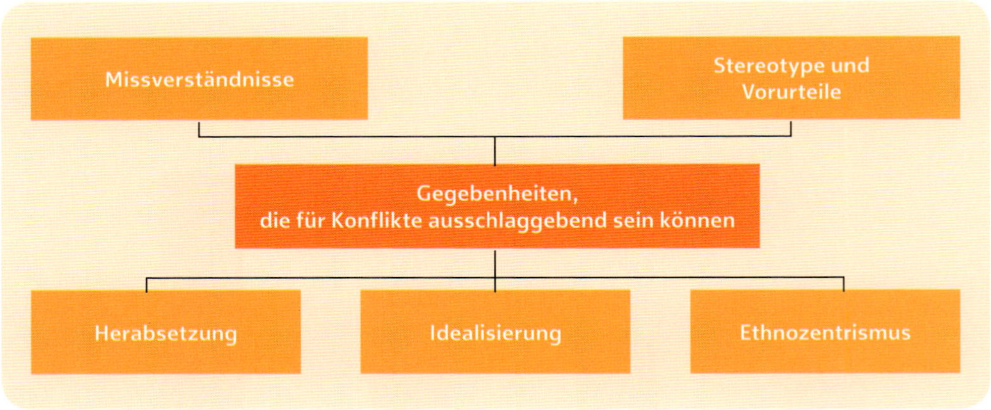

(Hobmair, 2018[4], S. 289)

[1] éthnos (griech.): das Volk, der Volksstamm; centrum (lat.): der Mittelpunkt; Ethnozentrismus ist eine besondere Form einer Einstellung, bei der das eigene Volk – die eigene Nation – als Mittelpunkt und zugleich gegenüber anderen Völkern als überlegen gesehen wird.

9 Die Theorie des Historischen Materialismus[1]

Die Geschichte aller bisherigen Gesellschaft ist die Geschichte von Klassenkämpfen, Freier und Sklave, Patrizier und Plebejer, Baron und Leibeigener, Zunftbürger und Gesell, kurz Unterdrücker und Unterdrückte standen in stetem Gegensatz zueinander, führten einen ununterbrochenen, bald versteckten, bald offenen Kampf, einen Kampf, der jedes Mal mit einer revolutionären Umgestaltung der ganzen Gesellschaft endete oder mit dem gemeinsamen Untergang der kämpfenden Klassen.

(Marx/Engels, 2005, S. IV)

Manifest
der
Kommunistischen Partei.

Veröffentlicht im Februar 1848.

Proletarier aller Länder vereinigt euch.

London.
Gedruckt in der Office der „Bildungs-Gesellschaft für Arbeiter"
von J. E. Burghard.
46, Liverpool Street, Bishopsgate.

Gesellschaftstheorien wie die Theorie des Historischen Materialismus dienen in erster Linie dazu, gesellschaftliche Fehlentwicklungen aufzuzeigen und abträgliche Gesellschaftsprozesse zu kritisieren.

Folgende Kompetenzen sollen Sie erwerben:

- ***Sie können eine Theorie des gesellschaftlichen Wandels – die Theorie des Historischen Materialismus – beschreiben.***
- ***Sie können diese soziologische Theorie auf konkrete Daten und Forschungsergebnisse über gesellschaftliche Phänomene anwenden.***
- ***Sie sind dabei imstande, den Erklärungswert dieser Theorie zu überprüfen.***
- ***Sie schätzen die Chancen und Risiken einer sich wandelnden Gesellschaft ab.***
- ***Sie entwickeln individuelle Handlungsoptionen und gestalten den gesellschaftlichen Wandel im Sinne einer freiheitlichen, demokratischen, sozialen Werthaltung mit.***

[1] Die Lehrkraft kann entsprechend dem Lehrplan wählen zwischen dieser Theorie oder der Theorie des Wertewandels von Ronald Inglehart in Kapitel 10.

9.1 Die Grundannahmen des Historischen Materialismus

Lernsituation

Hat Marx recht gehabt?

Die Lehrkraft gibt das Unterrichtsthema „Gesellschaftlicher Wandel auf der Grundlage des Historischen Materialismus" bekannt. „Ist das nicht überflüssig, die Theorie von Marx zu behandeln? Müssen wir uns diese Theorie wegen seines Jubiläums antun?", fragt Maren die Lehrkraft. „Ich finde Maren hat recht, seine Annahmen können für unsere Zeit keine Aussagekraft mehr haben", unterstützt Jan seine Mitschülerin. „Thesen von damals greifen doch für die Gegenwart nicht mehr, die Welt ist globaler zu sehen, Terrorismus, Massenmigration und die Tendenz zu traditionellen Werten führen zu politischen Konflikten in und außerhalb Europas, aber bestimmt nicht zur Verelendung der Arbeiter." „Das Einkommen wächst weltweit, wir in Deutschland haben einen höheren Lebensstandard als je zuvor, auch den Arbeitern geht es heute gut, bei uns muss niemand hungern", ergänzt Jan. Nielab kontert: „Ganz so unkritisch sehe ich das nicht. In der Zeitung lese ich von zunehmender Armut, die Mittelschicht bricht weg und das große Kapital befindet sich in den Händen von wenigen, kleine Unternehmen werden aufgekauft. Wir haben das auch erst vor Kurzem in Soziologie gelernt." „Stimmt, kürzlich bin ich im Internet auf einen Artikel gestoßen, in dem stand, dass die Automatisierung und Digitalisierung in der Arbeitswelt die Gehälter und das Beschäftigungsniveau drücken und damit zu einem weiteren Auseinanderdriften zwischen ‚Arm und Reich' führen", pflichtet Moni bei. „Hast Du vielleicht auch Marx gelesen?", fragt Uwe ironisch. „Nein, aber spannend fände ich es schon, diese Theorie auf ihre Gültigkeit für unsere Zeit zu überprüfen", kontert sie. „Dann lasst uns doch mit den Grundannahmen der Theorie beginnen", fordert die Lehrkraft auf.

Wie beschreibt *Marx* die gesellschaftlichen Verhältnisse? Welche Entwicklungen lassen sich in der Gegenwart beobachten?
Welche Bedingungen lösen gesellschaftliche Konflikte aus?
Was sind die Triebkräfte für gesellschaftlichen Wandel?

I Information

9.1.1 Soziologische Theorien gesellschaftlichen Wandels

Es gibt viele soziologische Theorien, die den gesellschaftlichen Wandel aus unterschiedlicher Sicht betrachten. Am bekanntesten sind **Gesellschaftstheorien**, die die ***sozialen Probleme*** einer Gesellschaft untersuchen und analysieren. Dabei liegt der Fokus auf einer **gezielten Veränderung der sozialen Wirklichkeit und Korrektur von gesellschaftlichen Fehlentwicklungen**.

> *„Die Philosophen haben die Welt nur verschieden interpretiert, es kommt darauf an, sie zu verändern."*
> *(Marx/Engels, 2008, S. 122)*

Die bekanntesten Gesellschaftstheorien sind:

- der **Historische Materialismus** von *Karl Marx* und *Friedrich Engels*
- die **Kritische Theorie der Gesellschaft** der *Frankfurter Schule* von *Max Horkheimer, Theodor W. Adorno* und *Herbert Marcuse*, die den Historischen Materialismus von *Marx* entsprechend der veränderten gesellschaftlichen Verhältnisse aktualisierten und auf die heutige bürgerlich-kapitalistische Gesellschaft übertrugen. Der Gegenstand der Kritischen Theorie der Gesellschaft ist das ***Aufdecken der gesellschaftlichen Herrschafts- und Unterdrückungsmechanismen mit dem Ziel von mündigen Bürgern***.
- die **Theorie des kommunikativen Handelns** von *Jürgen Habermas*, die eine Weiterführung der Kritischen Theorie der Gesellschaft ist. Sie fragt nach den strukturellen Vorgaben und Möglichkeiten, um persönliche Fähigkeiten unter konkreten gesellschaftlichen Bedingungen entfalten zu können. (vgl. *Hurrelmann/Bauer, 2018*[12], *S. 37*)

Gesellschaftstheorien

Die sozialen Probleme einer Gesellschaft und deren Lösung stehen im Mittelpunkt wissenschaftlichen Forschens

zum Beispiel

- *Historischer Materialismus von Karl Marx und Friedrich Engels*
- *Kritische Theorie der Frankfurter Schule*
- *Theorie des kommunikativen Handelns von Jürgen Habermas*

An dieser Stelle wird zur Erklärung des gesellschaftlichen Wandels die **Theorie des Historischen Materialismus** von *Karl Marx* dargestellt.

Karl Marx

***Karl Marx** (1818–1883)*
gilt als der wichtigste Vordenker der frühen Arbeiterbewegung. Er studierte Jura in Bonn und Berlin. 1842 wurde Marx Chefredakteur der Rheinischen Zeitung in Köln. Von 1843 bis 1845 lebte Marx mit seiner Ehefrau in Paris, wo er an der Herausgabe der Deutsch-Französischen Jahrbücher beteiligt war. Wegen seiner Ausweisung aus Frankreich übersiedelte Marx im Februar 1845 von Paris nach Brüssel. Dort arbeitete er in der Redaktion der sozialistischen Emigrantenzeitung Vorwärts mit. Im Februar 1848 erscheint das Kommunistische Manifest, das von Marx und Friedrich Engels – ein Wuppertaler Fabrikantensohn – gemeinsam veröffentlicht wurde. Dieses ist im Laufe der Zeit zu einer Art „Evangelium" des marxistischen Sozialismus geworden (vgl. Störig, 2016[18], S. 560). Im März desselben Jahres wurde Marx nach Frankreich ausgewiesen, weil er an den in Brüssel stattfindenden Aufständen mitwirkte. Es folgten kürzere Aufenthalte in Paris und Köln. Nach einer erneuten Ausweisung siedelte er im August 1849 nach London über. 1864 gründete er die Internationale Arbeiterassoziation, welche sich jedoch 1876 wieder auflöste. Aus seinen wissenschaftlichen Arbeiten geht 1859 sein Werk Zur Kritik der Politischen Ökonomie hervor. Der erste Band Das Kapital erscheint 1867, der zweite Band erst nach seinem Tod 1885, der dritte Band 1894. Beide Bände wurden von seinem langjährigen Freund Friedrich Engels herausgegeben. (vgl. Münch, Band 1, 2004, S. 105–109)

9.1.2 Der gesellschaftliche Wandel aus Sicht des Historischen Materialismus

Den Ausgangspunkt für die marxistische Gesellschaftstheorie bildet der ***wissenschaftstheoretische Idealismus*** der Philosophie von *Georg Wilhelm Friedrich Hegel*[1]. Dieser sieht Ideen bzw. Ideale als Ursache für die Verhältnisse in der Menschheitsgeschichte an.

Geschichte ist für *Marx* wie für *Hegel* eine Entwicklung mit Sinn, die einen **dialektischen Prozess**[2] durchläuft. Ursprünglich lebte die Menschheit mit der Natur in Einklang. Menschen setzten sich durch ihre produktive Arbeit mit der Eigengesetzlichkeit der Natur auseinander. Im Laufe der geschichtlichen Entwicklung entstanden immer neue Bedingungen der Unterdrückung. Mit Ausnahme der Urgesellschaft und des Kommunismus stehen sich in allen Gesellschaftsformen Besitzende und Nichtbesitzende gegenüber und bekämpfen sich. Es änderten sich die Produktionsverhältnisse, was zu einem Zustand der Entfremdung[3] führte: Die Menschheit der Gegenwart befindet sich in einem Gegensatz zur Natur.

Marx geht davon aus, dass sich im Sinne der ***Dialektik***[4] diese Gegensätze – Einheit der Menschheit mit der Natur (= These) und die Entfremdung von ihr (= Antithese) – auf einer höheren Ebene zu einer **Synthese des Sozialismus als Übergangsstadium zum Kommu-**

---

[1] Georg Wilhelm Friedrich Hegel (1770–1831) war deutscher Philosoph. Er entwickelte ein philosophisches System, in welchem er die antike Metaphysik, das moderne Naturrecht und die sog. Theorie der bürgerlichen Gesellschaft zum Ausgleich bringt. Den Ausgangspunkt für die marxistische Gesellschaftstheorie bilden drei Prinzipien der Philosophie Hegels: die Geschichtsphilosophie, die Dialektik und der Idealismus.

[2] Dialektischer Prozess: Mithilfe von „These" und „Antithese" (sind Gegensätze) entwickelt sich als „Synthese" Neues.

[3] vgl. Abschnitt 9.3.2

[4] Dialektik (dialektikē, griech.: die Kunst der Gesprächsführung): ein Denken bzw. Vorgehen in Gegensätzen (These – Antithese), um fortschreitende Veränderungen von Gesellschaften und gesellschaftlichen Widersprüchen aufzudecken und diese Gegensätze durch eine Synthese zu beseitigen.

nismus[1] entfalten (vgl. *Münch, Band 1, 2004, S. 116.*). Wenn also alle Gegensätze aufgehoben sind, ist das ***Endziel, der Kommunismus***, erreicht.

Des Öfteren wird in der Literatur geschrieben, dass der Sozialismus lediglich eine „entschärfte Form" des Kommunismus sei mit Verweis auf heute praktizierende sozialistische Länder. Für Marx war der Sozialismus lediglich die Vorstufe zum Kommunismus.

Der Kommunismus sieht als Ziel eine klassenlose Gesellschaft mit neuen Lebensverhältnissen und Werthaltungen, in der Freiheit, Gleichheit und Selbstverwirklichung gelebt wird (vgl. *Wiswede, 1998³, S. 37*).

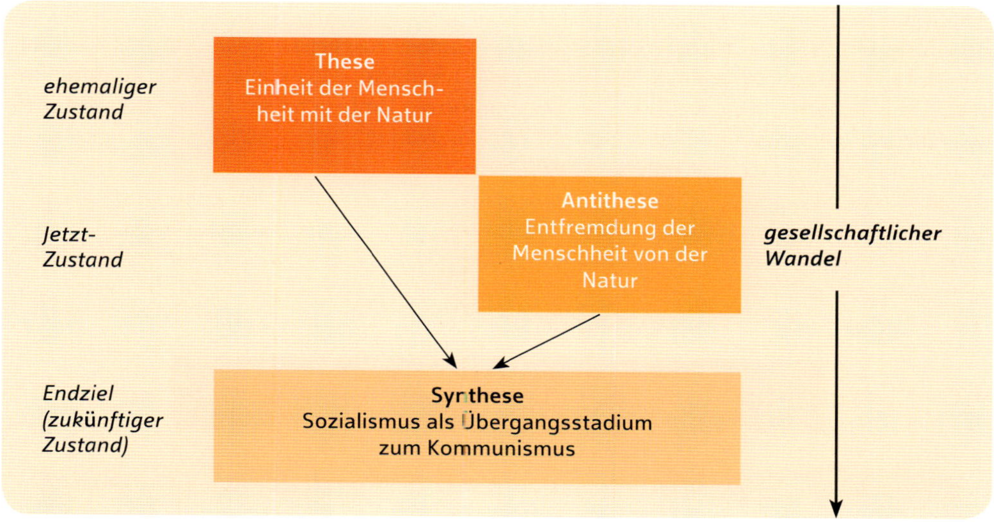

→ **Materialien 1:** Entwicklung verschiedener Gesellschaftsformen

Zum anderen betont *Marx* **die ökonomischen und die Produktionsverhältnisse der Gesellschaft**, die den Verlauf der Geschichte und der Kultur bestimmen und die die Grundlagen – die Basis – jeder menschlichen Gesellschaft sind.[2] Demnach wandeln sich Gesellschaften nicht durch Ideen und Ideale, wie dies *Hegel* sieht, sondern aufgrund ***ökonomischen Wandels und von Klassenkämpfen***, in denen ökonomische Interessenkonflikte vereinigt ausgetragen werden. Das gesamte menschliche Leben wird durch **Waren- und Marktgesetze** bestimmt. Unabhängig von seinem Willen steht der Mensch somit unter dem „**Zwang der ökonomischen Verhältnisse**".

„Die Geschichte aller bisherigen Gesellschaft ist die Geschichte von Klassenkämpfen."
(Marx/Engels, 2005, S. 452)

Das **Bewusstsein und die Sozialverhältnisse werden bedingt durch die ökonomischen Verhältnisse**. Gedanken und Ideen stellen Abbilder der objektiven materiellen Wirklichkeit dar.

„Nicht das Bewusstsein bestimmt das Leben, sondern das Leben bestimmt das Bewusstsein."
(Marx/Engels, 1959, S. 27)

[1] vgl. Abschnitt 9.1.2
[2] vgl. Abschnitt 9.2.2

„Das Sein bestimmt das Bewusstsein."

(Marxistischer Leitspruch)

Die objektiven Verhältnisse sind durch die Erwerbsbedingungen und durch den materiell bestimmten Gegensatz zwischen Besitzenden und Nichtbesitzenden gekennzeichnet. Die zwischen den Klassen bestehenden Interessengegensätze führen zu Konflikten und gesellschaftlichen Krisen.

Die **Veränderung der Bewusstseinsformen erfolgt in einem dialektischen Prozess** in Abhängigkeit von der dialektischen Bewegung der materiellen Verhältnisse. Die dabei auftretenden Widersprüche sind nicht durch eine Auseinandersetzung auf der Ebene des Bewusstseins, sondern durch einen ***sozialen Kampf***, durch eine Revolution zu überwinden. Infolgedessen können sich neue Sozialverhältnisse, eine klassenlose, kommunistische Gesellschaft bilden. Konflikte und revolutionäre Umbrüche sind somit der Motor für gesellschaftlichen Wandel (vgl. *Amann, 1996*[4], *S. 318 f.*).

„Wenn nämlich das Sein das Bewusstsein bestimme, also die Umstände das Denken prägen und nicht umgekehrt, dann bedarf es einer kritischen Reflexion und Kommentierung dieser Umstände und, in der Folge, der Entwicklung von Perspektiven einer Um- oder Neugestaltung."

(Dimbath, 2016, S. 40).

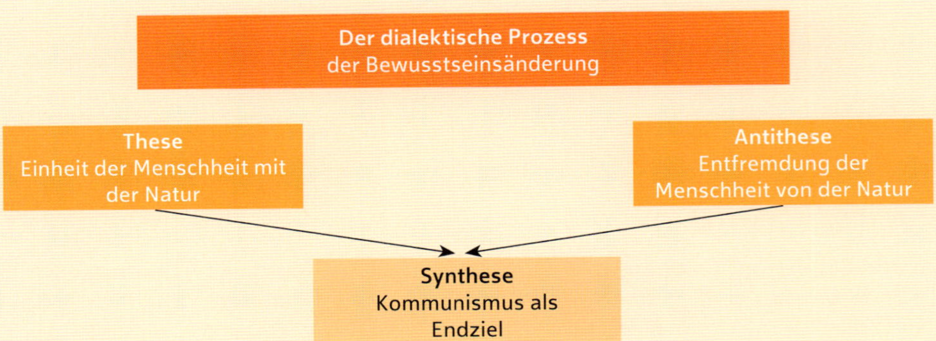

Ursachen und Richtung gesellschaftlichen Wandels:

- Gesellschaftliche Widersprüche und Gegensätze zwischen Besitzenden und Nicht-Besitzenden führen zu wirtschaftlichen Interessenkonflikten und gesellschaftlichen Krisen.
- Austragen von Klassenkämpfen mit revolutionärem Umsturz
- Veränderung der Wirtschaftsverhältnisse
- dadurch Wandel von Idealen und Werthaltungen
- Ziel ist die Schaffung neuer Sozialverhältnisse in einer klassenlosen, kommunistischen Gesellschaft.

„Marx [...] lässt [...] keinen Zweifel daran, dass die gesellschaftlichen Rahmenbedingungen von den Menschen selbst produziert werden, obwohl sie ihnen unter den gegebenen Verhältnissen wie eine ‚fremde Gewalt' entgegentreten. Werden die Verhältnisse, insbesondere die Besitzverhältnisse an den Produktionsmitteln, geändert, dann entstehen [...] erheblich bessere Bedingungen für die Subjektwerdung der Gesellschaftsmitglieder."

(Hurrelmann/Bauer, 2018[12]*, S. 47)*

Auf den Punkt gebracht

- Die bekanntesten Gesellschaftstheorien sind der Historische Materialismus nach *Karl Marx und Friedrich Engels*, die Kritische Theorie der Gesellschaft der Frankfurter Schule von *Max Horkheimer, Theodor W. Adorno, Herbert Marcuse* und die Theorie des kommunikativen Handelns nach *Jürgen Habermas*. Sie analysieren soziale Probleme einer Gesellschaft. Der Fokus liegt dabei auf Veränderungen der sozialen Wirklichkeit und Korrektur gesellschaftlicher Fehlentwicklungen.
- Aus Sicht des wissenschaftstheoretischen Idealismus nach *Friedrich Hegel* sind Ideen bzw. Ideale Ursache für gesellschaftliche Verhältnisse. Sowohl für *Marx* als auch *Hegel* ist Geschichte eine Entwicklung mit Sinn, die einen dialektischen Prozess durchläuft. Das methodische Prinzip der Dialektik folgt einem Denken in Gegensätzen. Gesellschaftliche Entwicklungen vollziehen sich nicht geradlinig, sondern es treffen permanent Gegensätze aufeinander, die auf einer höheren Ebene dann zu einer Synthese verschmelzen und so einen ständigen Prozess der Weiterentwicklung auslösen.
- In allen Gesellschaftsformen – mit Ausnahme der Urgesellschaft und des Kommunismus – stehen sich nach *Marx* Besitzende und Nichtbesitzende gegenüber und bekämpfen sich. Die Menschheit der Gegenwart befindet sich im Gegensatz zur Natur. Er formuliert als These die Einheit der Menschen mit der Natur, als Gegensatz bzw. Antithese sieht er die Entfremdung der Menschheit von der Natur. Als Synthese betrachtet er die gesellschaftliche Weiterentwicklung zum Sozialismus als Übergangsstadium zum Kommunismus. Sind alle Gegensätze aufgehoben, ist das Endziel der Kommunismus und damit eine klassenlose Gesellschaft erreicht.
- In seiner kritischen Auseinandersetzung mit *Hegels* Idealismus kommt *Marx* zu der Überzeugung, dass das menschliche Leben und die Gesellschaft nicht durch Ideen und Ideale, sondern durch ökonomische Verhältnisse bedingt werden. Ideen entstehen nicht unabhängig von materiellen Verhältnissen. Der Mensch steht unter dem „Zwang der ökonomischen Verhältnisse“. Der Motor für gesellschaftlichen Wandel sind Klassenkämpfe. Revolutionen führen zu gesellschaftlichen Umbrüchen, hin zu veränderten Wirtschafts- und Sozialverhältnissen im Sinne einer klassenlosen, kommunistischen Gesellschaft.

Wiederholen, Vertiefen, Anwenden

1. *Biografie und Internetsuche*
   - Suchen Sie in Gruppen im Internet nach Informationen über das Leben und Werk von *Karl Marx* und *Friedrich Engels*.
   - Fertigen Sie in Kleingruppen eine Übersicht zur Biografie dieser beiden Soziologen an.
   - Erarbeiten Sie jeweils vier bis sechs wichtige Abschnitte ihres Lebens.
2. Geben Sie einen Überblick zu drei bekannten Gesellschaftstheorien auf deren Grundlage gesellschaftlicher Wandel erklärt werden kann.

3. Erläutern Sie anhand der Theorie des Historischen Materialismus das Verständnis von Dialektik.

4. a) Beschreiben Sie anhand der Grundaussagen der Theorie des Historischen Materialismus die Ursachen und die Richtung von gesellschaftlicher Entwicklung.
   b) Erläutern Sie, welchen Stellenwert gesellschaftliche Konflikte und Klassenkämpfe nach *Marx* haben.
   c) Zeigen Sie auf, welches Ziel gesellschaftlicher Entwicklung *Marx* beschreibt.

5. *Verschiedene Gesellschaftsformen*
   a) Lesen Sie *Materialien 1*.
   b) Präsentieren Sie die Entwicklung verschiedener Gesellschaftsformen im Laufe der Geschichte.

6. *Presseschau 200 Jahre Karl Marx*
   - Stellen Sie sich vor, Sie sind Journalist und verfassen in den Redaktionsräumen einer Tageszeitung oder Wochenzeitschrift Ihrer Wahl in Teams eine Schlagzeile mit Kurzbericht zu „200 Jahre Karl Marx".
   - Orientieren Sie sich bei Ihrer Auswahl daran, was Sie Ihren Lesern als interessante Informationen zur Theorie des Historischen Materialismus darbieten wollen. Recherchieren Sie im Internet zu Kernaussagen dieser Theorie.
   - Die Ergebnisse werden an Pinnwände geheftet oder unter der Dokumentenkamera vom jeweiligen Journalistenteam präsentiert.

9.2 Arbeit und Produktion

Lernsituation

Hier ist kein Tag wie der andere

Rahul berichtet Ella von seinem Ferienjob bei McDonald's: „Dort stehst du als Arbeiter gewaltig unter Zeitdruck, ich habe hinten in der Küche stundenlang Burger gebraten. Nach manchen Schichten war ich mit meiner Kraft am Ende. Als Nebenbeschäftigung lässt sich diese Arbeit schon ausüben, aber als langfristige Erwerbsarbeit könnte ich mir diese Tätigkeit nicht vorstellen. Die Bezahlung ist genau genommen schlecht. Wenn ich von diesem Lohn auf Dauer eine Wohnung und mein Leben finanzieren müsste, käme ich in der Stadt wohl kaum um die Runden. Kreativität ist nicht gefragt, die Abläufe und Vorgehensweisen hinter den Kulissen sind vorgeschrieben. Auch nach Feierabend hatte ich kein Interesse mehr an Kultur und

Politik. Zum Glück war der Zusammenhalt unter den Kollegen gut. Wir bekamen zwar viele wichtige Informationen, aber über Gewinne wurden wir nie informiert. Der Laden wirft bestimmt unbeschreiblichen Reichtum ab. Ich frage mich schon, wie eine gerechtere Gesellschaft erreichbar wäre. Ideen gab es von berühmten Menschen ja schon viele, aber ich denke, da müssten die wirtschaftlichen Verhältnisse grundlegend geändert werden, allein Ideale können nichts bewirken."

Ella fragt sich nun, warum in fast allen Gesellschaften Arbeits- und Eigentumsverhältnisse vorherrschend sind, die von Teilen der Bevölkerung als ungerecht empfunden werden.

I Information

9.2.1 Arbeit und Produktion als Lebensbasis

Charakteristisch für das menschliche Dasein ist nach *Marx* die **Arbeit**. Er stellt sie dar als ***zweckmäßigen Umgang mit der Natur, die dazu dient, Nahrungsmittel zu beschaffen und zu erzeugen***, mit anderen Worten: ***zu produzieren***. Menschen müssen arbeiten, um ihre Bedürfnisse befriedigen zu können.

Arbeit ist eine menschliche Tätigkeit oder Aktivität, die zielbestimmt, zweckmäßig und planmäßig zur Erbringung von Leistung erfolgt. Sie dient der Erzeugung, Beschaffung, Umwandlung, Verteilung und/oder Benutzung von ideellen und materiellen Produkten (vgl. *Greif, 2014*[17], *S. 178*).

Der Arbeitende will etwas Bestimmtes herstellen bzw. erreichen, deshalb ist er aktiv. Als Ergebnis steht ein Produkt da, beispielsweise das Gittertor des Schlossers.

Produkte[1] sind Güter oder Dienstleistungen. Produktivität meint entsprechend das Erzeugen von Gütern und Dienstleistungen. Sie entsteht durch die Verarbeitung von Materialien in Industrie und Handwerk sowie Handel und Dienstleistungen.

Der Begriff „Produktivität" umschreibt die Summe produktiver Maßnahmen und Verhaltensweisen, den Einsatz von Ressourcen wie Kapital, Zeitdauer, Menge der benötigten Arbeitsschritte und dergleichen im Verhältnis zum Produktionsergebnis – Güter und Dienstleistungen.

Für seine Leistung erhält der Arbeitende einen materiellen Wert, beispielsweise in Form eines Gehalts. Häufig spricht man in diesem Zusammenhang von **Erwerbsarbeit**, um diesen Terminus etwa von der „Hobbyarbeit" zu Hause und Ähnlichem abzugrenzen.

Diese kann beispielsweise ein Selbstständiger leisten, der eine Schlosserei hat und für sein Gittertor Geld erhält. Es kann aber auch ein abhängiger Arbeitnehmer für seine Tätigkeit von seinem Betrieb bzw. seiner Organisation Lohn oder Gehalt erhalten wie etwa der Mechaniker bei einer Firma oder der Lehrer.

(Erwerbs-)Arbeit ist eine zielgerichtete zweckmäßige und geplante menschliche Tätigkeit für andere, die der Erzeugung, Beschaffung, Umwandlung, Verteilung und/oder Benutzung von ideellen und materiellen Produkten dient und für die der Arbeitende einen materiellen Wert erhält.

[1] productum (lat.): das Hervorgebrachte

9.2.2 Produktivkräfte und Produktionsverhältnisse

Menschen sind in der Gestaltung ihrer Arbeit nicht frei. Sie unterliegen vielfältigen Zwängen, die sich einerseits aus den **Produktivkräften** und andererseits aus den **Produktionsverhältnissen** ergeben.

Der Begriff Produktivkräfte entstammt der marxistischen Wirtschaftstheorie. Er umschreibt die Gesamtheit aller Mittel und Möglichkeiten – Quellen – materieller, technischer und wissenschaftlicher Art, Fähigkeiten, die zur Bewältigung der wirtschaftlichen Produktion zur Verfügung stehen (vgl. *Gertenbach/Rosa, 2009, S. 186*).

→ Das sind zum Beispiel die Technik, die Produktion ermöglicht bzw. unterstützt – beispielsweise Roboter, Hard- und Software –, die menschliche Arbeitskraft mit ihren Fähigkeiten, Qualifikationen und Fertigkeiten, das Wissen, das Menschen in der Produktion anwenden, Erkenntnisse der Wissenschaften oder das Management, welches den Produktionsprozess plant und organisiert. Im weiteren Sinn zählen hierzu auch erschlossene Rohstoffe sowie die Infrastruktur.

Produktivkräfte sind alle Mittel und Möglichkeiten, die zur Bewältigung der wirtschaftlichen Produktion zur Verfügung stehen.

Damit der Produktionsprozess in Bewegung gesetzt wird, bedarf es der Arbeitskraft, sie ist die wichtigste Produktivkraft. Unter Arbeitskraft versteht *Marx* die Gesamtheit der physischen und geistigen Kräfte des Menschen. Hierunter fällt sowohl der jeweilige Entwicklungsstand des technischen Wissens als auch die durch Arbeitsteilung entstandene Aufteilung der Arbeit sowie die damit verbundenen Teilfertigkeiten der Fließbandarbeiter.

Arbeitskraft umfasst die Gesamtheit der bei der Produktion zum Einsatz kommenden physischen und geistigen Kräfte eines Menschen.

Gearbeitet wird unter **sich verändernden Produktionsverhältnissen**. Auch dieser Begriff entstammt der marxistischen Wirtschaftstheorie und umfasst die gesellschaftliche Organisation des Produktionsprozesses und der Verteilung der Güter sowie die Frage der Verfügung der Produktionsmittel – das sind alle Mittel, die zur Herstellung von Gütern und Dienstleistungen benötigt werden.

→ Im Produktionsprozess verwendet der Mensch Arbeitsmittel, zum Beispiel Maschinen und Werkzeuge, natürliche und bearbeitete Arbeitsgegenstände wie Boden und Rohstoffe.

Der Besitz dieser Produktionsmittel ist die Grundlage für Reichtum.

Produktionsmittel sind alle Hilfsquellen, die zur Herstellung von Gütern und Dienstleistungen gebraucht werden.

„[...] wobei der Begriff Produktivkräfte den materiellen, technischen und wissenschaftlichen Entwicklungsstand einer Gesellschaft bezeichnet, sich also auf die Gesamtheit und den Grad der Kenntnisse, Fertigkeiten und Technologien bezieht, die in einer Gesellschaft zur Verfügung stehen, während der Begriff der Produktionsverhältnisse auf die Rahmenbedingungen abzielt und damit die gesellschaftliche Organisation der Produktion, die Modalitäten[1] der Verteilung und vor allem die Frage der Verfügung über Produktionsmittel umfasst."

(Gertenbach/Rosa, 2009, S. 186)

[1] Modalität (modus, lat.: das Maß, die Art): die Art und Weise, die Verfahrensweise

Wichtige Merkmale von Produktionsverhältnissen sind:

- **Eigentumsverhältnisse** – zum Beispiel, wer über die Produktionsmittel verfügt
- **Herrschaftsverhältnisse**[1] – beispielsweise das Ausmaß an Informationswegen, über die eine zentrale Person verfügt und der Konzentration von Entscheidungsbefugnissen,
- **Arbeitsverhältnisse** – etwa, ob freiwillig oder zwangsweise zusammengearbeitet wird oder ob in Gruppen bzw. jeder für sich arbeitet – und
- **Konsumationsverhältnisse**[2] – zum Beispiel die Art und Weise des Verbrauchs von Wirtschaftsgütern.

Produktivkräfte und Produktionsverhältnisse machen die jeweilige **Produktionsweise** – die Art und Weise der Erzeugung von Gütern – aus. ***Die treibende Kraft für sozialen Wandel und Entwicklung der Gesellschaft ist*** nach *Marx* vor allem ***der wachsende Widerspruch zwischen den Produktivkräften und Produktionsverhältnissen***.

> *[...] die Grundlage aller Gesellschaftsordnung ist (die Produktion). Die Ursache allen gesellschaftlichen Wandels sind nicht die Ideen [...], sondern die jeweilige Verteilung der Produkte und die aus ihr folgende Teilung der Gesellschaft nach Klassen und Ständen. Die Einsicht in [...] Unsinn der bestehenden gesellschaftlichen Verhältnisse und der daraus hervorgehende Klassenkampf sind das Produkt von Veränderungen in der ökonomischen Basis der Gesellschaft, sind das Ergebnis des wachsenden Widerspruchs zwischen der Entwicklung der Produktivkräfte und den Produktionsverhältnissen."*
>
> *(Weymann, 1998, S. 24)*

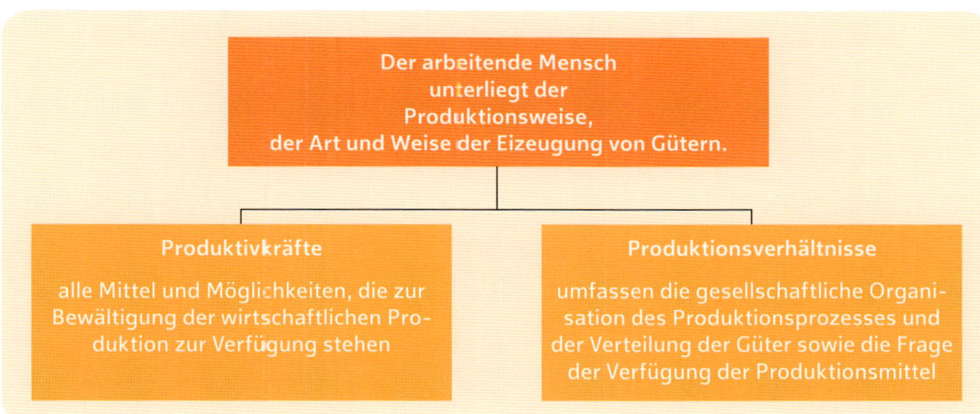

9.2.3 Die Struktur der Wirklichkeit

Der ökonomische Bereich mit dem Entwicklungsstand der ***Produktivkräfte*** und der ***Produktionsverhältnisse***[3] ist strukturbestimmend für die Gesellschaft und bilden die **Basis**.

Kultur, Politik, Recht, Kunst und dgl. sind der **ideologische Überbau** – sie werden von den ökonomischen Verhältnissen bestimmt. Dahinter verbirgt sich das Interesse der Herrschenden an der Aufrechterhaltung dieser Verhältnisse.

[1] Auf Herrschaft wird in Kapitel 6.3 eingegangen.
[2] consumere (lat.): verbrauchen
[3] vgl. Abschnitt 9.2.2

Der Staat schafft zum Beispiel die Voraussetzungen zum Erhalt einer kapitalistischen Gesellschaft. Er sorgt für die Erschließung von Standorten für industrielle Produktionsstätten, für die Finanzierung der Wissenschaft und die technische Entwicklung. Tauschbeziehungen können auf der Grundlage des Rechts verbindlich abgesichert werden. Auf der Grundlage von Normen und Werten werden Verstöße gegen die Respektierung von Privateigentum missbilligt.

„In der gesellschaftlichen Produktion ihres Lebens gehen die Menschen bestimmte notwendige, von ihrem Willen unabhängige Verhältnisse ein, Produktionsverhältnisse, die einer bestimmten Entwicklungsstufe ihrer materiellen Produktivkräfte entsprechen. Die Gesamtheit dieser Produktionsverhältnisse bildet die ökonomische Struktur der Gesellschaft, die reale Basis, worauf sich ein juristischer und politischer Überbau erhebt, und welcher bestimmte gesellschaftliche Bewusstseinsformen entsprechen. Die Produktionsweise des materiellen Lebens bedingt den sozialen, politischen und geistigen Lebensprozess überhaupt."

(Marx, 1961, S. 8 f.)

Marx will mit der Unterscheidung zwischen Basis und Überbau darauf hinweisen, dass Ideen, Vorstellungen, Absichten und Ziele von Individuen aus den wirtschaftlichen Verhältnissen heraus entstehen. **Der Überbau wird** also **durch die bestehenden ökonomischen Verhältnisse bestimmt.**[1]

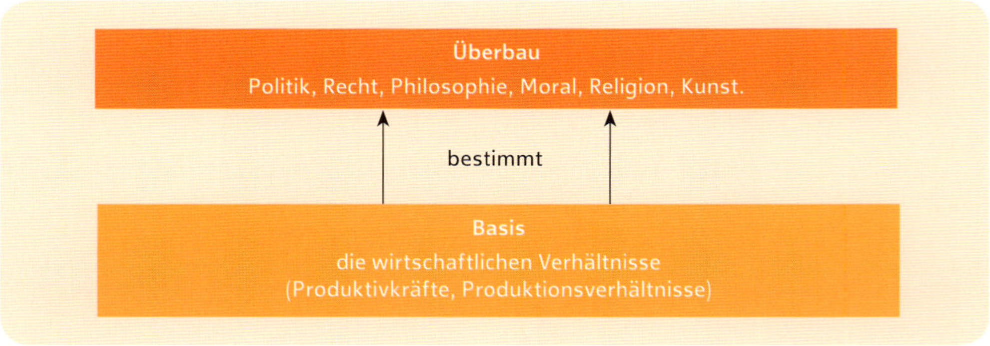

Entsprechend lässt sich nach *Marx* Politik, Recht, Moral und dgl. – kurz die Gesellschaft – ändern, wenn man die wirtschaftlichen Verhältnisse umgestaltet.

Mit der Veränderung der Basis verändert sich auch der Überbau.

„Was die Gesellschaft ist [...], erfährt man aus der Analyse der Arbeits- bzw. Produktionsverhältnisse."

(Rosa u. a., 2018[3]. S. 36)

[1] Vgl. hierzu den marxistischen Leitspruch in Abschnitt 9.1.2 „Das Sein bestimmt das Bewusstsein".

Auf den Punkt gebracht

- Arbeit ist eine plan- und zweckmäßige, zielgerichtete Tätigkeit, die zum Erbringen einer Leistung erfolgt und der Erzeugung eines Produktes – Dienstleistungen und Güter – dient. Der Arbeitende erhält dafür einen materiellen Wert. Man spricht in diesem Zusammenhang von Erwerbsarbeit.
- Menschen unterliegen in der Gestaltung ihrer Arbeit vielfältigen Zwängen, die sich einerseits aus den Produktivkräften und andererseits aus den Produktionsverhältnissen ergeben. Produktivkräfte sind alle Mittel und Möglichkeiten, die zur Bewältigung der wirtschaftlichen Produktion zur Verfügung stehen. Die Arbeitskraft ist die wichtigste Produktivkraft. Sie umfasst die Gesamtheit der bei der Produktion zum Einsatz kommenden physischen und geistigen Kräfte eines Menschen. Gearbeitet wird unter sich verändernden Produktionsverhältnissen, die wichtigsten Merkmale sind: Eigentums-, Herrschafts-, Arbeits- und Konsumverhältnisse. Der Besitz an Produktionsmitteln, Hilfsquellen, die zur Herstellung von Gütern und Dienstleistungen gebraucht werden, ist die Grundlage für Reichtum. Produktivkräfte und Produktionsverhältnisse machen die jeweilige Produktionsweise aus. Die treibende Kraft für sozialen Wandel und Entwicklung der Gesellschaft ist der wachsende Widerspruch zwischen den Produktivkräften und Produktionsverhältnissen.
- Strukturbestimmend für die Gesellschaft ist der ökonomische Bereich mit dem Entwicklungsstand der Produktivkräfte und Produktionsverhältnisse, sie bilden die Basis. Kultur, Politik, Recht, Kunst usw., sind der ideologische Überbau. Dieser wird von den ökonomischen Verhältnissen bestimmt. Politik, Moral, Recht lassen sich durch Umgestaltung wirtschaftlicher Verhältnisse ändern. Nach *Marx* bestimmt das Sein das Bewusstsein, eine Veränderung der Bewusstseinsformen erfolgt in einem dialektischen Prozess.

Wiederholen, Vertiefen, Anwenden

7. a) Erläutern Sie die gesellschaftlichen Bedingungen, die *Marx* dazu veranlassten, seine Theorie des Historischen Materialismus zu entwerfen.
   b) Verdeutlichen Sie die Grundannahmen der Theorie des Historischen Materialismus zu folgenden Stichworten (Erwerbs-)Arbeit, Produktivkräfte, Produktionsverhältnisse, Arbeitskraft, Produktionsmittel. Erläutern Sie diese auch anhand von Beispielen aus der heutigen Zeit.
   c) Zeigen Sie anhand von Beispielen aus Ihrem Erfahrungsbereich Merkmale von Produktionsverhältnissen auf.
8. a) Beschreiben Sie die Struktur der Gesellschaft nach *Karl Marx* und erläutern Sie die Zusammenhänge anhand aktueller gesellschaftlicher Entwicklungen.
   b) Begründen Sie, mit welchen Zukunftsprognosen zur gesellschaftlichen Entwicklung er sich irrte und welche Aussagen auch heute noch zutreffen.
9. *„Etwas Größeres steht auf dem Spiel: Ohne es zu merken, […] sind wir von einer Marktwirtschaft in eine Marktgesellschaft geschlittert. […] Die Marktwirtschaft ist ein Instrument, das wir haben, […] um die Produktion und den Austausch von Gütern zu organisieren. Die Marktgesellschaft ist eine Lebensweise, ein Zustand,*

in dem wir sind und in dem die sozialen Beziehungen ein Spiegel der Märkte werden. [...] Das Vordringen [...] des marktorientierten Denkens in Bereiche, die traditionell außerhalb der Märkte standen, vom menschlichen Körper bis zu den gesellschaftlichen und staatlichen Institutionen[1], *ist eine der fragwürdigsten Entwicklungen unserer Zeit. [...] Das moralische Defizit im öffentlichen Leben [...] ist eine der wichtigsten Ursachen für den spürbaren Rückgang der Sorge um das Allgemeinwohl. [...] Wer vor moralischen Fragen zurückschreckt, [...]* überlässt deren Beantwortung *dem Markt. Das ist ein verhängnisvoller Weg, der zur Aufgabe des Allgemeinwohls und zur Auflösung der Polis, der Civitas führt.*[2]" (*Sandel; in: Leick, 2012, S. 162–165*)
Diskutieren Sie die Aussage des US-Philosophen *Michael J. Sandel*[3], der die Expansion des Marktdenkens einer scharfen Kritik unterzieht und eine Rückbesinnung auf das Allgemeinwohl fordert.

10. *„Die Ökonomie ersetzt die Ethik des menschlichen Verhaltens. Wir dürfen die Welt nicht den Ökonomen überlassen."*
Diskutieren Sie in Ihrer Klasse diese Aussage.

9.3 Kapital und Kapitalismus

Lernsituation

Hier kocht der Roboter für sie!

Einige Tage später bringt Ella für Rahul einen Artikel aus der Tageszeitung mit, sie übergibt diesen mit den Worten: „Das könnte dich interessieren, der Autor berichtet, dass es bei Burger King und McDonald's Jobs wie deinen bald nicht mehr geben wird, weil in Großküchen in absehbarer Zeit Roboter die Arbeit der Menschen erledigen werden. Der Wirtschaftler würde sagen, ‚Die Produktionsverhältnisse ändern sich'. Keine Ahnung, wie viele Mitarbeiter bei McDonald's oder generell in der Gastronomie durch Maschinen die nächsten Jahre ersetzbar sind. Da zeigt sich doch der Kapitalismus von seiner wahren Seite, nur Gewinne, aber einzelne Menschen zählen nichts. Oberste Ziele der Unternehmen sind Gewinnsteigerung und Anhäufung von immer mehr Kapital durch Automatisierung und Steigerung der Produktion." „Du meinst, wir müssen deutlich schneller arbeiten, um mehr Burger zu braten?", lacht Rahul. „Das Interesse der Arbeiter

[1] Gemeint sind damit gesellschaftliche, kommunale oder staatliche Einrichtungen wie zum Beispiel das Krankenhaus, das Altenheim oder der Kindergarten.
[2] pólis (griech.): die Stadt, der Stadtstaat, die Bürgerschaft; civitas (lat.): der Staat
[3] Michael J. Sandel (geb. 1953) lehrt politische Philosophie an der Harvard-Universität. Bekannt ist er durch sein Buch „Was man für Geld nicht kaufen kann – Die moralischen Grenzen des Marktes" geworden.

an einer angemessenen Entlohnung bleibt dabei auf der Strecke. Mich würde es nicht wundern, wenn durch ein anwachsendes Heer an Arbeitslosen soziale Unruhen entstehen würden", schlussfolgert er sarkastisch. Ella ist sehr erstaunt.
„Beruhige dich wieder, ich wusste gar nicht, dass du neuerdings marxistisch denkst. Noch vor den Ferien wolltest du BWL studieren, um in der Wirtschaft viel Geld zu verdienen."
„Vielleicht kann ich dann dem traurigen Schicksal der Entfremdung von der Arbeit entgehen und später der Klasse der Besitzenden angehören, dann kannst du in meiner Firma arbeiten, das ist doch ein attraktives Angebot – oder?"

Was bedeutet Kapitalismus, Arbeit als Gebrauchs- und Tauschwert?
Welche Merkmale sind typisch für kapitalistische Wirtschaftsverhältnisse?
Welche Entwicklungen lassen sich in der Gegenwart beobachten?
Welche gesellschaftlichen Bedingungen führten zu sozialer Ungleichheit und sozialen Konflikten?
Wie vollzieht sich der Wandel zur klassenlosen Gesellschaft?

I Information

9.3.1 Der Gebrauchs- und der Tauschwert

Die Wirtschafts- und Gesellschaftsordnung im Kapitalismus ist orientiert an einem gewinnbringenden Einsatz des Privatkapitals und an einer Lebensweise, die sich an den Interessen des Kapitalbesitzers, des ***Kapitalisten***, ausrichtet.

Kapital ist das Gesamtvermögen an Bargeld, Produktionsmittel und Wertobjekten, das ein Unternehmer bzw. ein Kapitalist besitzt bzw. erwirtschaftet hat und zu Investitionszwecken einsetzt bzw. eingesetzt hat.

Das Kapital in diesem Sinne ist neben der Arbeit, dem Grund und Boden ein weiterer Produktionsfaktor.

Zu unterscheiden ist das Kapital vom **Vermögen**. Während mit Kapital nur das Gesamtvermögen gemeint ist, welches ein Unternehmer zu Investitionszwecken einsetzt, ist Vermögen der gesamte Besitz, der einen materiellen Wert darstellt. Dieser muss nicht unbedingt zu Investitionszwecken eingesetzt werden. Zum Vermögen zählen beispielsweise Bargeld, Bau- und Sparguthaben, verschiedene Varianten von Geldanlagen, Lebensversicherungen, Wertpapiere, Aktien, aber auch Grundstücke, Boden, Häuser, Autos und dgl.

Charakteristisch für den Produktionsprozess im Kapitalismus ist, dass fremde Arbeitskraft gekauft wird, um diese in einem Arbeitsprozess zur Herstellung nützlicher Güter einzusetzen.

So arbeitet ein Kfz-Mechaniker in einer Autowerkstatt und bekommt dafür Geld in Form eines monatlichen Lohns.

Der **Kapitalismus** ist ein Wirtschafts- und Gesellschaftssystem, welches durch Privatkapital und Privateigentum an Produktionsmitteln und dem daraus erwirtschafteten Profit gekennzeichnet ist[1]. Ziel ist es, dass der Kapitalbesitzer einen möglichst großen Gewinn

[1] vgl. Kapitel 7.1.3

erzielt. Ein Teil dieses Gewinns wird wieder als Kapital zu Investitionszwecken eingesetzt, der andere Teil verbleibt als Profit bei den Gewinnern (Unternehmer, Aktionäre usw.).

Kapitalismus ist ein Wirtschafts- und Gesellschaftssystem, welches gekennzeichnet ist durch Privatkapital und Privateigentum sowie den daraus erwirtschafteten Profit.

Kapitalismus beruht auf Privateigentum des Kapitalisten an den Produktionsmitteln – das sind alle Mittel, die zur Herstellung von Gütern und Dienstleistungen gebraucht werden. Produktion und Konsum steuern sich über den Markt.[1]

In der heutigen Zeit wird deshalb häufig anstelle des Begriffes „Kapitalismus" von „Marktwirtschaft" gesprochen. Dieser Terminus klingt zudem neutraler als Kapitalismus.

Der Kapitalist lässt mit dem Ziel produzieren, das Produkt auf dem Markt gegen Geld einzutauschen und dadurch mehr Kapital zu erwirtschaften. ***Der Unternehmer kann*** also ***nur deshalb einen Mehrwert erzielen, weil er die Arbeitszeit und -kraft des Arbeitenden kauft*** (vgl. *Rosa u. a., 2018*[3]*, S. 42*).

> *„Die ‚Ware Arbeitskraft' ist [...] dadurch gekennzeichnet, dass sie sich nicht von ihrem Träger ablösen lässt. Aus diesen Abhängigkeiten ergibt sich die Macht des Arbeitsgebers, in Situationen mit einem im Verhältnis zur Nachfrage hohen Arbeitskräfteangebot den Preis der Arbeit niedrig zu halten."*
>
> *(Beckert, 2007*[3]*, S. 457)*

Ein Produkt ist nach *Marx* für den Besitzer auf zweifache Weise wertvoll. Es hat **einen Gebrauchs- und einen Tauschwert**. Das Produkt besitzt für denjenigen, der es nutzen kann, einen gewissen Gebrauchswert. Der Gebrauchswert variiert für ein am Tausch beteiligtes Individuum je nachdem, ob und wie dringend ein Produkt für einen bestimmten Verwendungszweck gebraucht wird. Für eine Ware lässt sich also nur ein Abnehmer finden, wenn sie einem individuellen Bedürfnis entgegenkommt.

→ Ein bestimmtes Möbelstück zum Beispiel kann für Familie A sehr wichtig sein, sie wird es kaufen, für Familie B ist es dagegen unwichtig, sie wird es nicht kaufen.

Der Gebrauchswert eines Produktes stellt die Nützlichkeit, die dieses für eine Person hat, dar.

→ Für den Kapitalisten besitzt die Arbeitskraft Gebrauchswert, da er sie für die Herstellung von Gütern benötigt.

Weil ein Produkt auf dem Markt verglichen und ausgetauscht wird, hat es einen gewissen Tauschwert. Damit man von einem Tauschwert sprechen kann, muss ein Produkt zur **Ware** werden, das heißt, es wird eine Tauschbeziehung in Bezug zu anderen Produkten hergestellt.

→ Lebensmittel können auf dem Markt gegen Geld getauscht werden.

Jede Ware hat einen bestimmten Wert, der einmal durch die Arbeitszeit, die zur Erzeugung dieser Ware erforderlich ist, beeinflusst wird und sich zum anderen auf dem Markt bildet.

[1] Merkmale des Kapitalismus sind in Kapitel 7.1.3 dargestellt.

Wird beispielsweise nach einem Produkt sehr häufig nachgefragt oder ist dieses Gut sehr knapp, so steigt sein Wert.

Der Tauschwert ist der Wert einer Ware, den diese beim Tauschen mit einer anderen Ware besitzt.

In der Regel wird mit Geld getauscht: Der Kunde erhält eine bestimmte Ware und zahlt dafür einen bestimmten Geldbetrag. Der Tauschwert in Geld wird als ***Preis*** bezeichnet.

Im Sinne der marxistischen Theorie bedeutet Tauschwert den Wert einer Ware, der durch die Arbeitszeit, die zur Erzeugung dieser Ware erforderlich ist, bestimmt wird. Die menschliche **Arbeitskraft** besitzt nach *Marx* neben dem **Gebrauchswert auch Tauschwert**, da sie auf dem Arbeitsmarkt wie jede andere Ware gegen Arbeitslohn getauscht wird. ***Das Produkt und die Arbeitszeit sind also „Ware" und zwischen diesen beiden besteht eine Tauschbeziehung***.

9.3.2 Kapitalistische Wirtschaftsverhältnisse

Der abhängige Arbeitnehmer bekommt für seine Arbeit weniger Lohn als der Unternehmer für die produzierte Ware.

Der Arbeiter erhält beispielsweise einen Stundenlohn von 15,00 €, auf der Rechnung, die der Endabnehmer erhält, wird jedoch ein Stundenlohn von 35,00 € ausgewiesen (wobei Abgaben und dgl. mit berücksichtigt werden müssen).

Die Arbeit des Lohnempfängers ist also nach *Marx* mehr wert als der Unternehmer ihm entlohnt. Diese Differenz zwischen dem tatsächlichen Wert der Arbeitsleistung und dem Arbeitslohn bezeichnet er als **Mehrwert**, welchen der Unternehmer dem Arbeiter vorenthält.

Mehrwert ist der Differenzbetrag zwischen dem tatsächlichen Wert der Arbeitsleistung und dem Arbeitslohn.

Ziel der kapitalistischen Produktion ist es, durch diese Tauschbeziehungen einen Mehrwert zu erzielen, was bedeutet, **Gewinn bzw. steigenden Profit zu erwirtschaften und die Produktion zu erhöhen** (vgl. *Amann, 1996[4], S. 332–336*).

> *„Da die [...] Kapitalisten als Produktionsmittelbesitzende über die Produkte der Arbeit verfügen, können sie sich die fremde Mehrarbeit aneignen, ohne die bürgerlichen Rechtsverhältnisse [...] zu verletzen."*
>
> *(Gertenbach/Rosa, 2009, S. 189)*

Damit der Unternehmer gegenüber seinen Konkurrenten seine Marktposition sichern und seine Marktchancen verbessern kann, ist er mehr oder weniger gezwungen, den angesammelten ***Mehrwert wieder einzusetzen, um im nächsten Tauschakt neuen Mehrwert zu erzielen***. Damit nimmt die Summe an Kapital, die er zur Produktion der Waren investiert, beständig zu. *Marx* ging von der Annahme aus, dass in der Konkurrenz der Unternehmen die mit dem meisten Kapital und den größten Reserven als Sieger auf dem Markt hervorgehen. *Marx* beschreibt damit den Vorgang der zunehmenden **Anhäufung von Gewinn zur Bildung von noch mehr Kapital**. Es konzentriert sich immer mehr Kapital in immer weniger Händen, es kommt zu einer endlosen **Kapitalakkumulation**.

Zurzeit erhöhen zum Beispiel die meisten Unternehmen die Arbeitszeit. Diese zusätzlichen Stunden stellen Mehrarbeit für den Arbeitnehmer dar. Für den Unternehmer ist es eine Quelle des Mehrwertes. Eine andere Möglichkeit ist die Beschleunigung der Produktion durch die Nutzung technischer Errungenschaften und Verbesserung von Arbeitsabläufen, also zunehmende Rationalisierung. Der Unternehmer investiert für Maschinen, Ressourcen und Arbeitskraft Geld. Für diese Investitionen erhält er auf dem Markt Geld. Hinzu kommt das Geld für die Waren, die in den zusätzlichen Stunden produziert wurden. Diese Differenz zwischen dem investierten Kapital und dem tatsächlich erzielten Kapital auf dem Markt stellt seinen Profit dar. Es findet eine Kapitalakkumulation statt.

Beispiele großer Firmen zeigen, dass der Gewinn nicht mehr so sehr in die Produktion von Gütern fließt, sondern in Finanzprodukte, hinter denen keine Güter stehen.

„Kapital wird investiert, um einen Profit bzw. Mehrwert zu erzielen. Daraus entwickelt sich eine ‚endlose Eigenbewegung des Kapitals'. Die Kapitalisten (und auch die Politiker) sind nicht nur Träger (‚Charaktermasken') dieser Bewegung; das Kapital wird zum eigentlichen Beweger der Gesellschaft."

(Rosa u. a., 2018[3], S. 41)

Mit Kapitalakkumulation ist die Anhäufung von Kapital in der Hand des Produktionsmittelbesitzers gemeint.

Ein kapitalistisches Unternehmen versucht, neben anderen Maßnahmen durch **Rationalisierung eine steigende Produktivität zu erreichen**. Rationalisierung[1] bedeutet im wirtschaftlichen Sinn die zweckmäßige Gestaltung von Arbeitsabläufen in Unternehmen mit dem Ziel, die Produktion zu optimieren.

Rationalisierung meint die zweckmäßige Gestaltung von Arbeitsabläufen in Unternehmen mit dem Ziel der Optimierung der Produktion.

Als wesentliches Mittel dient **Automatisierung**, der ***Einsatz moderner Technik*** bei der Produktion. Damit erhöht sich zwangsläufig der Anteil des konstanten Kapitals, das in Maschinen investiert wird, während der Anteil des variablen Kapitals, der in Arbeitskraft investiert wird, stetig sinkt.

[1] Rationalisierung (ratio, lat.: die Vernunft) bedeutete ursprünglich „vernünftig denken". Dieser Begriff wurde umdefiniert und dient heute dem Ziel der Optimierung der Produktion wie zum Beispiel das Verwenden von Robotern anstelle von Menschen.

Zudem breitet sich weltweit eine zunehmende **Arbeitsteilung** aus. Arbeitsteilung meint die Zerlegung der Arbeitsvorgänge in Teilaufgaben.

Das beste Beispiel für Arbeitsteilung ist die Herstellung von Autos am Fließband. Nicht *ein* Mensch stellt ein ganzes Auto her, sondern er baut etwa nur den Motor ein. Der Einbau der Sitze ist ein anderer Vorgang, um den sich andere Arbeitnehmer kümmern.

Arbeitsteilung meint die Zerlegung der Arbeitsvorgänge in Teilaufgaben.

Der Einsatz von immer mehr und modernen Maschinen ermöglicht es den Unternehmen, die Produkte noch billiger herzustellen. Niedrigpreise für Produkte verschärfen die Konkurrenz und führen zu einer sinkenden Profitrate. Dies zieht eine Spirale von Rationalisierung, Entlassung von Arbeitskräften, Senkung der Löhne und ***Verelendung der Menschen*** nach sich. (vgl. *Abels, Band 1, 2019*[5], *S. 351 ff.*)

Kapitalistische Wirtschaftsverhältnisse

Kapital
das Gesamtvermögen an Bargeld und Wertobjekten, das ein Unternehmer besitzt und welches zu Investitionszwecken eingesetzt wird

Merkmale einer kapitalistischen Wirtschaftsweise:

- **Privateigentum** der Produktionsmittel
- **Eigeninteresse** als das Motiv für die Anstrengungen um wirtschaftlichen Erfolg
- **Das Produkt sowie die Arbeitsleistung** haben einen Gebrauchs- und einen Tauschwert.
- **Mehrwert,** der Differenzbetrag zwischen dem tatsächlichen Wert der Arbeitsleistung und dem Arbeitslohn, wird dem Arbeiter vorenthalten.
- **Gewinnorientierung** zur Bildung von mehr Kapital
- **Reinvestition** von Teilen des Gewinns, um noch mehr Güter produzieren zu können
- **Wettbewerb** zwischen den verschiedenen Unternehmen
- **Rationalisierung,** die zweckmäßige Gestaltung von Arbeitsabläufen und Optimierung der Produktion
- **Automatisierung,** Einsatz moderner Technik bei der Produktion
- **Kapitalakkumulation**, die Anhäufung von Kapital durch den Unternehmer aufgrund des auf dem Markt erzielten Mehrwerts

Wirtschaftliche und gesellschaftliche Entwicklungen:

- Überproduktion und Niedrigpreise für Produkte durch den Einsatz moderner Maschinen
- sinkender Tauschwert für die Produktivkraft Arbeit, zunehmende Ausbeutung der Arbeiter
- Überfluss an Arbeitern ohne Beschäftigung
- Verarmung der Arbeiterklasse
- sinkende Profitrate der Unternehmen, Verlust an Rentabilität
- Verschärfung der Konkurrenz
- kleine, mittelständische Unternehmen, Landwirtschaftsbetriebe werden aufgekauft, dadurch wachsende Zahl der Lohnabhängigen
- extreme Konzentration des Kapitals in der Hand von wenigen
- Verschärfung sozialer Widersprüche und Konflikte

→ **Materialien 2:** Die Roboter kommen

Marx stellt bei der Analyse dieser Entwicklung eine zunehmende **Entfremdung** des Menschen fest (vgl. *Amann, 1996⁴, S. 340–344*). Entfremdung heißt, dass infolge der Arbeitsteilung und der Eigentumsordnung (Privateigentum an Produktionsmitteln) dem Arbeitnehmer seine Mitmenschen, seine eigene Tätigkeit und die Produkte seiner Tätigkeit fremd und außerhalb seines Selbst liegend erscheinen (vgl. *Mikl-Horke, 2011⁶, S. 49 f.*).

Entfremdung bedeutet, dass infolge der Arbeitsteilung und der Eigentumsordnung dem Arbeitnehmer seine Mitmenschen, seine eigene Tätigkeit und die Produkte seiner Tätigkeit fremd und außerhalb seines Selbst liegend erscheinen.

Es ist „nicht mehr der Arbeiter, der die Produktionsmittel anwendet, sondern es sind die Produktionsmittel, die den Arbeiter anwenden“

(Marx/Engels, Band 23, 1972, S. 329).

9.3.3 Interessenkonflikte und Klassenkämpfe auf dem Weg zur klassenlosen Gesellschaft

Klassen sind nach *Hartmut Rosa u. a (2018³, S. 38)* „definiert durch ihre Stellung im Produktionsprozess, für die vor allem die Frage nach Besitz und Kontrolle der Produktionsmittel[1] entscheidend ist“. Die Gesellschaft spaltet sich nach *Marx* in ***zwei Klassen***, welche sich aufgrund ihrer unvereinbaren Interessenlage als **antagonistische**[2] **Klassen („Klassenantagonismus“)** gegenüberstehen: die herrschenden ***Kapitalisten***, **Bourgeoisie**[3] genannt, und die Klasse der abhängig Beschäftigen, die unterdrückte ***Arbeiterklasse***, das **Proletariat**[4].

Neben den oben genannten Hauptklassen existiert nach Marx noch die Mittelklasse, die in einer gesonderten Beziehung zu den Produktionsmitteln steht. Handwerker und Landwirte sind einerseits zwar Besitzer ihrer Produktionsmittel, müssen aber andererseits ihre eigene Arbeitskraft weitgehend für die Herstellung von Produkten einsetzen. Marx geht jedoch davon aus, dass die Dynamik der kapitalistischen Entwicklung letztendlich alle Gesellschaftsmitglieder erfasst, auch die der Mittelklasse. Schließlich stehen sich nur noch zwei Klassen gegenüber, das große Heer der Arbeiterklasse und die im Konkurrenzkampf immer kleiner werdende Kapitalistenklasse (vgl. *Tillmann, 2010¹⁶ S. 206 ff.*).

Die Kapitalistenklasse, die Bourgeoisie, verfügt über das ***Kapital***, das Gesamtvermögen an Bargeld, Wertobjekten und dgl., das ein Unternehmer (Kapitalist) besitzt und das zu Investitionszwecken verwendet wird[5] (vgl. *Marx/Engels, 2005, S. IV*). Der Kapitalist muss sowohl für den Kauf der Maschinen als auch für den Kauf der Arbeitskraft aufkommen.

---

1 Dieser Begriff ist in Abschnitt 9.2.2 geklärt.

2 antagonistisch (griech.): gegensätzlich, gegnerisch, in einem nicht auszugleichenden Widerspruch stehend.

3 (frz.): das Bürgertum, der gehobene Mittelstand

4 proletarius (lat.): Bürger der untersten Klasse

5 vgl. Abschnitt 9.3.1

Die Bourgeoisie ist die Klasse der Kapitalisten, die Geldvermögen und Produktionsmittel besitzen.

Maschinen, Gebäude und Rohstoffe bezeichnet *Marx* als **konstantes Kapital**, die Ausgaben für den Ankauf der Arbeitskraft bzw. die Bezahlung der Löhne als **variables Kapital**. Der Unternehmer will auf dem Markt durch den Verkauf von Produkten einen höheren Wert als das von ihm eingesetzte Kapital erzielen.

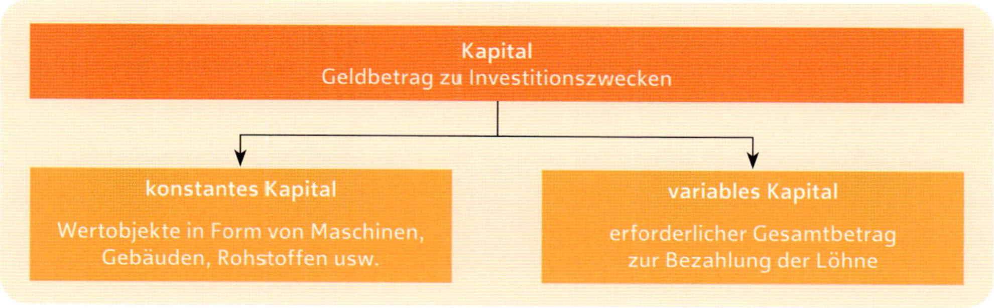

Das **Proletariat** besitzt keine eigenen Produktionsmittel und ist, um überleben zu können, darauf angewiesen, seine Arbeitskraft dem Produktionsmittelbesitzer zur Verfügung zu stellen. Dafür erhält der Arbeitnehmer im Austausch eine Lohnsumme, die für die Reproduktion der Arbeitskraft, das heißt für deren Erhaltung, notwendig ist und die er benötigt, um auf dem gegebenen gesellschaftlichen Niveau seinen Lebensunterhalt zu bestreiten. Um seine Bedürfnisse zu befriedigen, ist der Arbeitnehmer gezwungen, sich selbst gegen Lohn als Arbeitskraft anzubieten. Er muss seine Arbeitskraft verkaufen, um leben zu können (vgl. *Marx/Engels, 2005, S. IV*).

Proletariat ist die Klasse der lohnabhängigen Beschäftigten, die keine eigenen Produktionsmittel besitzen und sich deshalb genötigt sehen, ihre Arbeitskraft zu verkaufen, um leben zu können.

„Im Kern der Analyse steht die Beobachtung der Herausbildung eines Zwei-Klassen-Systems hin zu einer kleinen, aber elitären bürgerlichen Klasse (Bourgeoisie) und einer sehr breiten Klasse der Besitzlosen (Proletariat). Der Mittelstand wird zwischen diesen beiden Klassen zerrieben, verarmt mehrheitlich und wird dem Proletariat zugerechnet. [...] durch die Dynamik des ungezügelten und unbeherrschbaren Kapitalismus [gerät] die Gesellschaft in eine Schieflage [...] Diese besteht in einer grundlegenden Ungerechtigkeit, da eine sich immer weiter verkleinernde Herrschaftselite immer weitere Kreise der Bevölkerung unterwirft und sie ausgebeutet."

(Dimbath, 2016, S. 100)

Besitzende (herrschende Klasse)	Bourgeoisie	Kapitalisten
	bestimmt und verfügt über ↓	
Besitzlose (ausgebeutete Klasse)	Proletariat	abhängige Arbeiterklasse

Kapitalisten sind bestrebt, ihre Gewinne auf Kosten der Arbeiter zu steigern, Proletarier fordern eine Erhöhung der Löhne zulasten der Unternehmer. Dazu kommt, dass die Bourgeoisie alle Schaltstellen in einer Gesellschaft kontrolliert – auch den Staat, das Recht (Justiz) und die Kultur und sie ihren eigenen Interessen unterwirft (vgl. *Huinink/Schröder, 2014*[2]*, S. 165*). Dem Besitzlosen bleibt nichts anderes übrig, als sich dem zu beugen.

Wegen der unvereinbaren Interessenlage dieser beiden Klassen und der Zunahme von immer schärferen wirtschaftlichen Krisen kommt es nach *Karl Marx* zu **Klassenkämpfen**, welche sich an dem bestehenden Klassenkonflikt entzünden. In diesem Kampf wird es dem Proletariat in **kollektiven und letztlich revolutionären Aktionen** gelingen, die gesellschaftlichen Verhältnisse zu ändern (vgl. *Mikl-Horke, 2011*[6]*, S. 51 f.*).

All diese Prozesse führen nach *Marx* zum **Zusammenbruch des Kapitalismus**. Die Macht des Kapitals wird gebrochen und das ***private Eigentum an Produktionsmitteln wird in sozialistisches Eigentum überführt***. Nach dieser Übergangszeit des **Sozialismus** wird eine neue Gesellschaftsform – der **Kommunismus** – errichtet. Die sozialen Gegensätze werden schließlich aufgehoben und die Spaltung der Gesellschaft in zwei Klassen wird überwunden. Die Menschen leben dann in einer **klassenlosen Gesellschaft**, in der die Produktionsmittel allen gehören und die bisherigen Herrschaftsverhältnisse sowie Ausbeutung verschwinden[1] (vgl. *Münch, Band 1, S. 2004, S. 121 ff.*).

→ **Materialien 3:** Der Wert des Menschen

Der Weg in die klassenlose Gesellschaft

Klassenlose Gesellschaft
Das Privateigentum an Produktionsmitteln wird abgeschafft, sie gehören allen, die bisherigen Herrschaftsverhältnisse verschwinden, es gibt keine Ausbeutung mehr.

↓

Wandel der wirtschaftlichen, sozialen und politischen Verhältnisse der Gesellschaft:

- Klassenwiderspruch, soziale Konflikte zwischen Bourgeoisie und Proletariat verschärfen sich.
- Die Arbeiterklasse entwickelt ein gemeinsames Klassenbewusstsein.
- Es kommt zu einer offenen Rebellion des Proletariats.
- Die Arbeiterklasse greift zur Gewalt, um die kapitalistischen Produktionsverhältnisse zu verändern.
- Das private Eigentum an Produktionsmitteln wird zum kollektiven, öffentlichen Eigentum.
- Die bisherigen Herrschaftsverhältnisse und Ausbeutung verschwinden.
- Das Ziel einer klassenlosen Gesellschaft mit Veränderung der Gesellschaftsstruktur, ihrer Institutionen und zentralen Werte ist erreicht.

[1] vgl. Abschnitt 9.3.3

Auf den Punkt gebracht

- Nach *Marx* wird das Leben bestimmt durch die ökonomischen Verhältnisse, insbesondere durch die private Verfügung über die Produktionsmittel, wodurch die Mehrheit der Bevölkerung gezwungen ist, ihre Arbeitskraft zu verkaufen.
- Kapitalisten verfügen über Produktionsmittel. Kennzeichnend für eine kapitalistische Wirtschaftsweise sind: Produktionsmittel als Privateigentum, Eigeninteresse, Gewinnorientierung, Reinvestition von Gewinnen, Wettbewerb, Kapitalakkumulation.
- Jede Ware hat einen bestimmten Tauschwert. Die menschliche Arbeitskraft besitzt neben dem Tausch- auch einen Gebrauchswert, da sie auf dem Arbeitsmarkt wie jede andere Ware gegen einen Arbeitslohn getauscht wird.
- Mehrwert ist der Differenzbetrag zwischen dem tatsächlichen Wert der Arbeitsleistung und dem Arbeitslohn. Der Unternehmer strebt danach, einen Mehrwert, sprich einen Profit zu erwirtschaften und die Produktion zu steigern. Der erneute Einsatz des erwirtschafteten Kapitals führt langfristig zur Kapitalakkumulation. Wesentliche Mittel zur Steigerung der Produktivität sind Rationalisierung und Automatisierung, um mehr und billigere Produkte herzustellen. Die Konkurrenz verschärft sich. Niedriglöhne und Entlassung von Arbeitskräften führen zur Verelendung der Menschen.
- Mit der Entwicklung der Warenproduktion im Kapitalismus ist ein verstärkter Entfremdungsprozess feststellbar, was langfristig einen Verlust an Fähigkeiten und Bindungen an die Arbeit sowie das Produkt zur Folge hat. Die kapitalistische Gesellschaft spaltet sich in zwei antagonistische Klassen: die Arbeiter- und die Kapitalistenklasse. Die Vorstellungen und Interessen der Proletarier stehen im Gegensatz zu denen der Kapitalisten. Sie verschärfen sich mit dem fortschreitenden Konzentrationsprozess des Kapitals und einer Zunahme an Lohnabhängigen, die nichts als ihre Arbeitskraft besitzen.
- *Marx* führt soziale Ungleichheit auf die Stellung zu den Produktionsmitteln zurück. Es wird unausweichlich zum revolutionären Klassenkampf kommen, in dem die Kapitalisten notwendig unterliegen werden. Den Konzentrationsprozess des Kapitals betrachtet *Marx* als Vorbedingung dafür, dass die Massen fähig werden, ihre Interessen selbst wahrzunehmen und sich politisch selbst zu organisieren. In diesem Prozess der Interessenorganisation entfaltet die Arbeiterschaft ein gemeinsames Klassenbewusstsein. Die bestehenden Verhältnisse werden nicht mehr als notwendig und naturgegeben anerkannt, sondern durchschaut als primär von den Kapitalisten gemacht und verteidigt.
- Mit der Entwicklung eines Klassenbewusstseins verbessern sich Organisation und Kommunikation und die Arbeiterschaft wird sich zunehmend mehr ihrer Rolle und Position in der Gesellschaft bewusst. Erst dann wird sich das Proletariat erheben und in einem revolutionären Klassenkampf die Verhältnisse umstürzen. Als Endpunkt eines langen geschichtlichen Entwicklungsprozesses setzt *Marx* den Kommunismus. Dort sind die sozialen Gegensätze aufgehoben und die Spaltung der Gesellschaft in zwei Klassen ist überwunden: Die Menschen leben in einer klassenlosen Gesellschaft, in der die Produktionsmittel allen gehören und die bisherigen Herrschaftsverhältnisse verschwunden sind.

Wiederholen, Vertiefen, Anwenden

11. Verdeutlichen Sie die Grundannahmen der Theorie des Historischen Materialismus zu folgenden Stichworten Arbeit, Produktivkräfte, Produktionsverhältnisse, Arbeitskraft, Produktionsmittel. Erläutern Sie diese auch anhand von Beispielen aus der heutigen Zeit.

12. Begründen Sie, was *Marx* unter Entfremdung versteht und wie es dazu kommt.

13. *Der Wert des Menschen*
    a) Lesen Sie *Materialien 3.*
    b) Erläutern Sie die kapitalistischen Wirtschaftsverhältnisse unter Berücksichtigung aktueller Entwicklungstendenzen industrieller Automatisierung.

14. *Kapitalistische Wirtschaftsverhältnisse führen nach Karl Marx Prognose zu wachsender Armut und Verelendung.*
    a) Erläutern Sie, was aus Ihrer Sicht Armut bedeutet und was zur Grundsicherung für ein menschenwürdiges Leben in Deutschland gehört. Beschreiben Sie, welche Personen ein besonders hohes Armutsrisiko haben.
    b) Zeigen Sie unter Berücksichtigung der Theorie des Historischen Materialismus wirtschaftliche, gesellschaftliche und politische Ursachen sowie mögliche Folgen von Armut auf.

15. *Bourgeoisie und Proletariat*
    a) Erarbeiten Sie die Unterschiede zwischen den von *Marx* analysierten Klassen der Bourgeoisie und dem Proletariat.
    b) Begründen Sie, wodurch die jeweilige Gesellschaftsform, die Sozialverhältnisse und das Bewusstsein des Menschen nach *Marx* bestimmt werden.
    c) Zeigen Sie auf, wie Rationalisierung und Automatisierung Kapitalakkumulation begünstigen.
    d) Kapitalistische Wirtschaftsverhältnisse sind nach *Marx* Ursache für wirtschaftliche und gesellschaftliche Entwicklungen. Verdeutlichen Sie diese anhand von aktuellen Beispielen. Lesen Sie hierzu *Materialien 2* „Die Roboter kommen“.

16. *Der BMW-Vorstandsvorsitzende Harald Krüger hat vor Arbeitsplatzverlusten durch die zunehmende Automatisierung gewarnt. Man dürfe nicht alles wegrationalisieren, sagte er im Interview […] „Was bleibt eigentlich noch für Menschen zu tun, wenn wir alles automatisiert haben im Verkehr, den Fabriken, den Büros? Wir müssen tatsächlich als Gesellschaft aufpassen, nicht alles wegzurationalisieren. […] Über massive Investitionen in Bildung und Weiterbildung müssen wir zunächst sicherstellen, dass wir den Anteil derjenigen möglichst gering halten, die abgehängt werden. […] Wir müssen die zunehmende Digitalisierung und Automatisierung mitgestalten!“ (Hägler, 2019, S. 27)*
    a) Recherchieren Sie im Internet nach Statistiken zu weltweiten Rationalisierungs- und Automatisierungstendenzen in verschiedenen Wirtschaftsbereichen und Betrieben. Lesen Sie hierzu auch *Materialien 2.*
    b) Beurteilen Sie diese Entwicklungen anhand der Grundannahmen und Prognosen der Theorie des Historischen Materialismus nach *Karl Marx*.

17. *Der Soziologe Ulrich Beck schreibt in seinem Buch „Riskante Freiheiten" (2015[9], S. 476): „Der Kapitalismus ist die überlegene Form der Welteroberung. Mit dem Siegeszug der Ökonomie wird die Welteroberung zur Weltmarkteroberung zivilisiert und potentialisiert[1]."*
Nehmen Sie zu dieser Aussage von *Ulrich Beck* Stellung.

18. *Statement – Spiel*
    - In jeder Ecke des Klassenraumes hängt ein DIN-A3-Plakat mit einem der nachfolgenden Statements:
        - „In einem Industrieland wie Deutschland muss niemand wirklich Hunger leiden."
        - „Kinder, die in Armut aufwachsen, haben auch im Erwachsenenalter wenig Chancen auf ein Leben in Wohlstand."
        - „Wer in Deutschland leistungsbereit ist, kann es weit bringen!"
        - „Zunehmend mehr Menschen in Deutschland können von ihrem Einkommen nicht mehr leben. Sie sind arm oder haben einen zweiten Job."
    - Stellen Sie sich zu der These, der Sie am meisten zustimmen.
    - Tauschen Sie sich mit den Mitschülern in Ihrer Ecke aus.
    - Begründen Sie anschließend Ihre Position vor allen Mitschülern.

19. Setzen Sie sich in Kleingruppe mit folgenden Aussagen auseinander:
    - *Die Schere zwischen Arm und Reich wird immer größer.*
    - *Rationalisierung und Automatisierung haben weltweit zugenommen, menschliche Arbeitskraft wird durch Maschinen ersetzt.*
    - *Die Mittelschicht bricht weg.*
    - *Das Kapital konzentriert sich auf immer weniger Großkonzerne.*
    - *Es zeichnet sich in manchen Branchen ein Trend zu Niedriglöhnen ab.*
    - Recherchieren Sie mit Ihren Gruppenmitgliedern im Internet nach Artikeln, Statistiken, um die Ihrer Gruppe zugeteilte These sachgerecht beurteilen zu können.
    - Überprüfen Sie den Erklärungswert der Theorie von *Marx* mithilfe der im Internet ermittelten Daten zu gesellschaftlichen Entwicklungen.
    - Tragen Sie in Ihrer Gruppe zusammen, wie Sie die gesellschaftliche Entwicklung wahrnehmen.
    - Präsentieren Sie im Plenum die Ergebnisse Ihrer Recherche. Diskutieren Sie diese vor dem Hintergrund der Theorie des Historischen Materialismus nach *Marx*.

20. *Wachstum um jeden Preis*!?
Interpretieren Sie diese Karikatur vor dem Hintergrund der Theorie des Historischen Materialismus und unter Berücksichtigung des wirtschaftlichen Mottos „Wir brauchen stetig Wachstum".

[1] zivilisieren (civilis (lat.: bürgerlich): hoffähig machen, verfeinern; Potenzial (potentia, lat.: die Stärke, die Macht): die Fähigkeit zur Entwicklung, noch nicht ausgeschöpfte Möglichkeiten; hier: Die Weltmarkteroberung wird möglich gemacht.

9.4 Kritische Würdigung der Theorie des Historischen Materialismus

Lernsituation

Hatte Marx recht?

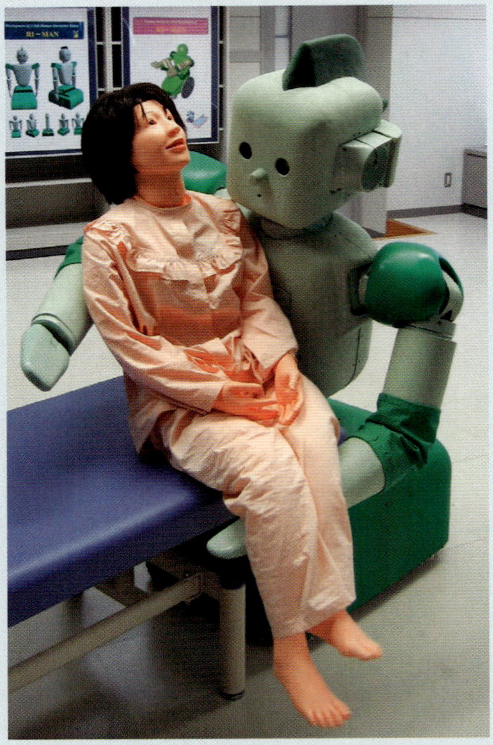

Nana hat für die heutige Unterrichtsstunde ein Referat zur Aktualität und kritischen Würdigung der Theorie des Historischen Materialismus vorbereitet. Als sie nun die Stärken der Theorie und Fehleinschätzungen von Marx präsentiert, stellt Sie zusammenfassend einige Statements in den Raum, die sie mit der Gruppe abschließend diskutieren möchte:

- *„Marx lenkte die Aufmerksamkeit auf die Technologie als bedeutende Kraft für gesellschaftlichen Wandel. Unsere Gesellschaft wandelt sich technologisch rasant schnell, Menschen werden in vielen Bereichen durch Roboter ersetzt."*
- *„Das Kernprinzip des Kapitalismus besteht in der ständigen Steigerung des Mehrwertes durch den Kapitalisten durch niedrige Löhne für die Arbeiter und Erhöhung der Produktion. Die Kapitalakkumulation führt zu einer immer größeren Kluft zwischen Besitzenden und Besitzlosen."*
- *„Der Kapitalismus führt zu einigen weltweiten Unternehmen wie beispielsweise Microsoft."*
- *„Der Kapitalismus wirkt sich auf viele Lebensbereiche aus, es entstehen unterschiedliche Lebensverhältnisse und soziale Ungleichheit."*
- *„Maßnahmen der Unternehmen zur Gewinnsteigerung sind Rationalisierung, Automatisierung und Digitalisierung in der Arbeitswelt, Niedriglöhne und das Senken des Beschäftigungsniveaus. Dies führt zu einem weiteren Auseinanderdriften zwischen ‚Arm und Reich'."*
- *„Die Ausbeutung wird für die Arbeiter so unerträglich, dass Klassenkämpfe und eine klassenlose Gesellschaft kommen werden."*
- *„In sozialistischen Ländern, wie beispielsweise der Sowjetunion, der ehemaligen DDR[1] und Kuba, kam es zu ständigen Versorgungskrisen und mangelnder wirtschaftlicher und technologischer Flexibilität."*
- *„Der Marxismus scheiterte, sozialistische Staaten entwickelten sich zu autoritären, totalitären Staatssystemen mit Korruption und zunehmender Armut."*

„Wie seht ihr das? Welche Annahmen haben in der heutigen Zeit noch Gültigkeit? Welche Aussagen sind eurer Meinung nach Fehleinschätzungen?"

[1] DDR: Deutsche Demokratische Republik, sie existierte von 1949 bis 1989.

I Information

9.4.1 Die Aktualität des Historischen Materialismus

Obwohl die Lehre von *Marx* immer wieder kritisiert wurde und heftig umstritten ist, ist sie immer noch präsent. *Marx* wurde vor einigen Jahren einer Umfrage zufolge zum „größten Denker des Jahrhunderts" erkoren und auch an der Wall Street würdigt man ihn als denjenigen, der die Funktionslogik einer kapitalistischen Gesellschaft durchschaut hat (vgl. *Gertenbach/Rosa, 2009, S. 183*).

Die Theorie des Historischen Materialismus fand noch zu Lebzeiten von *Karl Marx* viele Anhänger und löste bald Umstürze in Russland, China, Spanien, Mexiko und Südamerika aus. Nach seinem Tod haben seine Ideen in der Realität verschiedene Formen des Sozialismus bzw. Kommunismus hervorgebracht. Man kann sagen, dass jedes Land, das sich dem Kommunismus verschrieben hat bzw. hatte, in der Umsetzung eine eigene Richtung entwickelt hat.

So entstand in Russland 1917 der **Leninismus** – auch **Bolschewismus**[1] genannt –, welcher auf *Wladimir Iljitsch Lenin* (1870–1924) zurückgeht. *Lenin* war im Unterschied zu *Marx* der Meinung, dass die Proletarier selbst nicht fähig seien, eine Revolution und somit Veränderung der Gesellschaft herbeizuführen, diese müsse die Partei übernehmen. *Josef Stalin* (1879–1953) änderte in den 30er- und 40er-Jahren des letzten Jahrhunderts mit Gewalt („stalinistische Säuberungen") den Leninismus für seine Zwecke um. Man sprach vom **Stalinismus**, welcher bald zum Synonym für den Totalitarismus der Machtpolitik *Stalins* in der Sowjetunion wurde. Der **Maoismus** in China ist eine kommunistische Strömung, die sich auf Schriften des Revolutionärs *Mao Zedong* (1893–1976), insbesondere auf die sogenannte Mao-Bibel („Rotes Buch"), beruft.

Viele Richtungen existieren heute nicht mehr, es gibt kaum mehr kommunistische Länder auf der Welt.

Auf der anderen Seite haben sich in Anlehnung an *Marx* Bewegungen und Parteien entwickelt, die wir unter dem Begriff **„freiheitlich-demokratischer Sozialismus"** zusammenfassen können. Insbesondere in den skandinavischen Ländern fand bzw. findet man diese Form von Sozialismus vor. Auch die Sozialdemokratische Partei Deutschlands (SPD) ging aus marxistischen Ideen hervor, hat sich aber heute weitgehend davon gelöst.

Gleich nach dem Zweiten Weltkrieg berief sich die halbe Welt auf die Theorie von *Marx*. Nach dem Fall der Mauer und der Vereinigung Deutschlands 1989/90 glaubte man, „*Marx*" sei „erledigt". Doch sein Werk erlebt seit der Finanzkrise im Jahre 2008 eine bemerkenswerte Renaissance. Menschen werden sich in der heutigen Zeit der immer zunehmenden ökonomisch begründeten Ungerechtigkeiten bewusst und manche politischen und ökonomischen Denker wenden sich mit wiederkehrendem Interesse seinen Ideen zu – er wird von einigen Politikern als „großer Ökonom" gewürdigt. Selbst der ehemalige Chef des ifo-Instituts, *Hans-Werner Sinn*, sagt, dass die Theorie von *Marx* heute wieder „hoch aktuell" sei (vgl. *Driessen, 2017, S. 3*). Und DER SPIEGEL meint: „Es[2] ist ein Buch, das so lange wichtig ist, wie der Kapitalismus existiert" (*Supp, 2017, S. 79*).

→ **Materialien 4:** Das Kapital – Ein Buch, das die Welt verändern sollte

---

[1] Bolschewismus (russ: die Mehrheit): eine politische Strömung innerhalb der russischen Arbeiterbewegung; die sozialdemokratische Arbeiterpartei Russland spaltete sich 1903 in Anhänger der Mehrheit (Bolschewiki) und der Minderheit (Menschewiki).

[2] gemeint ist das Buch „Das Kapital".

Karl Marx wurde in eine Zeit hineingeboren, in der es große Veränderungen gab: die Industrialisierung mit all ihren Folgen für die Menschen.[1] Er sah, dass die Arbeiter, die vom Land in die Stadt zogen, um in Fabriken zu arbeiten, sehr wenig Lohn bekamen. Die Fabrikbesitzer dagegen wurden immer reicher. Das bewegte *Marx* dazu, seine Theorie zu verfassen – er wollte einfach eine gerechtere Welt. Es sollte nicht mehr die Anhäufung von privatem Besitz (auf Kosten des „kleinen Mannes“) im Mittelpunkt der Wirtschaft stehen, sondern das Gemeinwohl.

9.4.2 Stärken und Schwächen des Historischen Materialismus

Die Theorie des Historischen Materialismus weist denn auch große Stärken auf (vgl. *Münch, Band 1, 2004, S. 125 ff.*):

- *Marx* kritisiert zu Recht die idealistische Philosophie *Hegels* zur Entwicklung der Menschheit und lenkt die Aufmerksamkeit auf die Technologie der Produktivkräfte und Prozesse der materiellen Produktion und damit zusammenhängend auf die Erhaltung des menschlichen Lebens. Er betont damit eine bedeutende Kraft geschichtlicher Entwicklung.
- Richtig hat *Marx* auch die kapitalistische Entwicklung analysiert und die Gefahren eines hemmungslosen Kapitalismus erkannt. So begründet er die Dynamik zwischen Warenproduktion und Kapitalakkumulation. Der Milliardär und Spekulant *George Soros* lobt: „*Marx und Engels* haben [...] eine ausgezeichnete Analyse des kapitalistischen Systems vorgelegt, die, so muss ich sagen, in mancher Hinsicht besser ist als die Gleichgewichtstheorie der klassischen Ökonomie“ (*Supp, 2017, S. 79*). Er weist nach, dass diese sich nach eigenständigen Gesetzen weiterentwickelt und über die Menschen eine Zwangsgewalt ausübt, unabhängig von individuellen Bedürfnissen und Moral.
  Von vielen Fachleuten wird denn auch vertreten, es wäre an der Zeit, dass Politiker in kapitalistisch orientierten Ländern den Markt nicht sich selbst überlassen, sondern Rahmenbedingungen und notwendige Grenzen setzen, um die Schere zwischen Besitzenden (Reichen) und Besitzlosen (Armen) zu schließen.
- Zutreffend ist auch die Prognose von *Marx*, dass der Kapitalismus eine Herausbildung einiger weniger weltumspannender Unternehmen zutage fördere[2] (vgl. *Driessen, 2017, S. 3*).
- Mit seiner Analyse sozialer Ungleichheit ist *Marx* immer noch aktuell. Er machte auf ungleich verteilte Lebensverhältnisse und Lebenschancen aufmerksam. Gerade in der Gegenwart erleben wir viele Formen einer Ökonomisierung sozialer Verhältnisse und die Wirkung des Kapitalismus auf viele Lebensbereiche (vgl. *Knipp, 2018, o. S.*).

Doch die Theorie von *Marx* enthält auch einige Fehleinschätzungen:

- Bei der Theoriedarstellung zeigt sich methodisch das Problem, dass keine inhaltlich stringent aufgebaute und entwickelte politische soziologische Theorie vorliegt. Eine genaue Beschreibung des Weges zu einem sozialistischen System und einer klassenlosen Gesellschaft liegt nicht vor (vgl. *Pfahl-Traughberger, 2008, S.1*).
- Auch die Sicht der Struktur der Wirklichkeit ist sehr einseitig. *Marx* sieht allein die ökonomischen Verhältnisse als ausschlaggebend, andere Wirkungsbedingungen zieht er nicht in Betracht. So lässt er etwa den Menschen bzw. ganze Menschengruppen mit ihrem Streben nach Geldbesitz und Eigentum außer Acht. Auch die These, dass der

[1] vgl. Kapitel 8.1
[2] vgl. Globalisierung in Kapitel 7.2.7

Überbau durch die bestehenden ökonomischen Verhältnisse bestimmt wird, ist nur zum Teil richtig. Denn auch etwa die Politiker oder die Herrschenden in einem Staat (= Überbau) bestimmen die wirtschaftlichen Verhältnisse (= Basis). Es ist davon auszugehen, dass nicht nur das Sein das Bewusstsein, sondern auch das Bewusstsein das Sein beeinflusst. Zwischen Bewusstsein und den Sozialverhältnissen einerseits und den ökonomischen Verhältnissen andererseits besteht in ihrer gegenseitigen Beeinflussung eine Wechselwirkung.

- Die These über den Mehrwert trifft nicht in dem Maße zu, wie es *Marx* dargestellt hat. Der relative Mehrwert wächst auch durch die zunehmende Produktivität aufgrund der technischen Rationalisierung. Zudem kann die Mehrwerttheorie nicht einseitig negativ gesehen werden. Jedes Unternehmen muss mehr einnehmen, als es dem Arbeitnehmer ausbezahlt, da der Unternehmer weitere Kosten wie Sozialversicherungen, Abgaben und dgl. begleichen muss (vgl. *Münch, Band 1, 2004, S. 127*).
- Die Klassengesellschaft – Bourgeoisie und Proletariat – hat sich als unzutreffend erwiesen. Der Mittelstand ist nicht im Proletariat aufgegangen. Es muss jedoch darauf hingewiesen werden, dass neueste Untersuchungen, wie beispielsweise die des *5. Armuts- und Reichtumsberichts* (*2017*) oder der *Jahresbericht der Bertelsmann Stiftung* (*2012*), belegen, dass trotz wachsender Wirtschaft in Deutschland das Armutsrisiko wächst. Das ist auch in Österreich und der Schweiz ähnlich. Die Mittelschicht wird immer kleiner, während die Zahl der Topverdiener und der Bezieher von unteren Einkommen zunimmt. Die Schere zwischen Arm und Reich wird zwar immer größer,[1] doch die Verelendung des Proletariats hat – bis jetzt – nicht in dem Maße stattgefunden, wie es *Marx* beschrieben hat.
- Hauptkritikpunkt an der Marx'schen Theorie ist, dass es eine „klassenlose Gesellschaft" nicht geben wird und diese eine Utopie, ein Zukunftstraum, bleibt. *Marx* übersieht den Menschen in seiner Gier und Unersättlichkeit, seinem Streben nach Macht, der auch von Neid, Missgunst und bösem Willen angetrieben wird. Dies ist sicher ein wichtiger Grund, warum der von *Marx* erstrebte Kommunismus in der Realität nicht funktionieren kann und konnte: Er lässt das Bedürfnis des Menschen, Eigentum zu erwerben und zu besitzen, außer Acht.
- Die beiden amerikanischen Soziologen *Kingsley Davis* und *Wilbert Moore* gehen davon aus, dass es um zu motivieren notwendig sei, entsprechend der Investition in die Ausbildung die Menschen unterschiedlich zu bezahlen oder ihnen auch zusätzliche „Belohnungen" wie Prestige, Macht, Privilegien und dgl. zu geben. Ungleichheit sei deshalb funktional nötig (vgl. *Berger/Neu, 2007³, S. 245*).
- Die Produktion in Gesellschaften des real existierenden Sozialismus bzw. Kommunismus (zum Beispiel Sowjetunion, ehemalige DDR, China, Kuba) war und ist gekennzeichnet durch technologische Stagnation, mangelnde Flexibilität und Koordination, ständige Versorgungskrisen, zum Teil mangelnde Verfügbarkeit wichtiger Güter und Umweltzerstörung. Der Versuch, eine kapitalistische Wirtschaft durch eine sozialistische, staatlich gelenkte Wirtschaft zu ersetzen, führte zu autoritären sozialistischen Staaten, ohne jedoch die Vorteile kapitalistischer Wirtschaft zu erhalten. Solch eine Umwälzung verhindert die „Wechselbeziehungen zu einem demokratischen Staat, einem Wohlfahrtssystem, Bildungssystem und einem gesetzlichen System" (vgl. *Münch, Band 1, 2004, S. 125–129*).

[1] vgl. Kapitel 5.2

Das Scheitern des Marxismus in sozialistischen Staaten kann jedoch am wenigsten *Karl Marx* selbst zugeschrieben werden. Er hat nicht irgendeine Form des Sozialismus oder Kommunismus entwickelt, sondern den Kapitalismus kritisiert. Zudem wird nicht berücksichtigt, dass Planwirtschaft nicht gleichbedeutend mit Sozialismus ist.

Ideen des marxistisch orientierten Kommunismus wurden vor noch nicht allzu langer Zeit in Ländern mit einer kapitalistischen Wirtschaftsordnung wie beispielsweise in Deutschland, Österreich oder der Schweiz größtenteils von Arbeitgebern und bestimmten politischen Parteien bekämpft. Begünstigt wurde diese Feindseligkeit vor allem durch das Scheitern des Marxismus in sozialistischen Staaten sowie durch autoritäre und totalitäre Staatssysteme und starke Korruption in diesen Ländern, denen die Freiheit der sog. „westlichen Länder" gegenüberstand. Doch aufgrund der Zunahme von Armut und sozialer Unsicherheiten in den kapitalistisch orientierten Ländern erleben wir heute wieder eine Renaissance der *Marx'schen* Theorie (vgl. *Gertenbach/Rosa, 2009, S. 252*).

Auf den Punkt gebracht

- Obwohl die Theorie von *Marx* viel kritisiert wurde, ist sie in manchen Analysen bis in die heutige Zeit aktuell. Durch seine Anhänger kam es zu Umstürzen in Russland, China, Spanien, Mexiko und Südamerika. Nach seinem Tod entwickelten sich verschiedene Richtungen des Sozialismus bzw. Kommunismus, Bewegungen und Parteien. Manche politischen und ökonomischen Denker wenden sich mit wiederkehrendem Interesse seinen Ideen zu.
- Als Stärken der Theorie des historischen Materialismus werden hervorgehoben: *Marx* kritisierte zu Recht die idealistische Philosophie *Hegels* zur Entwicklung der Menschheit, er betont die Technologie und materielle Produktion als bedeutende Kraft für die gesellschaftliche Entwicklung, Gefahren eines hemmungslosen Kapitalismus und die Herausbildung weniger weltumspannender Unternehmen hat er treffend vorausgesehen, auch seine Analyse sozialer Ungleichheit ist immer noch aktuell.
- Seine Theorie enthält auch einige Fehleinschätzungen: Es liegt keine inhaltlich stringent aufgebaute politische soziologische Theorie vor, er sieht einseitig die ökonomischen Verhältnisse als entscheidende Wirkungsbedingung für die Gesellschaftsstruktur, andere wie beispielsweise die Gier des Menschen mit seinem Streben nach Eigentum lässt er außer Acht. Seine These, dass der Überbau durch die bestehenden Verhältnisse bestimmt wird, ist nur teilweise richtig. Politiker oder Herrschende in einem Staat (= Überbau) bestimmen wirtschaftliche Verhältnisse (= Basis). Die Mehrwertthese kann nicht einseitig negativ gesehen werden, Unternehmen müssen mehr einnehmen, sie haben neben Löhnen weitere Kosten wie Sozialversicherungsleistungen, Steuern usw. Die Zweiklassengesellschaft – Bourgeoisie und Proletariat – hat sich als unzutreffend erwiesen. Eine klassenlose Gesellschaft ist eine Utopie, er übersieht das Machtstreben des Menschen und seine Unersättlichkeit. Die staatlich gelenkte Produktion in sozialistischen Gesellschaften ist gekennzeichnet durch Versorgungskrisen, mangelnde Flexibilität und technologische Stagnation. Durch die Zunahme von Armut, sozialer Unsicherheit und Ökonomisierung des Sozialen erleben wir eine Renaissance der Theorie.

Wiederholen, Vertiefen, Anwenden

21. *Lernsituation 9.4*
a) Überprüfen Sie die Statements auf ihren Wahrheitsgehalt.
b) Unterziehen Sie die Theorie des Historischen Materialismus einer kritischen Würdigung.

22. *Visionengalerie – Meine Zukunftsvorstellungen zur gesellschaftlichen Entwicklung bis zum Jahr 2050*
- Bilden Sie Kleingruppen.
- Verwenden Sie als Materialien DIN-A3-Papier, Wachsmalkreiden, bunte Farbstifte, evtl. Fingerfarben, Schere, alte Zeitschriften usw.
- Fertigen Sie in der Gruppe ein Bild, eine Collage zu Ihrer Vorstellung zur gesellschaftlichen Entwicklung bis zum Jahr 2050 an.
- Die Bilder, Collagen werden im Klassenzimmer ausgehängt.
- Die Schüler durchlaufen die verschiedenen Stationen der Ausstellung, die jeweilige Schülergruppe erklärt ihre Vision und kann auch befragt werden.

23. *Der Soziologe Oliver Dimbath schreibt zur Intension von Karl Marx und Friedrich Engels: „[...] das Volk [sei] nicht geneigt [...], von sich aus seine eigene und möglicherweise missliche Lage zu erkennen. Da sein Reflexionspotenzial von den materiellen Umständen abhänge, bedürfe es einer Theorie, die sich der Aufklärung über die gesellschaftlichen Verhältnisse annehme. Die durch das Streben der Eliten nach Machterhalt benebelte Selbsteinschätzung ebenso wie die fehlende Solidarität unter Benachteiligten soll durch eine entsprechende Sensibilisierung geweckt werden." (Dimbath, 2016, S. 41)*
a) Beurteilen Sie die Einschätzung der Gesellschaft von *Karl Marx* und *Friedrich Engels* bezüglich ihrer Aussagekraft und Gültigkeit für die Gegenwart.
b) Verdeutlichen Sie Ihr Urteil anhand von Beispielen aus der heutigen Zeit.

24. *Wir führen einen Diskurs mit Karl Marx und Friedrich Engels, um die Frage zu klären, ob und inwieweit ihre Aussagen als Gegenwartsdiagnose für die heutige Gesellschaft Gültigkeit haben.*
- Bilden Sie Fünfergruppen. Zwei Personen übernehmen die Rolle von *Karl Marx* und *Friedrich Engels*, eine Person spielt einen Politikwissenschaftler, die zweite Person einen Soziologen und die dritte Person Enna Liw, Moderatorin für die geladenen Gäste im Fernsehen.
- Diskutieren Sie über die Gültigkeit der gesellschaftlichen Gegenwartsdiagnose von *Karl Marx* und *Friedrich Engels*. Berücksichtigen Sie dabei die gesellschaftliche Struktur, die Herrschaftsverhältnisse, die Situation der Arbeiter im Tauschverhältnis Arbeit und Lohn usw.

25. *Lernduett*
- Setzen Sie sich in Vierergruppen mit der kritischen Würdigung der Theorie des Historischen Materialismus auseinander.
- Ein Gruppenmitglied bearbeitet Probleme der Umsetzung dieser Theorie in sozialistischen und kommunistischen Staaten.
- Ein Gruppenmitglied bearbeitet die Stärken der Theorie des Historischen Materialismus.
- Ein Gruppenmitglied bearbeitet Fehleinschätzungen von *Marx und Engels* in ihrer Theorie.

- Ein Gruppenmitglied bearbeitet *Materialien 4 „Das Kapital – Ein Buch, das die Welt verändern sollte"*.
- Informieren Sie sich gegenseitig über den von Ihnen vorbereiteten Themenbereich.

26. *Talkrunde*
    - Gäste sind der Soziologe Prof. Martin Endreß, Publizist Bernd Ziesemer, Prof. für Medien- und Kommunikationswissenschaften Helen Hester, Fernsehmoderatorin Sandra Schaimtal.
    - Senden Sie einen Vertreter als geladenen Gast in die Talkrunde zum Thema „Marx ist wieder im Kommen – seine Aktualität ist ungebrochen".
    - Fragen der Moderatorin an die Gäste: Wie gerecht geht es in Deutschland zu? Was haben *Marx und Engels* übersehen? Womit hatten *Marx und Engels* recht? Sind Roboter die besseren Pfleger? Wie bewerten Sie die Ausnutzung der Technologie im kapitalistischen Sinne? usw.

Aufgabe zum gesamten Kapitel

27. *Aktionskarten*
    - Die Klasse wird in zwei Gruppen unterteilt.
    - Auf einem Tisch liegen Karten, auf denen auf der Vorderseite ein Teilbereich der Theorie des Historischen Materialismus formuliert ist. Auf der Rückseite steht die Art und Weise der Präsentation (zum Beispiel Umschreibung, Zeichnung, pantomimische Darstellung, Rollenspiel).
    - Jeder Schüler einer Gruppe nimmt, wenn er an der Reihe ist, eine Karte und erfüllt den Auftrag. Dabei wechseln sich die Gruppen ab.
    - Die andere Gruppe muss erraten, um welchen Teilbereich des Themas es sich handelt, und erhält einen Punkt, wenn sie richtig getippt hat.

Materialien Kapitel 9

1. Die Entwicklung verschiedener Gesellschaftsformen

Im geschichtlichen Ablauf unterscheidet *Marx* nacheinander auftretende Produktionsweisen bzw. Gesellschaftsformen (vgl. *Amann, 1996⁴, S. 328–332*):

- **Die Urgesellschaft**
  Urwüchsige Gesellschaften sind gekennzeichnet durch das ***Gemeineigentum an Grund und Boden***. Gemeinsam hergestellt werden nur die notwendigen Produkte, die für den persönlichen bzw. gemeinsamen Gebrauch bestimmt sind. Innerhalb der Gemeinschaft wird getauscht. In dieser Gesellschaft gibt es keine sozialen Klassen, keine Unterscheidung zwischen Eigentümern und Nichteigentümern von Produktionsmitteln – das sind alle Mittel, die zur Herstellung von Gütern und Dienstleistungen gebraucht werden.[1]

- **Die Sklavenhaltergesellschaft**
  Diese Gesellschaftsform ist gekennzeichnet durch ***Privateigentum an Produktionsmitteln, zunehmende Arbeitsteilung und Tausch***. Durch die Loslösung von Menschen aus dem Stammesverband und die Ausdehnung an Tausch und Verkehr entsteht die Ökonomie des „ganzen Hauses". Kennzeichnend hierfür sind **patriarchalische Macht- und Gewaltverhältnisse**. Durch Kriegszüge werden die nötigen Arbeitskräfte – Sklaven – beschafft. Die Herrschaft von Einzelnen, zum Beispiel Königen, entsteht. Es existieren **zwei Klassen: *die Sklaven und die Sklavenhalter***.

- **Die Feudalgesellschaft**
  Die Grundlage der feudalen Klassengesellschaft bildet das ***private Eigentum weltlicher und geistlicher Feudalherren an Grund und Boden sowie die Abhängigkeit der Bauern von den Grundherren***. In dem entstandenen **Lehnswesen**[2] leistet der selbst wirtschaftende Bauer Abgaben und Fronpflichten für die großen Grundeigentümer – Kaiser, König, Adel, Kirche. Es entwickeln sich Arbeitsspezialisierungen, wie zum Beispiel ein zünftisch organisiertes Handwerk. Zunehmend mehr technische Errungenschaften bringen Vorteile, zum Beispiel der Einsatz von Windmühlen. Dadurch, dass sich Städte und Märkte zu Produktions- und Umsatzzentren herausgebildet haben, wird der Tausch regelmäßig. Für den Feudalismus ist der Gegensatz von **Leibeigenen und Feudalherren** bestimmend.

- **Der Kapitalismus**
  Die bürgerlich-kapitalistische Gesellschaft ist gekennzeichnet durch Handel, Manufakturen, expandierende Industriebetriebe. Die kapitalistische Produktionsweise dient nicht mehr vorrangig dem unmittelbaren Gebrauch, sondern der Erzeugung und Anhäufung von noch mehr Reichtum.[3] Das System der Lohnarbeit macht den Arbeiter frei, weil er im Unterschied zum Sklaven oder Leibeigenen formal ein freier, gleichberechtigter Staatsbürger ist. Die Verfügung über die Produktionsmittel teilt die Menschen in ***Besitzende und Nichtbesitzende*** ein. Deshalb sieht *Marx* die Gesellschaft als **Zweiklassengesellschaft**. Die kapitalistische Gesellschaft wird nach ihm keinen Bestand haben. Sie gerät in immer schlimmere Krisen und schließlich führt eine revolutionäre Umgestaltung der Gesellschaft zum Sozialismus.

---

[1] vgl. Abschnitt 9.3.3
[2] Lehnswesen heißt, dass Feudalherren Land gegen persönliche Dienste und Abgaben an die Bauern *verleihen*.
[3] vgl. hierzu Abschnitt 9.3.2

- **Der Sozialismus**
  Im Sozialismus kommt es nach Phasen, die durch privates Eigentum an Produktionsmitteln gekennzeichnet sind – Sklavenhaltergesellschaft, Feudalismus und Kapitalismus –, erstmals wieder zu einer ***Produktionsweise, in der das Kollektiveigentum zum Prinzip erhoben wird***. Die Produktionsmittel werden in staatliche bzw. kollektive Verwaltung überführt. Statt Profitmaximierung gilt sinnvolle **Planwirtschaft**. Der Gewinn kommt wieder dem Kollektiv zugute, orientiert an der Devise „jedem nach seinen Fähigkeiten“. Der Staat beginnt abzusterben. Die **klassenlose Gesellschaft** tritt schließlich an die Stelle des Staates.

- **Der Kommunismus**
  Die Arbeiterklasse sozialisiert die Produktionsmittel der privaten Unternehmer, der *Bourgeoisie*, und leitet damit die Epoche des Kommunismus, die „klassenlose Gesellschaft“ ein. Am Ende ist der Kommunismus erreicht als höher entwickelte Form des Sozialismus mit dem Ziel der Verwirklichung eines immer höheren Grades an „Gleichheit und Freiheit“.

Die Entwicklung der menschlichen Gesellschaft[1]

Urgesellschaft	klassenlose Gesellschaft
Sklavenhaltergesellschaft	Sklavenhalter ⟷ Sklaven
Feudalismus	Feudalherren ⟷ Bauern
Kapitalismus	Kapitalisten ⟷ Proletarier[2]
Sozialismus	staatliche bzw. kollektive Verwaltung
Kommunismus	klassenlose Gesellschaft

[1] Diese Entwicklung läuft, wie in Abschnitt 9.1.2 dargestellt, **dialektisch** ab.
[2] siehe Abschnitt 9.3.3

Mit Ausnahme der Urgesellschaft und des Kommunismus stehen in allen Gesellschaftsformen Besitzende und Nichtbesitzende gegenüber.

„Marx […] lässt […] keinen Zweifel daran, dass die gesellschaftlichen Rahmenbedingungen von den Menschen selbst produziert werden, obwohl sie ihnen unter den gegebenen Verhältnissen wie eine ‚fremde Gewalt‘ entgegentreten. Werden die Verhältnisse, insbesondere die Besitzverhältnisse an den Produktionsmitteln, geändert, dann entstehen […] erheblich bessere Bedingungen für die Subjektwerdung der Gesellschaftsmitglieder.“
(Hurrelmann/Bauer, 2018[12], S. 47)

2. Die Roboter kommen

Ein Restaurant, ein Café und ein Supermarkt, betrieben von Automaten [....] Ist das die Zukunft – und das Ende von Millionen Jobs? In der Innenstadt von San Francisco haben in den vergangenen Monaten drei Läden aufgemacht, die versprechen, für die Zukunft zu stehen. Und sie lassen erst einmal befürchten, dass diese Zukunft eine unpersönliche wird und vor allem eine schweigsame. Es gibt da ein Burger-Restaurant namens Creator, ein Café X und Amazon Go, einen von inzwischen zehn Supermärkten, die Amazon in den vergangenen zwei Jahren eröffnet hat. Was alle drei gemeinsam haben [...]: Sie ersetzen menschliche Mitarbeiter durch Maschinen. [...] Beim Burgerbrater Creator stehen schon am Eingang drei Mitarbeiter. Sie tippen die Bestellung in ihre Tablets und kassieren. Klar, dass es nicht mehr lange dauert, bis diese Jobs verschwinden, schließlich können die Kunden in anderen Schnellrestaurants schon lange an Terminals bestellen und bezahlen. [...] Die Maschinen müssen gewartet, die Zutaten eingeladen und das Restaurant geputzt werden. Trotzdem ist es leicht vorstellbar, dass so ein Schnellimbiss schon bald mit vielleicht der Hälfte der bisher üblichen Mannschaft auskommt. [...] Und schon heute sparen die Burger-Maschinen Personal ein. Es bräuchte schon eine sehr große Küche, um so viele Burger so schnell und so frisch auszuspucken, wie es diese Maschinen tun.

Etwa 2, 4 Millionen Menschen verdienen in Amerika ihr Geld mit dem Zubereiten von Essen. Diese Jobs werden nicht alle verschwinden und schon gar nicht sofort. [...] Aber wie lange wird es dauern, bis etwa McDonald's einen Teil seiner 23 000 Mitarbeiter durch Roboter ersetzt? [...] Es gibt da diese kurzweilige Internetseite www.willrobotsakemyjob.com, die auf einer Studie der Universität Oxford basiert. Die Seite sagt einem, mit welcher Wahrscheinlichkeit ein bestimmter Job in den kommenden 15 Jahren von Robotern übernommen wird. Die Antwort für Köche in Restaurants: 96 Prozent. [...] In der Geschichte stellten sich all die Horrorszenarien von Maschinen, die den Menschen die Arbeit wegnehmen, schnell als falsch heraus. Ja, die Maschinen vernichten Jobs. Aber die genau dadurch wachsende Produktivität schuf anderswo neue, bessere Jobs. [...] Als die Menschen im 20. Jahrhundert auch hier durch Automatisierung verdrängt wurden, fanden sie wieder neue Jobs. Diesmal in der Service-Industrie [...] Es ist wohl nicht genau diese Maschine, die Millionen Jobs in amerikanischen Coffee Shops gefährdet. Trotzdem antwortet www.willrobotstakemyjob.com auf die Frage, welche Zukunft Jobs als „Thekenmitarbeiter" in Cafés haben: zu 96 Prozent gar keine. Auch die größten Warner vor einer bevorstehenden Massenarbeitslosigkeit behaupten ja nicht, dass all die Millionen Service-Jobs in ein paar Jahren verschwinden werden. Aber es spricht doch einiges dafür, dass der technologische Umbruch diesmal anders verläuft. Schneller und radikaler, sodass all die Kassierer und Kellner gar keine Zeit haben werden, sich auf neue Aufgaben einzustellen.

Die Gesellschaft der Zukunft werde aus drei Gruppen bestehen, schreibt der Autor Andrè Oppenheimer in seinem bald erscheinenden Buch „The Robots are coming". Die erste Gruppe wird die Elite sein, die den technologischen Wandel beherrscht und vorantreibt und daran prächtig verdient. Die zweite Gruppe ist nach Oppenheimer damit beschäftigt, der Elite das Leben angenehmer zu machen: Fitnesstrainer, Klavierlehrer, Mediations-Gurus. Und schließlich die dritte Gruppe, die Verlierer, größtenteils arbeitslos und möglicherweise von der Elite durch ein schmales bedingungsloses Grundeinkommen ruhiggestellt. [...] Zum Schluss noch ein schneller Einkauf beim Amazon-Supermarkt. Es ist viel los, und doch ist der Besuch entspannt. Keine Schlangen, keine Kassen, kein Ein-, Aus- und wieder Einpacken der Einkäufe. Der Kunde meldet sich mit seinem Smartphone am Eingang an und packt die Waren in eine Tasche. Kameras und Sensoren merken, wenn ein Produkt aus dem Regal genommen (oder zurückgestellt) wird und ordnen alles anhand des Smartphones in der Nähe dem richtigen Kunden zu. [...]

(Conradi, 2019, S. 25)

3. Wie viel ist ein Mensch wert?

Auf meine Umfrage zum Wert eines statistischen Lebens habe ich aus meinem Freundesund Familienkreis 24 Antworten erhalten. Im Durchschnitt sind sie bereit, 8 043,75 € zu bezahlen, um ein jährliches Todesrisiko von 1/1000 mit Sicherheit ausschließen zu können. Die Bandbreite der Antworten ist groß. Zwei würden 50 000,00 € zahlen, sechs überhaupt nichts. Unter anderem, weil „es sich in meinem Alter nicht mehr lohnt", „ich ein zu guter Autofahrer bin", „kein Geld übrig ist" oder weil – buddhistisch und besonders beeindruckend – „meine Sichtweise auf dem karmischen Gedankengut beruht und somit solche Wahrscheinlichkeitsrechnungen unerheblich für mich sind. Bestimmt sollte jeder Mensch sein kostbares menschliches Potenzial schützen und bewahren und nicht in Gefahr bringen. Wenn sich allerdings die karmischen Winde erschöpfen, ist diese Art von Wahrscheinlichkeiten hinfällig."

Ich weiß, dass nicht alle die Frage gleich interpretiert haben. Das ist kein Zufall, sondern einer der schon erwähnten Schwachpunkte der Methode. Weil aber der Wert eines statistischen Lebens in meinem Umfeld erfreuliche und rekordverdächtige **8 043 750,00 €** beträgt, bin ich geneigt, solche Zweifel für einen Moment beiseitezuschieben. Also weg mit den Bedenken und herzlichen Dank an alle Beteiligten für diese stolze Summe.

Da ich den Taschenrechner einmal in der Hand habe, addiere ich die anderen ermittelten Werte gleich noch dazu. Da wären die Durchschnittssumme aller Schmerzensgelder für meinen Körper: **1,7 Millionen €**, die neuerdings wieder **zwei Millionen EUR** von Spengler für „seinen" Wert des statistischen Lebens, die **1 022,43 €** aus der Apotheke, mein Humankapitalwert nach der Idee von von Hagens: **1 250 000,00 €**, mein Humankapitalwert nach der Saarbrücker Formel: **112 411,00 €**, die **6 000,00 €**, die eine künstliche Befruchtung und somit ein Leben kostet, die **26 900,00 €** nach dem Generationenkonto von Raffelhüschen, die **600 000,00 €**, für die ich mich laut meines Freundes Mohsin in Indien verkaufen könnte, die **1,2 Millionen €** von der Bundesanstalt für Straßenwesen, die **eine Million EUR** vom Umweltbundesamt, mein Humankapitalmindestwert nach Nussbaumer auf Hartz-IV-Basis: **279 936,00 €**, auf „Weltminimumbasis": **58 400,00 €** und auf „Weltarmutsbasis": **11 680,00 €**, die summierten QUALYs meiner statistischen Restlebenszeit von **1,6 Millionen €** und der potenzielle Wert meiner Leiche, der laut Martina Keller bei umgerechnet **180 000,00 €** liegen kann. Ich verzichte dabei unter anderem auf meinen nicht vorhandenen Nachrichtenwert, meinen nicht ermittelbaren Markenwert, den Freiheitswert und den Urlaubswert meines Restlebens und das Geld, das ich eventuell bei einer Versteigerung meiner Organe bekommen könnte.

Trotzdem beziehungsweise gerade deswegen komme ich auf eine Durchschnittssumme von **1 129 381,21 €**

Das ist also „meine" Zahl. Mein persönlicher Preis. Mein monetärer Selbstwert.

Wirklich?

Nein ...

... oder doch?

Für jede Zahl gibt es mehr oder weniger fundierte Argumente. Hinter einigen Methoden, ich denke vor allem an den Wert eines statistischen Lebens, etwa beim Umweltbundesamt, die monetarisierten „qualitätskorrigierten" Lebensjahre, aber auch an die Humankapitalansätze beziehungsweise die Produktionspotenzialrechnung der Bundesanstalt für Straßenwesen, stehen angesehene Wissenschaftler mit ihren oftmals renommierten Instituten. Die innere Rechenlogik ihrer Formeln kann ich nicht widerlegen. Ich bin kein Fachmann, kein Ökonom und kein Mathematiker, gehe aber mal davon aus, dass alle richtig multipliziert haben. Die Methoden, so habe ich gelernt, lassen sich nicht alle in einen Topf werfen, und es kommt auch noch darauf an, wo und wie und vor allem auch *von wem* sie genutzt werden.

Eine Gemeinsamkeit aber ist, dass sie von ihren Vertretern allesamt als *best practice* oder *state of the art* bezeichnet werden. Sie sind also „das Beste", was gerade zur Verfügung steht. Das heißt jedoch nicht, dass sie wirklich gut sind. Keiner sagt das. Keiner der Experten, die ich getroffen habe, wollte behaupten, die Modelle seien ausgereift. Trotzdem wollen einige – und es werden mehr – mit diesen Rechnungen Politik machen. Im Zweifelsfall auch eine Politik, die über meine Lebenschancen mitentscheidet. Das ist, nun ja, bemerkenswert. Wer will schon mit einem Auto fahren, von dem selbst der Ingenieur sagt, es sei noch längst nicht fertig?

Doch bei allem berechtigten Misstrauen gegenüber den Methoden – entscheidend bleibt das Misstrauen gegenüber den Prämissen, den Voraussetzungen, unter denen das Leben eines Menschen bewertet werden soll. Meine Zweifel habe ich dort, wo es mir angebracht schien, formuliert. Sie sind mit der Zeit nicht kleiner geworden. Im Gegenteil.

In Bezug auf die Frage „Preis oder Würde" schrieb Kant: „Was einen Preis hat, an dessen Stelle kann auch etwas anderes als Äquivalent gesetzt werden; was dagegen über allen Preis erhaben ist, mithin kein Äquivalent[1] verstattet, das hat eine Würde."

Anders ausgedrückt: Was in Geld bewertet wird, verliert seine Einmaligkeit und kann verglichen werden. Und was sich vergleichen lässt, das wissen wir von der Käsetheke im Supermarkt, kann man gegeneinander aufrechnen und austauschen.

(Quelle: Klare, 2010, S. 263 ff.)

4. Das Kapital – Ein Buch, das die Welt verändern sollte

Vor 150 Jahren erschien in Hamburg der erste Band des Hauptwerkes von *Karl Marx*: „Das Kapital". [...] Als im September 1867 im Hamburger Verlag Otto Meissner der erste Band des Hauptwerkes von *Karl Marx* „Das Kapital – Kritik der politischen Ökonomie" erschien, deutete wenig auf die spätere Bedeutung dieses Buches für den Verlauf der Menschheitsgeschichte an. Es handelt sich um eines der einflussreichsten Bücher der Menschheitsgeschichte. Seine Relevanz hat es bis heute behalten .... Der Arbeiter verkauft seine Arbeitskraft an den Kapitalisten und bekommt dafür einen Lohn. Die Differenz zwischen dem Wert, den er geschaffen hat, und seinem Lohn ist der Mehrwert. Der Kapitalist versucht, den Lohn so niedrig wie möglich zu halten, um den Mehrwert zu maximieren. In der ständigen und ungebremsten Erzeugung dieses Mehrwertes, und damit auch der Ausbeutung der Arbeiter, besteht für *Marx* das Kernprinzip des Kapitalismus. Diese Ausbeutung, so seine Schlussfolgerung, wird irgendwann dermaßen unerträglich, dass die Arbeiter rebellieren und den Kapitalismus stürzen werden.

Das Kapital.

Kritik der politischen Oekonomie.

Von

Karl Marx.

Erster Band.

Buch I: Der Produktionsprocess des Kapitals.

Hamburg

Verlag von Otto Meissner.

1867.

New-York: L. W. Schmidt, 24 Barclay-Street.

[1] äquivalent (lat.): gleicher Wert, gleichwertiger Ersatz

Wo Marx Recht hatte
Nicht in allen Punkten aber lag *Marx* mit seiner Analyse des Kapitals daneben. So ist beispielsweise seine Beschreibung des Kapitalismus als eines permanenten Prozesses, in dem das Geld immer wieder akkumuliert und neu investiert wird, heute aktueller denn je. Gerade diese Dynamik führte vor wenigen Jahren zu der weltweiten Finanz- und Wirtschaftskrise.

Auch seine Beschreibung der zwangsläufigen Neigung des Kapitals zur Monopolisierung erwies sich als zutreffend: Laut Angaben des Statistischen Bundesamtes von 2012 machten in Deutschland die Großkonzerne zwar nur ein Prozent der Firmen aus, sie generierten aber 68 Prozent des gesamten Umsatzes. Gleichzeitig waren 81 Prozent aller Firmen Kleinstbetriebe, die zusammen nur auf sechs Prozent des Umsatzes kamen.

Ein Vordenker der Globalisierung
Aktueller als je zuvor ist auch die *Marx*'sche These von der ungerechten Verteilung des Profits. 2014 zeigte der französische Ökonom *Thomas Piketty* in seinem weltweit erfolgreichen Buch „Das Kapital im 21. Jahrhundert", dass die stetig wachsende und übermäßige Ungleichheit von Vermögen und Einkommen ein notwendiges Merkmal des global agierenden Kapitals ist.

Schon für *Marx* war es klar, dass der Kapitalismus von seinem Naturell her in seiner Ausbreitung und Wirkung keine Grenzen kennt. [...]

Das Kapital hat gesiegt
Eine Weltrevolution blieb aber bekannterweise aus, und wenn es zu großen revolutionären Umstürzen kam, war das vor allem in den unterentwickelten, vorindustriellen Bauernstaaten. Trotzdem beriefen sich Revolutionäre aller Welt auf *Marx*, ohne sich um die Voraussetzungen, die seiner Theorie zu Grunde liegen, viel zu kümmern. ...

Marx war überzeugt, dass ein Zusammenbruch des Kapitalismus von innen heraus unvermeidbar sei und bald erfolgen werde. Das ist aber nicht geschehen. Auch 150 Jahren nach der Veröffentlichung des ersten Bandes von „Das Kapital" sind soziale Spannungen genauso vorhanden wie die Klassenunterschiede, Ausbeutung ist immer noch die Grundlage der herrschenden Produktionsverhältnisse. „Marx' Scheitern liegt in der Tatsache, dass er immer noch aktuell ist", sagt *Puhovski*."

(Zoran Arbutina; https://www.dw.com/de/das-kapital-ein-buch-das-die-welt-ver%C3%A4ndern-sollte/a-40492196 [01.06.2019])

10 Die Theorie des Wertewandels[1]

Gesellschaftliche Werte werden von einer Generation zur anderen überliefert.

Folgende Kompetenzen sollen Sie erwerben:

- ***Sie sind in der Lage, eine Theorie des Wertewandels – die Theorie von Ronald Inglehart – darzustellen***
- ***Sie können diese Theorie auf konkrete Daten und Forschungsergebnisse über gesellschaftliche Phänomene anwenden.***
- ***Sie sind dabei imstande, den Erklärungswert dieser Theorie zu überprüfen.***

[1] Die Lehrkraft kann entsprechend dem Lehrplan wählen zwischen dieser Theorie oder der Theorie des gesellschaftlichen Wandels (Theorie des Historischen Materialismus) in Kapitel 9.

10.1 Die „stille Revolution"

Lernsituation

„Meine Werte, deine Werte!"

Im Soziologieunterricht entsteht eine lebhafte Diskussion darüber, welche gesellschaftlichen Werte die höchste Relevanz haben. Vroni sagt, für sie seien individuelle Freiheit, Toleranz und Gerechtigkeit sehr wichtig. Harun vertritt, dass sozialer Frieden, Solidarität und ein wertschätzender Umgang miteinander hohe Priorität für ihn hätten. Serena kontert, unsere Gesellschaft wäre doch unmenschlich, wenn sich Personen ohne Respekt und Achtung begegnen würden. „Ich finde es unmöglich, dass es auch in der westlichen Kultur immer noch nicht gelungen ist, Gleichberechtigung in allen Bereichen durchzusetzen." „In der heutigen Zeit erwarte ich, dass Lebensqualität und Selbstverwirklichung für jeden möglich sind", resümiert Meron. „Ach, wie idealistisch ist das denn", kritisiert Simon, „ohne materiellen Wohlstand könnt Ihr Eure Werte alle einpacken, denn das sind doch letztendlich nur Luxusbedürfnisse, die Ihr hier beschreibt."

Luana hat bisher nur zugehört, sie fragt nachdenklich:
„Wie wirken sich kulturell anerkannte Werte auf individuelle Wertorientierungen aus? Wodurch kommt es zur Veränderung gesellschaftlicher Werte?
Wie könnte die junge Generation zu einem Wertewandel in unserer Gesellschaft beitragen?"

I Information

10.1.1 Arten von sozialen Werten

Im Unterschied zu früheren Zeiten findet heute zwar ein stiller, aber ein schneller, nicht selten auch sprunghafter sozialer Wandel statt. Seit Mitte des 19. Jahrhunderts hat sich dieser Wandel beschleunigt und mit ihm haben sich auch immer wieder die sozialen Werte geändert.[1]

> *„Vor allem im Gefolge der fortschreitenden Industrialisierung und Demokratisierung hat der soziale Wandel [...] eine solche Geschwindigkeit und ein solches Ausmaß erreicht, dass man [...] von einer ‚dynamischen Gesellschaft' spricht."*
> *(Weber, 2003⁹, S. 117)*

[1] Der Begriff „sozialer Wandel" ist in Kapitel 7.1.1 geklärt.

Ronald F. Ingleharts Anliegen war die Erfassung und Erklärung des Wertewandels. Mit seiner Theorie des Wertewandels hat er in den 1970er-Jahren international Bekanntheit und großen Einfluss erlangt. Entscheidend dazu beigetragen hat seine These, dass in westlichen Ländern über die Generationen hinweg ein kultureller Umbruch und ein Wertewandel stattgefunden hätten. Durch seine in mehr als 40 Ländern durchgeführten Befragungen gelang es ihm, Wertemuster und Veränderungen in zentralen Werthaltungen zu erkennen.

***Ronald F. Inglehart** (geb. 1934) ist Politikwissenschaftler. Er lehrte an der University of Michigan. Durch seine zahlreichen Publikationen hat er auf dem Gebiet des Wertewandels die Diskussionen und Forschungen maßgeblich geprägt. Seit 1985 ist er Programmdirektor am Institut für Sozialforschung (Center for Political Studies) an der University of Michigan. Weiterhin war er Gastprofessor an der Universität in Genf, Mannheim, FU Berlin, Bremen, University of Kyoto, Universität in Rom usw. Durch seine Arbeit als Vorsitzender des Exekutivkomitees am World Values Survey hat er entscheidend zur Erforschung des Wertewandels beigetragen. Zu seinen bekanntesten Publikationen gehören The Silent Revolution (1977), Kultureller Umbruch (1989) sowie Modernisierung und Postmodernisierung (1998) (vgl. Rössel, 2011², S. 722).*

Ronald F. Inglehart

Wertorientierungen sind relativ beständige Vorstellungen von dem, was als wünschenswert erscheint. Gemeint sind Zielorientierungen, die der Mensch verinnerlicht hat und die somit sein Handeln, die Wahl seiner Mittel steuern und ihn motivieren[1].

Christian Welzel (2009, S. 109) möchte Wertorientierung nicht auf moralisch Wünschenswertes einengen. Auch ein moralisch zweifelhafter Wert wie beispielsweise Selbstbereicherung wird handlungswirksam, wenn er als Zielorientierung verinnerlicht wurde.

Es wird zwischen **personalen und kollektiven Werten** unterschieden. Personale Werte spielen in der Sozialisation[2] von Individuen eine große Rolle, da ein individuelles Werteprofil ihre Identität bestimmt. Kollektive Werte geben Gesellschaften ihre kulturelle Prägung, sie sind Träger kultureller Identität und werden von einer Generation zur anderen überliefert. Dadurch sind Gesellschaften imstande, ihre kulturelle Identität unter gewissen Veränderungen stets neu zu produzieren (vgl. *Welzel, 2009, S. 110*).

Für die junge Generation haben Besitz und Pflicht nicht höchste Priorität, sondern Selbstverwirklichung und Partizipation[3] stehen als kollektive Werte oben an. Personale Werte, wie beispielsweise Toleranz, Gerechtigkeit, können von Person zu Person sehr unterschiedlich ausgeprägt sein oder auch von gesellschaftlich gültigen Wertorientierungen abweichen.

Mit Kultur bezeichnet man das, was der Mensch selbst geschaffen hat – im Gegensatz zur Natur, die nicht von ihm erzeugt ist. Kultur ist nach *Jakobus Wössner (1986⁹, S. 91)* all das, was sich der Mensch zur Bewältigung seines Daseins aufgebaut hat und aufbaut. Sie ist also eine von ihm selbst geschaffene bzw. veränderte Umwelt[4].

Dazu gehört beispielsweise die Sprache, die Neuschaffung und Veränderung von Wohnverhältnissen, Kunst, Religion, Recht, Wissenschaft, Wert- und Normvorstellungen ebenso wie die Veränderung und Umgestaltung der Natur selbst.

[1] Auf den Begriff „sozialer Wert“ wird in Kapitel 2.1.3 eingegangen.
[2] Auf Sozialisation wird in Kapitel 2.3 eingegangen.
[3] Partizipation (lat.): die Teilhabe
[4] vgl. Kapitel 1.3.1

Kultur ist die umfassende Bezeichnung für das, was der Mensch im Gegensatz zur Natur selbst geschaffen hat, eine von ihm selbst geschaffene bzw. veränderte Umwelt *(vgl. Hobmair, 2019[4], S. 29)*

Soziale Werte
sind die in einer Gesellschaft oder in einer ihrer Gruppen vorherrschende Vorstellungen über das Wünschens- und Erstrebenswerte und steuern als allgemeine Orientierungsmaßstäbe das Verhalten von Menschen[1]

Personale Werte
bestimmen das individuelle Werteprofil, die Identität von Individuen.

Kollektive Werte
sind Träger kultureller Identität und werden überliefert.

Das individuelle Werteprofil erwerben Menschen im Laufe ihrer Sozialisation. Kollektive Werte werden mit gewissen Veränderungen an die nächste Generation überliefert.

10.1.2 Der Wandel von sozialen Werten[2]

Wertorientierungen einer Gesellschaft ändern sich, wenn sich sowohl individuell als auch für weite Bevölkerungsteile die Lebensumstände grundlegend ändern.

In den letzten Jahrzehnten hatte Wirtschaftswachstum, Bekämpfung der Inflation und Arbeitsplatzsicherung sehr hohe Priorität. Aktuelle politische Meldungen in Deutschland zeigen, dass sich diese Prioritäten in der jungen Generation tendenziell verschieben. Aktuell demonstrieren Schüler dafür, dass politisch mehr für den Umweltschutz geschehen muss.

Der dadurch entstandene ***Wandlungsdruck*** führt aufgrund von Beharrungstendenzen zu einer Differenzierung der Werte zwischen der älteren und jüngeren Generation. Ältere Menschen neigen eher dazu, auf den Werten zu beharren, die sie in ihrer Kindheit und Jugend verinnerlicht haben. Jüngere Menschen reagieren auf Erfahrungen und sich ändernde Lebensumstände flexibler mit Wertanpassung als die ältere Generation. Sie stellen althergebrachte Werte leichter in Frage, experimentieren mit neuen Lebensstilen und Rollenmodellen.

Festzustellen ist in der jungen Generation beispielsweise eine sinkende Arbeitsbereitschaft, begleitet von wachsendem Interesse an Freizeit, Abkehr von kirchlich orientierter Religiosität, einhergehend mit einer steigenden Zahl an Kirchenaustritten und zunehmenden Scheidungsquoten. Auch sinkt die Bereitschaft, formale Ansprüche von Autoritäten zu akzeptieren.

Der durch die ***Wertedifferenzierung*** in der jüngeren Generation in Gang gesetzte Wertewandel führt schließlich zur Veränderung des Werteprofils einer Gesellschaft. Somit ist der **Wertewandel eine kulturelle Anpassungsleistung**, in dessen Verlauf sich die Werte einer Gesellschaft längerfristig und erheblich ändern (vgl. *Welzel, 2009, S. 110 f.*).

[1] vgl. Kapitel 2.1.3
[2] siehe auch Kapitel 7.1.6

Wertewandel meint eine erhebliche und längerfristige Änderung von sozialen Werten einer Gesellschaft, was einen kulturellen Wandel bewirkt.

„Wertesysteme spielen in jeder Gesellschaft eine einflussreiche Rolle. Durch sie entsteht die kulturelle Basis, die Menschen loyal in Bezug auf bestimmte ökonomische und politische Systeme handeln lässt. Die Wertesysteme prägen in wechselseitiger Beziehung mit den externen ökonomischen und politischen Faktoren den sozialen Wandel. Wir können den sozialen Wandel nicht verstehen, wenn wir dies unberücksichtigt lassen.“

(Inglehart, 1998, S. 80)

Auf den Punkt gebracht

- Wertorientierungen als relativ beständige, verinnerlichte Vorstellungen von Erstrebens- und Wünschenswertem steuern das menschliche Verhalten. Man unterscheidet soziale und personale Werte. Personale Werte bestimmen das individuelle Werteprofil und die Identität von Individuen. Kollektive Werte sind Träger kultureller Identität und werden von einer Generation zur anderen überliefert. Kultur ist das, was Menschen sich zur Bewältigung ihres Daseins geschaffen haben, im Gegensatz zur Natur eine von ihm selbst geschaffene bzw. veränderte Umwelt.
- Wertorientierungen ändern sich, wenn sich individuell oder für weite Bevölkerungsteile die Lebensumstände grundlegend ändern. Der dadurch entstandene Wandlungsdruck führt zu einer Differenzierung der Werte zwischen der älteren und jüngeren Generation. Der in der jüngeren Generation in Gang gesetzte Wertewandel führt zu einer Änderung des Werteprofils in einer Gesellschaft. Wertewandel als eine erhebliche und längerfristige Änderung von sozialen Werten einer Gesellschaft bewirkt einen kulturellen Wandel im Sinne einer kulturellen Anpassungsleistung.

Wiederholen, Vertiefen, Anwenden

1. *Biografie und Internetsuche*
   a) Suchen Sie in Gruppen im Internet nach Informationen über das Leben und Werk von *Ronald Inglehart*.
   b) Fertigen Sie in Kleingruppen eine Übersicht zur Biografie von *Inglehart* an.
   c) Erarbeiten Sie vier bis sechs wichtige Abschnitte seines Lebens.
2. a) Bestimmen Sie die Begriffe Werte, Wertewandel und Kultur. Erläutern Sie den Zusammenhang zwischen Werten und Kultur.
   b) Verdeutlichen Sie anhand der *Lernsituation 10.1* oder einer Handlungssituation personale und kollektive Werte.
   c) Begründen Sie, wie es in unserer Gesellschaft zum Wertewandel kommt und warum Soziologen diesen als kulturelle Anpassungsleistung bezeichnen.
3. *„Meine Werte, deine Werte“*
   a) Lesen Sie *Lernsituation 10.1*.
   b) Verdeutlichen Sie anhand der Diskussion personale und soziale Werte. Berücksichtigen Sie dabei relevante Annahmen und Begriffe.
   c) Begründen Sie, welche gesellschaftlichen Entwicklungen einen Wertewandel auslösen können.

4. *Werte fürs Leben identifizieren!*
   a) Erarbeiten Sie in roter Farbe Ihr individuelles bzw. personales Werteprofil. Zeichnen Sie in die Mitte eines DIN-3-Blattes einen menschlichen Kopf oder kleben Sie ein Foto von sich auf das Blatt. Platzieren Sie um den Kopf herum Sprechblasen, in die Sie jeweils einen Wert notieren, der Ihnen für Ihr Leben sehr bedeutsam erscheint.
   b) Wählen Sie eine andere Farbe und ordnen Sie in einem zweiten Schritt um den Kopf herum kollektive Werte, die Sie von Ihren Eltern, Gleichaltrigen oder anderen Gruppen übernommen haben.
   c) Überprüfen Sie nun, ob Sie sich mit den kollektiven Werten identifizieren oder sich eher davon distanzieren. Wählen Sie ein Symbol, mit dem Sie die aus Ihrer Sicht kritischen Werte kennzeichnen.
   d) Diskutieren Sie in Kleingruppen Ihre Wertepriorität und Ihren individuellen Wertewandel im Laufe Ihrer Sozialisation.

5. *Leitbilder von Schulen, Firmen sagen etwas über die Werte im Umgang mit Schülern bzw. Mitarbeitern aus.*
   a) Lesen Sie das Leitbild Ihrer Schule oder einer für Sie beruflich interessanten Firma.
   b) Erfassen Sie die dort beschriebenen Werte in Form eines Mindmaps. Präsentieren Sie Ihr Mindmap vor der Klasse.
   c) Diskutieren Sie, welche dieser Werte aus Ihrer Sicht im Alltag tatsächlich umgesetzt und welche aufgenommen werden müssten.

10.2 Erfahrungen als Grundlage des Wertewandels

Lernsituation

Die sparsame ältere Generation

„Alte Menschen verhalten sich manchmal schon sonderbar", erzählt Esther in der Pause ihrer Freundin. „Ein Mann, der täglich in die hausinterne Tagespflege des Seniorenheims kam, berichtete, dass er alle noch brauchbaren Gegenstände zu Hause aufbewahre, der Keller seines Hauses sei zugestellt. Essbares wegwerfen sei für ihn unvorstellbar." „So einen ‚Messie' gab es auch auf meiner Station", erwidert Sören, „allerdings eine hochbetagte, sehr freundliche Dame. Sie konnte selbst nichts entsorgen." „Das Personal hat mir erklärt, dass Menschen der Kriegsgeneration aufgrund ihrer Erfahrungen von Hunger, Not und Armut nicht selten extrem sparen und auf materielle Werte fixiert sind." „Ja, wir wissen gar nicht, wie gut es uns geht, sagt meine Oma häufig zu mir", schaltet sich nun Jolina in das Gespräch ein." „Ach", fällt ihr Sören ins Wort, „ich muss regelmäßig jobben, um mir etwas leisten zu können!" „Das ist wohl kaum vergleichbar", sagt Esther.

„Die Frage ist doch, hat der Mensch überwiegend eine extrem materielle, konsumorientierte und auf Sicherheit bedachte Grundorientierung oder sind ihm Ungebundenheit, Freiheit und Selbstverwirklichung als Werte wichtiger als Leistung, Disziplin und Gehorsam? Wenn ich von meinen Mitschülern höre, dass ihnen das Praktikum im sozialen Bereich zwar sehr gut gefallen hat, sie aber soziale Arbeit als Studium für sich ausschließen, weil sie später im Beruf viel Geld verdienen wollen, dann sehe ich keinen Unterschied zum Materialismus dieser Senioren." „Das trifft doch nicht für die Mehrheit der Jugendlichen zu. Ich kenne viele, die klar sagen, sie möchten einen Beruf wählen, der ihnen Freude bereitet, in dem sie sich in ihrer Persönlichkeit entfalten können, unabhängig vom Verdienst. Wichtig für sie ist Eigenständigkeit, Kreativität und Abwechslung in der Arbeit", resümiert Barakat.

Wie beeinflussen Mangel- oder Wohlstandserfahrungen die Wertorientierung von Menschen?
Welche Werte sind dir wichtig?
Wie werden Werte erworben und wodurch wandeln sie sich?

I Information

10.2.1 Die Knappheit von Gütern

Eine zentrale Annahme der Theorie von *Inglehart* lautet, dass veränderte Lebensbedingungen in einer Gesellschaft zum Wandel der Werteorientierung bei den dort lebenden Menschen führen. Die Theorie des Wertewandels (vgl. *Inglehart, 1998, S. 190 ff.*) basiert auf zwei Hypothesen:

- die **Mangelhypothese**, auch **Knappheitshypothese** genannt, und
- die **Sozialisationshypothese**.[1]

Bei der Mangel- bzw. Knappheitshypothese spiegeln die Werteprioritäten eines Individuums seine ökonomische Umwelt wieder. Den ***höchsten subjektiven Wert haben Güter***, die schwer zugänglich sind. Erleben Menschen ökonomischen Mangel wie beispielsweise Armut, Entbehrung und Hunger, orientieren sie sich eher an materialistischen Werten, sie streben nach einer Absicherung ihrer Grundversorgung, nach körperlicher und wirtschaftlicher Sicherheit.

Die Kriegsgeneration erlebte Jahre politischer Instabilität, geprägt durch Hunger und Entbehrung, deshalb haben für sie materielle Werte wie Erweiterung von Einkommen und Besitz sehr hohe Priorität. Sind Menschen in materiellem Wohlstand aufgewachsen, haben Wohlstandsgüter für sie einen geringeren Stellenwert. ←

Herrscht eine – akute – Mangelsituation vor wie zum Beispiel nach dem Zweiten Weltkrieg, so stehen materielle Bedürfnisse im Vordergrund. Infolgedessen dominieren in Mangelsituationen **materialistische Werte**.

Solche materialistischen Werte sind beispielsweise Sicherheit, Disziplin, Ordnung, Leistung und Pflichterfüllung, Unterordnung und Pünktlichkeit, Fügsamkeit, Gehorsam oder Anpassung. ←

[1] Die Sozialisationshypothese ist in Abschnitt 10.2.2 dargestellt.

Materialistische Werte sind solche, die das Überleben sichern sowie ökonomische und körperliche Sicherheit des Menschen betonen.

Die Wertprioritäten eines Individuums sind also von der sozioökonomischen Situation abhängig: Menschen geben den Dingen den höchsten subjektiven Wert, die relativ knapp sind. ***Das Gut, das knapp ist, wird besonders geschätzt***. Deshalb spricht *Inglehart* von **Mangel- bzw. Knappheitshypothese**.

Die Mangelhypothese verbindet *Inglehart* mit dem Modell der **Bedürfnispyramide** nach Abraham *Maslow*, der die menschlichen Bedürfnisse nach Prioritäten ordnete. Demnach versucht der Mensch, zuerst seine grundlegenden physiologischen Bedürfnisse wie beispielsweise Hunger, Durst, Schlaf sowie Bedürfnisse nach Sicherheit zu befriedigen, bevor auf den nächsten Stufen die sozialen Bedürfnisse nach Zuwendung, Anerkennung und schließlich Selbstverwirklichung Bedeutung erlangen. Die Befriedigung von „höheren Bedürfnissen" wie Individual- und Selbstverwirklichungsbedürfnissen ist erst möglich, wenn grundlegende physiologische und Sicherheitsbedürfnisse befriedigt sind. Solange Menschen ihr körperliches Überleben als ungesichert wahrnehmen, dominieren materialistische Werte das Denken und Handeln. Es liegt also das Prinzip der prepotency[1] vor: Das jeweils hierarchisch niedrigste (noch) nicht befriedigte Bedürfnis ist das stärkste.

→ **Materialien 1:** Die Bedürfnispyramide nach Maslow

Ein Umfeld, das sich durch Wohlstand und Sicherheit auszeichnet und in dem das physische Überleben und die Befriedigung existenzieller Bedürfnisse gesichert sind, ermöglicht die Entfaltung sozialer, nicht materieller Bedürfnisse und individuelles Wachstum. *Inglehart* spricht von **postmaterialistischen[2] Werten**.

Solche postmaterialistischen Werte sind Selbstverwirklichung, Freiheit, Selbstständigkeit, Autonomie, Gleichheit, Eigenständigkeit und Ungebundenheit sowie hedonistische[3] Wertvorstellungen wie Genuss, Abenteuer, Abwechslung oder Ausleben.

Postmaterialistische Werte sind solche, die die Lebensqualität, das Wohlbefinden und die Selbstverwirklichung des Menschen betonen.

Auch politisch lässt sich nach *Inglehart* eine Verschiebung der Prioritäten feststellen, weg von materialistischen Fragen des Wirtschaftswachstums, der Bekämpfung von Inflation und Arbeitsplatzsicherung hin zu postmaterialistischen Werten beispielsweise des Umweltschutzes und der Selbstbestimmung (vgl. *Welzel, 2009, S. 111*).

Analysiert man vor dem Hintergrund dieses Modells politische Zielvorstellungen, so zeigen sich grundlegende Bedürfnisse nach Versorgung beispielsweise in dem Streben nach Wachstum und wirtschaftlicher Stabilität. In Forderungen nach öffentlicher Ordnung, Schutz vor äußeren Feinden und Kriminalität kommen Sicherheitsbedürfnisse zum Ausdruck. Der Ruf nach Selbstbestimmung in der Politik und am Arbeitsplatz lässt auf Zugehörigkeits- und Achtungsbedürfnisse schließen. Orientierung an Selbstverwirklichung zeigt sich in Forderungen nach Freiheitsrechten, individuellen Entscheidungs- und Gestaltungsmöglichkeiten.

---

1 prepotency (engl.): die Vormacht
2 post (lat.): hinter, nach
3 hedonistisch (hēdonḗ, griech.: das Vergnügen, die Lust): nach Lustgewinn, Sinnesgenuss strebend; expressiv (lat.): ausdrucksvoll, ausdrucksstark

„Die Wertvorstellungen in den westlichen Gesellschaften haben sich signifikant verschoben; während früher materielles Wohlergehen und physische Sicherheit ganz im Vordergrund standen, wird heute mehr Gewicht auf die Lebensqualität gelegt. [...] Das Phänomen des kulturellen Wandels ist eng mit sozialen, politischen und wirtschaftlichen Veränderungen verknüpft."
(Inglehart 1995, S. 12, 23)

materialistische Werte ← abnehmend	**postmaterialistische Werte** → zunehmend
Disziplin Gehorsam Leistung Ordnung Pflichterfüllung Treue Unterordnung Fleiß Bescheidenheit Selbstbeherrschung Pünktlichkeit Anpassung Fügsamkeit Enthaltsamkeit	Emanzipation Gleichbehandlung Gleichheit Demokratie Partizipation[1] Autonomie Genuss Abenteuer Spannung Abwechslung Ausleben Kreativität Spontaneität Ungebundenheit Eigenständigkeit

(vgl. Wiswede, 1998³. S. 230)

Über den Prozess des Wertewandels lässt die Mangelhypothese allein keine aussagekräftigen Voraussagen zu, denn nur aufgrund des steigenden wirtschaftlichen Niveaus einer Gesellschaft kann man nicht einseitig die Zunahme postmaterialistischer Werte ableiten. Vielmehr ist sie im Zusammenhang mit der Sozialisationshypothese zu sehen, die im nachfolgenden Abschnitt ausgeführt ist.

10.2.2 Sozialisation und Wertewandel

Individuelle Werthaltungen einer Person orientieren sich größtenteils an den sozioökonomischen Umweltbedingungen und Sozialisationserfahrungen[2], die in ihrer Jugendzeit vorherrschend waren. Diese Zeitspanne innerhalb des Jugendalters bezeichnet *Inglehart* als ***„formative years***[3]". Zu einem großen Teil spiegeln die grundlegenden Werte eines Menschen die Bedingungen wider, die während seiner Jugend im Vordergrund standen. *Inglehart* spricht deshalb von der **Sozialisationshypothese**.

Inglehart spricht nur von der Sozialisation im Jugendalter und weist diesem eine besondere Bedeutung zu, doch andere Autoren schließen die Kindheit mit ein.

[1] Partizipation (lat.): die Teilhabe
[2] Der Begriff „Sozialisation" wird in Kapitel 2.3 geklärt.
[3] formative (engl.): die Gestaltung betreffend, gestaltend; year (engl.): das Jahr; formative years: die Jahre, in denen etwas gestaltet wird, die prägenden Jahre

Diese in jungen Jahren erworbenen grundlegenden Wertorientierungen bleiben lebenslang relativ stabil. Das erklärt den Unterschied der Wertpräferenzen zwischen der jüngeren und älteren Generation (vgl. *Inglehart, 1998, S. 191 ff.*).

Waren in der Jugendphase Erfahrungen von Entbehrung und wirtschaftlicher Not prägend, orientieren sich Menschen stärker an materiellen Bedürfnissen und Sicherheitsmotiven als Personen mit Erfahrungen von existenzieller Sicherheit und permanenter Verfügbarkeit von Konsumgütern.

Anhand der Sozialisationshypothese lässt sich erklären, warum die Generation, die vor den 20er-Jahren des letzten Jahrhunderts geboren wurden, in deutlich stärkerem Maße materialistische Werte vertrat als die Generation, die nach dem Zweiten Weltkrieg zur Welt kam. Die jüngere Generation wuchs/wächst in einer Periode des wirtschaftlichen Überflusses auf.

Die in der Europäischen Gemeinschaft befragten Bürger bestätigten die Annahmen der Mangel- als auch Sozialisationshypothese. Die Differenz zwischen den Generationen war sehr auffällig. Der in der Gesamtbevölkerung feststellbare langfristige Anstieg postmaterieller Werte ist hauptsächlich darauf zurückzuführen, dass die ältere Generation von der jüngeren abgelöst wird.

> *„Während die Mangelhypothese unterstellt, dass Wohlstand zur Ausbreitung postmaterialistischer Werte führt, impliziert die Sozialisationshypothese, dass sich weder die Werte eines Individuums noch die einer Gesellschaft über Nacht ändern. Grundlegender Wertewandel findet meistens dann statt, wenn jüngere Geburtskohorten[3] ältere in der Erwachsenenpopulation einer Gesellschaft ersetzen. Folglich findet man auch nach einer Periode ökonomischer und physischer Sicherheit wesentliche Differenzen in den Werteprioritäten älterer und jüngerer Generationen: Diese wurden durch unterschiedliche Erfahrungen in den Entwicklungsjahren geprägt."*
>
> *(Inglehart, 1998, S. 191 f.)*

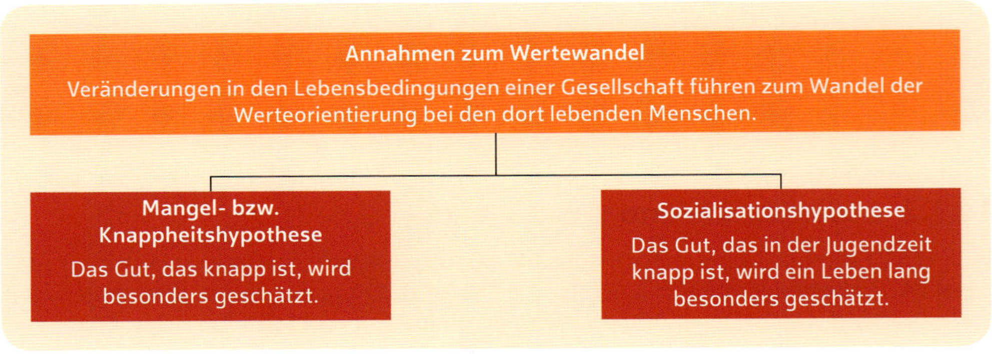

→ **Materialien 2:** Werteverteilung nach Altersgruppen

10.2.3 Entwicklungsrichtungen des Wertewandels

Die von Ronald *Inglehart* in den 1970er-Jahren festgestellte ***Richtung des Wertewandels*** geht zunehmend weg von ***materialistischen*** hin zu ***postmaterialistischen Werten***.

[1] Kohorten sind Geburtsjahrgänge

Die Priorität der Nachkriegsgeneration lag auf materialistischen Werten der Existenzsicherung, ökonomische und körperliche Sicherheit, Unterordnung gegenüber Autoritäten, Gehorsam, Pflichterfüllung usw. Menschen mit postmaterialistischen Werten betonen Lebensqualität, Selbstverwirklichung, Emanzipation von Autoritäten, Autonomie, politische Beteiligung u. a.

Dieser Wandel von materialistischen zu postmaterialistischen Werten vollzieht sich langsam, aber stetig. Deshalb spricht *Inglehart* von einer **„stillen Revolution"**.

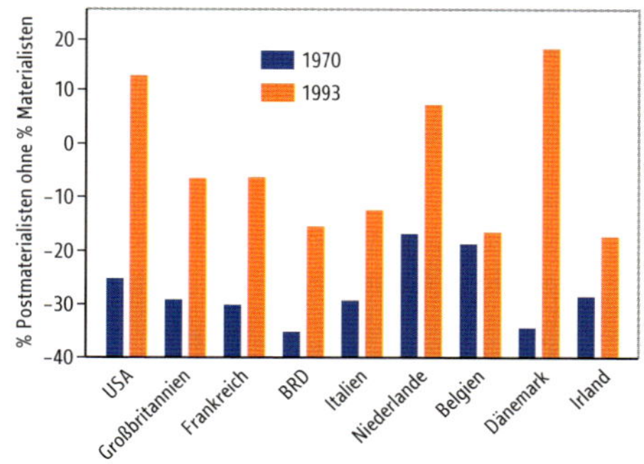

(Bildquelle: Inglehart, 1998, S. 201).

Stille Revolution bezeichnet den langsamen Wandel von den materialistischen zu den postmaterialistischen Werten.

Als Ursachen für den gesellschaftlichen Wandel sieht *Inglehart* die Abwesenheit von Krieg, den wirtschaftlichen Aufschwung, die Bildungsexpansion und Medienrevolution, somit die Wechselwirkungen zwischen ökonomischen, politischen und kulturellen Entwicklungen (vgl. *Inglehart, 1998, S. 13, 89 f.*):

- Wirtschaftliche Entwicklungen können kulturellen Wandel verursachen, so wie auch kulturelle Werthaltungen Einfluss auf Wirtschaft und Politik haben.
- Grundwerte einer Gesellschaft verändern sich vor allem dadurch, dass ein Generationenwechsel stattfindet. Das bedeutet, dass sich gesellschaftlicher Wandel in relativ großen Zeiträumen vollzieht.

„Einigkeit (besteht) darüber, dass wir in einem Zeitalter leben, in dem die meisten Menschen größere Freiheitsgrade denn je haben. [...] Wohlstand, Bildungsexpansion, Liberalisierung usw. haben seit den 1960er-Jahren den Einzelnen immer mehr Ressourcen an die Hand gegeben. [...] Die Chancen der individuellen Entfaltung sind in den vergangenen Jahrzehnten beträchtlich gewachsen, und diese Möglichkeiten wurden zu erheblichen Teilen auch genutzt. Immer mehr Menschen verfolgen im alltäglichen Verhalten immer mehr ihre eigenen Zielsetzungen [...] Selbstentfaltung, Selbstverwirklichung. [...]"

(Hradil, 2002, S. 31)

Eine sehr effektive Überlebensstrategie für den Einzelnen ist die Orientierung an Profitmaximierung, für die Gesellschaft hingegen ist es die Steigerung des Wirtschaftswachstums. Ist jedoch ein gewisses Wohlstandsniveau und ein gewisser Grad an ökonomischer Stabilität erreicht, führt dies nur zu einer minimalen Verlängerung der Lebenserwartung und Verbesserung des subjektiven Wohlbefindens.

Entwicklungsrichtung des Wertewandelsangewiesen

weg von materialistischen Werten → hin zu postmaterialistischen Werten

→ **Materialien 3:** Phasen des gesellschaftlichen Wertewandels

Auf seiner Werteskala unterscheidet *Inglehart* (*1998, 192 ff.*) neben den beiden Polen materialistische und postmaterialistische Orientierung zwei Wertetypen: **Materialisten** und **Postmaterialisten.**

- **Materialisten** sind Personen, die geneigt sind, eher konservative Werte zu vertreten, sie sind mit der bestehenden Sozialstruktur tendenziell zufrieden, ihr Bestreben ist es, Tradition, Gesellschaftsnormen und Moral aufrechtzuerhalten.

Materialisten stehen zum Beispiel der Homosexualität negativ gegenüber und missbilligen Abtreibungen. Sie sind patriotischer und religiöser eingestellt als Postmaterialisten. Das erklärt *Inglehart* damit, dass ein Individuum, das wenig Sicherheit erlebt, mehr Halt in der Religion sucht.

- **Postmaterialisten** tendieren eher zu Werten der Selbstentfaltung, sind gegenüber neuen Ideen aufgeschlossener, können Vielfalt besser tolerieren und zeigen eine höhere Bereitschaft zu politischer Beteiligung und Protestaktionen, um gesellschaftliche Veränderungen herbeizuführen. Sie sind weniger besorgt um die körperliche oder wirtschaftliche Sicherheit als die übrige Bevölkerung. Höchste Priorität hat das Streben nach beruflicher Selbstverwirklichung, weniger das Kinderkriegen. In allen entwickelten Industriegesellschaften nahm die Geburtenrate kontinuierlich ab, die Scheidungsrate zu.

Postmaterialisten sind in politischen Bewegungen, wie beispielsweise in der Umweltschutz- oder Friedensbewegung, stark überrepräsentiert. Sie neigen stärker dazu, entsprechende Parteien zu wählen. Sie treten häufiger für die Gleichberechtigung der Frauen sowie die Freigabe der Abtreibung ein.

> *„Die […] ‚postmateriellen Persönlichkeiten' sind nach Inglehart gegenwärtig noch eine Minderheit, würden aber in Zukunft die Gesellschaft bestimmen. Für sie verlöre die Berufsarbeit ihre Zentralität, und an deren Stelle träten die Werte einer Spaßgesellschaft der Freizeit. [Er] […] ermittelte […] in Umfragen in westlichen Wohlstandsgesellschaften um ca. 20 Prozent ‚Postmaterialisten', für die eine akademische Bildung und das Aufwachsen in einem Haushalt der höheren Schichten charakteristisch sei."*
>
> *(Scheuch, 2003, S. 20)*

In seinen Untersuchungen in den 1970er-Jahren hat *Inglehart* auch Mischtypen festgestellt. Neben den Gruppen mit extrem ausgeprägten materialistischen oder postmaterialistischen Zielsetzungen gibt es den **„gemischt materialistischen Typ"** und den **„gemischt postmaterialistischen Typ"**. In fünf untersuchten Ländern der westlichen Welt sind insgesamt betrachtet beinahe 40 % Materialisten und 19 % gemischt materialistische Typen festzustellen. Deutlich geringer vertreten sind mit 19 % „gemischt materialistische Typen" und nur 9 % „Postmaterialisten". In der Gesamtbevölkerung stellen sie demnach immer noch eine Minderheit dar. (vgl. *Inglehart, 1984[3], 295*).

> *„Je jünger die Kohorte, umso geringer der Anteil der Materialisten im Vergleich zu den Postmaterialisten; der Abstand ist besonders groß zwischen der Vor- und der Nachkriegsgeneration. […] Angehörige der jüngeren Generation (neigen) insbesondere dann eher zum Postmaterialismus […], wenn sie in wohlhabenden Familien aufgewachsen sind. […] Die Jungen sind nicht weniger materialistisch gesinnt, weil sie jung sind, sondern weil sie in einer Zeit größerer ökonomischer Sicherheit herangewachsen sind."*
>
> *(Thome, 2005[2], S. 397 f.)*

Erst nach dem Zweiten Weltkrieg traten Postmaterialisten in größerer Anzahl auf. Für den Zeitraum von 1970 bis 1994 stellten *Ronald Inglehart und Paul Abramson* fest, dass die Postmaterialisten zahlenmäßig mit Ausnahme von Belgien in allen befragten Ländern deutlich angestiegen sind. Haben in Gesellschaften postmaterialistische Werte einen besonders hohen Stellenwert, wie dies in Schweden, Norwegen oder Dänemark bereits der Fall ist, wird dort der Bevölkerungsanteil der Postmaterialisten kaum unzufrieden mit der Gesellschaft oder dem politischen System sein. In Westeuropa und den Vereinigten Staaten ist ihr Anteil besonders hoch bei jungen, gebildeten und in wohlhabenden Familien aufgewachsenen Menschen. Der Bildungsprozess an sich und das Aufwachsen in einer Zeit größerer ökonomischer Sicherheit fördern postmaterialistische Einstellungen. Jedoch alle Altersgruppen reagieren auf eine sich aktuell verändernde ökonomische Lage wie beispielsweise eine zunehmende Inflation und Arbeitslosigkeit (vgl. *Inglehart, 1998, S. 199 ff.*).

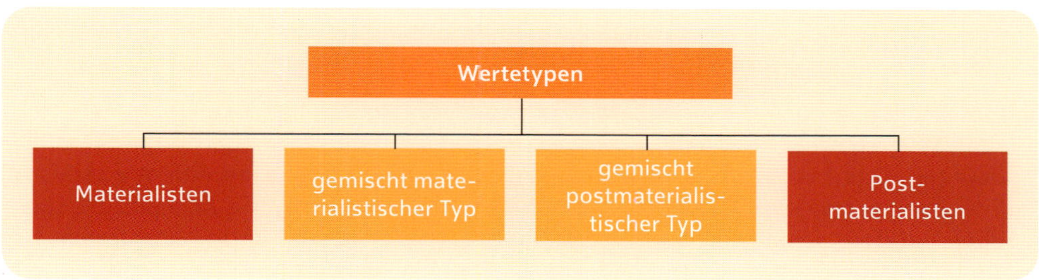

→ **Materialien 4:** Die Wertedynamik nach Helmut Klages

10.2.4 Auswirkungen des Wertewandels

Die Verschiebung von materialistischen Werten existenzieller Sicherheit hin zu postmaterialistischen Werten hatte laut *Inglehart* (*1998, S. 61 f., 68 ff., 449 ff.*) in allen untersuchten Gesellschaften feststellbare Auswirkungen:

- Im politischen Bereich ist ein Autoritätsverlust regierender Eliten festzustellen, zugleich erhalten selbstbestimmtes Handeln und aktive, zielbezogene Beteiligung vieler Menschen an der Politik einen höheren Stellenwert. Das Vertrauen in und die Treue gegenüber althergebrachten Parteien sowie die Wahlbeteiligung sind rückläufig.
- Auf schnellen wirtschaftlichen und politischen Wandel in Gesellschaften reagieren Menschen mit Ablehnung des Neuen, sie beharren auf vertrauten kulturellen Mustern. Bei großer Unsicherheit treten Tendenzen auf, starke Führer zu verherrlichen und sich diesen unterzuordnen, fremdenfeindliche und autoritäre Reaktionen entstehen.
- Für viele Menschen erhalten subjektives Wohlbefinden und Lebensqualität erste Priorität, Wirtschaftswachstum und wirtschaftliches Leistungsvermögen verlieren an Bedeutung. Das Interesse an attraktiven und sinnvollen Tätigkeiten nimmt zu, das an Einkommenssteigerung und Arbeitsplatzsicherheit nimmt ab. Die Akzeptanz gegenüber Marktwirtschaft und freiem Kapitalismus steigt, hierarchische Autoritätsmuster werden zunehmend abgelehnt, individuelle Freiheit wird betont.
- In Bezug auf Familie und Fortpflanzung hat die Wahlmöglichkeit von individuellem Sexualverhalten dazu geführt, dass traditionelle Normen an Bedeutung verlieren. Homosexualität wird akzeptiert, die Familie für den Lebensstil als optional betrachtet. Die höchste Priorität hat nicht das Kinderkriegen, sondern berufliche Selbstverwirklichung. Immer mehr Menschen entscheiden sich gegen ein Kind oder dazu, es erst relativ spät zu bekommen.
- Das Vertrauen in die Kirchen und Kirchenmitgliedschaft nimmt bei Menschen in Industriegesellschaften ab. Trotzdem verbringen Menschen immer mehr Zeit damit, über den Sinn des Lebens nachzudenken.
- In allen stabilen und reichen Gesellschaften mit einem ausreichenden Niveau an Wohlstand und Sicherheit werden sich postmaterielle Werte, die das Wohlbefinden fördern, ausbreiten. Insbesondere in Schichten mit hoher Sicherheit werden postmoderne Werte zunehmen, in weniger abgesicherten Schichten werden Werte der Existenzsicherung auch künftig sehr bedeutsam sein.
- Nehmen in Gesellschaften über einen längeren Zeitraum hinweg ökonomische und physische Sicherheit zu, zeigen sich große Werteunterschiede zwischen der jüngeren und älteren Generation in Bezug auf materialistische und postmaterialistische Werte.
- Selbstentfaltungswerte, der Wunsch nach Freiheit und Mitbestimmung bewirken eine zunehmende Demokratisierung der Gesellschaften.
- Die zunehmende Akzeptanz der Gleichheit zwischen den Geschlechtern beeinflusst auch das Wahlverhalten und führt zu einer hohen Akzeptanz von Frauen als politische Führungspersonen. Themen wie Umweltschutz und Bürgerbeteiligung werden von den Parteien aufgegriffen, neue Parteien entstehen.

Auf den Punkt gebracht

- Veränderungen in den Lebensbedingungen der Menschen führen zu einem Wertewandel. *Ingleharts* Theorie basiert auf zwei Hypothesen, der Mangel- bzw. Knappheitshypothese und der Sozialisationshypothese. Laut der Mangel- bzw. Knappheitshypothese haben Güter, die knapp und schwer zugänglich sind, den höchsten subjektiven Wert. Menschen streben nach Absicherung ihrer Grundversorgung, körperlicher, wirtschaftlicher Sicherheit. Erleben sie ökonomischen Mangel, sind sie eher an materialistischen Werten orientiert. Leben sie jedoch in Wohlstand und in einer sicheren Umwelt, ermöglicht dies die Entfaltung von individuellem Wachstum und eine Orientierung an postmaterialistischen Werten wie Wohlbefinden und Selbstverwirklichung. Diese Verschiebung der Prioritäten lässt sich auch politisch feststellen.
- Die Sozialisationshypothese besagt, dass individuelle Werthaltungen einer Person sich größtenteils an den sozioökonomischen Umweltbedingungen und Sozialisationserfahrungen orientieren, die in ihrer Jugendphase – „formative years" – vorherrschend waren. Diese grundlegenden Wertorientierungen bleiben lebenslang relativ stabil. Der Wandel in den Wertorientierungen der jungen im Vergleich zur älteren Generation lässt sich dadurch erklären, dass diese Generation in einer Periode des wirtschaftlichen Überflusses und der Sicherheit aufgewachsen ist. Veränderungen in den Lebensbedingungen von einer Generation zur andern führen zu einem generationsspezifischen Wandel der Wertorientierungen.
- Die Richtung des Wertewandels geht langsam, aber stetig weg von materialistischen hin zu postmaterialistischen Werten, weshalb *Inglehart* von einer „stillen Revolution" spricht.
- Im Rahmen seiner Theorie unterscheidet er jeweils zwei zentrale Wertetypen und Mischtypen: Materialisten vertreten eher konservative Werte, weisen eine hohe Zufriedenheit mit der bestehenden Sozialstruktur auf und streben nach Aufrechterhaltung von Tradition und Moral. Postmaterialisten sind aufgeschlossen gegenüber neuen Ideen, haben eine hohe Bereitschaft zu politischer Beteiligung, Protestaktionen, sind wenig besorgt um wirtschaftliche Sicherheit. Daneben lassen sich in den Untersuchungen der gemischt materialistische und der gemischt postmaterialistische Typ feststellen.
- *Inglehart* stellte durch den stetigen Wandel der Werte Auswirkungen auf unterschiedliche gesellschaftliche Bereiche fest: Autoritätsverlust regierender Eliten, zunehmende Bereitschaft, sich politisch zu beteiligen. Feststellbar ist eine Abkehr von kirchlichen und staatlichen Autoritäten. Auf raschen wirtschaftlichen und politischen Wandel in der Gesellschaft reagieren die Menschen mit Ablehnung des Neuen, verharren auf vertrauten, kulturellen Mustern, tendieren zur Verherrlichung starker Führer und Fremdenfeindlichkeit. Das subjektive Wohlbefinden, die individuelle Freiheit und Lebensqualität werden betont.
- Zwischen der jüngeren und älteren Generation zeigen sich Unterschiede hinsichtlich materialistischer und postmaterialistischer Werte, die berufliche Selbstverwirklichung hat einen hohen Stellenwert, Familie wird optional betrachtet. In mittleren und oberen Schichten nehmen postmoderne Werte zu, in

unteren Schichten bleiben materielle Werte bedeutsam. Freiheit und Selbstentfaltung bewirken eine zunehmende Demokratisierung. Gesellschaftliche Themen werden von den Parteien aufgegriffen, neue Parteien entstehen. Bürger entwickeln eine zunehmende Bereitschaft zu politischer Beteiligung. Gleichheit zwischen den Geschlechtern und Frauen als politische Führungspersonen finden immer mehr Akzeptanz.

Wiederholen, Vertiefen, Anwenden

6. Beschreiben Sie die Mangel- bzw. Knappheitshypothese nach *Inglehart* und erläutern Sie diese anhand der *Lernsituation 10.2* „Die sparsame ältere Generation". Berücksichtigen Sie dabei relevante Fachbegriffe und Annahmen.

7. Diskutieren Sie diese Hypothese anhand Ihrer Erfahrungen mit Senioren im Praktikum oder Personen aus Ihrem Bekanntenkreis. Beziehen Sie in Ihre Überlegungen auch das Bedürfnismodell nach *Maslow* (*Materialien 1*) mit ein.

8. a) Bestimmen Sie die Begriffe materialistische und postmaterialistische Werte. Erläutern Sie diese anhand von Handlungssituationen aus Ihrem Erfahrungsbereich oder Ihrer individuellen Wertorientierung.
   b) Recherchieren Sie im Internet, welche Wertorientierungen in der jungen Generation zunehmen.

9. Zeigen Sie den Wertewandel unserer Gesellschaft im politischen Bereich auf. Verdeutlichen Sie die Verschiebung von einer materialistischen hin zur postmaterialistischen Werteorientierung an aktuellen Meldungen.

10. Begründen Sie, welcher Zusammenhang zwischen Werten und Bedürfnissen eines Menschen besteht. Lesen Sie hierzu „Die Bedürfnispyramide nach *Maslow*" in *Materialien* 1.

11. Verdeutlichen Sie die Sozialisationshypothese und reflektieren Sie kritisch über die Auswirkungen Ihrer Sozialisationserfahrungen auf Ihre Werteorientierung.

12. Diskutieren und begründen Sie den Wandel der Werte auf der Grundlage der von *Inglehart* ermittelten Untersuchungsergebnisse.

13. *Sozialisationserfahrungen in der Jugendzeit*
   a) Befragen Sie Ihre Mitschüler, Verwandte der älteren Generation zu ihren Sozialisationserfahrungen in der Jugendzeit.
   b) Erstellen Sie eine Skala von 1–10 zu jedem Wert, den *Wiswede* in seiner Tabelle in *Abschnitt 10.2.1* auflistet. Lassen Sie die befragte Person die Wichtigkeit des jeweiligen Wertes angeben und halten Sie den ermittelten Skalenwert schriftlich fest.
   c) Fertigen Sie eine vergleichbare Grafik an wie die nach Klages in *Materialien 4*.
   d) Beurteilen Sie anhand der Selbsteinschätzungen die überwiegende Wertorientierung – materialistisch oder postmaterialistisch – dieser Person.

14. *Klages spricht im Unterschied zu Inglehart von Pflicht- und Akzeptanzwerten sowie Selbstentfaltungswerten (vgl. Materialien 4).*
Vergleichen Sie die Typologie beider Autoren und beurteilen Sie die jeweils gewählte Typologie.

15. *Ihre Beweggründe für Ihren Berufswunsch*
a) Schreiben Sie auf Metaplankarten Ihren Berufswunsch und begründen Sie, welche Beweggründe Sie für die Wahl dieses Berufes haben.
b) Sammeln Sie die Metaplankarten ein und pinnen Sie diese an die Pinnwand.
c) Beurteilen Sie, welche Werteorientierung bei der Berufsorientierung möglicherweise eine Rolle spielt.
d) Befragen Sie Ihre Mitschüler, ob sie sich bei ihrer beruflichen Entscheidung mehr am Bedürfnis nach Sicherheit oder nach Selbstentfaltung leiten lassen.
e) Diskutieren Sie, ob sich in Ihrer Klasse aufgrund der ermittelten „Traumberufe" eine Tendenz zum Typ Materialist oder Postmaterialist nachweisen lässt.
f) Beurteilen Sie, ob sich in Ihrer Klasse *Ingleharts* These, dass der postmaterialistische Persönlichkeitstyp zunehmen wird, nachweisen lässt.

16. Zeigen Sie auf Grundlage der Wertetheorie die Richtung des gesellschaftlichen Wertewandels auf.

17. a) Erläutern und begründen Sie, weshalb *Inglehart* von „einer stillen Revolution" spricht.
b) Beschreiben Sie die Ursachen für den gesellschaftlichen Wandel. Zeigen Sie diese anhand aktueller Beispiele auf.

18. *Inglehart unterscheidet zwei Wertetypen – Materialisten und Postmaterialisten.*
a) Beschreiben Sie diese beiden Grundtypen.
b) Zeigen Sie die Unterschiede in den Wertorientierungen beider Typen auf.
c) Erläutern Sie die Mischtypen und begründen Sie, weshalb es sinnvoll ist, bei einer Werteanalyse auch Mischtypen zu berücksichtigen.

19. a) Lesen Sie die Grafik zur Werteverteilung nach Altersgruppen in *Materialien 2.*
b) Beschreiben Sie die Verteilung der Materialisten und Postmaterialisten.
c) Interpretieren Sie die Auswirkungen des Alterseffekts.

20. a) Verdeutlichen Sie die gesellschaftlichen Auswirkungen des festgestellten Wertewandels.
b) Beurteilen Sie den wirtschaftlichen, politischen und sozialen Wandel. Begründen Sie, ob man von einer zunehmenden Demokratisierung sprechen kann.
c) Diskutieren Sie, ob es den häufig beklagten Werteverfall in unserer Gesellschaft tatsächlich gibt.

21. *Manche Menschen betonen Lebensqualität, Selbstverwirklichung und die Zugehörigkeit zu sozialen Gruppen. Familie und Kinder gehören nicht zwingend zu ihrem Lebensentwurf. Andere wiederum sind mit der gesellschaftlichen Sozialstruktur zufrieden, Moral und Traditionen werden propagiert.*
Ordnen Sie diese Wertorientierungen den Wertetypen nach *Inglehart* zu.

22. Lesen Sie *Materialien 3* „Phasen des gesellschaftlichen Wertewandels".
a) Stellen Sie diese in Form eines Mindmaps dar.
b) Reflektieren Sie in Kleingruppen, welche Länder im internationalen Vergleich sich in ihrer Werteorientierung einzelnen Phasen zuordnen lassen.
c) Präsentieren Sie Ihre Ergebnisse im Plenum und diskutieren Sie unterschiedliche Sichtweisen.
d) Klären Sie noch offene Fragen.

23. *Die wilden 68er!*
a) Entwickeln Sie Interview-Fragen zu gesellschaftlichen Wertorientierungen in den Bereichen Wirtschaft, Politik, Kultur, Gruppenzugehörigkeit, Partnerschaft, Sexualität, Familie, Arbeit bzw. Beruf, Religion usw.
b) Führen Sie in Kleingruppen eine Befragung bei Personen aus Ihrem Bekannten- und Verwandtenkreis über die 70er-Jahre durch.
c) Interviewen Sie Gleichaltrige, Freunde, Mitschüler mithilfe derselben Fragen.
d) Vergleichen Sie, in welchen Bereichen ein Wertewandel stattgefunden hat.
e) Präsentieren Sie Ihre Ergebnisse in der Klasse.

24. *Werteorientierung meiner Freunde oder Mitschüler*
a) Führen Sie mit Freunden, Mitschülern ein Interview durch. Filmen Sie die Antworten mit Ihrem Smartphone oder lassen Sie die interviewte Person zu folgenden Fragen jeweils ein kurzes Statement schreiben.
- Welche Rolle spielt der Glaube bzw. die Religion für dich?
- Was ist dir in deinem Leben wichtig? An welchen Werten orientierst du dich?
- Wie gestaltest du deine Freizeit? Welche digitalen Medien nutzt du?
- Was gibt deinem Leben Sinn?
- Wie möchtest du später leben?
- Welche Verkehrsmittel nutzt du im Alltag?
- Wie wichtig sind dir ein Führerschein und ein eigenes Auto?
- Wie stellst du dir effektiven Umweltschutz vor? Was bist du selbst bereit, dafür zu tun?
- Wie stellst du dir eine ideale Beziehung vor?

b) Präsentieren Sie Ihre Ergebnisse in der Klasse.
c) Vergleichen Sie die jeweiligen Aussagen mit denen der in den 70er-Jahren jungen Generation.

25. Suchen Sie nach Filmen aus der Zeit von früher und heute, anhand derer sich familiäre Werte und Rollen beobachten lassen. Verdeutlichen Sie an ausgewählten Passagen den Wertewandel in unserer Gesellschaft.

10.3 Kritische Würdigung der Theorie des Wertewandels

Lernsituation

Werte früher und heute

„Die Theorie des Wertewandels ist schon interessant", bemerkt Sophie. „Wie war das denn zu Ihrer Zeit, in Ihrer Generation?", fragt Emma die Lehrkraft. „Gefühlt anders als in der heutigen Zeit, in vielen Bereichen, nicht nur in der Familie. Seit der Veröffentlichung dieser Theorie sind auch schon wieder etlichen Jahre vergangen", antwortet diese. „Mich würde brennend interessieren, wie die Jugend heute tickt", wirft Sophie ihren Gedanken in die Diskussion ein. „Dann sollten wir nach neueren Untersuchungsergebnissen im Internet recherchieren, beispielsweise Aussagen von Jugendlichen im Rahmen einer aktuellen Shell-Studie oder SINUS-Studie zu gesellschaftlichen Werten", regt die Lehrkraft an. Danach ziehen wir eine Gesamtbilanz zur Wertetheorie und setzen uns kritisch damit auseinander", ergänzt sie.

Vergleichen Sie die in den fotografischen Momentaufnahmen zum Ausdruck kommenden Werte der Familie aus den 60er-Jahren mit den Werten der Familie in der heutigen Zeit: In welchen Bereichen hat in unserer Gesellschaft ein Wandel stattgefunden? Was finden Sie an dieser Theorie positiv? Was beurteilen Sie eher kritisch? Welchen Erklärungswert hat diese Theorie?

I Information

10.3.1 Empirische Befunde zum sozialen Wertewandel

In den 1990er-Jahren hat sich in den empirischen Befunden ein Wandel der Werte in verschiedener Hinsicht gezeigt:

- In den Wertvorstellungen der Menschen heute hat die ***Gemeinschaft*** einen viel höheren Stellenwert als in den beiden Jahrzehnten zuvor. Im Vordergrund stehen nicht Wahlgemeinschaften, die jederzeit aufzukündigen sind, sondern langfristig vorgestellte Familienplanung und durchaus verpflichtende (quasi) eheliche Partnerschaften. Die Erwartung von Treue ist hiermit verbunden.

- Auch der Wert von ***Sicherheit***, insbesondere der Wunsch nach einem sicheren Arbeitsplatz, ist für die Menschen sehr bedeutsam.
- Entgegen *Ingleharts* These haben materialistische Werthaltungen wieder an Bedeutung gewonnen. Sie zeigen sich in Verbindung mit Entfaltungswerten. Einkommen beispielsweise wird als Mittel zur Selbstentfaltung angesehen.
- *Inglehart* hat zwar an den Grundannahmen seiner Theorie festgehalten, jedoch im Detail Veränderungen vorgenommen: Sozialen Wandel sieht er nicht mehr als lineare Entwicklung. Vorstellungen, dass Modernisierung gleichgesetzt werden könnte mit Verwestlichungs- bzw. Amerikanisierungsprozessen, weist er zurück. Im Gegenteil, laut seinen empirischen Analysen seien eher Länder wie Schweden und Norwegen Vorreiter des Modernisierungsprozesses (vgl. *Rössel, 2011², S. 723 f.*).

10.3.2 Kritik an der Wertetheorie von *Inglehart*

Ingleharts Wertetheorie hat jedoch auch viel Kritik hervorgerufen:

- Umstritten ist *Ingleharts* Annahme, dass der Wertewandel von den materialistischen zu postmaterialistischen Werten verlaufen soll. *Helmut Klages*[1] und auch andere Werteforscher sprechen von einer Synthese materialistischer und postmaterialistischer Werte. Die Realisierung von Selbstverwirklichungswerten erfordere größere wirtschaftliche Investitionen.
- Das subjektive Gefühl der Existenzsicherung hat *Inglehart* durch Untersuchungen nicht systematisch überprüft. Unklar ist auch, von welchen Kriterien dieses Gefühl abhängt.
- Bemängelt wird auch, dass Sozialisationsprozessen wenig Aufmerksamkeit geschenkt würde. Der Fokus liege zu sehr auf materieller Sicherheit der Person. Die Bedeutung kultureller Traditionen beim Prozess des Wertewandels könne nicht erklärt werden. Zudem schränke *Inglehart* die Sozialisation von Werten auf das Jugendalter ein, was nicht der Realität entspräche. Vor allem in der Kindheit würden grundlegende Werte gelernt. In Auseinandersetzung mit der Erwachsenenwelt reflektiere der Jugendliche diese meist fraglos übernommenen Werte und entwickele im Laufe der Jugendphase sein eigenes Werteprofil (vgl. *Hobmair, 2017⁶, S. 358*).
- In aktuellen Studien zeigt sich, dass Bildung und die wirtschaftliche Situation in der Gegenwart hohe Relevanz für die Wertepriorität einer Person haben, nicht die wirtschaftliche Situation in der Kindheit und Jugend.
- Auch hat *Inglehart* versäumt, die Entstehung von Werten auf der individuellen Ebene differenziert zu erklären.
- Es besteht der Vorwurf, dass er keine stabilen Werte, sondern lediglich Einstellungen, die vom gesellschaftlichen Kontext abhängig sind, untersucht hat. Unberücksichtigt ist geblieben, dass der Wertewandel mehrdimensional ist und die abgefragten Zielprioritäten sich nicht ausschließen (vgl. *Rössel, 2011², S. 728 f.*).

[1] Eine Kurzbiografie von Helmut Klages befindet sich in Materialien 4.

Auf den Punkt gebracht

- Empirische Befunde belegen einen Wandel der Werte:
  - Gemeinschaft hat bei den Menschen in der heutigen Zeit einen viel höheren Stellenwert als in den beiden Jahrzehnten zuvor. Erwartungen von Treue und langfristige Partnerschaften stehen im Vordergrund.
  - Sicherheit, insbesondere der Wunsch nach einem sicheren Arbeitsplatz, ist bedeutsam.
  - Entgegen *Ingleharts* These haben materialistische Werthaltungen wieder an Bedeutung gewonnen, allerdings in Verbindung mit Entfaltungswerten. Einkommen wird als Mittel zur Selbstentfaltung gesehen.
  - An den Grundaussagen der Theorie hat *Inglehart* festgehalten, im Detail jedoch Veränderungen vorgenommen: Sozialen Wandel betrachtet er nicht mehr als lineare Entwicklung. Vorstellungen, dass Modernisierung gleichgesetzt werden könnte mit Verwestlichungs- bzw. Amerikanisierungsprozessen, weist er zurück. Im Gegenteil, laut seinen empirischen Analysen seien eher Länder wie Schweden und Norwegen Vorreiter des Modernisierungsprozesses.
- An der Wertetheorie wurde jedoch auch viel Kritik geübt:
  - Umstritten ist die Richtung von materialistischen hin zu postmaterialistischen Werten. Es wäre sinnvoller, von einer Wertesynthese zu sprechen. Eine Realisierung von Selbstverwirklichungswerten erfordert größere wirtschaftliche Investitionen.
  - Kriterien für das subjektive Gefühl der Existenzsicherung wurden nicht systematisch überprüft.
  - Sozialisationsprozessen wird wenig Aufmerksamkeit geschenkt. Der Fokus liegt einseitig auf materieller Sicherheit der Person und Sozialisation in der Jugendzeit. Auch wird die Bedeutung kultureller Traditionen nicht erklärt.
  - Studienergebnisse zeigen, dass in der Gegenwart vor allem Bildung und wirtschaftliche Situation einer Person hohe Relevanz für die Wertepriorität hat, nicht die wirtschaftliche Situation in der Kindheit und Jugend.
  - Es wird versäumt, die Entstehung von Werten auf der individuellen Ebene zu erklären.
  - Kritisiert wird auch, dass von ihm keine stabilen Werte, sondern lediglich kontextabhängige soziale Einstellungen untersucht wurden. Unberücksichtigt bleibt, dass ein Wertewandel mehrdimensional ist.

Wiederholen, Vertiefen, Anwenden

26. *„Werte früher und heute"*

a) Lesen Sie *Lernsituation 10.4.*

b) Vergleichen Sie die in den beiden Momentaufnahmen zum Ausdruck kommenden Werte der Familie aus den 60er-Jahren mit den Werten der Familie in der heutigen Zeit.

c) Erläutern Sie, in welchen Bereichen unserer Gesellschaft ein Wandel stattgefunden hat.

27. Unterziehen Sie die Theorie des Wertewandels einer kritischen Würdigung. Beschreiben Sie dabei Stärken und Schwächen der Theorie. Überprüfen Sie welchen Erklärungswert diese Theorie hat.

28. *„In mehr als hundert Ländern haben am Freitag Schüler für mehr Klimaschutz demonstriert. Allein in Deutschland folgten etwa 300 000 Schüler dem ‚Fridays for Future'-Aufruf. [...] Die Proteste zeigten einen ‚weltweiten Generationenkonflikt, der 1968 in den Schatten stellen könnte', [...] Immer häufiger achteten Geldgeber auf die Klimabilanz ihrer Engagements [...] Das ist kein Strohfeuer mehr. Der Wandel hat begonnen." „67 Prozent der erwachsenen Deutschen sind nach dem jüngsten Politbarometer [...] auf Seiten der jugendlichen Klimaprotestierer, auch wenn die Demos während der Schulzeit stattfinden." (Bauchmüller, 2019, S. 1, S. 6)*

a) Diskutieren Sie in Kleingruppen über die weltweiten „Fridays for Future"-Demonstrationen vor dem Hintergrund der Theorie des Wertewandels nach *Inglehart*.

b) Beurteilen Sie in diesem Zusammenhang auch den Erklärungswert dieser Theorie.

Aufgabe zum gesamten Kapitel

29. *Was ist richtig? (vgl. Brandhofer-Bryan, 2008, S. 130)*

- Bilden Sie Dreier- oder Vierergruppen, sodass eine gerade Anzahl von Gruppen entsteht.
- Jeweils zwei Gruppen gehen zusammen.
- Jede Gruppe schreibt einen Teilbereich zu dem Thema „Sozialstruktur und soziale Schichtung" als Bericht nieder. Dabei baut sie drei bis fünf kleine Fehler ein.
- Die beiden Gruppen, die sich zusammengetan haben, tauschen ihre Blätter. Die andere Gruppe sucht nun auf ihrem erhaltenen Blatt die Fehler und markiert sie.
- Im Plenum werden der Bericht und die Verbesserungen – wenn möglich mit Begründung – vorgestellt.

Materialien Kapitel 10

1. Die Bedürfnispyramide nach Maslow

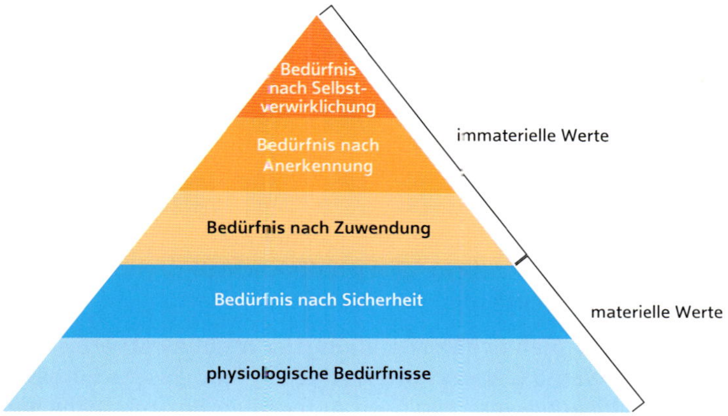

Maslow ging von einer Rangordnung der menschlichen Bedürfnisse aus, die sich in einer Bedürfnishierarchie niederschlägt: Die „tiefer liegenden" Bedürfnisse sind grundlegend für die „höheren"; die „höheren" entwickeln sich erst, wenn die „niedrigeren" angemessen befriedigt sind. Das jeweils hierarchisch niedrigste (noch) nicht befriedigte Bedürfnis ist das stärkste. (vgl. *Hobmair, 2017⁶, S. 306*)

2. Werteverteilung nach Altersgruppen

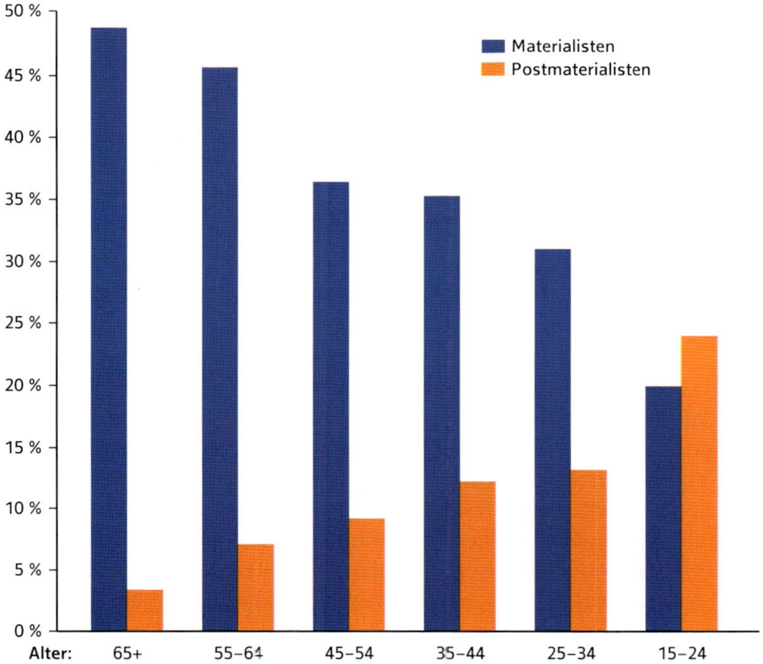

(Pickel/Kalanyós/Matzkows, 2009, S. 12)

3. Phasen des gesellschaftlichen Wertewandels

Der kulturelle Wandel der westlichen Welt wird von zwei Dimensionen begründet: Modernisierung und Postmodernisierung der Gesellschaft.

Vormoderne Gesellschaften wie beispielsweise Agrargesellschaften schaffen kulturell ein relativ stabiles Gleichgewicht, sie tragen sowohl wirtschaftlich als auch sozial zur Stabilisierung bei. Tradition, religiöse Werte und Normen, aber auch Gemeinschaftspflichten waren hoch angesiedelt und für das Überleben sehr wichtig. Sie wurden traditionell übernommen, der soziale Status von Geburt an festgelegt, die Mobilität war eingeschränkt. Die Entwicklung von Agrar- zu Industriegesellschaften und der damit verbundene kulturelle Wandel ließen den Kapitalismus entstehen, begleitet von Massenproduktion am Fließband, Kapitalanhäufung auf individueller Ebene und Orientierung an materialistischen Werten. Die zunehmenden wissenschaftlichen und technischen Errungenschaften führen zu raschen Veränderungen, zu schnellem Wirtschaftswachstum und sozialem Wandel von einer traditionellen zu einer modernen Form der Gesellschaft.

Modernisierung ging einher mit einer zunehmenden Betonung der Wichtigkeit wirtschaftlicher und individueller Leistung. Moderne Gesellschaften schufen hierarchische bürokratische Organisationen. Eine Verschiebung von religiösen Autoritäten hin zu staatlichen Autoritäten, zu wachsender Bürokratisierung, höherem Wohlstand und zunehmender Mobilität fand statt. Materialistische Werte erlangten höchste Priorität, Wirtschaftswachstum wurde mit Fortschritt und der erreichte Status mit individuellem Erfolg gleichgesetzt. Die Überlebensstrategie ist auf Mehrung des Wohlstandes gerichtet, durch Wirtschaftswachstum und individuelle Leistung (vgl. *Inglehart, 1998, S. 40 ff., 109 ff.*).

„Vor allem [...] ist die Modernisierung ein Prozess, der das ökonomische und politische Potential einer Gesellschaft vergrößert [...] der Kernprozess der Modernisierung [ist] die Industrialisierung: das Wirtschaftswachstum wird zum vorherrschenden Ziel der Gesellschaft und die Leistungsmotivation zum vorherrschenden Ziel des Individuums."

(Inglehart, 1998, S. 15)

Modernisierung meint den durch die Industrialisierung sowie technische und wissenschaftliche Errungenschaften ausgelösten Wertewandel in Richtung materialistischer Werte mit dem Ziel der Wohlstandsmehrung.

Das Leben in der postmodernen, entwickelten Industriegesellschaft ließ für weite Bevölkerungsteile mehr wirtschaftlichen Wohlstand, Existenzsicherheit und individuellen Freiraum entstehen. Im Verlauf der ***Postmodernisierung*** zeigten sich Tendenzen eines kulturellen Wandels. Durch den Generationenwechsel fand eine gesellschaftliche Verschiebung von materialistischen Werten mit hoher Priorität für ökonomische und individuelle Sicherheit hin zu postmaterialistischen Werten statt. Zum obersten Ziel wurde die Betonung der Lebensqualität. Damit einhergehend waren eine Loslösung von äußeren Autoritäten, auch gegenüber Vertretern von Institutionen und rigiden sozialen Normen, gleichzeitig fand eine Fokussierung auf das Individuum statt, auf Toleranz und Raum für Autonomie und Wahlmöglichkeiten. Feststellbar war ein ansteigendes Bildungsniveau, eine Ausbreitung der Massenkommunikation und steigende Lebenserwartung. Postmaterialistische Werte des Wohlbefindens und der Selbstverwirklichung werden in den Vordergrund gestellt, Wirtschaftswachstum wird der Lebensqualität untergeordnet. Diesen Wandel vollzogen in den letzten Jahren alle entwickelten Industriegesellschaften. Bei gebildeten Menschen sind postmaterialistische Werte tendenziell häufiger feststellbar (vgl. *Inglehart, 1998, S. 46, 468 ff.*).

Als kultureller Wandel lassen sich beispielsweise niedrige Geburtenraten, höhere Lebenserwartung der Bevölkerung beobachten. Politische Veränderungen zeigen sich in einer höheren Bereitschaft zur politischen Beteiligung der Menschen. Die ökonomische Entwicklung geht einher mit beispielsweise Massenbildung, beruflicher Spezialisierung, Bürokratisierung, Veränderung der Kommunikation.

„Die Bevölkerungen der entwickelten Industriegesellschaften bewegen sich […] in Richtung der postmodernen Werte und legen zunehmend wert auf Lebensqualität. Daten aus der ganzen Welt zeigen kulturelle Muster, die eng mit den ökonomischen und politischen Charakteristika bestimmter Gesellschaften verknüpft sind. […] der Aufstieg der entwickelten Industriegesellschaft führt zu einer Verschiebung von Werten, die das Überleben sichern, hin zu postmodernen Werten, die mannigfache Veränderungen von der Gleichberechtigung der Frauen bis hin zur Entstehung demokratischer politischer Institutionen immer wahrscheinlicher werden lassen.

(Inglehart, 1998, S. 472)

Postmodernisierung meint einen Wandel der Grundwerte, eine Verschiebung von materialistischen Werten des Überlebens hin zu postmaterialistischen Werten der Selbstentfaltung und Selbstverwirklichung.

Gesellschaftlicher Wandel von Modernisierung zu Postmodernisierung verläuft nicht linear. Typisch für postmodernes Denken ist, dass die Moderne beispielsweise kirchliche und zum Teil staatliche Autoritäten ablehnt. Postmoderne bedeutet, dass neue Werte und Lebensstile aufkommen. Individuelle Wählbarkeit der Lebensart führte zu mehr Toleranz gegenüber ethnischen, kulturellen und sexuellen Abweichungen (vgl. *Inglehart, 1998, S. 39*).

„[…] die moderne Weltanschauung […] in den westlichen entwickelten Industriegesellschaften [wurde] nach und nach ausgehöhlt und durch postmoderne Werte ersetzt […], bei denen anstelle von Hierarchie und Konformität, die zentral für die Moderne waren, Autonomie und Vielfalt des Menschen hervorgehoben […].“

(Inglehart, 1998, S. 44)

Phasen des gesellschaftlichen Wertewandels
„Der Wandel verläuft nicht linear.“

Vormoderne Gesellschaft:
Mangelgesellschaft
Vorherrschend sind Armut und Mangel.
Ziele: Überleben, Existenzsicherung

↓

Moderne Gesellschaft:
Industriegesellschaft
Prozess der Modernisierung durch die Industrialisierung; Überwindung der Armut
Ziele: gesellschaftliches Wirtschaftswachstum; individuelles Streben nach Wohlstand, Leistungsorientierung

↓

Postmoderne Gesellschaft:
Wohlstandsgesellschaft
Anstieg des Lebensstandards; Konsum- und Dienstleistungsgesellschaft
Ziele: Streben nach Individualisierung, Autonomie, Selbstverwirklichung und Verfeinerung des Lebensstils

4. Die Wertedynamik nach *Helmut Klages*

Neben *Roland F. Inglehart* hat sich auch *Helmut Klages* mit dem Wertewandel beschäftigt.

***Helmut Klages** (geb. 1930) ist Diplom-Volkswirt und hatte einen Lehrstuhl für Soziologie an der TU Berlin (1964–1974). Seit 1975 war er an der Hochschule für Verwaltungswissenschaften Speyer als Professor tätig. Er ist Mitbegründer des Zentrums Berlin für Zukunftsforschung e. V. Im Mai 2009 wurde Klages das Bundesverdienstkreuz am Bande für sein herausragendes ehrenamtliches Engagement verliehen.*

Helmut Klages

Nach *Klages* war es ein ***Wertewandelschub***, der in den 60er- und 70er-Jahren des letzten Jahrhunderts vor sich ging. Waren zunächst **Pflicht- und Akzeptanzwerte** von Bedeutung, vollzog sich ein Wandel zu den **Selbstentfaltungswerten**.

	Pflicht- und Akzeptanzwerte hin	zu → **Selbstentfaltungswerte**	
Bezug auf die Gesellschaft	Disziplin Gehorsam Leistung Ordnung Pflichterfüllung Treue Unterordnung Fleiß Bescheidenheit	Emanzipation Gleichbehandlung Gleichheit Demokratie Partizipation Autonomie	individualistische Gesellschaftskritik
		Genuss Abenteuer Spannung Abwechslung Ausleben	Hedonismus
Bezug auf das individuelle Selbst	Selbstbeherrschung Pünktlichkeit Anpassung Fügsamkeit Enthaltsamkeit	Kreativität Spontaneität Ungebundenheit Eigenständigkeit	Individualismus

(nach Klages, 1988, S. 57; Wiswede, 1998³, S. 230)

Die heutige Situation stellt nach *Helmut Klages* (*1988, S. 188*) ein ***Nebeneinander*** – eine **Koexistenz** – ***von „alten" und „neuen" Werten*** dar.

„[...] kann heute zusammenfassend festgestellt werden, dass die Pflicht- und Akzeptanzwerte während dieses Schubs[1] keineswegs zerstört, ausgelöscht oder in die Bedeutungslosigkeit verdrängt wurden. Vielmehr ergaben sich Einbußen, die dazu führten, dass diese Werte, die vorher überwiegend hohe Ausprägungen besessen hatten, durchschnittlich gesehen auf mittlere Ausprägungsgrade reduziert wurden. Umgekehrt wurden die Selbstentfaltungswerte, die vorher überwiegende niedrige Ausprägungen gehabt hatten, im Gesamtdurchschnitt der Bevölkerung in mittlere Ausprägungslagen emporgehoben."

(Klages, 1988, S. 58)

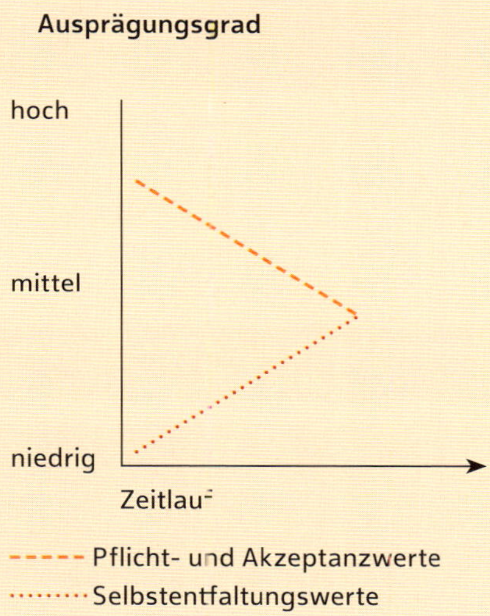

Klages hat entsprechend der Ausprägungsgrade der Pflicht- und Akzeptanzwerte einerseits und der Selbstentfaltungswerte andererseits vier **Wertetypen** kreiert (*Klages, 1988, S. 120, 122*):

Pflicht- und Akzeptanzwerte Selbstentfaltungswerte	hoch niedrig	*Typ 1* ordnungsliebende Konventionalisten
Pflicht- und Akzeptanzwerte Selbstentfaltungswerte	hoch hoch	*Typ 2* aktive Realisten
Pflicht- und Akzeptanzwerte Selbstentfaltungswerte	niedrig niedrig	*Typ 3* perspektivlose Resignierte
Pflicht- und Akzeptanzwerte Selbstentfaltungswerte	niedrig hoch	*Typ 4* nonkonforme Idealisten

Stellt man nun die Pflicht- und Akzeptanzwerte sowie die Selbstentfaltungswerte in je einer Dimension dar, so ergibt sich nach Klages folgende **Typologie der Werthaltungen** (vgl. *Wiswede, 1998[3], S. 231*):

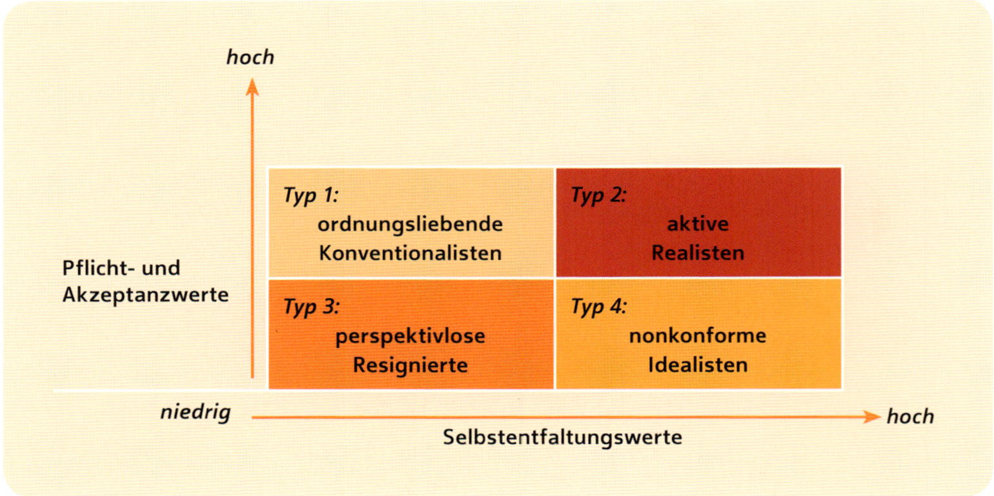

Gegenüberstellung der Wertetheorien Inglehart–Klages

	Inglehart	*Klages*
Werte	materielle Werte postmaterielle Werte	Pflicht- und Akzeptanzwerte Selbstentfaltungswerte
Wertetypen	Materialisten gemischt materialistischer Typ gemischt postmaterialistischer Typ Postmaterialisten	ordnungsliebende Konventionalisten aktive Realisten perspektivlose Resignierte nonkonforme Idealisten

Eine dritte Theorie des Wertewandels ist die von *Ulrich Beck* beschriebene **Individualisierung der Gesellschaft**, die in *Kapitel 1.3.4* dargestellt ist.

Verwendete Literatur

Abels, Heinz: Einführung in die Soziologie, Band 1: Der Blick auf die Gesellschaft, 5. Auflage, Wiesbaden, VS Verlag für Sozialwissenschaften, 2019.

Allesevo, Christian: Habitus nach Bourdieu, in: Alles Evolution, veröffentlicht am 30.11. 2012; www.allesevolution.wordpress.com/2012/11/30/habitus-nach-bourdieu/.

Allhoff, Dieter W./Allhoff, Waltraud: Rhetorik & Kommunikation – Ein Lehr- und Übungsbuch, 17. Auflage, München/Basel, Ernst Reinhardt Verlag, 2016.

Amann, Anton: Soziologie – Ein Leitfaden zu Theorien, Geschichte und Denkweisen, 4. Auflage, Wien u. a., Böhlau Verlag, 1996.

Amann, Susanne u. a.: Bitte unten bleiben! in: Der Spiegel, 19/2014, S. 59–64.

Andreas, Heinz/Groß, Hermann/Piroth, Herbert/Schreiber, Bernd: Sozialkunde – Ein handlungsorientiertes Lernbuch, 2. Auflage, Köln, Verlag H. Stam, 1995.

Anter, Andreas: Theorien der Macht zur Einführung, 3. Auflage, Hamburg, Junius Verlag, 2017.

Antons, Klaus: Die dunkle Seite von Gruppen, in: Edding, Cornelia/Schattenhofer, Karl (Hrsg.): Handbuch Alles über Gruppen – Theorie, Anwendung, Praxis, 2. Auflage, Weinheim/Basel, Beltz Verlag, 2015, S. 324–357.

Arbutina, Zoran: Das Kapital – Ein Buch, das die Welt verändern sollte; veröffentlicht am 13.09.2017, www.dw.com/de/das-kapital-ein-buch-das-die-welt-ver%C3%A4ndern-sollte/a-40492196 [Zugriff am 01.06.2019].

Arens, Christoph: Normalfamilie auf dem Rückzug – Ein Gespräch mit Corinna Omnen, in: Donaukurier, 63/2013, S. 41.

Aronson, Elliot/Wilson, Timothy/Akert, Robin: Sozialpsychologie, übersetzt und bearbeitet von Dr. Matthias Reiss, 8. Auflage, Hallbergmoos, Pearson, 2014.

Ayan, Steve: Jenseits des Bösen – Ein Gespräch mit Philip Zimbardo, in: Gehirn & Geist, 09/2011, S. 56 ff.

Backes, Laura/Großbongardt, Annette: „Im Moment sieht es düster aus“ – Ein Gespräch mit Andreas Heinz, in: Der Spiegel, 12/2019, S. 20 f.

Bahrdt, Hans Paul: Schlüsselbegriffe der Soziologie – Eine Einführung mit Lehrbeispielen, 9. Auflage, München, C. H. Beck Verlag, 2003.

Barlösius, Eva/Müller, Hans-Peter/Sigmund, Steffen (Hrsg.): Gesellschaftsbilder im Umbruch – Soziologische Perspektiven in Deutschland, Wiesbaden, Leske + Budrich Verlag, 2013.

Bartsch, Matthias u. a.: Ein Land, zwei Welten, in: Der Spiegel, 15/2019, S. 36–43.

Bartsch, Matthias u. a.: Neue Heimat, in: Der Spiegel, 16/2018, S. 10–18.

Barz, Heiner u. a.: Kulturelle Bildungsarmut und verzögerter Wertewandel, in: Quenzel, Gudrun/Hurrelmann, Klaus (Hrsg.): Bildungsverlierer – Neue Ungleichheiten, Wiesbaden, Verlag für Sozialwissenschaften, 2010, S. 95–122.

Bauchmüller, Michaela: „Die Zeit rennt, ihr pennt“, in Süddeutsche Zeitung, Nr. 64, HF 3, 16./17.03.2019, S. 1, S. 6.

Beck, Ulrich/Beck-Gernsheim, Elisabeth (Hrsg.): Riskante Freiheiten – Individualisierung in modernen Gesellschaften, 9. Auflage, Frankfurt a. M., Suhrkamp, 2015.

Beck, Ulrich/Beck-Gernsheim, Elisabeth: Individualisierung in modernen Gesellschaften – Perspektiven und Kontroversen einer subjektorientierten Soziologie, in: Beck, Ulrich/Beck-Gernsheim, Elisabeth (Hrsg.): Riskante Freiheiten, 9. Auflage, Frankfurt a. M., Suhrkamp Verlag, 2015, S. 10–39.

Beck, Ulrich: Jenseits von Stand und Klasse, in: Beck, Ulrich/Beck-Gernsheim, Elisabeth (Hrsg.): Riskante Freiheiten, 9. Auflage, Frankfurt a. M., Suhrkamp Verlag, 2015, S. 43–60.

Beck, Ulrich: Neonationalismus oder das Europa der Individuen, in: Beck, Ulrich/Beck-Gernsheim, Elisabeth (Hrsg.): Riskante Freiheiten – Individualisierung in modernen Gesellschaften, 9. Auflage, Frankfurt a. M., Suhrkamp, 2015, S. 466–480.

Beck, Ulrich: Risikogesellschaft – Auf dem Weg in eine andere Moderne, 23. Auflage, Frankfurt a. M., Suhrkamp Verlag, 2016.

Becke, Lisa u. a.: Sozialer Frust, in: Der Spiegel, 08/2019, S. 58 ff.

Beckert, Jens: Wirtschaft und Arbeit, in: Hans Joas (Hrsg.): Lehrbuch der Soziologie, 3. Auflage, Frankfurt a. M./New York, Campus Verlag, 2007, S. 449–480.

Berg, Stefan/Wensierski, Peter: „Wilde Spekulation ist Sünde" – Ein Gespräch mit Kardinal Reinhard Marx, in: Spiegel Edition Geschichte, 01/2018, S. 148–153.

Berger, Peter A./Neu, Claudia: Sozialstruktur und soziale Ungleichheit, in: Joas, Hans (Hrsg.): Lehrbuch der Soziologie, übersetzt von Ekkehard Schöller, 3. Auflage, Frankfurt a. M., Campus Verlag, 2007, S. 241–266.

Berner, Winfried: Konfliktfähigkeit – Mut zur klärenden Auseinandersetzung, 2017; www.umsetzungsberatung.de/konflikte/konfliktfaehigkeit.php [01.06.2019].

Bertelsmann-Stiftung (Hrsg.): Mittelschicht unter Druck?, Gütersloh, Verlag Bertelsmann Stiftung, 2012.

Biermann, Benno/Bock-Rosenthal, Erika/Doehlemann, Martin/Grohall, Karl-Heinz/Kühn, Dietrich: Soziologie – Studienbuch für soziale Berufe, 6. Auflage, München/Basel, Ernst Reinhardt Verlag, 2013.

Bilsky, Wolfgang: Werte, in: Brandstätter, Veronika/Otto, Jürgen H. (Hrsg.): Handbuch der Allgemeinen Psychologie – Motivation und Emotion, Göttingen u. a., Hogrefe Verlag, 2009, S. 46–51.

Bloch, Ernst: Spuren, Frankfurt a. M., Suhrkamp, 1985.

Bock-Rosenthal, Erika: Grundlagen der Gruppensoziologie und Gemeinwesenarbeit, in: Biermann, Benno/Bock-Rosenthal, Erika/Doehlemann, Martin/Grohall, Karl-Heinz/Kühn, Dietrich: Soziologie – Studienbuch für soziale Berufe, 6. Auflage, München/Basel, Ernst Reinhardt Verlag, 2013, S. 376–422.

Bock-Rosenthal, Erika: Soziale Ungleichheiten, in: Biermann, Benno/Bock-Rosenthal, Erika/Doehlemann, Martin/Grohall, Karl-Heinz/Kühn, Dietrich (Hrsg.): Soziologie – Studienbuch für soziale Berufe, 6. Auflage, München/Basel, Ernst Reinhardt Verlag, 2013, S. 204–264.

Bolte, Karl Martin/Kappe, Dieter/Neidhardt, Friedhelm: Soziale Schichtung, 4. Auflage, Opladen, Leske & Budrich, 1975.

Bonß, Wolfgang/Lau, Christoph (Hrsg.): Macht und Herrschaft in der reflexiven Moderne. Weilerswist, Velbrück Wissenschaft, 2011.

Bonß, Wolfgang/Lau, Christoph: Einleitung – Zum Strukturwandel von Macht und Herrschaft in der Moderne, in: Bonß, Wolfgang/Lau, Christoph (Hrsg.): Macht und Herrschaft in der reflexiven Moderne. Weilerswist, Velbrück Wissenschaft, 2011, S. 7–46.

Bosbach, Gerd/Korff, Jens J.: Die Zahlentrickser – Das Märchen von den aussterbenden Deutschen und andere Statistiklügen, München, Wilhelm Heyne Verlag, 2017.

Bourdieu, Pierre: Die feinen Unterschiede – Kritik der gesellschaftlichen Urteilskraft, übersetzt von Bernd Schwibs, Achim Russer 23. Auflage, Frankfurt a. M., Suhrkamp, 2016.

Brandhofer-Bryan, Kathleen: Lernen mit allen Sinnen – 72 sinn-volle Lernspiele, in Zusammenarbeit mit Helga Pfetsch, Offenbach, Gabal Verlag, 2008.

Brandstätter, Veronika/Otto, Jürgen H. (Hrsg.): Handbuch der Allgemeinen Psychologie – Motivation und Emotion, Göttingen u. a., Hogrefe Verlag GmbH, 2009.

Braun, Katja/Diekmann, Florian: So viel verdienen die Deutschen, in: Spiegel ONLINE vom 04.08.2017; http://www.spiegel.de/wirtschaft/soziales/loehne-auf-einen-blick-so-verdient-deutschland-a-1158777.html [01.06.2019].

Brecht, Berthold: Gesammelte Werke, Band 9: Gedichte 2, 2. Auflage, Frankfurt a. M., Suhrkamp Verlag, 1972.

Brodbeck, Felix C./Maier, Günter W./Frey, Dieter: Führungstheorien, in: Frey, Dieter/Irle, Martin (Hrsg.): Theorien der Sozialpsychologie, Band 2: Gruppen-, Interaktions- und Lerntheorien, 2. Auflage, Göttingen u. a., Hans Huber Verlag, 2010, S. 329–365.

Bruggmann Nicole: Gesellschaftlicher Wandel und familialer Wandel, Universität Zürich, 2004, http://docplayer.org/4453088-Gesellschaftlicher-wandel-und-familialer-wandel.html [01.06.2019].

Buis, Claire-Lise: „Wir haben keine Ausrede", ein Gespräch mit Ronald Dworkin, in: Cicero, 10/2012, S. 78–81.

Bundesinstitut für Bevölkerungsforschung (Hrsg.): Bevölkerungsentwicklung – Daten, Fakten, Trends zum demografischen Wandel, Wiesbaden 2016; www.bib.bund.de/Publikation/2016/pdf/Bevoelkerungsentwicklung-2016-Daten-Fakten-Trends-zum-demografischen-Wandel.html [01.06.2019].

Bundesministerium des Inneren: Demografiebericht – Bericht der Bundesregierung zur demografischen Lage und künftigen Entwicklung des Landes, Kurzfassung, Berlin, 2012.

Bundesministerium für Bildung und Forschung (BMBF): Bildung und Forschung in Zahlen 2017, Berlin, 2017.

Bundesministerium für Familie, Senioren, Frauen und Jugend (Hrsg.): Monitor Familienleben 2012, Berlin, 2012.

Bundeszentrale für politische Bildung (Hrsg.): Bevölkerungsstruktur in Deutschland, Bonn, 2014; http://www.bpb.de/gesellschaft/bildung/zukunft-bildung/177549/bevoelkerungsstruktur-in-deutschland [01.06.2019].

Bundeszentrale für politische Bildung (Hrsg.): Datenreport 2018 – Ein Sozialbericht für die Bundesrepublik Deutschland, Bonn, 2018.

Bundeszentrale für politische Bildung (Hrsg.): Die soziale Situation in Deutschland – Ausländische Bevölkerung nach Staatsangehörigkeit, 2018; http://www.bpb.de/nachschlagen/zahlen-und-fakten/soziale-situation-in-deutschland/61631/staatsangehoerigkeit [01.12.1018].

Bundeszentrale für politische Bildung, Bonn, 2017; http://www.bpb.de/nachschlagen/zahlen-und-fakten/globalisierung/ [01.06.2019].

Burgess, E.W./Locke, H.J.: The family – From Institution to Companionship. New York, American Book Company, 1945.

Bürklin, Wilhelm/Rebenstorf, Hilke u. a.: Eliten in Deutschland – Rekrutierung und Integration. Opladen, Leske & Budrich, 1997.

Bürklin, Wilhelm: Die Potsdamer Elitestudie von 1995 – Problemstellungen und wissenschaftliches Programm, in: Bürklin, Wilhelm/Rebenstorf, Hilke u. a.: Eliten in Deutschland – Rekrutierung und Integration. Opladen, Leske & Budrich, 1997.

Burzan, Nicole: Soziale Ungleichheit – Eine Einführung in die zentralen Theorien, 4. Auflage, Wiesbaden, VS Verlag für Sozialwissenschaften, 2011.

Busch, Holger: Machtmotivation, in: Heckhausen, Jutta/Heckhausen, Heinz (Hrsg.): Motivation und Handeln, 5. Auflage, Berlin/Heidelberg, Springer Verlag GmbH, 2018, S. 245–268.

Calmbach, Marc/Borgstedt, Silke/Borchard, Inga/Thomas, Peter Martin/Flaig, Berthold Bodo: Wie ticken Jugendliche 2016? Lebenswelten von Jugendlichen im Alter von 14 bis 17 Jahren in Deutschland, Wiesbaden, Springer Verlag, 2016.

Comte, Auguste: Soziologie, Band 1: Der dogmatische Teil der Sozialphilosophie, übersetzt von Valentine Dorn, 2. Auflage, Jena, Verlag von Gustav Fischer, 1923.

Conradi, Malte: Kaffee, Maschine!, in: Süddeutsche Zeitung, Nr. 70 vom 23./24.03.2019, S. 25.

Dahrendorf, Ralf: Gesellschaft und Demokratie in Deutschland, München, Deutscher Taschenbuch Verlag, 1982.

Dahrendorf, Ralf: Homo sociologicus – Ein Versuch zur Geschichte, Bedeutung und Kritik der Kategorie der sozialen Rolle, hrsg. von Jörg Rössel/Uwe Schimank/Georg Vobruba, 17. Auflage, Wiesbaden, VS Verlag für Sozialwissenschaften, 2010.

Deleja-Hotko, Vera u. a.: Luxus Miete, in: Der Spiegel, 16/2019, S. 16–22.

Der 5. Armuts- und Reichtumsbericht der Bundesregierung: Lebenslagen in Deutschland – Bericht, 2018.

Der 5. Armuts- und Reichtumsbericht der Bundesregierung: Lebenslagen in Deutschland – Bericht 2017 http://www.armuts-und-reichtumsbericht.de/SharedDocs/Downloads/Berichte/5-arb-langfassung.pdf?__blob=publicationFile&v=6 [28.04.2018].

Dettmer, Markus/Elger, Katrin/Müller, Martin U./Tuma, Thomas: Im Reich der Reichen, in: Der Spiegel, 09/2012, S. 62–72.

Dettmer, Markus: Chance für Chancenlosigkeit, in: Der Spiegel, 31/2018, S. 39.

Dettmer, Markus: Vermessung der Republik, in: Der Spiegel, 35/2017, S. 78 ff.

Dimbath, Oliver, Einführung in die Soziologie, 3. Auflage, Paderborn, Verlag Wilhelm Fink, 2016.

Dimbath, Oliver: Soziologische Zeitdiagnostik: Generation – Gesellschaft – Prozess, Paderborn, Wilhelm Fink Verlag, 2016.

Donner, Susanne: Im Bann des Charismas, in: Gehirn & Geist, 11/2011, S. 24–28.

dpa: Plötzlich viel reicher, in: Donaukurier, Nr. 99 vom 28./29.04.2018, S. 7.

Driessen, Christoph: Hatte Karl Marx doch recht? In: Donaukurier, Nr. 210 vom 12.09.2017, S. 3.

Durkheim, Émile: Die Regeln der soziologischen Methode. Frankfurt a. M., Suhrkamp, 2002.

Durkheim, Émile: Erziehung und Soziologie, Berlin, Cornelsen Verlag, 1994.

Ebner-Eschenbach von, Marie: Aphorismen, Frankfurt a. M., Insel Verlag, 2016.

Edding, Cornelia/Schattenhofer, Karl (Hrsg.): Handbuch Alles über Gruppen – Theorie, Anwendung, Praxis, 2. Auflage, Weinheim/Basel, Beltz Verlag, 2015.

Edding, Cornelia: Kleingruppenforschung – Geschichte, aktueller Stand, Bedeutung für die Praxis, in: Edding, Cornelia/Schattenhofer, Karl (Hrsg.): Handbuch Alles über Gruppen – Theorie, Anwendung, Praxis, 2. Auflage, Weinheim/Basel, Beltz Verlag, 2015, S. 47–85.

Eder, Klaus (Hrsg.): Klassenlage, Lebensstil und kulturelle Praxis, Frankfurt a. M., Suhrkamp, 1986.

Feldmann, Klaus: Soziologie kompakt – eine Einführung, 4. Auflage, Wiesbaden, VS Verlag für Sozialwissenschaften, 2006.

Fichter, Joseph H.: Grundbegriffe der Soziologie, hrsg. von Erich Bodzenta, übersetzt von Leonhard Walentik, 2. Auflage, Berlin, Springer Verlag, 2014.

Frindte, Wolfgang/Geschke, Daniel: Lehrbuch Kommunikatuonspsychologie, Weinheim/Basel, Beltz Juventa, 2019.

Fisher, Roger/Ury, William/Patton, Bruce: Das Harvard-Konzept. Der Klassiker der Verhandlungstechnik, aus dem Amerikanischen übersetzt von Werner Raith/Wilfried Hof/Jürgen Neubauer, 24. Auflage, Frankfurt a. M., Campus Verlag, 2013.

Flaig, Berthold Bodo/Meyer, Thomas/Ueltzhöffer,Jörg: Alltagsästhetik und politische Kultur,Verlag J.H.W. Dietz Nachf. GmbH, Bonn, 1992.

Fleischhauer, Jan: Enteignet Altmeier! Der schwarze Kanal, in: Der Spiegel, 16/2019, S. 10.

Forsa Gesellschaft für Sozialforschung und statistische Analysen mbH: Ansehen einzelner Berufsgruppen, 2016; www.fowid.de/meldung/berufsprestige-2013-2016-node3302 [01.06.2019].

Frey, Dieter/Irle, Martin (Hrsg): Theorien der Sozialpsychologie, Band 2: Gruppen-, Interaktions- und Lerntheorien, 2. Auflage, Göttingen u. a., Hans Huber Verlag, 2010.

Frick, Joachim, R./Grabka, Markus M.: Gestiegene Vermögensungleichheit in Deutschland, in: Deutsches Institut für Wirtschaftsforschung: Wochenbericht, 04/2009, S. 53–67.

Fuss, Holger: Unbeirrt ins Abseits; in: Cicero 09/2019, S. 26–33

Gans, Paul: Bevölkerungsstruktur, in: Lexikon der Geographie, Spektrum Akademischer Verlag, Heidelberg, 2001.

Gebert, Diether/Rosenstiel von, Lutz: Organisationspsychologie, 5. Auflage, Stuttgart, W. Kohlhammer GmbH, 2002.

Geißler, Rainer: Die Sozialstruktur Deutschlands, mit einem Beitrag von Thomas Meyer, 7. Auflage, Wiesbaden, VS Verlag für Sozialwissenschaften, 2014.

Georg, Werner: Soziale Lage und Lebensstil – Eine Typologie, Opladen, Leske + Budrich, 1998.

Gertenbach, Lars/Kahlert, Heike, Kaufmann Stefan/Rosa, Hartmut/Weinbach, Christine: Soziologische Theorien, Paderborn, Wilhelm Fink Verlag, 2009.

Gertenbach, Lars/Rosa, Hartmut: Kritische Theorie, in: Gertenbach, Lars/Kahlert, Heike/ Kaufmann, Stefan/Rosa, Hartmut/Weinbach, Christine: Soziologische Theorien, Paderborn, Wilhelm Fink, 2009, S. 175–254.

Giesecke, Hermann: Einführung in die Pädagogik, 7. Auflage, Weinheim/München, Juventa Verlag, 2004.

Glatzer, Wolfgang/Habich, Roland/Mayer, Karl Ulrich (Hrsg.): Sozialer Wandel und gesellschaftliche Dauerbeobachtung, Opladen, Leske und Budrich, 2002.

Goffman, Erving: Asyle: Über die soziale Situation psychiatrischer Patienten und anderer Insassen; übersetzt von Nils Lindquist, 21. Auflage, Frankfurt am Main, Suhrkamp Verlag, 2018.

Goleman, Daniel: Soziale Intelligenz – Wer auf andere zugehen kann, hat mehr vom Leben; übersetzt von Reinhard Kreissl, München, Droemer Verlag, 2017.

Göschel, Albrecht: Gesellschaftlicher Wandel und Kulturelle Bildung, 2013; www.kubi-online.de/artikel/gesellschaftlicher-wandel-kulturelle-bildung [01.06.2019].

Göttsche, Florian: Bevölkerung mit Migrationshintergrund, in: Bundeszentrale für politische Bildung (Hrsg.): Datenreport, Bonn, 2018; http://www.bpb.de/nachschlagen/datenreport-2018/bevoelkerung-und-demografie/277825/bevoelkerung-mit-migrationshintergrund [01.06.2019].

Götze, Lutz: Die Rolle der Sprache in der Interkulturellen Kommunikation, Vortrag bei der Tagung „Wie Sprache und Kultur einander bedingen" der Friedrich-Ebert-Stiftung am 9. Februar 2012 in Berlin; http://www.fes.de/integration/pdf_2012/120209_goetze.pdf vom 03.11.2016 [01.06.2019].

Greif, Siegfried: Arbeit, in: Wirtz, Antonius/Strohmer, Janina (Hrsg.): Dorsch Lexikon der Psychologie (Psychologisches Wörterbuch), 17. Auflage, Bern u. a., Verlag Hans Huber, 2014, S. 178.

Grunert, Johannes: Der Abend, an dem der Rechtsstaat aufgab, in: Die Zeit online vom 29.08.2018; www.zeit.de/gesellschaft/zeitgeschehen/2018-08/chemnitz-rechte-demonstration-ausschreitungen-polizei [01.06.2019].

Gukenbiehl, Hermann L.: Soziologie als Wissenschaft. Warum Begriffe lernen? in: Korte, Hermann/Schäfers, Bernhard (Hrsg.): Einführung in Hauptbegriffe der Soziologie, 9. Auflage, Wiesbaden, Springer VS, 2016.

Hägler, Max: „Wir bleiben harte Wettbewerber“, in: Süddeutsche Zeitung, Nr. 64 vom 16./17.03.2019, S. 1, 27.

Hartmann, Christian/Beyer, Jürgen: Globalisierung, in: Bundeszentrale für politische Bildung, Bonn, 2017; http://www.bpb.de/nachschlagen/zahlen-und-fakten/globalisierung/ [01.06.2019].

Hartmann, Michael: Soziale Ungleichheit – Kein Thema für die Eliten?, Frankfurt a. M./New York, Campus Verlag, 2013.

Hartmann, Michael: Die Abgehobenen – Wie die Eliten die Demokratie gefährden, Frankfurt a. M., Campus Verlag GmbH, 2018.

Häußermann, Hartmut/Siebel, Walter: Stadtsoziologie – Eine Einführung, Frankfurt a. M., Campus Verlag, 2004.

Häussermann, Hartmut: Städte, Gemeinden und Urbanisierung, in: Hans Joas (Hrsg.): Lehrbuch der Soziologie, 3. Auflage, Frankfurt a. M./New York, Campus Verlag, 2007, S. 597–625.

Hawranek, Dietmar: Verhätschelte Milliardäre, in: Der Spiegel, 24/2015, S. 70.

Heckhausen, Jutta/Heckhausen, Heinz (Hrsg.): Motivation und Handeln, 5. Auflage, Berlin/Heidelberg, Springer Verlag GmbH, 2018.

Heinzelmann, Martin: Das Altenheim – immer noch eine Totale Institution? Eine Untersuchung des Binnenlebens zweier Altenheime, Göttingen, Cuvillier Verlag, 2004.

Henecka, Hans-Peter: Grundkurs Soziologie, 10. Auflage, Konstanz/München, UVK Verlagsgesellschaft mgH, 2015.

Hierdeis, Helmwart: Erziehungsinstitutionen, 5. Auflage, Donauwörth, Verlag Ludwig Auer, 1993.

Hirschel, Dierk: Die neue soziale Frage, 09.08.2018, in: Frankfurter Rundschau; www.fr.de/wirtschaft/neue-soziale-frage-10956997.html [01.06.2019].

Hitzler, Ronald/Honer, Anne: Bastelexistenz – Über subjektive Konsequenzen der Individualisierung, in: Beck, Ulrich/Beck-Gernsheim, Elisabeth (Hrsg.): Riskante Freiheiten, 9. Auflage, Frankfurt a. M., Suhrkamp Verlag, 2015, S. 307–315.

Hobmair, Hermann (Hrsg.): Kompendium der Pädagogik, Troisdorf, Bildungsverlag Eins, 2009.

Hobmair, Hermann (Hrsg.): Pädagogik, 6. Auflage, Köln, Bildungsverlag Eins, 2016.

Hobmair, Hermann (Hrsg.): Pädagogik/Psychologie, 4. Auflage, Köln, Bildungsverlag Eins, 2018.

Hobmair, Hermann (Hrsg.): Psychologie, 6. Auflage, Köln, Bildungsverlag Eins, 2017.

Hobmair, Hermann (Hrsg.): Soziologie, 4. Auflage, Köln, Bildungsverlag Eins, 2019.

Hofstätter, Peter R.: Gruppendynamik – Kritik der Massenpsychologie, Reinbek, Rowohlt Taschenbuch Verlag, 1985.

Hradil, Stefan/Schiener, Jürgen: Soziale Ungleichheit in Deutschland, 8. Auflage, Wiesbaden, VS Verlag für Sozialwissenschaften, 2001.

Hradil, Stefan: Soziale Ungleichheit, soziale Schichtung und Mobilität, in: Korte, Hermann/Schäfers, Bernhard (Hrsg.): Einführung in die Hauptbegriffe der Soziologie, 9. Auflage, Wiesbaden, Springer Fachmedien, 2016, S. 247–276.

Hradil, Stefan: Vom Wandel des Wertewandels – Die Individualisierung und eine ihrer Gegenbewegungen, in: Glatzer, Wolfgang/Habich, Roland/Mayer, Karl Ulrich (Hrsg.): Sozialer Wandel und gesellschaftliche Dauerbeobachtung, Opladen, Leske und Budrich, 2002, S. 31–47.

Hugenschmidt, Bettina/Technau, Anne: Methoden schnell zur Hand – 66 schüler- und handlungsorientierte Unterrichtsmethoden, Leipzig, Ernst Klett Schulbuchverlag, 2009.

Huinink, Johannes/Schröder, Torsten: Sozialstruktur Deutschlands, 2. Auflage, Konstanz/München, UVK Verlagsgesellschaft mbH, 2014.

Hurrelmann, Klaus/Bauer, Ulrich: Einführung in die Sozialisationstheorie – Das Modell der produktiven Realitätsverarbeitung, 12. Auflage, Weinheim/Basel, Beltz Verlag, 2018.

Hurrelmann, Klaus/Quenzel, Gudrun: Lebensphase Jugend – Eine Einführung in die sozialwissenschaftliche Jugendforschung, 13. Auflage, Weinheim/Basel, Beltz Verlag, 2016.

Hurrelmann, Klaus: Einführung in die Sozialisationstheorie, 9. Auflage, Weinheim/Basel, Beltz Verlag, 2006.

Hurrelmann, Klaus: Sozialisation und Gesundheit, 3. Auflage, Weinheim/München, Juventa Verlag, 1994.

Imbusch, Peter (Hrsg.): Macht und Herrschaft, Sozialwissenschaftliche Theorien und Konzeptionen, Lehrbuch, 2. Auflage, Wiesbaden, VS Springer, 2012.

Imbusch, Peter: Macht – Autorität – Herrschaft, in Kopp, Johannes/Steinbach, Anja (Hrsg.): Grundbegriffe der Soziologie, 12. Auflage, Wiesbaden, Springer VS Verlag, 2018, S. 281–288.

Imbusch, Peter: Macht und Herrschaft, in: Einführung in die Hauptbegriffe der Soziologie, Einführungskurs Soziologie Band 1, hrsg. von Hermann Korte/Bernhard Schäfers, 9. Auflage, Wiesbaden, VS Verlag für Sozialwissenschaften, 2016, S. 197–220.

Inglehart, Ronald: Kultureller Umbruch: Wertewandel in der westlichen Welt; übersetzt von Ute Mäurer, Studienausgabe, Frankfurt a. M./New York, Campus Verlag, 1995.

Inglehart, Ronald: Modernisierung und Postmodernisierung: Kultureller, wirtschaftlicher und politischer Wandel in 43 Gesellschaften; aus dem Engl. übersetzt von Ivonne Fischer, Frankfurt a. M./New York, Campus Verlag, 1998.

Inglehart, Ronald: Wertewandel in den westlichen Gesellschaften: Politische Konsequenzen von materialistischen und postmaterialistischen Prioritäten, in: Klages, Helmut/Kmieciak, Peter (Hrsg.): Wertewandel und gesellschaftlicher Wandel, 3. Auflage, Frankfurt a. M. Campus Verlag, 1984, S. 279–316.

Institut für Mitbestimmung und Unternehmensführung (I.M.U.): Manager to worker pay ratio 2017 – Das Verhältnis der Vorstandsvergütung zur Mitarbeitervergütung im DAX 30 von Marion Weckes, Düsseldorf, 2018.

Jakobs, Hans-Jürgen: Wem gehört die Welt? Die Machtverhältnisse im globalen Kapitalismus, 2. Auflage, München, Knaus Verlag, 2016.

Joas, Hans (Hrsg.): Lehrbuch der Soziologie, 3. Auflage, Frankfurt a. M./New York, Campus Verlag, 2007.

Joas, Hans/Wiegandt, Klaus (Hrsg.): Die kulturellen Werte Europas, 2. Auflage, Frankfurt a. M., Fischer Taschenbuch Verlag, 2005.

Joas, Hans: Die soziologische Perspektive, in: Joas, Hans (Hrsg.): Lehrbuch der Soziologie, 3. Auflage, Frankfurt a. M./New York, Campus Verlag, 2007, S. 11–38.

Jonas, Klaus/Stroebe, Wolfgang/Hewstone, Miles: Sozialpsychologie – eine Einführung, unter Mitarbeit von Carmen Lebherz, übersetzt von Matthias Reiss und Carmen Lebherz, 6. Auflage, Heidelberg, Springer Medizin Verlag, 2014.

Kaina, Viktoria/Römmele, Andrea (Hrsg.): Politische Soziologie: Ein Studienbuch, Wiesbaden, VS Verlag für Sozialwissenschaften, 2009.

Kaufmann, Stefan: Handlungstheorie, in: Gertenbach, Lars/Kahlert, Heike, Kaufmann Stefan, Rosa, Hartmut, Weinbach, Christine: Soziologische Theorien, Paderborn, Wilhelm Fink Verlag, 2009, S. 13–87.

Kausen, Rudolf (Hrsg.): Mut zur Unvollkommenheit, Luzern/Stuttgart, Rex Verlag, 1979.

Kaven, Carsten: Sozialer Wandel und Macht: Die theoretischen Ansätze von Max Weber, Norbert Elias und Michael Foucault im Vergleich, Hochschulschriften Band 100, Marburg, Metropolis-Verlag, 2006.

Keding, Gesche: Der falsche Wohnort, in: Kumbier, Dagmar/Schulz von Thun, Friedemann (Hrsg.): Interkulturelle Kommunikation – Methoden, Modelle, Beispiele, 8. Auflage, Reinbek, Rowohlt Taschenbuch Verlag, 2016, S. 336 f.

Klages, Helmut/Kmieciak, Peter (Hrsg.): Wertewandel und gesellschaftlicher Wandel, 3. Auflage, Frankfurt a. M.,Campus Verlag, 1984.

Klages, Helmut: Wertedynamik – Über die Wandelbarkeit des Selbstverständlichen, Zürich/Osnabrück, Edition Interfrom, 1988.

Klaus, Julia/Neubacher, Alexander: Absturz der Normalos, in: Der Spiegel, 19/2016, S. 78–82.

Klawitter, Nils: „Wir sind gescheitert" – Ein Gespräch mit Jean Ziegler, in: Der Spiegel, 12/2017, S. 64 f.

Knab, Barbara: Hier lässt sich's wohnen! in: Psychologie Heute 11/2016, S. 58–62.

Knipp, Kersten: 200 Jahre Karl Marx – Soziologe Endreß: Marx ist „von ungebrochener Aktualität"; veröffentlicht am 05.05.2018, http://www.dw.com/de/soziologe-endre%C3%9F-marx-ist-von-ungebrochener-aktualit%C3%A4t/a-43584459, [01.06.2019].

Kollermann, Nicole: Spinn ich oder spinnen die? In: Kumbier, Dagmar/Schulz von Thun, Friedemann (Hrsg.): Interkulturelle Kommunikation – Methoden, Modelle, Beispiele, 8. Auflage, Reinbek, Rowohlt Taschenbuch Verlag, 2016, S. 73–90.

König, René: Soziologie, Frankfurt a. M., Fischer Taschenbuch Verlag, 1982.

Kopp, Johannes/Schäfers, Bernhard: Grundbegriffe der Soziologie, 10. Auflage, Wiesbaden, VS Verlag für Sozialwissenschaften, 2010.

Kopp, Johannes/Steinbach, Anja (Hrsg.): Grundbegriffe der Soziologie, 12. Auflage, Wiesbaden, Springer VS Verlag, 2018.

Kornbichler, Thomas: Die Sucht, ganz oben zu sein – Psychohistorische Dimensionen der Macht, Stuttgart, Kreuz Verlag, 2007.

Korte, Hermann/Schäfers, Bernhard: Einführung in Hauptbegriffe der Soziologie, 9. Auflage, Wiesbaden, VS Verlag für Sozialwissenschaften, 2016, S. 129–144.

Korte, Hermann: Soziologie, 2. Auflage, Konstanz, UVK Verlagsgesellschaft, 2011.

Kreiß, Christian: Gekaufte Forschung – Wissenschaft im Dienst der Konzerne, Berlin u. a., Europa Verlag, 2015.

Kühn, Dietrich: Organisationen sozialer Arbeit: Administrative Strukturen und Handlungsformen im Sozialwesen, in: Soziologie – Ein Studienbuch für soziale Berufe, hrsg. von Benno Biermann/Erika Bock-Rosenthal/Martin Doehlemann/Karl-Heinz Grohall/Dietrich Kühn, 6. Auflage, München/Basel, Ernst Reinhardt Verlag, 2013, S. 314–375.

Kumbier, Dagmar/Schulz von Thun, Friedemann (Hrsg.): Interkulturelle Kommunikation – Methoden, Modelle, Beispiele, 8. Auflage, Reinbek, Rowohlt Taschenbuch Verlag, 2016.

Kumbier, Dagmar/Schulz von Thun, Friedemann: Interkulturelle Kommunikation aus kommunikationspsychologischer Perspektive, in: Kumbier, Dagmar/Schulz von Thun, Friedemann (Hrsg.): Interkulturelle Kommunikation – Methoden, Modelle, Beispiele, 8. Auflage, Reinbek, Rowohlt Taschenbuch Verlag, 2016, S. 9–27.

Leick, Romain: Die da draußen gegen die da drinnen, in: Der Spiegel, 01/2018, S. 100–105.

Leick, Romain: Sokrates in Harvard – Ein Gespräch mit Michael J. Sandel, in: Der Spiegel, 46/2012, S. 160–165.

Löw, Martina/Steets, Silke/Stoetzer, Sergej: Einführung in die Stadt- und Raumsoziologie, 2. Auflage, Opladen/Farmington Hills, Verlag Barbara Budrich, 2008 Kap 7.

Lenzen, Manuela: Job 4.0 – Wie Digitalisierung unsere Arbeit verändert, in: Psychologie Heute 07/2018, S. 71–76.

Lessenich, Stefan: Was ist Soziologie; http://www.studium.org/soziologie/fragen/was-ist-soziologie [01.06.2019].

Lohaus, Peter u. a.: Daten der amtlichen Statistik zur Bildungsarmut, in: Quenzel, Gudrun/Hurrelmann, Löw, Martina/Steets, Silke/Stoetzer, Sergej: Einführung in die Stadt- und Raumsoziologie, 2. Auflage, Opladen/Farmington Hills, Verlag Barbara Budrich, 2008.

Ludwig-Mayerhofer, Wolfgang/Kühn, Susanne: Bildungsarmut, Exklusion und die Rolle von sozialer Verarmung und Social Illiteracy, in: Quenzel, Gudrun/Hurrelmann, Klaus (Hrsg.): Bildungsverlierer – Neue Ungleichheiten, Wiesbaden, VS Verlag für Sozialwissenschaften, 2010, S. 137–158.

Luhmann, Niklas: Soziologische Aufklärung, Band 3: Soziales System, Gesellschaft, Organisation, 5. Auflage, Wiesbaden, VS Verlag für Sozialwissenschaften, 2009.

Lüsebrink, Hans-Jürgen: Interkulturelle Kommunikation – Interaktion, Fremdwahrnehmung, Kulturtransfer, 4. Auflage, Stuttgart, J. B. Metzler Verlag, 2016.

Mai, Klaus-Rüdiger: Verrückte Funktionäre, verwahrloste – eine Rezension des Buches von Paul Collier: Sozialer Kapitalismus! Mein Manifest gegen den Zerfall unserer Gesellschaft (übersetzt von Thorsten Schmidt, München, Siedler), in: Cicero, 03/2019, S. 114.

Mann, Leon: Sozialpsychologie, übersetzt von Wolfgang Kramer, Weinheim/Basel, Beltz Verlag, 2001.

Marx, Karl/Engels, Friedrich: Thesen zu Feuerbach, hrsg. und bearbeitet von Hans-Peter Oswald, Norderstedt, Books on Demand, 2008.

Marx, Karl/Engels, Friedrich: Die deutsche Ideologie, in: Karl Marx/Friedrich Engels Werke, Band 3, hrsg. vom Institut für Marxismus und Leninismus beim ZK der SED, Berlin, Dietz Verlag, 1959.

Marx, Karl/Engels, Friedrich: Manifest der Kommunistischen Partei, Köln, Parkland Verlag, 2005.

Marx, Karl/Engels, Friedrich: Manifest der Kommunistischen Partei, in: Karl Marx/Friedrich Engels Werke, Band 4, hrsg. vom Institut für Marxismus und Leninismus beim ZK der SED, Berlin, Dietz Verlag, 1959.

Marx, Karl/Engels/Friedrich; Die Produktion des absoluten Mehrwertes, in: Karl Marx/Friedrich Engels Werke, Band 23, hrsg. vom Institut für Marxismus und Leninismus beim ZK der SED, Berlin, Dietz Verlag, 1972.

Marx, Karl: Zur Kritik der politischen Ökonomie, in: Karl Marx/Friedrich Engels Werke, Band 13, hrsg. von Institut für Marxismus und Leninismus beim ZK der SED, Berlin, Dietz Verlag, 1961.

Mayntz, Renate/Holm, Kurt/Hübner, Peter: Einführung in die Methoden der empirischen Soziologie, 5. Auflage, Opladen, Westdeutscher Verlag, 1978.

Medienpädagogischer Forschungsverbund Südwest (Hrsg.): JIM – Studie 2017, Jugend, Information, (Multi-)Media, c/o Landesanstalt für Kommunikation Baden-Württemberg, Stuttgart, 2017.

Meyer, Frank A.: Der Wert des Menschen, in: Cicero, 12/2013, S. 44 f.

Meyer-Lindenberg, Andreas: Urbane Seelennöte, in: Gehirn & Geist, 1-2/2012, S. 50–54.

Middendorff, Elke u. a.: Die wirtschaftliche und soziale Lage der Studierenden in Deutschland 2016 – Zusammenfassung zur 21. Sozialerhebung des Deutschen Studentenwerks, durchgeführt vom Deutschen Zentrum für Hochschul- und Wissenschaftsforschung, hrsg. vom Bundesministerium für Bildung und Forschung, Berlin, 2017; www.sozialerhebung.de.

Mikl-Horke, Gertraude: Soziologie – Historischer Kontext und soziologische Theorie-Entwürfe, 6. Auflage, München/Wien, Oldenburg Verlag, 2011.

Moebius, Stephan/Quadflieg, Dirk (Hrsg.): Kultur – Theorien der Gegenwart, 2. Auflage, Wiesbaden, VS Verlag für Sozialwissenschaften, 2011.

Moewes, Günther: Geld oder Leben – Umdenken und unsere Zukunft nachhaltig sichern, Wien/München, Signum Verlag, 2004.

Münch, Richard: Soziologische Theorie, Band 1: Grundlegung durch die Klassiker, Frankfurt a. M./New York, Campus Verlag, 2004.

Nassehi, Armin: Die funktional differenzierte Gesellschaft – Das bürgerliche Privileg der Fremdheit; http://hfwebrzk.hf.uni-koeln.de/data/eso25/File/7463/Armin%20Nassehi% 20-%20Die%20funktional%20differenzierte%20Gesellschaft%20 (02.06.08).PDF) [01.06.2019].

Nassehi, Armin: Die letzte Stunde der Wahrheit – Kritik der komplexitätsvergessenen Vernunft, 2. Auflage, Hamburg, Murmann Verlagsgesellschaft, 2018.

Nassehi, Armin: Die letzte Stunde der Wahrheit – Warum rechts und links keine Alternativen mehr sind und Gesellschaft ganz anders beschrieben werden muss, Hamburg, Murmann Verlag, 2015.

Nassehi, Armin: Funktionale Differenzierung - revisited – Vom Setzkasten zur Echtzeitmaschine, in: Barlösius, Eva/Müller, Hans-Peter/Sigmund, Steffen (Hrsg.): Gesellschaftsbilder im Umbruch – Soziologische Perspektiven in Deutschland, Wiesbaden, Leske + Budrich Verlag, 2013, Seite 155–176.

Nassehi, Armin: Soziologie – Zehn einführende Vorlesungen, 2. Auflage, Wiesbaden, VS Verlag für Sozialwissenschaften, 2011.

Nationale Armutskonferenz (Hrsg.,): Armut stört – Schattenbericht der Nationalen Armutskonferenz, Berlin, 2018.

Nave-Herz, Rosemarie/Onnen-Isemann, Corinna: Familie, in: Hans Joas (Hrsg.): Lehrbuch der Soziologie, 3. Auflage, Frankfurt a. M./New York, 2007, S. 311–336.

Nave-Herz, Rosemarie: Ehe- und Familiensoziologie, 3. Auflage, Weinheim/Basel, Beltz Juventa Verlag, Campus Verlag, 2013.

Neubacher, Alexander: „Ins Knie geschossen" – Ein Gespräch mit Peter Bofinger, in: Der Spiegel, 23/2014, S. 73.

Neuenhaus-Luciano, Petra: Amorphe Macht und Herrschaftsgehäuse – Max Weber; in Imbusch, Peter (Hrsg.): Macht und Herrschaft, Sozialwissenschaftliche Theorien und Konzeptionen, Lehrbuch, 2. Auflage, Wiesbaden, VS Springer, 2012, S. 97–114.

o. A.: Das Stanford-Prison-Experiment – Ablauf, Ergebnisse, Folgen und mehr; http://www.stanford-prison-experiment.de/ablauf.shtml [01.06.2019].

o. A.: Wie sind die Vermögen in Deutschland verteilt? In: Böckler Impuls, 04/2017 – Serie Ungleichheit; www.boeckler.de/107575_107592.html [01.06.2019].

Oerter, Rolf/Dreher Eva: Jugendalter, in: Oerter, Rolf/Montada, Leo (Hrsg.): Entwicklungspsychologie – Ein Lehrbuch, 6. Auflage, Weinheim, Beltz PVU, 2008, S. 271–332.

Oerter, Rolf/Montada, Leo (Hrsg.): Entwicklungspsychologie – Ein Lehrbuch, 6. Auflage, Weinheim, Beltz PVU, 2008.

Oxfam Deutschland (Hrsg.): 62 Superreiche besitzen so viel wie die Hälfte der Weltbevölkerung; www.oxfam.de/ueber-uns/aktuelles/2016-01-18-62-superreiche-besitzen-so-viel-haelfte-weltbevoelkerung [01.06.2019].

Pfahl-Traughber, Armin: Der Marxismus zwischen Ideologie und Wissenschaft; Bundeszentrale für politische Bildung, 2008, S. 1–3; www.bpb.de/politik/extremismus/linksextremismus/33600/marxismus?p=all [01.06.2019].

Pickel, Susanne/Kalanyós, Tom/Matzkows, Lukas: Inglehart, Welzel & Klages: Wertewandel; 2009, S. 12; http://ernaehrungsdenkwerkstatt.de/fileadmin/user_upload/EDWText/TextElemente/Soziologie/Inglehart_Wertewandel_Vorlesung_Greifswald_Pickel_2009.pdf [01.06.2019].

Popitz, Heinrich: Phänomene der Macht, 2. Auflage, Tübingen, Mohr Siebeck Verlag, 2004.

Quenzel, Gudrun/Hurrelmann, Klaus (Hrsg.): Bildungsverlierer – Neue Ungleichheiten, Wiesbaden, Verlag für Sozialwissenschaften, 2010.

Renz-Polster, Herbert; Die Kindheit ist unantastbar – Warum Eltern ihr Recht auf Erziehung zurückfordern müssen, Weinheim/Basel, Beltz Verlag, 2014.

Reitz, Michael: Noch feinere Unterschiede? – Eine Sendung im Deutschlandfunk am 26.11.2017; www.deutschlandfunk.de/das-denken-pierre-bourdieus-im-21-jahrhundert-noch-feinere.1184.de.html?dram:article_id=398990 [01.06.2019].

Reppel, Anna: Wer, Wie, Was? Sozialraumanalyse; www.pixel-sozialwerk.de/wer-wie-was-sozialraumanalyse/ [01.06.2019].

Rosa, Hartmut/Strecker, David/Kottmann, Andrea: Soziologische Theorien, 3. Auflage, Konstanz, UVK Verlagsgesellschaft, 2018.

Rosenstiel von, Lutz/Nerdinger, Friedemann W.: Grundlagen der Organisationspsychologie – Basiswissen und Anwendungshinweise, 7. Auflage, Stuttgart, Schäffer-Poeschel Verlag, 2011.

Rosenstiel, Lutz von/Molt, Walter/Rüttinger, Bruno: Organisationspsychologie, 9. Auflage, Stuttgart, W. Kohlhammer Verlag, 2005.

Rössel, Jörg: Ronald Inglehart: Daten auf der Suche nach einer Theorie – Analysen des weltweiten Wertewandels, in: Moebius, Stephan/Quadflieg, Dirk (Hrsg.): Kultur – Theorien der Gegenwart, 2. Auflage, Wiesbaden, VS Verlag für Sozialwissenschaften, 2011, S. 722–733.

Roth, Eugen: Sämtliche Menschen, 7. Auflage, München/Wien, Carl Hanser Verlag, 2015.

Sackmann, Christoph: Mit so viel Geld gehören Sie zu Deutschlands obersten zehn Prozent, in: Focus-Online Money vom 09.06.2017; www.focus.de/finanzen/geldanlage/krasse-vermoegensverteilung-so-viel-geld-brauchen-sie-um-zu-deutschlands-obersten-zehn-prozent-zu-gehoeren_id_7230071.html [01.10.2018].

Schäfers, Bernhard (Hrsg.): Grundbegriffe der Soziologie, 8. Auflage, Opladen, Leske und Budrich, 2005.

Schäfers, Bernhard: Die soziale Gruppe, in: Einführung in Hauptbegriffe der Soziologie, hrsg. von Hermann Korte/Bernhard Schäfers, 9. Auflage, Wiesbaden, VS Verlag für Sozialwissenschaften, 2016, S. 129–144.

Schäfers, Bernhard: Soziales Handeln und seine Grundlagen: Normen, Werte, Sinn, in: Einführung in Hauptbegriffe der Soziologie, hrsg. von Hermann Korte/Bernhard Schäfers, 9. Auflage, Wiesbaden, VS Verlag für Sozialwissenschaften, 2016, S. 23–44.

Schäfers, Bernhard: Sozialstruktur und sozialer Wandel in Deutschland, 8. Auflage, Stuttgart, Lucius & Lucius, 2004.

Schäfers, Bernhard: Stadtsoziologie – Stadtentwicklung und Theorien, Grundlagen und Praxisfelder, 2. Auflage, Wiesbaden, VS Verlag für Sozialwissenschaften, 2010.

Schattenhofer, Karl: Was ist eine Gruppe? Verschiedene Sichtweisen und Unterscheidungen, in: Edding, Cornelia/Schattenhofer, Karl (Hrsg.): Handbuch Alles über Gruppen – Theorie, Anwendung, Praxis, Weinheim/Basel, Beltz Verlag, 2009, S. 16–46.

Scheuch, Erwin K.: Sozialer Wandel, Band 2: Gegenwartsgesellschaften im Prozess des Wandels, Wiesbaden, Westdeutscher Verlag, 2003.

Schimank, Uwe: Sozialer Wandel – Wohin geht die Entwicklung? in: Hradil, Stefan (Hrsg.): Deutsche Verhältnisse – Eine Sozialkunde, Bonn, Campus Verlag, 2013, S. 17–40; http://www.bpb.de/apuz/150693/auszug-sozialer-wandel vom 29.11.2012 [01.06.2019].

Schindler, Jörg: Die enthemmte Gesellschaft, in: Der Spiegel, 12/2019, S. 10–14.

Schmalt, Heinz-Dieter: Macht, in: Brandstätter, Veronika/Otto, Jürgen H. (Hrsg.): Handbuch der Allgemeinen Psychologie – Motivation und Emotion, Göttingen u. a., Hogrefe Verlag GmbH, 2009, S. 225–230.

Schneider, Gerd/Toyka-Seid, Christiane: Das junge Politik-Lexikon von www.hanisauland.de, hrsg. von der Bundeszentrale für politische Bildung, Bonn 2019; http://www.bpb.de/nachschlagen/lexika/das-junge-politik-lexikon/161673/saekularisierung [01.06.2019].

Scholz, Rembrandt: Entwicklung der Lebenserwartung, in: Bundeszentrale für politische Bildung (Hrsg.): Datenreport, Bonn, 2018; http://www.bpb.de/nachschlagen/datenreport-2018/bevoelkerung-und-demografie/277857/entwicklung-der-lebenserwartung [01.06.2019].

Schumacher, Charlotte: Das sind die Familienclans, die in Deutschlands Städten herrschen, 2015, Focus online; www.focus.de/politik/deutschland/kriminelle-grossfamilien-duisburg-bremen-berlin-in-diesen-deutschen-staedten-treiben-clans-ihr-unwesen_id_5156732.html [01.06.2019].

Shakespeare, William: Wie es euch gefällt, Stuttgart u. a., Deutsche Verlagsanstalt, 1891.

Shell Deutschland Holding GmbH (Hrsg.): Jugend 2015: 17. Shell Jugendstudie, Frankfurt a. M., Fischer Taschenbuch Verlag, 2015.

Siedentopf, Maike: Familienformen im Wandel – Konsequenzen des gesellschaftlichen Wandels, Mannheim, Universität Mannheim, 2007.

Simon, Fritz B.: Einführung in Systemtheorie und Konstruktivismus, 5. Auflage, Heidelberg, Carl Auer Verlag, 2011.

Simon, Fritz B.: Meine Psychose, mein Fahrrad und Ich, 12. Auflage, Heidelberg, Carl Auer Verlag, 2009.

Stadler, Rainer: Vater Mutter Staat – Das Märchen vom Segen der Ganztagsbetreuung – Wie Politik und Wirtschaft die Familie zerstören, 2. Auflage, München, Wilhelm Heyne Verlag, 2014.

Statista – Das Statistik-Portal, 2018; www.de.statista.com/statistik/daten/studie/1224/umfrage/arbeitslosenquote-in-deutschland-seit-1995/ (01.10.2018).

Statistisches Amt der Europäischen Union – Eurostat, Luxemburg, 2018 www.ec.europa.eu/eurostat/tgm/table.do?tab=table&init=1&language=de&pcode=tgs00107&plugin=1 [01.06.2019].

Statistisches Bundesamt (Hrsg.): Ältere Menschen in Deutschland und der EU, Wiesbaden, 2016.

Statistisches Bundesamt (Hrsg.): Statistisches Jahrbuch – Deutschland und Internationales, Wiesbaden, 2017.

Statistisches Bundesamt, Destatis, Wiesbaden, 2018 www.destatis.de/DE/ZahlenFakten/GesellschaftStaat/Soziales/Sozialberichterstattung/Tabellen/ArmutsgefaehrungsquoteBundeslaender.html [01.06.2019].

Statistisches Bundesamt, Destatis, Wiesbaden, 2018 www.destatis.de/DE/ZahlenFakten/GesamtwirtschaftUmwelt/VerdiensteArbeitskosten/VerdiensteVerdienstunterschiede/Tabellen/Bruttomonatsverdienste.html [01.06.2019].

Statistisches Bundesamt/Wissenschaftszentrum für Sozialforschung (Hrsg.): Datenreport 2018 – Ein Sozialbericht für die Bundesrepublik Deutschland, in Zusammenarbeit mit dem sozioökonomischen Panel am Deutschen Institut für Wirtschaftsforschung, Bonn, 2018.

Statistisches Bundesamt/Wissenschaftszentrum für Sozialforschung (Hrsg.): Datenreport 2016 – Ein Sozialbericht für die Bundesrepublik Deutschland, in Zusammenarbeit mit dem sozioökonomischen Panel am Deutschen Institut für Wirtschaftsforschung, Bonn, 2016.

Statistisches Bundesamt/Wissenschaftszentrum für Sozialforschung (Hrsg.): Datenreport 2017 – Ein Sozialbericht für die Bundesrepublik Deutschland, in Zusammenarbeit mit dem sozioökonomischen Panel am Deutschen Institut für Wirtschaftsforschung, Bonn. 2016.

Störig, Hans Joachim: Kleine Weltgeschichte der Philosophie, 18. Auflage, Stuttgart, Verlag W. Kohlhammer, 2016.

Supp, Barbara: „Dieses Saubuch“, in: Der Spiegel, 39/2017, S. 72–79.

Thieme, Frank: Kaste, Stand, Klasse, in: Korte, Hermann/Schäfers, Bernhard (Hrsg.): Einführung in die Hauptbegriffe der Soziologie, 9. Auflage, Wiesbaden, Springer Fachmedien, 2016, S. 221–245.

Thimm, Katja: „Alles ganz heimelig“ – Ein Interview mit Cornelia Koppetsch, in: Der Spiegel, 20/2019, S. 40 f.

Thome, Helmut: Wertewandel in Europa aus der Sicht der empirischen Sozialforschung, in: Joas, Hans/Wiegandt, Klaus (Hrsg.): Die kulturellen Werte Europas, 2. Auflage, Frankfurt a. M., Fischer Taschenbuch Verlag, 2005, S. 386–443.

Tillmann, Klaus-Jürgen: Sozialisationstheorien – Eine Einführung in den Zusammenhang von Gesellschaft, Institution und Subjektwerdung, 16. Auflage, Reinbek, Rowohlt Taschenbuch Verlag, 2010.

Touraine, Alan: Der Staat zerbricht, in: Die Woche, 07.04.1994, S. 23.

Treffer, Gerd: Soziologische Aspekte der Unvollkommenheit, in: Kausen, Rudolf (Hrsg.): Mut zur Unvollkommenheit, Luzern/Stuttgart, Rex Verlag, 1979, S. 91–100.

Trenkamp, Oliver: Wer mobbt hier wen? in: Spiegel online, 26.03.2013; www.spiegel.de/lebenundlernen/schule/cybermobbing-an-hauptschulen-besonders-haeufig-a-913351.html [01.06.2019].

Tschamler, Herbert: Soziologie, in: Zöpfl, Helmut u. a. (Hrsg.): Kleines Lexikon der Pädagogik und Didaktik 6. Auflage, Donauwörth, Auer-Verlag, 1986, S. 173 f.

UN, Worldbank, BMZ, Armut.de vom Januar 2018; www.aktion-deutschland-hilft.de/de/fachthemen/armut/armut-was-ist-das-eigentlich/ [01.06.2019].

Watzlawick, Paul/Beavin, Janet: Einige formale Aspekte der Kommunikation, in: Watzlawick, Paul/Weakland, John H. (Hrsg.): Interaktion – Menschliche Probleme und Familientherapie; übersetzt von Eva Foppa und Paul Watzlawick, München/Zürich, R. Piper GmbH & Co.KG, 2002, S. 95–110.

Watzlawick, Paul/Weakland, John H. (Hrsg.): Interaktion – Menschliche Probleme und Familientherapie; übersetzt von Eva Foppa und Paul Watzlawick, München/Zürich, R. Piper GmbH & Co.KG, 2002.

Weber, Erich (Hrsg.): Pädagogik – Eine Einführung, Band 1: Weber Erich: Grundfragen und Grundbegriffe, Teil 1: Pädagogische Anthropologie – Phylogenetische (bio- und kulturevolutionäre) Voraussetzungen der Erziehung, 9. Auflage, Donauwörth, Ludwig Auer Verlag, 2003.

Weber, Max: Wirtschaft und Gesellschaft, Paderborn, Voltmedia Verlag, 2006.

Wehler, Hans-Ulrich: Die neue Umverteilung – Soziale Ungleichheit in Deutschland, 2. Auflage, München, Verlag C. H. Beck, 2013.

Weigel, Tillmann: „Keiner will mehr Mitte sein", in: www.sueddeutsche. de vom 27.09.2010 [07.05.2012].

Weishaupt, Horst: Herausforderung – demografischer Wandel, hrsg. von der Bundeszentrale für politische Bildung, Bonn, 2013; http://www.bpb.de/gesellschaft/bildung/zukunft-bildung/175009/demografischer-wandel [01.06.2019].

Welzel, Christian: Werte- und Wertewandlungsforschung, in: Kaina, Viktoria/Römmele, Andrea (Hrsg.): Politische Soziologie: Ein Studienbuch, Wiesbaden, VS Verlag für Sozialwissenschaften, 2009, S. 109–139.

Werth, Lioba/Mayer, Jennifer: Sozialpsychologie, Berlin/Heidelberg, Springer Verlag, 2008.

Weyer, Johannes: Technischer Fortschritt – Fluch oder Segen? in: Bundeszentrale für politische Bildung (Hrsg.), veröffentlicht am 08.03.2017; www.bpb.de/dialog/netzdebatte/243905/technischer-fortschritt-fluch-oder-segen [01.06.2019].

Weymann, Ansgar: Sozialer Wandel: Theorien zur Dynamik der modernen Gesellschaft, Weinheim/München, Juventa Verlag, 1998.

Wieczorek, Thomas: Die verblödete Republik – Wie uns Medien, Wirtschaft und Politik für dumm verkaufen, München, Knaur Taschenbuch Verlag, 2009.

Wilhelm, Klaus: „Merkwürdig zufrieden mit der Gesellschaft" – Ein Interview mit Andrea Kleeberg-Niepage, in: Psychologie Heute, 09/2018, S. 12–15.

Wippermann, Peter/Krüger, Jens: Werte-Index 2018, Frankfurt a. M., Deutscher Fachverlag GmbH, 2018.

Wirtz, Antonius/Strohmer, Janina (Hrsg.): Dorsch Lexikon der Psychologie (Psychologisches Wörterbuch), 17. Auflage, Bern u. a., Verlag Hans Huber, 2014.

Wiswede, Günter: Soziologie – Grundlagen und Perspektiven für den wirtschafts- und sozialwissenschaftlichen Bereich, 3. Auflage, Landsberg a. L., Moderne Industrie Verlag, 1998.

Wolf, Christian: Urbane Seelenpein – Wie die Stadt uns krank macht, in: Psychologie Heute, 09/2014, S. 38–42.

Wössner, Jakobus: Soziologie – Einführung und Grundlegung, 9. Auflage, Köln/Wien, Böhlau Verlag, 1986.

Zacharakis, Zacharias: Miete verstärkt soziale Ungleichheit, in: Die Zeit online vom 25.10.2018; www.zeit.de/wirtschaft/2018-10/wohnverhaeltnisse-deutschland-miet-belastung-soziale-ungleichheit-sozialverband-deutschland [01.06.2019].

Zapf, Wolfgang: Staat, Sicherheit und Individualisierung, in: Beck, Ulrich/Beck-Gernsheim, Elisabeth (Hrsg.): Riskante Freiheiten, 9. Auflage, Frankfurt a. M., Suhrkamp Verlag, 2015, S. 296–315.

Zierer, Klaus/Speck, Karsten/Moschner, Barbara: Methoden erziehungswissenschaftlicher Forschung, München/Basel, Ernst Reinhardt Verlag, 2013.

Zimmermann, Gunter E.: Sozialer Konflikt, in: Schäfers, Bernhard/Kopp, Johannes (Hrsg.): Grundbegriffe der Soziologie, 10. Auflage, Opladen, Leske & Budrich Verlag, 2010, S. 138–141.

Zöpfl, Helmut/Bittner, Gerhard/Mühlbauer, Reinhold/Tschamler, Herbert (Hrsg.): Kleines Lexikon der Pädagogik und Didaktik – Mit Einführung in das wissenschaftliche Arbeiten, 6. Auflage, Donauwörth, Auer-Verlag, 1986.

Zukunftsinstitut: Die Individualisierung der Welt; www.zukunftsinstitut.de/artikel/die-individualisierung-der-welt [01.06.2019].

Stichwortverzeichnis

Bildquellenverzeichnis

akg-images GmbH, Berlin: akg-images 57.1; Coudion (Grafiker) 15.1; Erich Lessing 225.1; Seckelmann, Hans 290.1.

alamy images, Abingdon/Oxfordshire: Andia 300.1; Historic Images 287.1; The Granger Collection 288.1.

Berlin-Institut für Bevölkerung und Entwicklung, Berlin: 245.2, 245.3.

Bundesinstitut für Bevölkerungsforschung (BiB), Wiesbaden: Bevölkerungsentwicklung 2016: Daten, Fakten, Trends zum demografischen Wandel, S.10 219.1, 220.1.

Bundesministerium für Arbeit und Soziales, Berlin: 5. Armuts- und Reichtumsbericht (2017) 163.2, 164.2, 165.1; HViD – Hochvermögende in Deutschland: Abschlussbericht zu den Ergebnissen der Befragung (2016): Lauterbach, W., Ströing, M., Grabka, M.M., Schröder, C. 171.1.

Bundesministerium für Familie, Senioren, Frauen und Jugend, Berlin: Familienreport 2012, S.14 283.1.

Deutscher Fachverlag GmbH, Frankfurt am Main: 246.1, 246.2.

fotolia.com, New York: davis 239.1; fotogestoeber 95.1; Lisa F. Young 257.1; Oleksandr Dibrova 263.1; PavelPrichystal 294.1; wildworx 55.1.

Geißler, Prof. Dr. Rainer, Siegen: 124.1.

Getty Images, München: Christophel Fine Art 225.2.

Hans-Böckler-Stiftung/www.boeckler.de, Düsseldorf: 168.2, 169.1.

iStockphoto.com, Calgary: Antonio Diaz 77.1; Marks, George 343.1; SeventyFour 216.4; Yuri_Arcurs 342.1.

Jouve Germany GmbH & Co. KG, München: 117.1, 117.2, 148.1, 154.2, 167.1, 285.1, 285.2, 335.1, 347.1, 347.2.

Klages, Helmut, Heidelberg-Neuenheim: 350.1.

Kurtz, Cornelia, Boppard: 11.1, 29.1, 31.2, 33.1, 42.1, 54.1, 58.1, 64.1, 64.2, 82.1, 91.1, 92.1, 98.1, 121.1, 127.1, 145.1, 154.2, 172.1, 180.1, 185.1, 186.1, 193.1, 211.1, 217.1, 232.1, 252.1, 253.1, 304.1, 307.1.

Langner & Partner Werbeagentur GmbH, Hemmingen: 120.1, 123.2.

Mayr, Johann, München: 97.1.

Mohr, Burkhard, Königswinter: 326.1.

OKS Group, Delhi: 220.2.

PantherMedia GmbH (panthermedia.net), München: Cap, Viktor 131.1.

Picture-Alliance GmbH, Frankfurt/M.: AP Photo 197.1; dpa Infografik 142.1; dpa-infografik 244.1; dpa/ Horst Ossinger 263.2; dpa/ Peter Zschunke 346.1; dpa/Berg, Oliver 190.1; dpa/Hirschberger, Ralf 268.1; dpa/M. Führer 183.1; FrankHoermann/ Simon, Sven 265.1; Gabowicz, Fryderyk 44.1; Kyodo/MAXPPP 312.1; Ossowski, Malte/ SvenSimon 31.1; picturedesk.com/ Michael, Appelt 36.1; REUTERS/BOLANTE, ANTHONY 112.1; rtn - radio tele nord/Becher, Patrick 68.1; www.picturedesk.com/Techt, Hans Klaus 131.2; ZB/Grubitzsch, Waltraud 237.1; ZB/Kalaene, Jens 259.1; ZB/Wolf, Jens 203.1.

pixelio media GmbH, München: Weiss, Thommy 277.1.

Shutterstock.com, New York: stockfour 84.1.

SINUS-Institut, Heidelberg: 126.1.

SPIEGEL ONLINE GmbH & Co. KG, Hamburg: DER SPIEGEL 31/2018 164.1; DER SPIEGEL, 04.08.2017 165.2, 166.1.

stock.adobe.com, Dublin: Africa Studio 173.1; Bormann, Markus 325.1; Christian Schwier 14.1, 23.1, 28.1, 101.1; debramillet 202.1; Dietl, Jeanette 216.2; ehrenberg-bilder 216.1; Goinyk 200.1; Klimmeck, Tom 264.1; Masson 70.2; mcarutemu 102.1; michaeljung 70.3; Monkey Business 67.1, 73.1; Mostovyi, Sergii 343.2; Nick Freund 216.3; pixelfreund 201.1; Seidler, Annett Titel; Syda Productions 70.1; UllrichG 191.1; visuals-and-concepts 330.1.

ullstein bild, Berlin: 323.1.

University of Michigan, Departement of Political Science, 48104–1248: Ron Inglehart 327.1.

YPS – York Publishing Solutions Pvt. Ltd.: 123.1, 141.1, 163.1, 167.2, 250.2, 267.1, 282.1.

© Bundeszentrale für politische Bildung/bpb, Bonn: 245.1, 249.1; Datenreport 2016, Rub. 3.1, Abb. 5, S.84 161.2; Datenreport 2016, Rub. 5.1, Abb. 6, S.135 162.1, 162.2; Datenreport 2018, Rub. 1.1, Abb. 1, S.15 140.1; Datenreport 2018, Rub. 1.3, Abb. 1, S.44 248.1.

© Statistisches Bundesamt (Destatis), Wiesbaden: 233.1, 243.1; 2017, Daten sind verändert dargestellt 168.1; 2017, Daten wurden verändert dargestellt 161.2, 161.3; 2018, Daten wurden verändert dargestellt 247.1, 251.1; 2018; Daten wurden verändert dargestellt 250.1.

Wir arbeiten sehr sorgfältig daran, für alle verwendeten Abbildungen die Rechteinhaberinnen und Rechteinhaber zu ermitteln. Sollte uns dies im Einzelfall nicht vollständig gelungen sein, werden berechtigte Ansprüche selbstverständlich im Rahmen der üblichen Vereinbarungen abgegolten.